중국역대필기개론
中國歷代筆記槪論

일러두기

- 이 책은 류예츄(劉葉秋)의 『역대필기개술(歷代筆記槪述)』[타이페이: 목탁출판사(木鐸出版社), 1984]을 옮긴 것이다. 이 책은 본래 1980년 베이징 중화서국(中華書局)에서 출판한 동명(同名)의 책을 복인(覆印)한 것이다.
- 서문 격인 "원류를 분석하고 내용을 이해한다" 부분은 원서에는 없지만 다른 책[수이원자오(隋文昭)·한스위(韓師迂) 역주, 『당대필기선수(唐代筆記選粹)』, 톈진: 톈진교육출판사(天津教育出版社), 1989]에 수록되어 있는 류예츄의 글을 여기에 옮겨 실었다.
- 이 책에서 사용한 전문적인 학술용어는 저자의 뜻을 존중해 그대로 쓰기로 했으며, 명백한 오탈자는 관련 참고자료에 근거해 수정했다.
- 이 책의 각주는 원서의 미주를 옮겨 놓은 것이다.
- 이 책의 역주는 각주로 처리하되 '―역주'라는 표시를 넣었다.
- 한글에 한자를 병기할 때 괄호 안의 말과 바깥 말의 독음이 다르면 [ ]를 사용하고, 번역어의 원문을 표시할 때는 ( )를 사용했다. 또 괄호가 중복될 때에도 [ ]를 사용했다.
- 고대 인명과 지명은 우리말 한자 독음으로 표기하고 현대 인명과 지명은 국립국어원의 중국어 표기법에 따라 표기했다.

중국역대필기개론

中國歷代筆記概論

류예츄劉葉秋 지음
김장환金長煥 옮김

차례

제5장 금·원나라의 필기

제6장 명나라의 필기

제7장 청나라의 필기

제8장 결어

"원류를 분석하고 내용을 이해한다"
– "辨析源流, 了解內容"

류예츄(劉葉秋)

1. 필기의 연원

    필기소설과 각종 유형의 필기는 한가한 시간에 마음을 달래기 위해 지은 것으로 간주되어 경멸의 뜻이 담겨 있은 지 그 유래가 이미 오래되었다. 비유하자면 기름진 땅을 갈거나 김매지 않고 황폐해지도록 내버려 둔다면 정말로 안타까운 일이다. 근년에 이르러 각종 필기 속에서 연구 자료를 찾아내는 사람들이 점점 더 많아지면서 그 가운데 문헌과 역사 사실 부분이 특히 사람들의 중시를 받고 있다. 또한 보물창고가 처음 열린 것처럼 그 진기함에 눈이 부시고 보는 사람들이 경탄한다. 현재 각 출판사에서 이런 필기 저작을 잇달아 발굴하고 정리해 책 전체를 간행하거나 그 정수를 가려 뽑아서 교점(校點)하고 주석을 달아 출판하는 일이 날로 늘어나니 매우 기쁜 일이다.

    필기는 일종의 독립된 문체로, 진한 시대에 시작되어 육조 시대에 기반을 다지고 당송명청 시대를 거치면서 끊임없이 발전하고 변화했으며 근세에 이르러서도 여전히 작자가 나오고 있으니, 그 원류가 유구해 성대하게 장관을 이루었다. 그중에서 단편 문언 수필기록인 소설이 바로 '필기소설'이다. 그밖에 역사쇄문(歷史瑣聞)을 기록하고 고거변증(考據辨證)을 논한 두 종류는 그냥 '필기'라고만 하고 '소설'이란 명칭을 덧붙이지 않는 것이 타당하다.

위에서 언급한 세 종류의 필기 중에서 고거변증류 필기의 출현이 가장 이르다. 후한 반고(班固)의 『백호통(白虎通)』, 채옹(蔡邕)의 『독단(獨斷)』, 응소(應劭)의 『풍속통(風俗通)』·『한관의(漢官儀)』 등이 이러한 종류의 필기다. 소설고사류와 역사쇄문류 필기는 그 연원이 더욱 깊다. 선진(先秦) 시대의 신화전설과 제자서·사전(史傳)의 우언은 이미 지괴(志怪)와 지인(志人)의 실마리를 열었다. 그 후로 한나라 양웅(揚雄)의 『촉왕본기(蜀王本紀)』와 조엽(趙曄)의 『오월춘추(吳越春秋)』 등은 비록 역사서라고 일컬어지지만 또한 괴이한 이야기도 많이 들어 있다. 이러한 모든 선도가 없었다면 위진 시대의 필기가 갑자기 일종의 체재를 이룰 수는 없었을 것이다. 유향(劉向)의 『신서(新序)』·『설원(說苑)』 두 책의 내용과 형식이 후대의 필기소설과 역사쇄문류 필기에 본보기가 되었음은 의심할 여지가 없다.

2. 위진남북조의 필기

역대 필기 속의 문학 부분은 소설을 위주로 하며 위진남북조가 그 기반을 다진 시기다. 한편으로는 신화전설의 전통을 계승해 신선과 귀신을 묘사한 '지괴'소설로 변화했고, 다른 한편으로는 선진·양한의 역사서와 제자산문의 영향을 광범위하게 받아들여 자사(子史)의 지류로서 인물의 단편적인 언행을 기록한 '일사(軼事)'소설('지인'소설이라고도 한다)로 발전했다. 이 시기 지괴소설의 유례없는 흥성은 고대의 무술(巫術)과 방사(方士) 및 불도(佛道) 양교의 전파와 밀접한 관계가 있다. 일사소설은 진송(晉宋) 시기에 생겨난 것으로, 한나라 말 이후의 인물품평 풍조와 위진 청담(淸談)

의 기풍이 결합되어 나온 결과다.

위진남북조의 지괴 가운데 신선과 귀신을 아울러 기술한 고사집으로는 진나라 간보(干寶)의 『수신기(搜神記)』가 대표작이고, 지리와 박물을 과시한 잡록으로는 진나라 장화(張華)의 『박물지(博物志)』가 대표작이며, 고대의 기이한 이야기를 전문적으로 기록한 잡전(雜傳)으로는 부진[符秦: 전진(前秦)] 왕가(王嘉)의 『습유기(拾遺記)』가 대표작이다. 그밖에 위(魏) 문제(文帝)가 찬했다고 되어 있는 『열이전(列異傳)』, 진나라 도잠(陶潛)이 찬했다고 되어 있는 『수신후기(搜神後記)』와 조충지(祖冲之)의 『술이기(述異記)』, 남조 송나라 유의경(劉義慶)의 『유명록(幽明錄)』과 유경숙(劉敬叔)의 『이원(異苑)』, 양(梁)나라 오균(吳均)의 『속제해기(續齊諧記)』 등의 작품이 매우 많은데, 현존하는 것도 있고 이미 망실된 것도 있다. 여기서는 다 거론하지 않겠다.

신선과 귀신은 실제로 존재하지 않고, 신화와 전설은 본래 모두 환상이며, 선진의 우언도 이치를 설명하거나 정치를 논하기 위해 꾸며낸 것이다. 위진 시대 여러 지괴서의 작자는 그 남겨진 것을 이어받고 상상을 마구 펼쳐 환상과 허구가 더욱 많아졌다. 귀신이 실제로 있음을 선양하거나 귀신을 빌려 인간사를 묘사하는 일 이외에 의식적으로 기이한 것을 좋아해 고사를 편찬함으로써 스스로 즐기고 남을 즐겁게 했으니, 이 역시 하나의 단초라 하겠다. 간보는 「수신기서(序)」에서 호사가들이 자기의 기록을 보고 "마음속으로 생각하고 눈으로 보면서 허물이 없게 되기를(游心寓目而無尤焉)" 바란다고 말했는데, 이는 소설이 마땅히 독자들에게 "눈을 즐겁게 하고 마음을 기쁘게 하는(娛目賞心)" 효용을 제공해주어야 함을 잘 설명한 것으로, 문인이 의식적으로 소설을 지었음을 충분히 증명해준다. 이때에 이미 그 단초가 시작되었지 당나라 때 시작된 것이 결코 아니다. 이러한 의식적인 창작에 대한 요구는 소설의 발전을 촉진하는 하나의 중요한 요소이니 마땅히 드러내 알려야 한다.

지괴서 안에는 우수한 신화전설이 많이 보존되어 있다. 예를 들어 『수신기』의 「하신거령(河神巨靈)」·「이기(李寄)」·「동영(董永)」·「간장막야(干將莫邪)」 등은 모두 적극적인 의의가 풍부하다. 그밖에 『유명록』의 「매호분여자(賣胡粉女子)」는 고대 청춘남녀들이 혼인의 자유를 추구한 일을 묘사했으며, 『수신후기』에 수록되어 있는 '도화원(桃花源)' 식의 많은 고사는 난세에 처한 백성들이 평화롭고 안정된 환경을 동경한 일을 표현했는데, 이 역시 여러 방면에서 광대한 민중의 공통된 소망을 반영한 것이다.

일사소설은 남조 송나라 유의경의 『세설신어(世說新語)』을 집대성작으로 꼽는다. 이 책은 「덕행」·「언어」·「정사」·「문학」 등 36편으로 나누어 한나라 말에서 동진까지 명사들의 각종 고사를 분류 채록했는데, 위진 사대부들의 사상과 생활 면모를 여러 측면에서 반영해냈다. 앞에 들어 있는 「덕행」·「언어」·「정사」·「문학」 4편은 바로 공문(孔門: 공자 문하)의 '사과(四科)'이며, "진중거[陳仲舉: 진번(陳蕃)]의 말은 선비의 준칙이 되었고 행동은 세상의 모범이 되었으며, 수레에 올라 말고삐를 잡고서 천하를 깨끗이 하려는 뜻이 있었다(陳仲舉言爲士則, 行爲世範, 登車攬轡, 有澄淸天下之志)"는 조를 맨 앞에 둔 것으로 보아, 인물을 품평하는 데 스스로 차례를 두었고 '덕행'을 우선으로 했음을 알 수 있다. 그 가운데 순거백(荀巨伯)이 의리를 중시하고 목숨을 가볍게 여겨 병든 벗을 보호했던 고사, 관영(管寧)이 금전의 부귀를 멸시해 벗을 택하는 데 엄격했던 고사, 화흠(華歆)이 위급한 처지에서 구해준 사람을 중도에 버리려 하지 않았던 고사, 치초(郗超)가 사현(謝玄)을 추천해 적을 격파하게 하면서 개인적인 애증으로 남의 장점을 덮어버리지 않았던 고사, 주처(周處)가 잘못을 인정하는 데 용감해 적극적으로 개과천선했던 고사 등등은 서로 다른 각도에서 인간의 숭고한 사상과 자질을 표현했다. 그밖에 완적(阮籍)과 유영(柳伶)이 술을 좋아하고 제멋대로 행동해 예교에 구속받지 않았던 고사, 석숭(石崇)이 무절제하게 사치를 부리고 잔인하게 사람 죽이기를 좋아했던 고사, 왕남전[王藍田: 왕술(王述)]이 성격이 급해 찐 계란을 신발 굽으로 밟았던 고사 등은 모두 세세한 묘사를 통해 인물의 성정을 드러냈다.『세설신어』에 묘사된 인물은 좋은 사람이건 나쁜 사람이건 모두 전형을 이루었는데, 진실을 찬미하고 허위를 폭로한 것이 그 주요 내용 가운데 하나가 된다. 이 책은 인물품평과 거침없는 현담(玄談)을 기록해 위진 명사의 풍류를 그려냈을 뿐만 아니라, 인생의 오묘함을 탐색한 효용도 홀시할 수 없으니, 인간으로서 세상을 살아가는 데 하나의 교과서로 간주할 수 있다.

『세설신어』는 일사소설의 선구일 뿐만 아니라 그 문장이 간결하고 청신해 스스로 하나의 풍격을 이루어 후대 소품문의 발전에도 매우 큰 영향을 미쳤다.『세설신어』와『수신기』등의 책은 한위육조의 정치상황·사상조류·전장제도·민정풍속·종교신앙 등을 모두 반영하고 있어서 고대 문사철을 연구하는 데 다방면의 참고가치를 지니고 있다. 진송 시대의 구어와 방언을 탐구할 때도『세설신어』는 하나의 중요한 근거가 된다. 청나라 학의행(郝懿行)이 찬한『진송서고(晉宋書故)』는 바로 이 책에서 많은 자료를 취했다.

위진남북조 시기에는 지방의 분열과 그밖에 다른 원인으로 인해 야사와 잡전의 작자가 매우 많았는데, 모두 자질구레한 이야기나 잡다한 일을 기록한 필기는 아니다. 고거변증류의 저작은 당시까지만 해도 이제 막 경전(經傳)과 훈고에서 벗어나 독립했지만 여전히 맹아 상태에 있었기에 그 수량이 매우 드물었다. 진나라 갈홍(葛洪)이 한나라 유흠(劉歆)의 이름을 가탁해 지은『서경잡기(西京雜記)』는 한나라의 전설·일사와 서경의 궁실·원유(園囿)에 관련된 고사를 기술했고, 양나라 종늠(宗懍)이 찬한『형초세시기(荊楚歲時記)』는 민간의 절기 풍속을 기록했으며, 진나라 최표(崔豹)가 찬한『고금주(古今注)』는 고대의 문물·제도에 관련된 자료를 분류해 집록했다. 이를 통해 그 일반을 대강 살펴볼 수 있다.

3. 당나라의 필기

여러 지괴서는 육조에서 종교를 선양한 작품이 "말류로 갈수록 더욱 질이 떨어짐(末流愈下)"에 따라 당나라에 이르러서는 이미 쇠퇴했으며, 위진 시대의 청담도 시류가 변화함에 따라 사라졌다. 이를 대신해 당오대사람들은 역사적 사실을 논하고 세상사를 기록하는 기풍을 조성해 수필 잡저가 이로 인해 점점 증가했으며, 고거변증류 필기도 전대에 비해 다소 많아졌다. 전기(傳奇)소설은 수당 시대 사이에 출현해 개원(開元) 연간 (713~741)과 천보(天寶) 연간(742~756) 이후에 성숙했다. 줄거리에 기복이 있고 문장이 화려하며 처음과 끝이 연관되어 있어서, 위진 시대 이후로 "줄거리만 대강 기록하는(粗陳梗槪)" 필법을 개혁해 더욱 성대하게 한 시대의 특출함을 이루었다. 전체적인 측면에서 말하자면, 당나라 사람의 필기는 기본적으로 위진남북조 필기의 내용과 형식의 제한을 돌파해 크게 진일보했다고 하겠다.

전기집 가운데 우승유(牛僧孺)의 『현괴록(玄怪錄)』, 이복언(李復言)의 『속현괴록』, 설용약(薛用弱)의 『집이기(集異記)』, 원고(袁郊)의 『감택요(甘澤謠)』, 배형(裴鉶)의 『전기(傳奇)』 등에는 고사가 완전한 많은 단편소설이 들어 있다. 황보매(皇甫枚)의 『삼수소독(三水小牘)』, 강병(康騈)의 『극담록(劇談錄)』, 풍익자(馮翊子)의 『계원총담(桂苑叢談)』 등은 비록 전기 유형에 속하지만 자질구레한 쇄문일사(瑣聞軼事)를 함께 기술해 또한 잡기 체재에 가깝다. 단성식(段成式)의 『유양잡조(酉陽雜俎)』 같은 잡조집은 부류를 나누어 내용을 배치하고 각종 자료를 집록했으며 전기 고사도 함께 수록했다. 장독(張讀)의 『선실지(宣室志)』, 이용(李冗)의 『독이지(獨異志)』, 육훈(陸勳)의 『집이지(集異志)』 등의 지괴집 가운에 서술이 다소 상세한 작품은 대략 전기와 비슷하고 기술이 간략한 작품은 여전히 위진 시대의 "자질구레한 이야기를 모아 놓은(殘叢小語)" 형식과 같다. 그중에서 신괴를 묘사한 고사는 우언을 담거나 질책의 뜻을 실어서 위진 시대 사람의 작품과는 그 취향이 많이 다른데, 심기제(沈旣濟)의 『침중기(枕中記)』와 이공좌(李公佐)의 『남가태수전(南柯太守傳)』은 부귀공명이란 꿈처럼 허망해 오래 갈 수 없음을 설파했고, 『주진행기(周秦行紀)』는 이덕유(李德裕) 문하객의 손에서 나왔지만 우승유의 이름을 가탁했다고 전해지며 그의 대역무도함을 암시했다. 애정을 묘사한 고사로는 장방(蔣防)의 『곽소옥전(霍小玉傳)』, 백행간(白行簡)의 『이와전(李娃傳)』, 원진(元稹)의 『앵앵전(鶯鶯傳)』 등이 있는데, 당시 남녀 혼인 문제의 복잡성을 드러냈다. 협의(俠義)를 묘사한 고사는 주로 계층 간의 모순과 통치계급 내부의 모순을 표현했는데, 『감택요』의 「홍선(紅線)」과 『전기』의 「섭은낭(聶隱娘)」은 지방 할거세력 사이의 이해충돌을 표현했으며, 두광정(杜光庭)의 『규염객전(虬髯客傳)』과 이공좌의 『사소아전(謝小娥傳)』은 협객과 이인(異人)을 묘사해 복수정신을 찬양했다. 이 세 종류 외에 다른 제재를 묘사한 작품도 많은데, 당나라의 사회현실을 반영한 것이 상당히 광범위하다.

당나라 때 사료를 정리하고 사서를 편찬하는 기풍이 성행함에 따라 역사쇄문류 필기도 이에 상응해 발전했다. 그 가운데 『세설신어』를 모방한 것으로는 유속(劉餗)의 『수당가화(隋唐嘉話)』와 유숙(劉肅)의 『대당신어(大唐新語)』 및 내용과 체재에서 이와 서로 비슷한 이조(李肇)의 『국사보(國史補)』가 있다. 한 조대의 쇄문을 전문적으로 집록한 것으로 이덕유의 『차유씨구문(次柳氏舊聞)』, 정처해(鄭處海)의 『명황잡록(明皇雜錄)』, 정계(鄭棨)의 『개천전신기(開天傳信記)』 등은 당 현종(玄宗) 시대의 일을 전문적으로 기록했다. 한 부류의 내용에 편중된 것으로 범터(范攄)의 『운계우의(雲溪友議)』는 노래를 대대적으로 기록했으며, 장작(張鷟)의 『조야첨재(朝野僉載)』는 신비롭고 괴이한 이야기를 지나치게 언급했다. 오대 왕정보(王定保)의 『당척언(唐摭言)』은 과거(科擧)에 대해 많이 기술했다. 이러한 책들은 각각 특징을 지니고 있으며, 정도의 차이는 있지만 모두 소설적인 의미를 띠고 있다. 하지만 각 책에서 당나라의 인물과 역사 사실 및 전장제도에 관해 기록한 부분은 여전히 매우 귀중하다. 다른 방면에서 고거변증을 위주로 한 필기로 봉연(封演)의 『봉씨문견기(封氏聞見記)』, 소악(蘇鶚)의 『소씨연의(蘇氏演義)』, 후당(後唐) 마호(馬縞)의 『중화고금주(中華古今注)』, 오대 구광정(丘光庭)의 『겸명서(兼明書)』 등은 비록 수량은 적지만 고증이 정확하고 상세하며 논술의 범위도 넓어서 모두 전대 사람의 저작을 뛰어넘었다. 고거변증류 필기는 여기에서부터 독립 발전의 길을 걷게 되었다. 이로써 당나라는 필기의 성숙과 변화 발전의 시기라고 일컬을 수 있다.

4. 송·금·원나라의 필기

송나라 사람의 필기소설은 당나라에 비교하면 크게 손색이 있다. 지괴는 위진 시대의 여파에 불과하다. 서현(徐鉉)의 『계신록(稽神錄)』은 내용이 황당하고 문장이 간략해 송나라 초 지괴서의 면모를 대강 살펴볼 수 있을 뿐이다. 오숙(吳淑)의 『강회이인록(江淮異人錄)』은 당나라 전기 중의 이인 전설을 발전시켜 만든 전문서로서, 기술된 협의 고사에는 가끔 취할 만한 것이 있다. 홍매(洪邁)의 『이견지(夷堅志)』는 오로지 괴이함을 과시하고 많이 기술하는 것을 능사로 여겨 매우 번잡하다. 오직 소량의 민간 전설만이 현실을 반영했으며, 일화·전고·방언·민속·의약 등의 방면에 연관된 자료는 그래도 채택할 만하지만, 그 가치는 소설에 있지 않다. 전기도 또한 대부분 과거의 일을 기록했는데, 각각 전대의 일화를 취해 부연 서술함으로써 작품을 만들었다. 악사(樂史)의 『녹주전(綠珠傳)』은 진나라 석숭(石崇)의 시비(侍婢)인 녹주가 누대에서 떨어져 죽은 일을 묘사했고, 『양태진외전(楊太眞外傳)』은 당 현종의 양귀비(楊貴妃)의 일을 묘사했으며, 진순(秦醇)의 『조비연전(趙飛燕傳)』은 한 성제(成帝) 때 조후(趙后)의 일을 묘사했는데,

비록 문장은 아름답지만 특색이 없어서 당 전기의 답습과 모방에 불과할 뿐이다. 그밖에 황휴복(黃休復)의 『모정객화(茅亭客話)』는 촉(蜀) 지방의 일을 전문적으로 서술해 일반 지괴서와는 다르고, 나엽(羅燁)의 『취옹담록(醉翁談錄)』은 전기와 자질구레한 일을 함께 기재해 또한 당나라의 잡조집과는 다르며, 도곡(陶穀)의 『청이록(清異錄)』은 부류를 나누어 자질구레한 언담을 잡다하게 채록하고 시문(詩文)의 전고를 포괄했다. 이러한 작품들은 각기 유형을 이루었는데, 모두 소설이라 할 수 있으며 사료 필기는 아니다.

송나라 때는 사학(史學)이 흥성함에 따라 문인들이 대부분 사필(史筆)에 정통했기 때문에 역사쇄문류 필기가 가장 발달했는데, 그 특징은 "직접 겪고(親歷)" "직접 보고(親見)" "직접 들은(親聞)" 것으로 송나라의 일화와 역사적 사실을 서술해 내용이 비교적 실제적이다. 북송 사마광(司馬光)의 『속수기문(涑水紀聞)』은 송 태조(太祖)부터 신종(神宗) 때까지의 일을 묘사했는데, 국가 대사의 기록에 중점을 두어 자못 실록에 가깝다. 구양수(歐陽修)의 『귀전록(歸田錄)』은 『속수기문』과 내용이 서로 비슷한데, 기록된 내용은 모두 사서의 빠진 부분을 보충할 수 있다. 이치(李廌)의 『사우담기(師友談記)』는 자신이 소식(蘇軾)·범조우(范祖禹)·황정견(黃庭堅)·진관(秦觀) 등과 나눈 담론을 기록했으며, 왕벽지(王闢之)의 『승수연담록(澠水燕談錄)』은 송 철종(哲宗) 소성(紹聖) 연간(1094~1098) 이전의 잡다한 일을 기록했는데, 또한 모두 말에 근거가 있다. 그밖에 왕군옥(王君玉)의 『국로담원(國老談苑)』, 범진(范鎭)의 『동재기사(東齋記事)』, 장뇌(張耒)의 『명도잡지(明道雜志)』, 범공칭(范公偁)의 『과정록(過庭錄)』 등은 모두 북송 사람의 필기 중에서 한 번 읽어볼 만한 가치가 있다.

남송 사람의 필기는 강남으로 천도한 이후 조정의 득실과 사대부들의 언행을 기술한 것이 가장 중요하다. 왕명청(王明清)의 『휘주록(揮麈錄)』은 북송 말과 남송 초의 수많은 역사 사건을 기록했는데, 당시에 곧바로 주목받았으며 아울러 사람들에 의해 인용되었다. 섭소옹(葉紹翁)의『사조문견록(四朝聞見錄)』은 남송의 고종(高宗)·효종(孝宗)·광종(光宗)·영종(寧宗) 네 조대의 일화를 기록했고, 악가[岳珂: 악비(岳飛)의 손자)]의『정사(桯史)』는 송과 금(金)의 화친과 전쟁 등 교섭관계를 여러 조에서 기술했는데 모두 역사 사실과 부합한다. 육유(陸游)의『노학암필기(老學庵筆記)』는 송 고종의 사치와 어리석음, 진회(秦檜)의 권력 전횡과 발호, 조회 때 배무(拜舞)를 참관하는 제도 등을 기록했는데 모두 참고할 만하다. 주밀(周密)의『제동야어(齊東野語)』에서 서화를 언급하고 자질구레한 이야기를 서술한 것 역시 문예를 연구하는 데 도움이 된다. 그밖에 나대경(羅大經)의『학림옥로(鶴林玉露)』는 자질구레한 이야기, 잡다한 일, 시화, 문평(文評)을 함께 기재했고, 방원영(龐元英)의『문창잡록(文昌雜錄)』은 원풍(元豊) 연간(1078~1085)의 관제를 상세히 서술했으며, 맹원로(孟元老)의『동경몽화록(東京夢華錄)』은 도시 생활을 전문적으로 기술했는데, 각기 장점이 있고 잘 알고 있는 일을 언급했기 때문에 대부분 상세하고 정확해 믿을 만하며 근거 없이 떠도는 말이 없다. 또 옛 문장을 편집한 한 부류가 있는데, 왕당(王讜)의『당어림(唐語林)』과 공평중(孔平仲)의『속세설(續世說)』 등은 모두『세설신어』의 체재를 모방한 것으로 몇몇 일서(佚書)의 자료를 보존하고 있다.

송나라 사람의 필기에는 기사(記事)와 고거변증이 종종 섞여 있다. 북송 심괄(沈括)의『몽계필담(夢溪筆談)』은 바로 이 두 가지를 함께 저술했는데, 본래 '총담(叢談)'의 성격을 지니고 있지만 고증이 대부분 정밀하기 때문에 마땅히 고거변증류에 넣어야 한다. 남송에 이르러 고거변증의 학문이 흥성함에 따라 이러한 종류의 필기가 비로소 중점적으로 두드러져서 점점 전문화로 나아가 각기 장점을 드러냈다. 왕응린(王應麟)의『곤학기문(困學紀聞)』은 역사 사건을 고찰해 정정했고, 왕관국(王觀國)의『학림(學林)』은 육경(六經)을 고찰해 판별했으며, 정대창(程大昌)의『연번로(演繁露)』는 명물을 고찰해 증명했고, 조승(趙升)의『조야유요(朝野類要)』는 전장제도를 분석했는데, 모두 사람들에게 칭송되었다. 홍매의 『용재수필(容齋隨筆)』은 고증이 자못 광범위한데, 그중에서 역사를 논한 부분이 가장 뛰어나다. 이러한 책들은 모두 일정한 학술 가치를 지니고 있고, 아울러 명청 시대 찰기(札記) 작자들에게 모범을 제공해주었다. 우리는 송나라가 필기에 있어서 위를 이어받고 뒤를 열어준 시기로서 교량과 같은 과도기적 작용을 했다고 여겨도 괜찮다.

요금원 시대에는 전란이 빈번해 문단이 적막했다. 소설고사류 필기는 송나라에 비해 더욱 쇠퇴했다. 금나라 원호문(元好問)의 『속이견지(續夷堅志)』는 홍매의 『이견지』를 추종했다. 이세진(伊世珍)의 『낭현기(瑯嬛記)』에는 신기한 내용이 많은데 다른 책에 보이지 않는 것도 있다. 예를 들어 진나라 장화가 '낭현복지[瑯嬛福地: 선경(仙境)에서 기서(奇書)를 모아둔 곳)]'에 이른 고사는 후대 사람들에게 전고로 인용된다. 역사쇄문류 필기에는 그래도 훌륭한 작품이 있다. 금나라 유기(劉祁)가 원나라로 들어간 후에 찬한 『귀잠지(歸潛志)』는 금나라의 고사를 기록했고, 원나라 왕운(王惲)의 『옥당가화(玉堂嘉話)』는 원나라의 문고(文誥)와 예의(禮儀)를 기술했으며, 유훈(劉壎)의 『은거통의(隱居通議)』는 시문(詩文)을 인용해 기록했는데, 모두 아주 귀중하게 여길 만하다. 특히 원나라 말 도종의(陶宗儀)의 『철경록(輟耕錄)』은 기술 범위가 가장 넓어서 다방면의 내용을 포괄하고 있다. 고거변증류 필기에서는 원나라 이치(李治)의 『경재고금주(敬齋古今黈)』가 경·사·자·집에 대해 논술했는데, 모두 치밀한 견해를 담고 있어서 스스로 일군(一軍)을 이루었다.

5. 명·청나라의 필기

명나라가 천하를 통일한 후 원나라 때 쇠미했던 문학과 사학을 다시 새롭게 진흥시키자, 역사쇄문류 필기가 마침내 독보적인 형세를 이루어 성화(成化) 연간(1465~1487)과 홍치(洪治) 연간(1488~1505) 이래로 작자가 날로 많아졌다. 한편 장편소설의 유례없는 발전과 삼언이박(三言二拍) 등 평화집(平話集)의 출현은 필기소설의 빛을 크게 감소시켰다. 고거변증류 필기는 총담잡저(叢談雜著)류의 성취가 비교적 높았는데, 경사(經史)와 훈고의 학문을 전문적으로 논한 것에는 종종 인증(引證)이 허술하고 기억이 잘못된 경우가 있다.

명나라의 지괴소설로는 민문진(閔文振)의 『섭이지(涉異志)』, 육찬(陸粲)의 『경사편(庚巳編)』, 이겸(李兼)의 『이림(異林)』, 축윤명(祝允明)의 『지괴록(志怪錄)』 등이 있는데, 비록 비교적 유명하긴 하지만 취할 만한 내용이 아주 적다. 전기류 역시 평화와 맞서기 어려웠는데, 겨우 구우(瞿佑)의 『전등신화(剪燈新話)』, 이창기(李昌祺)의 『전등여화(剪燈餘話)』, 소경첨(邵景詹)의 『먹등인화(覓燈因話)』만이 하나의 풍격을 갖추었다. 일사소설도 대부분 『세설신어』의 체재를 답습해 채록 범위를 확대했지만 내용은 역시 참신한 것이 적었다. 하양준(何良俊)의 『하씨어림(何氏語林)』은 기사(記事)에 편중했고, 조신(曹臣)의 『설화록(舌華錄)』은 기언(記言)에 편중했는데, 그래도 비교적 특색을 지니고 있다.

역사쇄문류 필기는 마땅히 심덕부(沈德符)의 『만력야획편(萬曆野獲編)』을 첫째로 꼽아야 한다. 이 책은 전대 사람이 기술한 명나라 조정의 역사적 사실과 자신이 보고 들은 잡다한 일을 기록했는데, 범위가 넓고 자료가 매우 풍부하다. 육용(陸容)의 『숙원잡기(菽園雜記)』는 일찍이 그와 동시대 사람이었던 왕오(王鏊)에 의해 명나라의 기사서(記事書) 가운데 으뜸이라는 찬사를 받았다. 여계등(余繼登)의 『전고기문(典故紀聞)』은 명나라의 여러 실록과 기거주(起居注) 등의 책에서 초록해 만든 것으로 채록할 만한 역사 사실을 수록하고 있다. 그밖에 섭자기(葉子奇)의 『초목자(草木子)』, 낭영(郎瑛)의 『칠수류고(七修類稿)』, 황유(黃瑜)의 『쌍괴세초(雙槐歲鈔)』, 전예형(田藝蘅)의 『유청일찰(留青日札)』, 주국정(朱國禎)의 『용당소품(湧幢小品)』 등도 역사를 고찰할 자료를 많이 수록하고 있다. 장대(張岱)의 『도암몽억(陶庵夢憶)』은 명나라 말의 필기 중에서 특히 문장이 뛰어나다.

명나라 필기에는 일부 종합적인 성격의 저작이 있는데, 고거변증에 중점을 두면서도 자질구레한 일까지 기록했다. 하양준의 『사우재총설(四友齋叢說)』과 사조제(謝肇淛)의 『오잡조(五雜俎)』는 고증이 모두 전문적이거나 치밀하지 않다. 호응린(胡應麟)의 『소실산방필총(少室山房筆叢)』은 고전소설·전기·잡극(雜劇)을 논술한 부분이 가장 뛰어나다. 경사(經史)·시문·훈고·명물을 논한 필기로는 양신(楊愼)의 『담원제호(譚苑醍醐)』·『예림벌산(藝林伐山)』·『단연잡록(丹鉛雜錄)』·『단연속록(丹鉛續錄)』 등이 비교적 유명하다. 하지만 그 질량은 역시 청나라 사람의 저작에 맞서기 어렵다.

만약 우리가 명나라를 필기의 부흥 시기라고 말한다면, 청나라는 바로 유례없이 흥성하고 집대성한 시기다. 각종 필기는 백화제방(百花齊放)처럼 수많은 꽃이 다채롭게 빛났다. 소설고사류 필기는 위진 지괴와 당송 전기의 전통을 계승하고 또 명나라 전기와 시민문학의 일부 영향을 받아 총결적인 성취를 보였다. 포송령(蒲松齡)의 『요재지이(聊齋誌異)』는 지괴와 전기 두 문체의 장점을 겸해 필기소설 발전의 최고봉에 올라 가장 대표적인 우수 작품이 되었다. 그 뒤에 나온 화방액(和邦額)의 『야담수록(夜譚隨錄)』, 장백호가자(長白浩歌子)의 『형창이초(螢窗異草)』, 선정(宣鼎)의 『야우추등록(夜雨秋燈錄)』, 왕도(王韜)의 『송빈쇄화(淞濱瑣話)』 등은 모두 그 문체를 본받았다. 기윤(紀昀)의 『열미초당필기(閱微草堂筆記)』는 위진 지괴를 모방했는데, 의론에 편중하고 점잖고 우아한 문장으로 스스로 풍격을 이루어 포송령과 겨루기에 충분했다. 그 유파를 이어받은 작품 또한 많았는데, 유곡원[兪曲園: 유월(兪樾)]의 『우대선관필기(右臺仙館筆記)』가 대략 그 후계라고 할 만하다. 일사소설은 여전히 『세설신어』를 추종했는데, 왕탁(王晫)의 『금세설(今世說)』은 당시 문인들의 생활과 사상을 반영해 시대의 면모를 잘 보여주었다. 그밖에 양유추(梁維樞)의『옥검존문(玉劍尊聞)』과 오숙공(吳肅公)의『명어림(明語林)』등은 모두 명나라 사람의 일화만을 집록했고, 장무공(章撫功)의『한세설(漢世說)』, 이청(李淸)의『여세설(女世說)』, 안종교(顔從喬)의『승세설(僧世說)』등은 각기 한 부류의 제재를 취함으로써 특이함을 내세우려 했다. 주의를 기울일 만한 것은 모상린(毛祥麟)의『묵여록(墨餘錄)』과 회음백일거사(淮陰百一居士)의『호천록(壺天錄)』등과 같은 소설집인데, 시사(時事)와 자질구레한 이야기를 함께 기록했으며 이미 신문보도의 성격을 띠고 있었다.

청나라의 역사쇄문류 필기는 내용이 충실하고 다양하다. 서술과 의론이 서로 섞여 있어 수록하지 않은 것이 없는 것으로, 왕사정(王士禎)의『지북우담(池北偶談)』, 저인확(褚人穫)의『견호집(堅瓠集)』, 유수(鈕琇)의『고잉(觚賸)』, 유교(俞蛟)의『몽암잡저(夢庵雜著)』등이 있는데, 소설과 자질구레한 기록을 겸한 종합적인 성격의 저작으로 각기 장점이 있다. 한 방면을 전문적으로 기술해 중점이 다른 것으로, 가경(嘉慶) 연간(1796~1820) 예친왕(禮親王) 소련(昭槤)의『소정잡록(嘯亭雜錄)』은 청나라의 의식 제도와 연혁을 기술했고, 반영폐(潘榮陛)의『제경세시기승(帝京歲時紀勝)』은 북경의 풍토와 경물을 언급했으며, 대노(戴璐)의『등음잡기(藤陰雜記)』는 북경의 시가·공원·주택·사원·도관을 기록했고, 완원(阮元)의『석거수필(石渠隨筆)』은 서화와 비첩(碑帖)을 논했는데, 다방면의 귀중한 문헌자료를 포함하고 있다.

청나라 초의 고염무(顧炎武)와 왕부지(王夫之) 등은 이미 경학과 사학 연구를 제창했으며, 또한 어떤 사람은 현실을 도피해 옛 전적을 정리하기도 했다. 게다가 건륭(乾隆) 연간(1736~1795)과 가경 연간 이후로 고증의 학풍이 한 시대를 풍미했기 때문에 청나라 사람의 고거변증류 필기는 내용과 수량에 있어서 모두 명나라를 훨씬 초월했다. 고염무의『일지록(日知錄)』과 조익(趙翼)의『해여총고(陔餘叢考)』등은 종합적인 성격의 총고잡변(叢

考雜辨)이고, 전대흔(錢大昕)의 『십가재양신록(十駕齋養新錄)』과 계복(桂馥)의 『찰박(札樸)』 등은 경사(經史)와 훈고 방면의 고증에 치중한 찰기(札記)이며, 고사기(高士奇)의 『천록식여(天祿識餘)』와 납란용약(納蘭容若)의 『녹수정잡지(淥水亭雜識)』 등은 일반적인 쇄담잡론(瑣談雜論)이다. 이 세 종류 외에도 많은 저작이 있다. 이러한 책들은 옛 전적을 열독하거나 전장제도와 문자훈고를 이해하는 데 모두 어느 정도 도움을 준다.

　역대 필기는 안개 낀 바다처럼 드넓으니, 그 원류를 분석하고 내용을 이해하는 것이 학문 연구에 입문하는 첫걸음이다. 어떻게 그것을 선택해 활용하느냐, 또 어떻게 거친 잡초를 없애고 정화를 보존하느냐 하는 것은 바로 개인의 학식 수준에 따라 재단해야 한다.

1986년 8월 베이징에서 씀.

제1장

서론

제1절

필기의 함의와 유형

────────────

'필기(筆記)'란 두 글자는 본래 붓을 들고 기술하는 것을 말한다. 예를 들어 『남제서(南齊書)』 「구거원전(丘巨源傳)」에서 "필기는 천박한 재주로 사활이 걸린 바가 아니다(筆記賤伎, 非殺活所待)"라고 말한 '필기'가 바로 이 뜻이다. 남북조(南北朝) 시대에는 변려문(駢儷文)을 숭상했기 때문에, 일반 사람들은 문채(文彩)를 중시하고 성운(聲韻)과 대우(對偶)를 강구한 문장을 '문(文)'이라 부르고, 붓 가는 대로 기록한 산문체 문장을 '필(筆)'이라 불렀다. 양(梁)나라 유협(劉勰)은 『문심조룡(文心雕龍)』 「총술(總術)」에서 "지금 보통 하는 말로 '문'과 '필'의 구분이 있는데, 운이 없는 것을 '필'이라 하고 운이 있는 것을 '문'이라 한다(今之常言, 有文有筆, 以爲無韻者筆也, 有韻者文也)"라고 했다. 그래서 후대 사람들은 위진남북조 이후의 '자질구레한 이야기를 모아 놓은(殘叢小語)' 식의 고사집을 '필기소설'이라 총칭했고, 기타 모든 산문으로 쓴 보잘것없고 자질구레한 수필이나 잡록을 '필기'라고 총칭했다. '필기'란 두 글자를 책 이름으로 쓴 것은 대략 북송(北宋)의 송기(宋祁)에서 시작되었는데, 그의 저작에 『筆記』 3권이 있다.

고대의 필기는 몇 가지 유형으로 나눌 수 있는가? 먼저 고대 '소설'이란 명칭의 개념부터 말하고자 한다. 『장자(莊子)』 「외물편(外物篇)」에서 "낚싯

대와 낚싯줄을 들고 작은 개울로 가서 붕어 같은 잔고기를 기다리는 것은 큰고기를 잡는 데 어렵다. 마찬가지로 자질구레한 말을 꾸며서 높은 벼슬을 구하는 것은 대도에 도달하는 데 또한 거리가 멀다(夫揭竿累, 趣灌瀆, 守鯢鮒, 其於得大魚, 難矣. 飾小說以干縣令, 其於大達, 亦遠矣)"라고 했는데, '소설'이란 두 글자는 여기에서 처음 보인다. 그러나 장자가 말한 '소설'은 그가 생각하기에 '대도(大道)'와 거리가 먼 천박한 언담을 가리키는 것으로, 훗날 고사를 말하는 '소설'과는 아무런 관계가 없다. 한나라 반고(班固)가 『한서(漢書)』「예문지(藝文志)·제자략(諸子略)」에서 열거한 "소설 15가" 중에는 자서(子書)와 유사한 것, 사서(史書)와 유사한 것, 의례와 제도를 강론한 것 및 무의(巫醫)·술수(術數)의 일부 저작도 포함되어 있어서, 내용이 상당히 번잡하다. 반고는 그것을 "거리에서 떠들고 골목에서 말한 것을 길에서 듣고 덧붙여 얘기하는 자들이 지어낸(街談巷語, 道聽塗說者之所造)" 가치가 높지 않은 작품으로 여겨 모두 소설 부류에 열입(列入)했으며, 또한 결코 특색 있는 문학 형식을 가리켜 말한 것이 아니었다.

후대의 문인들은 대부분 반고의 이러한 관점을 답습해, 경전에 근거하지 않은 논술을 '소도(小道)'에 견주어 '소설'이라 불렀으며, 또한 쇄문(瑣聞)·잡지(雜志)·고증(考證)·변정(辨訂) 등 어느 부류에도 열입할 수 없는 기록들도 일률적으로 '소설'이라 통칭했다. 그러나 송나라 초에 이르러 소설은 이미 비교적 명확한 범위가 정해지게 되었는데, 예를 들어 이방(李昉) 등이 편찬한 『태평광기(太平廣記)』에서는 한위(漢魏)로부터 오대(五代)까지의 소설을 집록하면서 고사성이 전혀 없는 잡저는 더 이상 포함시키지 않았다.

그러나 명나라 사람이 편찬한 『오조소설(五朝小說)』은 내용이 여전히 매우 번잡해, 『제민요술(齊民要術)』·『삼보결록(三輔決錄)』·『고화품록(古畫品錄)』 및 『시품(詩品)』·『금경(禽經)』·『죽보(竹譜)』와 같은 것도 모두 소설로 간주했다. 청나라에 이르기까지도 이러한 오래된 견해를 가진 사람들이 여전히 있었다. 예를 들어 당나라 봉연(封演)의 『봉씨문견기(封氏聞見記)』는 고증을 위주로 하면서 아울러 역사 사실의 견문 잡록을 기록한 것이지만, 노견증(盧見曾)은 이를 "설부(즉 '소설') 가운데 훌륭한 것(說部之佳者)"이라고 했다.[1]

송나라 왕응린(王應麟)의 『곤학기문(困學紀聞)』은 경사(經史)를 강론하면서 아울러 시문(詩文)을 논평한 독서 필기이지만, 염약거(閻若璩)는 역시 이를 '설부'라고 지칭했다.[2] 이로써 전대 사람들은 무엇을 '소설'이라 하고 무엇을 '필기'라고 하는지에 대해 결코 주의해서 구분하지 않은 채 잡록이나 잡기를 '필기소설'이라고 통칭했음을 알 수 있다. 사실 '필기' 모두가 '소설'은 결코 아니며, 고대의 '소설' 역시 '필기'란 한 체재에 결코 국한되지 않는다. 이러한 견해는 소설을 경시해 소도(小道)로 간주하는 의미를 내포하고 있을 뿐만 아니라, 또한 필기유형에 대해서도 명확한 식별이 결여되어 있음을 드러낸 것이다.

명나라 호응린(胡應麟)은 일찍이 소설을 6부류로 나누었는데, 그 주장은 다음과 같다.

소설가류는 다시 몇 부류로 나뉜다. 첫째는 지괴로 『수신기(搜神記)』·『술이기(述異記)』·『선실지(宣室志)』·『유양잡조(酉陽雜俎)』와 같은 부류가 이것이며, 둘째는 전기로 『보비연전(步飛燕傳)』·『양태진외전(楊太眞外傳)』·『앵앵전(鶯鶯傳)』·『곽소옥전(霍小玉傳)』과 같은 부류가 이것이며,

---

1   『봉씨문견기(封氏聞見記)』의 노견증(盧見曾)의 서(序)에 보인다.

2   옹원기(翁元圻)가 주를 단 『곤학기문(困學紀聞)』에 염약거(閻若璩)의 아들 염영(閻咏)의 제지(題識)가 있는데, 거기에서 "어떤 사람이 설부서 중에서 가장 보기 편한 것으로 누구의 것이 으뜸인지 물었더니, 엄친께서 '그것은 송 왕상서의 『곤학기문』이오!'라고 하셨다(或有問說部書最便觀者, 誰第一? 家大人曰: '其宋王尙書『困學紀聞』乎!)"라고 했다.

셋째는 잡록으로 『세설신어(世說新語)』·『어림(語林)』·『쇄언(瑣言)』·『인화록(因話錄)』과 같은 부류가 이것이며, 넷째는 총담으로 『용재수필(容齋隨筆)』·『몽계필담(夢溪筆談)』·『동곡집(東谷集)』·『도산청화(道山淸話)』와 같은 부류가 이것이며, 다섯째는 변정으로 『서박(鼠璞)』·『계륵편(鷄肋編)』·『자가집(資暇集)』·『변의지(辨疑志)』와 같은 부류가 이것이며, 여섯째는 잠규로 『안씨가훈(顏氏家訓)』·『세범(世範)』·『권선록(勸善錄)』·『성심전요(省心詮要)』와 같은 부류가 이것이다.

小說家一類, 又自分數種. 一曰志怪, 『搜神』·『述異』·『宣室』·『酉陽』之類是也. 一曰傳奇, 『飛燕』·『太眞』·『崔鶯』·『霍玉』之類是也. 一曰雜錄, 『世說』·『語林』·『瑣言』·『因話』之類是也. 一曰叢談, 『容齋』·『夢溪』·『東谷』·『道山』之類是也. 一曰辨訂, 『鼠璞』·『鷄肋』·『資暇』·『辨疑』之類是也. 一曰箴規, 『家訓』·『世範』·『勸善』·『省心』之類是也.[3]

위의 6부류 중에서 '잔총소어(殘叢小語)' 식의 소설이 아닌 '전기'와 마땅히 자부(子部) 잡가류(雜家類)에 속하는 『안씨가훈』 등과 같은 '잠규'를 제외한 나머지 4부류는 모두 필기체다. 그밖에 『사고전서총목제요(四庫全書總目提要)』에서는 소설을 '잡사를 서술한 것(敍述雜事)', '이문을 기록한 것(記錄異聞)', '쇄어를 엮어 모은 것(綴輯瑣語)'의 3부류로 나누었는데, 이것은 사실상 호응린이 열거한 '잡록'과 '지괴' 두 부류에 속한다. 소설의 범주 측면에서 말하자면 이러한 분류는 이전에 비해 간명하고 타당하지만, 필기의 내용 측면에서 논하자면 다 포괄하지 못한다는 결점이 있다.

그러나 『사고전서총목제요』에서 자부 잡가류에 수록한 저작 중에는 바로 우리가 말하는 필기가 적잖게 들어 있는데, 예를 들어 당나라 이광의(李匡義)의 『자가집(資暇集)』, 송나라 주익(朱翌)의 『의각료잡기(猗覺寮雜記)』, 오

---

3   호응린(胡應麟)의 『소실산방필총(少室山房筆叢)』 권29 「병부(丙部)·구류서론(九流緖論)하」에 보인다.

증(吳曾)의『능개재만록(能改齋漫錄)』등등이 모두 그러하다. 위진 시대부터 명청 시대까지의 필기를 귀납해 본다면, 대체로 다음의 3부류로 대별할 수 있다.

첫째는 소설고사류(小說故事類) 필기다. 위진 시대부터 명청 시대까지의 '지괴소설'과 '일사(軼事)소설'로, 진나라 간보(干寶)의『수신기(搜神記)』, 남조 송나라 유의경(劉義慶)의『세설신어(世說新語)』등으로부터 청나라 기윤(紀昀)의『열미초당필기(閱微草堂筆記)』, 왕탁(王晫)의『금세설(今世說)』등이 모두 여기에 속한다.

둘째는 역사쇄문류(歷史瑣聞類) 필기다. 위진 시대부터 명청 시대까지의 야사를 기록하거나 역사 사실을 담론하거나 문헌을 집록한 '잡록'과 '총담'으로, 진나라 사람이 한나라 유흠(劉歆)의 이름을 가탁한『서경잡기(西京雜記)』, 당나라 유속(劉餗)의『수당가화(隋唐嘉話)』, 이작(李綽)의『상서고실(尙書故實)』등으로부터 청나라 왕사정(王士禎)의『지북우담(池北偶談)』, 저인확(褚人穫)의『견호집(堅瓠集)』등이 모두 여기에 속한다.

셋째는 고거변증류(考據辨證類) 필기다. 위진 시대부터 명청 시대까지의 '독서수필'과 '찰기(札記)'로, 진나라 최표(崔豹)의『고금주(古今注)』, 당나라 봉연(封演)의『봉씨문견기(封氏聞見記)』, 송나라 심괄(沈括)의『몽계필담(夢溪筆談)』, 대식(戴埴)의『서박(鼠璞)』등으로부터 청나라 전대흔(錢大昕)의『십가재양신록(十駕齋養新綠)』, 손이양(孫詒讓)의『찰이(札迻)』등이 모두 여기에 속한다.

이 중에서 첫째 부류가 이른바 필기소설인데, 내용은 주로 줄거리가 간단하고 편폭이 짧은 고사이며, 그중의 일부 고사는 단편소설의 규모를 갖추고 있는 것도 있다. 둘째와 셋째 부류는 천문·지리·문학·예술·경사자집·전장(典章)·제도·풍속·민정(民情)·일문(軼聞)·쇄사(瑣事) 및 귀신·괴이·의복(醫卜)·성상(星相) 등등 거의 포괄하지 않은 것이 없어서 내용이 지극히 복잡하며, 대부분 손 가는 대로 기록한 자질구레한 제재들이다. 이 두 부류는 단지 '필기'로는 간주할 수 있지만 '필기소설'이라고 하기에는 타당하지 못하다. 그러나 이렇게 3부류로 대별한다 하더라도 여전히 주도면밀하기는 어렵다. 왜냐하면 필기란 체제가 본래부터 '잡(雜)'하다고 일컬어져서 한 책 안에서도 종종 각기 다른 부류를 겸유하고 있기 때문이다. 예를 들어『봉씨문견기』는 고거 이외에 역사 사실도 함께 기록했으며,『몽계필담』역시 전적으로 변증만을 중시한 것이 아니라 예문(藝文)과 잡사도 함께 언급했다. 심지어『열미초당필기』같은 경우는 진송(晉宋) 시대의 지괴소설을 추종하면서도 중간에 고거변증을 섞어 놓았으며,『지북우담』은 역사 사실과 문헌을 기록한 잡록이면서도「담이(談異)」한 편을 두어 귀신을 언급했다. 이러한 분류는 한쪽을 고려하다가 다른 한쪽을 소홀히 하는 느낌을 면하기 힘들다. 그래서 호응린은 그가 나눈 소설의 6부류에 대해 "잠시 그중요한 것만 열거했다(姑擧其重)"고 지적했으며, 아울러 "총담과 잡록 두 부류는 서로 뒤섞이기가 가장 쉽다(叢談·雜錄二類, 最易相紊)"는 사실을 인정했다.[4] 사실 고대의 역사와 소설은 때로는 그 한계를 명확히 구분하기가 어렵다. 예를 들어『세설신어』에 묘사된 인물은 모두가 역사상 유명한 실재 인물이지만, 거기에 기록된 사실은 대부분 전설에서 유래된 것이다. 그렇기 때문에 이 책은 이미 소설로 간주할 수 있으면서도 또한 역사로 간주해도 무방하다. 실제로 이 책은 소설과 역사 두 부류에 걸쳐 있다. 이를 소설고사류에 편입한 것은 일반적인 견해에 따라 분류한 것에 불과하다. 본서에서 이렇게 고대 필기를 3가지 큰 부류로 귀납한 것도 단지 그 대강을 개략적으로 거론한 것에 지나지 않는다.

　우리는 필기를 분류할 뿐만 아니라 또한 그 범위를 명확히 설정해 줄 필요가 있다. 그러나 무엇을 필기라 하고, 필기에는 어떠한 특징이 있으며, 어떠한 작품을 필기로 간주할 수 있는지 등등은 아마도 사람에 따라

4　주 3)과 같다.

보는 각도가 다르고 견해도 각자 다를 것이므로, 반드시 일치된 결론을 얻을 수 있는 것은 아니다. 따라서 필자가 본서를 쓰면서도 자신의 개인적인 견해에 따라 취사선택할 수밖에 없다. 필자는 필기의 특징을 이렇게 생각한다. 내용에 있어서는 주로 '잡(雜)'하기 때문에 유별(類別)에 구애받지 않고 들은 것을 곧바로 기록할 수 있으며, 형식에 있어서는 주로 '산(散)'하기 때문에 길고 짧은 것을 마음대로 서술할 수 있다. 따라서 비교적 전문적인 저작은 일괄적으로 수록하지 않았다. 예를 들어 진나라 황보밀(皇甫謐)의 『고사전(高士傳)』과 원나라 신문방(辛文房)의 『당재자전(唐才子傳)』 등은 한 시대의 한 부류의 사실을 전문적으로 기록한 책이므로 수록하지 않았고, 후위(後魏) 양현지(楊衒之)의 『낙양가람기(洛陽伽藍記)』와 무명씨의 『삼보황도(三輔黃圖)』와 송나라 육유(陸游)의 『입촉기(入蜀記)』 등은 지리와 고적 및 기행을 전문적으로 서술한 책이므로 수록하지 않았으며, 진나라 혜함(嵇含)의 『남방초목상(南方草木狀)』과 『다경(茶經)』·『해보(蟹譜)』 등은 동식물을 전문적으로 기록한 책이므로 수록하지 않았다. 그밖에 『안씨가훈』·『이정어록(二程語錄)』 등과 같은 가훈이나 어록, 그리고 『이십이사고이(卄二史考異)』·『십칠사상각(十七史商榷)』과 같이 사서를 고증한 찰기는 당연히 본서에서 논하는 대상에 포함시키지 않았다. 이렇게 대략적인 범위를 설정하고 나서, 다시 각 시대별로 각종 유형의 필기를 중요한 것과 부차적인 것으로 나누어 선택적으로 소개해야만, 독자들은 그 두서를 파악할 수 있으며 고대 필기를 "은하수처럼 끝없는 것(猶河漢而無極)"이라고 느끼지 않게 될 것이다.

그러나 비록 이렇게 범위를 설정했다 하더라도, 때로는 지나치게 구속할 수 없어서 다소 융통성을 필요로 하는 경우가 있기 마련이다. 예를 들어 남조 양나라 종름(宗懍)의 『형초세시기(荊楚歲時記)』는 풍토를 전문적으로 기록했으므로 마땅히 본서에서 제외되어야 하지만, 그중에는 고사와 전설을 많이 보존하고 있으며 한 시대의 명저였다. 이처럼 소개 논술해야 할 필요가 있을 때는 앞에서 언급한 범주 구분의 원칙에 제한받지 않았다. 이로써 유추해 본다면, 어떤 책들이 거론되고 어떤 책들이 거론되지 않는가는 또한 각각의 구체적인 상황에 따라 결정해야 하며, 여기에서 모두 정확하게 설명할 수는 없다. 취사선택이 적당한지와 평가에 치우침이 없는지는 독자들의 질정을 기다린다.

필기의 연원과 명칭

필기란 체재는 한나라 때 이미 있었는데, 예를 들어 반고(班固)의 『백호통의(白虎通義)』[일명 『백호통덕론(白虎通德論)』, 약칭 『백호통』]와 응소(應劭)의 『풍속통의(風俗通義)』(약칭 『풍속통』)는 사실 고거변증류의 필기다. 『백호통의』는 비록 오경을 강설하기 위하여 편찬된 것이지만, 「작(爵)」·「호(號)」·「오사(五祀)」·「예악(禮樂)」 등과 같이 제목을 나누어 논했는데, 해석이 매우 상세하고 각기 체계를 갖추고 있으며 이를 통해 고대의 정교제도(政敎制度)를 이해할 수 있어서, 일반적인 경전(經傳)의 주소(注疏)와는 다르다. 『풍속통의』는 편목을 나누어 부류별로 사물을 논술했는데, 그중에서 「건례(愆禮)」·「과예(過譽)」·「십반(十反)」편 등은 사실에 근거해 인물을 논한 것으로 『세설신어』의 인물품평과 자못 유사하고, 「정실(正失)」편에서는 속설의 오류를 바로잡았으며, 「성음(聲音)」편에서는 음률과 악기 등을 고증하고 있어서, 총담과 변증을 겸한 후대의 찰기류와 매우 비슷하다. 그밖에 채옹(蔡邕)의 『독단(獨斷)』과 응소의 『한관의(漢官儀)』도 역시 한나라의 고증류 필기다.

소설고사류와 역사쇄문류 필기의 연원은 더욱 오래된 것으로, 선진(先秦)의 옛 전적 중에는 사실상 후대 필기에 들어 있는 이 두 부류의 내용이 이미 포함되어 있다.

　중국 소설은 신화전설에서 기원하고 있는데, 위진남북조의 지괴체 필기소설은 바로 고대 신화전설의 계통을 계승하고 또 시대적·사회적 영향을 받아 변화 발전해 형성된 것이다. 비록 이전에 이러한 것들을 기록한 전문서가 부족한 탓에 망실된 것이 적지 않다고 하더라도, 이러한 유의 허다한 고사들이 선진의 옛 전적 중에서 산견(散見)된다. 예를 들어『시경(詩經)』「대아(大雅)·생민(生民)」에서는 주(周) 왕조의 선조인 강원(姜嫄)이 한 거인의 발자국을 밟은 뒤 후직(后稷)을 임신해 출산했다는 이야기를 노래했으며, 굴원(屈原)의『초사(楚辭)』「천문(天問)」에서 던지는 수많은 질문은 바로 모두 신화전설이다.『좌전(左傳)』「노장공(魯莊公) 8년」조에서는 제(齊) 양공(襄公)이 사냥할 때 그가 이전에 죽였던 공자(公子) 팽생(彭生)의 혼귀가 큰 돼지로 변해 "사람처럼 서서 우는 것(人立而啼)"을 보았다는 이야기를 기록했으며,「노선공(魯宣公) 17년」조에서는 진(晉)나라의 위과(魏顆)가 부친이 죽으면서 자기의 애첩을 순장하라는 유언을 따르지 않고 그녀를 개가시켰는데 나중에 진(秦)과 전쟁할 때 그 애첩의 죽은 아버지가 "혼령으로 나타나(顯靈)" 위과를 위해 풀을 묶어 적군을 넘어지게 함으로써 "보은(報恩)"한 이야기를 기록했다. 이것은 위진 시대 지괴소설 중에서 인과응보를 이야기하는 고사와 매우 흡사하다. 그리고『여씨춘추(呂氏春秋)』「의사(疑似)」편에서는 여구(黎丘)의 노인이 취해서 돌아올 때 이상한 귀신이 노인의 아들 모습으로 변해 길에서 그를 모욕했는데, 그다음 날 노인이 다시 시장에서 술을 마시자, 그의 아들은 부친이 또 귀신에게 희롱당할까 걱정되어 부친을 마중하러 나갔으나, 노인은 오히려 자기의 아들을 귀신으로 오인해 칼을 뽑아 찔러 죽였다는 이야기를 기록했다. 이것은 본래 비유를 들어 이치를 설파한 우언으로, 사람들이 진짜와 가짜를 분간하지 못하는 것을 풍자하고 있으나,『수신기』에서는 이 내용에 근거해 진거백(秦巨伯)이 두 손자를 찔러 죽인 이야기로 꾸밈으로써, 요괴의 변화를 선양하는 것을 중심으로 하는 고사로 바꾸어 놓았다. 위에서 기술한 몇 가지 예를 통해, 위진 시대 지괴체 필기소설의 연원을 알 수 있다. 그밖에 선진시대 옛 전적 가운데 『산해경(山海經)』과 『목천자전(穆天子傳)』이 두 책은 후대 지괴소설에 더욱 커다란 영향을 미쳤다. 『산해경』은 산천의 이물(異物)을 기록하고 천신과 지신에게 제사 지내는 것을 이야기한 것으로, 무술(巫術)과 관련이 있는 신화집이다. 『목천자전』은 주(周) 목왕(穆王)이 팔준마(八駿馬)를 타고 서쪽으로 정벌 나갔다가 서왕모(西王母)를 만난 고사를 기록한 것으로, 신화식의 '야사'다. 이 두 책은 사실상 최초의 지괴체 필기소설이라고 할 수 있다.

인물의 언행을 기록한 단편고사는 선진시대의 제자서나 사전(史傳) 중에도 뛰어난 것들이 적지 않게 있다. 예를 들어 『장자』 「열어구(列禦寇)」편에서는 조상(曹商)과 장자의 문답 한 대목을 기록했는데, 이록(利祿)을 좇는 무리의 파렴치함을 지극히 생동적이면서 날카롭게 폭로하고 강렬하게 규탄했다. 또한 『논어(論語)』의 "염유와 공서화가 공자를 모시다(冉有·公西華侍坐)"라는 대목은 인물의 서로 다른 태도와 개성이 풍부한 언어를 매우 구체적으로 묘사했다. 이는 바로 위진 시대의 스케치식 일사체 필기소설의 선구다. 『국어(國語)』와 『전국책(戰國策)』이 두 사서는 하나는 기언(記言)을 중시하고 다른 하나는 서사(敍事)를 중시했는데, 비록 서술하는 인물들의 언행이 앞뒤로 많은 관련이 있긴 하지만 대목마다 한 가지 사건을 기록하고 각기 시작과 끝이 있다. 이는 사실상 후대 역사쇄문류 필기의 기원이 되었다. 그리고 일사체 필기소설 중에서 위(魏)나라 한단순(邯鄲淳)의 『소림(笑林)』과 수(隋)나라 후백(侯白)의 『계안록(啓顔錄)』 등과 같은 소화류(笑話類)는 또한 선진 제자서 중의 풍자성 우언에서 발전되어 나온 것이다.

선진시대의 옛 전적을 제외하고 양한(兩漢)의 사서와 자서, 예를 들어 사마천(司馬遷)의 『사기(史記)』, 조엽(趙曄)의 『오월춘추(吳越春秋)』, 유향(劉

向)의 『신서(新序)』·『설원(說苑)』 등은 후대 소설고사류와 역사쇄문류 필기에 적잖은 영향을 미쳤다. 『사기』에는 소설이나 희극에 가까운 장면이 많이 들어 있고, 『오월춘추』에는 전설의 요소가 강하게 나타나며, 『신서』와 『설원』은 자서·사서·경전을 잡다하게 기록한 것으로 의미 있는 고사들을 적지 않게 보존하고 있다. 따라서 이들은 모두 위진 필기 가운데 『서경잡기』나 『세설신어』와 같은 작품에 참고자료를 제공했다.

앞에서 말한 내용을 총괄해 보면 다음과 같이 말할 수 있다. 소설고사류와 역사쇄문류 필기는 선진시대에 시작되어 위진 시대에 형성되었는데, 그것은 선진의 옛 전적 중에 비록 이 두 종류의 필기의 내용과 형식을 갖춘 것이 있다 하더라도 아직은 전문서로 편집되지 못했기 때문이다. 고거변증류 필기는 한나라에서 시작되어 당송 시대에 발전했는데, 그것은 한나라 때는 이러한 필기들이 여전히 경전에 부속되어 있다가 당송 시대에 이르러서야 점차 "속국에서 대국으로 크게 발전했기(由附庸蔚爲大國)" 때문이다.

필기란 체재는 어떠한 내용의 구속도 받지 않으면서 대부분 붓 가는 대로 잡다하게 기록한 것에서 나왔기 때문에, '총담(叢談)'·'잡조(雜俎)'·'쇄언(瑣言)'·'만초(漫鈔)'·'수필(隨筆)'·'필기(筆記)' 등을 서명으로 한 것이 가장 많은데, 예를 들어 『계원총담(桂苑叢談)』·『유양잡조(酉陽雜俎)』·『북몽쇄언(北夢瑣言)』·『운록만초(雲麓漫鈔)』·『용재수필(容齋隨筆)』·『노학암필기(老學庵筆記)』 등이 그러하다. 대체로 소설고사류는 대부분 '전(傳)'·'지(志)'·'기(記)'·'록(錄)'으로 불렀는데, 예를 들어 『열이전(列異傳)』·『박물지(博物志)』·『수신기(搜神記)』·『유명록(幽明錄)』 등이 그러하다. 그리고 위진 일사소설의 체재를 모방한 작품은 종종 '어림(語林)'·'세설(世說)'의 이름을 답습했는데, 예를 들어 『당어림(唐語林)』·『속세설(續世說)』 등이 그러하다. 역사쇄문류는 '재(載)'·'편(編)'·'사(史)'·'승(乘)'이라고도 했는데, 예를 들어 『조야첨재(朝野僉載)』·『각소편(却掃編)』·『정사(桯史)』·『규천외승(窺天外乘)』 등이 그러하다. 또한 그중에서 지난날의 역사 사실을 찬술한 것은 늘 '고사(故事)'·'구화(舊話)'라고 했는데 『중조고사(中朝故事)』·『동음구화(桐陰舊話)』가 그 예이며, 그 시대의 일화를 기록한 것은 늘 '기문(紀聞)'·'문견(聞見)'으로 표기했는데, 『속수기문(涑水紀聞)』·『사조문견록(四朝聞見錄)』이 그 예이다. 고거변증류 필기는 직접 '논(論)'·'평(評)'·'고(考)'·'변(辨)' 등의 글자를 표제로 삼은 것이 적지 않은데, 예를 들어 『형황신론(珩璜新論)』·『옹유한평(甕牖閒評)』·『고고편(考古編)』·『변오록(辨誤錄)』 등이 그러하다.

그러나 이러한 논의도 역시 약간의 사례를 든 것에 불과하다. 필기라는 명명(命名)은 본래 마음이 하고자 하는 바를 따르는 데에서 유래된 것이므로, 어떤 부류의 필기는 반드시 어떤 부류의 명칭을 써야 한다고 말하는 것은 결코 아니다. 따라서 단지 서명만 보고서 그 책에 기록된 것이 어떤 내용인지 반드시 이해할 수 있는 것은 아니다. 예를 들어 송나라 오방(吳枋)의 『의재야승(宜齋野乘)』은 비록 '야승'으로 서명을 삼긴 했지만 사실은 고증류 필기다. 그밖에 또한 수많은 필기가 전고(典故)를 표제로 삼기도 했는데, 예를 들어 송나라 조영치(趙令畤)의 『후정록(侯鯖錄)』은 한나라 누호(婁護)가 오후(五侯)의 음식을 한데 섞어 새로운 음식을 만들었다는 고사를 취해 자기 책의 잡다함을 말했으며, 장계유(莊季裕)의 『계륵편(鷄肋編)』은 조조(曹操)의 계륵 고사를 취해 스스로 자기 책의 무미건조함을 겸허하게 나타냈다. 그밖에 송나라 사람[혹자는 위태(魏泰)가 편찬해 매요신(梅堯臣)의 이름을 가탁했다고 함]의 『벽운하(碧雲騢)』, 장중문(張仲文)의 『백달수(白獺髓)』, 태평노인(太平老人)의 『수중금(袖中錦)』 및 명나라 진계유(陳繼儒)의 『진주선(珍珠船)』 등은 모두 상징적인 낱말을 가지고 서명을 삼았다. 이와 같은 다양한 예들을 통해 고대 필기의 명칭이 각양각색이었음을 알 수 있다.

중국의 필기는 매우 많아서 위진 시대부터 명청 시대까지 시대마다 취할 만한 작품들이 적지 않다. 그러나 이전 사람들은 오히려 이러한 책들을 경멸했다. 독자들은 대부분 필기를 차나 술을 마신 후에 기분 전환하기 위한 '한서(閑書: 한가하게 읽는 책)'로 여겼을 뿐만 아니라, 작자들도 역시 필기를 쓰는 것은 한가로이 소일하는 것에 불과하며 저술과는 관계가 없다고 종종 생각했다. 예를 들어 청나라 기윤(紀昀)은 일찍이 "저녁 해가 서쪽의 뽕나무와 느릅나무에 걸리고 정신력이 갈수록 떨어져서 더 이상 저술할 마음이 생기지 않을 땐, 때때로 잡기를 써서 무료한 시간을 보내곤 했다(景薄桑楡, 精神日減, 無復著書之志, 惟時作雜記, 聊以消閒)"[5]라고 말한 적이 있다. 사실 고대 필기의 내용은 매우 풍부해 많은 귀중한 자료들을 보존하고 있으며, 문학적인 가치와 역사적인 가치가 있어서 사람들에게 다방면의 지식을 제공해줄 수 있다. 또한 필기는 마음 가는 대로 기술하고 아무런 구속도 받지 않기 때문에, 활발하고 생동감 있게 묘사하고 엄숙하면서도 재미있고 흥미가 넘치므로, 일반적으로 이른바 '경전' 저작처럼 그렇게 판에 박힌 듯이 엄숙한 표정으로 말하는 것과는 다르다. 또한 필기 작자의 학문이나 식견이 항상 뜻밖의 곳이나 혹은 작은 문제에서 표출되는 것도 다른 책에서는 볼 수 없는 것이다. 그중에 크게 볼 만한 것이 있으니, 누가 저작이 아니라고 말할 수 있겠는가?

5　기윤(紀昀)의 말은 『열미초당필기(閱微草堂筆記)』「낙양속록(灤陽續錄)·소서(小序)」에 보인다.

제2장

위진남북조의 필기

제1절

소설고사류 필기

1. 위진 지괴필기 - 『박물지』·『수신기』 및 기타

위진남북조(魏晉南北朝)는 상당히 오랜 기간의 역사적 단계로, 후한(後漢) 말 위(魏)·촉(蜀)·오(吳) 삼국이 분립하던 때로부터 서진(西晉)·동진(東晉)을 거쳐 남북조가 서로 대치하는 정세가 끝나기까지 거의 400년의 시간(220~589)을 말한다. 이러한 역사 단계 중에서 나온 필기는 대부분 소사류의 작품인데, 그것은 다시 신선귀괴(神仙鬼怪)를 잡다하게 이야기한 지괴체(志怪體)와 인물의 단편적인 언행을 기록한 일사류(軼事類)로 나뉘며 그중에서도 지괴체 필기소설이 가장 많다.

왜 이 시기의 지괴소설이 가장 많은가? 루쉰(魯迅)은 그에 대한 적절한 설명을 다음과 같이 했다.

중국은 본래 무(巫)를 숭상했는데 진한시대 이래로 신선의 이야기가 성행했고 한나라 말에 또 무풍이 크게 번성하니 귀도(鬼道)가 더욱 유행했다. 때마침 소승불교 또한 중국에 들어와 점차 널리 전파되었으니, 무릇 이 모든 것이 귀신을 떠벌리고 영험함과 기이함을 말했다. 그래서 진(晉)나라로부터 수(隋)나라에 이르기까지 특별히 귀신·지괴에 관한 책이 많았다.

中國本信巫, 秦漢以來, 神仙之說盛行, 漢末又大暢巫風, 而鬼道愈熾. 會小乘佛敎亦入中土, 漸見流傳, 凡此皆張皇鬼神, 稱道靈異. 故自晉訖隋, 特多鬼神志怪之書.[6]

이러한 언급은 위진 지괴소설의 발전과 무술(巫術)·방사(方士)·불교(佛敎)가 서로 밀접한 관계가 있음을 지적한 것이다.

무술은 일종의 원시 종교적인 색채를 지닌 것으로, '신선설(神仙說)'이라고 불리는 것과 관련이 있다. 진한(秦漢)시대에는 선(仙)과 연단(煉丹)을 강구하는 방사들이 많았는데, 장생불사를 추구하는 통치계급의 심리에 영합해, 선산(仙山)과 영약(靈藥)의 존재를 선양함으로써 재물을 사취했다. 예를 들면 신선을 구하고 영약을 찾는 데 열중했던 진시황(秦始皇)과 한무제(漢武帝)가 방사에게 속았던 것을 들 수 있다. 비록 어떤 방사들은 기만한 것이 폭로되어 피살당하기도 했는데, 소옹(少翁)·난대(欒大) 등이 한무제에게 죽임을 당한 것이 그러한 예다. 그러나 이런 것으로 인해 신선설의 기세가 꺾인 것은 아니었다. 그밖에도 음양오행설(陰陽五行說)의 풍기가 중시되어 계속해서 성행하게 되었다. 일반인들의 사상은 그것에 지배받았을 뿐만이 아니라 심지어 대유학자인 동중서(董仲舒)·유향(劉向) 등도 음양오행을 이야기했다. 후한 이래로 통치계급들은 '참위(讖緯)'를 이용해 일반 백성들을 기만했고, 그리하여 한나라 말에 이르러서는 미신의 기풍이 갈수록 농후해졌다. 이 시기의 신선방술(神仙方術)은 더욱 발전해 도교(道敎)를 형성했고, 인도에서 전래된 불교도 이 기회를 틈타 전파되었다. 위진남북조의 장기적인 분열과 혼란스러운 국면은 또한 종교의 발전과

---

6 『중국소설사략(中國小說史略)』제5편「육조지귀신지괴서(六朝之鬼神志怪書)상」에 보인다.

사대부들의 퇴폐적인 정서의 발생을 조장했고, 노장학설(老莊學說) 속의 허무사상(虛無思想)을 대두시켰다. 위진의 명사 중 많은 사람이 모두 귀신을 믿었고 음양술(陰陽術)을 즐겨 가르쳤으며 연단을 복용했다. 죽림칠현(竹林七賢) 중의 혜강(嵇康)과 같은 사람은 일찍이 그가 저술한 「양생론(養生論)」 중에서 "신선이 비록 눈에 보이는 것은 아니지만, 전적에 기록된 바와 전사(前史)에 전해진 바를 견주어 논해 보면 그것은 반드시 존재한다(神仙雖未目見, 然記籍所載, 前史所傳, 較而論之, 其有必矣)"라고 말하면서 신선의 존재를 긍정했다. 『수신기(搜神記)』를 편찬한 간보(干寶)도 술법(術法)을 좋아했으므로 그가 저술한 이 지괴서의 목적도 "신도(神道)가 허무맹랑하지 않음을 밝히려는(發明神道之不誣)" 데에 있었다. 『이아(爾雅)』에 주를 단 곽박(郭璞)은 음양오행·역산(曆算)·복서(卜筮) 등에 정통한 것으로 이름이 났으며, 방사에 가까웠다. 『포박자(抱朴子)』를 지은 갈홍(葛洪)도 신선도인술(神仙導引術)을 좋아해 만년에 산기상시(散騎常侍)를 그만두고 구루현령(句漏縣令)이 되고자 했는데, 그 까닭은 구루현에 단사가 났으므로 그것을 연단해 장생을 구하기에 편리했기 때문이었다. 지괴소설은 이렇게 농후한 종교 미신과 출세사상의 영향 아래서 대량으로 나오게 되었다.

『한서(漢書)』「예문지(藝文志)」에 저록된 소설 15종은 일찍이 망실되었다. 『연단자(燕丹子)』 1편을 제외하면, 현재 신선·방술을 기록한 한나라 사람의 소설은 모두 위진남북조 문인에 의해 가탁된 것이다. 지괴소설은 실제로 위진 시대에서 시작되었으나 연구할 만한 위나라의 저작은 아주 적으며, 대부분 진나라 사람의 손에서 나온 것이다. 예를 들어 『열이전(列異傳)』·『박물지(博物志)』·『수신기』·『수신후기(搜神後記)』 등이 그것이며, 모두 이 시기의 유명한 작품들인데, 그중 『박물지』와 『수신기』는 지괴서의 대표적인 두 유형이라고 할 수 있다.

『박물지(博物志)』는 진나라 장화(張華)가 찬한 것으로, 『산해경(山海經)』의 계통을 계승 발전시킨 것이며, 지리(地理)·박물(博物)을 기록한 쇄문류

(瑣聞類)다. 원서는 본래 400권이라고 하는데, 진 무제(武帝)가 그것의 번잡함에 불만을 품고 장화에게 10권으로 만들도록 했다.[7] 지금의 판본은 10권으로 되어 있는데, 대부분 후인이 편집한 것으로 본래의 모습은 아니다. 그중에 「산(山)」·「수(水)」·「물산(物産)」·「이인(異人)」·「악고(樂考)」·「이문(異聞)」·「사보(史補)」 등의 항목들은 각각 소제(小題)를 표시해 분류한 것으로, 산천(山川)·지리(地理)·이물(異物)·기경(奇境)·수속(殊俗)·쇄사(瑣史)·신화(神話)·야사(野史)에서 예제(禮制)·복식(服飾)에 이르기까지 언급해 포괄한 방면이 매우 광범위하지만, 신선·방술을 선양하는 것을 주요 내용으로 삼았다. 권1의 「물산(物産)」 항목에서는 고석소(高石沼)에 신궁(神宮)이 있어서 기지(琪芝)·신초(神草)가 산출됨을 말하고 있고, 원구산(員丘山)에 적천(赤泉)이 있어서 그것을 마시면 늙지 않는다는 내용이 있다. 모두 가상의 선경(仙境)과 이물(異物)을 기록한 것으로, 신선의 존재와 장생불로의 가능성을 강조했다. 이것은 바로 진한 시대의 방사들이 선양했던 것과 같다. 그 밖에 권5에 기록된 것과 같은 경우는 전부 방사와 관련된 일로서, 벽곡(辟穀)·도인술(導引術)의 효험을 긍정하고 있는데, 위진 사대부들도 역시 이러한 수법을 믿었다는 것을 알 수 있다.

『박물지』에 기록된 것은 대부분 이렇게 자질구레한 잡기이며 고사는 매우 적다. 간혹 약간의 고사가 있기도 하지만 그것은 옛 책을 베낀 것으로, 권7 「이문(異聞)」의 '과보축일(夸父逐日)' 조와 같은 것은 전부 『산해경』을 베낀 것이다. 권8 「사보(史補)」에는 연(燕) 태자(太子) 단(丹)이 진(秦)에 볼모로 잡혀간 조가 있는데, 한나라 사람의 『연단자』로부터 발췌한 것이다. 다만 한아(韓娥)가 노래를 잘 불러서 남겨진 여음이 감돌아 사흘 동안 끊이지 않았다는 것(「사보」에 보임)과 바닷가의 어떤 사람이 뗏목을 타고 은하수에 가서 견우성(牽牛星)을 보았다는(권10 「잡설」하에 보임) 등의 전설은 후

---

7   자세한 설명은 진(晉)나라 왕가(王嘉)가 지었다고 구제(舊題)되어 있는 『습유기(拾遺記)』 권9에 보인다.

인들에 의해 전고(典故)로 사용되어 비교적 유명하다.

『박물지』는 지괴소설의 잡담식 격식을 뛰어넘지 못했으므로, 그다지 커다란 가치를 지니고 있는 것은 아니다. 현재 통행본은 『고금일사(古今逸史)』·『한위총서(漢魏叢書)』·『패해(稗海)』본 등이 있다. 청나라 주심여(周心如)는 일찍이 『박물지보(博物志補)』 2권을 집록하고 『박물지』 10권 뒤에 부록으로 첨부해 『분흔각총서(紛欣閣叢書)』에 수록했다. 전희조(錢熙祚)도 『박물지일문(博物志逸文)』 1권을 집록해 『지해(指海)』 제10집(集)에 수록했다.

『수신기(搜神記)』는 진나라 간보가 지었고 신선귀괴 고사를 집록하는 것을 위주로 했으므로 고사성이 없는 자질구레한 기록도 포함되어 있는데, 이것은 위진 지괴소설의 주된 유형이다. 그것은 『산해경』과 『목천자전(穆天子傳)』 두 책의 영향을 함께 받았으며, 『박물지』가 완전히 『산해경』을 모방한 것과는 다르다.

현재 통행되는 『수신기』는 『사고전서총목(四庫全書總目)』에 저록된 20권본인데 결코 원서가 아니며, 대개 후대 사람들이 『북당서초(北堂書鈔)』·『예문유취(藝文類聚)』·『초학기(初學記)』·『법원주림(法苑珠林)』·『태평어람(太平御覽)』 등의 책에서 일문(佚文)을 집록해 만든 것이다.

『수신기』는 양한 시대에 유전되어 오던 고사와 위진 시대의 민간전설을 기록했으며, 또한 사전(史傳)과 이전에 나왔던 지괴서에서 자료를 취해 편집했다. 책 속에 기록되어 있는 「송정백매귀(宋定伯賣鬼)」, 「간장막야(干將莫邪)」, 「장제망아(蔣濟亡兒)」, 「소아소원(蘇娥訴冤)」 등의 조는 아마도 『열이전』에 기록된 내용에 근거해 윤색한 것으로 보인다. 그중에는 의미 있는 옛 신화와 현실성이 풍부한 민간전설이 보존되어 있다. 예를 들어 권13의 한 조에 다음과 같은 고사가 있다. 하신(河神) 거령(巨靈)은 화산(華山)이 물길을 막고 있으므로 손으로 가르고 발로 밟아서 산을 반으로 나누었다. 그리하여 산 위에는 그의 손바닥 모양과 발자국이 남았다. 이것은 고대 사람들이 장애물을 제거하고 자연과 싸워 승리하고자 하는 희망을 반영한 신화다. 권14에도 적지 않은 신화전설이 실려 있다. 말가죽이 소녀(少女)를 둘둘 말아서 누에로 변한 것은 누에고치 실 생산과 관련된 신화이고, 항아(嫦娥)가 달로 간 것은 달과 관련된 신화이며, 부부가 학으로 변한 것은 애정이 굳세고 곧은 사람과 관련된 전설이고, 고신씨(高辛氏)의 작은 개 반호(盤瓠)의 고사는 고대 이민족의 발생과 관련된 전설이다. 그밖에 일부 민간전설은 대부분 사회현실에 대해 기록했는데, 상상적인 기이한 내용을 통해 일상생활 속의 바람을 표현했다. 권11에서는 간장막야가 초왕(楚王)에게 살해된 고사를 기록했는데, 그의 아들 적(赤)이 장성한 후에 부친의 원한을 갚기 위해 심지어 자신의 머리를 베어서 다른 사람이 자신의 머리를 바치는 기회를 틈타 초왕을 찔러 죽이게 했다. 그 협객은 적(赤)을 대신해서 원수를 갚기 위해 생명을 희생하는 것도 아까워하지 않았다. 원한을 갚는 단호한 의지와 협객의 정의롭고 늠름한 풍모를 생동감 있게 표현했다. 권13에서는 한나라 동해(東海) 지방의 효부(孝婦) 주청(周青)이 모함받아 피살된 고사를 기록했는데, 효부의 형을 집행할 때 목의 피가 역류해 깃대로 날아갔으며 또한 죽은 후에 그 지방에 3년 동안 큰 가뭄이 듦으로써, 효부의 억울함을 드러냈다.

또한 일부 고사는 남녀의 혼인이 자유롭지 못한 것을 기록했다. 예를 들어 권16에서는 오왕(吳王)의 어린 딸 자옥(紫玉)의 고사를 기록했는데, 자옥은 오왕이 그녀가 사랑하는 동자 한중(韓重)과의 결혼을 허락하지 않았기 때문에 슬퍼하다 죽었으며, 나중에 자옥의 혼백이 나타나서 한중과 다시 만나 명주(明珠)를 선사하고 그를 보호해 주기까지 했다. 권15에서는 진시황 때 왕도평(王道平)과 당부유(唐父喩)의 고사와 진(晉) 무제(武帝) 때 하간군(河間郡) 남녀의 고사를 기록했는데 내용이 비슷하다. 한 여자가 한 남자를 사랑하지만 부모가 그녀를 강제로 다른 사람에게 시집보냈기 때문에 분을 품고 죽었다가, 나중에 다시 소생해 진심으로 사랑하는 사람과 결혼해 부부가 되었다. 이 세 고사는 모두 진실하면서도 순결한 애정을 묘사했다. 권11에서는 한빙(韓憑)과 하씨(何氏)가 송(宋) 강왕(康王)의 핍박을 받아 부부가 함께 살지 못하고 두 사람 모두 자살한 고사를 기록했는데, 묘지에서 상사수(相思樹)가 생겨나고 그들의 혼백이 원앙새로 환생해 나무 위에서 함께 깃들였다. 이 역시 생사를 초월한 애정과 강인한 불굴의 의지를 찬양하는 유명한 전설이다.

『수신기』에는 또한 일부 단편들도 들어 있는데, 지혜롭고 용감하거나 선량한 사람에 관한 고사들이다. 예를 들어 권19에서는 가난한 소녀 이기(李寄)의 고사를 기록했는데, 그녀는 자신의 목숨도 돌보지 않고 용감하게 돌진해 사람을 잡아먹는 큰 뱀을 지혜롭고 용감하게 죽임으로써, 주민들을 위해 해로운 것을 제거했다. 이것은 이기라는 젊은 영웅에 대한 찬양을 표현했다. 권11에서는 양백옹(楊伯雍)이라는 사람의 고사를 기록했다. 그는 높은 산 위에 물이 부족하자 고된 수고도 마다하지 않고 항상 물을 길어서 길 가는 사람들의 갈증을 풀어 주었는데, 나중에 어떤 사람이 돌 한 말을 그에게 보내 주자 그것을 심었더니 돌밭에서 아름다운 옥이 나왔다. 이것은 착한 사람이 복을 받는다는 뜻을 드러낸 것으로, 종교적인 인과응보를 선양하는 고사와는 다르다. 이러한 고사들은 또한 『수신기』에 부분적으로 담겨 있는 의의 있는 내용이다. 그밖에 권1에 기록되어 있는 고사 중에서 선녀가 하늘에서 내려와 동영(董永)에게 시집간 이야기는 지방희(地方戲)인 『천선배(天仙配)』 고사의 내원이 되었고, 이기 고사는 일찍이 구시대에 경극(京劇)을 만든 사람이 채용해 『동녀참사(童女斬蛇)』라는 극으로 개편했다.

이러한 민간전설은 이 책의 정수이며 오랫동안 널리 전파되어 줄곧 사람들에게 사랑받았다. 『수신기』류 지괴서의 문학적 가치는 주로 이렇게 뛰어난 신화·전설을 보존하고 있다는 데에 있다.

『수신기』에는 또 다른 내용이 있다. 귀신과 요괴를 기록해 그것이 진실로 존재함을 밝혔으며, 무술과 복서(卜筮)를 언급해 그것의 예언과 영험함 등을 과장했는데, 이는 완전히 미신을 선양하는 데에 목적을 둔 것으로 이 책의 조잡한 부분이다. 그중에서 역사 인물을 기록한 고사는 아주 적은데, 예를 들어 권8의 「우순획옥력(虞舜獲玉曆)」[8], 「상탕기우(商湯祈雨)」, 「주문왕득여망(周文王得呂望)」, 「무왕벌주(武王伐紂)」 등등도 모두 신괴(神怪)와 관련이 있다. 그러나 이러한 자료는 고대의 종교미신을 연구하는 데에 참고가 될 수 있을 뿐이며, 소설과의 관계는 그다지 크지 않다.

『수신기』는 현재 『비책휘함(秘冊彙函)』·『진체비서(津逮秘書)』·『학진토원(學津討原)』·『백자전서(百子全書)』 등의 판본이 있는데, 그중에서 『비책휘함』본이 가장 이르다. 상무인서관(商務印書館)의 『총서집성(叢書集成)』본은 『비책휘함』본에 의거해서 조판 인쇄했고, 아울러 『학진토원』본에 의거해 일부 잘못된 글자를 교정했다.

청나라 왕모(王謨)가 판각한 『한위총서』 중에는 8권본 『수신기』가 들어 있는데, 이것은 조송(趙宋) 이후의 사람이 북위(北魏)의 승려 담영(曇永)이 찬한 『수신론(搜神論)』의 잔권에 근거해서 증보해 만든 것으로, 20권본의 내용과는 다르다.[9]

『열이전(列異傳)』 3권은 『수서(隋書)』 「경적지(經籍志)」에 위(魏) 문제(文帝)가 지었다고 되어 있고, 『구당서(舊唐書)』 「경적지」와 『신당서(新唐書)』 「예문지(藝文志)」에는 모두 진(晉)나라의 장화(張華)가 지었다고 되어 있으나 모두 증거가 부족하다. 그러나 위진 시대 사람의 작품이라는 데에는 의심의 여지가 없다. 원서는 이미 망실되었으나, 현존하는 몇 십 조의 일문에 근거해 보면, 그것과 『수신기』는 동일한 유형의 작품일 것으로 추정된다. 일부 고사들은 또한 『수신기』(예를 들어 「간장막야」·「장제망아」 등)에 보이

---

8 옥력(玉曆)은 조대가 바뀌는 시기와 날짜를 적은 부적이나 그 기록이 쓰인 옥첩(玉牒)을 말한다—역주.

9 왕야오(王瑤)의 『중국문학사논집(中國文學史論集)』 「소설여방술(小說與方術)」 5에 보인다.

나, 상세하고 간략함이 다르다.「송정백매귀」와「망부석(望夫石)」등의 조는 그중에서도 비교적 의의가 있는 전설이다.

『수신후기(搜神後記)』10권은 구제(舊題)에 진(晉)나라의 도잠(陶潛)이 지었다고 되어 있으나, 그 진위는 역시 확정하기 어렵다. 그 내용은『수신기』와 중복된 부분이 있다. 당송 시대의 유서(類書) 중에서 주에『수신기』를 인용한 것은 종종『수신후기』의 문장인 경우가 있고, 주에『수신후기』를 인용한 것도 흔히『수신기』의 고사인 경우가 많다. 아마도『수신후기』역시 후대 사람들의 집록에 의해 나왔기 때문에, 그 내용이『수신기』와 서로 뒤섞여 있는 것으로 보인다.『수신후기』중의「백수소녀(白水素女)」조는 우렁이 여인이 가난한 사단(謝端)을 위해 밥을 지어 준 고사를 기록했는데,『수신기』에서 직녀(織女)가 하늘에서 내려와 동영(董永)에게 시집간 주제와 비슷하다.「원상·근석(袁相·根碩)」조는 두 사람이 산에 들어가서 신선을 만난 이야기를 기록했는데, 이 또한 '도화원(桃花源)' 식의 고사다. 번잡하고 자질구레한 기술은 감소한 반면에 단편을 이루는 고사는 증가했으며, 요괴의 괴이한 이야기는 간략히 한 반면에 신선에 대해서는 지나치게 언급했는데, 이것이 바로 이 책의 특징이다.

『열이전』의 일문은 저우수런(周樹人: 루쉰)이 집록해『고소설구침(古小說鉤沈)』에 수록했다.『수신후기』는 현재『비책휘함』·『진체비서』·『학진토원』·『한위총서』등의 판본이 있다. 상무인서관의『총서집성』본은『비책휘함』본에 의거해서 영인한 것이다.

위에서 기술한 책들을 제외하고도 위진의 지괴소설은 진나라 조충지(祖冲之)의『술이기(述異記)』, 조대지(祖臺之)의『지괴(志怪)』, 순씨(荀氏)의『영귀지(靈鬼志)』, 대조(戴祚)의『견이전(甄異傳)』등이 있는데 모두 망실되었다. 그밖에 현재 통행되는『술이기』2권은 양나라 임방(任昉)이 찬한 것으로 되어 있으나, 실제로는 당송 시대 사람의 위작이다.

내용 방면을 살펴보면, 위진의 지괴소설은 요괴·쇄사(瑣事)·음양오행·

신선·무술을 함께 기록해 비교적 번잡하지만, 특정한 종교를 선양하는 데에 중점을 두고자 한 것은 아니다. 그것은 불교나 도교에 대해서도 각각 방술의 일종으로 간주한 것에 불과하다. 창작 방면을 살펴보면, 위진 시대 사람들은 기이한 이야기를 집록하길 좋아했지만, 의식적으로 소설을 짓고자 한 것은 아니었다. 따라서 이렇게 자질구레한 것들은 고사성이 없는 것일 뿐만 아니라, 다만 몇 마디의 말만으로 기술된 것이다. 즉 일반 고사 역시 조잡한 것을 늘어놓은 것에 불과해 여전히 '잔총소어(殘叢小語)' 식의 형식에서 벗어나지 못했다. 그러나 『수신기』 중의 뛰어난 전설, 예를 들어 「간장막야(干將莫邪)」·「한빙부부(韓憑夫婦)」·「이기(李寄)」·「자옥(紫玉)」·「천일주(千日酒)」 등은 모두 비교적 잘 묘사된 것으로 이미 세부묘사에 주의했다.

2. 남북조 지괴필기 – 『이원』·『속제해기』·『습유기』 및 기타

남북조 지괴소설로 비교적 유명한 것은 『이원(異苑)』·『유명록(幽明錄)』·『속제해기(續齊諧記)』 등인데 역시 『수신기』류의 작품이다. 그밖에 『습유기(拾遺記)』도 남북조 사람의 작품이지만, 그 내용은 위에서 기술한 작품들과 다르다. 당시에 불교가 크게 성행해 신도들이 매우 많았으므로, 어떤 사람들은 소설을 써서 천당과 지옥, 인과응보 등을 강설함으로써 불교의 영이함과 불교를 믿는 장점을 선양했다. 예를 들어 남제(南齊) 왕염(王琰)의 『명상기(冥祥記)』는 바로 불교도의 신분으로서 포교를 목적으로 지은 지괴서이며, 남조 송나라 유의경(劉義慶)의 『선험기(宣驗記)』와 북제(北齊) 안지추(顏之推)의 『원혼지(冤魂志)』도 역시 이러한 유형의 지괴소설이다.

『이원(異苑)』 10권은 남조 송나라 유경숙(劉敬叔)이 찬한 것이다. 비록 원서는 아니지만 대체로 완정해, 『박물지』·『수신기』가 후대 사람에 의해 집록되어 나온 것과는 다르다. 일반적으로 말하면, 귀신에 관한 괴이한 고사는 위진 지괴의 내용과 비슷해 결코 신기함은 없지만, 개별적인 조목에는 간혹 취할 만한 것이 있다. 예를 들어 권3에서는 앵무새 한 마리에 관한 고사를 기록했는데, 앵무새가 산속으로 날아들자 그곳의 짐승들이 모두 잘 대해주었다. 나중에 산에서 큰불이 나자, 앵무새는 물속에 들어가 깃털을 적셔 공중에서 물을 뿌려 불을 끄려 했다. 이로 인해 천신(天神)이 감동해 대신 불을 꺼 주었다. 이 고사는 인정미가 가득하며, 미력이라도 다해서 은혜를 갚으려는 지극한 정성을 찬양했다. 사물을 의인화한 수법은 이미 현대의 동화와 비슷하다. 주의할 만한 것은 이 책 속에 진송(晉宋) 시대의 명인, 예를 들어 도간(陶侃)·장화(張華)·온교(溫嶠)·곽징지(郭澄之)·사영운(謝靈運) 등에 관한 이문(異聞)과 몇몇 옛 전설이 기록되어 있다는 것이다. 당나라 사람들은 이 책에서 많은 자료를 취했다. 예를 들어 권4에서는 장화가 어떤 사람이 그에게 보여준 바다오리 깃털을 보고 천하가 장차 어지러워질 것을 탄식하며 말했다는 고사를 기록했는데, 이것은『진서(晉書)』「장화전(張華傳)」의 근거가 되었다. 온교의 「우저연서(牛渚燃犀)」고사 역시 이 책에서 나왔다. 또한 권10에서는 개자추[介子推: 개지추(介之推)]가 봉작(封爵)을 받지 않고 도망가서 나무를 껴안고 불에 타 죽은 고사를 기록했는데, 진(晉) 문공(文公)은 그 나무를 어루만지면서 슬프게 탄식한 뒤 나무를 베어 나막신을 만들었으며, 개자추가 자신의 넓적다리 살을 잘라 약으로 쓴 공로를 매번 기리면서 나막신을 굽어보며 "애달프도다! 그대여!(悲乎足下)"라고 했다. 이것은 또한 '족하(足下: 그대)'라는 칭호의 기원과 관련된 전설로 매우 유명하다.

『이원』의 통행본으로는『당송총서(唐宋叢書)』·『오조소설(五朝小說)』·『비책휘함』·『진체비서』·『학진토원』등의 판본이 있다.

『유명록(幽明錄)』30권은 남조 송나라 유의경이 찬한 것으로,『수서』「경적지·사부(史部)·잡전류(雜傳類)」에 보인다. 당나라 때 일찍이 유행해

『진서』에서 그중의 자료를 취한 것이 많지만, 지금은 이미 망실되었다. 각종 전적에 흩어져 보이는 일문이 적지 않은데, 루쉰의 『고소설구침』에 이미 집록되어 있다.

『유명록』은 『열이전』·『수신기』 등과 비슷한 신괴고사 이외에 불교를 선전하는 내용을 증보했다. 예를 들어 「조태입명(趙泰入冥)」 조는 불교의 지옥과 윤회의 설법을 반영했다. 「파구현무사서례(巴丘縣巫師舒禮)」 조는 무당 서례가 죽은 후 "신에게 아첨하느라 살생을 저질렀기(佞神殺生)" 때문에 태산(泰山)에서 잔혹한 형벌을 받았으나 불교를 믿은 자들은 도리어 "저승의 복당(冥司福舍)"에서 복을 누린다는 고사를 기록했다. 이것은 또한 불법(佛法)을 선양할 뿐만 아니라 도교의 방술(方術)에 대해 비평을 가한 것으로, 이전의 지괴소설에서는 보이지 않았던 내용이다. 유의경도 불교를 믿었으므로 이러한 고사를 즐겨 기록했다.

그러나 『유명록』 안에는 비록 이러한 포교적인 내용이 있긴 하지만, 이 책은 단순하게 포교를 목적으로 지어진 것은 아니며, 그중에는 아주 뛰어난 고사도 보존되어 있다. 예를 들어 유신(劉晨)과 완조(阮肇)가 천태산(天台山)에 들어가 선녀를 만난 이야기는 태평한 세상과 행복한 혼인에 대한 백성들의 갈망을 표현해낸 것으로 후세까지 널리 유전된 아름다운 전설인데, 같은 책 속의 황원(黃原) 고사와 『수신후기』의 「원상·근석」 고사와 내용이 서로 비슷하다. 또한 「매호분여자(賣胡粉女子)」 고사가 있다. 한 남자가 호분 파는 여자를 굉장히 사랑해 매일 호분을 사러 갔는데, 나중에 그 둘이 몰래 만나게 되었을 때 그가 기뻐 뛰다가 뜻밖에 죽어 버렸다. 여자가 시체를 어루만지며 통곡하자 그가 다시 살아나서 부부가 되었다. 이것은 진실한 애정을 나타낸 고사로, 『고금악록(古今樂錄)』에 실려 있는 남조(南朝) 악부(樂府) 「화산기(華山畿)」의 내용과 유사하므로 같은 연원에서 나왔을 가능성이 있다. 이로써 『유명록』도 민간전설적인 성분을 갖추고 있음을 충분히 알 수 있다.

위진남북조의 지괴 작가들은 항상 먼저 나온 이러한 저작으로부터 고사를 베껴 썼기 때문에 전례를 따르는 것이 기풍이 되었다. 『유명록』중의 적지 않은 고사도 전대의 지괴서로부터 집록된 것이며 작자가 직접 찬한 것이 아니다.

『속제해기(續齊諧記)』1권은 양나라 오균(吳均)이 찬한 것이다. 대개 남조 송나라 동양무의(東陽無疑)의 『제해기(齊諧記)』(이미 망실됨)를 이어서 지었기 때문에 『속제해기』라고 한 것으로 보인다. '제해'라는 명칭은 『장자(莊子)』「소요유(逍遙遊)」중의 "제해는 괴이한 일을 기록한 것이다(齊諧者, 志怪者也)"는 말에서 취한 것이다.

『속제해기』의 고사는 그것과 위진 지괴소설의 연원을 드러내는 한편 그것이 남북조 불경 유행의 영향을 받았다는 사실을 나타내고 있다. 「청계묘신(淸溪廟神)」조는 회계(會稽)의 조문소(趙文韶)와 여신의 사랑을 기록했는데, 이것은 바로 위진의 지괴서에서 늘 보이는 인신결합(人神結合)류의 내용을 변화시킨 것이다. 「양선서생(陽羨書生)」조는 한 서생이 거위장 속으로 들어가서 입으로 여자를 토해 냈으며 갈수록 여러 가지 변화를 부린 이야기를 기록했는데, 이것은 바로 인도의 『구잡비유경(舊雜譬喩經)』속의 내용을 취해 겉만 살짝 바꾼 것이다. 그밖에 「중양등고(重陽登高)」고사가 기록되어 있는데 다음과 같다.

여남의 환경이 비장방을 좇아 수년간 유학했는데, 비장방이 말하길, "9월 9일에 너의 집에 틀림없이 재앙이 생길 것이니, 급히 떠나야 한다. 식구들에게 각각 진홍빛 주머니를 만들어 산수유를 담아 팔에 매달도록 하고, 높은 곳에 올라가서 국화주를 마시면, 화를 없앨 수 있을 것이다"라고 했다. 환경은 그 말대로 모든 가족을 데리고 산에 올라갔다가 저녁에 돌아와서 보았더니, 닭·개·소·양이 일시에 갑자기 죽어 있었다. 비장방이 그것을 듣고 말하길, "이 짐승들이 화를 대신했다"

라고 했다. 오늘날 사람들이 9월 9일에 높은 곳에 올라가 술을 마시고 부인들이 산수유 주머니를 달고 다니는 것은 대개 여기에서 비롯되었다.

汝南桓景隨費長房遊學累年, 長房謂曰: "九月九日汝家中當有災, 宜急去. 令家人各作絳囊, 盛茱萸以繫臂. 登高, 飲菊花酒. 此禍可除." 景如言, 齊家登山. 夕還, 見雞犬牛羊一時暴死. 長房聞之曰: "此可代也." 今世人九日登高飲酒, 婦人佩萸囊, 蓋始於此.

이것은 음력 9월 9일 중양절(重陽節)에 높은 곳에 오르는 풍습이 화를 면하고자 한 데에서 비롯되었다는 것을 설명하는데, 옛사람들의 미신 방술과 관련이 있다. 또한 진(晉)나라의 상서랑(尙書郎) 속석(束晳)이 무제(武帝)가 3월 3일에 굽이진 물에 잔을 띄우며 노는 잔치인 곡수유상(曲水流觴)의 의미를 물은 것에 대답한 것과, 초인(楚人)이 5월 5일에 대나무 통에 쌀을 담아 물에 던져 굴원(屈原)에게 제사 지낸 것이 기록되어 있는데, 이 역시 모두 고대의 민속에 대해 언급한 자료다. 「등고(登高)」와 「곡수(曲水)」 두 조는 『형초세시기(荊楚歲時記)』의 주문(注文)에서 일찍이 인용되었다. 또한 「자형수(紫荊樹)」 조는 경조(京兆)의 전진(田眞) 형제 세 명이 분가(分家)하면서 집 앞에 있던 한 그루의 자주색 가시나무를 톱질해 세 조각으로 나누려는 고사를 기록했는데, 이 역시 후대에 대가족 제도를 선양한 소설이나 희곡의 제재가 되었다.

『속제해기』의 통행본은 『설부(說郛)』·『오조소설』·『고씨문방소설(顧氏文房小說)』·『고금일사(古今逸史)』·『한위총서』 등의 판본이 있다.

『습유기(拾遺記)』 10권은 구제(舊題)에 진나라 왕가(王嘉)가 찬한 것으로 되어 있는데, 일찍이 양나라 소기(蕭綺)가 정리하고 논(論)을 덧붙였으므로, 명나라 호응린(胡應麟)은 이 책을 소기가 편찬해 왕가의 이름을 가탁한 것이라고 여겼다.[10] 전체 책의 문장은 아름다워서 오히려 육조인(六朝人)의 풍격과 아주 비슷하다.

『습유기』는 고대의 이문(異聞)을 중심으로 기록했는데, 대부분의 편폭에서 묘사한 것은 옛 제왕에 관한 전설이다. 상고시대에서 위진 시대의 인물에 이르기까지 광범위하게 언급했다. 그중에는 선산(仙山)을 말한 것도 있고 복약구선(服藥求仙)을 기록한 내용도 있다. 그러나 인과응보를 강설하지 않은 것은 일반적인 지괴서와 다른 점이다. 이 책의 고사는 대부분 역사적인 실마리를 빌려서 이야기를 꾸몄으므로 의식적으로 소설을 지으려는 형태에 자못 가깝다.

예를 들어 권8에 기록된 「삼국오여몽몽중독『역』(三國吳呂蒙夢中讀『易』)」조는 다음과 같다.

> 여몽이 오나라에 들어가니 오나라 군주가 그에게 학업을 권장했다. 그래서 여몽은 여러 서적을 두루 살펴보았고, 『주역』을 주종으로 삼았다. 한번은 손책의 자리에 있다가 술에 몹시 취해 문득 누웠는데, 꿈속에서 『주역』을 독송한 뒤 얼마 후 깜짝 놀라서 일어났다. 사람들이 모두 그에게 묻자, 여몽이 말하길, "방금 전 꿈에서 복희·주공·문왕을 만났소. 나와 더불어 왕조가 흥하고 망하는 일과 일월의 바르고 밝은 도를 논했는데, 그 정묘함을 궁구하지 않음이 없었소. 나는 아직까지 현묘한 뜻을 이해하지 못하고 있었기 때문에 부질없이 그 문장만 독송했을 따름이오"라고 했다. 좌중의 사람들이 모두 말하길, "여몽은 잠꼬대로 『주역』에 통달했다"라고 했다.
>
> 呂蒙入吳, 吳主勸其學業. 蒙乃博覽群籍, 以『易』爲宗. 嘗在孫策座上, 酣醉忽臥, 於夢中誦『周易』一部, 俄而驚起. 衆人皆問之. 蒙曰: "向夢見伏

---

10 호응린(胡應麟)의 말은 『소실산방필총(少室山房筆叢)』 권32 「정부(丁部)·사부정와(四部正訛)하」에 보인다.

義·周公·文王, 與我論世祚興亡之事, 日月貞明之道, 莫不窮精極妙. 未
該玄旨, 故空誦其文耳." 衆座皆云: "呂蒙囈語通『周易』."

『삼국지(三國志)』「오서(吳書)·여몽전」주에서 인용한「강표전(江表傳)」에
따르면, 손권(孫權)이 일찍이 여몽에게 독서를 권하면서 아울러 자신이 어
려서부터 일찍이 『시경(詩經)』·『서경(書經)』·『예기(禮記)』·『좌전(左傳)』·『국
어(國語)』를 빠짐없이 읽었으나 다만 『역경』만은 읽지 못했다고 스스로 말
했다. 이로써 『습유기』에 기록된 여몽의 고사는 전부 다 날조한 것만은 아
니고, 약간의 실마리에 근거해 대대적으로 꾸며서 신괴한 내용을 만들었
다는 것을 알 수 있다. 책에 기록된 내용은 비록 역사 인물에 관한 고사가
많지만, 대부분 이처럼 황당무계하다. 그밖에 권1에서는 고제(古帝) 소호
(少昊)의 모친 황아(皇娥)와 신선의 연애 고사를 기록했으며, 권4에서는 진
(秦) 조고(趙高)가 자영(子嬰)에게 살해된 뒤 시해등선(尸解登仙)한 고사를
기록했는데, 청나라 사람은 이것을 "위로는 옛 성인을 무고하고(上誣古聖)"
"아래로는 난신적자를 장려한(下獎賊臣)" 고사라고 여겼다.[11] 아마도 이 책
의 편자는 허황된 말을 하고 방술을 좋아했던 사람일 것이며, 남녀의 관
계를 지극히 평범한 것으로 보고 신선방술을 매우 숭배했을 것이다. 그래
서 옛 제왕의 모친과 신선에게 똑같이 남녀의 정이 있고, 간신 조고 역시
단약을 만들어 시해한 방사가 되었다고 기록했다. 미신을 선양하고 세상
을 얕보는 해학적인 의미가 함께 담겨 있는 것 같다.

그러나 이 책의 내용에서 비록 취할 만한 것이 없다고 하더라도, 기록
된 고사들은 대개 줄거리가 상세하고 문채도 볼 만하기 때문에 문인들이
많이 인용해 전고로 삼았다. 예를 들어 권6에서는 한나라 유향(劉向)이 천
록각(天祿閣)에서 책을 교감하고 있을 때 밤에 어떤 노인이 지팡이에 불을

---

[11] 『사고전서총목제요(四庫全書總目提要)』「자부(子部)·소설가류(小說家類)3」에 보
인다.

붙여 학문을 전수해 주었다는 고사를 기록했고, 가규(賈逵)가 5살 때 울타리를 사이에 두고 이웃 사람이 책 읽는 소리를 듣고는 나중에 육경(六經)을 암송할 수 있었다는 고사를 기록했는데, 이 두 가지 전설은 아주 유명하다. 그밖에 후한 영제(靈帝), 위(魏) 문제(文帝), 진(晉)나라 석숭(石崇) 등의 고사는 모두 위진 시대 제왕과 귀족의 방탕함과 잔혹함을 반영하고 있다.

『습유기』의 통행본에는 『역대소사(歷代小史)』·『고금일사』·『한위총서』·『백자전서』 등의 판본이 있다.

위에서 기술한 책들을 제외하고도 한나라 동방삭(東方朔)이 지었다고 되어 있는 『신이경(神異經)』·『십주기(十洲記)』, 반고(班固)가 지었다고 되어 있는 『한무고사(漢武故事)』·『한무제내전(漢武帝內傳)』, 곽헌(郭憲)이 지었다고 되어 있는 『동명기(洞冥記)』 등이 있는데, 모두 위진남북조 시대 사람이 가탁한 것이다. 『신이경』·『십주기』는 모두 『산해경』을 모방했는데, 전자는 대부분 이물(異物)에 대해 기록한 것으로 산천(山川)에 대해서는 거의 언급하지 않았으며, 후자는 십주의 지리와 물산(物産)에 대해 서술한 것으로 또한 괴이한 일을 많이 언급했다. 예를 들어 『신이경』에는 사람들을 거짓말로 잘 속이는 "사람 얼굴을 하고 말을 잘 하는(人面能言)" '와수(訛獸)'가 기록되어 있고, 또한 나쁜 사람을 좋아하고 좋은 사람을 해치는 '궁기(窮奇)'가 기록되어 있는데, 신괴(神怪)에 빗대어 풍자하고자 하는 의도가 담겨 있다. 『십주기』에는 봉린주(鳳麟洲)에 봉황의 부리와 기린의 뿔을 녹여 만든 '속현교(續絃膠)'가 있는데 그것으로 끊어진 활시위를 붙이면 아무리 힘센 사람이 잡아당겨도 절대로 끊어지지 않는다는 고사, 월지국(月支國)에 참새알만 한 크기에 오디처럼 새까만 '각사향(却死香)'이 있는데 죽은 사람에게 그 향기를 맡게 하면 다시 살아난다는 고사, 강아지처럼 생겼지만 모든 짐승을 위협하는 '맹수(猛獸)'가 있어서 범과 표범을 굴복시킨다는 등의 고사가 기록되어 있는데, 이 역시 사람들이 잘 알고 있는 바이다. 두 책의 내용은 모두 매우 신기하므로 제양(齊梁)의 문인들이 이미 전고로 인용했다. 『한무고사』와 『한무제내전』은 한무제의 출생부터 죽어서 장사지낼 때까지의 많은 잡다한 일들을 기록했으며 그 가운데에는 서왕모(西王母)를 만난 이야기도 있는데, 한 개인의 고사를 계속 이어서 편장을 만든 것으로 실제로는 지괴소설 중에서 『목천자전』의 체재를 모방한 독립된 단편 작품이다. 비록 두 책이 전부 신선을 이야기했지만, 전자는 방술의 허망함을 자주 언급했으며, 후자는 서왕모가 강림하는 과정을 특히 상세하게 묘사한 것으로 보아 아마도 전자보다 늦게 나온 것 같다. 『동명기』 역시 한무제와 동방삭을 등장시켜 신선의 괴이한 일을 잡다하게 기록했는데, 『신이경』·『십주기』와 내용이 비슷하다. 『선험기(宣驗記)』·『명상기(冥祥記)』와 같은 부류는 완전히 불교 선양을 목적으로 했기 때문에 고사가 천편일률적이고 특별한 가치도 없으므로, 사실상 소설로 간주할 수 없다. 다만 『원혼지(冤魂志)』는 귀신이 복수하는 이야기를 기록했는데 어느 정도 사회적인 의미를 지니고 있다.

　『신이경』에는 『오조소설』·『한위총서』·『용위비서(龍威秘書)』·『백자전서』 등의 판본이 있고, 『십주기』에는 『오조소설』·『고씨문방소설』·『월아당총서(粤雅堂叢書)』·『고금일사』 등의 판본이 있고, 『동명기』에는 『오조소설』·『고금일사』·『백자전서』 등의 판본이 있고, 『한무제내전』에는 『설부』·『오조소설』·『용위비서』·『묵해금호(墨海金壺)』·『월아당총서』 등의 판본이 있는데, 모두 흔히 볼 수 있는 것들이다. 『원혼지』[『환혼기(還寃記)』라고도 함]에는 『중교설부(重校說郛)』·『당송총서』·『오조소설』·『속백천학해(續百川學海)』·『한위총서』·『보안당비급(寶顔堂秘笈)』 등의 판본이 있으나 이미 전본(全本)이 아니다. 현존하는 『한무고사』는 전문(全文)이 아니며, 통행본에는 『고금설해(古今說海)』·『설부』·『고금일사』·『역대소사』·『십만권루총서(十萬卷樓叢書)』 등의 판본이 있는데 모두 1권으로 되어 있다. 청나라 홍이훤(洪頤煊)은 2권으로 집록해 『문경당총서(問經堂叢書)』에 수록했다. 현재 루쉰의 『고소설구침』 집록본이 가장 완비된 판본이다. 『선험기』·『명상기』는 모두 망실되었으며 그 일문이『고소설구침』에 집록되어 있다.

일반적으로 말하면, 남북조 지괴서의 내용은 위진 지괴처럼 그렇게 번잡하지 않고 자질구레한 기록이 줄어들었으며 고사성이 증가되었다. 특히『속제해기』와『습유기』의 필치와 상상력은 이 시기의 지괴소설이 창작 방면에서 발전했음을 충분히 보여주고 있는데, 일부 고사들은 묘사가 상당히 세밀하고 생동적이어서 뒤에 나온 당나라 사람들의 전기(傳奇)와 매우 비슷하다.

3. 위진남북조 일사필기 -『세설신어』및 기타

한나라 말의 인물품평은 위진 시대에 이르러서 더욱 발전했는데, 당시 사대부들의 청담(清談)과 방탕한 기풍과 함께 커다란 영향력을 형성했다. 그리하여 진나라 때 이미 문사(文士)들의 단편적인 언행을 집록한 일사필기(軼事筆記)가 출현했다. 예를 들어 진나라 원언백[袁彦伯: 원굉(袁宏)]의『명사전(名士傳)』, 배계(裴啓)의『어림(語林)』, 곽반(郭頒)의『위진세어(魏晉世語)』, 곽징지(郭澄之)의『곽자(郭子)』등이 모두 이러한 유형의 작품이다. 그러나 이러한 필기는 현재 이미 망실되었고 다만 여러 전적에 흩어져 보이는 일문만 남아 있을 뿐이다. 현존하는『세설신어(世說新語)』는 위에서 기술한 여러 책의 기초 위에서 편찬된 것으로 이러한 유형의 대표작이다.『세설신어』를 보면 위진남북조 일사필기의 내용과 형식을 충분히 이해할 수 있다.

『세설신어』는 남조 송나라 임천왕(臨川王) 유의경(劉義慶)과 그 문하의 문사들이 편찬한 것이다. 당나라 이전에는『세설』이라고만 불렸고, '신어' 두 글자는 어느 때에 덧붙여진 것인지 알 수 없으며, 당나라 사람들은 또한 그것을『세설신서(世說新書)』라고 불렀다. 현재 통행본은 3권본으로, 각

권은 상하로 나뉘어 있는데, 이것은 송나라 동분(董弅)의 각본에서 비롯되었다. 양나라 유효표[劉孝標: 유준(劉峻)]가 『세설신어』에 주를 달면서 400여 종의 옛 전적을 인용했는데, 이 400여 종의 전적들은 현재 대부분이 망실된 상태다. 유효표의 주는 『세설신어』의 내용을 보충·변증하고 옛 전적의 일문들을 보존하고 있다는 이 두 가지 방면에서 모두 커다란 공헌을 했다.

『세설신어』는 내용에 따라 「덕행(德行)」·「언어(言語)」·「정사(政事)」·「문학(文學)」 등 36편의 편목을 나누어 고사를 수록했는데, 한나라 말에서 동진까지의 일화를 기록했으며 위진 명사들의 언행이 가장 많다. 그중 「문학」편에서 『명사전』과 『어림』 두 책을 일찍이 다음과 같이 언급했다.

> 원언백[원굉(袁宏)]이 『명사전』을 다 완성하고 나서 사공[사안(謝安)]을 만났더니, 사공이 웃으면서 말하길, "내가 일찍이 여러 사람과 더불어 강북[서진(西晉)]의 일을 말한 적이 있었는데 언백이 마침내 그것으로 책을 지었구나"라고 했다.
>
> 袁彦伯作 『名士傳』成, 見謝公, 公笑曰: "我嘗與諸人道江北事, 彦伯遂以著書."

이것을 보면 원굉(袁宏)이 자기가 보고 들은 것을 집록한 작품이라는 것을 알 수 있다. 다만 아쉽게도 그 책이 망실되어서 내용이 어떠한지 알 수 없는데, 일찍이 유효표가 이 책을 인용해 『세설신어』에 주를 달았으므로 우리는 그래도 그것의 극히 일부분이나마 볼 수 있다. 위에서 인용한 고사에 대해 유효표는 다음과 같이 주를 달았다.

> 원굉은 하후태초[하후현(夏侯玄)]·왕보사[왕필(王弼)]를 정시명사로 삼고, 완사종[완적(阮籍)]·혜숙야[혜강(嵆康)]·산거원[산도(山濤)]·상자

기[상수(向秀)]·유백륜[유영(劉伶)]·완중용[완함(阮咸)]·완준중[왕융(王戎)]을 죽림명사로 삼았으며, 배숙칙[배해(裴楷)]·악언보[악광(樂廣)]·왕이보[왕연(王衍)]·유자숭[유애(庾敳)]·왕안기[왕승(王承)]·완천리[완첨(阮瞻)]·위숙보[위개(衛玠)]·사유여[사곤(謝鯤)]를 중조명사로 삼았다.

宏以夏侯太初·王輔嗣爲正始名士, 阮嗣宗·嵇叔夜·山巨源·向子期·劉伯倫·阮中容·阮濬仲爲竹林名士, 裴叔則·樂彥輔·王夷甫·庾子嵩·王安期·阮千里·衛叔寶·謝幼輿爲中朝名士.

위의 주를 통해 우리는 『명사전』이 위진 명사의 고사만을 기록하고 품목(品目) 역시 다른 표준이 있으므로 『세설신어』와 다르다는 것을 알 수 있다. 배계의 『어림』은 한위(漢魏)로부터 진나라에 이르는 문인들의 언행을 집록했는데 포괄하는 범위가 비교적 넓다. 『세설신어』의 「경저(輕詆)」편에서는 사안(謝安)이 배계가 기록한 자신의 고사가 사실이 아니라고 질책했기 때문에 "『어림』이 마침내 없어지게 되었다(『語林』遂廢)"라고 언급했다.

『세설신어』에 기록된 내용은 비록 전체적으로 자질구레한 인물의 언행이지만 언급한 범위가 매우 넓기 때문에, 우리는 이를 통해 위진 사대부들의 사상과 생활의 정황을 다방면으로 이해할 수 있으며, 따라서 당시 사회의 부분적인 면모를 인식할 수 있다.

위진 사대부들은 인물의 품평을 특히 중시했는데, 그것은 일단 명사나 혹은 권력자가 호평해주면 바로 자신의 몸값을 높일 수 있고 출세하거나 관리가 되거나 승진하는 데 유리했기 때문이었다. 『세설신어』의 「식감(識鑒)」·「상예(賞譽)」·「품조(品藻)」·「용지(容止)」 등은 모두 적지 않은 편폭으로 각기 다른 측면에서 이러한 내용을 기록했다. 예를 들어 「품조」편에서 온교(溫嶠)가 사람들로부터 제1류의 인물로 평가받지 못하자 괴로워하면서 "안색이 변했다(失色)"는 고사를 기록했는데, 이것이 바로 그 두드러진 예다.

다른 측면에서 말하자면, 위진 시대 인물품평에서 인물의 풍채와 문채를 중시하던 기풍은 한나라 말에 비해 더욱 심해졌기 때문에, 지위와 명성이 높은 관료조차도 종종 한두 마디의 간단한 말과 어떤 특정한 행동의 미세한 부분에 의거해서 한 개인의 우열을 결정하거나 혹은 이것에 근거해서 그 사람을 발탁해 관리로 임용하기도 했다. 예를 들어 「아량(雅量)」편에서는 왕순(王珣)이 환온(桓溫)의 주부(主簿)로 있을 때 환온이 그를 발탁하려고 생각해 한번은 일부러 갑자기 말을 타고 그에게 돌진한 고사를 기록했는데, "좌우의 사람들은 모두 피하려다 넘어졌으나 왕순은 꼼짝도 하지 않았기에 명성이 이로써 크게 높아져서 모두 그를 재상이 될 만한 그릇이라고 했다(左右皆宕仆, 而王不動, 名價於是大重, 咸云是公輔器也)." 사람을 시험해 보는 이러한 방법은 이상한 것이며, 여기에서 얻어낸 '재상이 될 만한 그릇'이라는 결론은 더욱 황당하다. 또한 「문학」편을 보면, 왕연(王衍)이 완수(阮修)에게 "노장(老莊)과 성인(聖人: 공자)의 가르침은 같은가(老莊與聖教同異)?"라고 묻자, 완수가 "아마 같지 않을는지요(將無同)?"라고 대답했다. 왕연은 '장무동(將無同)'이란 세 글자를 높이 평가해 완수를 속관으로 삼았다. 이것이 바로 그 유명한 「삼어연(三語掾: 세 마디 말로 얻은 속관)」 고사다. 이 두 가지의 예를 통해 당시에 행동거지와 언담을 중시하는 풍기가 성행했음을 충분히 설명할 수 있다.

위진의 청담(淸談)에 관해서 『세설신어』는 우리에게 일부 구체적인 자료를 제공해준다. 「문학」편을 보면, 하안(何晏)과 왕필(王弼)은 모두 『노자(老子)』에 주를 달았는데 하안은 왕필의 주가 정묘한 것을 보고 자기의 주를 『도덕이론(道德二論)』이라고 고쳐서 『노자』의 취지를 펼쳐냈다. 왕연은 약관의 나이에 배휘(裴徽)를 만나러 가서 노장의 허무사상을 토론했고, 상수(向秀)의 『장자(莊子)』 주는 "오묘한 해석이 참신하고 치밀해 현묘한 학풍을 크게 창달시켰으며(妙析奇致, 大暢玄風)", 은호(殷浩)는 불경의 『소품반야경(小品般若經)』을 읽고 선리(禪理)를 연구했다. 또한 부하(傅嘏)는 청허한 경지[虛勝]에 대해 잘 논했고, 순찬(荀粲)은 현원한 도[玄遠]를 숭상했다. 이른바 '허승(虛勝)'과 '현원(玄遠)'이 가리키는 것은 '재성(才性)'과 '천도(天道)' 등의 현학적인 관념이다. 그밖에 한 조에서는 악광(樂廣)의 일을 다음과 같이 기록했다.

> 어떤 객이 악영[악광(樂廣)]에게 '손가락은 [어떤 물체에 결코 진정으로] 닿지 못한다'는 말에 대해서 물었다. 악영은 더 이상 그 문구를 해석하지 않고 다만 주미 자루로 안석을 두드리며 말하길, "닿았소?"라고 하자, 객이 말하길, "닿았습니다"라고 했다. 곧이어 악영은 주미를 다시 들고 말하길, "만약에 진정으로 닿았다면 어떻게 떨어질 수 있겠소?"라고 하자, 이에 객이 비로소 그 의미를 깨닫고 감복했다. 악영의 말이 간결하면서도 뜻이 심원한 것이 모두 이와 같았다.
> 客問樂令旨不至者, 樂亦不復剖析文句, 直以麈尾柄确几曰: "至不?" 客曰: "至." 樂因又擧麈尾曰: "若至者哪得去?" 于是客乃悟服. 樂辭約而旨遠, 皆此類.

깨닫기 어려운 이치를 담론하면서 동작을 결합해 암시했는데 피차간의 마음에서 암묵적으로 통하고 무언(無言)으로 이해했다. 이것이 바로 불교에서 말하는 '선기(禪機)'다. 이 조에서 기록한 현담(玄談)은 농후한 신비감과 종교적인 색채를 갖추고 있다. 그러나 선(禪)을 담론한 이러한 명사들이 모두 진정으로 선의 이치를 이해했다고는 결코 보이지 않는다. 「문학」편을 보면, 지도림[支道林: 지둔(支遁)]과 허순(許詢) 두 사람이 회계왕(會稽王)의 집에서 불법을 강론했을 때 듣던 사람들은 "단지 모두 두 사람의 뛰어남에만 감탄할 뿐 그 이치가 어디에 있는지 가려내지 못했다(但共嗟咏

二家之美, 不辨其理之所在)"라고 했는데, 바로 이것이 그러한 점을 설명해 주고 있다. 위진의 사대부들이 "현원함을 언급한 것(言及玄遠)"은 본래 시사(時事)의 담론을 피함으로써 몸을 보전하고 화를 멀리하려는 의도와 관련이 있었다. 이 때문에 노장학설을 강론하는 것은 노장의 몇 마디 말을 주워 모아서 이야깃거리로 삼거나 혹은 소극적인 출세사상을 가지고 현실을 도피하고자 한 것에 불과했을 따름이다.『세설신어』의 기록은 바로 이러한 정황을 반영하고 있다.

허무주의와 염세사상의 기초 위에서 위진 사대부들은 대부분 소극적이고 퇴폐적이거나 혹은 괴팍하고 방탕적이었으며, 때때로 생사의 무상함과 노쇠함을 탄식하는 감개를 드러내기도 했다. 술 마시면서 근심을 풀고 복약양생(服藥養生)하는 것 역시 하나의 풍조를 이루었다.『세설신어』는 여러 방면에서 이러한 내용을 기록했다. 예를 들어「임탄(任誕)」편에서는 장한(張翰)이 "설령 나에게 죽은 뒤의 명성이 있다고 한들 제때 마시는 한 잔 술만도 못하다(使我有身後名, 不如及時一杯酒)"라고 한 고사를 기록했고,「언어」편에서는 환온(桓溫)이 지난날에 심었던 버드나무가 크게 자란 것을 보고 "나무도 이와 같거늘 사람이 어찌 변화를 견딜 수 있으리오(木猶如此, 人何以堪)!"라고 슬프게 탄식하며 눈물을 흘린 고사를 기록했는데, 당시 사대부들의 절망적이고도 암울한 인생관을 잘 반영해주고 있다. 그밖에도『세설신어』에는 또한 일부 사람들의 훌륭한 품덕이 기록되어 있다. 예를 들어 순거백(荀巨伯)이 의(義)를 중시하고 목숨을 가벼이 여김으로써 친구를 구해낸 것(「덕행」편), 주처(周處)가 백성을 위해 해악을 제거하고 과감하게 잘못을 뉘우친 것[「자신(自新)」편] 등등은 모두 의의가 있는 고사들이다. 위진 시대 제왕과 귀족들의 흉악함·사치스러움·음란함에 대해도『세설신어』에는 구체적으로 묘사되어 있다. 예를 들어「우회(尤悔)」·「현원(賢媛)」의 두 편에 기록된 조비(曹丕)와 관련된 일,「태치(汰侈)」편에 기록된 석숭(石崇)의 일이 바로 그러한 내용이다. 무릇 이러한 종류는 모두 위진의 역사를 연구하는 데에 참고할 만하다.

『세설신어』의 문장은 위진 청담의 "말은 간단하나 뜻은 심원한(言約旨遠)" 특징을 표현해냈는데, 그 예를 살펴보면 다음과 같다.

유영이 술병이 들어 기갈이 심해지자 부인에게 술을 구해 오라 했더니, 부인이 술을 버리고 술그릇을 깨면서 울며 간하길, "당신은 너무 지나치게 마시는데, 이는 섭생(攝生)의 길이 아니니 반드시 끊으셔야 합니다!"라고 했다. 유영이 말하길, "심히 좋소! 그러나 나는 스스로 술을 끊을 수 없으니 마땅히 신명(神明)에게 기도해 끊겠다고 맹세하겠소. 속히 술과 고기를 차려오도록 하시오"라고 하자, 부인은 말하길, "삼가 말씀대로 하겠습니다" 하고는 신명 앞에 술과 고기를 차려 놓고 유영에게 기도하며 맹세하길 청했다. 유영은 무릎을 꿇고 기도하길, "하늘이 유영을 태어내실 적에 술로 이름나게 하셨으니, 한 번 마시면 10말이요 해장술로 5말이니, 부인의 말은 삼가 듣지 마소서" 하고는, 곧장 술과 고기를 가져다가 곤드레만드레 취해 버렸다. (「임탄」편)

劉伶病酒, 渴甚, 從婦求酒. 婦捐酒毀器, 涕泣諫曰: "君飮太過, 非攝生之道, 必宜斷之." 伶曰: "甚善! 我不能自禁, 唯當祝鬼神, 自誓斷之耳. 便可具酒肉." 婦曰: "敬聞命." 供酒肉於神前, 請伶祝誓. 伶跪而祝曰: "天生劉伶, 以酒爲名. 一飮一斛. 五斗解酲. 婦人之言, 愼不可聽." 便飮酒進肉, 隗然已醉. (「任誕」篇)

이 고사는 100여 자도 안 되지만 서술이 있고 대화가 있으며, 인물의 표정과 태도가 살아 있다. 스케치하듯 묘사하는 수법으로 유영이라는 방탕한 사람이 목숨처럼 술을 좋아하는 것과 그의 골계와 유머를 핵심적으로 그려냈다. 그 내용이 아주 전형적인 것이므로 사람들에게 상당히 깊은 인상을 준다.

『세설신어』는 명나라 가정(嘉靖) 연간(1522~1566) 오군(吳郡) 원경(袁褧)의 각본이 비교적 좋고, 청나라 도광(道光) 연간(1821~1850) 포강(浦江) 주씨(周氏)의 분흔각본(紛欣閣本)은 원경본의 번각본(翻刻本)이다. 광서(光緒) 연간(1875~1908) 장사(長沙) 왕선겸(王先謙)의 사현강사본(思賢講舍本)에는 그가 쓴 「교감소지(校勘小識)」와 섭덕휘(葉德輝)가 편집한 「세설신어주인용서목(世說新語注引用書目)」과 당송 시대의 유서(類書)에서 집록해낸 「세설신어일문(世說新語佚文)」이 부록으로 실려 있어서 참고할 만하다. 『어림』과 『곽자』의 일문은 루쉰의 『고소설구침』에 집록되어 있다. 『위진세어(魏晉世語)』에는 『중교설부』본과 『오조소설』본이 있는데 각 1권이며, 원서는 아니다.

『세설신어』의 뒤를 이어서 나온 일사필기로는 양나라 심약(沈約)의 『속설(俗說)』 3권과 은운(殷芸)의 『소설(小說)』 30권이 있다. 전자는 이미 망실되었고, 후자 역시 명나라 사람이 편찬한 『속담조(續談助)』와 『설부』에서 겨우 부분적으로만 보인다. 『고소설구침』에는 이 두 책의 일문이 집록되어 있다.

일사필기에는 또 소화집(笑話集)의 부류가 있는데, 내용은 『세설신어』 「배조(排調)」편에 실려 있는 고사들과 비슷하다. 가장 먼저 나온 이러한 부류의 책은 위(魏)나라 한단순(邯鄲淳)의 『소림(笑林)』이며, 그 이후로 비교적 유명한 것은 수(隋)나라 후백(侯白)의 『계안록(啓顏錄)』이다. 그러나 이 두 책은 모두 이미 망실되었다. 『소림』의 일문은 『고소설구침』에 20여 조가 집록되어 있고, 『계안록』의 고사는 『태평광기(太平廣記)』에 흩어져 보이지만 후백의 손에서 다 나온 것은 아니다.

제2절

역사쇄문류와 고거변증류 필기

- 『서경잡기』·『형초세시기』·『고금주』

위진 이래로 지방 분열과 기타 영향으로 야사잡전(野史雜傳)이 수적으로 많이 나왔다. 한 지방의 역사를 기록한 것으로는 진나라 육홰(陸翽)의 『업중기(鄴中記)』를 들 수 있고, 특정한 주군(州郡)의 명현(名賢)을 기록한 것으로는 진나라 습착치(習鑿齒)의 『양양기구전(襄陽耆舊傳)』을 들 수 있으며, 신선·승려·도사·은사(隱士)·이인(異人)을 기록한 것으로는 진나라 갈홍(葛洪)의 『신선전(神仙傳)』과 황보밀(皇甫謐)의 『고사전(高士傳)』을 들 수 있다. 일반적으로 말해서 앞의 두 종류는 역사와 관련이 있고, 뒤의 한 종류는 실제로 소설에 속한다. 진나라 주처(周處)의 『풍토기(風土記)』와 남조 송나라 성홍지(盛弘之)의 『형주기(荊州記)』 같은 부류는 지리와 풍토만을 언급한 책으로, 모두 쇄문이나 잡사를 기록한 필기가 아니다. 고거변증류의 저작에 관해 말하자면, 그 당시는 경전훈고(經傳訓詁)로부터 막 벗어나 독립했지만 여전히 맹아 상태에 있었기 때문에 몇 작품 되지 않는다. 그렇기 때문에 여기에서 위진남북조의 역사쇄문류와 고거변증류 필기를 논할 때, 다음의 세 작품을 들어 그 일부분을 대략 파악할 수밖에 없으니, 즉 인간 세상의 자질구레한 일을 잡다하게 기록한『서경잡기(西京雜記)』, 민속과 전설을 기록한『형초세시기(荊楚歲時記)』, 명물(名物)과 제도를 고증한『고금주(古今注)』가 그것이다.

『서경잡기(西京雜記)』는 본래 2권이었으며, 현재 통행되는 6권본은 송나라 사람이 나눈 것이다. 책 뒤에 실려 있는 진나라 갈홍(葛洪)의 발문(跋文)에서 이 책을 한나라 유흠(劉歆)이 찬(撰)했다고 했는데, 아마도 갈홍이 가탁한 것으로 보인다.『구당서(舊唐書)』「경적지(經籍志)」와『신당서(新唐書)』「예문지(藝文志)」에 이 책이 저록되어 있는데, 모두 갈홍이 찬한 것으로 되어 있다. 양나라 은운(殷芸)이 찬한『소설(小說)』에서『서경잡기』를 많이 인용한 것으로 보아 이 책이 제양(齊梁) 시기에 이미 유행되었음을 알 수 있으므로, 그것이 진나라 사람의 저작일 가능성이 높다.

이 책에서 서술한 것은 모두 한나라의 전설·쇄문과 서경(西京: 장안)의 궁실과 원유(園囿)에 관련된 고사이므로 '서경'이라는 이름을 붙였다. 그 내용 중에 어떤 것은 한나라의 전장제도를 고증할 수도 있다. 예를 들어 권1의「음주」한 조를 보면 다음과 같다.

한나라의 제도에 따르면, 매년 8월에 종묘에서 순주(醇酒)로 조상에 제사를 지내는데, 구온주(九醞酒)와 소·양·돼지의 세 가지 희생 제물을 사용하며, 황제가 제사 의식을 주재한다. 정월 초하루에 술을 담그면 8월에 숙성되는데, 이를 '주(酎)'라 하고 '구온'이라고도 하며 일명 '순주(醇酎)'라고도 한다.

漢制: 宗廟八月飮酎, 用九醞太牢, 皇帝侍祠. 以正月旦作酒, 八月成, 名曰酎, 一名九醞, 一名醇酎.

이것과 권5에 기록된 황제 출행(出行) 시의 여가(輿駕) 제도는 모두『한서』「예악지(禮樂志)」와『후한서』「예의지(禮儀志)」의 자료와 참조해 연구할 수 있다. 또한 권4에서는 위청(衛靑)이 아들을 낳았을 때 어떤 사람이 왜마(騧馬)[12]를 바쳤으므로 그 아들의 이름을 왜(騧)라 하고 자(字)를 숙마(叔馬)라 했다가 나중에 이름을 등(登), 자를 숙승(叔升)으로 바꾸었다는 고사를 기록했으며, 권3에서는 공손홍(公孫弘)이 『공손자(公孫子)』를 지어 형명(刑名)에 관한 일을 언급했다는 고사를 기록했는데, 역시 이를 통해 『한서』를 고증할 수 있다. 왜냐하면 『한서』「위청전」에서는 일찍이 발간후(發干侯)에 봉해진 위등(衛登)을 언급하고 있으며, 「예문지(藝文志)」에는 『공손홍(公孫弘)』 10편이 저록되어 있기 때문이다.[13] 이밖에도 권1에서는 한나라의 채녀(彩女)[14]가 매년 7월 7일에 개금루(開襟樓)에서 7개의 귀가 달린 바늘에 실을 꿰는 고사를 기록했고, 권3에서는 9월 9일에 산수유를 매달고 국화주를 마시는 등의 일을 기록했는데, 이러한 고사는 당시의 풍습을 기록한 것으로, 이를 통해 우리는 후대에 음력 칠석날 걸교(乞巧)[15]하고 중양절(重陽節)에 산수유 주머니를 차던 민간 풍습의 유래를 알 수 있다. 이 책에는 또한 훌륭한 솜씨를 지닌 장인에 관한 전설이 실려 있다. 예를 들어 권1에서는 장안(長安)의 뛰어난 장인 정완(丁緩)이 직경이 1장(丈)이나 되는 커다란 바퀴 7개를 하나로 연결해서 시원한 바람을 일으키는 칠륜선(七輪扇)을 만들었는데 "한 사람이 그것을 돌리면 온 집안이 추워서 떨 정도였다(一人運之, 滿堂寒顫)"는 고사를 기록했다. 또 권2에서는 장인 오관(吳寬)이 장안에서 한 고조(高祖) 고향의 거리와 집들을 모방해서 신풍읍(新豊邑)에 건축했는데 그 크기가 모두 흡사해 심지어 풍패(豊沛: 옛 풍읍)로부터 이사 온 가구의 개·양·닭·오리가 "또한 다투어 자기 집을 알아볼 정

---

12 주둥이가 검은 공골말―역주.

13 상무인서관(商務印書館)에서 출판한 청나라 이자명(李慈銘)의 『월만당독서기(越縵堂讀書記)』 하책(下冊)에서 『서경잡기(西京雜記)』에 대해 언급한 부분 참조.

14 후궁의 호칭 가운데 하나―역주.

15 칠석날 부녀자들이 바느질을 잘하게 해달라고 직녀성에 빌던 풍속―역주.

도였다(亦竟識其家)"는 고사를 기록했다. 이 두 조의 기록은 한나라 수공예의 발달과 건축기술의 뛰어남을 반영하고 있다. "닭과 개가 신풍을 알아보다(鷄犬識新豐)"는 말은 후대에 이르러 사람들이 익히 아는 전고(典故)가되었다.

『서경잡기』에 기록된 한나라 사람의 일화에도 유명한 전설이 적지 않다. 예를 들어 사마상여(司馬相如)와 탁문군(卓文君)의 고사, 왕소군(王昭君)과 모연수(毛延壽)의 고사, 광형(匡衡)이 이웃집 벽을 뚫어 불빛을 끌어들여 공부에 힘쓴 고사, 양웅(揚雄)이 『태현경(太玄經)』을 지으면서 봉황을 토해내는 꿈을 꾼 고사 등등은 대부분 후대 사람에 의해 전고로 사용되었다. 권6에는 「추호(秋胡)」 고사가 실려 있는데 다음과 같다.

옛날에 노나라 사람 추호가 아내를 얻은 지 3달 만에 외지로 벼슬하러 떠났다가 3년 만에 휴가를 얻어 집으로 돌아왔다. 그의 아내는 교외에서 뽕을 따고 있었는데, 추호가 교외에 이르러 자기 아내를 알아보지 못하고 그녀를 보자마자 반해 황금 1일(鎰: 20냥)을 주었더니, 아내가 말하길, "첩에게는 외지로 벼슬하러 떠났다가 아직 돌아오지 않은 남편이 있는데, 유심한 규방에 홀로 거처한 지 지금 3년이 되었지만 오늘처럼 치욕을 당한 적은 없었습니다"라고 하고는, 돌아보지도 않은 채 계속 뽕을 땄다. 추호는 부끄러워하면서 물러나 집에 도착해 집안사람들에게 아내가 어디 있는지 물었더니, 말하길, "교외로 뽕 따러 나가서 아직 돌아오지 않으셨습니다"라고 했다. 아내가 돌아온 뒤에 보았더니 아까 유혹했던 그 부인이었다. 부부는 함께 부끄러움을 느꼈으며, 아내는 기수에 몸을 던져 죽고 말았다.

昔魯人秋胡娶妻三月而遊宦, 三年休還家. 其婦採桑於郊, 胡至郊而不識其妻也, 見而悅之, 乃遺黃金一鎰. 妻曰: "妾有夫遊宦不返, 幽閨獨處, 三年於玆, 未有被辱如今日也." 採不顧. 胡慙而退, 至家, 問家人, 妻何在.

曰: "行採桑於郊, 未返." 卽還, 乃向所挑之婦也. 夫妻幷慚, 妻赴沂水而死.

이것이 바로 후대 「추호희처(秋胡戲妻)」 고사의 근원이다. 우리는 『서경잡기』가 비록 진나라 사람이 가탁한 것이기는 하지만 그 내용에 양한(兩漢)의 오래된 전설이 많이 수록되어 있으므로, 결코 전부 다 진나라 사람이 지어 낸 것은 아니라는 사실을 알아야 한다. 그 가운데 광릉왕(廣陵王)이 곰과 싸우다가 죽은 일과 사마천(司馬遷)이 하옥되어 죽은 일과 같은 것은 『사기』와 『한서』에 기록된 것과 다른데, 이 역시 다른 전설에서 취했기 때문에 서로 일치하지 않음을 보여준다.

총괄적으로 말하면, 『서경잡기』의 내용에는 일부 취할 만한 쇄문이 있을 뿐 아니라, "의경(意境)이 매우 빼어나고 문필이 볼 만하므로(意緒秀異, 文筆可觀)"[16] 주목할 만하다.

『서경잡기』의 판본에는 『고금일사』·『패해』·『진체비서』·『용위비서』·『한위총서』·『학진토원』본과 강씨(江氏)·부씨(傅氏)의 명간본(明刊本)을 축소 영인한 상무인서관(商務印書館)의 『사부총간(四部叢刊)』본 등이 있는데 모두 6권이다. 또한 청나라 노문초(盧文弨)가 교정한 『포경당총서(抱經堂叢書)』본이 있는데 2권으로 되어 있다.

『형초세시기(荊楚歲時記)』 1권은 남조(南朝) 양나라 종름(宗懍)이 찬했다[구본(舊本)에는 진(晉)나라 종름(宗懍)이라 적혀 있는데 잘못된 것이다]. 『구당서』「경적지」와 『신당서』「예문지」에서는 모두 이 책에 종름의 판본과 수나라 두공첨(杜公瞻)의 판본이 있다고 했고, 『통지(通志)』「예문략(藝文略)」에서는 종름이 찬하고 두공첨이 주를 달았다고 했으며, 『문헌통고(文獻通考)』「경적고(經籍考)」에 저록된 것은 4권으로 되어 있다. 금본에 따르면, 이 책은 형초의 세시풍물과 고사를 기록했는데, 설날부터 섣달 그믐날

---

16 루쉰(魯迅)의 『중국소설사략(中國小說史略)』 제4편 「금소견한인소설(今所見漢人小說)」에 보인다.

밤까지 모두 20여 조로 되어 있다. 대체로 앞에는 간단한 서술이 있고 아래에는 각각 '안(按)' 자를 덧붙여 비교적 상세한 논증과 설명을 나열했다. 아마도 종늠이 찬하고 두공첨이 주를 달았다는 설이 비교적 믿을 만한 것으로 보인다. 그러나 금본에는 이미 없어지거나 빠진 부분이 많기 때문에 당나라의 유서에서 인용한 것이 종종 금본에 없기도 하며, 권수 역시 『문헌통고』에 저록된 것과 일치하지 않는다. 그중 「9월 9일」 조에는 특별히 "두공첨이 말한 바에 따르면(按杜公瞻云)"이라는 표시를 했는데, 이것은 아마도 후인들이 두공첨의 설을 인용한 듯하다. 따라서 금본의 잔문(殘文) 또한 본래의 모습이 아니며, '안(按)' 자를 덧붙인 주문(注文) 역시 모두 다 두공첨의 손에서 나온 것은 아니라는 사실을 알 수 있다. 아마도 명나라 사람이 집록해 책을 만든 것으로 보인다.

종늠은 초나라 사람이었으므로 '형초(荊楚)'라는 이름을 붙였지만, 실제로는 풍습 고사로서 각 지역이 대체로 비슷하며, 형초만의 독특한 것은 결코 아니다. 따라서 우리는 이 책을 이용해 남북조의 부분적인 민속을 연구할 수 있다. 「8월 14일」 조의 기록을 보면 다음과 같다.

8월 14일에 주민들은 모두 붉은 물로 아이들의 이마에 점을 찍는데, 그것을 '천염'이라 부르고 그렇게 함으로써 질병을 예방한다. 또한 채색 비단으로 안명낭을 만들어 서로 주고받는다. 『술징기』에 따르면, 8월 1일은 오명낭을 만들어 온갖 풀 끝에 맺힌 이슬을 담아서 눈을 씻으면 눈이 밝아진다고 한다. 『속제해기』에 따르면, 홍농의 등소가 일찍이 8월 초하루에 화산에 들어가서 약초를 캐다가 한 동자가 오채낭을 들고서 잣나무 잎사귀 위의 이슬을 받고 있는 것을 보았는데, 모두 구슬이 주머니에 가득한 것 같았다. 등소가 묻길, "이것으로 무엇을 하려 하니?"라고 했더니, 대답하길, "적송선생은 이것을 가지고 눈을 밝게 했답니다"라고 했는데, 말을 마치고는 금세 사라져 버렸다고 한다.

지금 세상 사람들이 8월 초하루에 안명낭을 만드는 것은 이것이 남긴 풍습이다. 혹은 금박으로 그것을 만들어 서로 주고받기도 한다.

　　八月十四日, 民並以朱水点兒頭額, 名爲天炎, 以厭疾. 又以錦彩爲眼明囊, 遞相餉遺. 按『述徵記』云, 八月一日作五明囊, 盛取百草頭露洗眼, 令眼明也. 『續齊諧記』云, 弘農鄧紹嘗以八月旦入華山探藥, 見一童子執五彩囊, 承柏葉上露, 皆如珠滿囊. 紹問: "用此何爲?" 答曰: "赤松先生取以明目." 言終便失所在. 今世人八月旦作眼明囊, 此遺像也. 或以金簿爲之, 遞相餉焉.

여기에서는 먼저 8월 14일에 이마에 점을 찍고 주머니를 만드는 풍습을 이야기하고 나서, 뒤에 '안(按)' 자를 덧붙이고 『술징기』와 『속제해기』를 인용해 유관한 고사를 열거했다. 전체 책의 각 조는 모두 이렇게 먼저 풍토를 언급하고 나중에 전설을 기술했다.

이 조를 보면, 남북조 시대의 8월 고사를 이해할 수 있을 뿐만 아니라, 이를 통해 당나라 이전 민간에는 중추절에 달에 제사 지내는 풍습이 없었다는 것을 미루어 짐작할 수 있다. 이밖에도 5월 5일에는 투백초(鬪百草: 풀싸움) 놀이와 경도(競渡: 배젓기 경주)를 하고, 온갖 약초를 캐서 독기를 제거하는 풍습을 기록했다. 또한 하짓날 종(粽)[17]을 먹는다고 기록했는데, 단옷날에 종을 만들어 굴원(屈原)에게 제사 지내는 전설과는 다른 것이니 참고가 될 만하다. 따라서 금본 『형초세시기』는 완전한 책은 아니지만, 보존하고 있는 자료는 매우 귀중한 것이다.

『형초세시기』의 통행본으로는 『설부』·『오조소설』·『보안당비급(寶顏堂秘笈)』·『한위총서』본 등이 있다.

17　찹쌀에 대추 따위를 넣어 댓잎이나 갈잎에 싸서 먹는 단옷날 음식의 한 가지—역주.

『고금주(古今注)』는 진나라의 최표(崔豹)가 찬한 것이다.[18] 지금 전해지는 것은 송각본(宋刻本)으로 3권이며, 『수서』「경적지·자부·잡가류」에 저록된 권수와 동일하다. 그러나 이 송각본의 이도(李燾)의 발문(跋文)에 근거하면, 『고금주』에 또 다른 4권본이 있는데 "최표의 지금 저서와는 절대로 같지 않다(與豹今所著絶不類)"라고 했다. 『구당서』「경적지」에 저록된 최표의 『고금주』는 5권으로 되어 있다. 이러한 4권본·5권본과 현존하는 3권본의 내용은 아마도 서로 다른 부분이 있을 것이다. 옛 유서(類書)에서 최표의 이 책을 인용하면서 어느 곳에서는 『고금잡주(古今雜注)』라 하고 어느 곳에서는 『고금잡기(古今雜記)』라 했는데, 명칭에서도 역시 약간의 차이가 있다.[19]

금본 『고금주』는 모두 「여복(輿服)」·「도읍(都邑)」·「음악(音樂)」·「조수(鳥獸)」·「어충(魚蟲)」·「초목(草木)」·「잡주(雜注)」·「문답석의(問答釋義)」의 8류로 나누고 부류별로 자료를 모아 기록했는데, 고대의 문물과 제도를 연구하는 데 참고가 된다. 예를 들어 「여복」류의 「난령(鸞鈴)」 조를 보면 다음과 같다.

　　오로의 횡목(橫木) 위의 금작은 주작이다. 입에는 방울을 물고 있는

18　『수서(隋書)』「경적지(經籍志)·잡사류(雜史類)」의 저록에는 한(漢)나라 복무기(伏無忌)가 찬한 『고금주(古今注)』 8권이 있는데 이미 망실되었다. 청나라 묘반림(茆泮林)은 『사기(史記)』「색은(索隱)」·『후한서(後漢書)』주·『북당서초(北堂書鈔)』·『예문유취(藝文類聚)』·『초학기(初學記)』·『태평어람(太平御覽)』·『옥해(玉海)』·『통전(通典)』 등의 책에서 일부 일문(佚文)을 모아 제목을 『복후고금주(伏侯古今注)』라고 했다. 묘반림이 집록한 『십종고일서(十種古逸書)』에 보이는데, 현재 상무인서관(商務印書館)의 『총서집성(叢書集成)』본이 있다.

19　청나라 손성연(孫星衍)·공광도(孔廣陶)가 교간(校刊)한 『영송북당서초(影宋北堂書鈔)』 권106「가편(歌篇)2·상의능가(尙衣能歌)」 조에서는 최표(崔豹)의 책을 인용하면서 『고금잡주(古今雜注)』라 했으며, 명나라 진우모(陳禹謨) 간본 『북당서초』에서는 『고금잡기(古今雜記)』라고 인용했다.

데, 그 방울을 '난(鑾)'이라 하니 이른바 '화란(和鑾)'이다. 『예기』에서 이르길, "횡목 앞에는 붉은 새가 있다"라고 한 것은 난(鸞)이다. 앞에 난새가 있기 때문에 '난(鸞)'이라 부른다. 난새가 방울을 머금고 있으므로 '난령(鸞鈴)'이라 한다. 지금은 '난(鑾)'이라 하기도 하고 '난(鸞)'이라 하기도 하는데, 사물은 하나이나 뜻이 다르다.

　　五輅衡上金爵者, 朱雀也. 口銜鈴, 鈴爲鑾, 所謂和鑾也. 『禮記』云: "行前朱鳥", 鸞也. 前有鸞鳥, 故謂之鸞. 鸞銜鈴, 故謂之鸞鈴. 今或爲鑾, 或謂鸞, 事一而義異也.

이 조는 난령(鑾鈴)에 관한 해설로서 상당히 구체적이다. 『예기(禮記)』「곡례(曲禮)」의 "횡목 앞에는 붉은 새가 있고 뒤에는 현무가 있다(行前朱鳥而後玄武)"라는 주소(注疏)와 참조해 연구할 수 있다. 또한 「도읍」류의 「양구(楊溝)」 조는 다음과 같다.

　　장안의 대궐 안 도랑을 '양구(楊溝)'라고 하는데, 도랑 가에 키가 큰 버드나무를 심은 것을 말한다. 또한 '양구(羊溝)'라고도 부르는데, 양이 담장을 들이받는 것을 좋아하므로 도랑을 만들어 그것을 막았기 때문에 '양구'라고 부른다.

　　長安御溝, 謂之楊溝, 謂植高楊於其上也. 又曰羊溝, 謂羊喜抵觸墻垣, 故爲溝以隔之, 故曰羊溝.

여기에서 언급한 양구(楊溝)와 양구(羊溝) 두 설은 역시 늘 후인들이 인용하는 바이다. 근대의 사전 『사원(辭源)』과 『사해(辭海)』에 수록되어 있는 '양구(楊溝)'의 단어는 모두 『고금주』의 이 조를 가지고 해석하고 있다. 이 밖에도 예로부터 이 책을 인용한 것은 아주 많은데, 당송 시대의 유서에서는 모두 『고금주』의 자료를 채록했다.

『고금주』는 송나라 가정본(嘉定本)이 가장 좋으며,『사부총간(四部叢刊)』 영인본이 있다. 또한 1956년 상무인서관(商務印書館)에서『사부총간』본에 의거해 조판 인쇄해『중화고금주(中華古今注)』·『소씨연의(蘇氏演義)』와 함 께 합편(合編)한 것이 있는데 비교적 쉽게 구할 수 있다.[20]

위진남북조의 필기는 지괴고사를 주종으로 삼는다. 이러한 지괴고사 의 내용과 형식은 우선 당나라 전기(傳奇) 작가들에게 참고자료를 제공함 으로써 전기소설의 발전을 촉진했고, 다음으로는 후대의 지괴필기를 위 해 길을 열어주었다. 당송 시대부터 청나라에 이르는 지괴필기, 예를 들 어 당나라 단성식(段成式)의『유양잡조(酉陽雜俎)』, 송나라 서현(徐鉉)의『계 신록(稽神錄)』, 홍매(洪邁)의『이견지(夷堅志)』, 청나라 기윤(紀昀)의『열미초 당필기(閱微草堂筆記)』등은 기이하고 자질구레한 이야기를 잡다하게 기록 하거나, 혹은 오로지 신선과 영괴(靈怪)만을 기록하거나, 혹은 여우 귀신 을 빌려 세정(世情)을 묘사하거나, 혹은 전설을 통해 의론을 표현했다. 아 무리 내용이 다르고 문필이 같지 않다 하더라도, 모두『박물지(博物志)』와 『수신기(搜神記)』를 계승하고 변화 발전시킨 것이다. 이밖에도 명나라 구 우(瞿佑)의『전등신화(剪燈新話)』와 청나라 포송령(蒲松齡)의『요재지이(聊齋 誌異)』는 비록 전기를 모방했다 하더라도 실제로는 지괴를 겸하고 있으며, 또한 오승은(吳承恩)의『서유기(西遊記)』와 허중림(許仲琳)의『봉신전(封神 傳)』과 같은 명나라의 신마소설(神魔小說)도 정도의 차이는 있지만 위진남 북조 지괴의 영향을 받았음을 보여주고 있다.『세설신어』식의 일사필기 는 이미 후대 필기소설의 중요한 유파 가운데 하나가 되었다. 당나라 왕

---

20 청나라 때『사고전서(四庫全書)』를 수찬한 관신(館臣)들은 금본『고금주(古今注)』 는 후대 사람이 후당(後唐) 마호(馬縞)의『중화고금주(中華古今注)』중에서 위(魏) 나라 이전의 일을 뽑아내서 최표(崔豹)가 지었다고 위탁(僞托)한 것이라고 여겼는 데 실제로는 그렇지 않다. 상무인서관(商務印書館)에서 발행한『고금주(古今注)· 중화고금주(中華古今注)·소씨연의(蘇氏演義)』에 부록으로 실려 있는『고금주』의 「사부총간영송본장원제발(四部叢刊影宋本張元濟跋)」 참조.

방경(王方慶)의 『속세설신서(續世說新書)』로부터 근대 역종기(易宗夔)의 『신세설(新世說)』에 이르기까지 모두 『세설신어』를 모방한 것이다. 『서경잡기』와 같이 잡사를 모아 기록하고 전설을 널리 채록해 야사와 소설 사이에 끼어 있는 작품은 '잡(雜)'으로 대표되는 필기의 특징을 더욱 잘 보여주고 있다. 당나라에서 청나라까지의 필기 중에는 이러한 종류가 매우 많은데, 이는 바로 『서경잡기』와 같은 책의 맥을 전승하고 있는 것이다.

총괄적으로 말해서 위진남북조의 필기는 이러한 역사시기의 다방면의 내용을 포괄하고 있으므로 충분히 참고가치가 있다. 예를 들어 북위(北魏) 역도원(酈道元)이 찬한 『수경주(水經注)』는 『박물지』와 『수신기』에서 인물이나 지리와 관련된 전설을 채록했으며,[21] 당나라 사람이 수찬한 『진서(晉書)』는 『세설신어』에서 인물의 사적을 많이 선록했으므로 우리는 『진서』를 읽을 때 『세설신어』를 가지고 그 이동(異同)을 비교할 수 있다.

『수신기』·『세설신어』 등과 같은 책에서 언어 문자와 관련된 자료도 중시할 만하다. 예를 들어 송나라 곽충서(郭忠恕)가 편찬한 자서(字書) 『패휴(佩觿)』는 일찍이 『수신기』에 근거해서 단어를 고증했는데, '비파(琵琶)'를 '비파(鼙婆)'라 하기도 한다고 했다.[22] 후대 사람들은 진송(晉宋) 시대의 구어(口語)를 연구할 때 역시 『세설신어』를 중요한 근거로 삼는데, 예를 들어 청나라 학의행(郝懿行)이 찬한 『진송서고(晉宋書故)』는 대부분 이 책에서 자료를 취했다. 그밖에 『고금주』와 『형초세시기』 같은 책은 고대의 명물(名物)과 제도를 해석하고 민속을 탐구하는 데 줄곧 참고서가 되며 각각 일정한 가치를 지니고 있다. 『선험기(宣驗記)』·『명상기(冥祥記)』와 같은 종류는 비록 내용에서는 취할 만한 것이 없다 하더라도, 당시 종교 전파의 상황을 이해하는 데에 도움을 준다. 만약 잘만 선택한다면, 우리는 이

---

21 『수경주(水經注)』 권39 「여강수(廬江水)」에서 일찍이 『박물지(博物志)』와 『수신기(搜神記)』를 인용한 바 있다.

22 『패휴(佩觿)』 권상(卷上)에 보인다.

런 책들을 통해 각기 다른 각도에서 자신이 얻고자 하는 것을 획득할 수
있다.

제3장

당나라의 필기

제1절

소설고사류 필기

전기집과 잡조 – 『현괴록』·『감택요』·『유양잡조』 및 기타

    당나라의 필기는 위진남북조의 전통을 계승해 그 범위를 넓혔으니, 지괴(志怪)가 발전해 전기(傳奇)가 되고 일사(軼事)가 변해 잡록(雜錄)이 된 것이다. 전기소설뿐만 아니라 문인의 "기이한 것을 좋아해 의식적으로 지은 (作意好奇)" 것에서 나온 의도를 지닌 저술은 한 시대를 대표하는 아주 뛰어난 작품이 되었다. 또한 역사쇄문류 필기는 여러 종류와 여러 형태를 지닌 것으로, 내용이 풍부하고 문채도 볼 만했다. 게다가 당시에 이미 시작된 시사(時事)를 기록하고 역사적 사실을 논하는 기풍이 더해져서, 고거변증류 필기도 비교적 전시대보다 약간 많아졌다. 이들 세 종류의 필기는 모두 역사 기록의 결점을 보완하는 귀한 자료로서 충분히 채택할 수 있다. 그런데 전기소설은 본래 소설에 속하므로 실재 인물의 실재 사건에 국한되지 않는다. 그리고 일반적인 역사쇄문류 필기 중에도 역시 전기고사가 있다. 이들은 당시에 유행한 언행을 기록했고 전설도 많이 채록했으며 과장된 점이 있다. 하지만 억지로 갖다 붙이는 것을 면하지 못했고 종종 소설과 필기 가운데에 끼어 있기에 전기와는 범위를 나누기가 어렵다.

이 때문에 많은 필기는 바로 루쉰(魯迅)이 말한 대로 "여전히 전기를 뼈대로 삼고 있다(仍以傳奇爲骨)."[23] 게다가 위진남북조 이래로 널리 전파된 불교와 도교의 이야기는 당나라에 이르러 더욱 성행했다. 그래서 당나라의 필기 안에는 여전히 윤회(輪回)·시해(尸解)·복약(服藥)·구선(救仙)·귀신영이(鬼神靈異) 등의 황당한 내용이 있다. 소악(蘇鶚)의 『두양잡편(杜陽雜編)』과 같은 종류의 작품은 지괴고사를 기록하면서도 화자(話者)를 드러내어 실재임을 증명하는 것을 목적으로 했기에, 사람들은 그 책에서 말한 바가 망령된 것이 아니라고 믿게 되었다. 여기에서 볼 때 당나라의 역사쇄문류 필기에는 여전히 적지 않게 전기의 지류(支流)가 있다. 그러므로 우리는 거기에 기록된 것이 역사 인물이라는 것 때문에 실록으로 간주해 일률적으로 사료로 취급할 수는 없으므로, 자세한 분별을 가해야만 한다.

그러나 종합적인 측면에서 말한다면, 어쨌든 당나라의 필기는 이미 기본적으로 위진남북조 필기의 내용과 형식의 범위와 한계를 돌파해 앞으로 한 걸음 크게 나아갔다. 비록 육훈(陸勳)의 『집이지(集異志)』, 이항(李亢)의 『독이지(獨異志)』와 같은 작품은 『박물지(博物志)』와 『수신기(搜神記)』를 모방했지만 결코 주류는 아니었다. 또한 비록 왕방경(王方慶)의 『속세설신서(續世說新書)』와 같은 종류는 『어림(語林)』·『세설신어(世說新語)』와 비슷하지만 결코 번성한 것은 아니었다. 전기소설과 일반 역사쇄문류 필기는 여전히 기이한 것을 수집하고 괴상한 것을 기록해 그 언어가 황당하고 근거 없는 이야기들에 대해 말하고 있지만, 허구적으로 꾸며낸 우언이 많으며 위진의 인물 변화와 완전히 같지는 않다. 단성식(段成式)의 『유양잡조(酉陽雜俎)』와 같은 종류의 잡조집은 일부 내용이 본래 전대 사람의 저작에서 나온 것이지만, 책 전체를 놓고 본다면 여전히 새롭고 이상한 것을 다룬다는 점을 잃지 않았다. 당나라의 각종 유형의 뛰어난 필기는 모두 특색

---

23 루쉰(魯迅)의 『중국소설사략(中國小說史略)』 제10편 「당지전기집급잡조(唐之傳奇集及雜俎)」에 보인다.

을 갖추고 있으며 시대의 면모를 잘 반영하고 있다.

발전 측면에서 말하자면, 전기는 필기소설의 한 지류이고 당나라의 상업경제와 도시생활 발달의 기초 위에서 탄생한 것이다. 그 내용과 형식은 모두 그 당시의 시민문예, 특히 '변문속강(變文俗講)'과 '설화(說話)'의 직접적인 영향을 받았다. 또한 고소설과 사전(史傳)을 참고로 했으며, 유행하던 민간 고사들은 전기의 풍부한 제재였다. 그리고 고문운동(古文運動) 역시 전기에 추진 작용을 일으켰다. 이 때문에 전기는 비록 지괴에서 나왔지만 새로운 한 종류의 문학 체재가 될 수 있었으며 한 시대 동안 크게 성행할 수 있었다.

본래 위진남북조 필기는 종교와 청담의 기풍에 영향을 받은 산물이었으며, 의식적으로 지어낸 소설은 아니었다. 하지만 당나라의 전기는 바로 문인이 자신의 생각을 기탁하고 감정을 풀어낸 작품이다. 형식에 대해 말하자면, 위진 이래 이야기의 대략적인 내용을 거칠게 진술하는 "자질구레한 이야기를 모아 놓은(殘叢小語)" 면모를 바꾼 것이고, 대부분의 줄거리에 곡절이 있으며, 구조가 완정하고 수사도 아름다우며 수미(首尾)를 모두 갖춘 단편을 이루었다. 또한 내용에 대해 말하자면, 주로 애정을 찬미하고 협의(俠義)를 찬양했으며 부귀공명이 영원한 것이 아님을 드러내 보였는데, 시민의 사상의식과 중상층 지식인의 의견과 감정을 반영했다. 전기가 유행했기 때문에 그 당시 어떤 사람들은 전기를 빌려서 사실을 날조해 남의 명예를 훼손하는 일을 하기도 했다. 『보강총백원전(補江總白猿傳)』과 같은 경우는 일설에 근거하면 어떤 사람이 구양순(歐陽詢)을 미워해 그에 대한 인신공격을 써낸 것이라 한다. 또한 『주진행기(周秦行紀)』는 이덕유(李德裕)의 문객의 손에서 나왔지만 우승유(牛僧孺)가 지었다고 가탁해 우승유의 대역무도함을 암시한 것이라고 전해진다. 그러므로 이 또한 당나라 전기가 의식적인 창작임을 충분히 설명해 준다.

전기소설은 당나라 초기에 일어났으며 개원(開元) 연간(713~741)과 천보

(天寶) 연간(742~756) 이후에 성행했다. 왕도(王度)의『고경기(古鏡記)』와 같은 당나라 초기의 작품은 오래된 거울 하나로 괴물을 다스리고 요괴를 항복시키는 몇 가지 단편적인 이야기들을 연결해 놓은 것이다. 그리고 앞에서 언급한 지은이가 누구인지 모르는『보강총백원전』같은 것은『박물지』와『수신기』중에서 기본 줄거리를 취했다. 그래서 여전히 지괴적인 분위기를 비교적 농후하게 띠고 있다. 그밖에 측천무후(則天武后) 때 장작(張鷟)의『유선굴(遊仙窟)』과 같은 것은 운문과 산문이 섞인 형식을 사용해 애정 이야기를 묘사했는데, 또한 변문속강의 풍격과 비슷하다. 이후의 전기 작품들은 전문적으로 지괴를 모방한 것 이외에 대부분 귀신과 기이한 이야기에 대해 말했으며 세정(世情)을 많이 다루었다. 그러나『유선굴』과 같이 분명하게 민간문학을 모방하고 소시(小詩)를 많이 삽입한 것은 없다.

　전기소설은 그 당시에 단편인 것도 있었고 전집(專集) 형태의 것도 있었다.『현괴록(玄怪錄)』·『감택요(甘澤謠)』·『전기(傳奇)』·『삼수소독(三水小牘)』·『극담록(劇談錄)』같은 것은 모두 비교적 유명한 전집이다. 잡조의 수량은 많지 않았는데『유양잡조』가 가장 대표성을 띤다. 송나라 초기에 이방(李昉) 등이 편찬한『태평광기(太平廣記)』에는 당나라 소설의 대부분을 채록했다. 오늘날 볼 수 있는 전집은 원서가 아직 있는 것도 있지만, 어떤 것은 이미 망실되어『태평광기』안에 약간의 편장(篇章)만이 남아 있기도 하다.

　『현괴록(玄怪錄)』은 우승유가 찬한 것이다. 송나라 사람이 '현(玄)' 자를 피휘(避諱)해[24]『유괴록(幽怪錄)』이라고 개칭했다. 이 책의 원서는 10권인데 이미 망실되었으며,『태평광기』에 인용된 33조의 고사만이 겨우 보존되어 있다. 현재 통행되는『중교설부(重校說郛)』·『오조소설(五朝小說)』·『용위비서(龍威秘書)』등의 판본은 모두 1권으로 되어 있고 당나라 왕운(王惲)이 찬한 것이라 했지만, 실제로는 우승유의 이 전기집의 일문을 집록한

---

[24]　송(宋)나라의 시조를 '조현랑(趙玄郎)'이라고 불렀기 때문에 '현(玄)' 자를 피휘한 것이다—역주.

것이다.

우승유는 당나라 헌종(憲宗)·목종(穆宗)·무종(武宗)·선종(宣宗)의 각 조대에 걸쳐 고관을 역임해 그 권세가 한 시대를 기울일 정도였다. 그는 젊어서부터 재학(才學)으로 명성이 높았으며 본래 괴이한 것을 기록하길 좋아했다. 『현괴록』은 대략 그가 벼슬길에 오르기 전에 지은 작품이다. 당나라 문인들은 소설을 빌려서 자기 생각의 기발함과 글솜씨의 오묘함을 과시하길 좋아했는데 우승유의 『현괴록』도 이와 같다. 우리는 『현괴록』의 몇 가지 고사를 통해 전기집의 일반적인 내용을 이해할 수 있다. 여기에서는 그중에서 비교적 유명한 「원무유(元無有)」 조를 인용했는데 그 내용은 다음과 같다.

보응 연간(762~763)에 원무유라는 사람이 있었는데, 항상 음력 2월 말에는 홀로 유양 교외의 들을 거닐었다. 날이 저물자 비바람이 크게 일어났다. 이때는 병란으로 황폐해진 뒤여서 인가의 대부분이 떠나갔기에 그는 길가의 빈집으로 들어갔다. 잠시 후 날이 개자 기운 달이 나타났다. 원무유가 북쪽 창에 앉아 있었는데 문득 서쪽 복도에서 사람이 다니는 소리가 들렸다. 문득 달 아래에 네 사람이 있는 것이 보였다. 그들의 의관은 모두 이상했고 서로 이야기하면서 매우 즐겁게 읊조렸다. 그들이 말하길, "오늘 저녁은 가을 같고 바람과 달도 이와 같으니, 우리가 어찌 한마디 말로써 평소의 일에 대해 이야기해 보지 않겠는가?"라고 했다. 그중 한 사람이 뭐라고 운운했는데 그 읊조림이 본래 맑아서 원무유는 모두 들을 수 있었다. 첫 번째로 의관을 갖춘 키 큰 사람이 먼저 읊었다. "제나라와 노나라 비단은 서리와 눈처럼 흰데, 낭랑하고 높은 소리는 내가 내는 것이라네." 두 번째로 검은 의관에 키가 작은 사람이 시를 읊었다. "훌륭한 손님 모이는 맑은 밤에, 밝게 빛나는 등촉은 내가 들고 있다네." 세 번째로 오래되고 낡은 누런 의관에 역시 키가 작은 사람이 시를 읊었다. "맑고 차가운 샘은 아침에 길어 가길 기다리는데, 뽕나무 두레박줄 서로 잡아당기며 항상 들락날락한다네." 네 번째로 오래된 검은 의관의 사람이 시를 읊었다. "땔나무로 불 때고 우물물 길어 담아 지지고 볶아대니, 남의 입과 배를 채워 주는 건 나의 수고라네." 원무유 역시 그 네 사람을 이상하게 여기지 않았고, 그 네 사람도 원무유가 집안에 있음을 염려하지 않은 채 번갈아 시에 대해 칭찬했다. 그들이 자부하는 것을 보니 비록 완사종[阮籍]의 「영회시」조차도 이보다 나을 수 없을 것 같았다. 네 사람은 날이 밝자 전에 있던 장소로 돌아갔다. 원무유가 그들을 집안에서 찾아보았더니, 다만 낡은 절굿공이, 등잔대, 두레박, 깨진 솥만이 있었다. 이에 그 네 사람이 바로 이 물건들이 변한 것임을 알게 되었다.

寶應中有元無有, 常以仲春末獨行維陽郊野, 値日晩, 風雨大至. 時兵荒後, 人戶多逃, 遂入路旁空莊. 須與霽止, 斜月方出, 無有坐北窗, 忽聞西廊有行人聲. 未幾, 見月中有四人, 衣冠皆異, 相與談諧, 吟咏甚暢, 乃云: "今夕如秋, 風月若此, 吾輩豈不爲一言以展平生之事也?" 其一人卽曰云云:吟咏旣朗, 無有聽之具悉. 其一衣冠長人, 卽先吟曰: "齊紈魯縞如霜雪, 寥亮高聲予所發." 其二黑衣冠短陋人, 詩曰: "嘉賓良會淸夜時, 煌煌燈燭我能持." 其三故弊黃衣冠人, 亦短陋, 詩曰: "淸冷之泉候朝汲, 桑綆相牽常出入." 其四故黑衣冠人, 詩曰: "爨薪貯泉相煎熬, 充他口腹我爲勞." 無有亦不以四人爲異, 四人亦不虞無有之在堂隍也, 遞爲褒賞. 觀其自負, 則雖阮嗣宗「咏懷」, 亦若不能加矣. 四人遲明, 方歸舊所. 無有就尋之堂中, 惟有故杵·燈臺·水桶·破鐺, 乃知四人卽此物所爲也.

이 고사에서는 낡은 절굿공이, 등잔대, 두레박, 깨진 솥이 각각 모두 의관을 갖추고 자신의 이야기를 읊으며 노래하는 것을 썼다. 위진 지괴소설 중에서 동물이 인간으로 변하는 기록과 비교하면 더욱 황당해졌다. 그러나 작자의 의도는 결코 괴이함을 선양하고자 하는 데 있지 않으며, 이러한 이야기를 씀으로써 자신의 상상력과 문채를 표현하고자 했다. 그러므로 일부러 그 이야기가 허구에서 나왔음을 드러내어 표제를 「원무유」라 했으니, 이는 바로 고사의 인물과 줄거리가 원래 허구적으로 꾸며낸 것임을 암시하고 있다.

이밖에 「최서생(崔書生)」·「장좌(張佐)」·「제추녀(齊推女)」·「잠순(岑順)」의 각 조도 역시 모두 신선의 영이(靈異)함과 귀물(鬼物) 숭배를 이야기한 것으로 위진의 지괴와 비슷하다.

「최서생」에서는 개원·천보 연간에 서생 최 아무개가 선녀와 우연한 만난 것을 이야기하고 있다. 최 아무개는 이름난 꽃을 심길 좋아했는데 어떤 한 미녀가 자주 꽃 아래에서 나와 지나갔다. 최 아무개는 술과 안주를 갖추어 놓고 그 여자에게 머물러 쉬도록 했다. 그러다가 늙은 하녀의 중매로 그 미녀와 결혼했다. 결혼한 후에 최 아무개의 어머니가 그 여자를 요괴라고 의심하자, 여자는 울면서 떠나길 청했다. 최 아무개는 산중에 있는 그 여인의 집까지 바래다주었는데, 이별할 때 그 여자가 백옥으로 된 상자를 주었다. 나중에 호승(胡僧)이 문을 두드리고 먹을 것을 구했는데, 최 아무개가 얻은 백옥 상자를 보더니 대단한 보물이라고 말하며 백만 전을 주고 사 갔다. 아울러 최 아무개에게 그 여자는 서왕모(西王母)의 셋째 딸인 옥치낭자(玉卮娘子)라고 말하면서 최 아무개가 그 여자와 함께 오래 지내지 않았음을 안타까워했다. 그리고 만일 1년을 함께 살았더라면 온 가족이 모두 불로장생하게 되었을 것이라고 했다. 이 고사는 신선이 되고자 하는 바람을 선녀와의 결혼에 기탁한 것으로, 위진 지괴소설 안에 이미 이러한 줄거리가 많이 있다. 『수신기』 권1에는 천상옥녀(天上玉女)가 현초(弦超)에게 시집온 고사가 있고, 『유명록(幽明錄)』에는 유신(劉晨)·완조(阮肇)가 천태산(天台山)에 들어가 선녀를 만난 고사가 있는데, 모두 이러한 부류의 고사다. 『현괴록』의 이 조는 『수신기』 권1의 천상옥녀가 현초에게 시집온 고사가 변화 발전해 나온 것 같다. 「장좌」에서는 재동(梓潼)의 설군주(薛君胄)가 선동(仙童)의 귓속으로 들어갔는데 그 안이 별유천지(別有天地)였다는 고사를 기록하고 있다. 그곳은 화초가 무성하고 성과 전각이 웅장하고 아름다운 곳이었는데, 설군주는 현진백(玄眞伯)에 의해 주록대부(主籙大夫)로 임명받았다. 그러다가 나중에 고향 생각이 나서 돌아왔더니, 다시 선동의 귓속으로 떨어지게 되었다. 그는 오래되지 않아 죽었다가 다시 부풍(扶風) 땅의 신종(申宗)으로 태어났다. 이 고사는 도가의 호천(壺天)·호공(壺公) 전설[25]에 근거해 만들어 낸 고사로, 불교의 윤회전생설(輪廻轉生說)이 함께 섞여 있다. 「제추녀」에서는 원화(元和) 연간(806~820)에 요주자사(饒州刺史)였던 제추의 딸에 대해 서술했다. 제추의 딸은 시집가서 농서(隴西) 이생(李生)의 아내가 되었는데 출산할 때 집안의 흉악한 귀신에게 맞아서 귀와 코로 피를 쏟으며 죽었다. 반년 후에 그 여자의 혼이 나타나서, 인간 세상에 숨어서 시골 아이들을 가르치는 구화동(九華洞)의 선관(仙官) 전선생(田先生)에게 이 일을 울면서 호소하라고 이생에게 말했다. 그리

---

25 후한(後漢) 때 비장방(費長房)은 시장의 아전으로 있었다. 시장에 약을 파는 한 노인이 있었는데, 그 노인은 호리병 하나를 가게 모퉁이에 매달아 놓고서 시장이 파하면 즉시 그 호리병 속으로 뛰어 들어갔다. 나중에 비장방이 노인을 따라 호리병 속으로 들어갔는데, 그 속에 화려한 집들과 좋은 술과 맛있는 안주가 가득한 것을 보았다. 이 고사는 『후한서(後漢書)』 「비장방전(費長房傳)」과 『초학기(初學記)』 권26에서 갈홍(葛洪)의 『신선전(神仙傳)』을 인용한 것이다. 또한 『운급칠첨(雲笈七籤)』 권28 「이십팔치(二十八治)」에서 인용한 『운대치중록(雲臺治中錄)』에는 "시존(施存)은 노(魯)나라 사람이다. ……대단(大丹)의 도술을 공부했으며 ……나중에 장신(張申)을 만나 운대치관(雲臺治官)이 되었다. 그는 항상 5되만 한 크기의 호리병 하나를 매달아 놓았는데, 그것이 변화해 천지가 되고 그 속에 해와 달이 있어서 인간 세상과 같았으며, 밤에는 그 속에서 잠을 잤다. 그는 스스로를 호천(壺天)이라 불렀으며 사람들은 그를 호공(壺公)이라고 불렀다(施存, 魯人. ……學大丹之道, ……後遇張申爲雲臺治官. 常懸一壺如五升器大, 變化爲天地, 中有日月, 如世間, 夜宿其內. 自號壺天, 人謂曰壺公)"는 고사가 있다. 도가에서는 호천·호공을 선경(仙境)·선인(仙人)이라고 칭하는데, 그 설이 바로 여기에서 보인다.

하여 전선생은 귀신을 처치했다. 그러나 이생의 처의 시체는 이미 부패했기에 그의 혼백을 수습해 한 몸으로 만들고 속현교(續弦膠)로 붙여 그 여자를 다시 살려냈다. 이 고사에서는 선인(仙人)이 관청을 설치해 다스리면서 소송 사건을 판결하고 죄수를 심문하는 것을 묘사했는데, 마치 인간 세상의 관부(官府)와도 같다. 또한 『해내십주기(海內十洲記)』의 속현교 전설을 갖다 붙이고 재생(再生)으로 끝을 맺었으니, 당나라 사람이 쓴 기타 환혼(還魂) 제재와 비교해 약간 다른 점이 있다. 이 고사의 목적은 여전히 신선의 영험함을 선양하는 데 있다. 「잠순」에서는 여남(汝南)의 잠순이 때때로 방안의 등 아래에서 두 군대가 전쟁하는 것을 보았는데 이기고 지는 것이 항시 같지 않았다는 고사를 기술했다. 나중에 잠순의 집안사람이 방안을 파 보았더니 옛 무덤 속의 그릇들과 갑옷 입은 사람과 말의 형상이 나왔기에, 잠순이 본 것이 이 물건이 조화를 부린 것임을 비로소 알게 되었다. 이 또한 위진 지괴소설에서 인물 변화를 기록했던 종류의 한 유형이다.

『현괴록』은 당나라 때 이미 매우 널리 유행했다. 그것을 이어서 나온 작품에는 『속현괴록(續玄怪錄)』이 있으니 우승유의 작품을 모방한 것이다. 또 『선실지(宣室志)』와 『박이기(博異記)』가 있는데 역시 『현괴록』과 유사하다.

『속현괴록』은 이복언(李復言)이 찬한 것이다. 현재 통행본으로는 1권본과 4권본 두 종류가 있다. 1권본은 『설부(說郛)』에 집록되어 있는 것으로, 『오조소설』과 『용위비서』에 수록된 것이 바로 이 판본이다. 4권본은 남송의 서적상이 집록한 것으로, 『사고전서총목(四庫全書總目)』에 저록된 것이 바로 이 판본이다. 그러나 모두 원래의 책은 아니다. 그래서 『태평광기』에 인용된 『속현괴록』에는 지금의 4권본에 없는 고사가 많다. 청나라 호정(胡珽)이 4권본을 『임랑비실총서(琳瑯秘室叢書)』에 수록했고, 또 『태평광기』에 인용된 문장을 모아서 『습유(拾遺)』 2권을 만들고 『교감기(校勘記)』 1권을 부록으로 첨부했는데, 현재 비교적 완비된 판본이다.

이복언은 문종(文宗) 대화(大和) 연간(827~835)과 개성(開成) 연간(836~840) 때의 사람이다. 기록한 이문(異聞)은 대부분『현괴록』의 경향을 변화 발전시킨 것으로, 불·도 양교의 사상이 사대부들 사이에 널리 영향을 미쳤음을 반영하고 있다. 예를 들어「장로(張老)」조에서는 양주(揚州) 육합현(六合縣)의 동산지기 노인 장로가 그 이웃에 사는 위서(韋恕)의 큰딸을 아내로 맞은 이야기를 기록했다. 위서가 장로의 빈천함을 싫어했기에 장로는 천단산(天壇山) 남쪽으로 이주했다. 그후 위서는 자신의 딸을 그리워해 아들 위의방(韋義方)에게 찾아가 보도록 했다. 위의방은 장로와 자기의 누이동생이 선산(仙山)의 누각에 있는 것을 보았는데, 장로의 옷차림새는 매우 훌륭했으며 얼굴은 젊은이의 용모였다. 그 누이동생의 옷도 대단해서 세상에서 보기 드문 것이었다. 그가 돌아갈 때 장로는 황금 20일(鎰)을 주었으며, 아울러 위의방에게 오래된 등나무 삿갓을 주며 그것을 가지고 양주로 가서 약 파는 왕로(王老)에게서 천만 전을 가져가라고 했다. 나중에 위의방은 다시 천단산의 남쪽에 갔지만 산과 물만 첩첩이 있고 다시는 길을 찾지 못했다. 이 고사는 "선계와 속계의 길이 다름(仙俗路殊)"을 강조하고 신선에 대한 동경을 드러냈지만, 자못 인정미를 띠고 있다. 이 고사를 통해 진한(秦漢) 이래 전해진 신선가(神仙家)의 이야기가 이때에 이르러 이미 민간 전설의 색채가 점점 늘어나 있음을 알 수 있다. 또「두자춘(杜子春)」조에서는 두자춘이 한 노인을 위해 약 화로를 지키겠다고 약속했는데 귀신·맹수·지옥·친족 등을 보더라도 모두 진실이 아니니 말을 하지 말라고 당부받은 이야기를 기록했다. 두자춘은 여러 환상의 세계를 두루 거치면서도 모두 마음이 동요되지 않았으나, 다만 사랑하는 자식이 죽임을 당하는 것을 보고는 놀라고 애통해하다가 소리를 지르고 말았다. 그래서 화로는 부서지고 약은 불타 버려 이제까지의 공력이 모두 쓸모없게 되었다. 「설위(薛偉)」조에서는 건원(乾元) 원년(758)에 역주(易州) 청성현(靑城縣)의 주부(主簿)로 부임한 설위가 와병 중에 그 혼이 붉은 잉어가 되었는데 어부 조간(趙幹)에게 낚여 설위의 동료 관원인 추(鄒)·뇌(雷)·배(裴) 세 사람이 먹을 회로 만들어진 고사를 기록했다. 요리사가 물고기 머리를 자르려 할 때 설위는 비로소 깨어나서 추·뇌 등에게 지금까지의 경과를 자세히 말해 주었더니, 세 사람은 모두 회를 던져 버리고 죽을 때까지 다시는 물고기를 먹지 않았다고 한다. 여기에서 앞의 고사는 인간의 칠정(七情)을 끊지 못하면 수도구선(修道求仙)할 수 없음을 설명했고, 뒤의 고사는 불교의 윤회설을 선양한 것으로 사람들에게 살생을 금하고 방생(放生)할 것을 권하는 데 뜻이 있다. 이밖에 「장봉(張逢)」조에서는 원화 연간 말에 남양(南陽)의 장봉이 호랑이가 되어 사람을 잡아먹은 이야기를 서술했다. 「이위공정(李衛公靖: 위국공 이정)」조에서는 이정이 미천했을 때 용을 대신해 비를 내린 이야기를 서술했는데 매우 기괴하다. 이정이 비를 내리는 대목은 문장이 아주 아름다운데 발췌해 인용해 보면 다음과 같다.

위공이 말하길, "저는 속세의 객으로 구름을 타는 자가 아닌데 어떻게 비를 내리게 할 수 있겠습니까? 방법이 있어 가르쳐 주신다면 다만 명대로 따르겠습니다"라고 하자, 부인이 말하길, "나의 말만 따른다면 못할 것도 없지요"라고 했다. 마침내 하인에게 명해 청총마를 가져오도록 했다. 그러고는 또 우기(雨器)를 가져오라고 명해 작은 병 하나를 안장 앞에 묶도록 했다. 부인이 조심시키며 말하길, "당신은 말을 타면 재갈과 굴레를 조종하지 말고 말이 가는 대로 맡겨 두세요. 말이 나아가지 않고 박차면서 울면 즉시 병 속에서 물 한 방울을 취해 말갈기 위에서 떨어뜨리세요. 절대로 그보다 많이 떨어뜨리면 안 됩니다"라고 했다. 이에 말을 타고 높이 올라가 점차 발이 높아졌는데, 놀랍게도 안정되고 빨랐으며 자신이 구름 위에 있음을 느끼지 못했다. 바람은 화살처럼 빠르고 번개와 천둥이 발아래에서 일어났다. 이에 위공은 말이 박차는 곳마다 물방울을 떨어뜨렸다. 이윽고 번개가 그치고 구름이 걷히더니 자신이 잠시 쉬었던 마을이 아래에 보였다. 그러자 위공은 속으로 생각하길, "내가 이 마을에 폐를 많이 끼쳤기에 사람들에게 덕을 베풀고자 하나 갚을 방법이 없었다. 지금 가뭄이 오래되어 벼 이삭이 시들려 하는데 비가 내 손에 있으니 어찌 이것을 아끼리오!"라고 하면서, 한 방울로는 땅을 적시기에 부족하다고 생각해 연달아 20방울을 떨어뜨렸다. 잠시 후 물방울을 다 떨어뜨리고 나서 말을 타고 다시 돌아왔다. 그런데 부인이 대청에서 울며 말하길, "어찌해 그렇게 심한 잘못을 하셨습니까? 본래 한 방울만 떨어뜨리기로 약속했는데 어찌해 사적인 감정에 이끌려 20방울이나 떨어뜨렸습니까? 하늘에서의 한 방울은 지상에서는 한 척이나 되는 비에 해당합니다. 그 마을은 한밤중에 평지의 수심이 두 길이나 되었으니 그러고도 어찌 살아 있는 사람이 있겠습니까? 저는 이미 문책받아 곤장 80대를 맞았습니다. (그 등을 드러내 보였는데 핏자국이 가득했다.) 내 아들도 함께 연루되었으니 어떡합니까?"라고 했다. 위공은 부끄럽고 두려워서 대답할 바를 몰랐다. ……날이 밝은 뒤 그 마을을 바라보았더니, 눈에 보이는 것은 온통 물이었고 큰 나무만 간혹 그 끝을 드러내고 있을 뿐 더 이상 사람은 보이지 않았다.

公曰: "靖俗客, 非乘雲者, 奈何能行雨? 有方可敎, 卽唯命耳." 夫人曰: "苟從吾言, 無有不可也." 遂敕黃頭被靑驄馬來, 又命取雨器, 乃一小瓶子, 繫於鞍前, 誡曰: "郎乘馬, 無勒銜勒, 信其行. 馬躍地嘶鳴, 卽取瓶中水一滴, 滴馬鬃上, 愼勿多也." 於是上馬, 騰騰而行, 其足漸高, 但訝其穩疾, 不自知其雲上也. 風急如箭, 雷霆起於步下. 於是隨所躍輒滴之. 旣而電掣雲開, 下見所憩村, 思曰: "吾擾此村多矣, 方德其人, 計無以報, 今久旱苗稼將悴, 而雨在我手, 寧復惜之!" 顧一滴不足濡, 乃連下二十滴, 俄頃雨畢, 騎馬復歸. 夫人者泣於廳曰: "何相誤之甚? 本約一滴, 何私感而

二十之? 天此一滴, 乃地上一尺雨地. 此村夜半, 平地水深二丈, 豈復有
人? 妾已受譴, 杖八十矣. (祖視其背, 血痕滿焉.) 兒子幷連坐, 如何?" 公慚怖,
不知所對. ……及明, 望其村, 水已極目, 大樹或露梢而已, 不復有人.

이 고사는 내용은 비록 황당하지만 상상력이 풍부하고 묘사가 생동감
있어서 이 책의 창작 기교를 충분히 드러내고 있다.

『선실지(宣室志)』는 장독(張讀)이 찬했다. 현재 유행되는 『패해(稗海)』본
은 10권인데, 「보유(補遺)」 1권은 아마 후대 사람이 다른 책에 실려 있는
것을 집록해 본 책 뒤에 수록한 것으로 보인다. 장독은 우승유의 외손자
이므로, 아마도 『선실지』 역시 『현괴록』의 영향을 받아 편찬되었을 것이
다. 일찍이 한(漢) 문제(文帝)가 선실에서 가의(賈誼)를 불러 귀신의 일을 문
의했기 때문에, 장독은 귀신과 영이(靈異)에 대해 기록한 이 책에 '선실'이
라는 이름을 붙였다.

『선실지』에 수록된 고사에는 불교와 도교의 사상이 섞여 있으며 아울
러 육조 이래 유행한 귀호(鬼狐) 변화의 이야기가 많다. 예를 들어 권1에
서는 당 문종 때 북도(北都)의 아장(衙將) 영면(寧勉)이 평상시에 늘 『금강
경(金剛經)』을 외웠는데, 나중에 계문(薊門)의 반란군이 그가 지키는 비호
성(飛狐城)을 포위했을 때 금강이 영험함을 보여서 그를 위해 적을 물리쳐
주었다는 고사를 기록했다. 같은 권의 또 다른 조에서는 대화 연간 때 허
문도(許文度)가 와병 중에 저승에 갔는데, 그의 아내가 부처를 신봉하고 기
도하면서 두 개의 황금 불상을 주조한 덕분에 허문도가 황금 사람 두 명
의 구원으로 다시 살아났다는 고사를 기록했다. 이것은 모두 불법을 선양
해 사람들을 불교에 귀의하게 한 것으로, 남북조의 『선험기(宣驗記)』·『명
상기(冥祥記)』 등의 지괴서와 내용이 비슷하다.

또한 여러 물고기가 함께 부처를 부른 이야기[권4의 「선성군당도민(宣
城郡當塗民)」 조], 계란이 관음을 부른 이야기[권7의 「당경종황제어력(唐敬

宗皇帝御歷)」조], 거미를 죽인 자가 거미에게 물려 팔이 문드러져서 죽은 이야기[권1의 「유어사위군(有御史韋君)」조], 고양이를 기르지 않은 사람이 쥐의 보답을 받아 집이 무너져 깔려 죽는 화를 면한 이야기[권3의 「보응중유계씨자(寶應中有季氏子)」조] 등등은 일체의 생물이 모두 영감(靈感)과 신통력을 가지고 있으며 은혜에 감사하고 원한에 보복할 줄 안다는 것을 지적해, 살생을 경계하고 방생을 권하는 뜻을 담고 있다. 이밖에도 정원(貞元) 연간(785~805)에 하삭(河朔)의 이생(李生)이 일찍이 재물을 빼앗고 한 소년을 죽였는데 나중에 그 소년이 이생의 상사로 다시 태어나서 이생을 주살해 원한을 씻었다는 고사가 있다. 이 역시 불교의 '현세보(現世報)'의 설법을 보여준다. 이러한 고사들은 당나라 중엽에 황제와 사대부들이 불교를 믿었음을 반영하고 있다.

권8에 기록된 난릉(蘭陵)의 은사(隱士)가 영지(靈芝)를 먹고 장생불로했다는 고사와 권9에 기록된 영락현(永樂縣)의 포도화(浦道華)가 도사의 단약을 훔쳐 먹고 신선이 되었다는 고사 등등은 여전히 이전의 지괴소설에서 단약을 제조하거나 시해(尸解)해 승천하는 도교 고사와 비교해 결코 새롭거나 색다른 점이 없다.

인물 변화 고사에 대해 말하자면, 권3에 기록된 강남 오생(吳生)의 첩이 야차(夜叉)가 되었다는 고사, 권8에 기록된 태원(太原) 왕함(王含)의 어머니가 이리가 되었다는 고사, 권5에 기록된 진양(晉陽) 서쪽 동자사(童子寺)의 포도가 괴변을 부렸다는 고사 등은 역시 위진 시대 사람들의 소소한 이야기들을 주워 모은 것을 면치 못했다. 권10에 기록된 형양(滎陽) 정덕무(鄭德楙)가 여자 귀신과 결합한 고사도 『수신기』 권16의 노충(盧充)과 최소부(崔少府)의 딸이 영혼끼리 결혼한 줄거리에 근거해 내용은 그대로 두고 겉만 바꾸었다. 당나라 소설이 위진 지괴를 답습했음을 이 책에서 상당히 분명하게 드러내 보여주고 있다.

『박이기(博異記)』는 만당(晚唐)의 정환고(鄭還古)가 찬한 것으로 1권이며,

『박이지(博異志)』라고도 한다. 통행본에는 『고금일사(古今逸史)』·『비서이십
일종(秘書二十一種)』·『용위비서(龍威秘書)』 등의 판본이 있다. 책 중에 기록
된 「경원영(敬元穎)」·「허한양(許漢陽)」·「왕창령(王昌齡)」·「장갈충(張竭忠)」·
「최원미(崔元微)」·「음은객(陰隱客)」·「잠문본(岑文本)」·「심아지(沈亞之)」·「유
방원(劉方元)」·「마수(馬燧)」 10조의 고사는 모두 신괴(神怪)를 언급한 것
이다.

「최원미」 조에서는 다음과 같은 이야기를 기록하고 있다. 천보 연간에
최원미는 낙원(洛苑) 동쪽에 집이 있었는데, 달빛 아래에서 여러 명의 여
자가 정원으로 들어가는 것을 우연히 보았다. 그들은 봉씨(封氏) 집안의
십팔이(十八姨)를 만나러 가는 길인데 여기에서 잠시 쉬겠다고 말했다. 조
금 있다가 봉씨 집안의 아가씨가 오자, 최원미는 술자리를 베풀어 그들을
대접했다. 그런데 봉씨 아가씨가 술을 따르다가 붉은 비단옷을 입은 한
소녀의 옷을 더럽혔다. 소녀가 화를 내자, 봉씨 아가씨는 기분이 상해서
가버렸고, 여러 여자도 서쪽 동산으로 들어가 버렸다. 다음날 여러 여자가
다시 와서 말하길, 그녀들은 동산에 살면서 매년 나쁜 바람에게 괴롭힘을
당했기에 늘 봉씨 아가씨에게 보호해 달라고 청했는데, 어제 봉씨 아가씨
의 환심을 잃게 되었으니 다시 도와달라고 하기가 어렵다고 했다. 그러면
서 최원미에게 매년 동풍이 불 때 한 폭의 붉은 깃발을 동산 동쪽에 세워
바람으로 인한 우환을 면하게 해달라고 청했다. 최원미가 그 말대로 깃발
을 세웠더니, 바람이 일어나 모래가 날렸지만 동산 안의 만발한 꽃들은
움직이지도 않았다. 이에 비로소 여러 여자는 뭇 꽃들의 정령이고 봉씨
아가씨는 바로 바람 신임을 알게 되었다. 일이 있은 뒤 며칠 지난 밤에 그
여자들이 다시 와서 감사를 드리며 복숭아와 오얏꽃 몇 말을 주면서, 최
원미에게 그것을 먹으면 늙지 않고 수명을 연장할 수 있다고 권했다. 이
고사는 꽃과 바람을 인격화하는 묘사 수법을 통해 바람을 막고 꽃을 보호
하는, 즉 자연을 정복하려는 일종의 상상과 바람을 표현한 것으로, 매우

흥취가 있어서 후대 사람들이 즐겨 애기하는 바가 되었다. 명나라 풍몽룡(馮夢龍)의 『성세항언(醒世恒言)』 권4의 「관원수만봉선녀(灌園叟晚逢仙女: 정원에 물 대주는 노인이 저녁에 선녀를 만나다)」에서 바로 이 고사를 채용했다.

이밖에도 「경원영」 조에서는 당나라 초에 오래된 거울이 우물에 떨어졌는데 그 거울이 미인으로 변해 독룡(毒龍)의 부림을 받고 사람을 유인해 우물로 들어오게 한 뒤 용의 식사로 제공했다는 고사를 기록했다. 「허한양」 조에서는 정원 연간에 허한양이 날이 저물자 배를 호숫가에 정박했는데 우연히 바다 용왕의 여러 딸을 만나 연회를 즐기고 시를 읊었으며 사람의 피로 술을 만들어 마셨다는 고사를 기록했다. 또한 「장갈충」 조에서는 천보 연간에 하남의 구지현(緱氏縣) 동쪽 태자릉(太子陵) 선학관(仙鶴觀)에서 매년 9월 3일 밤이면 한 도사가 득선했는데 나중에 알고 보니 바로 검은 호랑이에게 물려 간 것이었다는 고사를 기록했다. 이런 고사들은 모두 구상이 신기해 다른 책이 대부분 진부한 말들을 베낀 것과는 같지 않다. 『사고전서총목제요』에서는 이 책의 고사 중에 삽입된 시가가 정교하게 잘 다듬어져 있다고 칭찬하면서 "다른 소설보다 빼어나다(視他小說爲勝)"[26]고 인정했는데, 이는 단지 한 면만을 말한 것이지 전체를 평한 것은 아니다.

앞에서 언급한 각 책 이외에 이항의 『독이지』 3권과 육훈의 『집이지』 4권은 모두 고사(古事) 및 당나라의 전설과 쇄문을 잡다하게 집록했다. 『독이지』 권상에서는 당나라 초에 현장(玄奘)이 서역으로 불경을 가지러 갔는데 그가 간 후에 영엄사(靈嚴寺)의 소나무 가지가 해마다 서쪽을 가리키더니 그가 돌아올 때가 되자 소나무 가지가 갑자기 돌아서서 동쪽을 향했다는 고사를 기록했다. 이것은 당나라 때 유행하던 전설로, 명나라 오승은(吳承恩)이 일찍이 이 줄거리를 따서 『서유기(西遊記)』에 넣었다. 그러나 이

---

[26] 『사고전서총목제요(四庫全書總目提要)』 「자부(子部)·소설가류(小說家類)3」에 보인다.

두 책의 내용에는 비록 우연히 취할 만한 것이 있다 하더라도, 대부분의 고사는 위진 소설과 기타 책들에서 뽑아낸 것으로 괴이한 것에 대해 말한 것이 많다. 그러므로 이 책들은 여전히 '잔총소어(殘叢小語)'식의 지괴집이며 당연히 전기(傳奇)로 보아서는 안 된다.

앞에서 기술한 고사들을 종합적으로 본다면, 『현괴록』에서 『박이기』까지의 전기집은 모두 지괴를 이어받아 그 경향을 확장했으며, 묘사가 생동감 있고 줄거리가 완곡하며 문장의 수사가 이전의 지괴집을 훨씬 뛰어넘었다. 그러나 그 고사들은 비록 대부분 당나라의 연월(年月)과 당시 사람의 성명을 표방했지만, 내용은 오히려 시대적인 특색이 결여되었다. 당시의 사회현실을 비교적 잘 반영한 것으로는 『집이기』·『감택요』·『전기』·『삼수소독』·『극담록』 등이 있다.

『집이기(集異記)』는 설용약(薛用弱)이 찬한 것으로, 본래는 3권이었지만 당송 시대 이래로 전해진 권수는 대부분 같지 않다. 명청 시대에 통행되던 『설부』본과 『고씨문방소설(顧氏文房小說)』본은 모두 2권으로 되어 있다. 『중교설부』·『오조소설』·『당송총서』 등의 판본은 모두 1권이다. 그중 『고씨문방소설』본이 비교적 잘 되어 있다. 『태평광기』에서 이 책의 고사를 상당히 많이 채록했다.

설용약은 장경(長慶) 연간(821~825)과 대화(大和) 연간(827~835) 때 사람으로, 그의 책 『집이기』는 그 내용이 새롭고 문장이 고상해 일찍이 당송 시대에 성행했다. 그중 어떤 고사들은 여러 사람에게 유전되어 후인들이 전고로 삼기도 했다.

「왕유(王維)」 조에서는 왕유가 젊어서 문명(文名)을 얻었는데 음률에 능숙하고 비파를 잘 타서 기왕(岐王)에게 두터운 신임을 받았다는 고사를 기록했다. 당시에 왕유는 과거에 응시하려고 했는데 공주가 이미 시험관에게 부탁해 장구고(張九皐)를 향시(鄕試)의 일등으로 내정했다. 왕유가 기왕에게 잘 좀 말해 달라고 부탁하자, 기왕은 왕유를 데리고 공주의 저택으로 가서 연회에서 새로운 곡조를 독주하라고 했는데, 그 곡조가 애절해 공주가 매우 훌륭하다고 칭찬했다. 이어서 시권(詩卷)도 헌납했는데 이 역시 대부분 공주가 평상시에 고인(古人)의 훌륭한 작품이라고 여기며 숙독하던 것이었으므로, 공주는 더욱 놀랐다. 이 기회를 잡아 기왕이 진언을 드리자, 공주는 마침내 시험관을 저택으로 불러오게 해 왕유를 일등으로 하라는 교지를 전했다. 이 고사는 비록 그 뜻이 왕유의 재예(才藝)를 드러내는 데 있으나, 오히려 이 고사를 빌려서 당나라 사람의 과거 응시를 이해할 수 있으니, 대부분 시험 전에 권세 있는 귀족에게 칭찬받고 청탁해 등수를 내정했던 것이다.

또한 「왕지환(王之渙)」 조에서는 왕창령(王昌齡)·고적(高適)·왕지환 세 사람이 모두 시를 잘 짓는 것으로 유명했는데 함께 기녀 집에서 술을 마시다가 각자 새로 지은 시를 노래 불렀다는 고사를 기록했다. 먼저 어떤 사람이 왕창령과 고적의 시를 노래하자, 왕지환은 여러 기녀 중에서 가장 예쁜 사람을 지적하면서 반드시 자기의 시를 가지고 노래 부를 것이라고 말했다. 나중에 그 기녀가 과연 "황하는 저 멀리 흰 구름 사이로 올라가고 (黃河遠上白雲間)"라는 절구 한 수를 노래했는데, 이는 바로 왕지환의 가장 자신 있는 작품이었다. 이에 세 사람은 서로 크게 웃었다. 그래서 '기정도창(旗亭賭唱: 기녀 집에서 노래 내기를 하다)'이라는 고사는 모든 사람이 익히 아는 바가 되었다. 당나라 사람이 악부(樂府)에서 대부분 절구를 노래했음을 또한 여기에서 알 수 있다.

이밖에도 「서좌경(徐佐卿)」 조에서는 당 현종이 천보 13년(754)에 사원(沙苑)에서 사냥하다가 학 한 마리를 화살로 맞춘 고사를 기록했다. 그 학은 화살을 지닌 채 날아갔는데, 나중에 현종이 촉(蜀)으로 들어갔을 때 익주(益州)의 명월관(明月觀)에서 학을 쏜 화살을 문득 보게 되었다. 아울러 벽에 「세월(歲月)」이라는 제목의 시가 남아 있는 것을 보고, 비로소 화살을 맞은 학이 청성도사(靑城道士) 서좌경이었음을 알게 되었다. 「위유(韋宥)」

조에서는 다음과 같은 고사를 기록했다. 원화 연간에 위유가 강가의 갈대 속에서 쟁(箏)의 현이 갈대를 둘둘 감고 있는 것을 우연히 보고, 그것을 가지고 돌아와서 쟁을 연주하는 기녀에게 시험 삼아 악기에 매어 보라고 명했다. 그런데 조금 있다가 그 현이 굼실거리며 펼쳐지고 꿈틀거리며 요동하면서 두 눈동자를 내보이는 것이었다. 위유는 크게 놀라서 그것을 강에 던져 버리라고 했는데, 마침내 그것이 백 길이나 되는 흰 용으로 변하자 그것을 붙잡고 승천했다. 앞의 조는 『수신후기』에서 정영위(丁令威)가 학으로 변한 신선고사가 변천한 것이고, 뒤의 조는 신룡(神龍)의 변화와 관계된 전설이 새롭게 윤색된 것이니, 당나라 소설이 의식적으로 기이함을 과시하는 특징을 충분히 드러내고 있다.

『감택요(甘澤謠)』는 원교(袁郊)가 찬한 것으로 1권이다. 지금의 판본은 명나라 사람이 『태평광기』에서 집록해낸 것으로, 통행본에는 『설부』·『진체비서』·『학진토원(學津討原)』·『당송총서(唐宋叢書)』본 등이 있다. 『학진토원』본은 일찍이 교정을 했는데 비교적 좋은 판본이다. 상무인서관(商務印書館)의 『총서집성』본은 이것에 근거해 조판 인쇄했다.

원교는 의종(懿宗) 함통(咸通) 연간(860~874) 때 사람으로, 관직은 괵주자사(虢州刺史)에 이르렀다. 그 책은 그가 함통 연간에 오랜 비로 병석에 누워 있을 때 완성되었기에 『감택요』라는 이름이 붙여졌다. 책에는 모두 9조의 이문(異聞)을 수록했는데,[27] 「홍선(紅線)」·「도현(陶峴)」·「원관(圓觀)」등은 모두 인구에 회자되는 고사들이다.

「홍선」고사는 다음과 같다. 숙종(肅宗) 지덕(至德) 연간(756~758) 이후에 노주절도사(潞州節度使) 설숭(薛嵩)은 위박절도사(魏博節度使) 전승사(田

---

27 『학진토원(學津討原)』본 『감택요』중의 「섭은낭(聶隱娘)」조는 『태평광기(太平廣記)』권194 「호협(豪俠)」에서 인용하면서 "출『전기』(出『傳奇』)"라고 출전을 밝혔는데, 이것에 따르면 이 조는 배형(裴鉶)의 작품에 속해야 마땅하다. 아마도 후대 사람이 『감택요』에 잘못 집록해 놓은 것 같다.

承嗣)가 무사를 널리 모집해 노주를 침략하려 했기에 항상 근심하고 있었다. 그의 하녀 홍선은 설숭의 심사를 알고 자신이 밤에 위박에 들어가서 그 동정을 살필 수 있다고 했다. 그래서 일경(一更)에 날아갔다가 삼경(三更)이 되어 돌아왔는데, 전승사의 침대 머리에서 금합(金盒) 하나를 가지고 왔다. 설숭이 사람을 보내 금합을 돌려주면서 은근히 위협했더니, 전승사는 매우 두려워하며 서둘러 사자를 보내 비단과 말을 헌납하고 설숭에게 사죄한 뒤 다시는 감히 노주를 침략할 생각을 하지 않았다. 홍선은 공을 이룬 뒤 오히려 물러나며 설숭에게 이별을 고하고 산으로 들어갔다. 이 고사는 안사(安史)의 난 이후에 번진(藩鎭)이 군대를 소유하고 발호하면서 서로 분열되어 싸운 사실을 설명한다. 또한 신묘한 술법으로 한바탕의 전화(戰禍)를 없앤 이름 없는 여협(女俠)을 생동감 넘치게 묘사했다. 그중 홍선이 밤에 갔다가 돌아온 것을 서술한 대목의 문장은 매우 정채롭다.

홍선이 말했다. "제가 자정 3각(刻) 전에 곧장 위군(魏郡)에 도착해 여러 문을 지나서 마침내 전승사의 침소에 이르렀어요. 들어보니 외택남(外宅男)들이 침소의 낭하에서 자고 있었는데 그 코 고는 소리가 천둥 치는 듯했어요. 또 보았더니 중군(中軍)의 병사들이 뜰을 거닐고 있었는데 바람이 일듯이 구호를 전달했어요. 제가 그 왼쪽 방문을 열고 침대 휘장으로 다가가서 보았더니, 전승사가 휘장 안에서 다리를 구부리고 한창 달게 자고 있었는데, 무늬를 아로새긴 무소뿔 베개를 베고 상투에는 노란 주름비단을 감고 있었으며 베개 앞에 칠성검 하나가 드러나 있었어요. 칠성검 앞에는 금합 하나가 열려 있었는데 금합 안에는 전승사가 태어난 해와 북두신의 이름이 적혀 있었으며, 또한 이름난 향료와 아름다운 보물이 그 위를 여기저기 덮고 있어서 옥장(玉帳) 안에서 위용을 드날리고 있었어요. 자기의 야심을 생전에 실현하길 기대하기라도 하듯 화려한 침실에서 부인과 함께 자고 있었지만 목숨이 제 손에 달렸다는 것을 알지 못했어요. 그러니 어찌 그를 사로 잡느냐 놓아주느냐로 근심하겠어요? 죽인다면 단지 슬픈 탄식만 더할 뿐이지요. 이때 촛불의 빛은 줄어들고 향로의 향은 다 탔는데, 시중드는 사람들은 사방에 널려 있고 병기들도 도처에 깔려 있었어요. 어떤 사람은 머리를 병풍에 부딪치면서 코를 골고 늘어져 있기도 했고, 어떤 사람은 손에 수건과 총채를 든 채 몸을 쭉 뻗고 자기도 했어요. 저는 그들의 비녀와 귀걸이를 뽑기도 하고 저고리와 치마를 서로 매어 놓기도 했지만, 그들은 마치 병들거나 의식을 잃은 것처럼 모두 깨어나지 않았어요. 그래서 마침내 금합을 가지고 돌아오게 되었지요. 이미 위성(魏城)의 서쪽 문을 나가서 200리를 갔더니, 동대(銅臺)가 높이 솟아 있고 장수(漳水)가 동쪽으로 흐르는 것이 보였는데, 새벽 질풍이 들판을 뒤흔들고 지는 달이 숲에 있었어요. 분한 마음으로 갔다가 기쁜 마음으로 돌아오게 되니 수고로움도 금세 잊어버렸지요. 저를 알아봐 주신 은덕에 보답해 오로지 기대하신 마음에 부응하려 했어요. 한밤중의 3시간 동안 700리를 왕복하면서 위험한 곳에 들어가고 대여섯 성을 지났던 것은 모두 주인님의 근심을 덜어 드리길 바라서였으니, 어찌 감히 그 수고에 대해 말하겠어요?"

紅線曰: "某子夜前三刻, 卽到魏郡, 凡歷數門, 遂及寢所. 聞外宅男止于房廊, 睡聲雷動. 見中軍士卒, 步于庭廡, 傳呼風生. 某發其左扉, 抵其寢帳, 見田親家翁正于帳內鼓跌酣眠, 頭枕文犀, 髻包黃縠, 枕前露一七星劍. 劍前仰開一金盒, 盒內書生身甲子與北斗神名, 復有名香美珍, 散覆其上, 揚威玉帳. 但期心豁于生前, 同夢蘭堂, 不覺命懸于手下. 寧勞擒縱, 祇益傷嗟. 時則蠟炬光凝, 爐香燼煨, 侍人四布, 兵器森羅. 或頭觸屛風, 鼾而齂者. 或持巾拂, 寢而伸者. 某拔其簪珥, 縻其襦裳, 如病如昏, 皆不能寤, 遂持金盒以歸. 旣出魏城西門, 將行二百里, 見銅臺高揭, 而漳水東注, 晨飈動野, 斜月東林. 憂往喜還, 頓忘於行役, 感知酬德, 聊副於心

期.所以夜漏三時,往返七百里,入危邦,經五六城,冀減主憂,敢言其苦."

　여기에서 홍선은 강력한 군대를 호령하면서 한 지역을 할거(割據)하고 있는 절도사를 마치 아무것도 없는 것처럼 여기고, 경비가 삼엄한 침소에 곧바로 들어가서 시중드는 사람들에게 한 번 장난친 뒤에 조용히 돌아온 과정을 묘사했는데, 어찌 전승사의 간담이 서늘하지 않았겠는가! 작자의 묘사는 매우 치밀하고 생동감 넘친다. "새벽 질풍이 들판을 뒤흔들고 지는 달이 숲에 있었어요(晨飆動野, 斜月在林)" 등의 몇 마디 말은 동틀 무렵의 경치를 형용한 것으로, 또한 청신해 즐길 만하다.

　「도현」에서는 다음과 같은 고사를 기록했다. 개원 연간 말에 곤산(崑山)의 부호 도현에게 마가(摩訶)라고 하는 곤륜노(崑崙奴)가 있었는데 수영을 매우 잘했다. 도현은 늘 자기의 옥반지나 오래된 칼을 강에 던져 넣고 마가에게 잠수해서 그것을 꺼내오게 하는 것을 놀이로 삼았다. 나중에 마가는 도현이 억지로 강에 들어가서 반지와 칼을 건져오게 하는 바람에 교룡에게 해를 입어 사지가 찢어진 채 참혹하게 죽었다. 이 고사는 당시 사회 구조의 한 단면을 보여준다.

　「원관」에서는 대력(大曆) 연간(766~779) 말에 간의(諫議) 이원(李源)과 낙양(洛陽) 혜림사(惠林寺) 승려 원관의 양세(兩世)에 걸친 교분을 기록했다. 나중에 원관은 심협(三峽)에 사는 왕씨의 아들로 다시 태어났는데, 태어난 지 사흘 만에 이원이 찾아가서 보았더니 갓난아기가 그를 대하고 한 번 웃었다. 12년이 지난 뒤 그 아이는 장성해 목동이 되었는데, 항주(杭州)의 천축사(天竺寺) 앞에서 다시 이원과 만나 2수의 노래를 지어 부르고 이별했다. 이 고사는 불교의 삼세윤회설(三世輪廻說)의 진부한 내용이지만, 생사를 초월한 두 사람의 깊은 교분을 묘사하는 데 중점을 두어 비교적 진

한 인정미가 있기 때문에 후대에 전송(傳誦)되었다.[28]

　『전기(傳奇)』는 배형(裴鉶)이 찬한 것으로 3권이다. 이 책이 송나라 때 성행했기 때문에 송나라 사람들은 당나라 소설 중에서 신선과 괴이한 일을 기록한 것을 모두 '전기'라고 불렀다. 원서는 이미 망실되었고 지금은 『태평광기』에 수록된 약간의 편장만이 겨우 남아 있다. 「곤륜노(崑崙奴)」·「섭은낭(聶隱娘)」·「최위(崔煒)」·「배항(裴航)」·「위자동(韋自東)」 등과 같이 사람들의 입에 널리 오르내리는 고사가 모두 이 책에서 나왔다.

　「곤륜노」와 「섭은낭」 두 편은 모두 이인(異人)과 검객(劍客)을 묘사한 것으로, 그 의도 역시 대체로 서로 비슷하다. 「곤륜노」의 고사는 다음과 같다. 대력 연간에 최생(崔生)의 곤륜노 마륵(磨勒)은 최생이 일품관(一品官) 권신(權臣)의 기생 홍초(紅綃)를 좋아하자, 밤에 일품관의 저택으로 몰래 들어가서 문을 지키는 맹견을 때려죽이고 최생과 홍초를 서로 만나게 해 주었다. 아울러 두 사람을 업고 높은 담장 10여 개를 날아 넘어 나갔다. 2년 후 일품관이 사건의 자초지종을 조사해 밝히고자 갑사(甲士) 50명을 보내 마륵을 잡으려 했으나, 마륵은 비수를 지니고서 날아가 버렸는데, 매와 같이 빨라서 어지러이 화살을 쏘는데도 모두 맞지 않고 순식간에 어디로 갔는지 모르게 되었다. 일품관은 이 때문에 후회하고 두려워하면서 엄중하게 경비를 강화해 1년을 지킨 후에야 비로소 그만두었다.

　「섭은낭」의 고사는 다음과 같다. 정원 연간 때 위박의 대장 섭봉(聶鋒)의 딸 섭은낭은 어려서 한 비구니를 따라가서 검술을 배웠으며, 나중에 거울을 가는 젊은이에게 시집갔다. 원화 연간에 위박절도사가 섭은낭을 임용해 진허절도사(陳許節度使) 유창예(劉昌裔)를 암살하라고 파견했다. 유창예는 섭은낭 부부가 흰 나귀와 검은 나귀 각 한 필씩을 타고 올 것을 미

28　송나라 소식(蘇軾)의 「원택전(圓澤傳)」은 바로 이 줄거리에 근거해 지었는데, 단지 '원관'을 '원택'으로 고쳤다. 『학진토원(學津討源)』본 『감택요』의 뒤에 부록으로 실려 있다.

리 알고, 수비대장을 보내 맞이하라고 했다. 그래서 섭은낭은 유창예의 처소에 머물면서 돌아가지 않았으며, 위박절도사가 파견한 자객 정정아(精精兒)를 때려죽이고 계략을 써서 이어서 온 묘수(妙手) 공공아(空空兒)를 물리쳐서 유창예를 보호해 주었다. 그 후 섭은낭은 유창예에게 작별하고 산으로 들어갔는데 그가 간 곳을 알 수 없었다. 이 고사에서도 검객의 신기함을 매우 잘 형용했으며, 당시 번진 사이의 시기와 자객을 길러 자기와 뜻을 달리하는 사람을 암살하는 기풍이 성행했음을 표현했다. 그 줄거리는 후대 사람이 즐겨 이야기했는데, 청나라 우동(尤侗)의 전기(傳奇) 『흑백위(黑白衛)』는 바로 이것에 근거해 개편한 것이다.

「최위」·「배항」·「위자동」세 편은 신선의 방술에 대해 기록한 것으로, 같은 부류의 내용이다. 「최위」의 고사는 다음과 같다. 정원 연간 때 최위는 번우(番禺)에서 우연히 한 노파를 도와주고 그 노파에게서 쑥을 받아 여러 번 남을 위해 혹에 뜸을 떠 주어 낫게 했다. 그는 나중에 말라 버린 우물에 빠졌는데 또 흰 뱀의 입가에 난 혹에 뜸을 떠주어 낫게 했다. 뱀은 최위를 태우고 한(漢)나라 때 남월왕(南越王) 조타(趙佗)의 무덤 속으로 들어갔는데, 최위는 그곳에서 보물과 아름다운 부인을 얻고 세상을 초탈해 신선이 되었다.

「배항」의 고사는 다음과 같다. 장경(長慶) 연간(821~824) 때 수재 배항은 양한(襄漢) 남교역(藍橋驛)의 떳집을 지나다가 목이 너무 말라 베를 짜던 노파에게 마실 것을 달라고 해서 경장옥액(瓊漿玉液)을 마셨다. 또 노파의 손녀 운영(雲英)이 매우 아름다운 것을 보고 아내로 맞이하겠다고 청했다. 노파는 만일 옥 절구를 찾아서 그것으로 선약을 빻을 수 있다면 운영이 시집가는 것을 허락하겠다고 답했다. 나중에 배항은 과연 옥 절구를 찾아 운영과 결혼했으며, 마침내 상선(上仙)이 되었다.

「위자동」의 고사는 다음과 같다. 위자동은 산속에서 한 도사를 위해 선약을 지키면서 여러 번 보검으로 마귀를 격퇴했지만, 나중에 요사한 마귀가 갑자기 들어와 약 화로가 터져 부서지는 바람에 아무런 공력도 이루지 못하게 되었다. 그 줄거리는 『속현괴록』의 「두자춘」 고사와 비슷하므로 아마도 같은 근원에서 나왔을 것이다.

이들 세 고사는 매우 절절하게 사람의 마음을 감동시킨다. 『전기』의 내용과 필치는 『감택요』에 떨어지지 않으며 한 시대의 뛰어난 작품임을 알 수 있다. 특히 「배항」은 당나라 선녀고사 가운데 상상력과 문채가 가장 풍부한 작품이며, '남교옥저(藍橋玉杵)'는 이미 후대 사람의 시문에서 전고로 사용되었다.

『삼수소독(三水小牘)』은 황보매(皇甫枚)가 찬한 것으로, 원래는 3권이다. 지금 판본은 상하 2권으로 나뉘어 있는데 이미 원서가 아니다. 현재 중화서국에서 새로 조판 인쇄한 판본은 구본(舊本)에 의거해 다시 교정한 것으로, 책 끝에 일문(佚文) 14조를 부록으로 첨부했다. 유명한 전기 「비연전(非烟傳)」은 무공업(武公業)의 시녀 보비연(步非烟)과 조상(趙象)이 벌린 몰래 한 사랑의 비극을 기록했는데, 이것은 이 책의 일문으로 『태평광기』에 보인다.

황보매는 안정(安定) 사람으로 일찍이 의종(懿宗)과 희종(僖宗) 두 조대에 걸쳐 관리로 지냈다. 『삼수소독』은 그가 여행하다가 분(汾)·진(晉) 지방에 머물 때 찬한 것이다. 삼수는 안정의 속읍(屬邑)이었기에 그것을 책 제목으로 삼았다.

『삼수소독』에서 기술한 것 역시 신선의 괴이한 일에 대한 것이 많고 기타 전기집의 내용·의도와 서로 비슷하다. 그러나 어떤 조목에서는 자기가 직접 보고 듣고 겪은 일을 기록해, 당나라 말의 정국과 사회 상황을 연구하는 데 참고할 수 있다.

「진번임형부시(陳璠臨刑賦詩)」 조에서는 다음과 같이 기록했다. 시포(時浦)와 진번 두 사람은 모두 지상(支詳)의 부하로 있었는데, 나중에 시포는 구실을 대고 지상을 위협해 병권을 해제하도록 했으며, 진번은 또 지상이 도성으로 돌아올 때 병사를 매복시켜 그의 전 가족을 죽였다. 이것은 당시 번진의 발호는 황제도 어찌할 수 없었던 상황과 포악한 장수와 교만한 병사가 종종 총사령관을 박해했던 상황을 설명했는데, 이를 통해 당나라 말 정국의 혼란상을 충분히 엿볼 수 있다.

또한 「고평현소견(高平縣所見)」 조에서는 다음과 같이 기록했다. 작자가 광계(光啓) 연간(885~888)에 양주(梁州)로 가다가 고평현을 지날 때, 산비탈에서 무궁화나무 울타리가 듬성듬성한 몇 칸짜리 뗏집을 보았다. 어떤 촌아낙이 오래된 누런 옷을 입고 흐트러진 머리에 낡은 신을 신고 있었는데, 불러도 대답하지 않았다. 문 앞에 이르러 보았더니, 등나무 덩굴이 가시나무 사립문을 온통 감고 있었고 뜰 안에는 가시나무가 촘촘히 자라 있을 뿐 사람 사는 흔적이 전혀 없었다. 이것은 여행길의 실제 상황을 묘사한 것으로, 전란으로 인해 밥 짓는 연기조차 보기 드물고 황량하게 파괴된 정황을 반영했다.

이밖에도 「폭풍발폐이균부종(暴風拔斾李鈞不終)」 조에서는 이균이 상당(上黨) 지방에서 군중을 통솔하면서 군대를 풀어놓아 백성에게 해를 끼치다가 나중에 피살된 일을 기록했다. 일문 중의 「온장(溫璋)」 조에서는 경조윤(京兆尹) 온장이 재물을 탐하고 잔혹하게 굴다가 끝내 독주를 마시고 죽은 일을 기록했는데, 흉악한 우두머리를 경계하고 그 죄악을 공격하는 뜻을 표현하고 있다.

『극담록(劇談錄)』은 강병(康騈)이 찬한 것으로 2권이다. 소종(昭宗) 건녕(乾寧) 2년(895)에 책이 완성되었다. 기록된 내용은 모두 천보 연간 이후의 자질구레한 일들로, 모두 40여 조이고 간간이 의론이 뒤에 붙어 있다. 그중 일부 무협고사는 매우 잘 묘사되어 있다. 예를 들어 「반장군실주(潘將軍失珠)」 조에 묘사된 구슬을 훔친 삼환(三鬟)의 여자와 「전팽랑투옥침(田膨郎偸玉枕)」 조에 묘사된 전팽랑을 사로잡은 어린 종은 『전기』의 섭은낭·곤륜노와 자못 비슷한 부류의 인물이며 줄거리 또한 매우 완곡하다.

또 「장계홍봉악신부(張季弘逢惡新婦)」 조에서는 다음과 같이 기록했다. 장계홍은 자신의 무용(武勇)을 자부해 한 노파를 위해 그녀의 새 며느리를 가르치려고 했다. 그러나 그 새 며느리는 그에게 하소연하면서 "한 가지 일을 얘기할 때마다 장계홍이 앉아 있는 돌 위에 손을 갖다 대고 가운뎃손가락으로 그었는데, 긋는 손을 따라 몇 촌이나 되는 깊이의 흔적이 생겼다(每言一事, 引手於季弘所坐石上, 以中指畫之, 隨手作痕, 深可數寸)." 이것을 본 장계홍은 "식은땀이 흐르고 정신이 아득할(汗落神駭)" 정도로 놀라서 다시는 감히 쓸데없는 일에 간섭하지 않았다. 이 고사는 잘난 척하는 것을 경계하고 도처에 뛰어난 사람이 깔려 있음을 설명하는 데 그 주지(主旨)가 있으며, 그 내용 역시 매우 정채롭다.

전체적으로 보았을 때, 『극담록』 중에서 귀신과 영괴(靈怪)를 언급한 고사가 여전히 비교적 많은 비중을 차지하고는 있지만, 당면한 온갖 세상사에 대해 기록한 것은 이미 위에서 기술한 전기집보다 약간 많다. 예를 들어 「선종야소한림학사(宣宗夜召翰林學士)」, 「혼영공이서평설주자운제(渾令公李西平爇朱泚雲梯)」 등의 조는 비록 전설에 가까워 실제 기록으로 볼 수는 없으나 역시 참고자료가 될 만하다. 「왕시중제시(王侍中題詩)」·「백부승주(白傅乘舟)」 등의 조는 『세설신어』류의 책에 기록된 단편적인 언행과 매우 비슷하다.

또 「재상보시(宰相布施)」 조에서는 다음과 같은 고사를 기록했다. 건부(乾符) 연간(874~879)에 어떤 재상이 길가에서 돈을 나눠주어 가난한 사람을 구제했는데, 어떤 조정의 선비가 서찰을 보내 간언하길, 형벌이 깨끗하면 속인들이 부유해져서 천하에 저절로 가난한 사람이 없게 되니 단지 작은 은혜를 베푸는 것은 정치를 할 줄 모르는 것이라고 했다. 「낙중호사(洛中豪士)」 조에서는 다음과 같은 고사를 기록했다. 낙중[낙양]의 어떤 부잣집 자제는 평소 지극히 사치해 숯으로 조리한 음식이 아니면 먹지 않았는데, 나중에 난리를 만나 사흘을 굶은 뒤에는 찧지도 않은 좁쌀밥 한 그릇을 먹고 나서 "쌀밥에 고기 맛도 이것만 못하다(粱黍肉之美不如)"라고 했다. 앞의 고사는 집정자가 정치의 본령은 모르고 오직 명예만 추구하는 것을 폭로했고, 뒤의 고사는 부잣집 자제들이 민간의 고통을 모르는 것을 풍자했는데, 모두 세속을 따끔하게 질책하는 뜻을 담고 있다.

앞에서 든 각 예를 통해『극담록』의 다양한 내용을 충분히 살펴볼 수 있다. 이 책은 현재 중화서국에서 인쇄 조판한 판본이 있는데 비교적 완정하다.

위에서 기술한 여러 책과 찬집(撰輯)한 시대가 서로 비슷한 저작으로는 소악(蘇鶚)의『두양잡편(杜陽雜編)』3권과 풍익(馮翊)의『계원총담(桂苑叢談)』1권이 있다.『두양잡편』은 대종(代宗)에서 의종(懿宗)까지 10조대의 고사를 기록한 것으로, 먼 곳의 진기한 물품에 대해 기술한 것이 많은데, 대부분 지괴를 이어받아 그 상상력을 확대했기에 비록 사람은 모두 실제로 있었지만 사건은 황당무계하다.『계원총담』은 의종 함통(咸通) 연간(860~874) 이후의 일을 기록했는데 귀신과 괴이한 이야기가 대부분이다. 그러나 두 책에 기재된 것은 모두 황당한 것만은 아니고 간혹 취할 만한 것도 있다. 예를 들어『두양잡편』에 기록된 어조은(魚朝恩)이 발호한 고사와 배도(裴度)가 오원제(吳元濟)를 토벌한 고사는 모두 역사적 사실에 부합된다.『계원총담』의「최장자칭협(崔張自稱俠)」조에서는 어떤 객이 주머니에 돼지머리를 넣고 다니면서 스스로 원수를 죽였다고 말해 진사 장호(張祜)의 재물을 사취한 고사를 기록했는데, 이는 청나라 오경재(吳敬梓)의『유림외사(儒林外史)』「협객허설인두회(俠客虛設人頭會)」회목의 줄거리의 바탕이 되었다. 또「방죽괘장(方竹掛杖)」조에서는 감로사(甘露寺)의 노승이 이덕유가 보내 준 방죽장을 둥글게 깎고 칠을 한 고사를 기록했는데, 이는 이미 후세 사람들이 전고로 사용해, '규원방죽장(規圓方竹杖: 방죽장을 둥글게 하다)'이라는 말로 사리를 알지 못하고 오히려 본질을 해치는 무식한 사람을 비꼬았다. 이 두 책은 당나라 말의 사회상황의 일부분을 반영하고 있다는 점에서 역시 충분히 채택할 만한 자료라고 하겠다. 또한 후대의 필기소설에도 일정한 영향을 미쳤다.

이밖에 우숙(牛肅)의 『기문(紀聞)』 10권 또한 비교적 유명한 전기집이지만, 원서는 이미 망실되었고 단지 『태평광기』에 인용된 19조만 남아 있다. 그중에서 오보안(吳保安)의 일을 기록한 조는 사람들에게 널리 전해졌는데, 송나라 사람은 그것을 채록해 『신당서(新唐書)』 「충의전(忠義傳)」에 넣었으며, 명나라 사람은 그 일을 부연해 소설로 만들었다.[29] 한편 유종원(柳宗元)이 찬했다고 되어 있는 『용성록(龍城錄)』과 풍지(馮贄)가 찬했다고 되어 있는 『운선잡기(雲仙雜記)』 등은 모두 소소한 이야기를 잡록한 것으로 자질구레하고 세세해 전기집과는 다르지만, 후대 사람들이 시문을 지을 때 이 두 책의 고사를 사용한 경우가 적지 않았다. 그래서 이 두 책이 비록 가탁되었다고는 해도 역시 일찍이 성행했던 것이다.[30]

당나라 전기의 단편 가운데 심기제(沈旣濟)의 『침중기(枕中記)』와 이공좌(李公佐)의 『남가태수전(南柯太守傳)』은 부귀공명이 꿈과 같아서 오래갈 수 없음을 묘사했으며, 이조위(李朝威)의 『유의전(柳毅傳)』과 무명씨의 『영응전(靈應傳)』은 용녀와의 만남을 묘사했는데, 이는 신괴고사류에 속하는 것들이다. 장방(蔣防)의 『곽소옥전(霍小玉傳)』, 백행간(白行簡)의 『이와전(李娃傳)』, 원진(元稹)의 『앵앵전(鶯鶯傳)』, 진현우(陳玄祐)의 『이혼기(離魂記)』 등은 애정고사류에 속한다. 두광정(杜光庭)의 『규염객전(虯髯客傳)』과 이공좌(李公佐)의 『사소아전(謝小娥傳)』은 이인(異人) 또는 복수 정신에 대해 묘사한 것으로 협의고사류에 속한다. 뛰어난 작품이 매우 많아 모두 열거할

---

29 명나라 풍몽룡(馮夢龍)의 『유세명언(喩世明言)』 「오보안기가속우(吳保安棄家贖友)」 회목은 바로 『기문』의 오보안 일에 근거해 지어졌다.

30 『용성록(龍城錄)』과 『운선잡기(雲仙雜記)』는 모두 송나라 왕질(王銍)에 의해 가탁된 것이다. 『사고전서총목제요(四庫全書總目提要)』 「자부(子部)·소설가류(小說家類)1」과 「소설가류존목(小說家類存目)2」 참조.

수 없으니, 여기서는 전집을 소개하는 데에 중점을 두고 단편에 대해서는 일일이 언급하지 않겠다.[31]

『유양잡조(酉陽雜俎)』는 단성식(段成式)이 찬한 것으로,「전집(前集)」20권과「속집(續集)」10권으로 되어 있다. 전체 책은 부문별로 나누어 고사를 집록해, 마치 유서(類書)와도 같지만 실제로는 장화(張華)의 『박물지』의 체재를 모방해 변화 확대한 것이다. 기록된 것은 선불(仙佛)·귀괴(鬼怪)·인사(人事)로부터 동물·식물·주식(酒食)·사원·고증 등등 포괄하지 않은 것이 없는데, 내용이 극히 복잡하고 표제 또한 매우 참신하다. 예를 들어 괴이한 일을 기록한 부문은「낙고기(諾皐記)」라 하고, 도술에 대해 기록한 부문은「호사(壺史)」라 하고, 불서(佛書)를 초록한 부문은「패편(貝編)」이라 해, 각각 특정한 뜻을 담았다.[32] 매를 기르는 방법에 대해 기록한 부분은「육확부(肉攫部)」라 했는데 그 명칭 역시 기발하다. 이 책은 지괴·전기·잡록·쇄문·고증의 여러 체제를 한 편에 모아 놓은 것이므로, '잡조'라고 하는 것이 확실히 매우 타당하다.

『유양잡조』의 내용은 "괴이해 불경스러운 이야기와 황당해 고찰할 수 없는 사물에 대한 것이 대부분이다(多詭怪不經之談, 荒渺無稽之物)."[33] 그 가운데 어떤 고사는 전대 사람의 저작에서 채록한 것도 있고, 어떤 줄거리

---

31 왕비창(汪辟彊)이 편찬한 『당인소설(唐人小說)』은 전기 작품의 가작(佳作)을 대부분 수록해 놓아 열람하기가 매우 편리한데, 고전문학출판사(古典文學出版社)에서 간행했다.

32 낙고(諾皐)는 도가의 태음(太陰)의 명칭이고 도가에는 또한 호천(壺天)과 호공(壺公)의 전설이 있다. 그래서 단성식은 그 책에서 지괴를 기록한 부분을 「낙고기」라 했고, 도술을 기록한 부분을「호사」라 했다. 본장 각주 25) 참조. 인도에서 나는 패다수(貝多樹: 다라수)의 잎['패엽(貝葉)'이라 간략히 부름]은 종이로 사용할 수 있어서 옛날 사람들이 그것을 취해 불경을 기록했기 때문에, 단성식은 그 책에서 불경을 초록한 부분을「패편」이라 했다.

33 이 말은 『사고전서총목제요(四庫全書總目提要)』「자부(子部)·소설가류(小說家類)3」에 보인다.

는 같은 시대의 여러 책에 기록된 것과 비슷하기도 하다. 예를 들어 「속집」 권4에 인용된 「허언아롱(許彦鵝籠)」 고사는 『속제해기(續齊諧記)』에서 나왔다고 명기되어 있으며, 천보 연간의 도사 고현속(顧玄續)이 남에게 약화로를 지켜 달라고 도움을 청하는 줄거리는 『속현괴록』의 「두자춘」과 『전기』의 「위자동」 두 조와 같은 선상에서 나왔다. 이로써 괴이한 것을 말한 부류는 역시 새롭게 나온 것이 아님을 충분히 알 수 있다. 그러나 전체 책에서 언급한 범위는 매우 넓고 집록한 자료도 매우 많기 때문에, 이야깃거리의 자료가 되거나 역사적 사실을 수집하거나 고증을 제공할 수 있는 것 또한 적지 않다. 예를 들어 「전집」 권12의 「어자(語資)」에서는 왕발(王勃)이 글을 지으면서 먼저 먹을 갈고 배를 깔고 누웠다가 갑자기 붓을 들어 곧바로 써 내려갔기에 당시 사람들이 그것을 '복고(腹稿)'라 불렀다는 고사를 기록했으며, 또한 이백(李白)이 현종 앞에서 고역사(高力士)에게 신발을 벗기라고 명령한 고사를 기록했다. 이러한 고사는 당나라의 유명한 전설로 다른 책에서 말한 것과 서로 합치된다. 또 장열(張說)의 일에 대해 기록한 조의 내용은 다음과 같다.

명황[현종]이 태산에 봉선할 때 장열이 봉선사가 되었다. 장열의 사위 정일은 본래 9품관이었는데, 옛 조례에 따르면 봉선 후에 삼공 이하의 관원은 모두 한 등급씩 승진했지만, 오직 정일만은 장열 때문에 갑자기 5품으로 승진했고 아울러 붉은 관복을 하사받았다. 연회를 크게 베풀었을 때, 현종이 정일의 관직이 갑자기 뛰어 올라간 것을 보고 이상해서 물었으나, 정일은 대답할 말이 없었다. 그때 황번작이 말하길, "이것이 바로 태산의 힘입니다"라고 했다.
明皇封禪泰山, 張說爲封禪使. 說女婿鄭鎰本九品官, 舊例封禪後, 自三公以下皆遷轉一級, 惟鄭鎰因說驟遷五品, 秉賜緋服. 因大脯飮, 玄宗見鎰官位騰躍, 怪而問之, 鎰無辭以對. 黃幡綽曰: "此乃泰山之力也."

후대 사람이 장인을 '태산'이라고 칭하는 것은 바로 대부분 이 고사를 인용해 전고로 삼은 것이다. 또한 「전집」 권16의 「우편(羽篇)」에서는 '야행유녀(夜行遊女)'라고 부르는 요사스러운 새가 앙화를 부려 어린아이를 해칠 수 있다는 고사를 기록했는데, 이 고사는 북위(北魏) 역도원(酈道元)의 『수경주(水經注)』 권35 「강수(江水)」에서 인용한 『현중기(玄中記)』에 나오는 '여조(女鳥)'와 양(梁)나라 종늠(宗懍)의 『형초세시기(荊楚歲時記)』에 나오는 '귀조고획(鬼鳥姑獲)'과 함께 역시 같은 전설에서 나왔으니, 서로 참고해 증명할 수 있다.

이밖에 「시석(屍夌)」편에서 상례(喪禮)를 기록한 것, 「폄오(貶誤)」편에서 탄기(彈棋)[34] 놀이를 고찰한 것, 「사탑기(寺塔記)」에서 절과 사당을 기술한 것 등은 고대의 풍습·명물·종교신앙 및 당나라 때의 거리 등 각 방면을 연구하는 데에도 모두 참고할 가치가 있다. 특히 「사탑기」는 가치가 더욱 크니, 후위(後魏) 양현지(楊衒之)의 『낙양가람기(洛陽伽藍記)』와 서로 견줄 만하다. 송나라 송민구(宋敏求)가 찬한 『장안지(長安志)』와 원나라 이호문(李好文)이 편한 『장안지도(長安志圖)』는 모두 이 부분의 자료에 근거해 당나라의 거리를 고찰한 것이다. 청나라 서송(徐松)이 찬한 『당양경성방고(唐兩京城坊考)』 역시 「사탑기」의 내용을 대량으로 채용했다.[35] 그러므로 『유양잡조』는 비록 황당함을 면치 못하지만 후대 사람들은 그래도 그중에서 많은 자료를 취했다.

통행되는 『유양잡조』 판본에는 『진체비서』·『학진토원』·『호북선정유서(湖北先正遺書)』와 상무인서관 『사부총간(四部叢刊)』의 영인 명간본이 있는데 모두 30권이다. 그중에서 『사부총간』본이 비교적 좋다.

앞의 각 책의 소개를 통해서 당나라의 소설고사류 필기가 대략 4종류

---

34 바둑알처럼 생긴 말을 손으로 튕겨서 상대편의 말을 맞추는 놀이―역주.

35 청나라 이자명(李慈銘)의 『월만당독서기(越縵堂讀書記)』 하책(下冊) 931쪽에서 『유양잡조』에 대해 언급한 절(節) 참고.

로 나뉨을 이해할 수 있다. 첫째 부류는 『현괴록』·『속현괴록』·『집이기』·『감택요』·『전기』 등과 같은 전기집으로, 그중의 고사들은 대부분 편폭이 길고 줄거리가 완정하며 수미를 모두 갖춘 단편소설이다. 둘째 부류는 『삼수소독』·『극담록』·『계원총담』 등의 책으로, 여전히 전기의 유형에 속해 있지만 자질구레한 쇄문일사를 아울러 기재해 또한 잡기(雜記) 체재에 가깝다. 셋째 부류는 『유양잡조』와 같은 잡조집으로, 부문을 나누어 고사를 배치하고 각종 자료를 집록했다. 넷째 부류는 『선실지』·『집이지』·『독이지』 등과 같은 지괴집으로, 그중에서 약간 상세하게 기술한 것은 전기와 대략 비슷하고 이야기의 대체적인 내용을 거칠게 기술한 것은 위진 시대의 '잔총소어'와 같다. 문학작품의 측면에서 본다면, 첫째 부류의 책이 가치가 비교적 높고 넷째 부류의 책은 좋은 점이 가장 적다. 내용에 대해 말한다면, 어떤 부류의 필기를 논할 것 없이 서술된 것이 모두 황당무계한 기이한 고사가 많으니, 그저 소설일 뿐 사료와는 다르다. 하지만 이러한 책 안에서 당나라의 정치상황에 대해 기술한 것과 사회면모를 반영한 것은 충분히 채택할 만하다.

제2절

역사쇄문류 필기

──────────

– 『수당가화』·『당국사보』·『인화록』 및 기타

당나라 때는 사료를 정리하고 사서를 편집하는 기풍이 비교적 성행했다. 즉 『진서(晉書)』·『양서(梁書)』·『진서(陳書)』·『북제서(北齊書)』·『주서(周書)』·『수서(隋書)』는 전부 당나라 관(官)에서 수찬한 것이며, 『남사(南史)』와 『북사(北史)』는 이연수(李延壽)의 개인적인 저술인데, 모두 적지 않은 전조(前朝)의 사료를 보존하고 있다. 이밖에도 온대업(溫大業)이 찬한 『대당창업기거주(大唐創業起居注)』는 당 고조(高祖) 이연(李淵)이 거사(擧事)한 시말을 기록했는데, 이는 작자가 몸소 경험한 것을 기술한 것으로 실록의 시작이 되었다. 이러한 모든 것은 당시 사대부들이 일화와 전설을 집록하는 데 일정한 추진 작용을 했다. 게다가 진송(晉宋) 시대 이래의 『어림(語林)』과 『세설신어(世說新語)』 등과 같은 책의 영향으로 당나라 역사쇄문류 필기가 발전하기 시작했으며 그 종류도 매우 많았다. 그중에서 『세설신어』의 체재를 모방해 부문을 나누어 고사를 배치한 것으로는 『대당신어(大唐新語)』가 있고, 한 조대의 쇄문을 전문적으로 집록한 것으로는 『명황잡록(明皇雜錄)』이 있으며, 어떤 한 부류에 편중해 기재한 것으로는 노래를 대대적으로 수록한『운계우의(雲溪友議)』가 있고, 지괴와 전기에 더욱 가까운 것으로는 신이(神異)함을 지나치게 언급한『조야첨재(朝野僉載)』가 있다. 종합적으로 말하자면, 여전히 각종 일사쇄문을 집록한 부류가 비교적 많다. 이러한 필기는 비록 대부분 황당한 이야기에서 벗어나지 못해 각기 다른 정도에서 소설적 의미와 전기적 색채를 지니고 있지만, 그들 대부분의 내용은 모두 당나라의 인물과 역사 사실 및 전장제도와 관련된 기록들이다. 이 때문에 후대 사람들이 아무리 그것들이 자질구레하고 잡다하다고 혹평하더라도 쓸모없는 것으로 버릴 수는 없다. 송나라 사마광(司馬光)이 찬한『자치통감(資治通鑑)』은 일찍이 여러 차례『조야첨재』를 인용했다.

당나라의 역사쇄문류 필기는 전기소설과 마찬가지로 개원(開元) 연간(713~741)과 천보(天寶) 연간(742~756) 이후에 성행했다.『조야첨재』·『수당가화(隋唐嘉話)』·『대당신어』·『유빈객가화록(劉賓客嘉話錄)』및『인화록(因話錄)』·『운계우의』등은 모두 비교적 유명하다.『개원천보유사(開元天寶遺事)』·『북몽쇄언(北夢瑣言)』·『감계록(鑑誡錄)』등과 같은 오대(五代) 사람이 찬한 필기는 여전히 당나라의 구문(舊聞)을 많이 서술하고 가까운 시대의 일도 아울러 기록했는데, 내용 또한 취할 만하다. 사료적 가치가 비교적 높은 저작으로는 마땅히『당척언(唐摭言)』을 꼽는다. 여기에서는『세설신어』를 모방한 당나라의 작품인『수당가화』·『대당신어』와 이 두 책과 내용·체재가 서로 비슷한『당국사보(唐國史補)』, 이렇게 세 책을 먼저 소개하겠다.

『수당가화(隋唐嘉話)』는 유속(劉餗)이 찬했다. 유통되는 판본에는『오조소설(五朝小說)』·『역대소설(歷代小說)』·『속백천학해(續百川學海)』등의 1권본과『설부(說郛)』·『고씨문방소설(顧氏文房小說)』의 상중하 3권본이 있다.

유속은 일찍이 천보 연간 초에 관직을 지냈다. 이 책에 집록된 인물과 고사는 수나라 때부터 당 현종(玄宗) 때까지인데, 태종(太宗) 때의 일화가 가장 많으며 문학과 예술에 관한 기록도 간혹 있다. 채록된 것은 모두 간단한 언행의 단편으로, 체재와 문장이 모두 이 책이 『세설신어』의 유파임을 보여준다. 아래의 예를 보자.

　　태종이 장차 앵두를 휴공에게 주려고 했는데, '바치다[奉]'라고 말하면 너무 높이는 것이 되고 '하사하다[賜]'라고 말하면 또 너무 낮추는 것이 되었다. 이에 그것에 대해 노감에게 물었더니, 노감이 말하길, "옛날 양 무제는 제 파릉왕에게 물건을 보내면서 '증여하다[餉]'라고 말했습니다"라고 하자, 태종은 마침내 그것을 따랐다. (권중)
　　太宗將致櫻桃于鄶公, 稱'奉'則以尊, 言'賜'又以卑. 乃問之盧監, 曰: "昔梁武帝遺齊巴陵王稱'餉'. 遂從之. (卷中)

　　수 양제는 문장을 잘 지었지만 남이 자기보다 뛰어나게 하고 싶지는 않았는데, 사례 설도형은 이 때문에 죄를 지었다. 나중에 다른 일로 인해 그를 주살하게 되었을 때, 양제가 말하길, "'빈 대들보엔 제비가 물고 온 진흙이 떨어져 있네'를 다시 지을 수 있겠느냐?"라고 했다. (권상)
　　煬帝善屬文, 而不欲人出其右, 司隷薛道衡由是得罪. 後因事誅之, 曰: "更能作'空梁落燕泥'否?" (卷上)

이는 『세설신어』의 「언어」·「문학」편 등의 내용과 매우 비슷하다. 수나라 설도형(薛道衡)이 "빈 대들보엔 제비가 물고 온 진흙이 떨어져 있네(空梁落燕泥)"[36]라는 명구 때문에 그의 재능을 질투한 수 양제에게 죽임을 당한 것은 모두가 잘 알고 있는 고사다.

　　『수당가화』에서 기술한 방면은 그다지 광범위하지는 않지만, 당나라

36　이 구절은 설도형의 「석석염(昔昔鹽)」 시에 나오는데, 부인이 빈 규방에서 적막하게 있는 모습을 묘사했다—역주.

초의 궁정 일화 및 고종(高宗)과 무후(武后)에 관한 쇄문과 일부 유명한 사대부들의 언행은 역사를 연구하고 고증으로 참고하거나 또는 후대 사람들에 의해 전고로 사용된 것도 오히려 적지 않다. 권하에는 이러한 이야기가 기록되어 있다. 누사덕(婁師德)의 동생이 대주자사(代州刺史)에 임명되어 임지로 떠날 때, 누사덕은 동생에게 무슨 일을 당해도 꼭 참으라고 당부했는데, 만일 어떤 사람이 그의 얼굴에 침을 뱉어도 웃으며 그것을 받아들이고 침이 저절로 마를 때까지 기다려야지 닦아내어 남의 화를 돋워서는 안 된다고 했다. 이것은 '타면자건(唾面自乾: 얼굴에 뱉은 침이 저절로 마르다)'이라는 말의 출처다. 『신당서』「누사덕전」에서 이 전설을 채록했다. 이 책 중에는 무후가 용문(龍門)에서 노닐며 여러 관료에게 시를 지으라고 하면서 먼저 지은 자에게 상으로 비단 도포를 선물하겠다고 한 이야기가 기록되어 있다. 좌사(左史) 동방규(東方虯)가 먼저 시를 지어 도포를 얻었는데, 나중에 지어진 송지문(宋之問) 시의 수사와 이치가 모두 훌륭했기에, 동방규의 도포를 빼앗아 송지문에게 주었다. 『수당가화』의 이 일화로 인해 나중에 '탈금(奪錦: 비단을 빼앗다)'이라는 말 역시 전고가 되었다.

또 두 조의 기록을 살펴보면 다음과 같다.

옛날 관리들이 입었던 옷은 단지 황색과 자색 두 가지 색깔뿐이었다. 정관 연간에 비로소 영을 내려 3품은 자색, 4품 이상은 주색, 6품과 7품은 녹색, 8품과 9품은 청색을 입도록 했다. (권중)

舊官人所服唯黃紫二色而已. 貞觀中始令三品服紫, 四品以上朱, 六品·七品綠, 八品·九品以青焉. (卷中)

무후는 이부에서 선발한 사람이 대부분 실상에 들어맞지 않다고 생각해, 시험 보는 날 [응시생들에게] 스스로 자기 이름을 가리게 하고 이름이 보이지 않는 상태로 그 등수를 정했다. 이름을 가린 채 성적을

판정하는 것은 바로 여기에서 비롯되었다. (권하)

武后以吏部選人多不實, 乃令試日自糊其名, 暗考以定等第. 判之糊
名, 自此始也. (卷下)

앞의 조에서는 정관(貞觀) 연간(627~649) 때 관리의 복색 변경을 서술했
고, 뒤의 조에서는 무후 때 이부에서 호명제(糊名制)로 관리를 선발하게 된
시초를 기록했는데, 모두 당나라의 전장제도를 언급한 사료로서 매우 귀
중하다.

『대당신어(大唐新語)』는 유숙(劉肅)이 찬했다. 일명 『대당세설신어(大唐世
說新語)』라고도 하며, 명나라 사람들은 또 『당세설(唐世說)』이라고도 했다.
통행본은 『패해(稗海)』 13권본인데, 권 머리에 원화(元和) 정해년(丁亥年:
807)에 유숙이 쓴 자서(自序)가 있는 것으로 보아 이 책은 당연히 이때 지
어졌을 것이다. 『사고전서총목제요(四庫全書總目提要)』에 의하면, 이 책의
권말에 「총론(總論)」 1편이 있다고 했는데, 『패해』본에는 기재되어 있지
않다.

『대당신어』는 『세설신어』의 체재를 모방해 내용에 따라 편을 나누어 고
사를 수록했는데, 「광찬(匡贊)」·「규간(規諫)」·「극간(極諫)」·「강정(剛正)」에서
「해학(諧謔)」·「기이(記異)」·「교선(郊禪)」 등 29편이 있으며, 당 고조(高祖) 무
덕(武德) 연간(618~626) 초에서부터 대종(代宗) 대력(大曆) 연간(766~779) 말
까지의 쇄문과 일화를 기록했다. 고사마다 대부분 수미(首尾)를 갖추었고
서술이 비교적 상세해, 『세설신어』에서 단편적인 몇 마디 말만을 절취하
는 것에 치중한 것과는 다르며 오히려 '잡사류'에 더 근접하다.

이 책에 수록된 고사 중에서 적지 않은 조는 이미 『수당가화』에서 보인
다. 예를 들어 「용서(容恕)」편에서는 노승경(老承慶)이 내외의 관리를 조사
한 일을 기록했고, 「지미(知微)」편에서는 후군집(侯君集)이 모반한 일을 기
록했고, 「유녕(諛佞)」편에서는 당 태종이 우문사급(宇文士及)을 아첨꾼이라

고 말한 일을 기록했고, 「지법(持法)」편에서는 하남윤(河南尹) 이걸(李傑)이 과부를 심판한 일을 기록했고, 「총민(聰敏)」편에서는 가가은(賈嘉隱)이 이적(李勣) 등에게 한 질문을 기록했고, 「해학」편에서는 장손무기(長孫無忌)와 구양순(歐陽詢)이 서로를 조롱한 일을 기록했는데, 이러한 조들은 바로 『수당가화』에서 채록한 것이다.

그러나 이 책에 수록된 각 부류의 자료들은 오히려 『수당가화』보다 풍부하다. 「문장(文章)」・「저술(著述)」의 두 편에서는 취할 만한 내용이 매우 많다. 예를 들어 「문장」편의 한 조에서는 현종이 장열(張說)과 서견(徐堅)・위술(韋述) 등에게 『초학기(初學記)』를 집록하라고 명한 경과를 서술했는데, 이를 통해 우리는 고대 유서(類書)가 문장을 빨리 짓고 자료를 편하게 찾기 위해 찬집된 것임을 알 수 있다. 아울러 『초학기』가 전대의 유서에 비해서 편집의 형식과 체례 방면에서 약간 개진(改進)되었음을 이해할 수 있다. 그리고 「문장」편에서는 왕발(王勃)・양형(楊炯)・노조린(盧照麟)・낙빈왕(駱賓王)이 모두 시문으로 세상에 이름이 알려져서 당시 사람들이 "왕・양・노・낙"이라 병칭했음을 기록했으며, 또한 장열이 양형에 대해 "왕발의 뒤에 있음을 수치스러워하고 노조린의 앞에 있음을 부끄러워하다(恥居王後, 愧在盧前)"라는 평어를 언급했는데, 이는 모두 후대에 당시(唐詩)를 논하는 사람들이 인용하는 바가 되었다. 「문장」편에 보존되어 있는 상관의(上官儀)・소미도(蘇味道)・유회일(劉懷一)・장선명(張宣明)・이교(李嶠)・육여경(陸餘慶) 등의 시와 기타 장구(章句)의 단편들은 역시 당시를 집록하는 사람에게 채록되었다.

그밖에 「이혁(釐革)」편에서는 당나라 초 이부(吏部)의 전선제도(典選制度)와 공거(貢擧)[37]에 관련된 고사를 기록했고, 「포석(褒錫)」편에서는 당 태종이 장손무기와 진숙보(秦叔寶) 등 24명의 공신들의 초상을 능연각(凌烟閣)

---

37 향리(鄕里)에서 선비를 중앙에 천거하는 제도로, 이때 천거된 자를 공사(貢士)라 했다—역주.

에 그리게 한 일을 기록했고, 「유녕」편에서는 시어사(侍御史) 곽패(郭霸)가 어사대부(御史大夫) 위원충(魏元忠)의 대소변을 맛봄으로써 상사의 비위를 맞춘 일을 기록했고, 「기이」편에서는 당나라 승려 현장(玄奘)이 천축(天竺)으로 불경을 가지러 간 일과 일행(一行)이 『개원대연력(開元大演曆)』을 편찬한 일을 기록했다. 이러한 고사들은 전장제도를 언급하거나, 역사적 사실에 관련되거나, 관계(官界)를 언급하거나, 종교와 학술에 관련되어 있어서, 서로 다른 각도에서 보면 전체적으로 분명한 참고가치가 있다.

그리고 「식량(識量)」편에서는 현종 때 좌상(左相) 이적지(李適之)가 이임보(李林甫)에게 배척당해 재상을 그만두고 스스로 "현자(賢者: 탁주를 비유함) 피해 방금 재상 그만두었으나, 성자(聖者: 청주를 비유함) 좋아해 또 술잔 머금네(避賢初罷相, 樂聖且銜杯)"라는 시구를 지었고, 두보(杜甫)가 「음중팔선가(飲中八仙歌)」를 지으면서 바로 이 두 구절을 인용한 사실[38]을 기록했는데, 이로써 『대당신어』 기술의 진실성을 알 수 있다.

「혹인(酷忍)」편에서는 무후 때의 혹리(酷吏) 주흥(周興)과 내준신(來俊臣)이 10개의 큰 형구를 특별히 만들어 '정백맥(定百脈)'·'천부득(喘不得)'·'실혼백(失魂魄)'·'사저수(死猪愁)' 등등의 이름을 붙이고, 아울러 『고밀라직경(告密羅織經)』 1권을 편찬해 부당한 형벌로 자백을 강요하고 남을 모반했다고 무고하는 데 사용한 일을 기록했다. 이는 또한 『신당서(新唐書)』와 『구당서(舊唐書)』 「혹리전(酷吏傳)」의 부분적인 내용의 전거(典據)이기도 하다.

『대당신어』는 비록 소설적 필기에 가까워서 그 안에 기재된 것을 모두 사료로 볼 수는 없지만, 당나라의 문학과 역사를 연구하는 데 여전히 참고할 만한 가치가 높은 책이다.

『당국사보(唐國史補)』는 이조(李肇)가 찬한 것으로 3권이며, 『국사보』라

---

38 「음중팔선가」에는 "함배락성칭피현(銜杯樂聖稱避賢)"이라 되어 있다─역주.

고도 부른다. 통행본에는 『진체비서(津逮秘書)』・『학진토원(學津討原)』・『득월이총서(得月簃叢書)』본 등이 있다. 권 머리에 있는 이조의 자서에서 이 책은 유속의 『전기(傳記)』를 이어서 지은 것임을 설명하고 있다. 3권으로 나눈 것 역시 『전기』의 옛 체례에 의거한 것이다.[39]

이 책에 기록된 것은 모두 개원 연간에서 장경(長慶) 연간(821~824)의 일화와 쇄문이다. 상권과 중권은 각 103조이고 하권은 102조인데, 각 조마다 모두 5자로 제목을 달았으니, 「이백탈화사(李白脫靴事)」・「장욱득필법(張旭得筆法)」・「왕마힐변화(王摩詰辨畫)」 등등이 그 예다. 또한 책 앞에는 목록을 두어 각 권의 소제목을 열거해 실었다. 작자는 자서(自序)에서 그가 편집한 이 책은 신귀(神鬼)・보응(報應)・몽복(夢卜) 등을 말한 것이 아니라 모름지기 "사실을 기록하고 물리를 탐구하며, 의혹을 판별하고 권계를 보이며, 풍속을 채록하고 담소에 도움을 주는 것(紀事實, 探物理, 辨疑惑, 示勸戒, 採風俗, 助談笑)"이라고 지적했다. 그러나 권상의 「회수무지기(淮水無支奇)」 조에서는 회수 가운데에 있는 괴물을 기록하고, 「오귀보왕진(烏鬼報王稹)」 조에서는 까마귀 귀신이 복수한 일을 기록해, 이 책 중에는 여전히 괴이(怪異)와 보응을 언급한 고사가 들어 있다. 그러나 이러한 류의 고사는 매우

---

39 『신당서(新唐書)』「예문지(藝文志)・사록(史錄)・잡전류(雜傳類)」에는 유속(劉餗)의 『국조전기(國朝傳記)』 3권이 저록되어 있으며, 「자록(子錄)・소설가류(小說家類)」에도 유속의 『전기(傳記)』 3권이 저록되어 있고 그 주에서 "또는 『국사이찬(國史異纂)』이라고도 한다"라고 했다. 그러므로 이조(李肇)가 말한 『전기』는 바로 이 것을 가리킨다. 『송사(宋史)』「예문지(藝文志)」 권2 「전기류(傳記類)」에도 유속의 『국사이찬』이라는 이름이 열입(列入)되어 있다. 그리고 『설부(說郛)』 권67에 인용된 『국사이찬』의 10조와 권38에 인용된 『전재(傳載)』의 11조는 모두 『패해(稗海)』본 『수당가화(隋唐嘉話)』에서 보인다. 대개 그 책은 명나라 때 이미 망실된 것으로 보이며, 『설부』에 인용된 것은 바로 『수당가화』에서 채록한 것이다. 청나라 주중부(周中孚) 역시 『국조전기』와 『수당가화』가 같은 책이라고 생각했는데, 그의 주장은 상무인서관(商務印書館)에서 출판한 『정당독서기(鄭堂讀書記)』 하책(下冊) 650쪽의 「수당가화제요(隋唐嘉話提要)」에 나와 있다.

적고, 대부분의 내용은 당나라 인물의 전설·전고·풍속에 관련된 다양한 기록이어서 취할 만한 것이 자못 많다. 권중에서는 문인 당구(唐衢)가 재학은 있으나 뜻을 얻지 못해 특별히 잘 울었고 매번 소리를 낼 때마다 그 음조가 애절해 듣는 사람을 눈물 흘리게 만들었다는 이야기, 장사(長沙)의 승려 회소(懷素)가 초서(草書)를 좋아했는데 버린 붓을 산 아래에 묻고 그 것을 필총(筆塚)이라고 불렀다는 이야기, 그리고 송청(宋淸)이 장안에서 약을 팔아서 항상 급한 어려움을 보면 자기 재산을 털어 남의 곤란을 도왔다는 이야기를 기록했는데, 이것은 모두 유명한 고사이다. 「당구통곡(唐衢痛哭)」과 「회소필총(懷素筆塚)」은 후대 사람들에게 인용되어 전고가 되었다. 또 이면(李勉)이 개봉(開封)의 현위(縣尉)로 있을 때 한 죄수를 풀어 준 적이 있었는데, 나중에 이면이 벼슬을 그만두고 북쪽으로 갔을 때 우연히 만난 그 죄수가 오히려 이면을 죽이려 하자, 어떤 협객이 죄수 부부를 죽였다는 이야기가 기록되어 있다. 명나라 풍몽룡(馮夢龍)의 『성세항언(醒世恒言)』 가운데 「이견공궁저우협객(李汧公窮邸遇俠客)」의 한 회목은 바로 이 줄거리에 의거해 부연한 것이다.

『당국사보』 권하에는 전장제도와 역사적 사실을 언급한 조목이 비교적 많다. 예를 들어 「내외제사명(內外諸使名)」 조에서는 천보(天寶)·대력(大曆) 연간 이래 조정 내의 태청궁사(太淸宮使)·탁지사(度支使) 등등과 외직에 부임하는 절도사(節度使)·관찰사(觀察使) 등등의 대략적인 설치를 빠짐없이 서술해, 당나라의 관제를 연구하는 데 참고를 제공해줄 수 있다. 「서진사과거(敍進士科擧)」 조에서는 진사 사이의 칭호 및 과거에 급제한 사람의 이름을 자은사(慈恩寺) 탑에 쓰고 곡강정(曲江亭)에서 크게 연회를 여는 것 등을 언급했는데, 이것은 과거와 관련된 역사 사실이다. 또 아래에 인용된 두 조를 살펴보자.

재상이 사방의 일을 처리하는 문서에는 당안(堂案)이 있고, 백관에게 처분하는 문서에는 당첩(堂帖)이 있으며, 서찰의 말미[40]에 서명하는 것을 '화압(花押)'[41]이라 한다. 황칙(黃敕: 황지에 쓴 칙서)이 내려지고 나서 그 아래에 약간 다른 내용을 붙인 것을 '첩황(帖黃)'[42]이라 하는데, 이를 '압황(押黃)'이라고도 한다. (『재상판사목』)

宰相判四方之事, 有堂案, 處分百司, 有堂帖. 不次押名曰花押. 黃敕旣下, 下有小異同, 曰帖黃, 一作押黃. (「宰相判事目」)

재상들은 서로를 '원로(元老)' 또는 '당로(堂老)'라고 부른다. 두 성(省: 상서성과 문하성)의 관원들은 서로를 '각로(閣老)'라고 부른다. 상서성의 승(丞)·시랑(侍郎)·낭중(郎中)은 서로를 '조장(曹長)'이라 부른다. 원외랑(員外郎)·어사(御史)·습유(拾遺)·보궐(補闕)은 서로를 '원장(院長)'이라 부른다. 상위 관직은 하위 관직의 호칭을 겸할 수 있지만, 하위 관직은 상위 관직의 호칭을 겸할 수 없다. 오직 시어사(侍御史)만 서로를 '단공(端公)'이라 부른다. (『대성상호목』)

宰相相呼爲元老, 或曰堂老. 兩省相呼爲閣老. 尙書丞·郎·郎中, 相呼爲曹長. 外郎·御史·遺·補, 相呼院長. 上可兼下, 下不可兼上. 唯侍御史相呼爲端公. (「臺省相呼目」)

여기에서 앞 조에서는 재상의 두 종류의 판결문서 명칭과 '화압'·'첩황'의 함의를 해석하고, 뒤 조에서는 대성(臺省: 어사대와 상서성·문하성·중서성) 관

---

40 서찰의 말미: 원문은 "불차(不次)". 서찰의 말미에 사용하는 상투어로, 상세히 말하지는 않는다는 뜻이다—역주.

41 화압(花押): 문서나 서찰의 끝에 초서(草書)로 서명하거나 서명 대신 사용하는 특정한 부호를 말한다—역주.

42 첩황(帖黃): 첩황(貼黃)이라고도 쓴다. 칙서는 황지(黃紙)를 사용하는데, 이미 작성된 후에 고칠 내용이 있으면 아래에 다른 황지를 덧붙였기 때문에 '첩황'이라 했다—역주.

원의 호칭을 설명해, 우리가 고적을 열람할 때 단어를 이해하는 데 도움이 된다.

이밖에도 「서주즙지리(絃舟楫之利)」와 「사자국해박(獅子國海舶)」과 같은 두 조에서 하나는 동남쪽 군읍의 수상운수와 강호의 험난함을 언급하고 하나는 외국 상선의 왕래를 서술해, 당나라 중엽의 운수와 무역에 관한 사료가 된다. 또한 「음주사자령(飮酒四字令)」·「서박장행희(絃博長行戱)」[43]·「동숙유박경(董叔儒博經)」·「서고저포법(絃古樗蒲法)」 등의 조는 고대의 술 마시기 놀이, 육박(六博) 노름, 저포 노름에 대해 구체적인 소개를 해, 민속을 연구하는 데 유용하다.

개원·천보 연간은 당나라의 이른바 정성(鼎盛) 시기다. 당 현종은 초년에는 치국에 정신을 쏟았으나 나중에는 국사를 팽개치고 주색에 빠진 황제로, 다분히 전기성(傳奇性)을 지닌 인물이다. 이 때문에 이러한 과정과 관련해 그 인물에 대한 일문과 유사(遺事)가 또한 비교적 많다. 당나라 사람의 필기 가운데 『차류씨구문(次柳氏舊聞)』·『명황잡록(明皇雜錄)』·『개천전신기(開天傳信記)』와 오대(五代) 사람의 『개원천보유사(開元天寶遺事)』 등은 바로 모두 현종 개원·천보 연간 때의 고사를 전문적으로 기록한 것이다.

『차류씨구문(次柳氏舊聞)』은 이덕유(李德裕)가 찬한 것으로 1권이다. 권 머리에 있는 이덕유의 자서(自序)에서 다음과 같이 말하고 있다. 대화(大和) 8년(834)에 문종(文宗)은 숙종 상원(上元) 연간(760~762)의 사신(史臣) 유방(柳芳)이 고역사(高力士)가 궁중의 고사를 서술한 것을 듣고 편찬한 『문고역사(問高力士)』라는 책에 대해 물었는데, 그 책은 이미 망실되었다. 그래서 이덕유는 자기의 부친인 이길보(李吉甫)가 유방의 아들인 유면(柳冕)이 고역사가 이야기했다는 17가지 사건에 대해 말한 바를 전해 기술했음을 기억해, 그것을 기록해 바쳤다. 이 때문에 후대 사람들은 이 책을 『명

---

43 장행(長行)은 주사위를 가지고 하는 쌍륙(雙六)의 일종이다—역주.

황십칠사(明皇十七事)』라고도 부른다. 통행본에는 『고씨문방소설(顧氏文房小說)』·『오조소설(五朝小說)』·『보안당비급(寶顔堂秘笈)』·『역대소설(歷代小說)』본 등이 있다. 또 『학해유편(學海類編)』본이 있는데 여기에는 2조의 고사가 더 나온다.

이덕유는 자신이 기록한 내용이 "미덥고 징험할 수 있어서 실록이 될 만하다(信而有徵, 可爲實錄)"고 스스로 말했다. 그러나 현종이 신선을 좋아해 선인(仙人) 장과(張果)를 만났다는 이야기, 승려 삼장(三藏)이 용에게 주문을 걸어 비를 청했다는 이야기, 그리고 오후(吳后)가 꿈을 꾸었는데 금갑신(金甲神)이 태(胎) 속으로 들어갔다는 이야기 등은 모두 신괴한 일을 언급한 것으로 실제 사실이 아니다. 또 숙종(肅宗)이 양고기를 자르고 떡으로 그 칼을 씻었더니 현종이 유심히 보며 좋아하지 않자 숙종이 즉시 그 떡을 집어 먹었다는 이야기가 있는데, 『수당가화』권상에 기록된 바에 의거하면 이것은 우문사급과 당 태종 사이의 일로 되어 있다. 따라서 이 책의 서술은 잘못 전해진 것에서 나왔음이 당연하다.

그러나 이 책은 현종 때의 궁정 상황을 연구하는 데에는 그래도 어느 정도의 가치가 있다. 예를 들어 숙종이 동궁(東宮)에 있을 때 태평공주(太平公主)의 시기와 이임보(李林甫)의 모함을 받았다는 기록, 현종이 처음 즉위해서 요숭(姚崇)과 송경(宋璟)을 신임했다는 기록, 현종이 여러 왕과 함께 화악루(花萼樓)에서 연회를 즐겼다는 기록, 그리고 현종이 촉(蜀)으로 들어갔을 때 관청의 창고를 불태우지 않았다는 기록 등은 모두 참고자료로 제공될 수 있다.

『명황잡록(明皇雜錄)』은 정처회(鄭處誨)가 찬한 것으로, 2권이며 「보유(補遺)」1권이 있다. 통행본으로는 『묵해금호(墨海金壺)』본과 『수산각총서(守山閣叢書)』본이 있다. 나중의 어떤 판본에는 「교감기(校勘記)」와 「일문(佚文)」이 첨부되어 있는데, 이것은 청나라 사람인 전희조(錢熙祚)가 찬집(撰輯)한 것이다.

『명황잡록』은 선종(宣宗) 대중(大中) 9년(855)에 완성되었는데, 정처회는 『차류씨구문』의 기술이 상세하지 않기 때문에 이 책을 지었다고 했다.[44] 이 책은 개원·천보 연간의 일화를 기록한 필기 중에서 내용이 비교적 풍부하다. 예를 들어 권하에서는 현종이 화청궁(華淸宮) 안에 길이가 수십 칸이나 되는 욕실을 두었고 화청지(華淸池) 안에 또 은으로 상감하고 옻칠을 한 배와 백향목(白香木)으로 만든 배를 두었으며 그 노까지도 주옥으로 장식했다는 사실과, 양귀비(楊貴妃) 자매가 타던 소 수레[犢牛] 하나도 모름지기 "금과 비취로 장식하고 그 사이에 주옥을 넣어 수레 한 대의 비용이 수십만 관(貫)을 밑돌지 않았다(飾以金翠, 間以珠玉, 一車之費, 不下數十萬貫)"는 사실을 기록했다. 그리고 「보유」에서는 천보 연간에 여러 궁에서 식사를 차릴 때 "산해진미가 수천 가지이고 한 상을 차리는 데 든 비용이 대개 중인(中人) 10집의 재산과 맞먹었다(水陸珍羞數千, 一盤之費, 蓋中人十家之産)"는 사실을 기록했다. 당시 궁정의 사치와 낭비를 여기에서 엿볼 수 있다.

또 권상에서는 양국충(楊國忠)이 재상이 되어 그 위세가 대단했는데, 그의 아들 양훤(楊暄)이 명경과(明經科)에 응시해 급제하지 못했는데도 예부시랑(禮部侍郞)은 양국충이 성내며 욕하는 바람에 감히 양훤을 일등으로 합격시키지 않을 수 없었다는 일화를 기록했다. 그밖에 또 권상에서는 요숭이 장열(張說)과 사이가 좋지 않았는데 병이 위중했을 때 아들들에게 장열과 뒷거래를 하라고 미리 가르쳐서 화를 면했다는 계책과, 이임보가 이적지를 모함하고 아울러 그의 아들 이삽(李霅)을 곤장 쳐서 죽였다는 일화 등을 기록했다. 이것은 모두 당나라 정치의 흑막과 상층 관리의 각종 투쟁을 반영하고 있다.

이밖에 「보유」에서는 천보 연간 말년에 악공(樂工) 뇌해청(雷海淸)이 응벽지(凝碧池)에서 안녹산(安祿山)에게 살해당하자 왕유(王維)가 그 소식

---

44 이 책에 대한 전희조(錢熙祚)의 「교감기(校勘記)」 참고.

을 듣고 "수만 가구의 아픈 마음이 들의 연기처럼 피어나네(萬戶傷心生野烟)"[45]라는 시구를 지었다는 일화와, 두보(杜甫)가 만년에 유랑할 때 뇌양현령(耒陽縣令)이 보낸 쇠고기와 백주(白酒)를 너무 많이 먹어서 죽었다는 일화를 기록했는데, 이 역시 모두 이 책에서 나온 것이다. 또 권상의 한 조를 살펴보면 다음과 같다.

현종이 근정루에 납시자 음악이 크게 울리고 온갖 기예가 펼쳐졌다. 당시 교방에 있던 왕대낭이라는 사람은 100척이나 되는 장대를 머리 위에 올리는 기예에 뛰어났다. 그 장대 위에 나무로 만든 산을 설치했는데 그 모양이 영주·방장 같았으며, 어린아이로 하여금 그 사이를 들락날락하게 하면서 그치지 않고 노래 부르고 춤을 추게 했다.

玄宗御勤政樓, 大張樂, 羅列百伎, 時教坊有王大娘者, 善戴百尺竿. 竿上施木山, 狀瀛洲·方丈, 令小兒出入於其間, 歌舞不輟.

이 조의 내용을 통해서 우리는 당나라에 이미 오늘날의 정고간(頂高竿)과 유사한 잡기(雜技) 공연이 있었음을 살펴볼 수 있다.

『명황잡록』 중에는 황당무계한 고사도 있는데, 예를 들어 장과(張果)의 신이(神異)함과 풍소(馮紹)가 용을 그리자 날아갔다는 따위가 그것이다. 또한 다음과 같은 기록도 있다. 장구령(張九齡)이 재상으로 있을 때 이임보에게 비방을 당했는데, 현종이 가을날에 백우선(白羽扇)을 하사하자 장구령은 이것을 "가을 부채는 버림받는다(秋扇見捐)"라는 의미라고 생각해 매우 두려워했다. 그래서 부를 지어 바치고 또 「귀연(歸燕)」이라는 시를 지어 이

---

45 왕유(王維)의 「보리사금(菩提寺禁), 배적래상간(裴廸來相看), 설역적등응벽지상작음악(說逆賊等凝碧池上作音樂), 공봉인등거성변일시루하(供奉人等擧聲便一時淚下), 사성구호송시배적(私成口號誦示裴廸)」이라는 긴 제목의 시의 첫 구절이다—역주.

임보에게 주면서 자신이 곧 자리에서 물러날 것임을 나타냈다. 송나라 섭몽득(葉夢得)은 『곡강집(曲江集)』의 「백우선부서(白羽扇賦序)」에 나오는 "개원 24년(736) 여름 한더위에 칙명을 받들어 대장군 고역사로 하여금 재상에게 백우선을 하사했는데, 나도 그것을 받았다(開元二十四年夏盛暑奉敕使大將軍高力士賜宰相白羽扇, 某與焉)"라고 한 두 구절에 의거해, 부채를 하사한 것은 결코 가을날이 아니고 또한 장구령에게만 준 것도 아니라고 지적했다. 따라서 『명황잡록』의 기록이 사실에서 어긋났음을 알 수 있다.

또한 『태평광기(太平廣記)』 권165 「염검(廉儉)·노회신(盧懷愼)」에 인용된 『명황잡록』에서는, 노회신이 이부상서(吏部尙書)가 되었지만 집안이 매우 가난해 병이 났을 때도 망가진 삵평상과 홑자리에 누웠으며 문에는 발조차 없어서 매번 비바람이 불어 닥치면 자리로 가렸다고 기록했는데, 과장이 지나쳐서 넘치게 칭찬하다가 진실을 그르치고 말았다. 이를 통해 일을 기록할 때 그 진위(眞僞)가 뒤섞여 있음을 알 수 있으니, 이러한 부류의 필기의 공통된 병폐다.[46] 그러나 당나라 사람이 그 당시의 고사와 보고 들은 바를 기록한 것이므로, 취할 만한 자료가 여전히 매우 많다. 따라서 이 때문에 그 참고가치에 결코 영향을 주지는 않는다.

『개천전신기(開天傳信記)』는 정계(鄭棨)가 찬한 것으로 1권이다. 통행본으로는 『백천학해(百川學海)』·『역대소사(歷代小史)』·『학진토원』본 등이 있다. 정계는 일찍이 소종(昭宗) 때 재상을 지냈다. 이 책은 그가 이부원외랑(吏部員外郞)으로 있을 때 편찬한 것이다. 자서(自序)에서 "없어진 것을 찾고 구해 반드시 믿기를 기대한다(搜求遺逸, 期於必信)"라고 말했으므로, "전

46　송나라 홍매(洪邁) 또한 일찍이 『명황잡록(明皇雜錄)』에서 현종이 장가정(張嘉貞)을 재상에 임명하고자 했으나 그 이름을 잊어버려 삭방절도사(朔方節度使) 장제구(張齊邱)라고 잘못 기록했다고 한 기술은 사실에 부합하지 않는다고 지적하면서, 장가정은 개원(開元) 8년(720)에 재상이 되었고 장제구는 천보(天寶) 8년(749)에 비로소 삭방절도사가 되었으므로 그 간격이 30년이나 된다고 말한 바 있다. 자세한 것은 『용재수필(容齋隨筆)』 권3 「장가정(張嘉貞)」 조에 나와 있다.

신(傳信: 진실을 전한다)"이라는 말로 서명을 삼았다.

이 책은 개원·천보 연간의 일화를 기록했는데 모두 32조다. 그중에서 현종이 화음(華陰)에서 악신(嶽神)을 만나고 꿈에 월궁(月宮)에서 노닐었다는 기록과, 나공원(羅公遠)이 형체를 숨기고 섭법선(葉法善)이 부록(符籙)을 사용했다는 기록 등은 모두 신괴에 대해 언급한 것이다. 또 현종이 위두(韋杜)에서 노닐 때 왕거(王璩)의 집에 들렀다가 위씨(韋氏)를 주살할 것을 모의했다는 기록은 『구당서』「왕거전」에 기재된 내용과 역시 차이가 있다. 확실하게 믿을 만한 자료는 『명황잡록』만큼 많지는 않으나, 후대 사람들은 당나라의 역사적 사실을 말하면서 종종 이 책의 설을 계속해 사용했다. 예를 들어 황번작(黃幡綽)이 유문수(劉文樹)의 용모가 원숭이를 닮은 것을 조소했다는 기록은 송나라 나엽(羅燁)의 『취옹담록(醉翁談錄)』에 채록되었다. 현종이 월궁에서 노닐며 선악(仙樂)을 들었다는 이야기도 역시 후대 사람들이 시문(詩文)을 지을 때 전고로 삼았다.

이밖에 다음과 같은 기록도 있다. 배서(裴謂)가 하남윤(河南尹)으로 있을 때, 어떤 부인이 소장(訴狀)을 내고 고양이를 자기 것이라고 다투면서, "만일 이것이 수고양이면 바로 내 고양이이고, 수고양이가 아니면 내 고양이가 아니다(若是兒猫, 卽是兒猫, 若不是兒猫, 卽不是兒猫)"라고 했다.[47] 이는 구어(口語)의 해학을 보여줄 뿐만 아니라, 당나라의 민간에서 이미 '아(兒)' 자를 '암수[牝牡]'의 '수컷'으로 사용한 용법이 있었음을 설명하고 있다.

『개원천보유사(開元天寶遺事)』는 오대(五代) 후주(後周)의 왕인유(王仁裕)가 찬했으며 상하 2권이다. 개원·천보 연간의 일을 나누어 기록했는데, 이것을 또 상하로 나누었기 때문에 『사고전서총목』의 저록에서는 4권이라고 했다. 통행본으로는 『고씨문방소설』·『역대소사』·『오조소설』·『속백천

---

47 이 4구절 중에서 제1구와 제3구의 두 구절에 나오는 '아(兒)' 자는 '암수'의 '수컷'을 가리키고, 제2구와 제4구의 두 구절에 나오는 '아' 자는 부인이 자기를 일컫는 말로 '나'라는 뜻이다.

학해(續百川學海)』본 등이 있다.

이 책 중에서 기술한 것은 모두 간단한 쇄문으로, 매 조마다 모두 작은 표제를 붙였으며, 특히 기이한 사물에 대한 기재가 많다. '기사주(記事珠: 일을 기록하는 구슬)', '유선침(遊仙枕: 선계에서 노닐게 해주는 베개)', '벽한서(辟寒犀: 추위를 물리치는 무소뿔)', '자난배(自暖杯: 저절로 따뜻해지는 술잔)', '조병경(照病鏡: 질병을 비추는 거울)', '경악도(警惡刀: 악한 것을 경계해주는 칼)', '용피선(龍皮扇: 용 가죽 부채)', '야명장(夜明杖: 밤에도 환한 지팡이)' 등등은 모두 실제로 있는 사물이 아니다. 바로 위진 소설에서 먼 곳의 진귀한 보물에 대해 과시함과 똑같은 허구에서 나왔다. 인물에 관한 고사, 예를 들어 「보련소학사(步輦召學士)」 조에서는 요숭(姚崇)이 개원 연간 때 한림학사가 된 것을 말했고, 「향화걸아(向火乞兒)」 조에서는 장구령(張九齡)이 양국충(楊國忠)의 문하에 들어가지 않은 것을 말했는데, 이 모두는 사실에 부합하지 않는다. 송나라 홍매(洪邁)가 이미 그 오류를 지적했다.[48]

그러나 이 책이 비록 착오를 면하지는 못했어도 그래도 취할 만한 것이 있었기에, 북송 시기에 이미 유행했다. 예를 들어 「의빙산(依冰山)」 조에는 다음과 같은 고사가 기록되어 있다. 양국충은 그 권세가 천하를 기울였지만 진사 장단(張彖)은 그를 좇아 아부하려 하지 않았으며 아울러 다른 사람들에게 말하길, "당신들은 양공의 위세가 태산에 기댄 것과 같다고 말하지만, 내 생각으로는 바로 빙산에 기댄 것이오. 밝은 태양이 훤히 비칠 때가 되면, 그 산이 사람들을 그르칠 게 뻔하오(爾輩以謂楊公之勢, 依靠如太山, 以吾所見, 乃冰山也. 或皎日大明之際, 則此山當誤人爾)"라고 했다. 사마광(司馬光)의 『자치통감(資治通鑑)』에서는 일찍이 이 말을 인용했다. 나중에 의지해서는 안 될 권세를 '빙산'이라고 부르는 것은 바로 이 고사에서 비롯되었다.

---

48 홍매의 주장은 『용재수필(容齋隨筆)』 권1 「천망서(淺妄書)」의 한 조에서 『개원천 보유사』의 네 가지 일을 반박한 데에서 보인다.

또한 "견홍사취부(牽紅絲娶婦)" 조에는 다음과 같은 고사가 기록되어 있다. 재상인 장가정(張嘉貞)에게 다섯 딸이 있었는데 그중 하나를 곽원진(郭元振)에게 시집보내려 했다. 그래서 다섯 딸에게 붉은 실을 잡고 휘장 뒤에 몸을 숨기라고 한 뒤, 곽원진에게 마음대로 실을 잡아당기게 한 결과 그 셋째 딸이 선택되었다.[49] 이 역시 매우 유명한 고사다. 후대에 '계홍사(繫紅絲: 붉은 실을 묶는 것)'를 결혼의 대칭(代稱)으로 삼은 것도 이 고사를 전고로 한 것이다. 그리고 새로 진사가 급제하면 금가루로 쓴 첩자(帖子)를 집에 보내는 편지에 붙여 과거에 합격한 기쁜 소식을 알린 것은 그 풍속이 당나라에서 시작되었는데, 이 역시 이 책의 기록에서 보인다.

이밖에도 이준(李濬)이 찬한 『송창잡록(松窗雜錄)』 1권이 있는데, 기록된 내용이 역시 당 현종에 대한 일이 많아서, 위에서 언급한 각각의 책들과 참고해 볼 만하다. 그밖에 『조야첨재(朝野僉載)』·『유빈객가화록(劉賓客嘉話錄)』·『인화록(因話錄)』·『상서고실(尙書故實)』 등과 같은 책에 기록된 고사들도 역시 취할 만한 것이 많다. 이러한 책들에 집록된 것은 대부분 성당(盛唐)과 중당(中唐) 시기의 쇄문이고 초당(初唐)과 만당(晩唐)의 것은 비교적 적다.

『조야첨재(朝野僉載)』는 구제(舊題)에 장작(張鷟)이 찬했다고 되어 있다. 『신당서(新唐書)』 「예문지(藝文志)·사록(史錄)·잡전기류(雜傳記類)」에는 이 책이 20권이라고 저록되어 있고, 『송사(宋史)』 「예문지(藝文志)·전기류」에는 『조야첨재』 20권 외에 따로 『첨재보유(僉載補遺)』 3권이 저록되어 있다. 원서는 내용에 따라 35편으로 분류되어 있다. 그러나 금본(今本)은 6권만 있고, 각 조를 이어서 기록하고 편목을 나누지 않았다. 장작은 개원 연간

---

49 송나라 홍매는 곽원진이 예종(睿宗) 때 재상이 되었다가 현종 초년에 곧 폄적되었고, 그가 죽은 뒤 10년 후에야 장가정이 비로소 재상이 되었다고 했다. 그러므로 『개원천보유사』의 이 조의 기술 역시 잘못된 것이다. 이에 대한 출처는 각주 48)과 같다.

에 죽었는데 금본에는 경종(敬宗) 때의 일이 수록되어 있기에 후대 사람이 추가한 것임을 자연히 알 수 있다. 또한 일부 조목에는 장작 자신에 대한 고사가 기록되어 있는데, 이 역시 당연히 작가가 직접 쓴 것이 아니다. 아마도 송나라 사람이 원서와 보유 중에서 가려 뽑아 기록하고 합친 뒤 편목을 제거한 것으로 여겨진다. 현재 통행본은 『보안당비급(寶顔堂秘笈)』의 6권본밖에 없으며, 다른 판본은 모두 1권이다.

이 책은 비록 괴이하고 자질구레한 일들을 많이 기록하고 있어서 후대 사람들에게 지탄을 받았지만, 측천무후와 현종 시대의 일사와 쇄문 중에는 사료로 삼을 만한 것도 적지 않게 있다. 『신당서』와 『자치통감』에서 당나라의 옛 사실을 서술할 때 일찍이 이 책에서 채록한 바 있다.

『유빈객가화록(劉賓客嘉話錄)』은 위현(韋絢)이 찬했으며 1권이다. 기록된 내용은 장경(長慶) 원년(821)에 유우석(劉禹錫)에게서 들은 고사들이다. 『신당서』 「허원전(許遠傳)」에 첨부되어 있는 「뇌만춘전(雷萬春傳)」에는 안사(安史)의 난 때 영호조(令狐潮)가 옹구(雍丘)를 포위했을 당시에 장순(張巡)이 성 위에서 뇌만춘과 함께 얘기하고 있었는데 숨어 있던 궁수가 쏜 화살이 뇌만춘의 얼굴을 맞혔지만 뇌만춘이 꼼짝도 하지 않자 영호조가 나무로 만든 사람으로 의심했다는 고사가 실려 있는데, 이는 바로 이 책에서 나온 것이다.

이 책의 통행본은 『고씨문방소설』본이 비교적 괜찮다. 탕란(唐蘭)의 「『유빈객가화록』의 교집(校輯)과 변위(辨僞)」[『문사(文史)』 제4집에 실려 있음]란 글이 있는데, 비교적 상세하고 정확하다.

『인화록(因話錄)』은 조인(趙璘)이 찬했으며 6권이다. 통행본으로 『당송총서(唐宋叢書)』본이 있는데, 1권뿐이고 완전하지 않다. 『패승(稗乘)』본은 3권인데 『패해(稗海)』의 6권본과 내용이 같다.

이 책은 전체를 궁(宮)·상(商)·각(角)·치(徵)·우(羽) 5부(部)로 나누었는데, 제1권인 「궁부(宮部)」는 임금에 관한 것으로 제왕의 일을 기록했고, 제2·

3권인 「상부(商部)」는 신하에 관한 것으로 공경(公卿)과 백관(百官)의 일을 기록했으며, 제4권인 「각부(角部)」는 일반인에 관한 것으로 관직에 있지 않은 모든 사람의 일을 기록했고, 제5권인 「치부(徵部)」는 사건에 관한 것으로 전고를 많이 기록했으며, 제6권인 「우부(羽部)」는 사물에 관한 것으로 보고 들은 잡다한 이야기를 기록했다. 당나라 사람의 필기 중에서 『인화록』은 그 언급한 범위가 비교적 넓다. 권5에 나오는 어사대(御史臺)에 관한 기술은 아주 상세하고, 또 고종(高宗) 때 문하성(門下省)을 동대(東臺)로, 중서성(中書省)을 서대(西臺)로, 상서성(尙書省)을 문창대(文昌臺)로 바꾼 것이라든지, 측천무후 때 어사대에 좌우숙정(左右肅政)의 관호(官號)를 두었다는 것 등은 모두 『당서(唐書)』의 관련 관제(官制) 기록을 인증할 수 있다. 같은 권에 문자의 편방(偏旁)에 관해 논한 두 조가 있는데, 그중 '각하(閣下)'란 호칭을 해석한 한 조는 단어 및 전고를 연구하는 데 도움을 준다. 이밖에 현종·대종(代宗)·덕종(德宗)에서 문종(文宗)·무종(武宗)·선종(宣宗)에 이르는 각 시대의 인물사적을 기록한 것 중에도 역시 채용할 만한 것이 많다. 문장이 비교적 알기 쉽고 통속적인 것 역시 이 책의 한 특징이다.

『상서고실(尙書故實)』은 이작(李綽)이 찬했으며 1권이다. 기록된 내용이 장상서(張尙書)에게서 들은 옛 사실과 일화들이기 때문에 '상서의 옛이야기[상서고실]'라고 제목을 붙였다. 통행본은 『보안당비급』본인데, 『총서집성(叢書集成)』본은 바로 이것에 의거해 조판 인쇄한 것이다.

이 책에 수록된 고사들은 비록 신괴한 내용에서 벗어나지는 못하지만, 문학과 사학을 연구하는 데 참고할 만한 자료가 오히려 적지 않다. 예를 들어 이 책에는 진(晉)나라 왕희지(王羲之)가 쓴 「난정서(蘭亭序)」가 당 태종 사후에 소릉(昭陵)에 수장되었다는 기록이 있는데, 송나라 상세창(桑世昌)이 『난정고(蘭亭考)』를 찬술하면서 이 일을 모두 기록했다. 또 정건(鄭虔)이 자신의 시와 그림을 1권으로 합쳐 당 현종에게 헌상하자 현종이 권미(卷尾)에 큰 글씨로 '정건삼절(鄭虔三絶)'이라고 썼다는 기록이 있는데,

『신당서』「정건전」에서 바로 이 책에 근거해 채록했다. 또 『진서(晉書)』에서 거론한 음식 '한구(寒具)'가 바로 당시의 이른바 '환병(饊餠)'이라는 기록이 있는데, 이 역시 고증에 도움을 준다. 이밖에 진나라 고장강[顧長康: 고개지(顧愷之)]이 「청야유서원도(淸夜遊西園圖)」를 그린 기록, 양(梁)나라 주흥사(周興嗣)가 무제(武帝)의 명을 받들어 『천자문(千字文)』을 편찬한 기록, 대옹(戴顒)이 불상을 조각한 기록, 고황(顧況)이 그림을 잘 그렸다는 기록 등등은 모두 후대 사람들에 의해 예전에 실제 있었던 일로 인용되고 있다. 이 책은 비록 편폭이 얼마 되지는 않지만 취할 만한 내용은 오히려 비교적 많다.

당나라 사람의 필기 중에서 또 중시할 만한 가치가 있는 두 저작은 『운계우의(雲溪友議)』와 『당척언(唐摭言)』이다. 『운계우의』는 대부분의 내용이 시화이고, 『당척언』은 당나라의 과거제도(科擧制度)에 대해 아주 상세하게 서술했는데, 모두 특색이 있으며 참고할 만한 가치가 아주 많다.

『운계우의(雲溪友議)』는 범터(范攄)가 찬했다. 12권본·3권본과 절록한 1권본이 있는데, 『사부총간속편』의 3권본이 비교적 완전하다.

범터는 희종(僖宗) 때 사람으로 오운계인(五雲溪人)이라 자호(自號)했기에 그 책을 『운계우의』라 했다. 기록된 것은 중당에서 만당에 이르는 잡사로, 시인의 창화(唱和)와 일화가 전체 내용의 70~80%를 차지한다. 비록 그중의 기록에는 전해 듣는 과정에서 사실과 어긋나는 것이 있기는 해도, 당나라 사람이 당시(唐詩)를 언급했기 때문에 당연히 후대 사람에 비해 실정에 근접했다. 중·만당 시인의 일시(逸詩)와 유사(遺事) 역시 이 책에 그 일부가 보존되어 있으므로, 맹계(孟棨)의 『본사시(本事詩)』의 빠진 부분을 보충할 수 있다. 그래서 송나라 계유공(計有功)은 『당시기사(唐詩紀事)』를 편찬할 때 이 책을 근거로 삼은 바가 많았다. 중당 이래로 구어시(口語詩)가 유행했던 상황 역시 이 책을 통해서 한두 가지를 찾아볼 수 있다. 권상의 「진시해(眞詩解)」, 권중의 「사옹씨(辭雍氏)」, 권하의 「독승유(獨僧喻)」 등의 각 조에는 모두 이러한 구어시가 들어 있다.『운계우의』는 당시(唐詩)를 연구하는 데 중요한 참고서라 할 수 있다.

이 책 안에도 방술과 신괴에 관한 내용이 있다. 권하의 「금선지(金仙指)」 조는 불법을 선양한 고사이고, 권중의 「옥소화(玉簫化)」 조는 위고(韋皐)와 옥소녀(玉簫女)의 두 생애에 걸친 인연을 기록한 것으로 애정과 관련된 전기(傳奇)인데 매우 유명해서 후대의 소설과 희곡의 제재가 되었다.

『당척언(唐摭言)』은 오대(五代)의 왕정보(王定保)가 찬했으며 15권이다. 통행본 중에서 『학진토원(學津討原)』본과 『아우당총서(雅雨堂叢書)』본이 비교적 좋으며, 『패해』본은 절반 이상이 삭제되어 내용이 완전치 못하다.

『당척언』은 내용에 따라 103편으로 나누었으며, 대부분의 편폭에서 당나라의 과거제도 및 그것과 연관된 활동을 서술했는데, 역사기록에 없는 바를 상세하게 갖추어 놓았다. 기록된 기타 잡사에서도 당시 과거시험장의 풍기를 잘 반영하고 있다. 많은 명사 시인의 일화와 본집(本集)에 기재되어 있지 않은 몇몇 구절들 역시 『당척언』의 기술을 통해 전해졌다. 그래서 송나라 초에 편찬된 『태평광기』는 『당척언』 전체에서 거의 80~90%를 수록했으며, 계유공이 편찬한 『당시기사』도 이 책에서 자료를 많이 취했다. 이 책은 과거의 연혁을 고증하고 문학사를 연구하는 데 모두 매우 쓸모가 있다. 이 때문에 청나라 이자명(李慈銘)은 비록 왕정보의 "학식과 취향이 심히 비속하고(識趣甚卑)", "기재된 것이 대부분 자질구레하다(所載多委瑣)"고 인정했으나, 오히려 『당척언』의 가치를 인정하지 않을 수 없어서 "과거에 관련된 여러 명칭을 고찰하기 위해서는 빼놓을 수 없는 것이다(爲考科名者所不可少)"라고 지적했다.[50]

만당·오대 사람이 지은 필기는 앞에서 언급한 책 이외에도 여러 책이 있다. 의종(懿宗)·희종 때 사람인 장고(張固)의 『유한고취(幽閒鼓吹)』 1권은

---

50 『월만당독서기(越縵堂讀書記)』 하책(下冊) 935쪽 참조.

선종(宣宗) 때의 유사(遺事) 25조를 기록했다. 오대 손광헌(孫光憲)의 『북몽쇄언(北夢瑣言)』 20권은 당나라로부터 후당(後唐)·후량(後梁)·촉(蜀)과 강남의 여러 나라 때까지의 일사를 기록했다. 오대 촉 하광원(何光遠)의 『감계록(鑑誠錄)』 10권은 당·오대의 일을 기록했는데, 전·후촉의 일이 가장 많다. 오대 고언휴(高彦休)의 『당궐사(唐闕史)』 2권은 만당의 소소한 일을 기록했는데 괴이한 내용이 섞여 있다. 오대 남당(南唐) 유지원(劉知遠)의 『금화자(金華子)』 2권 역시 당나라 말 조야(朝野)의 역사적 사실을 기록했다. 이러한 책들은 모두 어느 정도의 사료적 가치가 있으며, 이것을 빌려 만당·오대의 정치형국과 사회면모와 정치내막 등등을 이해할 수 있다. 『자치통감』에서는 이러한 책들에서 많은 자료를 취했다.

또한 최영흠(崔令欽)의 『교방기(敎坊記)』 같은 경우는 개원 연간의 교방제도(敎坊制度)·곡명(曲名)·일화 등을 전문적으로 기록했다. 손계(孫棨)의 『북리지(北里志)』는 만당 때 도성 장안 명기(名妓)의 고사를 전문적으로 기록했다. 나은(羅隱)의 『광릉요란지(廣陵妖亂志)』는 고병(高駢)이 만년에 신선을 맹신한 것을 전문적으로 기록했다. 유순(劉恂)의 『영표잡록(嶺表雜錄)』은 영남의 물산을 전문적으로 기록했다. 이 모두는 한 부류의 내용만을 기술한 저술로서 쇄문을 잡다하게 기록한 필기와는 다르므로, 여기서는 구체적인 소개를 하지 않겠다.

제3절

고거변증류 필기

───────────

─ 『봉씨문견기』·『소씨연의』·『자가집』 및 기타

당나라의 소설고사류 필기에는 『유양잡조(酉陽雜俎)』처럼 고증의 내용을 포함한 것도 있고, 역사쇄문류 필기에는 『당척언(唐摭言)』처럼 고증의 성질을 지닌 것도 있다. 그러나 진정으로 고거변증을 위주로 하는 필기는 그래도 『봉씨문견기(封氏聞見記)』를 첫째로 꼽을 수 있다. 그다음으로 『소씨연의(蘇氏演義)』·『자가집(資暇集)』·『중화고금주(中華古今注)』·『겸명서(兼明書)』 등과 같은 것도 모두 이러한 부류의 필기다. 이들은 비록 수량은 많지 않지만 오히려 당·오대 사람이 이미 육조 사람에 비해 고증의 학문을 중시했음을 설명해 줄 수 있다.

『봉씨문견기(封氏聞見記)』는 봉연(封演)이 찬했으며 금본(今本)은 10권이다. 통행본에는 『학해유편(學海類編)』·『학진토원(學津討原)』·『아우당총서(雅雨堂叢書)』·『기보총서(畿輔叢書)』본 등이 있는데, 『아우당총서』본이 비교적 좋긴 하지만 그중에 역시 빠진 부분이 있다. 『총서집성(叢書集成)』본은 바로 이것에 근거해 영인한 것이다. 또한 근대 사람 자오전신(趙貞信)의 교주본이 있는데, 해방 후에 중화서국에서 일찍이 중인(重印)한 바 있다.

『봉씨문견기』의 앞 6권은 역사적 사실을 설명하고 명물을 고증했으며, 제7·8 두 권은 고적(古蹟)에 대해 대부분 기술하면서 잡론(雜論)을 덧붙였고, 마지막 2권은 당나라 사대부의 유사(遺事)와 일화를 전적으로 서술했는데, 고증 부분이 가장 가치가 있다. 예를 들어 권2 「성운(聲韻)」 조에서는 당나라 초에 허경종(許敬宗) 등이 육법언(陸法言)의 『절운(切韻)』에서 선(先)·선(仙)·산(刪)·산(山)의 종류를 나누어 사용한 것은 그 운의 범위가 너무 좁기 때문에 합쳐서 사용하자고 주청한 사실을 기록했는데, 이는 다른 책에서는 보이지 않는 기록이다. 또한 당나라 안진경(顔眞卿)이 일찍이 『운해경원(韻海鏡源)』이라는 책을 찬술했지만 지금은 이미 망실되었는데, 본 조에서는 그 편집 경과와 체례가 역시 상세하게 기재되어 있다.

> ……이 책은 육법언의 『절운』 이외에 14,761자를 증보했다. 먼저 『설문』을 들어 전서로 쓰고 다음으로는 금문 예서로 썼으며 그러고도 다른 자체(字體)를 갖추어 증명했다. 그런 다음에 제가(諸家)의 자서(字書)로 주를 달아 해석을 마친 뒤, 9경의 2자 이상을 검증하고 그 구 끝의 글자를 취해 본운(本韻)에 편입했다. 그리하여 여러 책이 이러한 방법을 모방하게 되었다. ……
> ……其書於陸法言 『切韻』外增出一萬四千七百六十一字. 先起 『說文』 爲篆字, 次作今文隸字, 仍具別體爲證. 然後注以諸家字書, 解釋旣畢, 徵九經兩字以上, 取其句末字編入本韻. 爰及諸書, 皆仿此. ……

이 조의 자료를 통해서 우리는 원나라 음시부(陰時夫)가 편찬한 『운부군옥(韻府群玉)』에서 사용한 "일은 글자에 따라 귀속시키고 글자는 운에 따라 통괄시킨다(事繫於字, 字統於韻)"는 방법과, 명나라 사람이 집록한 『영락대전(永樂大典)』에서 단자(單字) 아래에 전서와 예서의 각 자체를 병렬한 형식이 모두 『운해경원』을 모방했음을 알 수 있다. 이밖에도 '금계(金鷄)'

를 대사면(大赦免)에서 사용하는 것[51], '석양(石羊)'과 '석호(石虎)'를 무덤 앞에 세우는 것, '노포(露布)'가 봉인과 검사를 거치지 않고 선포하는 승전 보라는 것, '발하(拔河)'가 옛날에는 줄다리기를 말했다는 것 등등을 논한 것은 모두 처음부터 끝까지 상세하게 서술되어 있어서, 고대의 제도·풍습·명물을 고증하는 데 매우 유용하다.

마지막 2권에서 기록한 인물고사는 대부분 훌륭한 언행에 대한 것이다. 예를 들어 「순신(淳信)」조에서는 육원방(陸元方)이 집을 팔 때 살 사람에게 물 나오는 곳이 없다고 먼저 말함으로써 돈 때문에 남을 속이려고 하지 않은 이야기를 서술했으며, 「기정(奇政)」조에서는 이봉(李封)이 연릉현령(延陵縣令)이 되었을 때 관리가 죄를 지어도 처벌하지 않고 단지 푸른 두건을 싸매게 함으로써 욕됨을 드러냈다는 이야기를 서술했는데, 이 또한 우의(寓意)를 갖춘 것으로 그 목적은 야박한 풍속을 고치도록 힘쓰는 데에 있다.

청나라 사람은 이 책을 매우 높이 평가했다. 『사고전서(四庫全書)』를 수찬한 관신(館臣)은 "당나라 사람의 소설은 황당하고 괴이한 것을 많이 언급했지만 이 책만은 말이 반드시 실증할 만하다(唐人小說, 多涉荒怪, 此書獨語必證實)"라고 말했고, 노견증(盧見曾)은 이 책을 칭찬해 "고증과 의거가 해박하고 합당하며 논변이 상세하고 분명하다(考据該洽, 論辨詳明)"라고 했으며, 왕사진(王士禛) 역시 이 책을 매우 좋아했다.[52] 그러므로 우리는 『봉씨문견기』가 확실히 중시할 만한 가치가 있음을 알게 된다.

『소씨연의(蘇氏演義)』는 소악(蘇鶚)이 찬했다. 원서는 10권인데 금본은 겨우 2권만 남아 있다. 이것은 청나라 사람이 『영락대전(永樂大典)』에서 집

---

51 사면을 내리기 전에 종루(鐘樓)에 금계를 묶어 놓고 사면의 첩지를 그 주둥이에 물려 놓은 뒤, 먼저 그 첩지를 잡는 사람이 사면되었다고 한다―역주.
52 『사고전서총목제요(四庫全書總目提要)』「자부(子部)·소설가류(小說家類)4」와 노견증(盧見曾)의 「봉씨문견기서(封氏聞見記序)」참조.

일해낸 것이다. 통행본에는 『예해주진(藝海珠塵)』본과 『함해(函海)』본이 있는데, 『예해주진』본이 비교적 좋다.

『소씨연의』는 경전을 연구하고 명물(名物)을 정정하고 단어를 해석하고 오류를 변증한 필기다. 『영락대전』에서 의거한 판본은 진(晉)나라 최표(崔豹)의 『고금주(古今注)』의 부분적인 내용을 잘못 집어넣었기 때문에, 금본 『소씨연의』의 일부 조목은 『고금주』와 서로 같다.[53] 그러나 취할 만한 자료는 여전히 적지 않다. 예를 들어 권하에서는 사신이 소지하는 '절(節)'의 연혁을 서술하면서 문자의 훈고와 결합해 해설했는데, 논술이 매우 상세하고 분명해 고대의 명물제도를 연구하는 데 참고가 될 수 있다. 또 권상에서 복서(卜筮)를 언급한 두 조는 『역경(易經)』의 주소(注疏)와 참조할수 있다. 그리고 권하에서 "천리 먼 길 떠나도 우물에 침 뱉거나 꼴을 버리지 않는다(千里井不瀉筥)"라는 속담의 유래를 기록하면서 『옥대신영(玉臺新詠)』에 실려 있는 조식(曹植)의 「대유훈처왕씨견출(代劉勳妻王氏見出)」이라는 시의 "천리 먼 길 떠나도 우물에는 침 뱉지 않는다고 하던데, 하물며 지난날 받들던 사람이랴(千里不瀉井, 況乃昔所奉)"[54]라는 두 구절을 언급한것은 이광의(李匡義)의 『자가집』에 기록된 것에 비해 상세하다. 이밖에 '낭패(狼狽: 궁지에 빠지다)', '골계(滑稽: 익살맞다)', '누라(嘍羅: 도적의 부하)', '용종(龍鍾: 늙어서 수족이 부자연스럽다)', '건몰(乾沒: 횡령하다)' 등의 단어를 상세히 해석한 것도 모두 그 말이 이치에 맞아서 후세 사람들의 자서(字書)에 인용되

---

53 상세한 설명은 상무인서관(商務印書館) 배인본(排印本) 『고금주(古今注)·중화고금주(中華古今注)·소씨연의(蘇氏演義)』의 부록으로 실려 있는 『고금주』 사부총간영송본(四部叢刊影宋本) 「장원제발(張元濟跋)」에 보인다.

54 전체 시는 "인언거부박(人言去婦薄), 거부정갱중(去婦情更重). 천리불사[타]정(千里不瀉[唾]井), 황내석소봉(況乃昔所奉). 원망미위요(遠望未爲遙), 지주부득왕(踟躕不得往)."이다. 이 구절은 비록 버림받고 천 리 먼 길을 떠났기에 다시 돌아와 이 우물물을 마시지 못할 줄을 알아도, 오히려 여기에서 우물물을 마셨음을 생각하고 침을 뱉지 않는다는 뜻이다. 곧 옛일을 생각하며 잊지 못하는 것을 말한다—역주.

었다.

『자가집(資暇集)』은 또한 『자가록(資暇錄)』이라고도 하는데, 이광의(李匡義)[55]가 찬했으며 3권이다. 구본(舊本)에는 이제옹(李濟翁)이 찬했다고 서명되어 있는데, 송나라 사람이 피휘(避諱) 때문에 이광문(李匡文)의 자로 서명했던 것이다. 현재 통행본에는 『고씨문방소설(顧氏文房小說)』·『당송총서(唐宋叢書)』·『묵해금호(墨海金壺)』본 등이 있는데, 『고씨문방소설』본은 송본(宋本)에 의거해 복각했으면서도 오류가 있다.

이 책의 상권에는 속설의 오류를 바로잡은 것이 많다. 그 주장에 따르면, '행리(行李)'의 '이(李)'는 과일 이름, 지명, 사람의 성씨 이외에는 더 이상 다른 뜻이 없으며, 『좌전(左傳)』에 "행리가 오갔다(行李之往來)"는 구절이 있는데 옛 문헌을 살펴보면 '사(使)' 자를 '사(𠈮)'로 썼으므로 '이(李)'는 잘못된 글자다. 또 한(漢)나라 사호(四皓) 중의 '녹리(角里)'는 응당 '녹리(祿里)'로 읽어야 하기 때문에 순열(荀悅)의 『한기(漢紀)』에서는 그대로 '녹리(祿里)'라고 썼다. 앞의 조는 『좌전』의 두예(杜預) 주에서 '행리'를 '사인(使人)'으로 해석한 견해와 서로 참조할 수 있으며, 뒤의 조를 통해서는 '녹(角)' 자에 본래 '녹(祿)'의 음이 있으므로 '녹(角)'으로 고쳐 쓰는 것은 마땅치 않음을 알 수 있다.

중권에는 사물의 유래를 논술한 것이 많다. 예를 들어 '만가(輓歌)'는 춘추시대에 시작되었고, '압아(押衙)'는 마땅히 '압아(押牙)'라고 써야 하며, '촉마(蜀馬)'는 성도부(成都府)에서 나는 소사(小駟)[56]에서 얻어진 명칭이라고 주장했는데, 이를 통해서 그 어원을 탐색할 수 있다.

하권에는 사물에 대해 언급한 것이 많다. 예를 들어 조상연(稠桑硯: 조상의 벼루), 이환당(李環餳: 이환의 엿), 필라(畢羅: 만두와 비슷한 음식), 금갑(琴甲: 금을

55 이강의(李康義)·이광문(李匡文)·이정문(李正文)이라고도 한다—역주.

56 수레에 매는 4마리의 작은 말—역주.

탈 때 사용하는 손톱), 차탁자(茶托子: 찻잔 받침 접시), 서제첨(書題籤: 책 표제 쪽지), 석모(席帽: 등나무 삿갓), 승상(承床: 휴대용 평상) 등등에 대해 기록했는데, 이 또한 모두 고증에 도움을 준다.

이밖에 「비오신(非五臣)」 조에서는 오신 주『문선(文選)』이 모두 이선(李善)의 주에서 나왔으나 도리어 이선이 틀렸다고 배척했다고 설명했으며, 또 「문마(問馬)」 조에서는 『논어(論語)』「향당(鄕黨)」의 "'사람이 다쳤느냐?' 하시고 말에 대해서는 묻지 않으셨다('傷人乎?' 不問馬)"는 한 구절에 대한 의견을 제기했는데, 모두 새로운 해석을 했다. 이 책에는 비록 일부 잘못된 해설이 남아 있어서 송나라 사람들의 논박을 받았지만, 책 전체를 놓고 본다면 여전히 비교적 가치가 있다.

『중화고금주(中華古今注)』는 후당(後唐) 마호(馬縞)가 찬했으며 3권이다. 통행본에는 『백천학해(百川學海)』·『고금일사(古今逸史)』·『비서이십일종(秘書二十一種)』본 등이 있다.

이 책은 『고금주』를 크게 증보해 지었기에 어떤 내용은 『고금주』와 서로 비슷하다. 『고금주』와 『중화고금주』에 수록된 「벽악거(辟惡車)」 한 조를 대조해 살펴보자.

> 벽악거는 진(秦)나라의 제도다. 복숭아나무 활과 갈대 화살을 사용하는 것은 상서롭지 못한 부정을 없애기 위함이다. (『고금주』권상)
>
> 辟惡車, 秦制也. 桃弓葦矢, 所以祓除不祥. (『古今注』卷上)

> 벽악거는 진나라의 제도다. 복숭아나무 활과 갈대 화살을 사용하는 것은 상서롭지 못한 부정을 없애기 위함이다. 『춘추』에서 이르길, "복숭아나무 활과 가시나무 화살을 사용함으로써 그 재앙을 없앤다"라고 한 것이 이른바 벽악이다. (『중화고금주』권상)
>
> 辟惡車, 秦制也. 桃弓葦矢, 所以禳除不祥也.. 『春秋』云"桃弓荊矢, 以

除其災", 所謂辟惡也. (『中華古今注』卷上)

　위의 예문을 보면『중화고금주』는『고금주』의 내용에 근거해 주석을 상세하게 덧붙였음을 알 수 있다. 이 때문에『고금주』를 사용할 때에는『중화고금주』를 참조하는 것이 좋다.

　『겸명서(兼明書)』는 오대 구광정(丘光庭)이 찬했다. 금본은 5권이며 통행본에는『보안당비급』본과『진의당삼종(眞意堂三種)』본이 있다.

　이 책의 앞 3권은 경서와 사서의 여러 책에 대해 논술했는데,『주역(周易)』·『상서(尙書)』·『모시(毛詩)』·『춘추(春秋)』·『주례(周禮)』·『예기(禮記)』·『논어』·『효경(孝經)』·『이아(爾雅)』·『사기(史記)』·『백호통(白虎通)』등의 책에 나오는 문자 훈고, 전설, 역사적 사실 및 풍속, 명물 등에 대해 모두 고증과 분석을 했다. 권4에서는 전적으로 오신(五臣)의『문선주(文選注)』를 논박했다. 권5는 잡설(雜說)로 매 조마다 모두 먼저 구설을 예로 들고 난 뒤에, '명왈(明曰)'이라는 두 글자로 표시해 자신의 견해를 기술했다. 비록 일부 견해들은 남달리 기발한 주장을 내세우려다가 검증할 수 없는 독단에 빠지기도 했지만, 치밀하고 예리한 논리가 매우 많다. 예를 들어 권1에서는『사기』에서 "방훈(放勛)"·"중화(重華)"·"문명(文命)"을 요(堯)·순(舜)·우(禹)의 이름이라고 잘못 여겼음을 논했고, 권2에서는『상서』「무성(武成)」에서 "피 강물에 절굿공이가 떠다녔다(血流漂杵)"는 구절의 '저(杵: 절굿공이)'는 틀림없이 '간(杆: 막대기)'의 오자임을 논했으며, 권3에서는『춘추』의 두예(杜預) 주에서 "문마(文馬)"를 "말을 그려 무늬로 삼았다(畫馬爲文)"라고 잘못 해석했음을 논했는데, 모두 근거 있는 논박이고 이치에 맞는 주장이다. 또 권4에서는『문선』에 나오는 완적(阮籍)의「영회시(詠懷詩)」의 "예로부터 동릉후[東陵侯: 소평(邵平)]가 오이 심었다는 얘기 들었는데, 그곳이 바로 청문(靑門)⁵⁷ 밖에 가까이 있었네(昔聞東陵瓜, 近在靑門外)"라는 시구의 뜻을 논했는데, 그 논리가 특히 치밀해 여연제(呂延濟)의 주가 천박하고 잘못되었음을 알 수 있다. 이밖에도 권1에서 삼황(三皇)·오제(五帝)·사위(社位)·토우(土牛)의 뜻을 논한 여러 조 역시 모두 충분히 고증에 도움이 된다. 다만 권5의 「자서(字書)」 한 조는 문장에 탈락된 부분이 있어서 그 의미가 통하지 않는다.

앞에서 언급한 여러 책 이외에도 이부(李涪)의 『간오(刊誤)』 2권이 있는데, 전고를 고찰하고 잡사를 논변한 것으로 역시 읽을 만한 가치가 있는 필기다.

총괄해 보면, 당나라의 필기는 대부분 그 당시의 고사를 서술하는 데 중점을 두었으므로 시대적 특징을 지니고 있다. 소설고사류 필기 중에서 지괴체는 위진(魏晉)의 모방과 연속에 불과했지만, 전기는 오히려 매우 높은 성취를 이루어서 후대 단편소설의 발전에 적지 않은 영향을 주었다. 그중의 많은 고사들은 후대 사람들이 취해 소설·희곡의 제재로 삼거나 또는 그것에 근거해 전고로 삼기도 했다. 예를 들어 『기문(紀聞)』의 오보안(吳保安) 고사는 명나라 풍몽룡(馮夢龍)이 그것을 이용해 『유세명언(喩世明言)』의 「오보안기가속우(吳保安棄家贖友)」라는 회목을 엮어냈고, 『집이기(集異記)』의 왕유(王維) 고사는 명나라 왕형(王衡)이 그것을 이용해 『울륜포(鬱輪袍)』라는 잡극을 지었으며, 『전기(傳奇)』의 섭은낭(聶隱娘) 고사는 청나라 우동(尤侗)이 그것을 이용해 『흑백위(黑白衛)』라는 전기를 지었다.

『유양잡조(酉陽雜組)』로 대표되는 잡조집(雜組集)은 소설·쇄문·잡사·고증 등을 한 편에 모아놓았는데, 역시 송원 시대 이후의 필기 작자에게 선례가 되었다. 송나라 심괄(沈括)의 『몽계필담(夢溪筆談)』과 원나라 도종의(陶宗儀)의 『철경록(輟耕錄)』 및 청나라 왕사진(王士禛)의 『지북우담(池北偶

---

⁵⁷ 한나라 장안성(長安城) 동쪽에 있었던 패성문(覇城門)―역주.

談)』등은 사실상 모두『유양잡조』의 유파다.

역사쇄문류 필기는 당나라의 역사사실·전장제도·전고·풍습 등을 연구하는 데 빼놓을 수 없는 자료들이다. 그래서 송나라 사람이『신당서』와『자치통감』을 편찬할 때 모두 여기에서 자료를 취하지 않을 수 없었으며, 또한 그 편찬 체례 역시 후대 사람들에게 답습되었다. 예를 들어 송나라 구양수(歐陽修)가 찬한『귀전록(歸田錄)』에서는 스스로『당국사보(唐國史補)』를 모방했다고 했다.

고거변증류 필기는 비록 수량은 비교적 적지만 그 질은 낮지 않다.『봉씨문견기』·『자가집』·『겸명서』등은 고증과 분석이 정밀하고 상세할 뿐 아니라 근거가 충분하고 정확하며, 단지 내용의 범위만을 가지고 따지더라도 전현(前賢)의 저술을 능가한다. 그래서 모두 후대 사람의 모범이 되기에 충분하다.

당나라는 필기의 성숙기로서, 한편으로는 소설고사류 필기에 문학적인 성분이 증가했고, 한편으로는 역사쇄문류 필기에 사실적인 성분이 증가했으며, 또 다른 측면에서는 고거변증류 필기가 독립적으로 발전하는 길을 걸었다고 말할 수 있다. 이 세 종류의 필기 유형은 이때부터 대체로 안정되어 갔다.

제4장

송나라의 필기

소설고사류 필기

지괴·전기와 잡조 – 『계신록』·『이견지』 및 기타

송나라의 사학(史學)은 이전보다 더욱 번성해, 유명한 학자 중에는 사필(史筆)에 정통한 자가 많았다. 관(官)에서 편찬하거나 개인이 저술한 역사 전적은 모두 상당히 볼 만하며, 통사(通史)의 편집에 관심을 기울인 사람도 있었다. 예를 들면 북송 사마광(司馬光)의 『자치통감(資治通鑑)』은 구사(舊史)를 종합적으로 서술해 고금(古今)을 관통했고, 남송 원추(袁樞)의 『통감기사본말(通鑑紀事本末)』은 사건을 대강(大綱)으로 해 처음으로 새로운 체재를 만들었다. 당시의 사대부들은 고사(故事)를 집록하길 좋아했기 때문에 송나라의 필기는 역사쇄문류(歷史瑣聞類)가 가장 발달했다. 명나라 사람이 편찬한 『오조소설(五朝小說)』의 서언(序言)에서는 송나라 필기를 다음과 같이 논급했다.

오직 송나라에는 사대부의 손에서 [필기가] 나왔는데, 공무의 여가에 기록한 것이 아니면 은거자의 한담이다. 서술된 내용은 모두 생전에 부친·형제·스승·벗들과 서로 대담한 것이나 혹은 직접 보고 들은 것과 오류를 의심해 고증한 것이므로, 한마디의 말과 한마디의 웃음에서 선배들의 풍류를 엿볼 수 있다. 그 내용은 정사에 없는 부분을 보충하고 역사적 사실의 빠진 부분을 보탤 수 있다.

唯宋則出士大夫手, 非公餘纂錄, 卽林下閒談. 所述皆生平父兄師友相與談說, 或履歷見聞, 疑誤考證, 故一語一笑, 想見先輩風流. 其事可補正史之亡, 裨掌故之闕.

이 논평은 정확하다. 이러한 송나라 필기의 주된 특징은 바로 견문으로써 당대(當代)의 일화와 역사적 사실을 기술해 그 내용이 비교적 진실하며 소설적인 색채가 감소하고 사료로서의 성분이 증가한 데에 있다. 송나라의 학자는 기재와 고증을 함께 중시했기 때문에, 고거변증류(考據辨證類) 필기도 더불어 발전해 전대를 초월했다. 다만 소설고사류(小說故事類) 필기는 큰 손색이 있을 수밖에 없었다. 왜냐하면 송나라 때는 비록 불교와 도교를 배척하지 않았고 여전히 무술(巫術)과 귀신을 믿었지만 문사(文士)들은 대부분 유가의 학술을 숭상했기에, 이로 인해 괴이한 이야기는 위진(魏晉)의 여파에 불과했기 때문이다. 전기(傳奇)도 옛것을 따르거나 모방하는 데에 편중해 최근의 일을 쓴 것이 적었기 때문에, 새로 일어난 평화(平話)와 비교해 보면 역시 부족한 면이 드러난다. 자질구레한 이야기를 잡다하게 채록한 소설은 더 드물어서 독자적인 면모를 갖추지 못했다. 그래서 역사쇄문류 필기가 더욱 두드러지게 사람들의 중시를 받았다.

『계신록(稽神錄)』·『강회이인록(江淮異人錄)』·『이견지(夷堅志)』는 비교적 유명한 송나라의 지괴집(志怪集)이다. 이 세 책의 간단한 소개를 통해 당시 이러한 종류의 소설의 내용을 이해할 수 있다.

『계신록(稽神錄)』은 서현(徐鉉)이 찬한 것으로 6권이다. 통행본으로는 『진체비서(津逮秘書)』본과 『학진토원(學津討原)』본 등이 있다.

이 책은 서현이 송나라로 들어오기 전에 지은 것이기 때문에 고사의 대부분이 이방(李昉) 등이 편집한『태평광기(太平廣記)』에 수록되었다. 그 내용은 인과를 밝히고 응보를 이야기하며, 귀신과 영이(靈異)를 기록하고 괴물의 변화를 말하는 것 등등이다. 예를 들어 구양씨(歐陽氏)가 아버지를 알아보지 못해 벼락을 맞은 이야기, 여산(廬山)에서 기름 파는 사람이 기름에 물고기 기름을 섞었다가 지진 때문에 죽은 이야기, 강서(江西)의 송(宋) 아무개가 자라를 놓아주어 그 아들이 풍파를 면하게 된 이야기, 정해군(靜海軍)의 요(姚) 아무개가 바다 괴물을 풀어 주어 고기를 많이 잡게 된 이야기 등인데, 모두 일반적인 지괴소설의 기존 격식에서 벗어나지 못한 채, 고사에 당시의 지명과 인명을 모두 덧붙여 신뢰성을 준 것에 불과하다.

내용면에서 볼 때『계신록』에서 말한 것은 모두 황당해, 위진 지괴가 민간전설을 잡다하게 채록했어도 취할 만한 바가 있는 것만 못하다. 형식면에서 볼 때『계신록』의 문장은 간단하고 거칠어서, 위진 지괴의 서술이 수수하고 고풍스러운 것만 못하고 당나라 전기의 묘사가 섬세한 것만 못하다. 그러나 송나라 초기 지괴소설의 면모와 풍격으로 보면 그럭저럭 격식을 갖추었다고 할 수 있다.

『강회이인록(江淮異人錄)』은 오숙(吳淑)이 찬한 것으로 2권이다. 금본(今本)은『영락대전(永樂大典)』에서 집록한 것이며, 통행본으로는『함해(函海)』·『지부족재총서(知不足齋叢書)』·『용위비서(龍威秘書)』·『도장(道藏)』본 등이 있다.

오숙은 서현의 사위이며, 저작으로는 유서(類書)인『사류부(事類賦)』가 있는데, 서현이 지은 지괴서의 영향을 받았을 것이다. 그러나『강회이인록』은 협객(俠客)·술사(術士)·도교도(道敎徒) 등 소위 '이인(異人)'의 고사를 전적으로 서술해 괴이한 이야기를 언급하고 있기는 하지만,『계신록』이 귀신을 떠벌리는 것과는 조금 다르다. 당나라 전기 중의 이인전설(異人傳說)을 발전시킨 전문 저작은 오숙의『강회이인록』에서 시작되었다.

이 책은 당나라 사람의 고사 2조와 남당(南唐) 사람의 고사 23조를 기록하고 있다. 「홍주서생(洪州書生)」 조에서는 성유문(成幼文)이 홍주에서 협객을 만난 일을 다음과 같이 서술했다.

　　성유문이 홍주의 녹사참군이 되었을 때, 그의 집은 사통팔달한 거리에 위치했고 창문이 있었다. 하루는 창문 밑에 앉아 있었는데, 때마침 비가 개어 땅이 질퍽거려 길이 없는 것 같았다. 신발을 파는 한 아이를 보았는데 그 행색이 매우 가난해 보였다. 어떤 못된 소년이 아이를 만나더니 명주 신발을 진흙 속으로 던져버렸다. 아이가 울면서 보상해 달라고 하자 소년은 큰소리로 꾸짖으면서 돈을 주지 않았다. 아이가 말하길, "우리 집은 아침도 먹지 못하고 신발을 팔아서 식량을 마련해 오기를 기다리고 있는데 신발이 다 더러워져 버렸다!"라고 했다. 한 서생이 지나가다가 아이를 불쌍히 여겨 그 값을 치러주었다. 그러자 소년이 화를 내며 말하길, "아이는 나에게 보상해달라고 요구했는데, 당신이 웬 간섭이오?"라고 하면서 모욕하고 욕을 하자, 서생은 몹시 노한 기색이었다. 성유문이 그의 의로움을 훌륭하게 여겨 서생을 불러 함께 이야기하다가 아주 남다르다고 생각해, 그를 붙들어 묵어가게 하고 밤에 함께 이야기를 나누었다. 성유문이 잠시 내실에 들어갔다가 다시 나오자 서생이 보이지 않았다. 바깥문도 모두 잠겨 있었는데 그를 찾지 못했다. 잠시 후에 서생이 다시 앞으로 와서 말하길, "아침에 왔던 불량소년을 제가 용서할 수 없어서 벌써 그의 머리를 베어 버렸습니다"라고 하면서, 머리를 땅에 내던졌다. 성유문이 놀라며 말하길, "이 사람은 정말 군자와는 거리가 먼 사람이오. 하지만 사람의 머리를 베어 땅에 피가 흘렀으니 어찌 죄에 연루되지 않겠소?"라고 하자, 서생이 말하길, "걱정하지 마십시오!"라고 하더니, 약을 조금 꺼내 머리 위에 붙이고 그 사람의 머리채를 잡고 문지르니 모두 물로 변했다. 그러고는 성유문에게 말하길, "달리 보답할 방법이 없으니, 이 도

술을 당신에게 전수해드리고 싶습니다"라고 하자, 성유문이 말하길, "나는 도사가 아니므로 감히 가르침을 받지 못하겠소"라고 말했다. 서생은 절을 하고 떠나갔는데, 대문 안에 있는 여러 문들은 모두 잠겨 있었는데도 어디론가 사라져 버렸다.

成幼文爲洪州錄事參軍, 所居臨通衢而有窓. 一日坐窓下, 時雨霽泥濘, 而微有路, 見一小兒賣鞋, 狀甚貧窶, 有惡少年與我相遇, 絓鞋墜泥中, 小兒哭求其價, 少年叱之不與. 兒曰: "吾家旦未有食, 待賣鞋營食, 而悉爲所汚!" 有書生過, 憫之, 爲償其値. 少年怒曰: "兒就我求錢, 汝何預焉?" 因辱罵之, 生甚有慍色. 成嘉其義, 召之與語, 大奇之, 因留之宿, 夜共話. 成暫入內, 及復出, 則失書生矣. 外戶皆閉, 求之不得, 少頃復至前曰: "旦來惡子, 吾不容, 已斷其首." 乃擲之於地. 成驚曰: "此人誠忤君子, 然斷人之首, 流血在地, 豈不見累乎?" 書生曰: "無苦!" 乃出少藥傳於頭上, 捽其髮摩之, 皆化爲水. 因謂成曰: "無以奉報, 願以此術授君." 成曰: "某非方外之士, 不敢奉敎." 書生於是長揖而去, 重門皆鎖閉, 而失所在.

학대받는 약자의 편을 들고 못된 소년을 징벌하는 서생이 신출귀몰하며 종적 없이 사라지고 또한 약을 이용해 사람의 머리를 녹일 수 있는 것은, 후에 출현하는 무협소설에서 칼을 날렵하게 휘두르며 공중에 오르는 협객과 매우 흡사하다. 이로 보아 당나라 전기의 「섭은낭(聶隱娘)」·「곤륜노(崑崙奴)」 등의 고사가 변화 발전했음을 알 수 있다.

또 「경선생(耿先生)」 조에 기록되어 있는 것, 즉 경겸(耿謙)의 딸이 시를 잘 짓고 도술에 정통해 보대(保大) 연간(943~957)에 궁궐로 영입되어 단약(丹藥)을 만들었던 기이한 일들은 송나라 마영(馬令)과 육유(陸游)가 편찬한 『남당서(南唐書)』에 모두 채록되어 있으니, 이 이야기는 대체로 그 당시에 비교적 유행하던 전설로서 남당의 군왕이 신선방술(神仙方術)을 맹신했음을 반영하고 있다.

앞에서 언급한 두 책보다 늦게 나온 북송의 지괴필기로는 장군방(張君房)의 『승이기(乘異記)』, 장사정(張師正)의 『괄이지(括異志)』, 필중순(畢仲詢)의 『막부연한록(幕府燕閒錄)』 등이 있는데, 모두 귀신과 요괴, 참위(讖緯), 영험한 보응에 관한 고사를 기록했다. 남송의 지괴필기로는 곽단(郭彖)의 『규거지(暌車志)』와 노응룡(魯應龍)의 『한창괄이지(開窗括異志)』 등이 있는데, 모두 내용은 서로 비슷하지만 간혹 도사와 신선을 이야기했다. 그중에서 권수가 가장 많은 것은 『이견지』다. 또한 무명씨의 『이문총록(異聞總錄)』 4권이 있는데, 송나라의 여러 지괴서를 채록해 만든 것이다.

『이견지(夷堅志)』는 홍매(洪邁)가 찬했다. 원서는 420권이지만 현존하는 것은 절반도 안 된다. 1917년에 상무인서관(商務印書館)에서 출판한 배인본(排印本) 『신교집보이견지(新校輯補夷堅志)』는 「갑지(甲志)」·「을지(乙志)」·「병지(丙志)」·「정지(丁志)」 각 20권, 「지지(支志)」 갑·을·병·정·무(戊)·경(庚)·계(癸) 각 10권, 「삼지(三志)」 기(己)·신(辛)·임(壬) 각 10권, 「지보(志補)」 25권, 「재보(再補)」 1권으로 되어 있는데, 통행본 중 가장 완비된 판본이다. 「지보」 25권은 섭조영(葉朝榮)의 분류본(分類本)을 위주로 하고 명초본(明鈔本)을 보완해 만들었으며, 「재보」 1권은 여러 책에서 잡다하게 채록한 것이지만 각 조의 아래에 주를 달아 출처를 밝혔다.

홍매는 학식이 매우 해박했는데, 그가 지은 『용재수필(容齋隨筆)』에서 고증·교정하고 변증한 것은 매우 가치가 있다. 『이견지』는 그가 만년에 마음을 달래기 위해 지은 작품이다. 『열자(列子)』 「탕문(湯問)」에 "이견이 듣고 이를 기록했다(夷堅聞而志之)"라는 말이 있는데, '이견'이 박식한 사람이어서 괴이한 일을 잘 기록했다고 여겼기 때문에 『이견지』라고 이름 지었다. 『이견지』에 수록된 고사는 어디까지나 괴이함을 과시하고 많은 분량을 장점으로 삼아 선별하지 않았기 때문에 아주 번잡하다. 그러므로 홍매와 동시대이자 약간 뒤의 사람인 주밀(周密)은 홍매가 편찬한 이 책을 "많이 주워 모으는 것에 욕심을 부려서 황당함을 면치 못했다(貪多務得, 不免妄誕)"[58]라고 비판했다.

「병지」 권8에는 다음과 같은 이야기가 있다. 경사(京師)에서 어떤 여인이 거리에서 동냥했는데 두 다리가 없어서 손으로 기어 다녔다. 그러나 용모가 아주 아름다웠기에 조정의 어떤 선비가 보고 좋아해 그녀를 집에 데려왔다. 나중에 선비가 상국사(相國寺)에 들렀더니, 도사가 그녀는 요괴로서 다리가 부러진 솥이 변해 나쁜 짓을 할 것이라고 하면서 선비에게 빨리 멀리 피하라고 하자, 선비는 황급히 도망갔다.

……선비는 두려워서 집안도 생각하지 않고 좋은 말을 빌려 온종일 힘껏 길을 가다가 날이 저물자 여관에서 묵게 되었다. 쉴 곳을 아직 정하지 않았을 때 길 위에서 먼지가 일어나더니 깃발을 들고 앞으로 달려오는 자가 있었다. 기골이 장대한 사나이가 검은 말을 타고 도착해, 공손하게 인사하고 앉아서 맞은편의 방에 잠자리를 정했는데, 거의 서로 말을 하지 않았다. 선비는 더욱 두려워 문을 잠갔지만 잠을 잘 수 없었다. 동이 틀 무렵에 바깥에서 급히 부르며 말하길, "나리 댁에서 갑자기 초상이 났기에 저에게 편지를 들고 오도록 했습니다"라고 했다. 그때 등불이 아직 남아 있어서 틈 사이로 엿보았더니, 바로 다리가 없는 부인이 양 날개를 달고 있었는데, 날개의 색이 정말 푸른색이었다. 선비는 놀라서 땀을 비 오듯이 흘렸다. 그때 장대한 사나이가 갑자기 문을 박차고 뛰어나와 단칼에 무찌르니, 부인은 큰소리로 부르짖으며 가버렸다. 다음 날 아침에 선비가 일어나서 장대한 사나이를 보고 절하면서 감사의 말을 하길, "존관(尊官)께서 없었다면 저는 죽는 곳도 몰랐을 것입니다! 감히 여쭙건대 공은 뉘십니까?"라고 하자, 사나이가 대답하길, "그대는 나를 알아보겠소? 바로 상국사의 도사이오. 이전에

---

58 주밀(周密)의 말은 「계신잡지서(癸辛雜識序)」에 보인다.

그대에게 일러준 적이 있었소. 나는 그대의 본명신(本命神)이오. 그대
가 평생 정성스런 마음으로 나를 받들었기 때문에 이렇게 와서 구해
준 것이오"라고 했다. 말을 마치자 거마와 함께 모두 보이지 않았다.

……士始怖, 不謀於家, 假良馬盡日極行, 逼暮, 捨於逆旅. 歇未定, 道
上塵起, 旗幟前驅, 一偉丈夫乘黑馬亦詣焉, 長揖而坐, 指一房相對宿, 略
不交談. 士愈懼, 閉戶不敢寢. 夜艾, 外間疾呼曰: "君家忽值喪禍, 令我持
書來." 時燈火尙存, 自隙窺覘, 乃無足婦人, 負兩肉翼, 翼色正靑. 士駭汗
如雨. 偉人遽撤關出, 揮劍擊之, 婦人長嘯而去. 明旦, 士起, 見偉人, 拜而
謝之曰: "微尊官, 吾不知死所矣! 敢問公爲誰?" 曰: "子識我乎? 乃相國寺
道人也. 曩固告子矣, 我卽子之本命神. 以子平生虔心奉我, 故來救護."
言訖與車馬皆不見.

이 고사는 사람들에게 아름다운 여자를 보고 사악한 생각을 하지 말라
고 경계하는 것으로, 요괴를 미인으로 묘사한 것은 포송령(蒲松齡)의『요
재지이(聊齋誌異)』중의「화피(畫皮)」에 담겨 있는 의미와 유사하다. 다리가
부러진 솥이 나쁜 짓을 하고 사람으로 변한다는 것은 발상이 매우 기발하
다. 그러나 신령에게 제사를 지내 가호를 받는 것을 선양한 것은 미신적
색채가 짙다.

「병지」권18에는 임영소(林靈素)가 비 오기를 비는 고사를 기록했는데,
그 의도는 도사의 법술(法術)을 드러내고자 하는 데 있다. 송 휘종(徽宗)이
신선을 깊이 믿고 도사에 미혹되었기 때문에, 남송 사람들의 필기 중에
는 도교의 방술과 휘종이 신선이라고 여겼던 도사 임영소의 기이한 이야
기가 많이 기재되어 있다.『이견지』의 이 고사는 바로 당시의 이러한 미신
풍조의 영향을 보여주고 있다. 이밖에「병지」권3의「양수마(楊袖馬)」조는
도술을 지닌 양망재(楊望才)의 기이한 일을 많이 기록했는데, 명나라 능몽
초(凌濛初)의『이각박안경기(二刻拍案驚奇)』「양수마감청장(楊袖馬甘請杖)」이

라는 회목의 줄거리의 저본이 되었다.

「정지」권9의 「태원의낭(太原意娘)」 조는 금인(金人)에게 박해당해 죽은 남송 부녀자의 전설을 기록했는데, 송나라 평화(平話) 「정의낭전(鄭意娘傳)」의 내용과 같아서 평화와 비교해 어느 것이 먼저 지어졌는지 알 수 없다. 이것은 모두 비교적 유명한 고사들이다.

『이견지』는 비록 지괴의 책이지만 그중에는 현실적인 고사 및 일화·역사사실·방언·민속·의약 등 고증에 참고할 만한 자료도 섞여 있다. 예를 들어 「병지」권13의 「남저(藍姐)」 조에는 다음과 같은 이야기가 기록되어 있다. 경동(京東) 사람 왕지군(王知軍) 집안의 하녀 남저는 30여 명의 강도가 주인집에 들어와서 강도질할 때, 촛불을 들고 강도들을 안내해 물건을 가져가도록 하면서 몰래 촛농을 강도들의 흰 무명도포 등 부분에 떨어뜨렸다가, 나중에 이를 근거로 강도를 모두 잡고 재물도 잃은 것이 없었다고 한다. 이것은 일개 부녀자가 순발력 있게 대응한 기지를 표현한 것으로, 현실생활 중에 있을 수 있는 실제 사건이다.

또 「을지」권14 「조청헌(趙淸憲)」 조에서는 양도인(梁道人)이 조정지(趙挺之)를 위해 병을 치료해준 일을 기록하면서, 『동파집(東坡集)』의 "약초 캐는 호공(壺公)은 곳곳을 지나다가, 금적(金狄: 구리로 주조한 상)을 보고 웃으면서 손으로 어루만지네(採藥壺公處處過, 笑看金狄手摩挲)"라는 시를 준 양도인이 바로 이 노인이라고 했다.[59] 이 기록은 절묘하게 소식(蘇軾)의 이 시를 주석으로 삼고 있다.

또한 「을지」권19에서는 향백지(香白芷) 한 종류로 맥문동탕(麥門冬湯)을 만들어 복용해 뱀의 독을 치료한 것을 기록했고, 「병지」권16에서는 인삼·당귀(當歸)·궁궁(芎藭)·방풍(防風) 등의 약재를 사용해 악창을 치료한 것을 기록했는데, 모두 괴이한 것과는 관련이 없는 것으로 연구할 만한 가치가

---

59   소식(蘇軾)의 「증양도인(贈梁道人)」 시는 『분주분류동파시(分注分類東坡詩)』 권4
     에 보인다.

있다.[60]

결론적으로『이견지』는 신괴고사 외에도 취할 만한 부분이 있다.

금(金)나라 원호문(元好問)이 찬한『속이견지(續夷堅志)』4권은 내용과 체재 모두가『이견지』와 비슷하다.

송나라 사람의 전기는 지난 일을 많이 서술했는데, 수(隋) 양제(煬帝)의 전설을 쓴 것이 많다. 예를 들면 당나라 안사고(顏師古)의 이름을 빌려 찬한『대업습유기(大業拾遺記)』[『수유록(隋遺錄)』또는『남부연화록(南部烟花錄)』이라고도 한다] 2권, 무명씨의『미루기(迷樓記)』1권,『해산기(海山記)』2권은 수 양제의 출생부터 시작해 강도(江都)에 가서 운하를 만들고 미루(迷樓)를 짓고 피살된 때까지의 일생을 묘사했다. 또『개하기(開河記)』1권은 마숙모(麻叔謀)가 수 양제의 명을 받들어 운하를 만든 일부터 나중에 요참(腰斬) 당하게 된 때까지의 자초지종을 묘사했는데, 이 역시 수 양제와 관계가 있다.

그밖에 악사(樂史)가 찬한『녹주전(綠珠傳)』1권은 진(晉)나라 석숭(石崇)의 시녀 녹주(綠珠)가 누각에서 떨어져 죽은 일을 묘사했고,『양태진외전(楊太眞外傳)』2권은 당 명황(明皇: 현종) 때 양귀비가 궁궐에 들어가서부터 마외(馬嵬)에서 목매어 죽기까지의 일을 묘사했으며, 진순(秦醇)이 찬한『조비연전(趙飛燕傳)』은 한(漢) 성제(成帝) 때 조후(趙后)의 일을 묘사했는데, 이 모두는 전대(前代)의 일화를 채록하고 부연해 책으로 만든 것으로 재앙의 조짐을 징계하고 권계(勸戒)를 드리우려는 뜻을 담고 있다. 예를 들어『녹주전』의 작자는 "지금 이 전을 짓는 것은 단지 아름다움을 서술하려는 것이 아니라, 화근을 막고 또 배은망덕한 무리를 징계하고자 함이다(今爲此傳, 非徒述美麗, 窒禍源, 且欲懲戒辜恩負義之輩也)"라고 언급했고,『양태진외전』의 끝부분에서도 "사신왈(史臣曰)"이라는 일단을 구실 삼아 의론을 펼

---

60 여기서 말하는『이견지』의 권수(卷數)는 상무인서관(商務印書館)의『총서집성(叢書集成)』본에 근거했다.

쳤다.

또한 진순의 『담의가전(譚意歌傳)』, 유사윤(柳師尹)의 『왕유옥기(王幼玉記)』, 무명씨의 『이사사전(李師師傳)』은 모두 그 당시의 창기에 대해 묘사했는데, 앞 두 작품은 사실상 당나라 전기 『앵앵전(鶯鶯傳)』·『이와전(李娃傳)』·『곽소옥전(霍小玉傳)』에서 줄거리를 취해 제목만 바꾼 것이고, 마지막 작품만 근래에 들은 것을 기술한 것이다.

무명씨의 『왕사전(王榭傳)』 같은 것은 당나라 유우석(劉禹錫)의 시 「오의항(烏衣巷)」에 근거해 부연하고 꾸며서 지었는데, 유우석의 본래 시는 다음과 같다. "주작교 옆 들풀은 꽃이 만개했고, 오의항 입구엔 석양이 비껴있네. 옛날 왕도(王導)와 사안(謝安) 저택 앞의 제비는, 늘 일반 백성의 집으로 날아드네.(朱雀橋邊野草花, 烏衣巷口夕陽斜. 舊時王·謝堂前燕, 飛入尋常百姓家.)" 왕도와 사안은 본래 동진(東晉) 때의 양대 귀족가문인데, 이 작품에서는 왕사(王榭)로 고쳐서 인명으로 하고 오의를 연자국(燕子國)의 국호로해, 왕사가 연자국으로 항해하는 일을 서술했다. 또 당나라 전기 『남가태수전(南柯太守傳)』에서 괴안국(槐安國)을 기술한 것과 구상이 비슷해, 전인의 기존 격식을 탈피하지 못했다. 이를 통해서 우리는 송나라 전기가 비록 문필은 그래도 볼 만하지만 특색이 전혀 없어서 당나라 소설을 답습하고 모방한 것에 불과함을 알 수 있다.[61]

송나라의 필기소설 중에서 어떤 책은 한 지방의 일화만을 기록한 것으로 비록 귀신과 요괴를 이야기하고 기이한 이야기를 서술했지만 일반 지괴소설처럼 번잡하지는 않은데, 예를 들면 『모정객화(茅亭客話)』가 그러하다. 어떤 책은 전기문(傳奇文)과 자질구레한 일을 함께 실었지만 당나라의 잡조집(雜俎集)과는 다른데, 예를 들면 『취옹담록(醉翁談錄)』이 그러하다. 어떤 책은 종류별로 나누어서 자질구레한 이야기를 번잡하게 수록했지만

---

61 위에서 언급한 여러 전기(傳奇) 작품은 모두 루쉰(魯迅)이 편찬한 『당송전기집(唐宋傳奇集)』에 보인다.

사조(辭藻)와 역사적 사실이 종종 그 속에 섞여 있는데, 예를 들면『청이록 (淸異錄)』이 그러하다. 이 세 책은 내용이나 형식에서 모두 스스로 유형을 이루어 각자 하나의 격식을 갖추고 있다.

『모정객화(茅亭客話)』는 황휴복(黃休復)이 찬한 것으로 10권이다. 통행본 으로는『진체비서』본과『학진토원』본 등이 있다. 청나라 광서(光緖) 연간 (1875~1908)의『임랑비실총서(琳瑯秘室叢書)』본에는 호정(胡珽)의「교감기(校 勘記)」1권과 동금감(董金鑒)의「속교감기(續校勘記)」1권이 첨부되어 있다.

『모정객화』에 기록된 것은 오대(五代) 전후부터 송 진종(眞宗) 때까지 촉 (蜀) 지방의 기이한 이야기로, 다른 지방의 고사는 하나도 없다. 내용은 귀 신과 요괴에 관한 것이 많은데, 특히 도가의 신령스러운 종적을 기록하고 연단복약술(煉丹服藥術)과 도인술(導引術) [62]을 말한 조목이 가장 많다.

권8의「이취구(李吹口)」조에서는 호박(琥珀)을 호랑이 눈에 있는 혼백 이 땅속에 빠져 만들어진 것이라고 말하고 있는데, 황당하고 웃기는 이야 기에 속한다. 그러나 촉 지방과 관련된 사회상황과 풍속의 연혁 및 문학· 예술 등은 참고자료로 삼을 만한 것이 적지 않다. 예를 들어 권6의「도촉 시(悼蜀詩)」조에서는 송 태종(太宗) 순화(淳化) 갑오년(甲午年: 994)에 익주 (益州)의 백성이 탐관오리의 박해를 참지 못하고 거사하자 관군이 진압했 는데, 그 지방에 대해 "군대가 지나간 곳은 모두 가시밭이 되었다(軍旅所過, 皆爲荊棘)"라고 서술하고 있다. 작자는 시 중에서 익주의 관리가 "사람의 살갗을 갉아 먹고, 위세를 부리며 포학한 짓을 자행한다(蠶食生靈肌, 作威恣 暴虐)"라고 질책했으며, "병사의 거만함은 그치지 않고, 살인을 장난처럼 한다(兵驕不可戢, 殺人如戲謔)"라고 꼬집었다.

권7의「애망우사(哀亡友辭)」조에서는 송 진종(眞宗) 함평(咸平) 경자년 (1000)에 신위군(神衛軍)의 병사들이 반역해 익주를 점거한 과정을 서술하

---

62 도가의 신선양생술 가운데 하나로 일종의 체조법이다─역주.

면서, 재난을 당한 친구를 애도했다. 앞 조와 함께 사실을 기록했으며, 송나라 초기 촉 지방 정국의 혼란과 백성들의 도탄을 반영했다.

또한 권3의 「도사자(淘沙子)」 조에서는 다음과 같이 말했다.

위촉 대동시에 요양원이 있었는데, 거지나 가난하고 병든 사람들이 모두 거기에서 기거했다. 그중에 삼태기와 삽을 들고 하루 종일 돌아다니면서 거리의 도랑 속의 진흙과 모래를 치우는 사람이 있었는데, 때때로 깨진 구리와 철과 기타 물건들을 주워 입에 풀칠했기에 사람들이 그를 '도사자[도랑 치는 사람]'라고 불렀다. ……

偽蜀大東市有養病院, 凡乞丐貧病者皆得居之. 中有携畚鍤日循街坊溝渠內淘泥沙, 時獲碎銅鐵及諸物, 以給口食, 人呼爲'淘沙子'焉. ……

이것도 사회상황에 관련된 서술이다. 도사자(淘沙子)의 '사(沙)'가 원래의 주에는 거성(去聲)으로 되어 있으므로 동사로 쓰였으며 당시의 속어임을 알 수 있다.

이밖에 권3의 「미강산인(味江山人)」 조에서는 청성현(靑城縣)의 은사(隱士)인 당구(唐求)의 시구를, 「난정객서(蘭亭客序)」 조에서는 진나라 왕희지(王羲之)의 「난정서(蘭亭序)」를, 권8의 「등처사(滕處士)」 조에서는 유명한 화가 등창우(滕昌祐)의 일을, 권10의 「소동처사(小童處士)」 조에서는 촉 지방의 그림 잘 그리는 사람과 사원의 벽화 등을 기록하고 있는데, 모두 그 지방의 귀한 문헌이다. 그러므로 우리는 『모정객화』가 비록 지괴소설류의 작품에 속하지만 어느 정도의 역사자료적 가치가 있음을 알 수 있다.

『취옹담록(醉翁談錄)』은 나엽(羅燁)이 찬한 것으로 10집(集)으로 나누어져 있는데, 각 집이 2권이어서 총 20권이다.

이 책은 전기소설과 단편적인 자질구레한 이야기를 번다하게 수록한 필기다. 그 전기소설은 대부분 옛이야기를 다시 기술하거나 전인의 작품을 발췌한 것이다. 예를 들어 유의(柳毅)가 편지를 전하는 것이나 배항(裴航)이 운영(雲英)을 만나는 것 등은 모두 당 전기에서 채록했다. 단편적인 자질구레한 이야기는 전부가 해학과 조롱의 유희적인 문장으로 그다지 큰 가치는 없다.

그러나 그중의 자료에는 간혹 취할 만한 것이 있다. 예를 들어 「갑집(甲集)」 권1의 「소설개벽(小說開闢)」이란 장절에서는 송나라의 화본소설을 여덟 종류로 나누었는데, 이는 『동경몽화록(東京夢華錄)』이나 『도성기승(都城紀勝)』 등의 기술보다 훨씬 분명하며, 당시의 소설 명목을 100여 종이나 열거한 것도 아주 귀중하다.

또 주의할 만한 가치가 있는 것은 이 책에 들어 있는 전기소설의 문장인데, 『대업습유기(大業拾遺記)』나 『녹주전(綠珠傳)』처럼 옛것을 모방한 작품에 비해 이미 평이하고 통속적인 경향을 띠었다. 예를 들어 「갑집」 권2의 「장씨야분여성가(張氏夜奔呂星哥)」 절의 시작 부분의 "회계의 장씨 군졸에게 1남 1녀가 있었는데, 아들의 이름은 아린이고 딸의 이름은 경낭이었다(會稽張倅, 有一男一女, 男名啊麟, 女名瓊娘)"와 아래 문장의 "우리는 지금 친숙해져서 애정이 매우 돈독하다(我門[同'們']現是熟親, 情愛無間)" 및 "두 사람은 천생연분인 한 쌍(兩個天生一對兒)" 등은 사실상 모두 백화로, 송나라의 전기 중에 어떤 것은 평화(平話)의 영향을 받았음을 충분히 알 수 있다.

『청이록(淸異錄)』은 도곡(陶谷)이 찬했다. 통행본으로는 『설부(說郛)』 6권본, 『보안당비급(寶顏堂秘笈)』과 『당송총서(唐宋叢書)』 등의 4권본, 『사고전서(四庫全書)』와 『석음헌총서(惜陰軒叢書)』의 2권본이 있다.

이 책은 당나라와 오대의 자질구레한 이야기를 잡다하게 수록해, 「천문」·「지리」·「화(花)」·「과(果)」·「충(蟲)」·「어(魚)」·「상장(喪葬)」·「귀」·「신」 등 37부문으로 나누고 각 조마다 소제목을 붙였으며, 그 아래에 사실의 연원을 열거해 서술했다. 대체적으로 당나라의 『운선잡기(雲仙雜記)』나 『개원천보유사(開元天寶遺事)』 등의 내용과 유사하며, 특히 사물의 다른 명칭을 말한 조목이 가장 많다. 그중 「약(藥)」 부문에서는 후당(後唐) 천성(天成) 연간(926~929)의 후영극(侯寧極)이 재미로 『약보(藥譜)』를 만들어서 바꿔 만든 약의 별칭이 190종에 이른다고 기록했다. 예를 들어 '후박(厚朴)'을 '담백(淡伯)', '창포(菖蒲)'를 '녹검진인(綠劍眞人)', '관동화(款冬花)'를 '사폐후(赦肺侯)', '향부자(香附子)'를 '포령거사(抱靈居士)'라고 한 것 등으로, 사실 일종의 문자유희다. 기타의 기술은 대부분 역사자료와는 무관하다. 그러나 후인들이 시문을 지으면서 이 책 중의 문장이나 전고 등을 인용한 것이 적지 않다. 예를 들어 「문용(文用)」 부문의 「정명필(定名筆)」 조에서는 다음과 같이 기록했다.

> 당나라 때 과거시험 응시생이 과장에 들어가려 할 때, 돈 벌기 좋아하는 자들이 건호원봉필을 다투어 팔아 그 값이 10배나 뛰었는데, 이를 '정명필'이라고 불렀다. 붓 만드는 사람은 한 자루를 팔 때마다 [사 간 사람의] 이름을 기록해 두고 누가 급제하는지를 기다렸다가 그 집으로 찾아가서 돈[阿堵: 돈의 별칭]을 요구했는데, 이를 세간에서는 '사필'이라고 불렀다.
>
> 唐世舉子將入場, 嗜利者爭賣健毫圓鋒筆, 其價十倍, 號'定名筆'. 筆工每賣一枚, 則錄姓名, 候某榮捷, 則詣門求阿堵, 俗呼'謝筆'.

이 기록은 비록 사소한 이야기지만, 당나라의 과거제도와 관련된 실상으로 다른 책에서는 언급하지 않았으니 참고할 만하다.

앞에서 언급한 모든 책은 대략 세 종류로 나눌 수 있다. 첫 번째는 지괴소설로, 『계신록』·『강회이인록』부터 『이견지』와 『모정객화』 등까지가 모두 여기에 속한다. 그중에서 『강회이인록』은 이인(異人)만을 기록했고 『모정객화』는 촉 지방의 일만을 기록해 내용이 비교적 단순하기 때문에 일반적인 지괴소설과는 다르다. 두 번째는 전기소설로, 단편의 『대업습유기』·『녹주전』 등부터 『취옹담록』 중의 전기문까지가 모두 여기에 속한다. 그러나 『취옹담록』은 자질구레한 이야기도 함께 수록하고 있어서 오로지 전기집만은 아니며, 그 전기의 문장풍격도 『녹주전』 같은 부류와는 다르다. 세 번째는 『청이록』을 대표로 하는, 각종 자질구레한 이야기를 모아 놓은 잡조집(雜俎集)이다. 그중에는 우연히 역사적인 사실과 연관된 자료도 있지만, 전체적으로 보면 그것은 소설이지 역사쇄문류의 필기는 아니다.

역사쇄문류 필기

- 『속수기문』·『귀전록』 및 기타

송나라 초기의 사람들은 필기를 지으면서 당·오대의 고사를 많이 기술했는데, 예를 들어 정문보(鄭文寶)의 『남당근사(南唐近事)』나 장계(張洎)의 『가씨담록(賈氏談錄)』과 같은 부류가 모두 이러하다. 약간 늦게 나온 전이(錢易)의 『남부신서(南部新書)』 역시 당·오대의 일을 기록했다. 인종(仁宗) 이후 작자들이 점차 늘어나면서 그 당시의 사료와 조정의 일들을 집록하는 데 편중하기 시작했다. 남도(南渡)한 사대부는 종종 북송의 옛이야기나 명신(名臣)들의 언행을 회상해 적었고, 변경(汴京)의 정국(政局)과 민간풍속을 기술했다. 이러한 필기 중 어떤 것은 몇몇 조대의 잡다한 일들을 같이 기록했는데, 『사조문견록(四朝聞見錄)』이 그러하다. 어떤 것은 한 종류의 제재를 많이 기록했는데, 『동경몽화록(東京夢華錄)』이 그러하다. 어떤 것은 부류를 나누어 내용을 수록했는데, 『주사(麈史)』가 그러하다. 어떤 것은 신괴를 많이 이야기해 소설에 가까운데, 『춘저기문(春渚紀聞)』이 그러하다. 어떤 것은 사건기술과 인물논평이 개인의 원한관계를 벗어나지 못했는데, 『동헌필록(東軒筆錄)』이 그러하다. 이러한 작품들은 내용상의 취사선택과 편집체제가 때때로 다르며, 기술의 진실성에서도 역시 차이가 있다.

대체적으로 볼 때, 북송 사람의 필기 중에서 어떤 것은 국가의 큰일을 기록하는 데 중점을 두어 상세하고 명확하기가 실록에 가까운데, 『속수기문(涑水紀聞)』이 그러하다. 어떤 것은 당시의 일들을 기록할 때 우스갯소리나 자질구레한 이야기를 섞어 넣었는데, 『귀전록(歸田錄)』이 그러하다. 어떤 것은 스승과 벗의 언행이나 의론을 전문적으로 기록했는데, 『사우담기(師友談記)』가 그러하다. 어떤 것은 서술의 범위를 훨씬 넓힌 것이 있는데, 『승수연담록(澠水燕談錄)』이 그러하다. 이러한 필기들은 내용에 비록 잘못된 부분이 있기는 하지만 대체로 믿을 만하다.

『속수기문(涑水紀聞)』은 사마광(司馬光)이 찬했다. 통행본은 16권으로, 『취진판총서(聚珍版叢書)』본이 비교적 좋은데 『총서집성(叢書集成)』본은 이를 근거로 조판 인쇄한 것이다.

이 책은 송 태조(太祖)에서 신종(神宗) 때까지의 고사를 잡록한 것으로 국가의 큰일에 관한 기록이 많다. 각 조는 대부분 주를 달아 누가 말한 것인지를 밝혔기 때문에 '기문(紀聞)'이라 했고, 다른 사람의 책에서 채록한 것도 역시 뒤에 출처를 표시했다. 예를 들어 권1에서는 여러 조를 총괄적으로 적어 말하길, "이상의 내용은 모두 석개의 『삼조성정록』에서 나온 것이다(右皆出石介『三朝聖政錄』)"라고 했다. 그중의 고사는 대부분 본말을 상세하게 서술해 사체(史體)에 가깝다. 예를 들어 권1에서는 태조가 조보(趙普)의 계략을 이용해 석수신(石守信)과 왕심기(王審琦) 등의 병권(兵權)을 뺏은 일을 기록했고, 태조가 죽은 후에 송태후(宋太后)가 내시도지(內侍都知) 왕계륭(王繼隆)에게 진왕(秦王) 조덕방(趙德芳)을 불러오라고 했지만 왕계륭은 결국 태종(太宗)을 궁으로 불러들여 제위를 잇게 한 일을 기록했다. 또 권2에서는 태조의 장자인 위왕(魏王) 조덕소(趙德昭)가 태종을 따라 유주(幽州)를 정벌하러 갔을 때 태종의 질책을 받자 심히 두려워해 자살했다는 등의 일을 기술했는데, 모두 송나라 초기 궁궐의 일화와 관련된 것들이다. 다른 기록은 '정사(正史)'와 다른 전해 들은 소문이지만 역시 참고자료로 삼기에 충분하다. 전하는 바에 따르면, 사마광은 본래 실록(實錄)·국사(國史)·이문(異聞) 등을 잡록해『자치통감후기(資治通鑑後紀)』를 저술하려 했는데, 이『속수기문』은 바로 그가 모은 자료들이다.

『귀전록(歸田錄)』은 구양수(歐陽修)가 찬한 것으로 2권이다. 통행본으로는『패해(稗海)』·『사고전서』·『학진토원』·『사부총간(四部叢刊)』·『사부비요(四部備要)』 등의 판본이 있으며,『구양문충공전집(歐陽文忠公全集)』에도 보인다.

이 책은 대개 구양수가 평소 손 가는 대로 기술한 것을 관직에서 물러난 후에 순서대로 배열해 만든 책이기 때문에 '귀전(歸田)'이라는 이름을 붙인 것이다. 조정의 일들과 사대부의 일화를 기술한 것은『속수기문』과 비슷하지만, 해학과 우스갯소리가 섞여 있다. 전하는 바에 따르면, 이 책이 처음 완성되었을 때 신종이 보여 달라고 하자, 구양수는 일부를 삭제하고 이러한 우스갯소리를 보충해 넣어 편폭을 늘렸다고 한다. 예를 들어 권1에서 오대의 풍도(馮道)가 화응(和凝)이 신발값을 묻는 것에 대답하면서 한바탕 웃음을 자아낸 일화를 기록한 것이나, 진요자(陳堯咨)의 활솜씨와 기름 파는 노인의 기름 따르는 솜씨는 모두 손에 익숙해진 탓이라는 일화를 기록한 것 등등이 바로 이러한 해학과 잡다한 이야기에 속한다.

『귀전록』의 고사 중에서 어떤 것은『속수기문』의 내용과 비슷하다. 예를 들어 권1에서 이한초(李漢超)가 민간의 여자를 약탈해 첩으로 삼았다고 기록한 것은『속수기문』권1의 장미(張美)의 사건과 줄거리가 같다. 또 조빈(曹彬)은 강남(江南)을 정복하고 돌아와서도 자신의 공을 뽐내지 않고 합문사(閤門使)[63]를 찾아가 방자(牓子)[64]를 제출하면서, "칙명을 받들어 강남

---

63 승여(乘輿)·조회(朝會)·연례(宴禮) 등을 관장하고, 친왕(親王)·재상·백관·번왕(藩王)이 황제를 알현할 때 실례하는 것을 규탄하는 관리—역주.

64 황제를 알현하기 위해 사유를 밝히고 이름을 적어내는 서찰—역주.

에서 공무를 처리하고 돌아왔습니다(奉敕江南勾當公事回)"라고 했는데, 이 고사 역시『속수기문』권3에 보인다. 두 책 모두 가까운 시기의 일들을 기록했는데도 서로 다른 것은, 전해지는 이야기란 본래 차이가 있기 때문이다. 그러나『귀전록』에서 기술한 것 중에는 작자가 직접 경험하고 보고 들은 믿을 만한 자료가 여전히 많다. 예를 들어 권1에서 인종(仁宗) 때 여러 차례 연호를 바꾼 이유를 기록한 것이나, 권2에서 큰 연회를 열 때 추밀사(樞密使)가 대전(大殿) 위에 시립해 있었다고 기록한 것 등은 송나라의 전장제도와 관련된 것으로, 모두 사서의 빠진 부분을 보충하기에 충분하다.

『사우담기(師友談記)』는 이치(李廌)가 찬한 것으로 1권이다. 통행본으로는『백천학해(百川學海)』본과『학진토원』본이 있는데, 그중에서『백천학해』본이 비교적 좋다.

이치는 소식(蘇軾)·범조우(范祖禹)·황정견(黃庭堅)·진관(秦觀)·장뇌(張耒) 등과 교유하면서 그들과 이야기한 바를 기록해 책으로 만들었기 때문에 『사우담기』라고 이름 붙였다. 이는 대략 원우(元祐) 연간(1086~1094)에 만들어졌다. 그 자료들은 대부분 확실해 근거로 삼을 만하다. 예를 들어 소식이 제과(制科)[65]에 급제한 후에 영종(英宗)이 그를 지제고(知制誥)에 임명하려 했는데, 재상 한기(韓琦)가 갑자기 중요한 직책에 등용하는 것은 조정에 누를 끼치게 된다고 해서 그를 다시 직사관(直史館)에 제수한 일을 기록했다. 또 원우 7년(1092)에 철종(哲宗)이 남쪽 교외에서 제사를 지낼 때 소식이 노부사(鹵簿使)[66]로 있었는데, 황후와 대장공주(大長公主) 등이 독거(犢車)를 타고 길을 다투다가 의장대를 피하지 못하자 소식이 그것을 상소해 탄핵한 일을 기록했다. 이 두 가지 일은『송사(宋史)』「소식전(蘇軾傳)」에 모두 채록되어 있다. 첫 번째 사건은 이치가 소식이 직접 말한 것을 들

---

65 과거제도 가운데 하나로 천자가 주재하는 시험—역주.
66 황제의 행차 때 수행 의장대의 순서를 관장하는 관리—역주.

은 것이다.

이밖에 범조우가 『예기(禮記)』「왕제(王制)」에서 천자가 나라 안을 순수하며 망사(望祀)[67]를 지낸 예(禮)를 말하면서 봉선(封禪)은 진한(秦漢) 시대 이래에 억지로 끌어 붙인 것으로 고대에 각 지방을 순수하며 민정을 살피던 뜻이 아니라고 한 것, 또 장뇌가 『시경(詩經)』「국풍(國風)·정풍(鄭風)·진유(溱洧)」]의 "젊은 남녀, 웃으면서 서로 희롱하고, 작약을 증표로 주네(維士與女, 伊其相謔, 贈之以芍藥)"에서 작약을 선사하는 것에 대해 말하면서 그것은 바로 꽃향기로 호감을 나타내는 뜻이라고 한 것, 과거에 응시하면서 짓는 부(賦)는 훌륭한 문장을 쓸 필요가 없고 단지 교묘하고 화려한 수식으로 짝을 이루기만 하면 된다고 진관이 논한 것 등의 기록은 모두 독특한 견해를 가진 것이다. 북송 명사들의 언담과 풍채 및 이 책 작자의 견해를 모두 이 책을 통해서 읽어볼 수 있다. 단지 몇 조만이 신괴를 언급했는데 이는 작은 흠에 불과하다.

『승수연담록(澠水燕談錄)』은 왕벽지(王闢之)이 찬한 것으로 10권이다. 통행본인 『패해』본에는 빠진 부분이 있고 목차도 없으며, 『지부족재총서(知不足齋叢書)』본이 비교적 완전하다.

이 책에 기록된 것은 모두 철종(哲宗) 소성(紹聖) 연간(1094~1098) 이전의 잡다한 일들로, 「제덕(帝德)」·「당론(讜論)」·「명신(名臣)」·「지인(知人)」및「잡록(雜錄)」·「담학(談謔)」등에 따라 17부문으로 나뉘며, 내용 범위는 앞에서 기술한 세 책들보다 넓다. 권 머리에는 소성 2년(1095)에 쓴 작자의 「자서」가 있는데, 장차 승수의 옛 오두막으로 돌아가 농부나 나무하는 노인과 한가롭게 이야기를 나누려 한다고 말했다. 책 제목 역시 여기에서 뜻을 따온 것이다.

『승수연담록』은 북송의 일화와 역사적 사실을 서술했는데, 취할 만한

---

67 섶을 태워 산천에 지내는 제사—역주.

것이 상당히 많다. 부필(富弼)·한기(韓琦)·사마광·범중엄(范仲淹)·구양수·전석(田錫) 등 문신(文臣)과 조빈(曹彬)·왕덕용(王德用) 등 무장(武將)의 사적에 대해 여러 차례 언급했다. 예를 들어 권2에서는 구양수가 요(遼)나라에 사신으로 갔을 때 요나라 군주는 매번 고관이나 학식 있는 자를 택해서 연회를 관장하게 해 존경을 표시했다고 했고, 왕덕용은 거란(契丹)이 두려워하는 존재가 되어 거란 사람들이 늘 그의 이름을 불러서 아이들을 놀라게 했다는 등등을 말했다. 비록 그들을 칭송하는 데에 뜻을 두었지만 진실에 어긋나지는 않았다. 또 태조가 여러 나라를 평정하고 그 부장품을 거두어 보관한 별부(別府)를 봉장고(封樁庫)⁶⁸라 불렀다고 기록했는데, 이는『송사』「식화지(食貨志)」권하(卷下)의 기록과 서로 참조 비교할 수 있다.

그밖에 관제(官制)와 공거(貢擧)에 대해 기록하고 노래와 서화에 대해 언급한 자료는 모두 참고할 만한 가치가 있다. 예를 들어 권8에서는 유영(柳永)이 내관(內官)을 통해서「취봉래(醉蓬萊)」라는 사(詞)를 바쳤는데, 인종은 사의 처음에 '점(漸)' 자가 있어서 좋아하지 않았고 또 "태액지의 물결이 일렁이네(太液波翻)"라는 구(句)를 싫어해 결국 그를 배척하고 등용하지 않은 일을 기록했다. 후대에 유영의 고사를 이야기할 때 이를 많이 거론한다.

이 네 책 이외에 북송 사람의 필기 중에서 왕군옥(王君玉)의『국로담원(國老談苑)』은 태조·태종·진종(眞宗) 세 조대의 잡사를 기록했고, 범진(范鎭)의『동재기사(東齋記事)』는 촉 지방의 일을 많이 기록했으며, 장뇌(張耒)의『명도잡지(明道雜志)』는 황주(黃州)의 일과 시문(詩文)을 논한 말을 많이 서술했다. 범공칭(范公偁)의『과정록(過庭錄)』은 북송 사대부들의 일화와 선인(先人)들의 일을 기록했는데,『소식집』에 들어 있지 않은 문장이 수록되어 있다. 공평중(孔平仲)의『공씨담원(孔氏談苑)』은 송나라의 고사 및 전대

---

68 태조 건덕(乾德) 6년(968)에 강무전(講武殿)에 따로 설치한 내고(內庫)로, 오대(五代)의 여러 나라를 멸한 후에 얻은 부장품을 여기에 보관했다—역주.

의 역사적 사실과 자질구레한 이야기를 잡다하게 서술했고, 왕위(王暐)의
『도산청화(道山清話)』는 소식·황정견·장뇌·진관의 언론(言論)을 많이 기록
했으며, 팽승(彭乘)의 『묵객휘서(墨客揮犀)』는 송나라의 일화 및 시화와 문
평(文評)을 집록했다. 이것들은 모두 비교적 유명한 작품이다. 이러한 책
에는 비록 전해 들은 말이어서 사실과 어긋나는 부분이 있긴 하지만 믿을
만한 것도 적지 않다. 기타 석문영(釋文瑩)의 『상산야록(湘山野錄)』과 『옥호
청화(玉壺清話)』[『옥호야사(玉壺野史)』라고도 한다]도 오대와 송나라 초기
의 고사를 고증하는 데 참고할 수 있는 자료다. 『옥호청화』 안에는 송나라
사람의 시문(詩文)이 일부분 보존되어 있다.

그밖에 주변(朱弁)의 『곡유구문(曲洧舊聞)』과 소백온(邵伯溫)의 『문견전록
(聞見前錄)』과 같은 것은 모두 남송 초에 저술한 책으로 북송의 고사를 회
상해 서술했는데 대부분 믿을 만하다. 소백온의 아들 소박(邵博)이 쓴 『문
견후록(聞見後錄)』도 북송의 일화를 집록했지만, 경의(經義)와 시화를 덧붙
이고 옛일을 논한 것이 특히 많아 내용이 번잡함을 면치 못한다.

남송 사람의 필기에서는 남도(南渡) 이후 조정의 득실과 사대부들의 언
행을 기록한 것이 가장 취할 만하다. 왜냐하면 당시 사람이 당시의 일을
서술했으므로 자신이 직접 보고 들은 바에 대해 집록하기가 비교적 편리
하고 와전될 가능성도 비교적 적기 때문이다. 한 가지 사건 전말의 세세
한 부분에 대해서도 종종 매우 상세하게 기술했는데, 이는 사전(史傳)에
실려 있지 않은 것이다. 사건에 입각해 사람을 논한 것 역시 때때로 정곡
을 찌르기도 한다. 『휘주록(揮麈錄)』·『사조문견록(四朝聞見錄)』·『정사(桯史)』
·『노학암필기(老學庵筆記)』·『제동야어(齊東野語)』·『계신잡지(癸辛雜識)』 등
은 모두 이러한 방면에서 일정한 가치가 있다.

『휘주록(揮麈錄)』은 왕명청(王明清)이 찬한 것으로, 「전록(前錄)」 4권, 「후
록(後錄)」 11권, 「삼록(三錄)」 3권, 「여화(餘話)」 2권이며, 30여 년에 걸쳐 완
성되었다. 옛날에는 『백천학해』본이 비교적 좋았는데, 단지 작자의 이름

을 양만리(楊萬里)로 잘못 표기했다. 현재는 조판 표점본이 있는데, 다시 교감을 거쳤기 때문에 구본(舊本)보다 완전하다.

이 책은 진실하고도 구체적으로 북송 말과 남송 초의 많은 역사적 사건을 기록했기 때문에 그 당시에 중시되어 사람들에 의해 채용되었다. 그중에 송 휘종(徽宗)이 도사에게 현혹되어 토목사업을 크게 일으켜 '간악(艮嶽)'을 지은 일(「후록」 권2), 채경(蔡京)이 전당(錢塘)에 매우 화려한 저택을 지었는데 선화(宣和) 연간(1119~1125) 말에 금나라 군대가 침입하자 그가 변량(汴梁)에서 진귀한 보물을 모두 전당의 저택에 옮겨다 놓은 일(「여화」 권2), 그리고 고구(高俅)가 축국(蹴鞠)을 잘해서 휘종에게 총애받아 벼슬이 사상(使相)[69]에 이른 일(「후록」 권7)을 기록한 것들은 모두 조정의 부패를 설명하기에 충분하다. 그밖에 명주(明州)의 유홍도(劉洪道)의 군대가 금나라에 항전하러 가지 않고 오히려 전란을 틈타 명주 주민들을 약탈한 일(「후록」 권9)을 기록한 것도 남송의 고급 장교들이 적군을 놓아주고 백성을 해친 죄악을 반영하고 있다.

이 책에서는 큰 권력을 지닌 간신인 진회(秦檜)의 간사함과 추악함에 대해 많은 자료를 기록해 폭로했으며, 적에게 결연히 항거한 영웅과 열사에 대해서는 극진히 찬양했다. 예를 들어서 작자의 부친 왕질(王銍)이 쓴 「조입전(趙立傳)」을 수록해, 초주(楚州)의 진무사(鎭撫使) 조입이 금나라에 대항해 고군분투하다가 장렬하게 희생되었지만 죽음에 이르러서도 "나라를 위해 적을 쳐부술 수 없음(不能與國滅賊)"을 한스러워 한 일을 기록한 것(「후록」 권9)과, 태원(太原)의 총관(總管) 왕품(王稟)이 위험에 처한 성을 굳게 지키면서 결코 투항하지 않다가 끝내 불에 뛰어들어 죽은 일을 기록한 것(「삼록」 권2)은 애국자의 충성심과 용맹을 표현했을 뿐만이 아니라 작자의

<hr>

[69] 당송 시대에는 유수(留守)・절도사(節度使) 등에게 시중(侍中)・중서령(中書令)・동평장사(同平章事) 등의 관직을 더해주었는데 이를 '사상(使相)'이라 했다. 그러나 실질적으로 정사에 관여할 수는 없었다―역주.

정의감까지 나타내고 있다. 이밖에 호전(胡銓)이 진회와 왕윤(王倫)을 참수해야 한다고 비분강개하며 주청한 「상고종봉사(上高宗封事)」는 주희(朱熹)가 "남송의 주의문 가운데 으뜸(中興奏議第一)"이라고 칭송한 훌륭한 문장인데, 이 책에 그 전문이 수록되어 있어서(「후록」 권10) 그 경향성을 엿볼 수 있다.

『사조문견록(四朝聞見錄)』은 섭소옹(葉紹翁)이 찬한 것으로 5권이다. 통행본은 『지부족재총서』본인데, 여기에는 「부록」 1권이 있지만 본서의 내용과는 무관하다.

이 책은 「갑」·「을」·「병」·「정」·「무」의 5집(集)으로 나누어 남송의 고종(高宗)·효종(孝宗)·광종(光宗)·영종(寧宗) 네 조대의 일화를 기록하고 각 조마다 표제가 있으며 사료(史料)와 많이 관련되어 있는데, 한탁주(韓侂胄)의 일에 대한 서술이 특히 상세하다. 영종이 즉위했을 때 한탁주가 조서(詔書)를 전해 공훈을 책정함으로써 총애를 얻는 것부터 그가 경원(慶元) 연간(1195~1200)에 당금(黨禁)을 일으킨 것과 그것이 실패해 주살당한 것 등의 서술은 모두 상당히 구체적이다. 「병집」의 「호부(虎符)」 조에서는 한탁주를 주살하는 과정을 처음부터 끝까지 기록하고 있는데, 하진(夏震)이 부하를 보내 육부교(六部橋)에서 한탁주의 수레를 막고 철퇴로 한탁주를 죽이도록 했으나 당시의 계략이 매우 엉성해서 하마터면 일을 그르칠 뻔했다고 했다. 다른 책의 서술은 모두 이렇게 상세하지 않다. 『송사』 「한탁주전」에서 이 책의 내용을 채록한 것이 매우 많다. 예를 들면 한탁주가 산을 개간해 정원을 만들어 종묘(宗廟)를 내려다본 것과 그가 총애한 네 부인의 일을 말한 것은 바로 이 책의 「무집」에서 나온 것이다.

이밖에 『사조문견록』에서 남송의 조정과 전장제도에 관해 기록한 것도 취할 만한 것이 매우 많으므로, 이 책은 남송의 일을 고찰할 때 빼놓을 수 없다.

『정사(桯史)』는 악가(岳珂)가 찬한 것으로 모두 15권이다. 통행본으로는

『패해』·『진체비서』·『학진토원』본 등이 있다. 그중에서『학진토원』본이 비교적 좋은데「부록」1권이 첨부되어 있다.

이 책에서 기술하고 있는 북송과 남송의 고사는 사전(史傳)의 상세하지 못한 부분을 많이 보충해 줄 수 있다.「유관당독사시(劉觀堂讀敎詩)」·「개희북정(開禧北征)」·「이장실율(二將失律)」등처럼 송나라와 금나라의 화친과 전쟁 및 교섭을 기록한 조항들은 모두 실록에 속한다. 권4의「건도수서례(乾道受書禮)」조에서 효종(孝宗) 때 금나라와 사신을 통해서 조서를 받는 굴욕을 기록한 것은 매우 상세하다. 또 광대가 진회를 풍자한 일과 진회가 죽었다는 소식이 전해지자 이 말을 들은 사람들이 우레와 같은 환성을 지른 일을 기록해, 매국노에 대한 당시 사람들의 증오심을 보여주고 있다.

이 책에 기록된 시사(詩詞), 예를 들어 금나라의 군주 완안량(完顔亮)의 절구·율시와「작교선(鵲橋仙)」·「희천앵(喜遷鶯)」등의 사는 그 사람의 야심만만함을 충분히 보여주고 있는데, 그중에서 "서호 가에서 백만 대군을 이끌고, 오산 제일봉에서 말을 세우네(提兵百萬西湖上, 立馬吳山第一峰)"라는 구절은 특히 남침의 뜻이 담긴 표현이다. 이밖에 유개지(劉改之)의 시사 및 작자가 신가헌[辛稼軒: 신기질(辛棄疾)]과 사를 논한 말을 기록한 것은 모두 문사(文史)에 관련된 것으로 참고할 만하다. 또한 권1의「남해탈모(南陔脫帽)」조에서 신종(神宗) 때 왕소(王韶)의 어린아들 왕채(王寀)의 영민함을 기술한 것 역시 유명한 고사다. 명나라 능몽초(凌濛初)의『이각박안경기(二刻拍案驚奇)』중의「십삼랑오세조천(十三郞五歲朝天)」회목은 바로 이 고사에 근거해 쓴 것이다.

악가는 악비(岳飛)의 손자로, 저서로는『금타췌편(金陀萃編)』과『괴담록(愧郯錄)』등이 있다.

『노학암필기(老學庵筆記)』는 육유(陸游)가 찬한 것으로 10권이다. 통행본으로는『패해』·『진체비서』·『학진토원』본 등이 비교적 좋다.

이 책에 기록된 남송의 잡사는 다음과 같은 것들이 있다. 고종(高宗)이

임안(臨安)에 있을 때 당시 사람들은 매우 어려운 시기였으나 고종이 출행할 때마다 모래를 길에 뿌려 황도(黃道)를 만든 일(권7), 나라를 팔고 적에게 투항한 장방창(張邦昌)이 죽은 후에 그 유족이 오히려 매월 10만 전(錢)을 하사받은 일(권8), 진회의 손녀가 사자고양이를 잃어버리자 임안부(臨安府)에서 기한을 정해 놓고 찾게 해 백성을 불안하게 한 일(권3), 진회의 친척 왕(王) 아무개가 오현(吳縣)의 현령이 되어 멋대로 태수를 능멸한 일(권5), 진회의 문 앞을 지나가는 행인이 조금이라도 주위를 둘러보면 즉시 호위병에게 욕을 먹은 일(권8) 등이다. 남송 제왕의 사치와 어리석음, 그리고 진회의 권세가 하늘을 찔렀던 것을 여기에서 볼 수 있다.

그밖에 진사(進士) 시험에서 사용한 호명법(糊名法)[70]이 진종(眞宗) 때부터 시작되었고(권5), 거인(擧人)의 대책문(對策文)에서 먼저 제목을 쓰던 제도가 경력(慶曆) 연간(1041~1048) 초에 폐지되었으며(권6), 조회를 볼 때 배무(拜舞)를 참관하고 읍(揖)하는 절차를 늘린 것은 정화(政和) 연간(1111~1118) 이후에 시작되었다(권2)는 등등의 서술은 모두 송나라의 역사적 사실과 연관되는 자료다.

이 책에서 시를 논한 것 또한 뛰어난 견해가 많다. 당시의 속어를 고증하면서, "그저 좋은 일을 행하는 것만 알고, 앞날의 일은 물으려 하지 말라(但知行好事, 莫要問前程)"라고 한 구절은 모두 당·오대의 시구이고(권4), 전등(田登)이 군수가 되어 스스로 그 이름을 피휘(避諱)하니 사람들은 감히 '등(燈)' 자를 말하지 못해 정월 대보름에 등을 켤 때도 저잣거리에 방을 붙여 "본주는 관례에 따라 사흘 동안 방화한다(本州依例放火三日)"라고 했는데(권5), 이 모두는 당시의 어휘를 연구하는 데 참고할 만한 자료다. "주의 관리에게만 방화가 허용되고, 백성들에게는 등을 켜는 것을 불허한다(只許州官放火, 不許百姓點燈)"는 속어는 전등(田登)의 고사 때문에 만들어졌다.

---

70 응시자의 이름을 가린 채 답안지를 채점하는 제도—역주.

『제동야어(齊東野語)』는 20권이고, 『계신잡지(癸辛雜識)』는 「전집」·「후집」 각 1권, 「속집」·「별집」 각 2권인데, 모두 주밀(周密)이 찬했다. 통행본으로는 『패해』본이 있는데, 잘못해 두 책의 내용이 한데 섞여 있고 누락된 부분도 많다. 모진(毛晉)이 『진체비서』에 수록하면서 비로소 옛 면모를 복원했으며, 교정을 거친 『학진토원』본이 대체로 완전하다.

『제동야어』는 『맹자(孟子)』의 "이것은 군자의 말이 아니라 제나라 동쪽 촌사람의 말이다(此非君子之言, 齊東野人之語也)"라는 구절에서 서명을 따왔다. 주밀의 선조는 제남(濟南)에서 살다가 나중에 오흥(吳興)으로 이주했는데, 그 책을 『제동야어』라고 한 것은 그 내용을 믿을 만한 것이 아니라고 겸손하게 말하면서 동시에 근본을 잊지 않으려는 뜻을 나타내고 있다.

이 책에 기록된 것은 남송 조정의 대사(大事)가 많다. 예를 들어 「소희내선(紹熙內禪)」 조는 영종(寧宗)이 왕위를 잇는 등의 일을 서술하고 있는데, 이는 『사조문견록』의 「헌성옹립(憲聖擁立)」 조와 「광황명가북내(光皇命駕北內)」 조 등의 내용과 대체로 같고 앞뒤가 서로 연결된다. 「주한시말(誅韓始末)」은 『사조문견록』의 「호부(虎符)」 조와 역시 비슷하나, 하진이 직접 가서 한탁주를 가로막았다는 것이 약간 다르다(모두 권3에 보임). 또한 소흥(紹興) 연간(1131~1162)과 순희(淳熙) 연간(1174~1189)에 금나라에 세폐(歲幣)를 헌납한 일, 진회가 여러 장수의 병권을 회수한 일, 악비의 행군(行軍)은 규율이 엄정해 추호도 법을 어기는 일이 없었다는 것 등등을 기록한 것도 모두 역사 사실을 고증하는 데 근거로 삼을 만하다.

그밖에 서화(書畫)를 이야기한 것과 자질구레한 일들을 기술한 것 역시 예문(藝文)을 연구하는 데 도움이 된다. 「태기엄예(台妓嚴蕊)」 조에서는 천태(天台) 군영의 기녀 엄예가 주희(朱熹)에 의해 투옥되어 고초를 겪은 일을 기록했는데(권20), 이는 바로 명나라 능몽초의 『이각박안경기』 「감수형협녀저방명(甘受刑俠女著芳名)」 회목의 밑바탕이 되었다.

『계신잡지』는 항주(杭州)의 계신가(癸辛街)에서 책이 완성되었기 때문에 붙인 이름으로, 내용이 다소 잡스러워서『제동야어』만한 가치는 없다. 그러나 기재된 일화나 유문(遺文)은 채택할 만한 자료들이다.

이밖에 장계유(莊季裕)의『계륵편(鷄肋編)』과 장방기(張邦基)의『묵장만록(墨莊漫錄)』은 모두 북송과 남송 교체기 사람의 저작이다.『계륵편』은 원우 연간의 여러 사람의 일화 및 요(遼)나라와 송나라의 일을 기록했는데, 취할 만한 바가 많다.『묵장만록』은 송나라의 잡사를 기록하고 사이사이에 고증도 집어넣었는데, 송나라 사람의 필기작자를 판별하고 시문을 논한 문장은 참고할 만한 가치가 있다.

기타 남송 사람의 필기인 장세남(張世南)의『유환기문(遊宦紀聞)』, 증민행(曾敏行)의『독성잡지(獨醒雜志)』, 원경(袁褧)의『풍창소독(楓窓小牘)』, 진곡(陳鵠)의『서당집기구속문(西塘集耆舊續聞)』, 주휘(周煇)의『청파잡지(清波雜志)』와『청파별지(清波別志)』, 왕질(王銍)의『묵기(黙記)』, 비곤(費袞)의『양계만지(梁谿漫志)』, 진사도(陳師道)의『후산담총(後山談叢)』, 증조(曾慥)의『고재만록(高齋漫錄)』, 주밀의『지아당잡초(志雅堂雜鈔)』등은『사조문견록』이나『정사』등의 책처럼 취할 만한 것이 많지는 않지만, 그래도 각기 채택할 만한 자료가 있다. 양송(兩宋)의 전장제도·고사·시문 등을 연구하려면 이러한 필기를 소홀히 해서는 안 된다.

송나라 사람의 필기 중에서 어떤 작품은 사건을 서술하고 인물을 논했는데, 당파에 얽매인 편견이나 개인의 이해관계로 인한 편견이 들어 있는 것은 독자의 비판을 받는다.『동헌필록(東軒筆錄)』이 그러한 예인데, 이 책은 위태(魏泰)가 원우 연간에 지은 것이다. 그는 과거에 실패해 항상 당시 사람들을 비방함으로써 분풀이했다. 또『평주가담(萍州可談)』은 주욱(朱彧)이 그 아버지 주복(朱服)의 견문을 회상하며 서술한 책이다. 주복은 소철(蘇轍)과 사이가 좋지 않았기 때문에 이 책에서 소식(蘇軾) 형제에 대해 부정적인 말을 하고 여혜경(呂惠卿)을 두둔했다.『손공담포(孫公談圃)』는 유연세(劉延世)가 소성(紹聖) 연간 초에 손승(孫升)의 말을 기록해 지었다. 손승은 원우당인(元祐黨人)이었지만 별도의 견해를 가지고 있어서, 소식과 정이(程頤) 등에 대해 불만이 있었다. 『피서록화(避暑錄話)』는 채경(蔡京)의 문객 섭몽득(葉夢得)이 지었기 때문에, 원우 연간의 여러 사람을 논하면서 극단적인 말을 많이 했다. 『철위산총담(鐵圍山叢談)』은 채경의 아들 채조(蔡絛)의 손에서 나왔기 때문에 채경의 일을 기록하면서 꾸며낸 말이 많다. 그러나 이러한 책들은 부분적인 내용이 진실에 어긋나기는 하지만 취할 만한 자료가 여전히 적지 않아 중시할 만한 가치가 있다.

송나라 초의 사대부 중에서 일부 오대의 구신(舊臣)들은 당·오대의 고사(故事)를 잘 알고 있었기 때문에, 그들이 지은 필기는 이 부분이 상세하다. 예를 들어 전이(錢易)의 『남부신서(南部新書)』, 정문보(鄭文寶)의 『남당근사(南唐近事)』와 『강남여재(江南餘載)』는 이러한 필기 중에서 비교적 유명한 작품이다.

전이는 오대 오월왕(吳越王) 전종(錢倧)의 아들로, 송나라에 투항해 진종 때 벼슬했다. 그의 『남부신서』가 서술하고 있는 것은 대부분 당나라의 일화와 자질구레한 이야기로서, 역사적인 사실을 말한 것, 시문을 기록한 것, 당시 사람들의 언행을 서술한 것 등 범위가 매우 넓은데, 가끔 오대의 일을 언급하기도 했다. 그중에서 당나라 이래의 직관(職官)과 정치제도의 설치와 변혁에 관한 내용은 『신당서(新唐書)』와 『구당서(舊唐書)』에서 누락된 부분을 보충할 수 있다. 금본 10권은 이미 망실되거나 뒤섞인 부분이 있는데, 홍콩 중화서국(中華書局)의 조판 교점본이 비교적 좋다.

정문보는 남당(南唐)에서 대대로 벼슬하던 집안 출신으로, 그가 찬한 『남당근사』 1권과 『강남여재』 2권은 모두 남당의 일화만을 기록했다. 이 두 책의 내용은 작자가 보고 들은 것으로 실록에 가까운 것이 적지 않다. 송나라의 마영(馬令)과 육유(陸游)가 찬한 『남당서』는 『남당근사』에서 자료를 취한 것이 많다. 『강남여재』 권상에서는 광대가 서지훈(徐知訓)을 조롱한 이야기를 다음과 같이 기록하고 있다.

서지훈이 선주에서 가렴주구하면서 잔혹하게 굴자, 백성들이 고통스러워했다. 그가 조정에 들어가 천자를 알현하고 연회에 참석했는데, 광대가 푸른 옷과 큰 가면으로 놀이하는 모습이 마치 귀신같았다. 옆에 있던 한 사람이 누구냐고 묻자 광대가 대답하길, "나는 선주의 토지신입니다. 내 주인이 천자를 알현하러 조정에 들어왔는데 땅껍질까지 벗겨 가지고 왔기 때문에, [토지신인 나까지] 여기에 오게 된 것입니다"라고 했다.

徐知訓在宣州, 聚斂苛暴, 百姓苦之. 入覲侍宴, 伶人戲作綠衣大面, 若鬼神者. 傍一人問誰何, 對曰: "我宣州土地神也. 吾主入覲, 和地皮掘來, 故得至此."

이 조는 남당의 탐관오리들에 대해 상당히 날카롭게 풍자하고 있다. 후인들이 [착취하는 것을] '괄지피(刮地皮: 땅껍질까지 벗긴다)'라고 말하는 것은 대부분 이 고사를 인용한 것이다. 이러한 필기는 자질구레한 이야기를 잡다하게 채록하고 있지만, 사이사이에 들어 있는 해학은 볼 만하다.

송나라 때는 상업의 발달과 도시의 번영에 따라 전문적으로 당시의 도시생활과 풍속습관을 기술한 필기가 출현했다. 예를 들어 맹원로(孟元老)의 『동경몽화록』 10권, 관포내득옹(灌圃耐得翁)의 『도성기승(都城紀勝)』 1권, 서호노인(西湖老人)의 『서호노인번승록(西湖老人繁勝錄)』 1권, 오자목(吳自牧)의 『몽량록(夢粱錄)』 20권, 주밀(周密)의 『무림구사(武林舊事)』 10권이 이런 종류의 저작이다. 이 다섯 책은 모두 남송 사람이 찬한 것이다. 『동경몽화록』이 북송의 도성인 변량(汴梁)의 상황을 회상해 서술한 것을 제외하면, 나머지 네 책은 모두 남송의 임안(臨安)을 묘사하고 있다. 이 책들의 자료는 일부분은 지방지(地方志)와 기타 잡서(雜書)에서 채록했고, 일부분은 작자가 보고 들은 실록이다.

이 다섯 책에서 기술한 양송(兩宋) 도시의 경제상황 및 백성들의 물질생활과 문화생활은 상당히 상세하며, 내용의 풍부함도 일반 지방지류의 저작보다 훨씬 훌륭하다. 예를 들어『동경몽화록』권1에서 서술한 변량 내외성(內外城)의 규모 및 수로와 교량의 분포, 궁궐 내의 문과 전각의 위치, 권2·3·4에서 서술한 변량의 도로와 골목의 다양한 상점과 노점, 잡다한 식품 및 술집과 야시장,『몽량록』권7에서 서술한 항주(杭州)의 지리 개황,『무림구사』권5에서 서술한 서호(西湖)의 명승지는 모두 아주 구체적이어서 당시의 사회면모를 이해할 수 있다.

그밖에 민속과 문예에 관한 기록도 매우 중시할 만한 가치가 있다. 예를 들어『동경몽화록』권5「취부(娶婦)」에서는 사주를 적은 종이인 첩(帖)의 초안을 잡는 것부터 결혼 후에 사위가 신부집에 처음 나들이하는 과정을 서술했고,「육자(育子)」에서는 임산부의 해산 한 달 전에 신부집에서 의복을 보내오는 것을 말하는 '최생(催生)'에서부터 다음 해의 어린아이 생일인 '주수(周晬: 돌)'에 관한 것들을 서술했는데, 고대의 까다롭고 복잡한 절차를 보여주고 있어서 고금의 풍속의 발전과 변화를 고증하는 데 근거로 삼을 만하다.

또한『동경몽화록』권5의「경와기예(京瓦伎藝)」,『도성기승』의「와사중기(瓦舍衆伎)」,『서호노인번승록』의「와시(瓦市)」,『몽량록』권19의「와사(瓦舍)」와 권20의「백희기예(百戲伎藝)」등에서 서술하고 있는 강창문학(講唱文學)과 잡기(雜伎)의 항목·배우이름·연출장소 등은 문학사를 연구하는 데 귀중한 자료다. 여기에「백희기예」의 일부를 옮겨보면 다음과 같다.

백희척농가. 매번 명당에서 하지와 동지에 교제(郊祭)[71]를 지낼 때와 여정문 밖에서 사면령을 내릴 때, 이 사람들을 써서 금계 장대를 세우고 신호가 떨어지면 장대에 올라가서 금계를 탈취한다. 아울러 타근

---

71 천자가 하지와 동지에 교외로 나가 하늘과 땅에 지내는 제사―역주.

두(打筋斗: 공중제비), **척권**(踢拳: 발차기와 권투), **답교**(踏蹺: 발 구르기), **상삭**(上索: 밧줄 타기), **타교곤**(打交輥: 바퀴통 주고받기), **탈삭**(脫索: 밧줄 풀기), **삭상담수**(索上擔水: 밧줄 타면서 물 져 나르기), **삭상주장신귀**(索上走裝神鬼: 밧줄 타고 달리면서 귀신 흉내 내기), **무판관**(舞判官: 판관 춤추기), **작도만패**(斫刀蠻牌: 작두와 방패 놀이), **과도문**(過刀門: 칼 문 통과하기), **과권자**(過圈子: 고리 통과하기) 등과 같은 백희를 펼친다. ……무릇 괴뢰희[인형극]는 연분(煙粉: 연애고사)·영괴(靈怪: 지괴고사)·철기(鐵騎: 전쟁고사)·공안(公案: 재판고사)과 사서에 나오는 역대 군신과 장군·재상의 고사를 담은 화본을 공연하는데, 강사로 하기도 하고 잡극으로 하기도 하고 애사(崖詞)[72]처럼 하기도 한다. ……또 영희(影戲: 그림자극)가 있는데, 원래 변경(汴京)에서 처음에는 흰 종이를 아로새겨서 도구를 만들었으나 나중에는 사람들의 기술이 정교해져서 양가죽으로 형태를 새기고 여러 색으로 장식해 쉽게 훼손되지 않게 되었다. ……

百戲踢弄家. 每於明堂郊祀年分, 麗正門宣赦時, 用此等人, 立金雞竿, 承應上竿搶金雞. 兼之百戲, 能打筋斗·踢拳·踏蹺·上索·打交輥·脫索·索上擔水·索上走裝神鬼·舞判官·斫刀蠻牌·過刀門·過圈子等. ……凡傀儡敷演煙粉·靈怪·鐵騎·公案·史書歷代君臣將相故事話本, 或講史, 或作雜劇, 或如崖詞. ……更有弄影戲者, 元汴京初以素紙雕簇, 自後人巧工精, 以羊皮雕形, 用以彩色妝飾, 不致損壞. ……

여기에서 기록한 잡기의 명칭은 수십 종류에 이른다. 또 척병(踢瓶: 물병 차기), 농완(弄碗: 사발 돌리기), 화고(花鼓: 화고 춤),[73] 장인(藏人: 사람 감추기), 소화

---

72 송나라 때 유행한 시찬(詩贊) 형식의 설창문학(說唱文學). 칠언구의 운문을 위주로 했다—역주.

73 남녀가 한 쌍이 되어 한 사람은 징을, 다른 사람은 작은북을 치고 노래하며 추는 춤—역주.

(燒火: 불 지피기), 끽침(喫針: 바늘 삼키기) 등의 항목에는 이미 마술과 동물 훈련이 포함되어 있다. 괴뢰희는 현선괴뢰(懸線傀儡)[74]·장두괴뢰(杖頭傀儡)[75]·수괴뢰(水傀儡)[76]의 세 종류로 나뉜다. 송나라의 잡기 흥성의 한 부분을 여기에서 볼 수 있다.

이밖에 이러한 필기에서 언급하고 있는 송나라의 궁정생활과 전례(典禮)·의제(儀制)의 내용도 다른 책에서는 대부분 상세히 알 수 없는 것들이다. 예를 들어『동경몽화록』권6·7에서 기록하고 있는 황제가 행차할 때의 의제와 백희(百戲)를 구경하는 광경은『송사』「예지(禮志)」에서 찾을 수 없는 자료인데, 「예지」류의 저작에서는 전례의 개략만 서술해 이처럼 세밀하게 기재하지 않았기 때문이다.

1956년에 간행된『동경몽화록』(외 4종)은 이 다섯 필기를 한 책으로 편집하고 표점을 덧붙여서 참고하기에 아주 편하다. 덩즈청(鄧之誠)이 주를 단『동경몽화록주』는 이 책의 내용을 연구하는 데 많은 도움이 된다. 또 김영지(金盈之)가 찬한『신편취옹담록(新編醉翁談錄)』도 변량의 사계절 풍속을 서술해『동경몽화록』등과 같이 볼 만하다. 이 책도 조판 인쇄한 표점본이 있다.

송나라 사람의 필기는 고사(故事)를 서술한 것 외에 시론(詩論)과 문평(文評)을 사이사이에 섞어 놓은 것이 많다. 그중에서 어떤 필기는 이런 종류의 내용을 기재하는 데 더욱 편중해 간혹 이 부분이 특출한 것도 있는데, 예를 들어『후정록(侯鯖錄)』과『학림옥로(鶴林玉露)』등이 바로 그러하다.

『후정록(侯鯖錄)』은 조영치(趙令畤)가 찬한 것으로 8권이다. 한(漢)나라의

---

74 목우(木偶)에 줄을 매달아 무대 위에서 조작하는 인형극—역주.

75 장대 위에 목우를 매달아 공연하는 인형극—역주.

76 배 위에 무대를 설치하고 목우를 조작해 고기 낚기, 배 젓기, 공차기, 춤 등의 기예를 공연하는 인형극—역주.

누호(婁護)가 오후(五侯)[77]의 음식을 섞어서 새로운 음식을 만든 전고를 취해 서명으로 삼음으로써, 이것이 잡조(雜俎)류임을 나타내고 있다. 통행본으로는 『패해』본과 『지부족재총서』본이 있다.

이 책에 기록되어 있는 옛 사실은 보고 들은 바를 확인하지 않고 기록해서 여전히 오류를 범하고 있다. 어떤 조목은 『봉씨문견기(封氏聞見記)』·『당국사보(唐國史補)』·『간오(刊誤)』·『강린기잡지(江鄰幾雜志)』 등과 같은 당송 시대 사람의 필기에서 채록했다. 그 고증하고 변증한 내용에는 새롭고 신기한 것이 없다. 단지 시문을 말한 것에만 자못 취할 만한 것이 있다. 작자가 원우 연간에 소식·황정견(黃庭堅) 등과 교유했기 때문에, 기록되어 있는 여러 사람의 일화와 의론이 견문에서 얻은 것이 많아 비교적 믿을 만하다. 예를 들어 권7에서 왕안석(王安石)의 말을 서술한 조목은 다음과 같다.

> 형공(荊公: 왕안석)이 말하길, "옛날의 노래는 모두 먼저 가사가 있은 후에 소리가 있었다. 그러므로 '시는 뜻을 말하고 노래는 말을 길게 뽑는 것이다'라고 했다. 소리는 길게 뽑는 것에 의지하고, 음률은 소리와 화합한다. 지금은 먼저 곡조를 지은 후에 가사를 집어넣으니, 오히려 길게 뽑는 것이 소리에 의존한다"라고 했다.
>
> 荊公云: "古之歌者, 皆有先詞, 後有聲. 故曰: '詩言志, 歌永言.' 聲依永, 律和聲. 如今先撰腔子, 後塡詞, 却是永依聲也."

여기에서 왕안석은 시와 음악의 관계를 논하면서, 당시 악보에 따라 가

사를 집어넣는 것은 '시언지(詩言志)'처럼 먼저 가사가 있고 후에 소리가 있는 것에 부합하지 않는다고 여기고 있어, 가사를 집어넣는 것에 대해 다른 견해가 있음을 설명했다.

이밖에 권4에서는 소식이 한자화(韓子華)의 집에서 즉석으로 시를 지었는데, 한자화의 무희(舞姬)인 노생(魯生)이 날아다니던 벌에게 쏘였기 때문에 "창가에 가느다란 물결 일어 물고기는 해를 향해 빠끔거리고, 가무가 끝나자 꽃가지의 벌이 옷을 둘러싸네(窓搖細浪魚吹日, 舞罷花枝蜂繞衣)"라는 시구를 남기게 되었다는 고사를 기록했다. 위 구절은 '노(魯)'라는 성(姓)에 대해 기술한 것이고, 아래 구절은 벌이 쏜 것을 말한 것이다. 이것은 비록 한순간의 담소이지만, 소식의 시를 위한 주석으로 삼을 수 있다.

그밖에 권2에서는 황정견의 부친 황서(黃庶)의 절구인 「괴석(怪石)」에 나오는 "산귀신·물귀신처럼 승검초 옷 입고, 하늘이 복을 내려 사악함을 없앤 듯 푸른 이끼에 잠들어 있네(山鬼水怪著薜荔, 天祿辟邪眠碧苔)"라는 구절은 어투가 사뭇 기이하고 거리낌 없다고 기록했으며, 소식의 장남 소매(蘇邁)가 어렸을 때 지은 "나뭇잎 물결 따라 어디로 흘러가는가, 소는 까마귀 업은 채 다른 촌락을 지나가는구나(葉隨流水知何處, 牛帶寒鴉過別村)"라는 구절을 소식이 보고 '촌장관시(村長官詩: 시골 이장의 시)'라고 웃었다고 기록했다. 이러한 짧은 구절의 집록은 송시를 연구하고 송나라 사람의 일화를 연구하는 데 도움을 준다.

『학림옥로(鶴林玉露)』는 나대경(羅大經)이 찬한 것으로 16권이다. 「자서」에서 말하길, 일없이 한적하게 기거하며 하루 종일 학림(鶴林) 아래에서 손님과 청담(淸談)을 나누다가 그 이야기한 바를 기록해 책을 지었으며, 또 두보(杜甫)의 시[78]에 "이슬 맺힌 울타리 아래서 고상한 이야기 나누네(淸談玉露蕃)"라는 구절이 있기에 『학림옥로』를 책 이름으로 삼았다고 했

---

[78] 제목은 「증우십오사마(贈虞十五司馬)」다―역주.

다. 통행본은 『패해』본으로 「보유(補遺)」 1권이 있다.

이 책은 자질구레한 이야기, 잡다한 일, 시화(詩話), 문평(文評) 등을 함께 기록했는데, 의론이 상당히 많고 서술은 비교적 적다. 늘 어떤 일의 실마리를 빌려 자신의 의견을 드러냈으며, 또 그 당시 이학가(理學家)의 말을 즐겨 채록했다. 그래서 청나라 사람은 "그 책의 체제는 시화와 어록의 중간이다(其書體例, 在詩話·語錄之間)"라고 했다.[79]

이 책에 기록되어 있는 송나라의 일화는 모두 고증하는 데 참고할 만하다. 예를 들어 권15에서는 진회(秦檜)가 젊은 시절에 쓴 주의(奏議) 및 금나라에서 송나라로 돌아온 후에 금나라의 첩자 노릇을 한 일을 서술했고, 권8에서는 한탁주(韓侂冑)의 손님이 한탁주가 장차 화를 입을 것이라고 예언한 일을 서술했으며, 권12에서는 순희(淳熙) 연간에 군사를 일으킨 차민(茶民) 뇌문정(賴文政)이 거사에 실패하자 도망갔고 그 부하가 다른 사람의 머리를 거짓으로 바친 일을 서술했고, 권1에서는 금나라의 군주 완안량(完顏亮)이 유영(柳永)의 사 「망해조(望海潮)」의 "삼추의 계수나무가 있고, 연꽃이 십 리나 되네(有三秋桂子, 十里荷花)"라는 구절을 읽고 남침의 뜻을 세운 일을 서술했다.

더욱 가치가 있는 것은 역시 그중에서 시를 논한 부분이다. 예를 들어 권1에서 두보의 시[80]에 나오는 "세월은 새장 안의 새이고, 세상은 물 위의 부평초로다(日月籠中鳥, 乾坤水上萍)"라는 연(聯)은 개탄하는 말로서, 얽매인 채 세월을 보내는 것이 마치 새장에 갇힌 새 같고 세상을 떠돌아다니는 것이 마치 물 위에 떠 있는 부평초 같음을 말한 것인데, 본래는 처량한 뜻을 형용했으나 장려(壯麗)한 말로 바뀌었다고 말했다. 이 견해는 상당히

---

79 이 말은 『사고전서총목제요(四庫全書總目提要)』 「자부(子部)·잡가류(雜家類)5」에 보인다.

80 제목은 「형주송이대부칠장면부광주(衡州送李大夫七丈勉赴廣州)」다―역주.

치밀하다. 그밖에 권8에서 두보 시[81]의 "석양에 강산이 아름답고, 봄바람에 꽃향기 날리네(遲日江山麗, 春風花草香)"라는 절구의 의경(意境)을 논한 것과, 양태진(楊太眞: 양귀비)을 읊은 시를 논하면서 이상은(李商隱) 시[82]의 "설왕은 곤드레만드레인데 수왕은 깨어 있네(薛王沈醉壽王醒)"라는 절구가 제격이라고 한 것은 모두 비교적 깊은 견해를 가지고 있다. 다만 그 기재되어 있는 잡다한 일은 사실과 부합하지 않는 부분이 있다. 예를 들어 양만리(楊萬里)가 진나라에 간보(干寶)가 있었다는 사실을 모르고 우보(于寶)라고 생각했다는 것은 아마도 사실이 아닐 것이니, 양만리는 당연히 그렇게 견문이 좁지 않았다.

『후정록』과 『학림옥로』 두 책을 제외하고 장단의(張端義)의 『귀이집(貴耳集)』, 진장방(陳長方)의 『보리객담(步里客談)』, 석혜홍(釋惠洪)의 『냉재야화(冷齋夜話)』, 오처후(吳處厚)의 『청상잡기(靑箱雜記)』 등도 시문을 논한 부분이 많은데, 각각 나름대로 장점이 있다.

송나라의 필기에는 전문적으로 구문(舊文)을 편집한 것이 있는데, 예를 들어 왕당(王讜)의 『당어림(唐語林)』과 공평중(孔平仲)의 『속세설(續世說)』은 모두 『세설신어(世說新語)』의 체제를 모방해 부문별로 나누어 고사(故事)를 채록했다. 『당어림』은 당나라의 필기 50종을 편집해 당나라의 일화를 찾아보기에 편리한데, 이미 망실된 당나라 필기를 이 책에서 선별해 수록했기 때문에 부분적인 내용이 보존되었다. 『속세설』은 각 사전(史傳)과 필기 등의 책에서 남조(南朝)의 송·제·양·진부터 수·당·오대까지의 고사를 채록한 것으로, 역대의 역사적 사실을 고증하는 데 일정한 쓸모가 있다.

이밖에 소식이 찬했다고 하는 『동파지림(東坡志林)』과 『구지필기(仇池筆記)』는 후대 사람이 편집한 것으로, 대체로 잡첩(雜帖)과 몇몇 찰기(札記)를

---

81 제목은 「절구이수(絶句二首)」다─역주.

82 제목은 「용지(龍池)」다─역주.

수록해 만들었다.

『동파지림』에 기록되어 있는 대부분은 소식 개인 생활의 자질구레한 이야기와 그 수필 및 잡다한 감상으로 의론이 많은데, 소식의 견해와 취향을 이해할 수 있다.『소동파문집(蘇東坡文集)』에 보이는「무왕론(武王論)」·「평왕론(平王論)」·「범증론(范增論)」등은 모두 전문이 수록되어 있고, 때때로 역사적 사실에 관련된 자료도 있다. 이 책의 통행본은『패해』본이 12권이고『사고전서』본과『학진토원』본이 5권인데 내용이 서로 완전히 같지는 않다.『총서집성』본은『학진토원』본에 의거해 조판 인쇄했지만,『패해』본에 더 들어 있는 각 조를 뒤에 덧붙여서 두 판본의 내용을 포괄했다. 송나라 사람의 필기 중에서 이미 이 책을 인용한 것을 살펴보면 모두 현재『패해』본에 기록되어 있는 문장과 같다. 예를 들면 원문(袁文)의『옹유한평(甕牖閒評)』권7에서 인용한『소동파지림』에서의 서주통판(徐州通判) 이도(李陶)의 아들이 지은「낙화시(落花詩)」조목과, 요관(姚寬)의『서계총어(西溪叢語)』권하에서 인용한『동파지림』에서의 사첨(謝瞻)이 읊은 장자방(張子房)의 시「가특폭삼상(苛慝暴三傷)」에 대한『문선(文選)』오신주(五臣注)가 황당하다고 논한 조목 등이다. 이로 보아 이 책이 송나라 때 이미 유행했으며 금본 역시 대체적으로 송나라의 구본임을 알 수 있다.

『구지필기』는 1권본과 2권본 두 종류가 있는데, 조목의 수량이 다소 다르기는 하지만 대부분『동파지림』에 보인다. 아마도 두 책의 집록자가 한 시기의 한 사람이 아니기 때문에 중복을 피할 수 없었던 것 같다.

또 소주(蘇籀)가 찬한『난성선생유언(欒城先生遺言)』1권은 어렸을 때 들었던 조부 소철(蘇轍)의 언담을 회상해 지은 것으로 어록체처럼 잡다하지만, 인물을 논하고 문장을 평한 것은 소철의 진실한 견해를 보여주고 있다. 비록 편폭은 작아도 중시할 만한 가치가 있다.

하원(何薳)의『춘저기문(春渚紀聞)』이나 왕명청(王明清)의『옥조신지(玉照新志)』같은 기타 필기는 일화와 잡기(雜記) 및 황당한 신괴고사가 각각 거의 절반을 차지하고 있어서 소설에 더욱 가깝다.

송나라 사람의 필기는 일화와 자질구레한 이야기를 기록한 것 외에 대체로 전장제도나 옛 사실을 서술했다. 그중의 어떤 책은 이러한 자료가 더 많다. 예를 들어 『춘명퇴조록(春明退朝錄)』·『문창잡록(文昌雜錄)』·『석림연어(石林燕語)』 등이 모두 이러한 면에서 뛰어나다.

『춘명퇴조록(春明退朝錄)』은 송민구(宋敏求)가 찬한 것으로 2권이며, 희녕(熙寧) 3년(1070)에 완성되었다. 작자가 춘명리(春明里)에 거주하면서 매일 퇴조한 뒤에 보고 들은 것을 찬집했기 때문에 『춘명퇴조록』이라고 이름 지었다. 통행본으로는 『백천학해』본과 『학진토원』본 등이 있다. 『백천학해』본은 송각본(宋刻本)인데, 『총서집성』본은 이것에 근거해 조판 인쇄했다.

이 책은 당송 시대의 전장제도를 기록한 것으로, 예를 들어 권중에는 당·오대 및 송나라의 도성에서 문무관이 입조(入朝)해 조회에 참석하는 제도와 각종 관고(官告) 용지(用紙)와 그 장식에 대해 매우 상세하게 기록되어 있다. 권하에서는 공문의 초고에 대해 서술하면서 중서성(中書省)의 것을 '초(草)', 추밀원(樞密院)의 것을 '저(底)', 삼사(三司: 호부·탁지부·염철원)의 것을 '검(檢)'이라 한다고 했는데, 이 역시 고대의 명물(名物)을 연구하는 데 참고자료를 제공해준다. 그밖에 권상에서는 송나라의 여러 왕과 공주와 대신의 시호(諡號) 및 예부원외랑(禮部員外郞)이 여러 주부(州府)에서 돌려 보내온 폐기된 관인(官印)을 수거해 녹이는 일을 관장하는 것 등을 서술하고 있는데, 비록 매우 잡다하지만 역시 견문을 넓힐 수 있다. 또 권하에서는 송 태종(太宗) 때 여러 유신(儒臣)에게 명해 편찬하게 한 책에 대해 서술하고 있는데, 『태평총류(太平總類)』[즉 『태평어람(太平御覽)』]·『문원영화(文苑英華)』·『태평광기(太平廣記)』 외에 『신의보구총류(神醫普救總類)』라고 하는 의방(醫方) 1000권이 있었다고 한다. 이것을 아는 사람은 비교적 적고, 다른 필기에서도 언급하지 않았다.

『문창잡록(文昌雜錄)』은 방원영(龐元英)이 찬한 것으로 6권이며 「보유(補遺)」 1권이 있다. 통행본으로는 『학진토원』본과 『아우당총서(雅雨堂叢書)』본 등의 구각본(舊刻本)과 홍콩 중화서국에서 조판 인쇄한 표점본이 있다.

송 신종(神宗) 원풍(元豊) 연간(1078~1085) 초에 새로운 관제(官制)와 조정 의례를 처음 시행해 빈번하게 관리들을 인사이동시켰는데, 방원영은 이때 상서성(尙書省)에 들어가 주객낭중(主客郎中)을 지내면서 보고 들은 바에 근거해 이러한 일들을 상세하게 기록했다. 상서성은 옛날에 '문창천부(文昌天府)'라고 불렀기 때문에 이 책 이름을 『문창잡록』이라고 했다.

이 책에 기록되어 있는 조정의 전장제도나 전고(典故)와 관련된 자료들은 대부분 확실히 믿을 수 있는데, 원풍 연간의 새로운 제도에 대한 기술이 매우 상세하다. 예를 들어 권3에서는 신종이 대경전(大慶殿)에서 조회할 때 처음으로 새로운 의례를 사용했다고 기록하면서 아울러 옛 전장제도를 인용해 증거로 삼았기 때문에 참고가치가 매우 많다. 또 희녕 5년(1072)에 문덕전(文德殿)에서 초하루 조례를 볼 때의 성대한 의장(儀仗)과, 원풍 5년(1082)에 새로 지은 상서성 관사의 배치 및 새로운 관제 시행 후의 일참(日參)·망참(望參)·삭참(朔參)의 제도 등을 기록한 것(모두 권3에 보인다)은 모두 아주 상세하게 기록되어 있어서, 송나라의 전장제도를 연구하는 데 근거가 된다. 마단림(馬端臨)이 편찬한 『문헌통고(文獻通考)』는 이 책에서 많은 자료를 취했다. 또한 당시 관리의 승진과 인사이동에 관련된 기록은 역사를 연구하는 데 방증자료가 된다.

『문창잡록』에 기록된 일화와 자질구레한 일도 취할 만하다. 그러나 편집에 조리가 없어서 번잡하다. 그중의 어떤 조목들, 예를 들어 권1의 「여요공대낭(女妖孔大娘)」과 「자고낭(紫姑娘)」, 권2의 「조상공묘강신(趙相公廟降神)」, 권3의 「임수귀어(林洙鬼語)」 등은 모두 황당하고 괴이한 이야기로 사료(史料)와 함께 섞여 있어서 아주 좋지 않다.

『석림연어(石林燕語)』는 섭몽득(葉夢得)이 찬한 것으로 10권이다. 통행본은『패해』본이며,『당송총서(唐宋叢書)』의 산절본(刪節本)은 1권뿐이다.

　이 책은 대략 남송 초년에 지어졌는데, 그 내용은 관제를 말한 것이 많으며 과거(科擧) 고사를 서술한 조목도 적지 않다. 예를 들어 권2에서는 송나라의 집현원학사(集賢院學士)와 강독관(講讀官)의 품급과 임명을 기록했고, 권3에서는 당송 시대의 중서(中書)·문하(門下)·상서(尙書) 3성(省)의 직무 변천 등을 기록했는데, 모두 고증에 도움이 된다. 권2와 권4에서 원풍(元豊) 연간의 새로운 관제를 언급한 각 조목은『문창잡록』과 서로 참조해 교정할 수 있다. 이밖에 권3에서 당나라 중서성의 조칙(詔勅) 작성 용지로는 황마지(黃麻紙)가 가장 좋고 황등지(黃藤紙)가 그다음이며 용지로써 일처리의 경중을 분별했다고 기록한 것과, 권8에서 과거에 관한 고사를 기록한 각 조목도 매우 좋은 역사적 사실의 자료다. 그밖에 태종 때 순화각첩(淳化閣帖)을 간행한 일(권3) 및 왕안석이 옷을 빨지 않은 일과 미원장(米元章)이 괴이한 돌을 보고 절한 일(권10) 등도 송나라의 고사를 언급할 때 인용되는 것들이다.

　위에서 기술한 세 책 외에 서도(徐度)의『각소편(却埽編)』과 악가(岳珂)의『괴담록(愧郯錄)』도 송나라의 전장제도를 많이 기재하고 있어서 비교적 높은 역사적 가치가 있다. 또 왕득신(王得臣)의『주사(麈史)』, 조여시(趙與時)의『빈퇴록(賓退錄)』, 주필대(周必大)의『이로당잡지(二老堂雜志)』 등도 이러한 자료를 수록하고 있어서 사전(史傳)을 증명하는 데 참고가 된다.

　본 절에서 소개한 책들을 총괄해 보면, 송나라 역사쇄문류 필기의 개황을 이해할 수 있다. 이러한 필기는 대부분 잡사를 함께 기재하고 있고 중점이 각각 다른데, 유형이 매우 많다. 어떤 것은 국가 대사나 정치 득실을 많이 기록했는데,『속수기문』과『휘주록』등이 그러하다. 어떤 것은 전장제도와 역사 사실을 많이 기록했는데,『춘명퇴조록』과『문창잡록』등이 그러하다. 어떤 것은 시화와 문평(文評)을 많이 기록했는데,『후정록』과『학림옥로』등이 그러하다. 어떤 것은 스승과 벗의 언행이나 개인의 의론을 많이 기록했는데, 『사우담기』와 『동파지림』 등이 그러하다. 어떤 것은 한 조대나 한 나라의 일만을 기록했는데, 『남부신서』와 『남당근사』 등이 그러하다. 어떤 것은 도시생활과 지방풍속만을 기록했는데, 『동경몽화록』 과 『몽량록』 등이 그러하다. 비록 그것들의 역사적 가치에 정도상의 차이가 있고 귀신과 요괴를 언급한 것도 보편적인 결점이지만, 그중에는 정사 (正史)에는 보이지 않는 기록이나 혹은 정사보다 서술이 진실하고 상세한 자료도 있다. 세밀하게 선택해 거짓은 버리고 진실만 취한다면 모두 적절하게 이용할 수 있다.

제3절

고거변증류 필기

─────────────

- 『몽계필담』·『용재수필』·『곤학기문』 및 기타

    송나라의 필기는 사건을 서술하면서 고증을 뒤섞거나 혹은 고증 외에 자질구레한 사건을 같이 기록해, 내용과 체재에 엄격한 구별이 전혀 없었다. 예를 들어 북송의 송기(宋祁)가 쓴 『필기(筆記)』 3권 중에서 상권 「석속(釋俗)」과 중권 「고정(考訂)」은 명물(名物)의 음(音)과 훈(訓) 및 문장의 역사적 사실을 분석해 바로잡았는데, 하권 「잡설(雜說)」은 어록이나 수감(隨感) 류로 고증과는 무관하다. 북송의 심괄(沈括)이 쓴 『몽계필담(夢溪筆談)』은 기사(記事)와 고증이 함께 저술되어 있어서 '총저(叢著)'의 성격을 띠고 있지만, 변증이 대부분 정확하므로 고거의 부류에 포함시킬 수 있다.

    남송에 이르러서는 고거변증학의 흥성에 따라 이러한 필기의 내용이 점차 단순해지기 시작했다. 예를 들어 왕응린(王應麟)의 『곤학기문(困學紀聞)』은 경(經)·사(史)·시(詩)·문(文)을 논했고, 정대창(程大昌)의 『연번로(演繁露)』는 명물과 전고를 고증했는데, 모두 비교적 전문적인 것이다. 그러나 고거변증을 위주로 하면서 자질구레한 일들을 잡다하게 채록한 필기 역시 여전히 적지 않았다. 여기에서는 우선 가치가 높고 쓸모가 큰 저술인

『몽계필담』·『용재수필(容齋隨筆)』·『곤학기문』 세 책을 소개한 뒤에 기타 작품들과 송나라 고거변증류 필기의 개황을 대략적으로 설명하겠다.

『몽계필담(夢溪筆談)』은 심괄(沈括)이 만년에 찬한 것으로, 금본은 「필담(筆談)」26권, 「보필담(補筆談)」2권, 「속필담(續筆談)」1권으로 구성되어 있다. 통행본은 『패해』·『진체비서』·『학진토원』·『사부총간』본 등이 있는데, 『패해』본에만 「속보(續補)」가 있다. 근인(近人) 후다오징(胡道靜)이 교주(校注)했다.

심괄은 학식이 해박하고 그 당시의 역사적인 사실을 잘 알고 있어서 문학·예술·과학·기술·역사 등에 대해서 모르는 것이 없었다. 따라서 『몽계필담』의 내용은 송나라 필기 중에서 가장 광범위하다. 이 책은 「고사(故事)」·「변증(辯證)」·「악률(樂律)」·「상수(象數)」·「인사(人事)」·「관정(官政)」·「권지(權智)」·「잡지(雜志)」·「약의(藥議)」 등 모두 17가지 부문으로 나누었는데, 분류가 아주 체계적이며 각 방면의 자료가 모두 상당히 풍부하다. 예를 들어 「기예(技藝)」 부문에서는 송 인종(仁宗) 경력(慶曆) 연간(1041~1048)에 필승(畢昇)이 만든 활판인쇄의 상세한 상황을 기록했는데, 이는 상당히 가치 있는 문헌이다. 「변증」 부문에서 한퇴지(韓退之: 한유)의 화상(畫像)을 논한 조목은 다음과 같다.

세상 사람들이 그린 한퇴지는 얼굴이 작고 수염이 멋있으며 관모를 쓰고 있는데, 이는 바로 강남의 한희재다. 아직도 당시에 그린 것이 있는데 그 제문(題文)에 분명히 기록되어 있다. 한희재는 시호가 문정이었으므로 강남 사람들은 그를 한문공이라 불렀는데, 이로 인해 마침내 그를 한퇴지로 잘못 알게 되었다. 한퇴지는 살찌고 수염이 적었다. 원풍 연간에 한퇴지는 문선왕[공자]의 사당에 모셔졌으며, 군현에서 그린 것은 모두 한희재였다. 후세에 이를 다시 분별할 수 없게 되어 한퇴지가 결국 한희재가 되었다.

世人畫韓退之, 小面而美髯, 著紗帽, 此乃江南韓熙載耳. 尙有當時所畫, 題志甚明. 熙載諡文靖, 江南人謂之韓文公, 因此遂謬以爲退之. 退之肥而寡髯. 元豊中以退之從享文宣王廟, 郡縣所畫, 皆是熙載. 後世不復可辨, 退之遂爲熙載矣.[83]

이 변증을 통해 우리는 북송 때 이미 생겨나서 답습되어온 일종의 착오를 이해할 수 있는데, 오대 한희재의 초상을 당나라 한유의 화상으로 여긴 것이었다. 또「해주염택(解州鹽澤)」조에서 소위 혼탁한 물이 염전에 섞이면 염맥(鹽脈)으로 침적되어 소금이 되지 않는다고 한 것도 하나의 과학적인 설명이다. 이 책에 기록된 천문·역법·산술·기상·의학·음악·서화·고고 등의 조목 역시 때때로 정확하고 타당한 견해와 귀중한 기록이 있어서 다방면으로 참고할 만하다.

『몽계필담』에도 비록「신기(神奇)」와「이사(異事)」두 부문에 기재된 몇몇 고사와 같이 신괴고사가 섞여 있지만, 전체적으로 보면 그 학술적인 가치는 일반 필기를 훨씬 뛰어넘는다.

『용재수필(容齋隨筆)』은 홍매(洪邁)가 찬한 것으로,「수필(隨筆)」·「속필(續筆)」·「삼필(三筆)」·「사필(四筆)」각 16권과「오필(五筆)」10권을 합해 모두 74권이다. 통행본으로는『홍씨회목재총서(洪氏晦木齋叢書)』·『사부총간속편(四部叢刊續編)』본과 상무인서관(常務印書館) 배인본(排印本) 등이 있다. 지금은 표점본이 인쇄 출판되어 있다.

홍매는 남송에서 박학하기로 유명했고 사학에 특히 뛰어났다. 그래서『용재수필』은 비록 경사(經史)·전고·제자백가의 언담 및 시문(詩文)·어휘 등을 함께 기재했지만, 역사사건에 관한 것이 가장 취할 만하다. 이 책에서 고증한 송나라의 전장제도는 대부분 사전(史傳)에 상세하게 나오지 않

---

83 후다오징(胡道靜)의『몽계필담교증(夢溪筆談校證)』상책(上冊), 191~192쪽의 고증 참조.

는 것들이다. 예를 들어 「수필」권12의 「원풍관제(元豊官制)」, 「삼필」권5 의 「추밀명칭경역(樞密名稱更易)」, 「사필」권2의 「문노공주제개관제(文潞公 奏除改官制)」등과 같이 관제의 연혁과 변천을 언급한 조목은 『문창잡록』 이나 『괴담록』 등의 책과 서로 참조해 교정할 수 있다. 「수필」권9의 「고 과득인(高科得人)」과 「속필」권13의 「과거은수(科擧恩數)」등에서는 송나라 때 진사갑과(進士甲科)의 관직임명 제도를 서술했고, 「오필」권4의 「근세 문물지수(近世文物之殊)」에서는 강남으로 천도한 이후의 전장제도와 풍습 의 변화를 서술했는데, 모두 참고할 만한 가치가 있다.

이 책에는 당나라 필기의 잘못된 사건기술에 대해 고거변증한 것도 있 다. 예를 들어 「수필」권1의 「천망서(淺妄書)」에서는 『개원천보유사(開元天 寶遺事)』를 반박했고, 권3의 「장가정(張嘉貞)」에서는 『명황잡록(明皇雜錄)』 을 반박했는데, 모두 해당 인물의 연월(年月)과 행적을 상세하게 밝혀 잘 못된 소문을 바로잡았다.[84] 또 「수필」권4의 「야사불가신(野史不可信)」에 서는 『동헌필록』과 『몽계필담』의 서술이 사실과 다른 부분을 지적했고, 권8의 「담총실실(談叢失實)」에서는 『후산담총(後山談叢)』의 기록이 사실과 어긋난 점을 설명했는데, 당시의 고사에 대해 상세히 분석했으며 확실한 근거가 있다.

그밖에 「격시(隔是)」(「수필」권2), 「영형(寧馨)·아도(阿堵)」(「수필」권4), 「강경 동음(羌慶同音)」(「수필」권7), 「부형위공(夫兄爲公)」(「삼필」권14) 등의 조목에서 어휘를 해석한 것이나, 「토규(兔葵)·연맥(燕麥)」(「삼필」권3), 「과소(過所)」(「사 필」권10) 등의 조목에서 명물을 해석한 것도 이 책의 고증이 상세하고 명 확함을 보여준다.

『곤학기문(困學紀聞)』은 왕응린(王應麟)이 찬한 것으로 20권이다. 청나라 의 염약거(閻若璩)·하작(何焯)·전조망(全祖望)이 일찍이 교전(校箋)을 했고,

---

84 본서 제3장 제2절에서 『개원천보유사(開元天寶遺事)』와 『명황잡록(明皇雜錄)』을 논한 부분 참조.

옹원기(翁元圻)가 주를 달았으며, 장가록(張嘉祿)이 또 보주(補注)를 달았고, 조경양(趙敬襄)도 참주(參注)를 지었다. 통행되는 『사부비요』본은 바로 옹원기의 주석본이다.

이 책은 작자의 독서잡기(讀書雜記)로 대략 작자가 원(元)나라로 들어간 이후에 완성되었다. 경서를 논한 것이 8권, 천도(天道)·지리와 제자(諸子)를 논한 것이 2권, 역사 사실을 고증한 것이 6권, 시문을 평론한 것이 3권, 잡식(雜識)이 1권이다. 그중에서 역사 사실을 고증한 부분이 가장 뛰어나다. 예를 들어 권6 「좌씨(左氏)」의 한 조목에서는 『좌전(左傳)』 「은공(隱公) 9년」의 "평지에 눈이 한 자 쌓였을 경우를 대설이라고 한다(平地尺爲大雪)"의 전문(傳文)과 『춘추(春秋)』 「환공(桓公) 8년」의 "겨울 10월에 눈비가 왔다(冬十月雨雪)"의 경문(經文)을 인용해, 『문선(文選)』 「설부(雪賦)」의 여향(呂向) 주에서 은공 때 대설로 풍년이 들었고 환공 때 대설로 평지 넓이가 1장(丈)이 되었다고 한 것은 근거가 없다고 반박했다. 또 권11 「사기정오(史記正誤)」의 한 조목에서는 『좌전』 「희공(僖公) 15년」의 공영달(孔穎達) 소(疏)를 인용해, 사마천(司馬遷)이 「진세가(晉世家)」에서 신생(申生)의 모친이 제(齊) 환공의 딸이라고 한 것과 관이오(管夷吾: 관중)의 모친이 중이(重耳) 모친의 누이동생이라고 한 것은 사실에 부합하지 않는다고 반박했는데, 이는 모두 이전 사람들이 언급한 적이 없는 것이다. 권3 「시(詩)」의 한 조목에서는 심괄(沈括)이 『후한서(後漢書)』 「주부전(朱浮傳)」을 잘못 인용한 것을 지적했는데, 이 역시 왕응린이 사서(史書)를 숙지하고 있음을 보여준다. 권15 「고사(考史)」에서는 송 인종 때 제과(制科) 15인의 성명을 기록했고, 권20 「잡식」에서는 송민구(宋敏求)가 살던 춘명방(春明坊)과 조공무(晁公武)가 살던 소덕방(昭德坊)을 고증했는데, 송나라의 역사적 사실에 관한 것으로 역시 참고할 만한 가치가 있다.

『곤학기문』은 시문에 대한 평술이나 이전 사람들의 의론을 집록한 것이 적지 않다. 작자 자신의 견해 역시 때때로 새롭고 특이한 것이 있다.

「잡식」에서는 은운(殷芸)의 『소설(小說)』을 인용해 채모(蔡謨)가 낙양(洛陽)에서 육기(陸機)와 육운(陸雲) 형제를 만나 세 칸 기와집에 묵었던 일을 말했으나, 이 일이 이미 『세설신어』「상예(賞譽)」에 기재되어 있음을 몰랐으니, 이는 곧 왕응린이 소설에 대해서는 그다지 잘 알지 못했음을 설명하는 것이다. 이 책의 기타 고증 역시 간혹 소홀한 부분이 있다. 그러나 전체를 놓고 보면 그래도 정확하고 타당한 것이 많다. 앞에서 언급한 청나라 사람의 주석은 모두 이 책을 깊이 연구하는 데 도움이 된다.

그밖의 필기에도 경(經)·자(子)·사전(史傳)·시문(詩文) 등을 고증하는 데 중점을 둔 저작들이 적지 않다. 예를 들어 주익(朱翌)의 『의각료잡기(猗覺寮雜記)』, 손혁(孫奕)의 『이재시아편(履齋示兒編)』, 장호(張淏)의 『운곡잡기(雲谷雜記)』, 정대창(程大昌)의 『고고편(考古編)』, 심작철(沈作喆)의 『우간(寓簡)』, 원문(袁文)의 『옹유한평(甕牖閑評)』, 대식(戴埴)의 『서박(鼠璞)』 등은 모두 이 방면의 자료가 많으며 각각의 장점이 있다. 그중에서 문자의 훈고를 중시하고 내용이 비교적 풍부한 것으로는 『학림(學林)』을 꼽을 수 있다.

『학림』은 왕관국(王觀國)이 찬한 것으로 10권이다. 『학림신편(學林新編)』이라고도 하는데, 송나라 때는 두 가지 명칭을 병용했으나 금본에는 '신편' 두 자가 없다. 통행본으로는 『호해루총서(湖海樓叢書)』·『취진판총서(聚珍版叢書)』·『총서집성』본 등이 있으며, 근인(近人) 쑨원위(孫文昱)가 지은 「고증」 1권이 있다.

이 책은 전문적으로 육경(六經)과 사전(史傳) 및 기타 책 중의 문자의 형(形)·음(音)·의(義)를 고증한 것으로, 제가(諸家)의 해설을 많이 나열하고 그 이동(異同)을 참조해 수정했다. 또한 어휘를 덧붙이고 명물을 함께 해석했다. 예를 들어 '칙(敕)'·'칙(勅)'·'칙(勑)' 등의 글자를 분석해 '칙(勑)'에는 '래(來)'·'뢰(賚)' 두 가지 음만이 있음을 지적했고, '혁(弈)'은 바둑이며 '혁(奕)'은 크다고 해석하기도 하고 아름답다고 해석하기도 하지만 통속적으로 혼용된다고 지적한 것(권9)으로 보아, 작자가 문자를 분석하고 식별하는 데 상당히 신중했음을 알 수 있다. 그밖에 심괄이 두보의 시를 논한 것은 융통성이 없다고 말한 것이나 쌍성(雙聲)과 첩운(疊韻)의 분별을 논한 것(권8) 역시 매우 주도면밀하다. 또 명물을 해석한 것도 있는데, 예를 들어 호박(琥珀)은 송진이 응결되어 땅속에 묻혀 있다가 만들어졌다고 하면서 호박이 땅속에서 생겨난다거나 용의 피가 땅속에 들어가서 호박이 되었다는 등의 잘못된 설을 반박한 것(권7) 역시 작자의 식견이 사리에 통달했음을 보여준다.

명물을 고증하고 전고를 해설하는 데 중점을 둔 필기로는『연번로(演繁露)』와『조야유요(朝野類要)』두 책이 대표적이다.

『연번로』는 정대창이 찬한 것으로「정편(正編)」16권과「속편」6권인데, 한나라 동중서(董仲舒)의『춘추번로(春秋繁露)』를 모방한 작품이다. 인용이 매우 다양하고 고증이 아주 상세해 취할 만하다. 예를 들어 권9의「국(鞠)」에서 고대 가죽 공 차기에 관해 기술한 것과, 권15의「불탁(不托)」에서 고대 탕병(湯餠)에 관해 고증한 것은 모두 사람들이 사물에 대해 구체적으로 이해할 수 있게 한다. 권13의「적류(躡柳)」조에서는『한서(漢書)』「흉노전(匈奴傳)」의 주에 근거해, 옛날에 선비족(鮮卑族)은 가을에 하늘에 제사 지내면서 수풀이 없는 곳에 버드나무 가지를 세우고 사람들에게 말을 타고 돌게 했는데, 송나라에서 열병(閱兵)할 때 구장(毬場)의 둘레에 버드나무 가지를 꽂아놓고 병사들에게 말을 타고 달리며 그것을 쏘게 한 것은, 바로 선비족에게서 유래한 것이라고 지적했다. 이 또한 하나의 풍습의 연원을 탐색한 것으로 역사를 연구하는 데 참고할 만하다.

『조야유요』는 조승(趙昇)이 찬한 것으로 5권이다. 조정의 전장제도에 관련된 고사를 인용해 모두 20가지로 분류했다. 분류에 따라 차례로 자료를 배열하고, 각 조마다 소제목을 붙여 하나하나 증명하며 해석했다. 송나라의 공문서 문장과 사대부의 관용어에는 우리가 알지 못하는 것이 많은데, 이 책의 해설을 보면 금방 이해할 수 있다. 예를 들어 권2의「거업(擧業)」

부문에서는 "천하의 선비들은 학적의 유무에 구애받지 않고 모두 본경의 시험에 응시할 수 있으며 합격한 자는 상상에 들어가는데(天下士人, 不限有無學籍, 皆得赴試本經一場, 中者入上庠)" 이것을 '혼보(混補)'라 한다고 했고, 권3의 「입사(入仕)」 부문에서는 "후비의 친척이 은혜를 입어 벼슬을 얻는 것(后妃親屬該恩得官者)"을 '봉향은례(捧香恩例)'라 한다고 했으며, 권4의 「법령(法令)」 부문에서는 "형부에서 법을 제정해 판결하고 아뢰는 것(刑部定法斷獄奏呈)"을 '진의(進擬)'라 한다고 했는데, 이는 모두 우리가 역사 사실을 이해하는 데 도움을 준다. 그밖에 권4의 「문서(文書)」 부문에서 '조서(詔書)'·'제서(制書)'·'수조(手詔)'·'어찰(御札)' 등의 구별을 풀이한 것과 '백마(白麻)'·'당차(堂劄)'·'백차자(白劄子)' 등의 함의를 설명한 것 역시 매우 명확하다. 이 책은 사전(詞典)으로 삼아 찾아볼 수 있을 정도다.

위에서 기술한 여러 책 외에 황조영(黃朝英)의 『정강상소잡기(靖康緗素雜記)』, 공평중(孔平仲)의 『형황신론(珩璜新論)』, 진선(陳善)의 『문슬신화(捫虱新話)』, 오증(吳曾)의 『능개재만록(能改齋漫錄)』과 『변오록(辨誤錄)』, 왕무(王楙)의 『야객총서(野客叢書)』, 고사손(高似孫)의 『위략(緯略)』, 조언위(趙彦衛)의 『운록만초(雲麓漫鈔)』, 마영경(馬永卿)의 『나진자(懶眞子)』, 요관(姚寬)의 『서계총어(西溪叢語)』 등과 같은 책들은 모두 고증 방면에서 취할 만한 것들이 있다. 그중에서 오증은 특히 잡학에 뛰어난 것으로 유명한데, 그의 『능개재만록』은 인용한 것이 대단히 폭넓다. 그러나 이러한 필기들은 어느 책을 막론하고 모두 고증 방면에서 누락된 부분이나 오류가 있다. 그래서 여러 책의 작자들은 늘 한두 개의 예를 따서 다른 사람의 단점을 질책했다. 예를 들어 홍매·조여시·왕관국·왕무 등은 모두 『능개재만록』의 잘못을 반박했다. 그러나 필기의 가치가 어떠한가는 마땅히 전체를 보고 판단해야 하며, 그 책의 일부 잘못된 부분만을 가지고 책 전체를 취할 가치가 없다고 여기는 것은 옳지 못하다.

종합적으로 말해서 송나라의 소설고사류 필기를 보면, 지괴는 전대 사람의 기존 격식에서 벗어나지 못했고 전기는 옛일만을 나열해, 모두 시대적인 특색이 결핍되었다. 홍매의『이견지』는 오로지 많은 것만을 추구해 심지어는『태평광기』의 옛 문장을 채록해 숫자만을 채워 놓아 번잡함을 면할 수 없다. 비록 수록되어 있는 일화나 자질구레한 일에서 때때로 취할 만한 것이 있긴 하지만, 소설이라는 측면에서 볼 때 성취도는 결국 높지 못하다.

역사쇄문류 필기는 전에 없이 홍성해 뛰어난 작품이 아주 많고, 송나라 각 방면의 역사자료를 보존하고 있는 것이 매우 풍부하다. 원나라에서 『송사(宋史)』를 수찬할 때 여기에서 자료를 취했을 뿐만 아니라, 송나라 사람 역시 이러한 필기들을 매우 중시했다. 예를 들어 남송의 이심전(李心傳)이 편찬한『건염이래계년요록(建炎以來繫年要錄)』은 왕명청(王明淸)의『휘주록(揮塵錄)』에서 많은 내용을 취했다.

고거변증류 필기 중에서『몽계필담』과 같은 저작의 기록과 해설은 아주 소중한 것으로 후대 사람들이 늘 인용한다.『용재수필』·『곤학기문』·『학림』과 같이 경사(經史)나 훈고 등을 논한 독서필기 역시 일정한 학술적인 가치가 있기에, 명청 시대 찰기(札記)의 작자들에게 모범적인 예를 제공했다. 송나라 필기가 앞을 이어받고 뒤를 열어준 공로는 적지 않다고 말할 수 있다.

제5장

금·원나라의 필기

소설고사류 필기

― 『속이견지』·『성재잡기』·『낭현기』 및 기타

요(遼)·금(金)·원(元)나라의 사이에는 전란이 빈번해서 경제와 문화가 크게 손상을 입었고 백성들은 피폐한 생활을 하며 이곳저곳을 떠돌아다녔다. 원나라가 전국을 통일한 후에 대도(大都)에서 송·요·금나라 삼조(三朝)의 유서(遺書)를 모아 소장한 것이 비록 전대(前代)에 비해서 손색이 없기는 했으나, 전쟁을 그치고 문교(文敎)에 힘써서 민생을 안정시킬 수는 없었다. 여러 가지 원인으로 인해 희곡(戱曲)이 특히 성행해 찬란한 성취를 남긴 것을 제외하면, 전체적인 문단의 상황은 쇠락하고 무기력한 상태에 처한 듯했다. 그러나 이러한 조건에서도 요·금·원 시기에는 경학과 문학 및 기타 학술분야의 유명인사가 예전과 마찬가지로 많았고, 각종 저작도 모두 볼 만했다. 청나라 사람이 집록한 『요금원예문지(遼金元藝文志)』를 살펴보면 이 점을 이해할 수 있다. 비록 작품의 종류나 수량 면에서는 당송시대에 미치지는 못했어도 중국문화의 발전에 어느 정도 공헌을 했다.

필기의 경우 송·요·금나라의 유신(遺臣)들이 원나라 때 종종 벼슬자리에 나가지 않고 은거하며 저술하는 것을 낙으로 삼으면서, 자신의 경험을 서술하거나 전대의 일화를 이야기하거나 당시의 잡사(雜事)를 기록했다. 따라서 잡다한 일을 기록한 수필류는 수량도 비교적 많은 편이었고 사료(史料)도 상당히 풍부했다. 그러나 『세설신어(世說新語)』를 모방한 소설은 이미 일컬을 만한 것이 없었고, 『수신기(搜神記)』와 같은 지괴류 역시 매우 적었다. 소설고사류의 필기는 『이견지(夷堅志)』를 답습한 것과 여러 책에서 자질구레한 일을 잡다하게 수집한 몇 부(部)만이 있는데, 여기에서는 『속이견지(續夷堅志)』·『성재잡기(誠齋雜記)』·『낭현기(瑯嬛記)』 등을 들어서 살펴보고 그 나머지를 개괄하겠다.

『속이견지』는 금나라의 원호문(元好問)이 찬했다. 청나라의 『사고전서(四庫全書)』본은 2권으로 되어 있으며, 상무인서관(商務印書館)의 『총서집성(叢書集成)』본은 『득월이총서(得月簃叢書)』본에 근거해 조판 인쇄했는데 모두 4권으로 나뉘어 있고 각 권의 조(條)마다 소제목이 있다. 앞에는 청나라 가경(嘉慶) 무진년(戊辰年: 1808)에 쓴 여집(余集)의 서문과 도광(道光) 경인년(庚寅年: 1830)에 쓴 영예(榮譽)의 서문 및 원나라 왕동(王東)이 첨부한 『금사(金史)』 「원호문전」이 열거되어 있고, 뒤에는 원나라 송무(宋無)·자유수(皆窳叟)·석암(石岩)·손도명(孫道明)의 발문(跋文) 각 한 편씩과 오도보(吳道輔)의 오언율시 한 수가 첨부되어 있다. 원래 책에는 원호문의 「자서(自序)」가 있었지만 지금은 전하지 않는다.

원호문은 금원 시대의 대시인으로 금나라에서 벼슬했으나 뜻을 펼치지 못했고, 원나라 이후에는 은거하며 저술하다가 원 헌종(憲宗) 때 세상을 떠났다. 『속이견지』는 그가 만년에 지은 것으로 내용과 체례는 모두 송나라 홍매(洪邁)의 『이견지』를 모방했다. 위진(魏晉) 이래로 문인들이 대부분 괴이한 일을 기록하고 기이한 일을 수집하는 것을 좋아해 하나의 기풍을 형성했는데, 원호문은 비록 시로 유명하기는 했지만 그 역시 이런 기풍의 영향에서 벗어나지 못해 이 책을 지었다.

이 책의 고사에서 위진남북조 지괴소설의 영향을 볼 수 있다. 예를 들어 「경낭묘(京娘墓)」는 왕원로(王元老)가 요절한 젊은 여인 양경낭(楊京娘)의 혼령과 만난 일을 서술했는데, 이는 『열이전(列異傳)』과 『수신기(搜神記)』의 유혼고사(幽魂故事)를 모방한 것이다. 또 「장동입명(張童入冥)」 조는 장씨의 아이가 죽고 난 후에 넋이 다시 돌아오자 아버지 장씨가 메추리 잡는 일을 더 이상 하지 않고 아이를 데리고 절에 들어가서 불공을 드리게 되었다는 이야기를 서술했고, 「천마수(天魔祟)」 조는 어떤 부인이 천마에 의해 재앙을 당했는데 쇠고기를 먹지 않겠다고 빌자 마귀가 몸에서 나가 평안하게 되었다는 이야기를 서술하고 있다. 이것은 『선험기(宣驗記)』나 『명상기(冥祥記)』처럼 부처를 믿고 살생을 경계할 것을 선양하는 상투적인 수법이다. 「산룡(産龍)」 조는 어느 마을의 노부인이 임신한 지 6년 만에 용 한 마리를 낳았다는 이야기를 서술했는데, 이는 역대 필기소설에 자주 보이는 괴이한 이야기다. 「정수범토금(鄭叟犯土禁)」 조는 정이옹(鄭二翁)이 집을 지으려고 땅을 파다가 태세신(太歲神)[85]에게 잘못을 범해 집안 사람이 많이 죽게 되었다는 이야기를 서술하고 있는데, 이는 미신과 풍수의 반영으로서 초기의 지괴에서는 볼 수 없는 것이다.

『사고제요(四庫提要)』에서는 『속이견지』에 대해 "기록한 것은 모두 금나라의 태화(泰和) 연간(1201~1208)과 정우(貞祐) 연간(1213~1217)의 신괴한 일(所記皆金泰和·貞祐間神怪之事)"이라고 했지만, 사실 이 책의 고사 자체는 결코 어떤 시대적인 특징이 없기 때문에 그것을 다른 책에 넣는다고 해도 안 될 것은 없다. 그러나 당송 시대 이후의 필기는 신괴한 일을 적을 때 연(年)·월(月)·시(時)·지(地)를 대부분 갖추고 있고, 전설의 연원을 주(注)로 밝혀서 그것이 실재로 있었던 일임을 밝혔는데 『속이견지』도 이와 같다. 예를 들어 앞에서 말한 「장동입명」 조는 그 끝머리에 "조장관이 직접 보

---

85 옛날에는 땅에 있는 태세신이 하늘의 태세[목성]와 상응해 움직인다고 생각했는데, 점술가들은 이 방향을 나쁜 방향이라고 생각해 태세신의 방위로 흙을 파고 나무를 잘라 건축 공사하는 것을 금기로 삼았다―역주.

았다(趙長官親見之)"라고 쓰여 있다.

그러나 이 책에는 어느 정도 당시의 사회현실을 반영하거나 또는 권선
징악을 빗대어 포폄(褒貶)을 나타낸 고사도 있다. 여기에 「왕증수외력(王
增壽外力)」·「옥식지화(玉食之禍)」·「범원질결우송(范元質決牛訟)」 3조를 발췌
인용하면 다음과 같다.

> 수용의 동남쪽 쌍보에 사는 왕증수는 '외력'이라고 불릴 만큼 씨름
> 을 잘해 그를 당해낼 사람이 없었다. 태화 연간 말에 관에서 낙타를 거
> 두어 가려고 하자, 왕증수가 거짓 꾀를 내서 낙타의 발에 못을 박아 절
> 룩거리게 해놓고, 양두촌에서 낙타를 등에 짊어지고 대주까지 갔다.
> 고을의 태수가 정말로 그렇다고 여기자, 왕증수는 다시 낙타를 짊어지
> 고 돌아왔다. 이 이야기는 번수가 말한 것이다.
>
> 秀容東南雙堡王增壽, 號爲'外力', 善角觝, 人莫能敵. 太和末, 官括駝,
> 增壽作詭計, 釘駝足令跛, 自羊頭村背負駝至代州. 州守信以爲然, 增壽
> 復負之而歸. 樊帥說.

> 연 땅 사람 유백어는 대정 연간(1161~1189)의 부호였는데, 천성이 사
> 치를 좋아해 진수성찬이 아니면 젓가락을 대지 않았다. 그의 집에는 수
> 백 명이 살았는데, 상식(尚食)[86]을 여럿 불러서 집에 머물게 하면서 때
> 때로 넉넉한 재물을 주어 고기 음식의 맛을 물어 알아낸 뒤 간혹 한두
> 가지를 따라 하기도 했다. 그러나 늙고 병들고 나서 재물이 날로 줄어
> 들어 쓸쓸하게 죽었다. 10여 년 후에 그의 두 아들은 저잣거리를 돌아
> 다니며 구걸하는 신세가 되었다. 진수성찬의 화를 보고 들은 것만 해도
> 몇 사람이나 되는지 알 수 없지만 일단 여기에 기록한다. 이 두 가지 일

---

86 궁중에서 음식을 담당하는 관리―역주.

은 또한 사농이 말한 것이다.

燕人劉伯魚, 以貲雄大定間, 性資豪侈, 非珍膳不下筯. 間舍數百人, 悉
召尚食諸人居之, 且時有餉瞻, 問知肉食之品, 或一二效之. 既老而病, 財
日削, 鬱鬱以死. 十數年後, 兩兒行丐於市. 玉食之禍, 耳目所見, 不知其
幾人, 聊記此耳. 二事亦司農云.

범원질이 평여현령이 되었을 때 함두촌의 팽이삼 형제는 모두 재
물을 탐했다. 어느 날 팽이삼의 물소가 낳은 송아지가 며칠 만에 죽자
강물에 버렸다. 마침 이웃 장씨의 물소도 송아지 한 마리를 낳았는데,
팽이삼은 목동의 꼬임에 넘어가 장씨의 송아지를 훔쳤다가 자기 집
의 물소에게 젖을 먹이게 했다. 장씨가 이 사실을 알고 목동을 매질하
자, 목동이 마침내 장씨에게 고하길, "팽씨 집의 송아지는 죽어서 강물
에 버렸고, 지금 젖을 먹고 있는 것은 당신 집의 송아지입니다. 당신이
관가에 고발한다면 제가 가서 증언하겠습니다"라고 했다. 장씨가 관
가에 하소연하자, 범원질이 말하길, "이는 어려운 일이 아니다"라고 했
다. 그러고는 새로운 물 두 동이를 길어 오게 한 다음, 두 집의 물소 두
마리의 귀 끝을 찔러서 그 피를 물에 떨어뜨리게 했는데, 두 피가 전혀
서로 섞이지 않았다. 다시 송아지를 끌고 와서 역시 귀를 찔러 송아지
의 피를 물에 떨어뜨렸더니, 바로 장씨 물소의 피와 서로 섞여서 엉겼
다. 이에 즉시 송아지를 장씨에게 돌려주었다. 현에서는 그의 신명함
을 칭송했다. 범원질은 이름이 천보이고 자주 사람이다. 진사 조공상
이 직접 본 일이다.

范元質令平輿, 函頭村彭李家兄弟皆豪於財. 彭李三水牯生一犢, 數日
死, 棄水中. 鄰張氏水牯亦生一犢, 李三爲牧兒所誘, 竊張犢去, 令其家水
牯乳之. 張撻之, 遂告張曰: "李家犢死水中, 今所乳君家犢也. 君告官,
我往證." 張愬之官, 元質曰: "此不難." 命汲新水兩盆, 刺兩牛耳尖, 血瀝

水中, 二血殊不相入. 又捉犢子亦刺之, 犢血瀝水上, 隨與張牛血相入而
凝. 卽以犢歸張氏. 縣稱神明. 元質名天保, 磁州人. 進士趙公祥親見.

　장사 왕증수는 꾀를 내어 자신의 낙타를 절룩거리게 한 뒤, 대주까지
짊어지고 가서 태수를 속여 관의 착취를 피했는데, 이는 그의 지혜를 나
타낸 것이다. 유백어는 평소 매우 사치했는데, 늙어서 가난하고 병들어 죽
게 되었고 자식들은 거지로 전락했다. 이는 "일에는 반드시 결과가 있게
마련이니, 이치에 본디 그러함이 있다(事所必至, 理有固然)"는 것으로, 결코
어떤 인과응보는 아니다. 작자는 이 이야기를 빌려서 세상 사람들을 권계
함으로써 자신의 의도를 더욱 분명히 했다. 범원질은 송아지를 훔친 사건
을 처리할 때 시비(是非)를 잘 판별함으로써 지방관리가 갖춰야 할 명철함
을 보여주었는데, 이는 나중에 공안소설(公案小說)에 나오는 청렴한 관리
와 유사하다. 그래서 작가의 붓끝에서 칭송된 것이다. 이러한 고사는 모두
어느 정도의 현실적인 의의를 갖는다.

　그밖에 이 책에서 기록한 의학처방, 예를 들어 무즙으로 연기에 질식된
환자를 치료하는 것, 도꼬마리나 하눌타리 등으로 악성종기나 부스럼을
치료하는 것(권2 「구훈사(救薰死)」・「배저방이(背疽方二)」), 복령(茯苓)・석고(石膏)・
용골(龍骨) 등으로 치아를 문질러서 이를 튼튼하게 하는 것(권3 「개아방(揩牙
方)」) 등은 참고할 만하다.

　원나라 송무(宋無)가 발문에서 이 책을 "악을 징벌하고 선을 권하며 세
세한 것도 반드시 기록해, 풍속을 알 수 있고 사람들의 인정을 볼 수 있다
(惡善懲勸, 纖細必錄, 可以知風俗而見人心)"라고 한 것은 그 성취가 『이견지』를
뛰어넘었다고 생각한 것이다. 청나라 여집(余集)의 서문에서는 또 이 책을
"기괴한 일을 기록한 황당한 말이 아니라, 실제로는 길흉에 관한 야사다
(非弔詭之厄言, 實禨祥之外乘)"라고 했는데, 그 심오한 기탁이 천인상응(天人
相應)의 이치를 반영한 것이라고 여겼다. 그러나 사실 이 책은 『이견지』와

형제지간으로 결코 새로운 것이 없고 그저 손 가는 대로 기록한 것이며 또 무슨 문채(文彩)라고 할 만한 것도 없기 때문에, 원호문의 시에 비할 바는 아니다. 그러나 금원 시대에는 이런 필기가 매우 적었으므로, 논자들은 대부분 먼저 이것을 들어서 서술했다.

『성재잡기(誠齋雜記)』는 원나라 임곤(林坤)이 찬한 것으로 2권이다. 임곤는 자(字)가 재경(載卿)이고, 살던 집을 성재(誠齋)라고 했기에 이 책을 일컬어 『성재잡기』라고 했다. 『진체비서(津逮秘書)』·『설고(說庫)』본 등이 있으며, 『설부(說郛)』[완위산당본(宛委山堂本)]본은 1권으로 되어 있다. 책의 앞부분에 영가(永嘉) 사람 주달관(周達觀)의 서(序)가 있기 때문에 청나라 사람이 집록한 「원예문지(元藝文志)」에서는 이 책을 주달관이 찬했다고 잘못 기록했다.[87]

『성재잡기』는 각종 소설과 필기 고사를 채록했으되, 출처를 밝히지 않았고 시대 순서대로 분류해 배열하지도 않았다. 또한 종류별로 귀납하지도 않았고 내용도 번잡하다. 게다가 원문을 나누어 놓거나 대충 줄거리만 말한 것이 많아서, 지리멸렬하게 쪼개져서 단편도 구성하지 못하는 것들도 있다. 예를 들어 권상의 「오왕부차소녀명자옥(吳王夫差小女名紫玉)」 조와 「현초몽신녀종지자칭천상옥녀(弦超夢神女從之自稱天上玉女)」 조는 모두 진(晉)나라 간보(干寶)의 『수신기(搜神記)』에서 채록했다. 권하의 「남서일사자종화산기왕운양(南徐一士子從華山畿往雲陽)」 조는 남조의 악부 「화산기(華山畿)」 고사[88]인데, 『악부시집(樂府詩集)』 권46에서 인용한 『고금악록(古今

---

87   상무인서관(商務印書館)의 『요금원예문지(遼金元藝文志)』 「원예문지(元藝文志)」 48쪽에 보인다.

88   유송(劉宋) 소제(少帝) 때 남서(南徐)의 한 선비가 화산기라는 곳에서 한 여인을 만나 그녀를 짝사랑하다가 상사병으로 죽었는데, 나중에 상여가 그녀의 집 앞을 지나갈 때 그녀 역시 선비의 관속으로 들어가 버리자, 결국 두 사람을 합장했다는 이야기다. 훗날 이러한 애절한 사연을 소재로 한 「화산기」라는 노래가 계속 불려졌다— 역주.

樂錄)』에서 채록했다.「왕파객양주목란사(王播客揚州木蘭寺), 승염고지(僧厭苦之), 반후격종(飯後擊鐘)」조는 오대(五代) 왕정보(王定保)의 『당척언(唐摭言)』에서 채록했다. 이 책은 여러 다른 책을 모아 되는 대로 베낀 것이므로, 결코 직접 지은 것이 아님을 알 수 있다.

또 권상의 「연태자단질어진(燕太子丹質於秦)」조는 한나라 소설 「연단자(燕丹子)」에서 채록했고, 그 뒤에 있는 「형가지연태자동궁(荊軻之燕太子東宮), 임지이관(臨池而觀)」조도 앞의 책에서 나온 것인데 두 조로 나누어 놓았다. 권하의 「이정이포의알양사공(李靖以布衣謁楊司空)」조와 「이정여장씨승마이거(李靖與張氏乘馬而去)」조는 모두 당나라 두광정(杜光庭)의 『규염객전(虯髥客傳)』의 내용인데, 역시 두 조로 나누어 놓았기 때문에 문장의 뜻이 서로 연결되지 않는다. 최생(崔生)이 홍초(紅綃)를 만나고 곤륜노(崑崙奴)인 마륵(磨勒)의 도움을 받았다는 이야기는 당나라 배형(裴鉶)의 『전기(傳奇)』중 「곤륜노」에서 취했는데, 결국 다섯 단락으로 나누어 배열했고 또 제 2단락 뒤에 「공명정맹획(孔明征孟獲)」과 「초회제후(楚會諸侯)」두 조를 끼워 넣었기 때문에 더욱 문맥이 통하지 않는다. 이는 이 책을 집록할 때 정해진 원칙이 없었고 간행할 때도 다시 정리하지 않아서 매우 번잡해졌음을 설명해 주는 것이다.

『성재잡기』에 집록된 고대로부터 당송 시대까지의 소설은 전체의 10분의 9를 차지하지만, 금원 시대의 일화는 몇 조 밖에 되지 않는 데다가 그것마저 다른 책에서 인용한 것이다. 예를 들어 권상에서는 금나라 원유산(元遺山: 원호문)의 여동생이 도사(道士)가 되었는데 장평장(張平章)이 그녀를 아내로 맞으려고 하자 여동생이 시를 지어 거절했다는 고사를 기록했고, 원나라 초의 도사이자 천경관(天慶觀)의 주지인 섭벽창(聶碧窻)이 포로로 잡힌 부녀자를 불쌍히 여겨서 지은 칠언절구 한 수를 기록했는데, 이는 모두 장자정(蔣子正)의 『산방수필(山房隨筆)』에 보인다. 앞 조의 이야기는 『산방수필』과 문장이 대체로 비슷하고, 뒤 조의 이야기는 『산방수필』에서 기록한 것이 더 상세해 섭벽창의 율시 1수와 절구 2수가 더 많다. 장자정은 송나라 말 원나라 초 사람으로 그의 책은 비교적 일찍 나왔기에 『성재잡기』가 이것에 근거해 발췌했다.

그러나 원나라 때는 이런 필기가 매우 적었고, 『성재잡기』가 그래도 나름대로 수준을 이루었다고 할 수 있기 때문에, 후에 여러 책들이 나왔을 때는 『성재잡기』를 인용해 서술했다. 예를 들어 원나라 이세진(伊世珍)의 『낭현기(瑯嬛記)』는 『성재잡기』의 일부 고사를 고쳐서 기록했다. 명나라 모진(毛晉)은 『성재잡기』의 내용이 "신기하고 즐길 만하며 결코 진부한 투가 없어서 『태평광기』와 매우 비슷하다(新異可喜, 絶無腐氣, 頗似『太平廣記』)"라고 여겨서 출판 간행했으니, 명나라 사람들이 여전히 이 책을 중시했음을 알 수 있다.[89]

『낭현기』는 구제(舊題)에는 원나라의 이세진이 찬한 것으로 되어 있고 3권이다. 『진체비서』 『학진토원』본 등이 있으며, 『설부』(완위산당본)본은 1권으로 되어 있다.

이것은 여러 책의 기이한 이야기나 자질구레한 일들을 모아 지은 소설류 필기로, 각 조목 뒤에는 인용한 서명을 주(注)로 달았다. 인용한 책은 『원관수초(元觀手鈔)』 『성재잡기』 『사씨시원(謝氏詩源)』 『채란잡지(采蘭雜志)』 『선림실어(禪林實語)』 『진솔재필기(眞率齋筆記)』 『수진록(脩眞錄)』 『성도구사(成都舊事)』 『박물지여(博物志餘)』 『치허각잡조(致虛閣雜俎)』 『원허자선지(元虛子仙志)』 『원원자(元元子)』 『원허자(元虛子)』 『가자설림(賈子說林)』 ·『원산당시화(元散堂詩話)』 『지기(志奇)』 『문원진주(文苑眞珠)』 『청당집(靑棠集)』 『문수습유(文粹拾遺)』 『교갈(膠葛)』 『와유기(臥遊記)』 『이유여담(二酉餘談)』 『단청기(丹靑記)』 『속고금주(續古今注)』 『정토절요(淨土節要)』 『위생금살록(魏生禁殺錄)』 『상지편(上池編)』 『임하시담(林下詩談)』 ·『자진잡초(子眞雜

---

89 모진(毛晉)의 말은 『설고(說庫)』본 『성재잡기』 뒤에 첨부된 모진의 발문(跋文)에
    보인다.

抄)』·『허루속본사시(虛樓續本事詩)』·『임하사담(林下詞談)』·『안양기(安養記)』·
『하황사기(下黄私記)』·『요작척독(姚鸒尺牘)』·『속경고(續敬告)』·『속열선전(續
列仙傳)』·『묘관아언(妙觀雅言)』·『수죽각여훈(修竹閣女訓)』·『자진고경기(子眞
古鏡記)』·『매교선생장방(梅橋先生藏方)』·『여황일소(余皇日疏)』·『강호기문(江
湖紀聞)』·『금강찬(金剛鑽)』·『자진화보(子眞畫譜)』·『실암기문(實庵紀聞)』·『금
강진(金剛鎭)』 등 모두 46종인데, 이 중에서『채란잡지』·『성재잡기』·『치허
각잡조』 등에서 인용한 조목이 특히 많다.

　이 책의 첫머리에는 진나라의 장화(張華)가 건안종사(建安從事)로 있을
때 선인(仙人)을 만나 석실(石室)로 안내되었는데 방안에 기서(奇書)가 많이
있었고 그 지명을 묻자 낭현복지(瑯嬛福地)라 했으며, 나중에 장화가『박물
지(博物志)』를 지을 때 낭현에서 겪은 일을 많이 언급했다고 기재되어 있
다.『낭현기』라는 책 제목은 바로 이러한 뜻에서 취한 것이다. 이 조의 끝
에 "원관수초(元觀手鈔)"라고 주를 달았는데, 이것이 무슨 책인지는 알 수
없다. 진나라의 이 전설은 단지 원나라의 이 필기에만 보이고 이보다 먼
저 언급한 사람이 없기 때문에 의심스러운 점이 있다. 게다가 인용한 기
타 여러 전적에서도 대부분 저록된 것을 볼 수 없어서 진위를 판별하기
어렵다. 아마도 작자가 남의 이름을 사칭해 근거가 확실치 않은 기술을
한 것이 적지 않은 것 같다.

　『사고제요』에서는『낭현기』에 대해 "전희언의『희하』에서는 명나라 상
역에 의해 위탁된 것으로 여겼다(錢希言『戲瑕』以爲明桑懌所僞託)"라고 했고,
전희언의『희하』권3「안적(贋籍)」에서는 "『낭현기』는 여읍 사람 상민역
[상열]이 소장한 것을 축희철[축윤명]이 훔쳤다고 전해지나 증명할 근거
가 없다. 두 사람의 문집을 살펴보면 애당초 '낭현'이라는 말을 쓴 적이 없
다. 이후에 지어진 것으로는『집류편』·『여홍여지』등 5~6종의 책이 있지
만 모두 위조된 책으로 누가 엮었는지 알 수 없다. 다만 뛰어난 일과 담론

이 많고 서체가 승국(勝國: 원나라)[90]과 비슷하므로, 아마도 근자의 호사가가 지은 것 같다(『瑯嬛記』傳是餘邑桑民懌悅所藏, 祝希哲允明竊之, 第無核據. 考之二公集中, 初未嘗用'瑯嬛'語. 後此而作者, 有『緝柳編』『女紅餘志』諸書五六種, 並是贗籍, 不知何人締構. 顧多俊事致談, 書類勝國, 要或近時好事者爲之耳)"[91]라고 했다. 『희하』의 말은 매우 명료하니, 단지 『낭현기』에 대해 상열이 소장한 것을 축윤명이 훔쳤다는 전설은 전혀 확증이 없음을 지적했을 따름이다. 그런데도 『사고제요』에서는 이것에 근거해서 전희언은 이 책이 위탁되었다고 여겼다고 했으며, 또 송나라의 상역을 명나라의 상열이라고 오인해, 장씨의 갓을 이씨가 쓰는 격이 되고 말았으니 그 허술함이 우스울 따름이다.

『낭현기』가 지어진 연대를 단정하기는 어렵지만, 명나라 중엽에 이미 성행했고 문장과 내용도 나름대로 수준을 이루었기에 명나라 사람의 위작 같지는 않다. 또 여러 사람의 손을 거치면서 표절하고 그대로 답습한 필기와도 다르다. 여기에 권중(卷中)의 3조를 기록해 그 내용의 일부를 살펴보고자 한다.

서시는 온몸에서 특이한 향기가 났는데, 매번 목욕을 마치면 궁인들이 목욕물이 담긴 항아리를 다투어 가지려고 했다. 소나무 가지에 그 물을 적셔서 휘장에 뿌리면 방 안 가득 향기가 났다. 또 물을 항아리에 담아둔 채로 오래 두면 뿌연 찌꺼기가 생기고 굳으면 기름 같아졌는데, 궁인들은 이것을 햇볕에 말려서 썼다. 향기가 물속에서 더 짙었기 때문에 '침수'라고 불렀다. 비단 주머니를 만들어서 그것을 담아 예쁜 버선이나 다리의 복사뼈에 찼다. 밀향나무 가운데 물에 가라앉는 것을

'침수'라고 하는데, 이 또한 여기서 이름을 빌린 것이다. (『채란잡지』)

西施擧體有異香, 每沐浴竟, 宮人爭取其水積之罌甕. 用松枝灑於帷幄, 滿室俱香. 罌甕中積久下有濁滓, 凝結如膏, 宮人取以曬乾. 香逾於水, 謂之'沉水'. 製錦囊盛之, 佩於寶襪脚趾. 蜜香樹木沉者曰'沉水', 亦因此借名. (『采蘭雜志』)

왕희지는 '호반'이라고 하는 정교한 돌 붓걸이를 가지고 있었고, 왕헌지는 '구종'이라고 하는 얼룩무늬 대나무 필통을 가지고 있었는데, 모두 세상에 하나밖에 없는 것이었다. (『치허각잡조』)

羲之有巧石筆架, 名'扈班', 獻之有斑竹筆筒, 名'裘鐘', 皆世無其匹. (『致虛閣雜俎』)

천보 13년(754)에 궁중에 붉은 비가 내렸는데 그 색이 마치 복숭아꽃 같았다. 양태진(楊太眞: 양귀비)은 매우 기뻐하며 궁인들에게 주발과 국자로 비를 받게 했다. 그 빗물로 옷과 치마에 물을 들였더니 자연스럽고 아름다운 빛이 났다. 그러나 오직 옷깃 위에만 물들지 않는 곳이 있었는데, 그 모양이 마치 '마(馬)' 자 같아서 내심 매우 꺼림칙했다. 다음 해 7월에 결국 마외지변(馬嵬之變)[92]이 일어나 옷과 치마가 피로 물들어서 붉은 비와 다름이 없었으니, 황상이 그것을 매우 슬퍼했다. (『치허각잡조』)

天寶十三年宮中下紅雨, 色若桃花. 太眞喜甚, 命宮人各以碗杓承之. 用染衣裙, 天然鮮艷. 惟襟上色不入處, 若一'馬'字, 心甚惡之. 明年七月, 遂有馬嵬之變, 血汚衣裙, 與紅雨無二, 上甚傷之. (『致虛閣雜俎』)

---

92 755년에 안사(安史)의 난으로 현종(玄宗)이 피난하던 중 호위 병사들이 일으킨 병변(兵變). 병사들에 의해 양국충(楊國忠)과 양귀비(楊貴妃)가 피살되었다—역주.

이러한 것들은 물론 황당무계한 이야기이지만, 소설로 여기고 본다면 역사인물의 상황을 빌려 상상력을 발휘해 부연하고 과장했으며, 또한 담담한 포폄(褒貶)을 드러냈다. 그래서 후대의 문인들이 그중의 신기한 일을 즐겨 선택해 시가에 집어넣음으로써, '낭현복지'는 이미 여러 사람에 의해 전고로 사용되었다.

원나라의 소설고사류 필기는 대체로 이상의 세 가지 유형에서 벗어나지 않는다. 그밖에 원나라 오원복(吳元復)의 『속이견지(續夷堅志)』 20권(4권이라고도 한다)은 원호문이 찬한 것과 명칭이 같으며, 역시 지괴소설이다. 원나라 관한경(關漢卿)이 지었다고 표제되어 있는 『귀동(鬼董)』 5권은 사실 남송(南宋) 효종(孝宗)·광종(光宗) 때의 태학생(太學生) 심(沈) 아무개의 손에서 나왔지만, 이 책이 관한경에 의해서 전해졌기 때문에 아마도 작자를 관한경이라고 잘못 쓴 것 같다.[93] 그밖에도 원나라 주치중(周致中)이 집록한 『이역지(異域志)』 2권은 외국의 풍토를 서술했는데, 사실과 허위가 절반씩이고 괴이한 전설을 많이 뒤섞어 놓았다. 천흉국(穿胸國)·우민국(羽民國)·삼수국(三首國) 같은 것은 모두 『산해경(山海經)』을 그대로 베꼈고, 여인국(女人國)·후안국(後眼國)·구국(狗國) 등도 소설가의 말이다. 이 책은 전체적으로 지괴적인 성격이 짙기 때문에 진정한 지리저작이라고 볼 수 없다.

---

93 『귀동(鬼董)』[『설고(說庫)』본] 권말(卷末)의 원나라 태정(泰定) 연간 병인년(丙寅年: 1326)에 쓴 전부(錢孚)의 발문(跋文)과 청나라 건륭(乾隆) 연간 병오년(丙午年: 1786)에 쓴 포정박(鮑廷博)의 발문 참조. 관한경의 『귀동』 5권은 『요금원예문지』 「원예문지(元藝文志)」 48쪽에 보인다.

제2절

역사쇄문류 필기

― 『귀잠지』·『옥당가화』·『은거통의』·『철경록』 및 기타

금원 시대의 역사쇄문류 필기는 대체로 다음의 네 가지로 구분할 수 있다. 첫째는 유신(遺臣)의 신분으로 전대의 일화를 회상해 기술한 것인데, 예를 들어 금나라 유기(劉祁)가 원나라로 들어간 뒤에 지은 『귀잠지(歸潛志)』에서 금나라의 고사를 기록한 것이 그러하다. 둘째는 자신의 경험에 근거해 당시 전장제도(典章制度)의 기록을 위주로 한 것인데, 예를 들어 원나라 왕운(王惲)의 『옥당가화(玉堂嘉話)』에서 원나라의 문고(文誥)와 예의(禮儀) 등을 저술한 것이 그러하다. 셋째는 자료를 부문별로 순서에 따라 배열하고 기서(記敍)·의론(議論)·고증(考證)을 겸한 것으로, 예를 들어 원나라 유훈(劉壎)의 『은거통의(隱居通議)』가 그러하다. 도종의(陶宗儀)의 『철경록(輟耕錄)』은 부문별로 나누지는 않았지만 다방면의 내용을 포괄하고 있어서 『은거통의』와 유사하다. 둘째와 셋째 필기는 비교적 많은데, 예를 들어 원나라 성여재(盛如梓)의 『서재노학총담(庶齋老學叢談)』이나 장자정의 『산방수필』 같은 것은 내용의 중점이 각기 다르지만, 모두 총담잡기(叢談雜記)에 속하며 역사 사실이나 예문(藝文) 등을 언급하고 있어서 종종 취할

만한 장점이 있다. 넷째는 야사잡전류(野史雜傳類)로 사실 서술과 인물 기록을 위주로 했는데, 예를 들어 요(遼)나라 왕정(王鼎)의 『분초록(焚椒錄)』, 원나라 오내(吳萊)의 『삼조야사(三朝野史)』, 서현(徐顯)의 『패사집전(稗史集傳)』 등은 견문을 서술하고 있어서 역시 채택할 만하다. 그중에서 먼저 중시할 만한 가치가 있는 것은 『귀잠지』·『옥당가화』·『은거통의』·『철경록』 네 작품이다.

『귀잠지(歸潛志)』는 금나라의 유기(劉祁)가 찬한 것으로 14권이다. 흔히 볼 수 있는 판본은 『지부족재총서(知不足齋叢書)』본과 『필기소설대관(筆記小說大觀)』본인데, 「부록」 1권이 덧붙여져 있고 『금사(金史)』 「유기전」, 원나라 왕운(王惲)의 「혼원유씨세덕비(渾源劉氏世德碑)」, 청나라 왕사정(王士禎)의 「귀잠지서(歸潛志序)」, 전증(錢曾)의 『독서민구기(讀書敏求記)』의 저록, 원나라 조목(趙穆)과 청나라 송정국(宋定國)·이북원(李北苑)·노문초(盧文弨)·포정박(鮑廷博)의 발문 5편이 첨부되어 있다.

유기는 자가 경숙(京叔)이고 혼원(渾源) 사람이며, 금나라의 태학생(太學生)으로 원나라에 들어가서는 벼슬하지 않았다. '귀잠(歸潛)'이라는 자신의 당호(堂號)를 따서 지은 책을 『귀잠지』라고 했다. 이것은 동시대 원호문의 『임진잡편(壬辰雜編)』과 더불어 세상에 유행했다.

『임진잡편』은 이미 명나라 중엽에 망실되었고 이 책만 겨우 보존되었는데, 금나라 말의 문헌을 기록하고 있으므로 매우 귀중하다고 볼 수 있다. 예를 들면 다음과 같다. 대량(大梁)이 포위되고 금나라 병사들이 여러 번 패하자, 집정자는 초조해하며 계획도 세우지 못했다. 마지막 왕은 궁궐에서 목매어 죽으려 했고 또 높은 곳에서 떨어지려고 했는데 누군가에 의해 구조되었다. 성 안의 많은 백성은 굶어 죽었고 심지어는 사람이 사람을 먹기도 했다. 후에 최입(崔立)이 배반해 원나라에 투항하고 두 집권 세력을 죽였다. 원나라의 군사가 성으로 들어와서 마구 약탈해가자 금나라는 결국 망했다.(권12) 이것은 유기가 당시 변량(汴梁)에 있으면서 직접 경험하고 보고 들은 것을 적은 것이므로 믿을 만하다.

또 금나라가 남쪽으로 건너간 뒤에도 집정자는 변량을 수복하려는 계획을 세우지도 않았고, 위아래가 모두 눈앞의 일시적인 안락만을 탐했으며, 조정에서는 임금을 측근에서 모시는 신하들 사이에 아첨하는 것이 하나의 풍조가 되어 재해와 민생의 질고를 숨겼다. 또 일을 처리할 때도 명백하게 가부를 표시하지 않고 낮은 목소리로 느릿느릿 말하면서 서로 미루었는데, 이를 '양상체(養相體)'라 한다고 했다. 집정자는 인재를 등용할 때 반드시 재능도 없고 강단도 없어서 쉽게 조정할 수 있는 사람을 뽑았는데, 이것을 '공생사(恐生事)'라 한다고 했다.(권7) 이를 통해 당시 관리사회의 부패상을 충분히 알 수 있다.

이 책에서 또 금나라 말의 기타 정치와 풍속의 갖가지 폐단을 기록한 것 역시 깊이 성찰할 만하니, 이에 근거해서 금나라가 멸망한 여러 원인을 이해해 이로써 경계로 삼을 수 있다. 유기는 금옥(金玉)과 곡식의 용도를 언급할 때 개탄하며 다음과 같이 말했다.

금은과 주옥은 세상 사람들이 매우 귀하게 여기는 것이지만, 흉년이 들면 콩이나 조만도 못한 것은 어찌 된 일인가? 일에는 선후가 있고 시세에는 완급이 있는 법이다. 평상시에는 부귀한 집에서 주옥과 무소뿔·상아로 만든 노리개와 기물을 구하려고 곡식과 비단을 내다 팔아도 그것을 얻지 못할까 걱정하는데, 이러한 것들로 집안을 가득 채워서 다른 사람들에게 화려함을 과시하는 것을 즐기는 자들은 모두 이렇다. 임진년에 내가 대량에 있을 때, 성이 오랫동안 포위되어 관과 민간에서 식량이 부족했기 때문에, 쌀 한 되 값이 은 두 냥 남짓까지 치솟아 굶어 죽는 자들이 널려 있을 지경이었다. 사람들은 금과 은을 진흙같이 여겼고 쓸모도 없었다. 선비나 서민들은 평소에 간직했던 주옥과 노리개, 장신구, 옥 패물, 수놓은 비단옷과 이불 등을 꺼내서 날마다 천진교 시장에 늘어놓고는 한 되나 한 홉 되는 쌀 또는 콩으로 바꿔서 아침저녁 끼니를 때웠다. 내가 기억하기로, 우리 집의 솜옷은 매우 정교하게 만들어졌고 또 고와서 쌀 여덟 말과 바꿀 수 있었고 금비녀는 소 앞다리 하나와 바꿀 수 있었으므로, 곧바로 그것을 팔았다. 이로써 알겠으니, 명군은 오곡을 귀히 여기고 금옥을 천히 여겨야 진실로 그 근본을 아는 것이다. 옛사람이 말하길, "땔나무를 계수나무처럼 여기고 쌀을 진주처럼 여겨야 한다"라고 했는데, 이것이 어찌 허튼소리이겠는가!

金銀珠玉, 世人所甚貴, 及遇凶年則不及菽粟, 何哉? 事有先後, 勢有緩急也. 平時富貴之家, 求一珠玉犀象玩好器物, 至發粟出帛, 惟恐其不得, 將以充其室誇耀於人以自樂者, 皆是也. 壬辰歲, 余在大梁時, 城久被圍, 公私乏食, 米一升至銀二兩餘, 殍死者相望. 人視金銀如泥土, 使用不計. 士庶之家, 出其平日珠玉翫好, 妝具環佩, 錦綉衣裘, 日陳於天津橋市中, 惟博糶升合米豆, 以救朝夕. 嘗記余家一氎袍, 極緻密鮮完, 博米八斗, 金釵易牛肉一肩, 趣售之. 以是知明君貴五穀而賤金玉, 誠知其本也. 古人云: "薪如桂, 米如珠." 豈虛言哉!

농업을 중시하고 곡식을 귀하게 여기는 사상은 선진(先秦)과 양한(兩漢)의 제자(諸子)들이 이미 상세히 논술했는데, 유기 또한 자신의 경험으로 곡식이 주옥보다 중요하다는 이치를 증명했다. 성이 포위되고 식량이 끊긴 것이 금나라의 멸망을 더욱 가속화했다.

『귀잠지』는 각 권마다 소제목이 없고 또 부문별로 나누지도 않았지만, 실제로는 비슷한 내용끼리 모아서 매우 조리 있게 편집되어 있다. 권1에서 권6까지는 앞부분에 기록한 금나라의 해릉왕(海陵王)·선효태자(宣孝太子)·장종(章宗) 및 금나라의 왕공(王公) 등 다섯 조목을 제외하면, 모두 금나라 사대부의 경력·언행·시문(詩文) 저작에 관한 서술로 대략 인물의 소전(小傳)과 같다. 권7에서 권10까지는 금나라의 정치와 예문(藝文) 등의 방면을 언급한 자질구레한 일들을 되는대로 기록했다. 권11에서는 대량(大梁)이 포위되기까지의 전말을 상세히 기술했다. 권12에서는 최입이 배반해 적에 투항하고 군신(群臣)들을 협박해 비(碑)를 세운 일을 기록했고, 「변망(辨亡)」 한 편과 기타 의론을 첨부했다. 권13에서는 자질구레한 의론과 감상 및 독서 후의 느낀 점 등을 기록했는데, 처세의 경험담이 많이 들어 있다. 그리고 마혁(麻革)의 「유용산기(遊龍山記)」 1편과 후대 사람이 편집해 넣은 유기의 「서증류본초후(書證類本草後)」·「유서산기(遊西山記)」·「유임려서산기(遊林廬西山記)」·「북사기(北使記)」 등의 일문(佚文) 4편과 일시(佚詩) 2수를 덧붙여 기록했다. 또 「일사(逸事)」 한 조목에서도 앞의 시 2수를 찾아볼 수 있다. 유기의 『신천둔사집(神川遁士集)』이 이미 전해지지 않기 때문에, 이 몇 편의 시문은 더욱 보존 가치가 있다. 권14에는 유기의 「귀잠당기(歸潛堂記)」 및 다른 사람이 지은 「귀잠당명(歸潛堂銘)」과 시가들이 실려 있는데, 그중에는 『유산집(遺山集)』에 실려 있지 않는 원호문의 칠언율시 1수가 들어 있다. 이 권에는 또한 원나라 학경(郝經)의 「혼원유선생애사(渾源劉先生哀辭)」 1편과 왕운의 「추만귀잠유선생(追輓歸潛劉先生)」이라는 칠언율시 1수가 있는데, 모두 후대 사람이 편집해 넣은 것이다.

유기는 금나라 말에 태어나서 당시 사대부들과 활발하게 교유했으므로, 그가 기록한 시문의 전고와 일화 등은 모두 그가 보고 들은 것이어서, 대체로 믿을 만하다. 예를 들어 권1에서는 금나라의 해릉왕[海陵王: 완안량(完顏亮)]이 번왕(藩王)으로 있을 때 부채를 읊은 시에서 "큰 손잡이가 내 손안에 있다면, 맑은 바람이 천하에 가득할 텐데(大柄若在手, 淸風滿天下)"라고 했는데, 쌍관어(雙關語)[94]를 사용하고 어투도 호탕하다. 이 시가 후세에 널리 전파된 것은 바로 이 책의 기록에 의해서다. 또한 "서호 가에 백만

---

94 '대병(大柄)'은 '큰 부채 손잡이'와 '대권(大權)'이라는 이중적인 의미를 내포하고 있다—역주.

대군을 진치고, 오산 제일봉에 말을 세우네(屯兵百萬西湖上, 立馬吳山第一峰)"라는 구절은 송나라 악가(岳珂)의 『정사(桯史)』에서 이미 인용해 기술했다.

청나라 사람 이자명(李慈銘)은 유기의 "문필이 자못 졸렬하다(文筆頗拙)"[95]라고 여겼다. 사실 『귀잠지』의 서술은 소박하고 수수한 것이 장점이다. 게다가 허망하거나 괴이한 이야기는 언급하지 않았으니 그 풍격이 금원 시대의 기타 필기소설보다 훨씬 높다고 하겠다. 금나라의 사료(史料)를 찾고자 한다면 우선 중시해야 할 것이 이 책이다. 원나라 사람이 『금사(金史)』를 수찬할 때 바로 여기에서 자료를 많이 취했다.

『옥당가화(玉堂嘉話)』는 원나라 왕운(王惲)이 찬한 것으로 8권이다. 흔히 볼 수 있는 판본은 『묵해금호(墨海金壺)』본과 『수산각총서(守山閣叢書)』본이고, 『총서집성』본은 『묵해금호』본에 의거해 조판 인쇄한 것이다. 단행본을 제외하고는 전문(全文)이 왕운의 『추간집(秋澗集)』에 이미 수록되어있다.

『옥당가화』는 원 세조(世祖) 지원(至元) 무자년(戊子年: 1288)에 완성되었고 「자서(自序)」한 편이 있는데, 왕운이 중통(中統) 2년(1261) 신유년(辛酉年)부터 지원 31년(1294) 갑오년(甲午年)까지 한림(翰林)의 관리를 지낸 전후 34년 동안의 일을 기록했다. 옥당은 관서명(官署名)으로 본래는 시중(侍中)이 거처하는 곳이었는데 송나라 이후로는 관례적으로 한림에만 속하게 되었으므로, 왕운이 이 책을 『옥당가화』라고 부른 것이다.

이 책에 기록된 당시의 문고(文誥)와 예의(禮儀) 등은 모두 한 시대의 전장제도를 보여주기에 충분하다. 예를 들어 권1의 「위춘한금주조(爲春旱禁酒詔)」와 「위춘한기우청사(爲春旱祈雨靑詞)」[96], 권3의 「수단문전교계토고세

---

95 이자명(李慈銘)의 말은 상무인서관(商務印書館)에서 출판한 『월만당독서기(越縵堂讀書記)』하책(下冊) 985쪽에 보인다.

96 청사(靑詞)는 도가에서 재(齋)를 올릴 때 쓰는 문장으로 청등지(靑藤紙)에 붉은 글씨로 썼다—역주.

군지기문(修端門前橋啓土告歲君地祇文)」, 권4의 「고태묘문(告太廟文)」과 「영국공제사(瀛國公制辭)」 등은 모두 왕운이 직접 본 자료다. 권3의 다른 조목에서는 다음과 같이 기록했다.

지원 15년(1278) 무인년 정월 갑인월 초하루 을유일에 시강 이덕신, 응봉 이겸과 함께 백관을 모시고 행재소에서 자기 자리로 나아가 망배해 일곱 번 절을 올렸다. 시의사에서는 하루 전에 대궐의 정문과 두 개의 궐문에 백토로 구획을 그어놓고 판에 백관의 명호를 썼는데, 각 관서에 따라 품계에 의거해 등급을 구분했다. 반열이 정해지면 순서에 따라 입궁해 예를 행하고, 예를 마치고 나면 왼쪽에서부터 액문(掖門)[97]을 통해 나갔는데, 이때 바람과 먼지가 크게 일어났다. 이것이 이른바 '문을 나설 때 먼지가 누런 안개처럼 가득 차니, 비로소 몸이 하늘로부터 돌아오는 것을 느낀다'라는 것이다. 일찍이 구호 한 절구가 있었는데, "하룻밤 전에 대궐의 정문에서 판위(板位)를 구분하고, 해가 뜨면 백관이 차례대로 줄지어 나아가네. 자줏빛 구름이 나지막이 깔린 가운데 수많은 관리 들어오니, 황금 향로에 백합향을 더한 것 같구나" 라고 했다.

至元十五年戊寅正月甲寅乙酉朔, 同李侍講德新·應奉李謙陪百官就位望拜行在所, 凡七拜. 其侍儀司先一日於端門兩闕門灰界方所, 以板書百官號, 隨各司依品秩作等列. 班定, 以次入宮行禮, 禮畢由左掖門出, 風埃大作. 所謂'出門塵漲如黃霧, 始覺身從天上歸'. 曾有口號一絶: "隔夜端門分板位, 平明簪笏列鴛行. 紫雲低覆千官入, 潤作金爐百合香."

이 기록을 보면 지원 연간에 소위 '망배행재소(望拜行在所: 행재소에서 절하

다)'라는 의식이 있었는데, 이는 하루 전에 먼저 구획을 그어놓고 판에 관호(官號)를 써놓은 뒤 이튿날 아침에 반열대로 입궁해 예를 행하는 것임을 알 수 있다. 이것은 당시의 특정한 예의제도 가운데 하나다. 왕운은 또 채무가(蔡無可)의 「대각사비(大覺寺碑)」에 근거해 연경(燕京)에서 남성(南城)을 축조한 때는 금나라 해릉왕 천덕(天德) 2년(1150)이라고 지적했고, 제거사(提擧司)의 문건에 근거해 지원 6년(1269)에 통행된 원보초(元寶鈔)[98]는 겨우 70여만 개뿐이었다고 지적했는데, 이것은 모두 확실해 믿을 만하다.

『옥당가화』에 기록된 당송 시대 이래의 문고(文誥)·전고(典故)·일화(逸話)·유사(遺事) 및 서화(書畵) 등의 자료도 역시 취할 만한 것이 많다. 예를 들어 권1에서는 왕운이 직접 본 당나라 배요경(裴耀卿)·장구령(張九齡)·이임보(李林甫) 등의 고신(告身)[99]을 기록했는데, 이에 근거해 당나라 고신의 격식을 이해할 수 있다. 권2에서는 '제(制)'[100]와 '고(誥)'[101]의 두 문체는 달라서 '제'는 왕명을 선포하는 것으로 마땅히 산문으로 써야 하고 '고'는 조회에서 조칙을 받들어 행하는 것으로 반드시 사륙문을 응용해야 한다고 했는데, 이를 통해 후대의 '제'와 '고'가 모두 사륙문으로 쓰인 것은 잘못된 것임을 알 수 있다. 권3의 「신선낙지제세군문(新船落至祭歲君文)」을 통해서는 당시 배를 새로 만들어 진수할 때 먼저 태세군에게 제사 지내야 한다는 사실을 알 수 있는데, 문장 중에서 '낙지(落至)'의 함의를 해석해

---

98 원보은자(元寶銀子). 화폐로 사용된 말발굽 모양의 은괴를 말한다―역주.

99 당나라에서 관직을 내릴 때 사용한 부(符). 후대에 이부(吏部)에서 관직을 내릴 때 작성한 서류나 근대에서 사용한 위임장과 같은 것을 말한다―역주.

100 공상(公相)을 제수하거나 장수를 임명하면서 선마[宣麻: 백마(白麻) 또는 황마(黃麻)의 종이에 관원의 임명 사실을 적어 다른 여러 관료 앞에서 공표하는 절차]의 과정을 거쳐 내리는 제왕의 명―역주.

101 선마(宣麻)의 대상이 아닌 여타 관원의 임명이나 추증(追贈)을 행할 때 내리는 제왕의 명―역주.

"완성된 배를 물에 띄우는 것을 '낙지'라고 한다(成舟委波, 謂之'落至')"¹⁰²라
고 했다.

금나라에 저항한 남송(南宋)의 명장 악비(岳飛)는 조구(趙構: 고종) 때 억
울하게 죽임을 당했다가, 조신(趙昚: 효종) 때 비로소 관직이 복원되어 장례
를 다시 치르고 시호와 봉작을 받았다. 이 사실에 대해 『송사(宋史)』 「악비
전(岳飛傳)」에는 "[악비는] 순희 6년(1179)에 무목이란 시호를 받았고, 가정
4년(1211)에 악왕으로 추봉되었다(淳熙六年謚武穆, 嘉定四年追封鄂王)"는 간략
한 기록만 있는데, 『옥당가화』 권2에는 「악왕악비시충목문(鄂王岳飛謚忠穆
文)」의 전문이 기록되어 있다. 문장이 뛰어나기는 하지만 누구의 손에서
나왔는지는 알 수 없다. 여기에 옮겨보면 다음과 같다.

군주를 위해 자신을 잊는 것을 일러 신하의 큰 절개라고 하니, 시호
를 내려 행적을 표창할 때는 반드시 천하의 공언을 살펴야 한다. 칭송
의 글을 거듭 내려 무덤가에 뒤늦게 고하노니, 태사로 하여금 악비를
악왕에 추봉하고 충목이란 시호를 내리게 하노라. 그의 위대한 명성은
천하에 떨쳐졌고 지략은 시서에 근거했으며, 머리를 묶고 종군함에 그
의 앞에 상대할 적이 없었으니, 창을 베개 삼아 베고 의지를 북돋우며
중원을 소탕할 것을 맹세했다. 중원 회복의 대의는 반드시 실현되어야
한다고 여겼으며, 충정과 비분의 기개는 막기 어렵다고 여겼다. 그러
나 상방(上方)¹⁰³과의 밀계는 문서에 모두 갖추어졌었다. 대저 어떤 권
신들이 화친을 적극 주장했는가? 그들은 능연각(凌烟閣)¹⁰⁴의 뛰어난
공적을 논하기도 전에 먼저 언월영(偃月營)¹⁰⁵의 음모에 걸리고 말았

다. 옛날 이장군(李將軍)[106]은 입으로 말하지 않았지만 그의 죽음을 들은 사람은 모두 눈물을 흘렸고, 인상여(藺相如)[107]의 몸은 이미 죽었지만 그의 기개는 늠름히 살아있는 듯했다. 악비는 고종의 돌보심을 잊지 아니하고 효종의 긍휼히 여기심을 온전히 받았기에, 옛 관직을 되돌려주고 예를 갖춰 장례를 치러주었으며, 편액을 하사해 그의 충정을 표창했다. 선황제(先皇帝) 때에는 진왕이란 봉작이 내려졌고, 이미 여러 성대(聖代)에서 무고함을 풀었으니 구천에서도 여한이 없으리라. 그러나 이름을 바꾸는 전례(典禮)는 행해졌어도 예의에 합당한 추모의 말은 일치되지 못했으니, 처음에는 충민이란 시호를 받았다가 얼마 후엔 무목으로 고쳐 불렀다. 짐은 중흥의 옛 전장제도를 살펴보고 나서 황실의 본뜻을 훤히 알게 되었다. 이에 몸을 단정히 해 군주를 받든 실상을 취하고 환란을 평정한 문장을 채록해, 이 두 시호를 합하되 양쪽에서 하나의 뜻을 덜었다. 옛날에 제갈공명이 한나라 황실을 부흥하는 데 뜻을 둔 것은 곽자의(郭子儀)[108]가 당나라 수도 장안을 회복한 것과 같으니, 비록 계책의 효과는 달랐지만 그 마음가짐은 다르지 않았다. 전적(典籍)에 그 이름을 드리움에 어찌 고금이 하나로 합쳐지는 것을 꺼리겠는가? 그 은덕이 자손만대까지 미쳐서 산천과 함께 영원할지어다. 영령이 살아있다면 성대하게 이를 받으시라!

主爾忘身, 茲謂人臣之大節, 諡以表行, 必稽天下之公言. 申錫讚書, 追告幽冥, 故太師追封鄂王諡忠穆岳飛. 威名震於區夏, 智略根乎詩書, 結髮終戎, 前無堅敵, 枕戈勵志, 誓淸中原. 謂恢復之義爲必伸, 謂忠憤之

---

106 한 문제(文帝) 때의 명장 이광(李廣). 흉노를 물리친 공을 세웠다―역주.
107 전국시대 조(趙)나라의 명신. 진(秦) 소양왕(昭襄王)이 15성을 조나라의 화씨벽(和氏璧)과 바꾸자고 했을 때, 사신으로 가서 소양왕의 간계를 간파하고 화씨벽을 잘 보전해 귀국했다―역주.
108 당나라의 명장으로 안녹산(安祿山)의 난을 토벌해 하북(河北)의 10여 군을 회복했다―역주.

氣爲難遏. 上方密契, 詔札具存. 夫何權臣, 力主和議? 未究凌烟之偉績,
先罹假月之陰謀. 李將軍口不出辭, 聞者流涕, 藺相如身雖已死, 凜然猶
生. 猶高皇眷念之不忘, 肆孝廟哀矜之備至, 還故官而禮葬, 頒詞額以旌
褒. 逮於先帝之時, 襚以眞王之爵, 旣解誣於累聖, 可無憾於九泉. 然而易
名之典雖行, 議禮之言未一, 始爲忠愍之號, 旋更武穆之稱. 朕獲睹中興
之舊章, 灼知皇祖之本意. 爰取危身奉上之實, 仍採克定禍亂之文, 合此
兩言, 節其一惠. 昔孔明之志興漢室, 若子儀之光復唐都, 雖計效以或殊,
在秉心而弗異. 垂之典冊, 何嫌今古之同符? 賴及子孫, 將與山河而並久.
英靈如在, 茂渥有承!

이 문장은 악비의 심정과 공적에 대해서 합당한 평가를 내리고 있는데,
그가 억울하게 죽임을 당한 일과 사후(死後)에 시호가 고쳐지고 추봉을 받
게 된 자세한 경위를 구체적으로 설명했다. 비록 조구에 대해서 두둔한
점이 없지 않지만, 대부분의 내용은 취할 만해 귀중한 역사문헌적 가치가
있다. 이러한 자료는 다행히 『옥당가화』에 기록되어 보존되어 왔다.

권2에는 또 「신전찬소전(辛殿撰小傳)」이 있는데, 다음과 같이 기록되어
있다. 신기질(辛棄疾)은 본래 제남(濟南) 사람이었지만 금나라가 북방을 점
령한 후에 송나라에 귀의했으며, 과거급제 후에는 금나라를 공격해 송나
라를 회복할 것을 힘써 주장해 한탁주(韓侂冑)와 뜻을 같이했다. 그의 문
집에 「수남간옹문(壽南澗翁文)」이 있는데 이는 한탁주를 위해 지은 것이다.
또 태산(泰山)의 영암(靈巖)에는 신기질의 이름을 새겨놓은 석각(石刻)이 있
는데, '신(辛)' 자를 '육십일산인(六十一山人)'으로 풀어놓았다. 왕운이 지원
20년(1283)에 그곳에 놀러 갔을 때도 그 석각이 아직 남아 있었다고 했다.
이 역시 사적(史籍)에서 빠진 부분을 보충하기에 충분하다.

지원 11년(1274) 12월에 원나라 사람이 송나라 내부(內府: 황실 창고)의 도
서와 예기(禮器)를 모두 대도(大都: 지금의 베이징)로 옮겼다. 왕운이 『옥당가

화』 권2·3에서 그가 본 송나라 내부의 서화(書畵) 200여 폭을 뽑아서 기록한 것은 다른 책의 저록에서는 흔히 볼 수 없는 것으로 고대 서화가 유전(流傳)된 단서를 연구하고 고증하는 데 중요한 자료가 된다.

그밖에 권1의 「발승화광매후어(跋僧花光梅後語)」 조에서는 다음과 같이 기록했다.

촉의 승려 초연은 자가 중인이고, 형양의 화광산에서 기거했다. 그는 정강의 난[109]을 피해 강남의 가산에 기거하면서, 참정 진간재[진여의(陳與義)]와 이웃집에서 살았다. 산곡[황정견(黃庭堅)]이 [그의 매화 그림에 대해] 말하길, 먹을 갈아서 그린 매화는 범인을 초월해 성인의 경지에 들었으니 화법이 마땅히 사해의 으뜸이고 이름이 후세에 전해지리라고 했다. 일찍이 산곡이 지은 "배를 몰아 화광산 가까이 와서 머물며, 남쪽 가지와 북쪽 가지를 다 그렸네"라는 시구에서 그의 빼어난 풍모를 짐작할 수 있다. 운몽 사람 조복이 그의 그림에 제(題)하길, "마치 왕사(王謝)[110]의 자제들이 관을 거꾸로 쓰고 패옥을 떨어뜨려 행동거지가 바르지 못하지만 그래도 저절로 일종의 풍류가 있는 것과 같다"라고 했다. 이 그림은 아마도 이전의 금나라 고승상의 집안에서 소장했던 것으로 보이는데, 본래는 '암향'·'소영'·'계설'·'춘풍'의 4폭이 있었지만 지금은 '계설'이 유실되었다. 지금은 송자옥이 소장하고 있다.

蜀僧超然字仲仁, 居衡陽花光山. 避靖康亂, 居江南之柯山, 與參政陳簡齋併舍而居. 山谷所謂研黙作梅, 超凡入聖, 法當冠四海而名後世. 嘗有"移船來近花光住, 寫盡南枝與北枝"之句, 其豐度可想矣. 雲夢趙復題

---

109 1126년에 금나라가 송나라를 침입해 흠종(欽宗)을 볼모로 잡아간 사건. 송나라는 이 때문에 강남의 임안(臨安)으로 천도(遷都)했다—역주.

110 육조시대의 명문벌족이었던 왕씨(王氏)와 사씨(謝氏) 가문—역주.

云: "如王謝子弟, 倒冠落珮, 擧止欹傾, 自有一種風味." 此蓋前金高丞相
家藏, 舊四幅: '暗香'·'疏影'·'溪雪'·'春風', 今失'溪雪'. 見爲宋子玉所收.

살펴보니, 원나라 하문언(夏文彦)의 『도회보감(圖繪寶鑑)』에는 비록 초연
의 소전(小傳)이 실려 있지만 위의 내용은 없고, 근래에 엮은 『당송화가인
명사전(唐宋畫家人名詞典)』에도 이 내용을 인용해 기술하지 않았다.

『은거통의(隱居通議)』는 원나라 유훈(劉壎)이 찬한 것으로 31권이다. 『독
화재총서(讀畫齋叢書)』·『해산선관총서(海山仙館叢書)』·『총서집성(叢書集成)』
본 등이 있다.

유훈 역시 송나라 말에 태어났지만 왕운에 비해 연배가 약간 늦다. 『은
거통의』는 대략 그가 만년에 지은 것으로, 「이학(理學)」·「고부(古賦)」·「시
가(詩歌)」·「문장(文章)」·「변려(騈儷)」·「경사(經史)」·「예악(禮樂)」·「조화(造化)」
·「지리(地理)」·「귀신(鬼神)」·「잡록(雜錄)」의 총 11편으로 나뉘는데, 의론·기
서(記敍)·고증도 함께 들어 있다.

「이학」편에서는 심성(心性)·덕행·도통(道統)과 주육(朱陸)의 이동(異
同)[111] 등을 말했는데, 치학(治學)이나 처세경험도 일부 들어 있지만 진부
한 말이 많다. 「귀신」편은 말이 황당하고 기괴해 학문이나 경사의 고증 등
과는 무관해 장점이 없으므로 거론하기에 부족하다. 그중에서 중시할 만
한 가치가 있는 것은 시문(詩文)과 관련된 부분이다.

『은거통의』에서 인용해 서술한 시문은 종종 다른 책에는 보이지 않는
다. 예를 들어 권21에서는 송 도종(度宗)이 등극하면서 사면을 내린 글을

---

111 주희(朱熹)와 육구연(陸九淵)의 논쟁을 말한다. 주희는 '이(理)'를 천지만물의 근원
으로 보고 사물의 이치를 궁구하면 성의정심(誠意正心)을 체현할 수 있다고 하면서
육구연을 선학(禪學)이라고 비판했으며, 육구연은 '심즉리(心卽理)'를 내세워 발명
본심(發明本心)하면 만물의 변화에 응대할 수 있다고 하면서 주희를 지리(支離)하
다고 비판했다—역주.

기록했는데, 이 글은 『송사』 「도종본기」에 실려 있지 않다. 또 권31에서는 송 도종 함순(咸淳) 7년(1271)에 같이 과거에 합격한 자들의 소록(小錄)을 기록했는데, 이를 통해 송나라 과거제도를 살필 수 있으니 이 역시 다른 책에서는 볼 수 없는 것이다. 또 당나라 송경(宋璟)의 「매화부(梅花賦)」의 흔히 볼 수 있는 판본은 청나라 사람이 이미 『전당문(全唐文)』에 편집해 넣었는데, 유훈은 일찍이 송원 시대에 유행했던 또 다른 판본을 보고 비록 "후인이 모방한 것(後人效之)"이라고 의심하기는 했지만, 감히 진위를 함부로 단정할 수 없었기 때문에 앞의 1편과 함께 『은거통의』 권5에 수록함으로써 식자들이 참고하길 기다렸다. 뒤의 「매화부」는 앞의 부와 마찬가지로 먼저 소서(小序)를 배열하고 나중에 정문(正文)을 실었다.

> 기억하노니, 심산대천의 작은 돌과 큰 바위에서, 난초는 깊은 가을에 향기롭고 풀은 차가운 서릿발에 시든다. 천지의 원기(元氣)가 쇠잔해지니, 만물이 움츠러든다. 천지는 꾸미지 않아도 아름답고, 풀뿌리는 추위에 드러나도 향기롭다. 눈과 서리가 날릴 때 매화꽃이 떨어지니, 외로운 향기가 고상하게 빼어나 깨끗한 세상이 눈에 들어온다. 내가 이에 다음과 같이 시를 짓는다. "구름 차갑고 풀들도 메말랐으니, 온갖 풀뿌리에 향기가 없네. 바람 싸늘하니, 남쪽 땅에도 얼음이 어네. 산이 수척하고 달도 작고, 하늘은 텅 비었고 물은 빛나네. ……."
> 憶深山大川, 斷石長巖, 蘭芳幽秋, 草落嚴霜. 一氣頹枯, 萬物閉藏. 天地不色而艷, 根荄逞寒而芳. 雪霜之間, 時落梅花, 孤香高標, 入眼澄俗. 余因作而賦之曰: "雲寒草死兮, 萬根荄之不芳. 風栗洌兮, 冰生水鄉. 山瘦兮月小, 天空兮水光. ……."

『은거통의』에서 인용한 시문은 대부분 전편을 실었기 때문에 처음과 끝이 모두 갖추어져서 문장의 뜻이 완전하다. 기술된 사람 중에서 혹 다른 책에 보이지 않는 경우에는 이 책에 의거해 그 이름이 전해지며, 인용된 시문 중에서 혹 원래 문집에서 일찍 유실된 것도 이 책에 의거해 그 단편이 남아 있다. 권4에 수록된 부유안(傅幼安)의 「추화초충부(秋花草蟲賦)」와 권9에 수록된 절구 「옥산도상(玉山道上)」 1수는 모두 문장이 청신하고 아름답지만 널리 알려지지는 못했다. 『은거통의』는 유실된 것을 보존했다는 면에서 가치가 있다.

유훈이 시를 논한 것 중에는 간혹 취할 만한 것이 있다. 예를 들어 권11의 「당송시의동(唐宋詩意同)」 조에는 다음과 같이 기록되어 있다.

> 당나라 사람의 시[112]에 "어제의 춘풍은 간데없으니, 침상으로 다가가 낙엽 불어내고 읽던 책 마저 보네"라는 구절이 있는데, [송나라의] 유공보[유반(劉攽)]는 "오로지 남풍만을 예전에 알고 있었으니, 곧바로 문 열고 책을 뒤적이네"라고 했고, 형공[왕안석(王安石)]은 "느긋하게 잠을 자도 종일 찾아오는 이 없고, 춘풍만이 문 앞을 쓸고 가네"라고 했으며, 하방회[하주(賀鑄)]는 "초 먹인 나막신의 옛 흔적은 찾아도 보이지 않고, 동풍이 먼저 나를 위해 문을 여네"라고 했다. 이 4수의 시는 의경이 서로 비슷하지만 그 자연스러움을 논하자면 형공과 유공보가 지은 것이 뛰어나다.
> 唐人詩云: "昨日春風欺不在, 就床吹落讀殘書." 劉貢父云: "惟有南風舊相識, 徑開門戶又翻書." 荊公曰: "閒眠盡日無人到, 自有春風爲埽門." 賀方回云: "蠟屐舊痕尋不見, 東風先爲我開門." 四詩意雖相近, 然論其自然, 則荊公·貢父所作爲勝.

시의 정서가 자연스러우면서 깊고 아름다운 것으로 말하자면, 형공과

---

112 제목은 「노포당(老圃堂)」이며 작자는 설능(薛能) 또는 조업(曹鄴)이라 한다—역주.

유공보의 시구가 확실히 뛰어나니, 유훈이 시를 깊이 이해해 미세한 차이에도 자세하게 시의 우열을 정할 수 있었음을 알 수 있다. 같은 권의 「변추호부(辨秋胡婦)」 조에서는 다음과 같이 말했다.

추호가 결혼한 지 5일이 지났는데도 아내의 얼굴을 알아보지 못했다면 어찌 바보가 아니겠는가? 헤어진 지 5년이 지났으면 아내의 얼굴은 분명 처음 시집왔을 때만큼은 못했을 것이지만 그런데도 여전히 추호가 유혹할 정도였다면, 신혼 때의 아내는 참으로 젊고 어여뻤을 텐데 또 어째서 서둘러 아내를 버리고 멀리 떠났는가? 이 이야기의 의도는 옛사람이 이 기이한 일을 지어내서 후세의 경계로 삼으려 한 것이었는데, 시인들은 이를 제목으로 삼아 읊조리면서 모두 무소식이 희소식이라고 했다.

秋胡旣婚五日矣, 猶不認其妻之容貌, 豈非癡人乎? 旣別五年, 其妻顔貌必不如初嫁時矣, 猶相挑引, 則新婚少艾, 又何遽捨之而遠遊乎? 意者古人創此一段奇事以警後世, 而詩家取以作題目發吟思, 猶曰盡信書不如無書.

유훈의 이 의론 한 대목도 역시 기존의 견해에 얽매이지 않고 정리(情理)에 매우 가까워서 시인의 안목을 갖추었으니, 추호의 사적을 고증해 변별하는 데 비교적 뛰어나다. 이밖에 권7의 「두구개유출처(杜句皆有出處)」 조는 어원을 탐색한 것으로 역시 참고할 가치가 있다.

『철경록(輟耕錄)』은 원나라 도종의(陶宗儀)가 찬한 것으로 30권이다. 『진체비서』・『총서집성』・『사부총간삼편(四部叢刊三編)』・『원명사료필기총간(元明史料筆記叢刊)』본 등이 있다. 『역대소사(歷代小史)』본 1권은 『철경록』을 절록(節錄)해 베낀 것이다.

이 책은 원나라 말에 완성되었는데, 지정(至正) 27년(1367)에 쓴 손위(孫

位)의 서문이 있다.

이 책에는 원나라의 법령·제도·일화·쇄사 및 송나라 말의 전고·시문 등의 귀중한 문헌이 꽤 많이 기술되어 있다. 예를 들어 권2에서는 어사대(御史臺)의 설치 연혁과 선문각(宣文閣)의 직무를 기술했고, 권5의 「벽정부(劈正斧)」 조에서는 황제의 등극일과 정월 초하루와 천수절(天壽節) 등에 대명전(大明殿)에 오를 때의 의장(儀仗)을 기록했으며, 권21에서는 궁궐의 제도를 상세하게 기술했는데, 이 모두는 원나라의 전장제도와 관련된 것으로 다른 책에는 자세하게 기록되어 있지 않다. 권21의 「갈잔(喝盞)」 조에서는 황제의 향연 제도를 서술해, 원나라에서 여전히 금나라의 옛 의식을 이어받아 사용하고 있음을 알 수 있다. 권18의 「기송궁전(記宋宮殿)」 조에서는 송나라 변량(汴梁: 변경)의 고궁과 항주(杭州) 행궁(行宮)의 건축 배치를 서술하고 있을 뿐 아니라 변량의 궁인이 지은 오언절구 19수도 초록해, 송나라의 궁중상황을 이해하는 데에 매우 유용하다.

이 책에 기술된 기타 사료 역시 대부분 취할 만하다. 예를 들어 권3의 「정렬(貞烈)」 조에서는 지원(至元) 13년(1276)에 백안(伯顔)이 군대를 통솔해 항주(杭州)로 들어가서 궁중의 비빈과 민간의 부녀자를 노략질하고 아주 많은 사람을 죽였다고 기록했다. 납치되어 원나라의 궁중으로 들어간 송나라의 궁인 중에서 목을 매어 자살한 사람을 황제가 다시 그 목을 베어 매달라고 명령했으니, 그 핍박과 억압의 잔혹함을 상상할 수 있다. 같은 권의 「악악왕(岳鄂王)」 조에서는 가구사(柯九思) 등이 악비(樂飛)의 묘가 무너져 황폐해졌으므로 중수(重修)하자는 논의를 주창해 정원우(鄭元祐)가 상소문을 지은 일을 서술했는데, 그중에 "그의 지략은 곽표요[霍驃姚: 곽거병(霍去病)][113] 같았지만 한 무제 같은 군주를 만나지 못해 집이 필요

---

113 한(漢) 무제(武帝) 때의 장군으로 흉노를 정벌해 공을 세웠는데, 한 무제가 그에게 저택을 지어 주려고 하자 흉노를 아직 멸하지 못했으므로 집이 필요 없다고 했다─역주.

없다며 다짐한 뜻을 헛되이 했으며, 그의 의기는 조예주[祖豫州: 조적(祖逖)][114] 같았지만 진 원제 같은 군주를 만나서 노를 때리며 맹세한 말을 헛되이 했다(方略如霍驃姚, 不逢漢武, 徒結志於亡家, 意氣如祖豫州, 乃遇晉元, 空誓言於擊楫)"라는 경구(警句)가 있다. 그리고 권4의 「만문승상시(輓文丞相詩)」조에서는 서세륭(徐世隆)과 우집(虞集)의 칠언율시 각 1수를 기록했는데, 매우 훌륭한 작품으로 정감과 기개가 흘러넘친다. 이것은 모두 적에게 항거한 두 영웅인 악비와 문천상(文天祥)을 원나라 사대부들이 존숭했음을 보여준다. 또 권4의 「현처치귀(賢妻致貴)」조에서는 정붕거(程鵬擧)가 송나라 말에 포로로 잡혀서 장만호(張萬戶)의 노예로 있을 때, 장만호가 포로로 잡은 여자를 그에게 시집보내자 그 부인이 정붕거에게 도망가라고 권했고, 결국 정붕거는 원나라로 들어간 뒤에 관리가 되어 부인과 함께 행복하게 살았다는 이야기를 기록했다. 이 이야기는 당시 몽고인과 색목인(色目人) 등이 대부분 한인(漢人)들을 포로로 잡아서 노예로 삼았던 사실을 설명한 것으로, 어느 정도 대표성이 있다. 경극(京劇)의 명배우 메이란팡(梅蘭芳)은 일찍이 이 이야기를 취해 「생사한(生死恨)」이라는 극으로 개편했다.

이밖에도 권29의 「기륭평(紀隆平)」조에서는 원나라 말 장사성(張士誠) 형제가 거사(擧事)한 전모를 기록했고, 권4의 「폐송능침(廢宋陵寢)」조에서는 양련진가(楊璉眞珈)[115]가 송나라 황제들의 묘를 도굴하자 당각(唐珏)과 임덕양(林德陽)이 그 잔골(殘骨)을 거두어 장사지낸 일을 서술한 여러 사람의 기록을 모아 놓았는데, 이것은 모두 매우 상세한 사료다. 「폐송능침」조의 대부분은 후대 사람이 역사를 기술하는 데 근거가 되었다. 그러나 그중에는 사실과 맞지 않은 것도 있는데, 청나라 사람 이자명(李慈銘)이 일

---

114 진(晉) 원제(元帝) 때 예주자사(豫州刺史)가 되어 군사를 모집해 황하 이남의 땅을 수복했는데, 출정할 때 장강을 건너면서 중원을 평정하지 못하면 돌아오지 않겠다고 맹세했다―역주.

115 원나라의 승려로 강남의 승려를 관리하는 총책임자였다―역주.

찍이 그것을 판별하고 분석했다.[116]

『철경록』에 기재되어 있는 시사(時事)와 문학·서화·의술·기예 및 언어
·민속 등 다방면의 기술과 고증은 모두 유용한 자료로서 부족함이 없다.
권2의 「각명인(刻名印)」 조에서는 원나라 때 몽고인과 색목인 중에서 관리
가 된 사람들 대부분이 붓을 들고 수결(手決)을 쓸 줄 몰랐기 때문에 상아
나 나무에 이름을 새겨서 날인한 일을 서술했는데, 이것으로 원나라에서
압인(押印)이 성행한 원인과 이로 인해 후대에 이런 물건들이 전해져서 보
존된 것이 비교적 많았던 까닭을 알 수 있다. 권5의 「제발(題跋)」 조에서는
유회맹(劉會孟)이 「이읍별도(李泣別圖)」에 "일은 끝났는데, 울어본들 무슨
소용 있겠는가? 소무의 절개요, 이릉의 시로구나. 아!(事已矣, 泣何爲? 蘇武
節, 李陵詩. 噫!)"라고 제한 것과, 풍자진(馮子振)이 「양비병치도(楊妃病齒圖)」
에 "화청궁에서 이 하나 아프더니, 마외파에선 온몸이 아프네. 어양의 전
쟁 북소리 땅을 흔드니, 천하가 고통이구나!(華淸宮, 一齒痛, 馬嵬坡, 一身痛. 漁
陽聲鼓動地來, 天下痛!)"라고 제한 것과, 진역증(陳繹曾)이 「양비상마교도(楊
妃上馬嬌圖)」에 "이것은 「청평조」의 곡조 찾아 침향정에 갈 때인가? 아니
면 어양의 전쟁 북소리 듣고 마외파로 갈 때인가? 말에 오르는 모습은 참
으로 비슷하나 상황은 크게 다르니 보는 이가 이것을 알 수 있을까?(此索
「淸平調」詞赴沈香亭時邪? 抑聞漁陽聲鼓聲赴馬嵬坡時邪? 上馬固相似, 情狀大不同, 觀
者當審諸?)"라고 제한 것을 기록했다. 이 세 발문은 모두 짧으면서도 정채
롭고 예리하며, 말뜻이 놀랄 만큼 적절해 참으로 가작이라 할 수 있다. 권
25에서는 원나라 원본(院本)의 극목(劇目)을 기록했고 권27에서는 잡극
(雜劇)의 곡명을 기록했는데, 이는 희극(戲劇)과 관련된 사료다. 권30에서
는 인장제도(印章制度)를 고증했는데, 이는 도장과 관련된 사료다. 권29에
서는 먹 제조와 당송원 시대의 먹 제조 명가를 기록했는데, 이는 먹의 제

---

116 『월만당독서기(越縵堂讀書記)』 하책(下冊) 987~989쪽에서 언급한 『철경록』 부분
에 보인다.

조와 관련된 사료다. 권28에서는 화가 13과(科)를 기록하고 회화의 제재를 기술했다. 권27에서는 표구 13과를 기록하고 그림 표구의 상식을 논했다. 권15에서는 의가(醫家) 13과를 기록했는데, 이는 중의(中醫)의 과목과 관련된 기록이다. 이들은 모두 고증의 자료로 삼기에 충분하다. 권2의 「살호장(殺虎張)」 조에서는 장만호가 호랑이를 죽이고 '발돌(拔突)'[또는 '발도(拔都)'라고도 한다]이라는 칭호를 얻었다고 기록했는데, 청나라 때 용사의 칭호로 쓰였던 '파도로(巴圖魯)'가 사실은 '발돌'과 같은 말임을 알 수 있다. 권8의 「장년(長年)」 조와 권11의 「분소(分疏)」·「사물이명(事物異名)」 2조는 어휘를 해석한 예이다. 권5의 「발촉(發燭)」 조에서는 항주 사람이 소나무를 종잇장처럼 얇게 깎은 다음에 유황을 녹여서 그 끝부분에 바른 것을 '발촉'이라 불렀다고 했는데, 이것은 성냥의 시초다. 권29의 「칭지위쌍(稱地爲雙)」 조에서는 『운남잡지(雲南雜志)』를 인용해 3사람이 2마리의 소로 하루 동안 밭을 가는 것을 1쌍(雙)이라 하는데 대략 4무(畝)에 해당한다고 했다. 이 역시 한 시기의 민속을 고찰할 수 있는 근거가 된다.

『철경록』은 참고할 가치가 많은 책이지만, 그중에는 괴이한 미신과 자질구레해 무료한 기록이 적지 않게 섞여있다. 전대 사람들의 저술을 뽑아 인용하면서 그 서명을 밝히지 않은 것은 필기의 일반적인 병폐에 속한다. 예를 들면 권8의 「섭벽창시(聶碧窗詩)」 조는 원나라 장자정(蔣子正)의 『산방수필(山房隨筆)』에서 뽑아 기록한 것인데 절구 1수를 조금 베껴놓았을 뿐이다.

위에서 기술한 4권의 책 외에도, 원나라 백정(白珽)의 『잠연정어(湛淵靜語)』 2권에 기록된 것은 모두 송나라의 일화로 고증과 변별이 대부분이다. 이 책은 『사연일록(使燕日錄)』을 인용해 송나라 변경(汴京)의 궁궐 건축과 명칭 등을 상세하게 기재하고 있어서, 사서(史書)에서 빠진 것을 보충하기에 충분하다. 또 옛사람들이 불씨를 갈았던 것은 계절의 변화와 관계된 것으로 새 불은 성질이 부드러워 갑자기 타들어 가서 불똥이 튈 염려가 없다고 했으며, 혜강(嵇康)은 위(魏)나라 경원(景元) 3년(262)에 죽었기 때문에 그의 전기가 『진서(晉書)』에 열거되는 것은 부당하다고 했는데, 모두 식견 있는 말이다.

또 원나라 성여재(盛如梓)의 『서재노학총담(庶齋老學叢談)』 3권은 대부분 경사(經史)와 시문을 얘기한 것이기는 하지만, 원나라 및 양송(兩宋)의 일화와 전고도 간간이 기록했다. 장자정의 『산방수필』 1권은 대부분 송나라 말 원나라 초의 고사를 서술한 것으로 대략 시화(詩話)와 비슷한데, 가사도(賈似道)가 나라를 망친 일과 목면암(木棉庵)의 정호신(鄭虎臣)이 원수를 갚은 일을 특히 상세하게 기록했다. 선우추(鮮于樞)의 『곤학재잡록(困學齋雜錄)』 1권은 인물을 기록하고 잡설을 거론했는데, 서화와 옛 기물을 서술한 것이 대부분이다. 양우(楊瑀)의 『산거신어(山居新語)』 4권은 다방면의 자료를 포괄하고 있어서 『철경록』과 비슷하다. 정원우(鄭元祐)의 『수창산초잡록(遂昌山樵雜錄)』(『수창잡록』이라고도 한다) 1권은 송나라 말의 일화와 원나라의 고사(高士)·명신(名臣)들의 숨은 이야기 40여 조를 기록한 것으로, 비록 편폭은 크지 않지만 취하기에 충분하다. 공제(孔齊)의 『지정직기(至正直記)』(『정재유고(靜齋類稿)』 또는 『정재직기(靜齋直記)』라고도 한다] 4권은 그 내용이 번잡함을 면치 못하지만, 기록된 원나라의 일화, 예를 들어 원나라 문종황후(文宗皇后)의 일은 다른 책에 없는 것이다. 육우인(陸友仁)의 『연북잡기(研北雜記)』([『역북잡지(研北雜志)』라고도 한다] 2권은 자질구레한 일화와 서화·고물(古物) 및 약간의 고증, 예를 들어 당나라 이상은(李商隱)의 「무제(無題)」 시의 "금섬교쇄(金蟾齧鎖)" 구절에 대한 해석을 서술하고 있어서 참고가치가 많다. 구제(舊題)에 장곡진일(長谷眞逸)이 찬했다고 되어 있는 『농전여화(農田餘話)』 2권은 원나라 말 장사성(張士誠)과 홍건군(紅巾軍) 등의 일을 기록했는데, 모두 작자 자신의 견문에서 나온 것으로 역사를 고찰하는 데 참고자료로 제공될 수 있다.

그밖에 서현(徐顯)의 『패사집전(稗史集傳)』 1권은 왕간(王艮)·가구사(柯九

思)·진겸(陳謙)·육우(陸友)·왕면(王冕) 등 13명의 소전(小傳)을 열거했는데, 작자 스스로 이것을 패관소설(稗官小說)에 견주어 제목을『패사집전』이라 했다고 서(序)에서 말했다. 청나라 주이존(朱彝尊)의「왕면전(王冕傳)」[117]은 바로 이 책의 내용에 근거해 지은 것으로, 이 책에서 '모수(某帥: 아무개 장수)'라고 부른 사람은 호대해(胡大海)라고 지적했다. 오경재(吳敬梓)의『유림외사(儒林外史)』제1회에서 오왕(吳王)[주원장(朱元璋)을 말한다]이 왕면을 방문해서 나누는 대화내용 역시 대략 이 책에서 서술한 것과 같다. 근대 커사오민(柯劭忞)의『신원사(新元史)』에 실려 있는「가구사전(柯九思傳)」역시『패사집전』에 기록된 사적(事跡)을 모두 채록했다. 이로써 이 한 권의 사료가 중요시할 만한 가치가 있음을 알 수 있다.

위에서 열거한 여러 책 중에서『패사집전』을 제외하고는 모두 종합적인 성격의 필기다. 특정한 사건이나 특정한 시대와 특정한 시기의 일만을 기록한 필기도 있는데, 요나라 왕정(王鼎)의『분초록(焚椒錄)』1권은 요 도종(道宗)의 소후(蕭后)가 궁궐의 시녀에게 모함당한 일을 기록했다. 무명씨의『동남기문(東南紀聞)』3권은 송나라 말 원나라 초 사람이 남송의 일화를 기억해 기록한 것으로, 고대와 북송의 시사(時事)를 간간이 언급했다. 원나라 유민중(劉敏中)의『평송록(平宋錄)』3권은 원나라가 송나라를 멸망시킨 일을 기록했는데, 내용은『원사(元史)』와 대략 같고 실려 있는 조(詔)·제(制)·표(表)·장(章)은 사서(史書)의 빠진 부분을 보완할 수 있다. 원나라 오내(吳萊)의『삼조야사(三朝野史)』1권은 남송의 이종(理宗)·도종(度宗)·공종(恭宗) 3조의 자질구레한 일화를 기록한 것으로, 예문(藝文)과 시사(詩詞)를 많이 언급해 대략 시문총화(詩文叢話)와 비슷하다. 예를 들어 사미원(史彌遠)이 이종을 옹립하고 제왕(濟王)을 폐위시킨 일을 기록하면서 이를 풍자한 유극장(劉克莊)의 시구를 거론했으며, 또 가사도가 덕우(德祐) 을해년

117『사부총간(四部叢刊)』본『폭서정집(曝書亭集)』권64에 보인다.

(乙亥年: 1275) 8월 생일날에 재(齋)를 올리면서 지은 청사(靑詞)[118]를 기록하고 전문을 실으면서 아울러 "이를 읽으면 비록 화나고 웃기고 원통하지만 그 문장은 본디 훌륭하다(讀之雖可怒, 可笑, 可恨, 其文自好)"라고 했다. 이러한 책들의 작자는 자신이 듣고 본 것에 근거해 근래의 일을 집록했기 때문에 믿을 만한 것이 많으므로, 진부한 말을 모으거나 뜬구름 잡는 식의 기록과는 다르다.

또 원나라 유일청(劉一淸)의 『전당유사(錢塘遺事)』 10권은 남송의 고사를 기록했는데 적지 않은 사료가 보존되어 있다. 그러나 이 책은 송나라 사람의 여러 필기를 마구 채록해 만든 것으로, 종종 원문을 보고 그대로 베꼈을 뿐 바꾸지 않았기 때문에 문장 중의 칭호와 어투가 뒤섞여서 통일되어 있지 않으며, 또 출처에 대한 주를 달지 않았기 때문에 표절이라는 비난을 면하기 어렵다.

---

118 도가에서 재(齋)를 올릴 때 쓰는 문장으로 청등지(靑藤紙)에 붉은 글씨로 썼다—역주.

제3절

고거변증류 필기

──────────

– 『경재고금주』·『북헌필기』 및 기타

원나라의 일반적인 총담쇄기(叢談瑣記)는 대부분 고거와 변증이 섞여 있지만, 전대에 비하면 그 수량이 많지 않다. 고거변증을 위주로 하는 필기는 몇 권 되지 않는다. 종합적인 성격의 고거변증을 한 것으로 『경재고금주(敬齋古今黈)』와 사론(史論)에 편중한 것으로 『북헌필기(北軒筆記)』가 있는데, 대체로 이 두 책이 고거변증류 필기의 두 유형을 대표할 수 있다.

『경재고금주』는 원나라 이치(李治)가 찬했다. 원유산(元遺山: 원호문)이 이치의 부친을 위해서 지은 「기암선생묘비(寄庵先生墓碑)」에서 이치의 형제 3명을 언급한 것에 근거하면, 첫째는 '철(澈)'이고 둘째는 '치(治)'이며 셋째는 '자(滋)'라고 해서 이름에 모두 삼수 변이 있으니[119], 『원사(元史)』 「이야전(李冶傳)」 및 이 책의 구제(舊題)에서 '이야(李冶)'라고 한 것은 분명히

───────

[119] 「기암선생묘비(寄庵先生墓碑)」는 『사부총간(四部叢刊)』본 『유산선생문집(遺山先生文集)』권17에 보인다. 근대 사람 위쟈시(余嘉錫)의 『사고제요변증(四庫提要辨證)』 중책(中冊) 708쪽에 있는 이치(李治)의 『측원해경(測圓海鏡)』에 관한 변증을 참고할 만하다.

잘못된 것임을 알 수 있다. 커사오민(柯劭忞)의 『신원사(新元史)』에서는 '이야'의 본명은 '치'이고 나중에 지금의 이름으로 바꿨다고 했는데, 이는 두 가지 설을 절충한 것으로 사실상 근거가 없다.

『경재고금주』의 원서는 40권이었으나 오래전에 망실되었다. 청나라 사고관신(四庫館臣)이 『영락대전(永樂大典)』에서 일문을 집록해서 경·사·자·집의 순서대로 배열해 8권으로 나누었다. '주(黈)'는 귀를 막는 도구다. 책 이름은 "귀막이 솜으로 귀를 덮어서 귀 밝음을 막는다(黈纊充耳, 所以塞聰)"[120]는 뜻에서 취한 것으로, 저술에 전념할 때 고금을 관통해 외물(外物)에 방해받지 않음을 나타낸 것이다. 『원사』 본전(本傳) 등에서 책 이름을 '고금난(古今難)'으로 잘못 쓴 것은 자형(字形)이 서로 비슷해 오류를 일으킨 것이다. 현재 통행본은 『취진판총서(聚珍版叢書)』본인데, 『해산선관총서(海山仙館叢書)』·『기보총서(畿輔叢書)』본과 상무인서관(商務印書館)의 『총서집성』본은 모두 이것에 근거해 복각(複刻) 또는 조판 인쇄했으며, 청나라 육심원(陸心源)의 「경재고금주습유(敬齋古今黈拾遺)」 5권을 덧붙였다. 또 『우향영습(藕香零拾)』본 『경재선생고금주(敬齋先生古今黈)』 12권에는 「일문」 2권과 「부록」 1권이 첨부되어 있는데, 지금은 비교적 드물게 보인다. 여기서 인용한 것은 『총서집성』본에 근거했다.

이치는 학문이 넓고 깊었으며 저술도 매우 많았는데, 비록 『경재고금주』에 남아 있는 내용이 원서의 절반에도 미치지 못하지만, 그가 경·사·자·집을 논변한 것은 모두 치밀한 견해다. 특히 그는 역사 사실을 잘 알고 있었고 예로 든 것이 매우 많아서, 내용이 꽤 풍부하며 해석도 뛰어나다. 권4에서는 『진서(晉書)』 중의 동명인(同名人) 수십 명을 열거하고 각기 간략한 사실을 기술했는데, 평소에 역사 전적에 정통한 사람이 아니라면

---

[120] 이 구절은 『한서(漢書)』 「동방삭전(東方朔傳)」에 실려 있는 「답객난(答客難)」에 나온다. '주광(黈纊)'은 황색 솜을 둥글게 말아 면류관의 양옆에 매달아서 무익(無益)한 말을 듣지 않겠다는 뜻을 표시한 것이다—역주.

이렇게 판별해낼 수 없었을 것이다. 권3에서는 『사기(史記)』「화식전(貨殖傳)」의 "부유함에는 특정한 직업이 없고 재화에는 정해진 주인이 없으니, 능력 있는 자에게는 재물이 바큇살처럼 모여들지만 능력 없는 자에게는 기와처럼 흩어진다(富無經業, 則貨無常主, 能者輻輳, 不肖者瓦解)"라는 구절에서 '즉(則)' 자는 쓸데없이 끼어든 글자라고 했다. 여기에서 이 4구절이 나란히 나열된 것을 보면, 본래 접속이나 전환의 관계가 아니므로 '즉' 자가 오류임이 분명하게 드러난다. 또 『사기』「노자전(老子傳)」의 "군자는 때를 만나면 수레를 타고 나아가고, 때를 만나지 못하면 쑥대처럼 굴러간다(君子得時則駕, 不得於時, 則蓬累而行)"라는 구절을 인용하면서, '봉루(蓬累)'는 무리를 좇아서 나아가는 것으로 쑥처럼 바람 따라 굴러서 뭉치는 것과 같다고 했는데, 이 견해도 역시 일리가 있다. 또 권4의 어떤 조에서는 다음과 같이 말했다.

구공[구양수(歐陽修)]의 『오대사』「이존효전」에서 이르길, "강군립은 평소에 이존신과 사이가 좋았는데, 나중에 두 사람의 사이가 나빠지자 강군립이 매번 이존신에게 영향력을 행사해 그를 제거했다"라고 했는데, [이 글을 보면] 비록 사건은 알 수 있지만 말이 달라서 분명하지 않다.「이존신전」에서는 이존신은 이존효와 함께 모두 양자가 되었으나 재능과 용맹함이 이존효에 미치지 못했기에 이존신이 이에 뒤처지지 않으려고 하다가 둘의 사이가 나빠졌다고 말했다. 구공은 「이존신전」에서 '교악(交惡: 사이가 나빠졌다)'이라는 두 글자를 이미 썼기 때문에 [「이존효전」에서 이 말을] 중복해서 사용함으로써 그 사이에 다른 일이 없었던 것으로 여겼는데, 단지 두 사람만을 거론한다면 그들이 이존신과 이존효임을 알 수 있다. 사실 이 두 사람은 각자 스스로 전(傳)을 지었는데, 문장의 기세가 당연히 이와 같지 않다.
歐公『五代史』「李存孝傳」云: "康君立素與存信相善, 方二人之交惡也,

君立每左右存信以傾之." 事雖可見, 語殊不甚明. 蓋「存信傳」云存信與
存孝俱爲養子, 材勇不及存孝, 而存信不爲之下, 由是交惡. 歐公因「存信
傳」已用'交惡'二字, 故疊用之, 以爲閒無他事, 但擧二人, 則知其爲存信
與存孝. 其實二人各自爲傳, 文勢不當如此.

　구양수가 수찬한 『신당서(新唐書)』와 『오대사』는 종종 사건은 번잡하고
문장은 간략해, 생략한 것이 타당치 않고 말뜻이 분명치 않다. 이치가 여
기에서 예로 든 것은 그 폐단에 정확하게 들어맞는다. 권4의 또 다른 조에
서는 『신당서』「예문지(藝文志)」의 분류가 난삽하고 중복된다는 단점을 지
적했는데 역시 볼 만하다.

　『경재고금주』에서 옛 전적의 내용을 고증하고 문자의 훈고를 해석하고
시문의 내용을 분석한 것 등등은 취할 만한 것이 적지 않다. 예를 들어 권
5에는 다음과 같은 내용이 있다. 게의 다리가 8개이고 집게발이 2개(蟹八
足而二螯)라는 것은 세상 사람들이 다 아는데, 순자(荀子)는 게의 다리가 6
개이고 집게발이 2개(蟹六跪而二螯)[양경(楊倞)의 주에서 '궤(跪)'는 '족(足)'
이라고 했다]라고 했다. 허신(許愼)의 『설문해자(說文解字)』에서도 게의 다
리가 6개이고 집게발이 2개(蟹六足而二螯)라고 한 것은 아마도 순자의 설을
따른 것 같은데, 그것이 잘못된 이유를 몰랐다. 여기에서 옛사람을 맹신하
면서 실제를 홀시하는 병폐를 지적한 것은 생각해 볼 만한 가치가 있다.

　이밖에도 『좌전(左傳)』「「문공(文公) 17年」 조]의 "궁지에 몰려 위험을 무
릅쓰다(鋌而走險)"라는 구절에서 '정(鋌)'과 '정(挺)'이 통한다고 보아 힘이
세고 민첩해 빨리 가는 모습이라고 뜻을 풀면서, 공영달(孔穎達) 소(疏)의
해석이 잘못되었다고 반박했다.(권1) 또 『논어(論語)』「「옹야(雍也)」편]의 "축
타의 언변은 없고 송조의 아름다움만 있다면(不有祝鮀之佞, 而有宋朝之美)"이
라는 구절에서 2개의 '유(有)' 자를 모두 앞의 '불(不)' 자에 걸리는 것으로
해석해, 축타의 교언(巧言)과 송조의 영색(令色)이 없다면 요즘 세상에서는

반드시 화를 면할 수 없다고 풀었다.(권2) 또 두보(杜甫) 시의 "술에 취하면 종종 좌선조차 빼먹길 좋아하네(醉中往往愛逃禪)"[121]라는 구절에서 '도선(逃禪)'은 파계(破戒)를 말한 것으로, 소진(蘇晉)이 보통 때는 수놓은 불상 앞에서 재계(齋戒)하다가도 술에 취하면 종종 이전의 경계(警戒)를 모두 깨뜨린 것이라고 했다.(권7) 이런 견해들은 모두 일리가 있다. 또 『장자(莊子)』에 나오는 구루장인(佝僂丈人: 곱사등이 노인)이 쓰르라미를 기르면서 매미를 잡아서 먹이로 주었다는 내용을 언급하면서, 『예기(禮記)』 정현(鄭玄) 주와 『순자』 양경(楊倞) 주를 인용해 증거로 삼았다.(권5) 해설이 새로우면서도 확실한 근거가 있다. 또 권7의 한 조에는 다음과 같은 내용이 있다.

이전 시대 사람들은 『초사』[「구가(九歌)·동황태일(東皇太一)」]의 "혜초로 고기를 싸서 난초 깔개 위에 놓고, 계수나무 꽃술과 산초 술을 제단에 차렸네"라는 구절과 한퇴지[한유(韓愈)]의 「나지묘비」의 "봄엔 원숭이와 함께 울고, 가을엔 학과 함께 날아다닌다"라는 구절을 논하면서 서로 착종해 문장을 이루려고 했기 때문에 시어의 기세가 강건하다고 했으며, 또 한퇴지의 시[122] "회수는 유유히 흘러가고, 초산은 우뚝 솟아 있네"라는 구절을 논하면서 대격(對格)을 피했다고 했다. 그러나 내가 고문에서 살펴보니 유독 대구를 이루는 곳에서만 착종되는 것이 아니고 산문에도 역시 이런 것이 있다. 예를 들어 『순자』 「권학」편의 "청색은 쪽에서 나왔으나 쪽보다 더 파랗고, 얼음은 물로 된 것이나 물보다 더 차갑다"나 『장자』 「서무귀」편의 "시남의료는 구슬 놀이를 해 초나라와 송나라 사이의 전쟁을 해결했고, 손숙오는 깃털 부채를 들고 달게 잠을 자면서도 영 땅 사람들이 난을 일으키려는 것을 막았다"라는 것이 모두 그러하다. 무릇 경사의 문장 중에서 말이 도치된

---

121 「음중팔선가(飮中八仙歌)」의 한 구절이다—역주.
122 제목은 「차일족가석증장적(此日足可惜贈張籍)」이다—역주.

것은 그 뜻이 모두 이와 비슷하다.

前輩論『楚辭』"蕙餚蒸兮蘭藉, 奠桂酒兮椒漿", 及韓退之「羅池廟碑」"春
與猿吟兮秋鶴與飛", 謂欲相錯成文, 則語勢矯建. 又論韓詩"淮之水舒舒,
楚山直叢叢", 謂之避對格. 然予考諸古文, 則不獨錯綜於對屬之間, 至於
散語亦多有之. 若『荀子』「勸學」篇云: "靑, 出之藍而靑於藍, 冰, 水爲之而
寒於水."『莊子』「徐無鬼」篇: "市南宜僚弄丸而兩家之難解, 孫叔敖甘寢
秉羽而郢人投兵"之類, 皆是也. 又凡經史中辭倒者, 其義悉與此相近.

상하 구문의 뜻이 대구가 될 수 있는 것은 사부(辭賦)나 변산(駢散)에만
국한되지 않고 운이 있는 문장이나 운이 없는 문장에도 있을 수 있으니, 일
부러 구법을 변환해 대구가 되지 않도록 착종해 뜻을 이루고 문장의 기세
를 증강시키는 것은 옛사람들이 늘 쓰던 일종의 수사법이다. 이치가 예로
든 것은 옛 전적을 열독하거나 예문(藝文)을 연구하는 자에게 참고가 된다.

원나라의 고거변증류 필기 중에서『경재고금주』는 체례가 비교적 엄정
하고 내용이 충실해 무엇보다 중시할 만한 가치가 있다.

『북헌필기(北軒筆記)』는 진세륭(陳世隆)이 찬한 것으로 1권이다. 통행본
에는『학해유편(學海類編)』·『지부족재총서(知不足齋叢書)』·『필기소설대관사
집(筆記小說大觀四輯)』본 등이 있다.『지부족재총서』본은 교간본(校刊本)으
로 비교적 정확한데,『총서집성』본은 여기에 근거해 조판 인쇄했다.

이 책은 편폭은 얼마 되지 않는데 모두 역사 사실에 근거해 의론을 펼
쳤다. 당나라 유안(劉晏)[123]의 일을 논한 조에서는 다음과 같이 말했다.

---

123 유안(劉晏)은 일찍이 염철사(鹽鐵使)·전운사(轉運使)·주전사(鑄錢使) 등의 직책을
　　맡아 근 20여 년간 재정을 관리했으며, 일련의 개혁정책을 실시해 남북수운(南北水
　　運)의 방법을 개진하고 염법(鹽法)을 정리하고 물가를 안정시켜 안사(安史)의 난 이
　　후 당나라 조정의 재정적인 어려움과 경제정책을 개선했지만, 덕종(德宗) 초에 양염
　　(楊炎)의 모함으로 주살당했다―역주.

유안은 [나라의 재정을 관리하는 데] 공로가 있으며 나라를 다스릴 신하였다. 다만 공명이 날로 성대해지고 은총을 받음이 날로 융성해졌기 때문에 상곤처럼 질시하는 무리가 그를 꺼렸다. 그가 주살당한 것은 그가 예전에 원재를 조사해 국문하다가 죽음에 이르게 했고 그 도당인 양염도 연루되어 폄적되었기 때문이다. 나중에 양염이 정권을 전횡하게 되자 사사로운 원한을 품고 원재를 위해 복수하고자 마침내 유안을 무고해 죽였기에 천하가 원통해했다. 만약 유안이 원재의 사건을 조사하지 않았더라면 비록 재정을 관리했어도 진실로 죽음에 이르지는 않았을 것이다. 또 원재의 사건을 조사했다면 재정을 담당하지 않았더라도 역시 죽었을 것이다. 호치당[호인(胡寅)]은 유안이 재정을 담당해서 죽었다고 여겼는데, 이는 이익을 언급하며 의리를 저버리는 것이 해가 되었다고 여기는 것이다. 만약 하늘의 도가 악한 자에게 보복한 것이라면, 장차 나라의 재정을 맡은 사람은 나라를 풍족하게 하는 일에는 힘쓰지 않고 단지 이익을 언급하지 않는 것만을 높이 여길 것이니, 나라에 또한 어찌 이롭겠는가?

晏有勞焉, 是幹國之臣也. 特以功名日盛, 眷遇日隆, 故娟嫉之人如常袞輩者忌之. 至其誅死, 則因昔勘元載, 鞫獄伏誅, 而其黨楊炎坐貶. 後炎專政, 銜私恨, 爲載報仇, 遂誣構以死, 而天下冤之. 使晏不勘載事, 雖理財, 固不死也. 勘載事, 卽不理財, 固亦死也. 胡致堂乃謂晏以理財而死, 遂謂是言利背義之爲害. 若天道報惡者然, 將使司國計者, 不以足國爲務, 而徒以不言利爲高, 則國亦何利焉?

이 단락의 의론은 상당히 철저한데, 사실의 인과를 설명해 천하시비(天下是非)의 공정함을 보이면서 호인(胡寅)의 잘못된 설을 힘주어 반박했다. 기타 의론에도 작자 자신의 독창적인 견해가 많다.

곽박(郭璞)과 장영(張咏)에 관한 2조는 비록 신괴를 언급했지만, 여전히 역사 전적에 근거해 논증했다. 남양(南陽)의 승려 정여(靜如)를 언급한 조는 꿈속에서 본 괴이한 일을 서술한 것으로 완전히 지괴소설과 비슷하고 역사 사실과는 전혀 무관한데, 어째서 이 책에 집어넣었는지 모르겠다.

위에서 기술한 두 책 외에 황진(黃溍)의 『일손재필기(日損齋筆記)』, 이충(李翀)의 『일문록(軼聞錄)』, 곽익(郭翼)의 『설리재필기(雪履齋筆記)』 각 1권은 모두 고거변증을 위주로 한 원나라의 필기다.

『일손재필기』는 원래 황진이 붓 가는 대로 기록해 전혀 조리가 없었는데, 나중에 같은 고을의 유강(劉剛)이 분류해 편집하고 「변경(辨經)」·「변사(辨史)」·「잡변(雜辨)」의 세 편목을 달아, 기술한 것에 대부분 확실한 근거가 있게 되었다. 여기에 청나라 진희진(陳熙晉)이 또 조목마다 고증을 첨가해 설명이 더욱 상세하고 분명해졌다.

『일문록』은 대부분 역대의 전장제도를 고증한 것으로 원나라의 고사와 일문을 곁들여 기록했으며, 말미에 장편의 문장을 덧붙여 불서(佛書)의 허위를 설명했는데 참고할 만하다. 원서는 오래전에 망실되었으며, 금본(今本)은 청나라 사람이 『영락대전(永樂大典)』에서 집록해낸 것이다.

『설리재필기』는 경(經)과 사(史)를 논한 것으로 간간이 취할 만한 것이 있는데, 원서에서도 차례를 정해 놓지 않았다.

금원 시대의 필기를 종합해 보면, 소설고사 중의 지괴류는 송나라의 것을 모방해 새롭거나 신기한 면이 전혀 없고, 오히려 『성재잡기』·『낭현기』 같은 것들이 쇄문고사를 두루 채록해 비교적 특색이 있다. 역사쇄문류는 종류와 수량이 모두 많고 뛰어난 작품도 적지 않으니, 『귀잠지』·『옥당가화』·『철경록』 등은 각각 취할 만한 독특한 자료들이 있다. 고거변증류는 비록 그 면모가 졸속함을 면하기 어렵지만, 『경재고금주』의 내용은 송나라 왕응린(王應麟)의 『곤학기문(困學紀聞)』에 비해도 손색이 없으므로, 이 책이 있어서 원나라 고거변증류 필기가 스스로 일가를 이루었다고 할 수 있다.

제6장

명나라의 필기

제1절

소설고사류 필기

―――――――――

 - 지괴·전기와 일사 - 『섭이지』·『전등신화』·『하씨어림』 및 기타

　명(明)나라가 통일을 이룬 후, 원나라 때 쇠미했던 문학과 사학 등의 학문이 다시 흥성하기 시작했다. 역사쇄문류의 필기작품 역시 많아져 명나라의 필기소설 가운데 가장 흥성했다. 원나라 말 명나라 초에서 명나라 말 청나라 초에 이르는 약 300년간에 걸친 조정의 흥망성쇠, 전장제도의 변천, 문단의 면모, 선비들의 언행 및 민간의 전설, 백성의 생활과 풍속습관 등이 모두 이들 필기소설에 구체적으로 언급되어 있다. 성화(成化) 연간(1465~1487)과 홍치(弘治) 연간(1488~1505) 이래로 작자가 나날이 증가했다. 따라서 장편의 저작에 채집할 만한 자료가 비교적 풍부하게 들어 있음은 말할 것도 없고, 편폭이 짧은 잡다한 기록에 때때로 들어 있는 몇 마디 말로 명나라의 역사적인 상황을 반영하기도 했다. 일반적으로 말해서 명나라 중기 이후는 실학을 숭상했던 이전과는 달리 공론(空論)을 펼치며 잡다한 감상을 기록한 수필이 비교적 많아졌다. 명나라 말기에는 소품문의 흥성으로 인해 적지 않은 필기작품에서 문학적인 성분이 증가했다. 고거변증류(考據辨證類) 필기의 경우, 총담잡저류(叢談雜著類)의 성취가 비교

적 높았다. 경사(經史)와 훈고(訓詁)를 전문적으로 논한 부분은 종종 인용 부분이 꼼꼼하지 않고 기억해 쓸 때 잘못 기록한 곳도 있어서, 송나라 사람이 쓴 이런 유형의 필기작품과 비교해 보면 확실히 손색이 있다.

송원 시대의 평화(平話)가 소설에 영향을 미쳤고 또 명나라 사람들이 소설을 중시했으므로, 명나라의 소설은 공전(空前)의 발전을 이루었다. 『삼국연의(三國演義)』·『수호전(水滸傳)』·『서유기(西遊記)』 등의 장편 걸작이 나왔고, 삼언이박(三言二拍)을 대표로 하는 평화집(平話集)이 등장했다.[124] 이와 비교해 볼 때 필기소설은 상당히 시들해진 감이 있다. 전기(傳奇)소설은 명나라 초에 한때 성행하기도 했지만 나중엔 심지어 금지되기조차 했다. 가정(嘉靖) 연간(1522~1566) 이후로 작가는 계속 나왔으나 훌륭한 작품은 많지 않아, 통속적인 평화에 필적하기에는 역부족이었다. 일사(軼事)소설은 모두 『세설신어(世說新語)』의 체제를 답습했으며, 고사 채록의 범위만을 확대했을 뿐 내용은 결코 새롭지 못했다. 지괴류(志怪類)는 대부분 내용이 황당하고 서술이 간략해, 역시 장편의 신마(神魔)소설과는 경쟁할 수 없었다. 비교적 유명한 지괴집으로는 민문진(閔文振)의 『섭이지(涉異志)』, 육찬(陸粲)의 『경사편(庚巳編)』, 이겸(李兼)의 『이림(異林)』, 축윤명(祝允明)의 『지괴록(志怪錄)』 등이 있으나 취할 만한 내용은 역시 아주 적다. 여기서는 두 책에 관해 대략 그 일부를 살펴보고자 한다.

『섭이지(涉異志)』는 민문진(閔文振)이 찬한 것으로 1권이며, 통행본으로는 『기록휘편(紀錄彙編)』본과 『오조소설(五朝小說)』본 등이 있다.

내용은 대부분 명나라의 인물을 그리고 있는데, 예를 들면 다음과 같다. 천순(天順) 연간(1457~1464)에 진결(陳潔)이 나원현령(羅源縣令)을 역임했는데, 살아서 선정을 많이 베풀었기에 죽어서 성황신(城隍神)이 되었다. 사

---

124 풍몽룡(馮夢龍)이 편찬한 『유세명언(喩世明言)』·『경세통언(警世通言)』·『성세항언(醒世恒言)』과 능몽초(凌濛初)가 편찬한 『초각박안경기(初刻拍案驚奇)』·『이각(二刻)박안경기』를 가리킨다.

주(泗州)의 하씨(何氏)라는 여자가 정절을 지키기 위해 스스로 목을 베어 죽은 후 귀신으로 꿈에 나타나자, 대리(大吏)가 그녀를 위해 사당을 세워 주었다. 부량읍(浮梁邑) 북쪽에 사는 장명삼(張明三)이라는 사람이 둘째 딸을 살해했다가 귀신에게 잡혀가서 죽었다. 태감(太監) 주각성(周覺成)이 강의 물고기를 독으로 죽였다가 커다랗고 누런 물고기에게 목숨을 요구받아 죽었다. 이런 등등의 이야기는 모두 윤리도덕과 인과응보를 선양하는 내용이다. 또한 다음과 같은 이야기도 있다. 척존심(戚存心)이 황폐한 묘지 사이를 걸어가자 귀신들이 모두 달아났으며, 나기(羅玘)는 배 안에서 전염병에 걸렸지만 천비(天妃)가 구해주어 병이 나았는데, 이 두 사람은 나중에 모두 관직이 시랑(侍郞)에까지 올랐으므로 귀신들이 이를 미리 알고 두려워해 보호해 준 것이었다. 명나라의 일반 지괴소설은 당송 시대의 지괴소설에 비하면 더욱 소설 같지 않았으며, 점차 화복(禍福)을 이야기하고 권선징악을 우의적으로 설명하는 도구로 변했음을 이로써 알 수 있다. 『섭이지』의 문장이 평이한 것 역시 명나라 사람들의 이러한 작품에 문채(文彩)가 결여되었음을 보여주는 것이다.

『경사편(庚巳編)』은 육찬(陸粲)이 찬한 것으로 10권이며, 널리 통용되는 판본으로는 『기록휘편』·『영인원명선본총서십종(景印元明善本叢書十種)』본 등이 있다.

내용은 『섭이지』와 대체로 유사하지만 때때로 일부 조목은 참고할 만하다. 예를 들어 권10의 「성의백(誠意伯)」 조는 유기(劉基)가 젊은 시절에 청전산(靑田山)의 석실(石室)에 들어가 옛 병서(兵書)를 얻은 일을 기록했다. 비록 신괴(神怪)를 논한 황당무계한 이야기라서 당시 세인들이 견강부회하는 전설이 되었지만, 이로써 당시 문사들이 유기의 재능을 높이 평가했음을 알 수 있다. 권9의 「인요공안(人妖公案)」 조는 여장을 한 남자 상충(桑冲)이 죄가 적발되어 체포되는 과정을 서술했는데, 이는 공문서에 근거해서 발췌해 기록한 것으로 성화 연간에 있었던 실화다. 책 속에서는 여러 차례 오통신(五通神)이 나쁜 짓을 하는 것을 적었는데, 예를 들어 권5의 「설요(說妖)」와 권6의 「장도사(張道士)」 두 조가 그러하다. 이는 명나라 강소(江蘇) 일대 사람들이 무귀(巫鬼)를 신봉해 음사(淫祠)를 많이 세웠음을 보여준다. 권9의 「우홍원(尤弘遠)」 조는 어떤 사람이 죽었다가 다시 소생한 이야기를 적었는데, 끝부분에서 도교를 신봉하더라도 부처를 잊어서는 안 된다고 설명함으로써 명나라 때 일부 사대부들이 불교와 도교를 함께 믿었음을 보여준다. 권10의 「장어사신정기(張御史神政記)」는 후대 공안(公案)소설의 줄거리와 아주 흡사하다.

이 책은 소설로서의 특색은 역시 적지만, 명나라의 민속과 종교 등에 관한 자료를 일부 얻을 수 있어서 어느 정도 쓸모가 있다.

이밖에도 이염(李濂)의 『변경구이기(汴京勾異記)』 8권은 송나라 변경의 기문(奇聞)을 부문별로 나누어 집록했는데, 그중에 원나라의 고사도 여러 조 섞여 있지만 그럭저럭 격식을 갖추었다고 할 수 있다. 하지만 채록한 송나라 사람의 필기소설 및 지방지와 『송사(宋史)』 등이 대부분 흔히 볼 수 있는 책이어서 그다지 큰 가치는 없다. 기타 지괴소설은 더 말할 것도 없다.

명나라의 전기집(傳奇集)으로는 『전등신화(剪燈新話)』·『전등여화(剪燈餘話)』·『멱등인화(覓燈因話)』를 대표작으로 꼽을 수 있다. 이 세 책은 모두 당나라 사람의 전기를 모방했는데, 전적으로 애정과 영괴(靈怪)의 이야기를 그리고 있어서 당나라의 전기소설이 다양한 제재를 다룬 것과는 차이를 보인다.

『전등신화』는 구우(瞿佑)가 지은 것으로 4권이며, 모두 20편의 전기를 수록하고 있다. 홍무(洪武) 연간(1368~1398)에 책이 완성되었다.

「신양동기(申陽洞記)」에서는 계주(桂州)의 권문세가인 전(錢) 노인이 어느 비바람이 몰아치는 어두컴컴한 밤에 요사스러운 원숭이에게 사랑하는 딸을 빼앗긴 이야기를 기술했다. 나중에 농서(隴西)에 사는 이생(李生)이 요괴의 동굴을 발견하고 원숭이 무리를 죽여 그녀를 구출했다. 이 줄거리는 당나라의 전기소설 「보강총백원전(補江總白猿傳)」에서 발전되어 나온 것이다.

또 「천태방은록(天台訪隱錄)」에서는 홍무 연간에 태주(台州) 사람 서일(徐逸)이 천태산에 약초를 캐러 갔다가 송나라 때 난리를 피해 입산한 주민들의 집이 40~50채 있는 것을 본 이야기를 기술했다. 그들은 "단지 송나라만 있는 줄 알았지 원나라가 있는 줄도 몰랐으니(止知有宋, 不知有元)" 명나라는 더 말할 나위도 없었다. 나중에 서일이 다시 가서 그곳을 찾아보려 했으나 "첩첩이 우뚝 솟은 산봉우리가 거듭 펼쳐져 있어 다시 찾을 수 없었는데, 풀이 무성하고 키 큰 나무가 우거진 산림 속에서 그들의 자취는 찾을 길이 없었다(則重岡疊嶂, 不可復尋, 豐草喬林, 絶無踪迹)"라고 했다. 이 작품은 『도화원기(桃花源記)』에서 따온 것이 분명하다. 이로써 명나라 사람의 전기소설은 내용상 많은 부분이 전대의 작품을 모방한 것임을 알 수 있다.

이 책에 기재된 다른 이야기들, 예를 들어 「삼산복지지(三山福地志)」에서 인과응보를 논한 것이나 「부귀발적사지(富貴發迹司志)」에서 '정수(定數: 정해진 운명)'가 있음을 선양한 것은 모두 진부함을 면하지 못한다. 「수궁경회록(水宮慶會錄)」과 「용당영회록(龍堂靈會錄)」은 시사(詩詞)와 군더더기 말을 늘어놓은 것으로 내용이 전혀 없어 더욱 참고할 만하지 않다. 구우는 시를 잘 지었기 때문에 이를 과시했다. 명나라 사람들은 전기를 쓸 때 시사를 섞어 넣어 자신의 재능을 과시하기만을 좋아했지 고사 내용과의 연관성 여부는 고려하지 않았는데, 이러한 점은 일반적인 폐단이었다.

『전등여화』는 이창기(李昌祺)가 지은 것으로 5권이며, 모두 22편의 전기를 수록하고 있다. 영락(永樂) 연간(1403~1424)에 책이 완성되었다.

『전등신화』를 모방한 작품으로 내용과 제재가 『전등신화』와 거의 비슷한데, 분량은 비교적 길다. 「가운화환혼기(賈雲華還魂記)」는 위붕(魏鵬)과 가운화의 연애 이야기를 쓴 것인데, 자세히 설명하고 섬세하게 묘사했다. 그러나 구성상 많은 부분이 당나라 원진(元稹)의 「앵앵전(鶯鶯傳)」의 격식을 벗어나지 못했다. 「전수우설도연구기(田洙遇薛濤聯句記)」는 또한 당나라 장문성[張文成: 장작(張鷟)]의 「유선굴(遊仙窟)」과 유형·구조가 비슷하다. 「무평영괴록(武平靈怪錄)」은 제중화(齊仲和)가 밤에 승려의 암자에 머물렀는데, 벼루·붓·탕관·시루·목어·관뎥개 등의 물건이 요사스러운 짓을 하는 것을 보고 연구(聯句)로 시를 지었다는 내용이다. 이는 당나라 우승유(牛僧孺)의 『현괴록(玄怪錄)』 가운데 「원무유(元無有)」 조를 완전히 모방했음이 더욱 분명하다. 이 또한 명나라의 전기소설이 당나라 사람의 것을 모방했음을 보여준다.

이창기 역시 시를 잘 지었고 집구(集句)에도 능했다. 고사에 시구를 나열하는 버릇은 그가 구우보다 더욱 심했다. 예를 들어 「월야탄금기(月夜彈琴記)」에 수록된 당송 시대의 칠언율시가 30수에 이르고 있으니, 정말이지 소설이라고 하기가 어려울 정도다.

『멱등인화』는 소경첨(邵景詹)이 저술한 것으로 2권이며, 모두 8편의 전기를 수록하고 있다. 만력(萬曆) 연간(1573~1620)에 책이 완성되었다.

자서(自序)에서 『전등신화』를 잇는 작품이라고 언급했으나, 내용이 모두 권선징악을 주제로 하고 있고 절개와 의리를 찬양하는 고사여서, 위에서 기술한 두 책이 신이(神異)의 기록에 중점을 두고 있는 것과는 다르며 문자 역시 질박하고 꾸밈이 없다. 예를 들어 「계천몽감록(桂遷夢感錄)」은 계천이 배은망덕해 옛 친구의 아들을 돌보지 않았는데, 꿈에 개로 변했다가 깨어나서 잘못을 뉘우쳤다고 기술했다. 「정렬묘기(貞烈墓記)」는 원나라 때 어느 기졸(旗卒)의 아내 곽씨(郭氏)가 자살함으로써 포악한 세력에 항거하고 남편을 위해 억울함을 씻는 이야기다. 이는 모두 타이르고 깨우치게 하는 데 의의를 둔 것으로, 『전등신화』 등의 작가들이 재능을 자랑하고 괴이한 내용으로 주의를 끌려는 것과는 이미 거리가 멀다. 그러나 소설의 의미는 이로써 더욱 희석되었다.

『전등신화』등의 책은 제재의 대부분을 전대에서 가져왔으며, 문필 역시 장황하고 힘이 적어 본래 그 가치는 그리 크지 않다. 그러나 이들 작품은 지괴와 전기의 두 문체를 겸비하고 있어서 이미 청나라 사람의 『요재지이(聊齋誌異)』문체의 효시가 되었으니, 어느 정도 전대를 계승해 발전시켰다고 할 수 있다.

명나라의 사대부들 가운데 이 책들 중에서 줄거리를 선택해 화본(話本)을 쓴 사람도 적지 않다. 예를 들어 『전등여화』의 「부용병기(芙蓉屛記)」는 능몽초(凌濛初)에 의해 「최준신교회부용병(崔俊臣巧會芙蓉屛)」 회목으로 개작되어 『초각박안경기(初刻拍案驚奇)』에 수록되었고, 『멱등인화』의 「계천몽감록」은 풍몽룡(馮夢龍)에 의해 「계원외도궁참회(桂員外途窮懺悔)」 회목으로 개작되어 『경세통언(警世通言)』에 수록되었으니, 이 전기집들이 또한 당시의 화본에도 어느 정도 영향을 끼쳤음을 알 수 있다.

『전등신화』는 현재 주이(周夷)의 교주본이 있는데, 『전등여화』와 『멱등인화』도 함께 인쇄해 보기에 아주 편리하다.

명나라의 일사(軼事)소설은 모두 『세설신어』를 모방했는데, 일부는 『하씨어림(何氏語林)』처럼 기사(記事)에 편중했고, 일부는 『설화록(舌華錄)』처럼 기언(記言)에 편중했다.

『하씨어림』은 하양준(何良俊)이 찬했으며 30권이다. 현재는 명나라의 간행본만 있는데 구하기가 힘들다. 이 책은 역대의 사전(史傳)과 필기잡록 및 산천지리 등에 관한 전적에서 자료를 채록하고 편집해 부문별로 나누고 순서에 따라 배열했는데 모두 38편이다. 이 가운데 36편은 『세설신어』 원본에 의거한 것이며, 「언지(言志)」와 「박식(博識)」두 편은 하씨가 덧붙인 것이다. 이 책에 집록된 내용은 양한(兩漢)에서 원나라까지 문인들의 언행으로 2700여 조에 달한다.

하양준은 고사의 본문 외에도 양(梁)나라 유준[劉峻: 유효표(劉孝標)]이

주를 단『세설신어』의 체재에 따라 스스로 다른 여러 책을 인용하고 주를 달아 등장인물의 생평을 소개하거나 고사를 보충함으로써, 본문과 서로 대조해서 쉽게 알 수 있게 했다. 각 편마다 앞에 서언(序言)을 두어 편목을 해석하거나 편집 의도를 설명했으며, 일부 고사는 뒤에 논단을 부가하기도 했다. 여기에 「언어」편의 서언을 인용한다.

나는『한시외전』을 읽다가 조창당이 위문후에게 대답한 일을 알고 나서 탄식하며 말하길, "무릇 말이란 것을 어찌 그만둘 수 있겠는가! 어려움을 처리하고 분쟁을 해결하며 의심을 풀고 무고(誣告)를 변별한다. 진실을 알려 뜻을 통하게 하니, 민의를 합치고 국시를 정하게 한다. 만일 당시 조창당의 말이 없었더라면, 태자는 즉위하지 못하고 위나라는 매우 위태로웠을 것이다. 오호라! 대저 말이란 것을 어찌 그만둘 수 있겠는가!"라고 했다. 공자께서 말씀하시길, "시 300편을 모두 외운다 해도 사방에 사신으로 가서 전문적인 응대를 하지 못한다면, 비록 많이 외운다 한들 무슨 소용이 있겠느냐?"라고 했다. 또 말씀하시길, "군자가 집안에 거하더라도 하는 말이 선하면, 천 리 밖에서도 사람들이 그에 감응한다"라고 했다. 이는 바로 우리가 언어를 사용하지 않을 수 없음을 보여주는 것이다.

하양준이 말하길, "나는『어림』을 찬할 때 유의경의『세설』을 상당히 모방했다. 그러나『세설』은 일을 평가해 수록할 때 현허(玄虛)함을 기준으로 했으며 언어를 선택할 때 간결함과 심원함을 근본으로 삼았으니, 그러하지 않으면 기재하지 않았다. 나는 후세에 전적이 점차 없어져 이전의 이야기들이 산실되고, 혹 여기에 남아 있다손 치더라도 누락되는 것이 실로 많아질까 두려웠다. 그래서 여러 책을 펼쳐 읽고 일에 따라 조목별로 나누어 기재했으니, 모든 것이 다『세설』같을 수는 없다. 그중 말이 과장되고 긴 것은 조금씩 빼고 다듬었다"라고 했다.

余讀『韓詩外傳』, 得趙倉唐對魏文侯事, 嘆曰: "夫言何可以已哉! 排難
解結, 釋疑辨誣, 喩誠通志, 協群情, 定國是. 使當時無倉唐之言, 太子不
得立, 魏國幾殆. 嗚呼! 夫言何可以已哉!" 孔子曰: "誦詩三百, 使於四方,
不能專對, 雖多亦奚以爲?" 又曰: "君子居其室, 出其言善, 則千里之外應
之." 正以見言之不可以已也.

何良俊曰: "余撰『語林』, 頗仿劉義慶『世說』. 然『世說』之詮事也, 以玄
虛標準, 其選言也, 以簡遠爲宗, 非此弗錄. 余懼後世典籍漸亡, 舊聞放
失, 苟或泥此, 所遺實多. 故披覽群籍, 隨事疏記, 不得盡如『世說』. 其或
辭多浮長, 則稍爲刪潤云耳."

여기에서 앞의 한 단락은 역사적인 사실을 빌려 논평하면서 언어의 주
요 기능을 설명하고 있다. 뒤의 한 단락은 자신의 편찬 의도가 전대의 이
야기들을 많이 채집해 없어지지 않도록 하는 데 있기 때문에 『세설신어』
의 제재보다 광범하다고 밝혔다. 그러나 그의 책에 수록된 이야기 가운데
희귀하고 새로운 내용은 결코 별로 없다. 비록 『세설신어』에 실려 있는 고
사는 수록하지 않았다고 해도 유준의 주석문을 채록하고 있어서 역시 중
복됨이 있다. 다만 역대 문인의 언행을 모아 분류해 편집했으므로 찾아볼
때 비교적 편리할 뿐이다.

『설화록』은 조신(曹臣)이 찬했으며 9권이다. 통행본으로는 『필기소설대
관(筆記小說大觀)』본이 있다. 「혜어(慧語)」·「명어(名語)」·「호어(豪語)」·「광어
(狂語)」·「요어(澆語)」·「처어(淒語)」 등 18편으로 나뉘어 있다. 인용한 책은
『세설신어』부터 송나라 사람의 각 필기 작품에 이르기까지 모두 99종이
다. 청언준어(淸言雋語)만을 채록해 '설화'라고 이름 지었다. 그중에는 또한
명나라 사람의 말도 실었는데, 진계유(陳繼儒)의 말을 기록한 부분이 적지
않다. 「명어」편의 한 조를 예로 들어보면 다음과 같다.

진계유가 말하길, "권세가 있을 때는 뭇 개미가 누린내 나는 양고기에 달라붙듯 하나, 권세가 없어지면 배부른 매가 은하수로 날아 올라가듯 한다. 어둡고 혼탁한 세상은 예나 지금이나 모두 그러하다. 식견 있는 선비가 반드시 서언[125]과 같은 강직한 마음을 드러낼 필요는 없지만, 단지 바라건대 숙도[황헌(黃憲)][126]와 같은 냉정한 눈을 닦도록 하시오"라고 했다.

陳繼儒曰: "勢在則群蟻聚羶, 勢去則飽鷹颺漢. 悠悠濁世, 今古皆然. 有識之士, 不必露徐偃之剛腸, 但請拭叔度之冷眼."

이 책에 집록된 것은 모두 이 같은 자질구레한 이야기나 잡다한 감상을 기록한 단편으로, 명나라 사람이 『세설신어』를 모방할 때 하나의 표준이 되었다. 기타 일사소설, 예를 들어 이소문(李紹文)의 『명세설신어(明世說新語)』, 초횡(焦竑)의 『옥당총어(玉堂叢語)』와 『초씨유림(焦氏類林)』, 정중기(鄭仲夔)의 『난원거청언(蘭畹居淸言)』 등도 역시 『세설신어』의 유파에 속하며, 위에서 기술한 두 책과 대동소이하므로 여기서는 굳이 덧붙이지 않겠다.

---

125 서언(徐偃)은 전한 무제 때의 박사(博士)로, 강직함으로 이름이 높았다―역주.
126 숙도(叔度)는 후한 황헌(黃憲)의 자(字)다. 고상한 학문과 품행으로 이름이 높았다―역주.

제2절

역사쇄문류 필기

― 『만력야획편』·『숙원잡기』·『전고기문』 및 기타

    명나라의 역사쇄문류 필기는 종류와 수량에서 모두 전대를 능가한다. 청나라 건륭(乾隆) 연간(1736~1795)에 『사고전서(四庫全書)』를 편찬하면서 명나라의 야사(野史)를 대량으로 소각하는 바람에 역사쇄문류의 필기가 큰 재난을 당했지만, 현존하는 책들이 여전히 적지 않다. 일부는 역대의 역사적 사실을 잡다하게 이야기하면서 사이사이에 고거(考據)와 변증(考辨)을 섞어 넣었다. 또 일부는 명나라의 역사사건만을 전적으로 기록했는데 간혹 쇄문이 들어 있다. 작품이 많기 때문에 자연히 그 우열도 다르다. 확실히 근거로 삼을 만한 사료(史料)가 기록되어 있는가 하면, 근거 없는 풍문도 섞여 있다. 여러 사람의 손을 거쳐 베껴진 점 역시 일반적인 폐단이었다. 일반적으로 말해서 명나라 중엽 이후는 법률이 다소 느슨해져서, 필기 작가들은 시사를 논할 때 비교적 대담해졌으며 전대 사람들처럼 꺼리는 것이 많지 않았다. 한편 신괴와 외설의 이야기가 종종 서술에 잘못 섞여 나오기도 하는데, 아주 잘된 필기라 해도 이러한 결점을 지니고 있었다. 그러나 이러한 필기가 서술한 바는 관(官)에서 편찬한 사서의 부족한 점을 보충할 수 있고 그 잘못된 사실을 수정할 수 있는데, 이러한 사례가 상당히 많다. 또 세밀하게 가려 뽑았기에 고증에 도움을 주기에 충분하다.

명나라의 고사만을 전적으로 기록한 필기로는 먼저 『만력야획편(萬曆野獲編)』을 꼽아야 할 것이다. 그다음으로 『숙원잡기(菽園雜記)』와 『전고기문(典故紀聞)』 같은 책도 비록 체재는 다르지만, 제재가 각기 달라 모두 사료로서의 가치가 상당히 있다.

『만력야획편』은 심덕부(沈德符)가 찬했다. 「정편(正編)」은 만력 34년(1606)에 완성되었고 「속편」은 만력 47년(1619)에 완성되었는데, 모두 수십 권에 이른다. 청나라 강희(康熙) 연간(1662~1722)에 전방(錢枋)이 다시 편집해 30권으로 만들고 48류로 나누었으며 4권의 「보유(補遺)」를 덧붙였는데, 이것이 현재의 통용본이다. 홍콩 중화서국(中華書局)에서 이를 근거로 해서 교감하고 조판해 인쇄했다.

이 책은 심덕부가 그의 조부와 부친이 기술한 명나라 조정의 역사적인 사실과 자기가 보고 들은 잡사를 기록해 만든 것으로 자료가 매우 풍부하다. 금본(今本)은 48류로 나뉘어 있는데, 「열조(列朝)」·「궁위(宮闈)」에서부터 「사림(詞林)」·「과장(科場)」·「풍속(風俗)」·「기예(技藝)」·「저술(著述)」·「사곡(詞曲)」·「완구(玩具)」·「석도(釋道)」·「신선(神仙)」 등에까지 이르고 있어서 책의 내용 범위가 넓다는 것을 보여주고 있다.

그중 적지 않은 조목은 『명사(明史)』에서 자세히 언급하지 않은 것을 보충해 주고, 참고해 고증할 수 있게 해 준다. 가정(嘉靖) 연간(1522~1566)의 일을 기록한 것은 특히 확실해 믿을 만한 것이 많다. 예를 들어 가정 21년(1542)에 일부 궁녀들이 가정 황제를 목 졸라 죽이려 했다가 미수에 그치는 바람에 처형당했는데, 『명사』 「세종기(世宗紀)」에는 단지 "겨울 10월 정유일에 궁인들이 반역을 꾀해 주살당했으며, 서비 조씨와 영빈 왕씨가 저자에서 책형(磔刑)에 처해졌다(冬十月丁酉, 宮人謀逆伏誅, 磔瑞妃曹氏·寧嬪王氏

於市)"라는 간단한 기록만 있을 뿐이다. 그런데『만력야획편』권18 「형부(刑部)」편의 「궁비사역(宮婢肆逆)」조에서는 그 시말을 모두 기술해 매우 상세하다. 궁녀 18명의 이름을 열거하고, 형부 등의 관아에서 이 사건의 처리를 기록한 상주문을 부록으로 덧붙였다. 또한 황후와 비빈들 간의 충돌도 폭로했다.

권5 「훈척(勳戚)」편의 「유기(劉基)」조에서는 홍무(洪武) 8년(1375)에 유기가 도성으로 다시 오자 호유용(胡惟庸)이 의원을 데리고 문병하러 와서 기회를 틈타 독을 넣은 일을 기록했는데, 이 일은『명사』「유기전」에 채록되어 있다.

권10 「사림(詞林)」편의 「한림권중(翰林權重)」조에서는 명나라 초에 한림원의 관원들이 여러 관서에서 올린 상주문을 고찰해서 반박하고, 생사(生死)의 대사도 겸해 관장한 일을 기술했다. 법사(法司)가 죄인을 심문해 형벌을 정하려면, 반드시 한림춘방(翰林春坊)의 논의를 거쳐야 공정하고 타당한 것으로 여겼으며, 그런 연후에 다시 상주해 판결했다.『명사』「직관지(職官志)」에 기록되어 있는 한림원의 직무와 서로 참조하고 대조함으로써 명나라의 관제(官制)를 연구할 수 있다.

또한『만력야획편』의 자료를 통해 명나라 황제의 우매함과 궁궐 내의 사치가 얼마나 심각했는지를 구체적으로 이해할 수 있다. 예를 들어 권2 「열조(列朝)」편의 「하언조수문자(賀唁鳥獸文字)」조에서는 가정 황제 때 사자고양이 한 마리가 죽자 금관(金棺)을 만들어 매장하고 신하들에게 명해 제문을 짓고 극락왕생하도록 영혼을 천도해준 일을 기록했다. 예시학사(禮侍學士) 원위(袁煒)는 그가 제문 속에 쓴 "사자가 변화해 용이 되었다(化獅成龍)"는 등의 말이 황제의 마음에 들었기 때문에 얼마 있다가 소재(少宰)로 전임되고 종백(宗伯)으로 승진해 일품(一品)을 받고 내각(內閣)으로 들어갔다.

「보유」권3 「기보(畿輔)」편의 「내부흑표(內府畜豹)」조에서는 서원(西苑)

의 표방(豹房)에서 말똥가리 한 마리를 기르는 데 일하는 용사(勇士)가 240
명에 이르고 해마다 2800석의 녹미(祿米)가 들어가며 10경(頃)의 땅을 차
지하고 해마다 700금(金)의 세금을 썼다고 밝히고 있다. 작자마저도 이러
한 짐승들이 "대관의 봉록을 먹으니, 이는 모두 백성의 고혈이다(啖大官之
奉, 皆民膏血也)"라고 개탄을 금하지 못했다. 이러한 기록은 관에서 편찬한
사서에서는 찾아볼 수 없다.

책 속의 기타 일사쇄문 및 문학·예술 등과 관련된 자료도 취할 만한 것
이 많다. 예를 들어 「보유」권2 「내각(內閣)」편의 「위화치화(僞畵致禍)」조
에서는 가정 연간에 계료(薊遼)의 총독 왕여(王忬)가 「청명상하도(淸明上河
圖)」라는 명품을 수장하고 있었는데, 엄숭(嚴嵩)이 수하 가운데 표구에 능
한 탕신(湯臣)에게 강제로 빼앗아 오게 한 일을 기록했다. 왕여는 위조품
을 주었다가 나중에 탕신에게 발각된 후 결국 엄세번(嚴世蕃: 엄숭의 아들)의
모함을 받아 죽었다. 청나라의 이옥(李玉)이 지은 『일봉설(一捧雪)』전기(傳
奇)는 막회고(莫懷古)와 탕표배(湯裱褙)의 이야기를 썼는데, 바로 이 줄거리
를 채택하고 다른 책에 기재된 것을 참조해 발전시켜 만든 것이다.

『만력야획편』은 비교적 괜찮은 사료필기이지만, 그중에는 또한 신괴하
고 황당하며 저속하고 무료한 기록도 있고, 더욱이 음란한 일까지 언급한
부분이 있어서 작은 결점이 되고 있다.

『숙원잡기(菽園雜記)』는 육용(陸容)이 찬한 것으로 모두 15권이다. 통행
본으로는 『묵해금호(墨海金壺)』본이 가장 훌륭하며, 『수산각총서(守山閣叢
書)』본은 이것에 근거해 복각했다.

육용은 성화(成化) 병술년(丙戌年: 1466)의 진사(進士)로 학문이 깊고 넓었
다. 그의 『숙원잡기』는 그와 동시대 사람이었던 왕오(王鏊)에 의해 본조(本
朝)의 기사서(記事書) 가운데 으뜸이라는 찬사를 받았다.

이 책에 기재된 명나라의 전장제도와 고사(故事)는 대부분 『명사』에 자
세히 언급되어 있지 않은 것들이다. 예를 들어 장군의 명칭을 비롯해 친

왕(親王)의 자손이 받게 되는 관직의 명칭, 무신에게 수여하는 산관(散官)의 명칭, 각 변경의 괘인총병관(掛印總兵官)의 명칭 등등을 언급했는데(권4), 이런 사항은 관제를 잘 알지 못하는 사람이면 말할 수 없는 것들이다. 홍무(洪武: 1368~1398)·영락(永樂: 1403~1424)·성화(成化: 1465~1487) 세 조정의 도성 군영 제도(권5)와 성화 연간 이전의 순무(巡撫)·총독(總督)의 설치(권9)를 기록한 것도 모두 「직관지(職官志)」의 부족함을 보충할 수 있다. 또한 진사(進士)가 가정상황을 써낼 때, 조부모와 부모가 모두 생존해 있으면 '중경하(重慶下)'라 하고, 부모가 모두 생존해 있으면 '구경하(具慶下)'라 하고, 부친은 생존하고 모친이 죽었으면 '엄시하(嚴侍下)'라 하고, 부친은 죽었고 모친이 생존하면 '자시하(慈侍下)'라 하고, 부모가 모두 사망했으면 '영감하(永感下)'라 한다는 사실을 기술했는데(권1), 비록 매우 사소한 것이기는 하지만 당시의 사실을 이해하는 데 또한 도움이 된다.

그러나 이 책에서 가장 귀중한 기록은 명나라 중엽의 수공업 생산 및 민정(民情)과 풍속 등의 방면에 관한 자료다. 예를 들어 권14에서 오금(五金: 금·은·동·석·철) 광상(鑛床)의 노두(露頭) 탐사와 은·동을 제련하는 방법 및 유전(劉田)의 청자 제조와 용천(龍泉)의 도자기 원료인 소분(韶粉)의 제조 상황을 기록한 것은 모두 매우 자세하고 구체적이어서 당시 수공업이 이미 상당히 발달했음을 보여준다. 권13에 기록된 구주(衢州)의 종이 제조 방법은 다음과 같다.

구주의 상산현(常山縣)과 개화현(開化縣) 등지에 사는 사람들은 종이 제조를 생업으로 삼고 있다. 그 제조 방법은 다음과 같다. 닥나무 껍질을 채집해 쩐 다음 거친 성분을 떼어내고 석회를 뿌려 3일간 담가 놓았다가 발로 밟아 부드럽게 한다. 석회를 제거하고 다시 7일 동안 물에 담가 놓았다가 다시 찐다. 가라앉은 흙을 씻어내고 열흘 동안 햇볕에 쩐 다음 찧어서 흐물흐물하게 하고 물에 헹구어 잡물을 제거한다.

호도등(胡桃藤) 등의 약을 넣고 대나무로 만든 발로 그것을 받아낸다. 응결되기를 기다렸다가 걷어 올려 백(白) 위에 놓고 불로 건조시킨다. 백은 벽돌 판을 좁고 긴 탁자 모양으로 만들어 석회를 바른 것인데, 그 밑에 불을 놓는다.

衢之常山, 開化等縣人, 以造紙爲業. 其造法, 採楮皮蒸過, 擘去粗質, 糁石灰浸漬三宿, 踐之使熟. 去灰, 又浸水七日, 復蒸之. 濯去泥沙, 曝曬 經旬, 舂爛, 水漂. 入胡挑藤等藥, 以竹絲簾承之. 俟其凝結, 掀置白上, 以 火乾之. 白者, 以磚板製爲案桌狀, 圬以石灰, 而厝火其下也.

여기에는 원료 채취에서부터 완제품을 만들어 내기까지의 공정 순서가 모두 분명하게 기술되어 있어서, 명나라 종이 제조의 일반적인 과정 및 그 기술 수준을 알 수 있다.

권14에서는 대나무를 심는 비결을 기록해 "대나무를 심는 시기는 정해져 있는 것이 아니고 비가 온 후에 곧 옮겨 심는다. 이전의 흙을 많이 남기고 기억했다가 남쪽 가지를 취한다(種竹無時, 雨過便移. 多留舊土, 記取南枝)" 라고 했는데, 이 역시 경험에서 나온 말이다.

그밖에 권1에서는 오중(吳中)에서 관습상 금기시하는 말을 기록했다. 배를 운행할 때는 '주(住zhù: 멈추다)' 자나 '번(翻fān: 뒤집어지다)' 자를 입에 올리는 것을 꺼려서, '저(箸zhù: 젓가락)'를 '쾌아(快兒)'라 하고 '번포(幡fān布: 돛폭)'를 '말포(抹布)'라 했다. '이산(離lí散sǎn: 헤어지다)'을 말하는 것을 꺼려서, '이(梨lí: 배)'를 '원과(圓果)'라 하고 '산(傘sǎn: 우산)'을 '수립(豎笠)'이라 했다. 또 '낭자(狼láng藉: 어질러지다)'를 말하는 것을 꺼려서, '낭추(榔láng槌: 물고기 몰이 막대기)'를 '흥가(興哥)'라 했으며, '뇌조(惱躁zào: 성급하다)'를 말하는 것을 꺼려서, '사조(謝竈zào: 부뚜막 신에게 제사 지내다)'를 '사환희(謝歡喜)'라 했다.

권7에서는 도성의 간사한 무리가 타지 사람을 속인 일을 기록했는데,

그 내용은 다음과 같다.

> 도성에는 타지 사람에게 시집가서 처나 첩이 되는 여자들이 있다. 처음 상면할 때는 예쁜 여자가 나가서 절을 하지만 정작 결혼할 때는 못생기고 늙은 여자로 바꿔 치는데, 이를 '착포아'라고 한다. 시집가서 이틀 밤을 지낸 뒤에 타지 신랑이 가진 것을 훔쳐 달아나는 여자가 있는데, 이를 '나앙아'라고 한다
>
> 京師有婦女嫁外京人爲妻妾者, 初看時以美者出拜, 及臨娶, 以醜老換之, 名曰戳包兒. 有過門信宿, 盜其所有逃去者, 名曰拏殃兒.

이 또한 명나라의 민속과 언어 및 사회 상황을 연구하는 데 어느 정도 참고가치가 있다.

『숙원잡기』는 전대의 문헌을 비교적 적게 베꼈다. 역사적 사건을 논하고 당시의 사실을 서술하며 운서(韻書)와 문자를 언급하면서 찬자의 견해 또한 많이 실었으므로 눈여겨볼 만한 필기작품이다.

『전고기문(典故紀聞)』은 여계등(余繼登)이 찬했으며 18권이다. 통행본은 『기보총서(畿輔叢書)』본이며, 『총서집성(叢書集成)』본은 이에 근거해 조판 인쇄했다.

여계등은 만력(萬曆) 정축년(丁丑年: 1577)에 진사가 되었으며, 벼슬이 예부상서(禮部尙書)에까지 이르렀다. 그는 한림원검토(翰林院檢討)로 있을 때 『명회전(明會典)』의 편찬에 참여했으므로 명나라의 전적과 열조(列朝)의 실록에 대해 비교적 잘 알고 있었다. 『전고기문』은 그가 여러 실록과 기거주(起居注) 등의 책에서 초록해 만들었다.

그중 권5에서는 홍무 28년(1395)에 친왕(親王)과 군군(郡君)의 봉록을 감한 일을 기록했으며, 권11에서는 정통(正統) 14년(1449)에 병부(兵部)에서 소속 관원들이 함께 부리는 하급 관노의 인원수 등을 다시 정한 일을 기

록했는데, 모두 매우 상세하며 다른 책에는 기재되어 있지 않은 것이다. 권15에서는 관리가 봉포(俸布: 봉록으로 주는 베)를 줄여 흰 베 1필과 쌀 40석씩을 감한 일을 기록했다. 그러나 성화 16년(1480)에 호부(戶部)에서 감봉에 대해 의견을 제기해 다시 30석만 줄이기로 했는데, 이는 은 30냥(兩)에 상당하는 액수였다. 권18에서는 가정 연간 초에 국방비가 매년 29만 냥이었는데 이후 점차 증가해 251만 냥에 이른 일을 기록했다. 명나라 중엽 이후 정치의 부패와 변방의 긴박함을 이로써 알 수 있다.

그밖에 권14에서는 성화 연간에 태감(太監) 왕직(汪直)이 두 차례나 서창(西廠)[127]을 장악한 경과를 기록했는데, 『명사』에 기재된 것과 참조할 수 있다. 권14에는 또 다음과 같은 기록도 있다. 성화 5년(1469)에 장천사(張天師)의 후예인 장원길(張元吉)이 흉악한 살인을 저질러 사형당하자, 형부상서(刑部尙書) 육유(陸瑜)는 장씨가 부적을 발행해 세상을 미혹시키지 못하도록 할 것을 청했다. 그렇지만 헌종(憲宗)은 여전히 장씨 일족에게 정일사교(正一嗣敎)의 진인(眞人)을 세습하게 했다. 이는 또한 명나라의 우매한 황제가 도교를 신봉했으며 '진인'으로 봉해진 도사들이 세력을 믿고 악행을 일삼은 것을 보여준다.

『전고기문』은 명나라 초에서 융경(隆慶) 연간(1567~1572) 때까지의 일을 기록했는데, 모두 취할 만한 것이 있다. 그러나 간간이 섞여 있는 황제의 이야기는 대부분 겉만 번지르르하게 꾸몄거나 과분하게 칭찬한 것으로 일고의 가치도 없다. 일부 전해지는 이야기, 예를 들어 태조(太祖)가 진야선(陳埜先)을 공격했을 때 뱀이 팔을 타고 도망가 버렸다는 것이나(권1), 태조의 꿈에서 어떤 사람이 태조의 목에 옥을 걸어주자 얼마 후 목의 근육이 슬며시 돋아나 나중에 결국 뼈가 되었다는 등등의 이야기(권1)는 물론 사료(史料)로 볼 수 없다.

---

127 명 헌종(憲宗)과 무종(武宗) 때 환관이 관민(官民)의 동정을 살피기 위해 궁정 안에 설치했던 정보 사찰 기관―역주.

위에서 언급한 세 책 외에 섭자기(葉子奇)의 『초목자(草木子)』, 낭영(郞瑛)의 『칠수류고(七修類稿)』, 주국정(朱國禎)의 『용당소품(湧幢小品)』도 모두 잡기총고류(雜記叢考類) 필기 가운데 비교적 유명하다.

『초목자』 4권은 정덕(正德) 연간(1506~1521)에 간행되었으며, 「관규(管窺)」・「관물(觀物)」・「원도(原道)」・「구원(鉤元)」・「극근(克謹)」・「잡제(雜制)」・「담수(談藪)」・「잡조(雜俎)」 8편으로 나뉘어 있다. 원나라 말 명나라 초에 홍건군(紅巾軍)이 봉기해 원나라에 항거한 일을 가장 상세하게 기술했다.

『칠수류고』 51권과 『칠수류고속고(續稿)』 7권은 가정 연간에 간행되었으며, 「천지(天地)」・「국사(國事)」・「의리(義理)」・「변증(辨證)」・「시문(詩文)」・「사물(事物)」・「기학(奇謔)」 7류로 나뉘어 있다. 원명 시대의 역사 사실에 대한 기록, 예를 들어 장사성(張士誠)[128]과 진우량(陳友諒)[129]의 시말, 삼보태감[三保太監: 정화(鄭和)][130], 명나라의 과거 시험장 등등에 관한 기록은 참고해 고증할 만하다. 그러나 「의리」・「변증」・「시문」・「사물」 등의 류에 있는 조목은 대부분 전대 사람들의 기존 설을 답습해 별로 가치가 없다. 낭영 자신의 견해에도 종종 잘못된 것이 있다. 청나라 왕사정(王士禎)은 『향

---

128 원나라 말기의 군웅(群雄) 가운데 하나. 군사를 모아 반란을 일으켜 소주(蘇州)를 도읍으로 하고 국호를 대주(大周)라 했으며 성왕(誠王) 또는 오왕(吳王)이라 자칭했다. 나중에 명나라 군대에 진압되어 자살했다—역주.

129 원나라 말기의 군웅 가운데 하나. 서수휘(徐壽輝)의 휘하에서 차츰 세력을 키우다가, 1360년에 서수휘를 죽이고 강서(江西)・호광(湖廣) 일대에서 위세를 떨쳤다. 1363년에 파양호(鄱陽湖) 싸움에서 주원장(朱元璋)에게 패해 전사했다—역주.

130 명나라의 환관 겸 무장인 정화(鄭和)의 별칭. 본성은 마씨(馬氏), 법명은 복선(福善). 운남(雲南) 출신으로 남해(南海) 원정의 총지휘관이었다. 1382년 운남이 명나라에 정복되자 명나라 군대에 체포되어 연왕(燕王) 주체(朱棣)를 섬겼다. 1399~1402년 정난(靖難)의 변(變) 때 연왕을 따라 무공을 세웠고, 연왕이 영락제(永樂帝)로 즉위한 뒤 환관의 장관인 태감(太監)으로 발탁되었으며, 정씨(鄭氏) 성을 하사받았다. 1405년부터 1433년까지 영락제의 명을 받아 전후 7회에 걸쳐 대선단을 지휘해 동남아시아에서 서남아시아에 이르는 30여 국을 원정해 명나라의 국위를 선양하고 무역상의 실리를 획득했다—역주.

조필기(香祖筆記)』에서 일찍이 이 책에 대해 질책한 바 있다. 「천지」류는 많은 내용이 음양오행을 견강부회했고, 「기학」류는 많은 내용이 귀신이나 미신과 관련되어 있어서 모두 취할 만한 것이 없다.

『용당소품』 32권은 천계(天啓) 연간(1621~1627)에 간행되었다. 견문을 잡록했으며 사이사이에 고증이 들어 있다. 그중 일부 기술은 또한 명나라의 정치와 경제 상황을 반영하고 있다. 그러나 이러한 내용은 전체의 20~30%밖에 되지 않는다. 책 속의 고사·역사사실 및 쇄담·총고는 대부분 옛 문헌에서 채록했고 매우 번잡해 찌꺼기가 알맹이를 가리는 결과를 초래했다. 따라서 우리가 이러한 필기 속에서 자료를 찾는 것은 모래 속에서 금을 줍는 것과 같아서 반드시 시간과 노력을 투자해야 한다.

명나라 때 쇄문과 역사적 사실을 잡록한 이러한 필기에는 또한 황유(黃瑜)의 『쌍괴세초(雙槐歲鈔)』 10권이 있는데, 홍치 연간에 책이 완성되었으며 홍무에서 성화 연간까지의 고사를 기록했다. 과거(科擧)·군정(軍政)·변방수비 등에 관한 기술은 사서(史書)의 부족함을 보충할 수 있다. 이묵(李黙)의 『고수부담(孤樹裒淡)』 5권은 홍무에서 정덕 연간까지의 고사를 기록했는데, 당대(當代)의 필기를 채록해 만들었으며 인용한 책이 모두 30종이다. 이 두 필기작품은 서술한 범위가 비교적 광범위하다.

기타 도목(都穆)의 『도공담찬(都公談纂)』, 육심(陸深)의 『옥당만필(玉堂漫筆)』·『계산여화(谿山餘話)』, 허호(許浩)의 『복재일기(復齋日記)』, 왕기(王錡)의 『우포잡기(寓圃雜記)』·최가상(崔嘉祥)의 『최명오기사(崔鳴吾紀事)』 등의 책도 일부 소량의 사료를 보존하고 있다.

명나라의 전장제도에 대해 비교적 많은 지면을 할애한 필기가 있다. 예를 들어 정통(正統) 연간(1436~1449) 섭성(葉盛)의 『수동일기(水東日記)』, 가정 연간 정효(鄭曉)의 『금언유편(今言類編)』, 왕세정(王世貞)의 『봉주잡편(鳳洲雜編)』·『고불고록(觚不觚錄)』, 융경 연간 우신행(于愼行)의 『곡산필주(谷山筆塵)』 등은 모두 이 방면에서 상당히 풍부한 자료를 집록해 펴낸 책들이다. 기타 역사 사실도 취할 만한 것이 있다.

『금언유편』권2 「경국(經國)」편에서 조운(漕運)·염법(鹽法)을 기술한 것이나, 권3 「건관(建官)」편에서 관직 설치의 연혁을 서술한 것 등은 모두 『명사』와 서로 참고할 만하다.

『봉주잡편』권2에서는 정통 14년(1449)에 명 대종(代宗)이 영종(英宗)에게 답신으로 보낸 편지와 야선(也先)[131]에게 보낸 편지의 전문을 수록했는데, 이 역시 다른 책에는 기재되지 않은 것이다. 이 편지를 보면 대종은 영종이 돌아와서 태상황(太上皇)이 되기를 바랐을 뿐 제위를 내주려 하지 않았음을 알 수 있다. 따라서 후에 영종 복벽(復辟)[132]의 일막(一幕)이 펼쳐졌다.

그밖에 『고불고록』에서는 대조회(大朝會) 때 여러 문무 대신이 저마다 조회용 예복과 예모를 착용했지만, 유독 금의위(錦衣衛)의 관원들만 수놓은 붉은색 도포를 입고 사모(紗帽)를 쓰고 장화 끈을 매고 있었다고 기술했는데, 이는 어명을 받들어 사람을 체포하기에 편리하도록 한 것이었다. 또 정덕 연간에 대신 아무개가 유근(劉瑾)에게 아첨해 그를 은주노공공(恩主老公公)이라 높이고 자신을 문하소시모(門下小廝某: 문하의 어린 종 아무개)라 칭한 일을 기술했다. 앞의 한 조는 비록 의식과 제도에 대해 언급했으나 명나라의 정장(廷杖)[133]과 조옥(詔獄)[134]의 잔혹함을 반영하고 있으며, 뒤의 한 조는 비록 관리의 비열함을 풍자했지만 당시 환관의 전횡을 폭로하고 있다. 이것은 모두 정사(正史)에서는 볼 수 없는 내용이다. 『고불고록』

---

131 에센(Esen)의 중국어 명칭. 영종(英宗) 때 몽고 사막 서쪽에 주둔한 오이라트군의 지도자. 사막 동쪽에는 타타르가 있었다. 에센은 국경에서 말 무역의 불화를 틈타 쳐들어왔는데, 영종은 친정(親征)에 나섰다가 포로가 되어 사막으로 연행되었다—역주.

132 폐위된 천자가 다시 제위에 오르는 것을 말한다—역주.

133 황제의 칙명에 따라 조정에서 신하를 곤장 치는 벌—역주.

134 황제의 칙명에 따라 죄인을 가두어두는 곳—역주.

에는 또한 부계(副啓: 추신)에 대해 기록한 다음과 같은 조가 있다.

편지에 추신을 두는 것은 지적해 비판하는 바나 청탁하는 바를 기
재하기 위함으로, 다른 말을 섞어서는 안 되며 감히 성명을 밝히지 않
는데, 예를 들면 송나라 상주문의 첩황(貼黃)[135] 따위와 같은 것이다.
요즘 들어서는 반드시 추신을 써서 상대에 대한 후의(厚意)를 표하는
데, 본문과 비교하면 대체로 그 문장이 약간 간결할 뿐 다른 내용은 없
다. 혹자는 꺼려 말하지 못하는 바가 없으므로 반드시 그 이름을 숨기
려 한다. 심지어는 추신 1·2·3·4까지 나열하는 경우도 있다. 나는 이
런 것을 너무 싫어해 일체 추신을 쓰지 않는다. 비록 내가 편지의 격식
을 갖추지 않는다고 여김을 받더라도 그대로 둘 따름이다.

尺牘之有副啓也, 或有所指譏, 或有所請托, 不可雜他語, 不敢具姓名,
如宋疏之貼黃類耳. 近年以來, 必以此爲加厚, 大抵比之正書稍簡其辭,
而無他說. 或無所忌諱, 而必欲隱其名. 甚至有稱副啓一, 副二, 至二至四
者. 余甚厭之, 一切都絶. 卽以我爲簡褻, 亦任之而已.

본문에 편지를 쓰는 것 외에도 이름을 밝히지 않는 추신을 따로 써서
청탁하거나 비밀스러운 말을 하는 것은 본래 관리사회에서만 행해졌다.
그런데 나중에는 일종의 복잡하고 번거로운 격식을 형성하게 되어, 추신
이 없으면 상대를 우대하지 않고 공손하지 못한 것으로 인식되었다. 『고
불고록』에 기록된 것은 또한 명나라 사대부들의 허위와 억지로 꾸미는 풍
조를 보여준다.

역사 사실에 대한 자세한 내용은 관에서 편찬한 책에 기재되지 않은 것
이 많은데, 이런 경우 필기 작가들이 전설을 채록하다 보니 종종 사실에

---

135 상주문에 자세히 설명하지 못한 내용을 누런 종이에 써서 추가하는 것을 말한다—
역주.

부합하지 않음을 면하기 어렵다. 따라서 몸소 겪은 이야기나 당시에 귀로 듣고 눈으로 본 일을 기록한 것은 상당히 귀중한 자료다. 『작중지(酌中志)』에 서술된 만명(晩明) 때의 궁정 이야기 같은 것은 중시할 만한 가치가 있다. 『옥당회기(玉堂薈記)』와 『천향각수필(天香閣隨筆)』 등의 책은 명나라 말의 일문(軼聞)을 기록했는데, 역시 취할 만한 것이 많다.

『작중지』는 유약우(劉若愚)가 찬했는데, 모두 23권이며 「부록」 1권 있다. 통행본으로는 『해산선관총서(海山仙館叢書)』본이 있다.

유약우는 천계 연간 때의 태감으로 숭정(崇禎) 연간(1628~1644) 초에 위충현(魏忠賢)[136] 일당으로 간주되어 옥에 갇혔고 참형의 판결이 내려졌다. 옥중에서 이 책을 저술했는데, 숭정제가 보고는 감형해주어 사형을 면했다. 책에 기록된 것은 대부분 그가 눈으로 보고 몸소 겪은 일이다. 만력·태창(泰昌: 1620)·숭정 연간의 약간의 일과 저자의 자서(自敍)를 제외하면, 모두 천계 연간 때 보고 들은 것을 기록했다. 각 권은 하나의 제목에 한 가지 일을 서술해 지극히 상세하다. 부록인 「흑두원립기략(黑頭爰立紀略)」 1권은 풍전(馮詮)이 위충현에게 아첨해 재상이 된 과정을 썼는데 아주 구체적이다.

이 책은 명나라 궁정의 비밀을 많이 폭로해 사료로서 어느 정도 가치가 있다. 예를 들어 권1의 「우위횡의전기(憂危竑議前紀)」에서는 만력 연간에 정귀비(鄭貴妃)가 「규범도(閨範圖)」를 새긴 일을 기록했는데, 서문과 발문의 전문(全文)을 함께 덧붙였다. 이는 작자가 직접 궁내의 비밀문서 상자에서 보고 기록한 것이다. 권2의 「우위횡의후기(憂危竑議後紀)」는 만력

---

136 명나라 말기의 환관. 무뢰배 출신으로 성명을 이진충(李進忠)으로 바꾸어 행세하다가 환관이 되어 궁중에 들어가 본래 성을 되찾고 충현이라는 이름을 하사받았다. 희종(熹宗) 때 총애를 받아 사례병필태감(司禮秉筆太監)이 되었다. 동림파(東林派)의 관료를 탄압하고 전권을 휘둘러 공포정치를 행함으로써 명나라의 멸망을 촉진했다. 희종을 이어 즉위한 사종(思宗)이 그의 죄를 물어 유배시켰는데, 가는 도중에 죄를 추궁당할 것을 두려워해 자살했다—역주.

31년(1603) 교생광(皦生光)의 '요서(妖書)' 사건을 기술했는데, 이는 당시 대사건으로 역시 다른 책에서는 보이지 않는다. 희종(熹宗)이 단지 유희에만 몰두하고 조정의 일에는 관심을 두지 않았다는 내용과, 위충현과 객씨(客氏)[137]가 권력을 독점하고 횡포하면서 자신들과 뜻이 다른 자를 잔혹하게 살해한 여러 가지 죄악에 대부분의 지면을 할애해 서술한 것이 특히 참고할 만하다.

권14의 「객위시말기략(客魏始末紀略)」에서는 희종이 각양각색의 방법을 생각해 내 물놀이를 즐기고, 또 목수 일과 도장(塗裝) 일을 하기 좋아했음을 기술했다. 희종이 "도끼로 찍고 칼로 깎으며 어의를 벗고 열중해 있을(斤斲刀削, 解服盤礴)" 때 태감들이 갑자기 긴급한 상주문을 들려주자, 희종이 말하길, "경들이 성심껏 처리하시오. 내 알겠소(爾們用心行去. 我知道了)"라고 했다. 이렇게 해서 위충현 등은 더욱 제멋대로 행하며, 거리낌 없이 난폭하게 대신과 비빈들을 풀 베어내듯 살해했다. 위충현과 객씨는 서로 결탁해 온갖 못된 짓을 자행하고 무고한 사람들을 무수히 살해했으며, 심지어는 품 안의 아기까지도 함께 참형에 처했다. 그가 멀리 외출할 때는 시위병이 떼 지어 둘러쌌고 악대가 수행했으니, 그 규모와 기세는 "고금에 보기 드문(古今所罕見)" 것이었다. 객씨가 밤늦게 잠시 사저로 돌아갈 때도 마찬가지로 많은 사람을 동원해 지나치게 화려하게 꾸몄으니, 그 의장(儀仗)과 풍채가 황제의 '유행(遊幸)'을 능가했다. 유약우는 그 상황을 다음과 같이 묘사했다.

역현(逆賢: 위충현)이 멀리 외출할 때마다 도성의 시가지는 텅 비어

---

137 명 희종(熹宗)의 유모. 봉성부인(奉聖夫人)에 봉해졌다. 희종이 즉위한 후 객씨를 위충현과 결혼하게 했다. 천계(天啓) 7년(1627)에 희종이 후사 없이 죽자 그의 동생 사종이 즉위한 후 위충현과 객씨의 재산을 몰수했다. 위충현은 유배 가다가 자살했고, 객씨는 태형에 처해 죽었으며, 그 시체가 함께 불태워졌다—역주.

고요했으며 홀연 보통 때와는 다른 상태가 며칠 계속되었다. 대개는 친히 역현의 가르침을 받으려는 조정 밖의 사람들과 아첨하고 동정을 구하는 조정 안의 사람들이었는데, 그들이 탄 4인용 수레가 수백 대를 헤아렸다. 강건한 준마와 화려한 옷을 입은 사람들이 와서 앞뒤로 그를 따랐으며, 좌우에서 옹호하는 자들도 부지기수였다. 말을 타고 달리며 시위를 당기는 소리와 화살촉 소리가 귀에 끊임없이 들렸으며, 생황을 연주하는 악대 수십 무리가 걸으면서 연주했다. 여름이면 큰 마차에 얼음을 실었고 겨울이면 숯불이 산과 같았으니, 고금에 보기 드문 일이었다. 역현은 노새 두 마리 혹은 네 마리가 앞에서 끄는 8인용 대형 수레를 탔는데, 빠르기가 나는 새와 같았다. 역현은 배부르면 정좌하고 피곤하면 누웠으며 취했을 때는 마차 앞의 횡목에 기대었는데, 두 눈은 흐리멍덩해 어디로 가는지조차 알지 못했다.

每遇逆賢遠出, 則京中街市寂然空虛, 頓異尋常者, 將數日焉. 大約外廷之欲親炙逆賢, 內廷之獻諛乞憐者, 凡四人之轎將數百乘矣. 怒馬鮮衣來至而爲之前後追趨, 左右擁護者, 又百千餘矣. 跑馬射響箭, 鳴鏑之聲, 不絶於耳, 鼓樂笙管數十餘簇, 且行且奏. 夏則大車載氷, 冬則炭火如山, 古今所罕見也. 逆賢坐八人大轎, 前用騾二頭或四頭拉曳之, 疾如飛鳥. 逆賢飽則正坐, 倦則臥, 醉則憑軾, 兩眼迷離, 不知行至何處也.

살펴보니, 천계 원년(1621)에서 7년(1627)까지 객씨가 출궁해 잠시 사저로 돌아갈 때면 반드시 사전에 상주해 아뢰었는데, 그러면 선제(先帝: 희종)가 특별 분부를 전해 모월 모일에 봉성부인이 사저로 간다고 운운했다. 그날 오경이 되면, 건청궁의 관사패자태감(管事牌子太監) 왕조종 혹은 도문보 등 몇 명과 난전의 수십 명을 보내 붉은색 둥근 모자와 옥대를 착용하고 객씨 앞에서 줄지어 걸어가게 했다. ……내부(內府)에서는 국고에 있는 커다란 흰색 초와 노란색 초에 불을 붙여 밝게 했는데, 그 초가 적어도 이삼천 자루는 되었다. 가마 앞에는 두 명씩 짝지어 향로를 든 사람들이 여러 쌍 있었는데, 침향목을 태우는 연기가 안개 같았다. 객씨가 서쪽 하마문을 나와 휘장을 두른 8인용 대형 가마로 갈아타면 곧바로 외부의 인부들이 맞들고 달리는데, '물러서라!'라고 외치는 소리가 천자의 행차를 훨씬 능가했다. 등불이 빽빽이 타올라 대낮처럼 밝게 비추고, 의복이 곱고 아름다워 흡사 신선 같았다. 사람의 무리는 흐르는 물 같고 말은 헤엄치는 용 같았으니 천제인가? 도성의 사람들은 지금까지 이 같은 광경을 보지 못했다.

按自天啓元年起至七年止, 凡客氏出宮, 暫歸私第, 必先期奏知, 先帝傳一特旨, 某月某日奉聖夫人往私第云云. 至日五更, 欽差乾淸宮管事牌子王朝宗或涂文輔等數員及暖殿數十員, 穿紅圓頂·玉帶, 在客氏前擺隊步行. ……內府供用庫大白蠟燈·黃蠟炬燃亮子, 不下二三千根. 轎前提爐數對, 燃沉香如霧. 客氏出自西下馬門, 換八人大圍轎, 方是外役擡走, 呼殿之聲, 遠在聖駕遊幸之上. 燈火簇烈, 照如白晝, 衣服鮮美, 儼若神仙. 人如流水, 馬若游龍, 天耶帝耶? 都人士從來不見此也.

위에서 기술한 이야기는 실록에 속해 직접 눈으로 보지 않은 사람은 말할 수 없으니, 위엄(魏閹: 위충현) 등의 당시 기세가 하늘을 찌를 듯했음을 여기에서 볼 수 있다. 책에는 또한 유사한 기술이 많아, 만명(晩明) 때 환관들이 야기한 재앙을 연구하고 당시 극단적으로 어두웠던 정국을 이해하는 데 상당히 풍부한 자료를 제공한다.

그밖에 예를 들어 내신(內臣)의 직무, 궁중 내의 규제, 내신의 복장과 음식 취향 등을 이야기한 것과, 전장제도 및 역사적 사실과 관련된 기록도 종종 역사서의 부족함을 보충할 수 있다. 희종의 병이 위중해 입으로 선혈을 토하고 전신이 부었다는 등의 자세한 이야기는 비록 매우 사소한 일이지만 측근의 시종이 아니면 알 수 없는 것이다.

『옥당회기(玉堂薈記)』는 양사총(楊士聰)이 찬했으며, 숭정 계미년(癸未年: 1643)에 완성되었다. 금본은 2권으로 되어 있으며, 통행본으로는 『차월산방휘초(借月山房彙鈔)』・『택고재총초(澤古齋叢鈔)』본 등이 있다.

이 책에 기록된 것은 모두 숭정 연간 때의 고사다. 예를 들어 종실을 제후로 분봉하는 의식, 경연(經筵)에서의 강의, 과거와 공생(貢生)의 선발 관례 등을 서술한 부분은 모두 취할 만한 것이 있다. 작자는 조정에 대해 상당히 대담하게 비판했는데, 이는 명나라 초 필기 작가들이 두려워 꺼렸던 부분이 상당히 많았던 것과는 다르다. 예를 들어 숭정제의 원비(袁妃)가 자단(紫檀)나무로 만든 방충망을 친 찬장을 만들면서 700금을 썼으며, 중궁(中宮)에서 찬장을 제조할 때 그 비용이 천금에 이르렀다고 기록했는데, 이에 대해 작자는 "궁중의 비용이 대개 이와 같지만 환관의 입에만 의거해 천금 혹은 백금이라고 할 뿐 조사할 근거가 없다(宮中費用, 大略如此, 只憑內瑠口中或千或百, 無處稽考)"라고 생각했다. 그는 천계 연간 때 금의위(錦衣衛)의 직책이 너무 중했었는데, 숭정제 때도 "조옥이 잇따르니 비록 가볍게 하고자 하나 할 수 없었다(詔獄踵接, 雖欲輕之而不可得)"라고 지적했다. 또 숭정제가 즉위한 이래로 30여 명의 재상을 임명했지만, 임무를 훌륭히 수행한 한두 명조차도 정도(正道)를 따르지 않고 황제의 뜻에 영합하는 데에만 주의를 기울였음을 설명했다. 조정 관리들이 서로 고발해 돈 있는 측이 승리를 거둔 일을 통해, 관리사회는 "뇌물이 좌지우지하며 어두운 송사가 하늘을 속인다(賄賂把持, 黑獄瞞天)"라고 비난했다. 이것은 당시 정치의 부패가 결코 천계 연간 때보다 덜하지 않았음을 분명히 보여준다. 작자는 또한 변방에 설치한 '감시(監視)'관의 병폐에 대해서도 언급했다.

감시의 설치는 단지 급료를 까먹는 사람이 하나 더 늘어난 것에 지나지 않는다. 감시의 욕심이 채워지면 독무(督撫)와 진도(鎭道)도 챙기는 것이 있게 된다. 따라서 변방의 신하는 도리어 감시가 있음을 즐거

위한다. 공은 만들어 내기 쉽고 잘못은 덮어버리기 쉽기 때문이다. 임금은 의심이 많아 감시를 두고 또 감시를 지켜보는 사람을 두었다. 한 사람이 늘어나면 한 사람의 비용이 더 드니, 가난한 변방의 사졸은 어찌 불행이 마침내 이와 같은 지경에 이르렀는가!

監視之設, 止多一扣餉之人. 監視之欲滿, 則督撫·鎭道皆有所持矣. 故邊臣反樂於有監視. 功易飾, 敗易掩也. 上性多疑, 有監視, 又有視監者. 多一人有一人之費, 窮邊士卒, 何不幸一至於此!

이는 정말로 정곡을 찌르는 논평이다. "임금은 의심이 많다(上性多疑)"도 대담한 평어라 할 수 있다.

그밖에 건문제(建文帝: 혜제)[138]의 묘가 서산(西山)에 있어 경릉(景陵: 제5대 선종의 능)에서 멀지 않으며 석패(石牌)의 제(題)에 "천하대사지묘(天下大師之墓)"라고 쓰여 있다는 것이나, 모문룡(毛文龍)[139] 군영의 부총병(副總兵) 소유공(蘇有功)이 붙잡혀 도성으로 압송되던 중에 한 차례 도주했다는 등등의 기록은 역시 다른 책에서는 볼 수 없는 것으로, 이문(異聞)을 넓히기에 충분하다.

『천향각수필(天香閣隨筆)』은 이개(李介)가 찬했다. 원서는 8권이었는데, 금본은 2권으로 되어 있어 이미 산정(刪定)을 거쳤다. 통행본으로는『월아당총서(粵雅堂叢書)』본이 있다.

---

138 명나라의 제2대 황제(1398~1402 재위). 건문(建文)은 연호, 시호는 혜제(惠帝)다. 건문제는 황제의 권위를 높이고 각 지역의 왕으로 분봉된 형제들의 힘을 약화하려고 도모했다. 그 때문에 1399년 연왕(燕王)이 정난(靖難)의 변(變)을 일으켜, 1402년 도성 남경(南京)을 함락하고 제위를 빼앗아 영락제(永樂帝)로 옹립되었다. 건문제는 이때 성안에서 불에 타 죽은 것으로 전해진다—역주.

139 명나라 말기의 무장. 누르하치가 요동을 공략하자 광녕순무(廣寧巡撫) 왕화정(王化貞)의 휘하로 들어갔다가 나중에 좌도독(左都督)에 임명되었으며, 전횡을 일삼다가 살해되었다—역주.

이 책에 서술된 바는 또한 모두 명나라 말 청나라 초의 고사다. 예를 들어 노왕(魯王)이 소흥(紹興)에서 가무와 여색에 빠진 상황을 기록했는데, 이에 대해 작자는 "1주년이 지나 폐위된(期年而敗)" 것이 결코 불행이 아니라 필연적인 일이라고 말했다. 또 사가법(史可法)[140]은 "본래 태평시대의 청백리로서 난리를 다스리는 데는 뛰어난 인재가 아니었으며(本承平之廉吏, 原非撥亂之奇才)", 홍광제(弘光帝: 복왕)[141]가 처음 즉위했을 때 근거지인 강회(江淮) 지역을 미처 공고히 하지 못해 자신은 죽고 나라는 망했다고 지적했다. 이 책에 기재되어 있는 만원길(萬元吉)의 「주군록서(籌軍錄序)」와 「논강사소(論疆事疏)」 등은 모두 믿을 만한 사료로서 의론 역시 식견이 있다. 그중 가기(歌妓) 진원(陳元)이 오삼계(吳三桂)[142]의 차비(次妃)가 된 시말을 서술한 부분은 청나라 유수(鈕琇)가 쓴 『고잉(觚賸)』의 「원원(圓圓)」에 기록된 것과 차이가 있긴 하지만 서로 참조해 고증할 수 있다.

위에서 기술한 세 책 가운데 사료로서의 가치는 『작중지』가 비교적 높지만, 태감 진구(陳矩)에 대한 칭찬은 지나친 감이 있다. 『옥당회기』는 신

---

140 명나라 말기의 충신. 자는 헌지(憲之), 호는 도린(道隣). 이자성(李自成)의 난으로 숭정제(崇禎帝)가 자살하자, 복왕(福王)을 옹립해 명나라의 부흥을 꾀했으나 이루지 못하고 청군(淸軍)에게 살해당했다. 저서에 『사충정공집(史忠正公集)』이 있다 —역주.

141 홍광(弘光)은 남명(南明) 복왕(福王) 주유숭(朱由崧)의 연호(1645). 사종(思宗) 숭정제(崇禎帝)를 끝으로 명나라가 사실상 멸망한 뒤, 황실 계통의 일족이 화중(華中)과 화남(華南)에 지방정권을 세우고 18년간 명나라 황실을 받들어 청나라에 저항을 계속한 남명 시기가 이어졌다. 제1기는 복왕 홍광제(弘光帝)가 남경(南京)에서 사가법(史可法) 등에게 옹립된 시기이고, 제2기는 당왕(唐王) 융무제(隆武帝)가 정지룡(鄭芝龍) 등에게 옹립되어 복주(福州)에서 즉위한 시기이며, 제3기는 계왕(桂王) 영력제(永曆帝)가 광동(廣東)의 조경(肇慶)에서 옹립된 시기다—역주.

142 명나라 말 청나라 초에 활약한 무장. 자는 장백(長白). 북경(北京)을 점령한 이자성(李自成)을 청군(淸軍)의 원조를 받아 토벌했으며, 나중에 운남(雲南) 지방을 근거지로 해 광동(廣東)의 상가희(尙可喜), 복주(福州)의 경정충(耿精忠)과 함께 이른바 '삼번(三藩)의 난'을 일으켰으나 실패했다—역주.

성하고 외설적인 자질구레한 일을 함께 기재해 채록이 비교적 번잡하다. 『천향각수필』은 명나라 말의 역사 사실과 장헌충(張獻忠)[143]에 대해 직접 보고 들은 바를 적잖이 기록해, 여러 사람의 손을 거쳐 베껴진 필기와는 다르다.

필기의 서술 범위는 본래 특정한 내용에 국한되어 있지 않다. 들은 것을 곧바로 기록하지만 때로는 욕심을 부려 싣다 보니 번잡해져서 대개는 본의 아닌 잘못을 면하기 어렵다. 게다가 같은 책 내에서도 종종 이 부분의 기재는 훌륭하지만 저 부분의 자료는 좋지 않아서 잘된 곳과 그렇지 않은 곳 등 장단점이 모두 보인다. 전대 사람의 평가 가운데 어떤 것은 한 면에 대해서만 평가해 편중됨을 면하지 못했다. 『유청일찰(留靑日札)』의 경우, 청나라 『사고전서(四庫全書)』를 수찬한 관신(館臣)은 "번잡함이 특히 심하다(蕪雜特甚)"[144]라고 비평하고 『사고전서』의 존목(存目)에만 이 책을 수록했다. 실제로 이 책은 언급한 범위가 비교적 넓어서 역사적 사실을 고증하고 풍속을 관찰하기에 충분하다. 찌꺼기가 뒤섞여 있는 것은 단지 일반 필기의 통상적인 폐단일 뿐이다. 따라서 그 가치를 한 마디로 말살할 수는 없다.

『유청일찰』은 전예형(田藝蘅)이 찬했으며 현존본은 39권이다. 원래 명나라의 각본만 있었으나 찾아보기 어렵고 현재는 조판본이 있다. 이전에 통행되던 판본은 『기록휘편(紀錄彙編)』본의 『유청일찰적초(留靑日札摘抄)』 4권인데, 권 머리에 서목(敍目)이 있다. 발췌본에 근거해서 보면, 이 책이 다루고 있는 범위가 광대하다는 것을 알 수 있다. 예를 들어 권1 「삼경삼도삼천(三京三都三天)」 조에서는 명나라 수도 건설의 과정을 매우 상세하게 기록해 놓았다. 권4에서는 유근(劉瑾)·전영(錢寧)·강빈(江彬)·엄숭(嚴嵩)

---

143 명나라 말기의 반군. 숭정(崇禎) 연간에 무창(武昌)을 근거지로 해 성도(成都)를 함락시키고 자칭 대서국왕(大西國王)이라 했다—역주.

144 『사고전서총목제요(四庫全書總目提要)』「잡가류존목(雜家類存目)5」에 보인다.

등의 재산을 조사해 몰수한 일을 기록했는데, 상세한 항목을 모두 열거했다. 또한 엄숭의 수양아들 언무경(鄢懋卿)이 뇌물을 받고 법을 어긴 죄과 및 명나라 초 부호 심만삼(沈萬三)의 일을 기술했는데, 역시 사건의 전말을 모두 실었다. 위에서 기술한 것들은 모두 조정과 관련된 사료들이다.

권2의 「자지(刺紙)」 조에서는 가정 연간 이래 관리가 연말연시에 선물을 보내면서 금박을 입힌 커다란 붉은 종이로 예서(禮書)를 만든 것을 기록했는데, 이런 사치와 낭비는 백성의 골수와 고혈을 빨아먹는 것과 다름이 없음을 지적했다. 「현계(懸鷄)」 조에서는 도성의 한 횡포한 유력자가 손님을 초대해 잔치를 베풀면서 한 상에 130여 마리의 닭을 사용한 일을 기술했다. 작자의 부친이 그 때문에 좌불안석이었는데, 이 역시 백성의 고혈 착취와 낭비가 심각했음을 보여준다.

권1의 「풍변(風變)」 조에서는 융경(隆慶) 2년(1568)에 수녀[繡女: 수녀(秀女)][145]를 선발한다는 헛소문이 돌아 백성들을 두렵고 혼란스럽게 만든 상황을 특히 구체적으로 기술했다. 여기에 두 대목을 발췌해 인용한다.

융경 2년 무진년 정월 초하루에 큰바람이 불어 돌과 모래가 날리고 천지가 어두웠다. ……초여드레와 아흐레에 조정에서 수녀를 간택한다는 헛소문이 민간에 나돌았는데, 이 같은 소식은 호주(湖州)로부터 전해졌다. 그러자 7~8세 이상 20세 이하의 여자 가운데 결혼하지 않는 사람이 없었다. 미처 짝을 고르지 못한 경우에는 동분서주하면서 사람들이 거리에 잇달았는데, 거의 강제로 짝을 빼앗는 듯한 지경이었다. 심지어 관청에서 금지할까 두려워서 캄캄한 밤에 몰래 행하면서 오직 새벽이 될까 겁낼 뿐이었다. 노래하고 웃고 울면서 떠들어대는 소리가 아침까지 이어졌고 천 리에 논의가 들끓었다. 남자의 나이가

---

145 명청 시대에 궁중에 뽑혀 들어간 여관(女官)—역주.

많고 적음, 용모의 수려함과 추함, 가난하고 부유함에 상관없이 문을 나가서 신랑을 얻기만 하면 큰 행운이었다. 비록 궁벽한 산골 마을이나 예교를 중시하는 사대부 집안이라 할지라도 모두 예외가 아니었다.

······어떤 부호가 우연히 한 주물공을 고용해 집에서 양은그릇을 만들게 했다. 한밤중이 되도록 딸의 짝을 구하지 못하고 또 감히 문을 나가 짝을 고를 수도 없게 되자, 부호가 주물공을 부르며 말하길, "빨리 일어나게! 빨리 일어나! 결혼해야 하니까"라고 했다. 주물공이 자다가 멍한 상태로 일어나 두 눈을 비비고 보니, 당 앞에 등촉이 환하게 밝혀 있고 주인의 딸이 이미 곱게 화장하고 혼례를 기다리고 있었다.

隆慶二年戊辰正月元旦大風, 走石飛沙, 天地昏黑. ······至初八, 九日民間訛言朝廷點選繡女, 自湖州而來. 人家女子七八歲已上, 二十歲以下, 無不婚嫁. 不及擇配, 東送西迎, 街市接踵, 勢如抄奪. 甚則畏官府禁之, 黑夜潛行, 惟恐失曉. 歌笑哭泣之聲, 喧嚷達旦, 千里鼎沸. 無問大小長幼美惡貧富, 以出門得偶, 卽爲大幸. 雖山谷村落之僻, 士夫詩禮之家, 亦皆不免. ······一富家偶雇一錫工在家造鑞器. 至半夜, 有女不得其配, 又不敢出門擇人, 乃呼錫工曰: "急起! 急起! 可成親也." 錫工睡夢中茫然無知, 及起而摹搓兩眼, 則堂前燈燭輝煌, 主翁之女已艷妝待聘矣.

명나라 때 '수녀'를 뽑는 것은 본래 일종의 학정인데, 백성들은 그것에 대해 반감이 지극히 깊었고 두려움도 극히 심했다. 그래서 한번 소문을 들으면 바로 놀라고 당황해 어쩔 줄 몰라 하면서 황급히 딸에게 짝을 지어 주다 보니 수많은 비극이 야기되었다. 『유청일찰』의 이 단락은 이런 학정이 가져온 재난과 평민의 강렬한 저항 정서를 상당히 심각하게 표현했다. 그밖에 권1에서는 항주(杭州)에 도박이 성행했음을 기술했는데, 전답과 가옥, 처첩과 자녀들까지 밑천으로 걸었다가 도박에 지는 바람에 패가망신한 일을 기술했다.

권2에서는 휘주(徽州) 등지에서 벌어진 '농신부(弄新婦: 신부 희롱하기)' 풍속을 기술했다. 갓 시집온 신부에게 여러 친척이 갖은 조롱과 모욕을 하다가 심지어 어떤 신부는 심한 학대를 견디지 못하고 스스로 목을 매어 자살하기도 했는데, 이는 당시의 악습과 낡은 풍속을 반영하는 것으로 명나라의 사회 면모를 연구하는 데 참고가 된다. 권2에서는 또 수화낭(繡花娘: 자수 놓는 여자), 삽대파(挿帶婆: 치장을 도와주는 아낙네), 설서(說書)하는 맹인 여인 '할선생(瞎先生)'이 부잣집을 출입한 일을 서술했는데, 역시 명나라 중엽의 풍습을 이해하는 데 도움이 된다. 『유청일찰』의 작자가 일반 사회 현상에 주의를 기울였음을 여기에서 알 수 있다.

이밖에 풍토(風土)와 민속에 관한 묘사가 많아 눈여겨볼 만한 필기작품이 있는데, 그것이 바로 『도암몽억(陶庵夢憶)』이다.

『도암몽억』은 장대(張岱)가 찬했으며 8권이다. 통행되는 『월아당총서』 본이 족본(足本)[146]이고, 『총서집성』본은 이에 근거해 조판 인쇄했다.

장대는 명나라 말 청나라 초의 사람으로 주로 만력·천계·숭정 세 조정에 걸쳐 살았다. 저작에는 『도암몽억』 외에 『서호몽심(西湖夢尋)』·『낭현문집(瑯嬛文集)』 등이 있다.

『도암몽억』은 산천 풍물, 골목거리의 잡다한 일, 문인과 예인에 대해 기술했는데, 적지 않은 민속 고사와 문예 자료가 있다. 예를 들어 권4에서는 연주(兗州)의 직지(直指)[147]가 열병(閲兵)한 일을 기술했는데, 기병과 보병이 군진 배치, 복병 설치, 적 생포, 포로 헌납 등을 훈련한 상황을 기술했다. 권7에서는 정해(定海)의 수군 훈련을 기술했는데, 병사가 파도를 헤엄쳐가서 전황을 보고하고 전함으로 적을 막는 등의 상황을 기술한 것이 모두 아주 상세해, 명나라의 전장제도를 연구하는 데 참고가치가 있다.

---

146 빠졌거나 삭제한 부분이 없는 판본―역주.

147 직지사자(直指使者). 조정의 특명을 받고 중대한 사건을 조사하거나 긴급한 업무를 처리하는 관원으로, 주로 대역죄나 감군(監軍)·독운(督運) 등의 일을 관장했다―역주.

권5에서는 금산(金山)의 조정(漕艇) 경기와 양주(揚州)의 청명절(淸明節) 성묘에 대해 기술했고, 권6에서는 소흥(紹興)의 등(燈) 풍경을 묘사했는데, 이러한 것들은 모두 절기 풍속과 관련된 기록이다.

　　권7에서는 서호(西湖)의 향시(香市)[148]에 대해 기술했는데 다음과 같다. 화조일(花朝日)[149]부터 단오일(端午日)까지 각지에서 진향(進香)하러 온 사람들이 모두 서호로 모여들자, 소경사(昭慶寺)에 장이 서게 되고 온갖 물건을 내다 팔면서 대단히 시끌벅적했다. 숭정 경진년(庚辰年: 1640) 3월에 소경사에 불이 났고, 그 후로 2년 동안 흉년이 들었으며, 게다가 외적까지 침입해 진향객(進香客)이 끊어졌고 향시도 곧 사라졌다. 작자는 서호에서 "성에서 굶어 죽은 시체가 들려 나오는데 어깨에 메고 손으로 끌고 나오는 것이 줄을 잇는(城中餓殍舁出, 扛挽相屬)" 상황을 직접 눈으로 보았다. 이런데도 항주의 유태수(劉太守)는 오히려 여전히 그곳에서 뇌물을 받고 탐오(貪汚)하고 있었으니, 당시 "따뜻한 바람이 부니 시체 냄새가 코를 찌르고, 그 냄새가 항주에서 변주까지 날아가는구나(暖風吹得死人臭, 還把杭州送汴州)"라는 풍자 시구를 쓴 이가 있었다. 장대는 서호 향시의 흥망을 통해 흉년과 외적의 심각한 위협을 드러냈는데, 그러나 지방관은 평민의 사활에는 아랑곳하지 않고 여전히 법을 어기고 재물을 착취했으니, 명나라 말 항주의 사회정치 풍토가 얼마나 열악했는지 알 수 있다. 이것은 또한 풍속에만 관련된 기록은 아니다.

　　그밖에 권1에서는 남경(南京) 복중겸(濮仲謙)의 죽기(竹器) 조각, 오중(吳中) 육자강(陸子岡)의 옥기(玉器) 제조와 포천성(鮑天成)의 서기(犀器) 제작에 대해 기술했고, 권2에서는 공춘(龔春)·시대빈(時大彬)의 의흥(宜興) 질그릇

---

148 사원에서 신불(神佛)에게 공양하고 재(齋)를 올리는 날. 또는 사원에 참배객들이 많이 모인 것을 말한다—역주.

149 화신제일(花神祭日). 음력 2월 12일 혹은 15일에 꽃 신에게 제사 지내는 날—역주.

솥 제작에 대해 기술했으며, 권5에서는 유경정(柳敬亭)[150]의 설서(說書)에 대해 기술했는데, 각각 한 시대의 절묘한 기예다. 그중 유경정의 설서를 기록한 대목이 매우 생동감 있게 묘사되어 있어서 다음과 같이 인용한다.

남경의 유마자[유경정]는 피부가 검은데다 얼굴은 곰보 자국투성이였으며, 느긋하고 여유만만해 보였으나 옷차림이 남루하고 나무토막처럼 깡말랐다. 설서를 잘해 하루에 한 회를 설서하고 한 냥을 받았다. 열흘 전에 먼저 서파(書帕)[151]를 보내 예약했는데, 항상 틈을 내기가 힘들었다. 남경에는 한때 설서를 잘하는 유명한 두 사람이 있었는데, 바로 왕월생[진회(秦淮)의 명기(名妓)]과 유마자였다. 나는 그가 경양강에서 무송이 호랑이를 때려잡는 대목을 설서하는 것을 들었는데 [『수호전』의] 본전(本傳)과는 크게 달랐다. 그 묘사가 그럴듯해 지극히 세세한 부분까지 들어갔으며, 보충 설명이나 끝맺음[152]도 깔끔했다. 또 결코 시끄럽게 떠들지 않았지만 육중한 목소리는 거대한 종소리처럼 우렁찼다. 중요한 대목에 이르러서는 큰 소리로 외쳤는데 집을 무너뜨릴 기세였다. 무송이 술을 사러 주점에 왔는데 주점 안에 아무도 없자 갑자기 한바탕 고함을 쳤더니, 주점 안의 빈 항아리와 빈 벽돌들이 웅! 웅! 하고 울리는 소리를 냈다. 여유로운 가운데 묘사가 지극히 생동적이어서 세세함이 이런 경지에 이르렀다. 주인은 숨을 죽이고

---

150 본명은 조봉춘(曹逢春). 강소(江蘇) 태주(泰州) 사람으로 유명한 설서예인(說書藝人)이었다. 일찍이 남명(南明) 장군 좌양옥(左良玉)의 막료를 지냈으며, 천하의 문인 명사들과 널리 교유했다—역주.

151 비단 보자기로 싼 책. 명나라 관계(官界)에서 뇌물을 줄 때 늘 비단 보자기로 새로 찍은 책을 포장하고 그 속에 금과 은을 넣었다. 여기서는 설서(說書)의 예약금을 뜻한다—역주.

152 원문은 "조절(找截)". 설서(說書)의 전문용어. '조'는 회상해 이야기하거나 보충 설명하는 것을 말하고, '절'은 중간의 휴식이나 종장의 끝맺음을 말한다—역주.

조용히 앉아 귀 기울여 듣고 있었는데, 저편에서는 열변을 토하고 있었다. 조금 있다가 아래에 있는 사람이 귓속말하거나 듣는 사람이 하품하고 기지개를 켜면서 피곤한 기색을 보이면, 문득 더 이상 말을 하지 않았고 주인도 그에게 계속하라고 강요하지 않았다. 매일 밤 삼경이 되면 탁자를 닦고 등불의 심지도 갈고 찻주전자를 조용히 건네며 천천히 말을 시작했다. 그 빠르고 느림, 가볍고 무거움, 삼키고 내뱉음, 억양의 고저가 정리(情理)에 딱 들어맞고 듣는 이의 심금을 울렸다. 세상에서 설서를 듣는 사람들의 귀를 끌어당겨 상세히 듣게 하기 위해 혀를 깨물고 죽는 것조차 두려워하지 않았다. ……

　南京柳麻子, 黧黑, 滿面疱癗, 悠悠忽忽, 土木形骸. 善說書, 一日說書一回, 定價一兩. 十日前先送書帕下定, 常不得空. 南京一時有兩行情人, 王月生·柳麻子是也. 余聽其說景陽岡武松打虎白文, 與本傳大異. 其描寫刻畫, 微入毫髮, 然又找截乾淨. 並不嘮叨, 夬聲如巨鐘. 說至筋節處, 叱咤叫喊, 洶洶崩屋. 武松到店沽酒, 店內無人, 謈地一吼, 店中空缸·空甓皆甕甕有聲. 閑中著色, 細微至此. 主人必屏息靜坐, 傾耳聽之, 彼方掉舌. 稍見下人咕嗶耳語, 聽者欠伸有倦色, 輒不言, 故不得强. 每至丙夜, 拭桌剪燈, 素瓷靜遞, 款款言之. 其疾徐輕重, 吞吐抑揚, 入情入理, 入筋入骨. 摘世上說書之耳而使之諦聽, 不怕其齰舌死也. ……

이 단락의 묘사는 다른 사람들에게 유경정의 설서 예술의 고명함을 구체적으로 보고 싶게 할 정도다. 이 노(老) 예인에 대한 작자의 추앙은 일반 청중들의 평가를 반영하는 것이기도 하다.

장대는 소품문(小品文)을 짓는 데 뛰어났는데, 공안파(公安派)와 경릉파(竟陵派)의 장점을 모두 지지고 있었다. 그의 소품문은 참신하고 생기발랄해 스스로 하나의 풍격을 이루었다. 『도암몽억』은 만명의 필기작품 중에서 문장이 상당히 뛰어나다.

기타 잡다한 일과 자질구레한 이야기를 기록한 필기로는 장영(張寧)의 『방주잡언(方洲雜言)』, 유옥(劉玉)의 『이학편(已瘧編)』, 왕세무(王世懋)의 『이유위담(二酉委譚)』·『규천외승(窺天外乘)』, 심주(沈周)의 『석전잡기(石田雜記)』, 여영린(余永麟)의 『북창쇄어(北窗瑣語)』, 풍시가(馮時可)의 『우항잡록(雨航雜錄)』, 육심(陸深)의 『금대기문(金臺紀聞)』 등이 있는데, 그 수가 상당히 많아서 모두 열거할 수 없다. 이 책들은 대부분 고거변증의 논의가 간간이 섞여 있으며, 분량이 적고 기록된 것도 사소하고 잡다하다. 축윤명(祝允明)의 『야기(野記)』와 진계유(陳繼儒)의 『독서경(讀書鏡)』은 내용이 비교적 풍부하고 기술된 것도 비교적 단편을 이루고 있다. 그러나 『야기』는 많은 내용이 사실과 맞지 않아 심지어 "믿을 만한 것은 백 가지 가운데 하나도 없다(可信者百中無一)"[153]라고 여겨졌으며, 『독서경』은 대부분 전대 사람의 필기를 베껴 써서 추천할 가치가 없다. 도보(陶輔)의 『상유만지(桑楡漫志)』, 진계유의 『광부지언(狂夫之言)』, 무명씨의 『서헌객담(西軒客談)』, 오기(吳騏)의 『독서우견(讀書偶見)』 등은 의론을 위주로 한 필기인데, 진부하고 공허하며 구체적인 내용이 없어서 더 이상 소개할 필요가 없다.

명나라의 사대부는 글과 그림에 능한 사람이 많았는데, 일부 필기작품은 서화를 평론하는 데 중점을 두고 직접 보았던 명품들을 기록했다. 예를 들어 이일화(李日華)의 『육연재필기(六硯齋筆記)』, 동기창(董其昌)의 『화선실수필(畫禪室隨筆)』, 막시룡(莫是龍)의 『필주(筆麈)』 등은 모두 이 방면에서 뛰어나다. 도륭(屠隆)의 『고반여사(考槃餘事)』 같은 것은 서화 외에도 종이·붓·먹·벼루·안석·평상·베개·대자리 등등에 대해서도 기술했는데, 역시 옛 문물 도구를 연구하는 데 참고할 만하다.

명나라의 역사쇄문류 필기의 유형과 내용은 대략 위에서 기술한 바와 같다. 그중 명나라의 고사만을 기록한 『만력야획편』·『전고기문』 등의 책,

---

153 『사고전서총목제요(四庫全書總目提要)』「소설가류존목(小說家類存目)1」에 보인다.

당시의 전장제도에 대해 많이 기술한『수동일기』·『고불고록』등의 책, 사회 상황과 풍속 민정을 고찰할 수 있는 쇄문을 많이 기록한『숙원잡기』·『유청일찰』·『도암몽억』등의 책은 모두 비교적 높은 사료 가치를 지니고 있다.『작중지』·『옥당회기』등의 책은 자신의 경험이나 당시 귀로 들은 것들을 기록했는데, 한 시기의 일에 대해 특히 상세해 역시 중시할 만하다. 역대의 역사적 사실을 잡다하게 언급하거나 고거변증을 간간이 섞어 넣은『칠수류고』·『용당소품』등의 책은 옛 문장을 많이 답습해 취할 만한 내용이 비교적 적다. 서화와 여러 기예를 논한『육연재필기』·『고반여사』등의 책은 또한 비교적 전문적이어서 어느 한 방면의 자료만 제공할 수 있을 뿐이다.

고거변증류 필기

─────────────

- 『사우재총설』·『담원제호』·『초씨필승』 및 기타

    명나라 사람의 필기에는 종합적 성격을 띤 저작들이 몇몇 있는데, 총고잡변(叢考雜辨)과 쇄문고사(瑣聞故事)를 함께 싣고 있다. 『사우재총설(四友齋叢說)』·『오잡조(五雜俎)』 등은 대부분 분량이 비교적 많고 여러 방면을 포괄하고 있다. 그러나 기록이 사실과 부합하지 않고 고증과 교정이 종종 정통하지 않으며, 또 간혹 내용 없는 공허한 의론, 해학이나 농담을 적은 자질구레한 이야기, 담담한 마음과 한적한 생활을 표현한 무료한 고사들이 섞여 있다. 또 다른 부류의 총고잡변은 경사(經史)·시문(詩文)·훈고(訓詁)·명물(名物) 등의 논의에 편중했다. 예를 들어 『담원제호(譚苑醍醐)』·『의요(疑耀)』 등은 때때로 새로운 견해가 들어 있지만 기억이 잘못된 것도 많다. 그밖에 사소한 고증과 의론을 집록한 『초씨필승(焦氏筆乘)』·『삼여췌필(三餘贅筆)』 등은 대부분 내용이 매우 잡다하다. 어떤 것은 분량이 적어 취할 만한 것이 적고, 어떤 것은 이전의 문헌을 그대로 베끼면서 출처를 숨겼다. 이 세 부류의 필기 가운데 첫째 부류가 보존하고 있는 자료가 조금 풍부한데, 『사우재총설』·『오잡조』·『소실산방필총(少室山房筆叢)』 등 몇몇 종합적인 성격을 띤 유명한 필기작품들을 간단히 소개함으로써, 이런 부류의 필기작품의 내용을 대략적으로 이해할 수 있다.

『사우재총설(四友齋叢說)』은 하양준(何良俊)이 찬했다. 초본(初本) 30권은 융경(隆慶) 3년(1569)에 판각했고, 이어서 8권을 찬해 모두 38권으로 만들어 만력(萬曆) 7년(1579)에 중각했다. 이전에 자주 볼 수 있었던 판본은 『기록휘편(紀錄彙編)』의 6권 발췌본이며, 지금은 홍콩 중화서국에서 조판 인쇄한 족본(足本)이 있다.

이 책은 모두 「경(經)」·「사(史)」·「잡기(雜紀)」·「자(子)」·「석도(釋道)」·「문(文)」·「시(詩)」·「서(書)」·「화(畫)」·「구지(求志)」·「숭훈(崇訓)」·「존생(尊生)」·「오로(娛老)」·「정속(正俗)」·「고문(考文)」·「사곡(詞曲)」·「속사(續史)」의 17편으로 나뉘어 있는데, 고증과 평론이 있고 명나라의 역사 사실과 지방 연혁 및 사대부의 일화도 있다. 일반적으로 말해 고증은 비교적 평범하지만 의론에는 취할 만한 것이 많다. 예를 들어 『사기(史記)』「유협전(遊俠傳)」의 서론은 사마천의 격분을 토로한 글로서 결코 장중한 말은 아니지만 그 문장의 억양이 자유롭고 변화무쌍해 『한서(漢書)』「유협전서(遊俠傳序)」가 견줄 수 있는 바가 아니라고 했는데(「사」1), 이것은 확실한 논평이다. 또한 명 성조(成祖)가 『오경사서대전(五經四書大全)』을 편찬한 후에 한나라 유학자들의 학설을 취하지 않고 오로지 정자(程子)와 주자(朱子)의 전주(傳注)만을 중시하자, 학자들은 단지 이를 근거로 약간 부연하고 팔고문(八股文)을 만들어 곧장 과거시험을 치렀다고 했는데(「경」3), 이 역시 당시의 폐단을 정확하게 지적한 논평이다. 또한 남경(南京)의 각 관아에서 손님을 초대해 주연을 베풀던 낡은 풍습(「사」8), 정덕(正德) 10년(1515) 이후 송강(松江)에서 세금과 곡식을 징수하던 상황(「사」9), 융경 연간(1567~1572)에 편찬된 실록의 조악함(「사」4), 송강의 백성이 가요와 연어(聯語)로써 부현(府縣)의 관리를 풍자한 것(「잡기」) 등등을 기록했는데, 이 모두는 명나라의 정치 면모를 잘 보여준다. 그중에서 고공낭중(考功郎中)이 자신의 이목(耳目)을 하급 관노에게 내맡겨 그들이 맘대로 악행을 일삼도록 내버려 둔 일을 기록한 부분은 묘사가 특히 절실하다.

　남경을 시찰해 보았더니, 고공낭중 가운데 간혹 자신의 이목을 하급 관노에게 완전히 맡기는 사람이 있었는데, 그런 경우 그 하급 관노들은 모질고 흉악하기 이를 데 없었다. 설사 고공낭중이 그들을 자신의 이목으로 삼지 않았다 하더라도 이 무리는 모두 오랜 세월 교활했던 사람으로, 말재주가 좋을 뿐 아니라 무리도 많아서 서로 소문을 퍼뜨리니 그 말이 쉽게 먹혀들어 갔다. 따라서 각 관아의 장관이 하급 관노를 내칠 수만 있다면, 그는 곧 풍채와 힘이 있는 사람이었다. 그러나 수십 년 동안 그런 사람은 단 한 명도 없었다.「사」8)

　南京考察, 考功郎中或有寄耳目於皂隷者, 故其人獰惡之甚. 縱考功不以之爲耳目, 然此輩皆積年狡猾之人, 群類又多, 轉相傳播, 其言易售. 故各衙長官但能打皂隷, 則爲有風力者矣. 然數十年來無一人也.「史」八)

　여기에 기술된 내용은 관리사회의 내막을 잘 모르는 사람은 알 수 없는 것으로, 만청(晩淸) 때 각 관청의 우두머리가 하급 관리의 견제를 받던 상황과 비슷하다. 정치 부패의 한 면을 엿볼 수 있다.

　그밖에 문징명(文徵明)[154]이 권세가를 위해 그림 그리기를 거절한 일, 당백호[唐伯虎: 당인(唐寅)][155]가 미친 척함으로써 주신호[朱宸濠: 영왕(寧王)][156]의 구속에서 벗어난 일, 마중석(馬中錫)이 느낀 바가 있어「중산랑전

---

154 명나라의 문인이자 화가. 이름은 벽(璧). 서정경(徐禎卿)·축윤명(祝允明)·당인(唐寅)과 함께 오중사재자(吳中四才子)로 불렸다—역주.

155 명나라의 서화가. 자는 자외(子畏) 또는 백호(伯虎), 호는 육여거사(六如居士). 글씨와 산수·인물화에 뛰어났다—역주.

156 명 무종(武宗) 정덕(正德) 14년(1519)에 영왕(寧王) 주신호(朱宸濠)가 반란을 일으켰다가 왕수인(王守仁)에게 진압되었다—역주.

(中山狼傳)」을 지은 일 등의 일화를 기록했는데, 이 또한 문학과 사학을 연구하는 데 도움이 된다. 그러나 「경」·「사」·「자」편은 대부분 경전(經傳)과 제자서(諸子書)의 원문을 초록하고 논평하지 않아 사실상 의의가 없다. 작자는 해서(海瑞)[157]가 동남 지방의 호족에게 명해 농경지를 실제 경작자에게 되돌려주게 한 일에 대해 반대를 표시하며 선정(善政)이 아니라고 했는데(「사」9), 이는 당시 일반 사대부가 지방 호족의 이익을 옹호했던 입장을 반영하고 있다.

『오잡조(五雜組)』는 사조제(謝肇淛)가 찬했으며 16권이다. 현재 근래 사람이 점교(點校)한 조판 인쇄본이 있다. 전체 책은 「천부(天部)」·「지부(地部)」·「인부(人部)」·「물부(物部)」·「사부(事部)」의 5편으로 나누어 부류에 따라 집록했다. 편마다 각 권의 내용도 대체로 비슷한 것끼리 모아 놓았다. 예를 들어 「인부」 권2에서는 모두 술수(術數)와 기예(技藝)에 대해 언급했고, 권3에서는 모두 서화(書畫)와 기호(嗜好)를 한 부류에 넣어 논했다.

역사적 사실과 풍속을 고증 해석하고 천문(天文)·지리(地理)·초목(草木)·조수(鳥獸)·충어(蟲魚)를 서술한 것은 모두 취할 만한 것이 있다. 예를 들어 한식(寒食)날 불 피우는 것을 금한 것은 한위(漢魏) 이래로 나날이 심해져서, 당나라에 이르러서는 마침내 "온 하늘에 모두 불꽃이 사라지고 온 땅에 죄다 연기가 자취를 감췄다(普天皆滅焰, 匝地盡藏烟)"라는 말이 생겨났고, 조야(朝野)와 귀천을 막론하고 모든 사람이 화식(火食)을 끊었다. 나중에는 민간에서 이 금기를 어기는 자가 나오자, 심지어 사형에 처해야 한다

---

157 명나라의 강직한 관리. 해남도(海南島) 출신으로 자는 여현(汝賢), 호는 강봉(剛峰), 시호는 충개(忠介). 강직하다는 평을 들었으며, 가정제(嘉靖帝)의 실정(失政)을 직간해 옥에 갇혔다가 가정제가 죽은 뒤 석방되었다. 1569년 응천순무(應天巡撫)가 되어 강남지방에서 일조편법(一條鞭法)을 시행했으며, 향신(鄕紳)이 침탈한 민전(民田)을 돌려주게 하려다 유력 관료와의 마찰로 같은 해 해임되었다. 그 뒤 향리에 물러나 있다가 다시 관직에 나아가 남경이부우시랑(南京吏部右侍郎)에 이르렀다—역주.

는 의견도 나왔다. 명나라에서만 유일하게 불을 금하지 않았다. 이 단락의 서술은 우리가 한식날 불을 금하던 풍속의 발전과 변화를 연구할 수 있게 해 준다.

또한 『서경잡기(西京雜記)』의 "정월은 첫 용날에, 삼월은 첫 뱀날에(正月以上辰, 三月以上巳)"라는 말에 근거해, 송나라 주밀(周密)의 『계신잡지(癸辛雜識)』에서 제기한 "상사는 마땅히 상기로 바꿔야 한다(上巳當作上己)"와 "상순에는 사일이 없다(上旬無巳日)"는 주장을 반박했는데, 역시 고증이 확실하고 논리가 이치에 맞는다.[158] 그밖에 승려들의 '결하[結夏: 하안거(夏安居) 결재(結齋)]'와 '해하[解夏: 하안거 해재(解齋)]'의 함의를 기술했는데, 이 또한 아주 분명하다. 이상의 각 예는 모두 「천부」2에 보인다. 또한 왕잠자리가 수면을 건드리고 날아오르는 것[蜻蜓點水]은 물을 좋아해서가 아니라 알을 낳기 위해서라고 설명했는데(「물부」1), 이 또한 일종의 과학적인 해석이다. 위에서 기술한 것들은 모두 사람들에게 상식을 제공한다.

『오잡조』는 고거변증 방면에서 어느 정도 가치를 지니고 있을 뿐 아니라, 명나라의 역사 사실을 기록한 것에도 참고할 만한 것이 아주 많다. 예

---

158 『서경잡기(西京雜記)』 권3 「척부인시아가패란(戚夫人侍兒賈佩蘭)」 조에 다음과 같은 기록이 있다. "정월 첫 용날(上辰日)에는 연못가로 나가 세수하고 쑥떡을 먹음으로써 요사스러운 기운을 제거하고, 삼월 첫 뱀날(上巳日)에는 흐르는 물가에서 음악을 연주한다. 이렇게 해서 한 해를 마친다(正月上辰, 出池邊盥濯, 食蓬餌, 以祓妖邪. 三月上巳, 張樂於流水. 如此終歲焉)." 『계신잡지속편(癸辛雜識續集)』 하(下)의 「십간기절(十干紀節)」 조에 다음과 같은 기록이 있다. "혹자는 상사(上巳)를 십간(十干) 중의 기(己)로 바꿔야 한다고 말하기도 한다. 대개 옛날 사람들은 날짜를 셀 때 관례적으로 십간을 적용시켰는데, 상신(上辛)·상무(上戊)처럼 썼으며 지지(地支)는 사용하지 않았다. 만약 오(午)로 시작해서 묘(卯)로 끝난다면 상순에는 사(巳)가 없다. 그래서 왕우[王嵎: 자는 계이(季夷)]의 「상기사(上己詞)」에서 '곡수에 치마를 적시는 때는 3월 2일이다'라고 했는데 이것이 그 증거다(或云上巳當作十干之己. 蓋古人用日, 例以十干, 如上辛·上戊之類, 無用支者. 若首午尾卯, 則上旬無巳矣. 故王季夷嵎「上己詞」云'曲水湔裙三月二', 此其證也)."

를 들어 황제·태자와 번왕(藩王)이 혼례를 거행하면서 사치하고 낭비한 일, 세리(稅吏)가 백성을 괴롭힌 일, 환관의 거만함과 횡포함(「사부」3), 궁중에서 희생 가축을 도살해 "피 바다와 고기 숲(血海肉林)"을 이룬 일(「물부」3) 등등을 기록했는데, 이는 모두 명나라 중엽 이후의 정치 면모를 반영한 구체적인 자료들이다. 또한 서고(徐杲)가 건축에 탁월한 재능을 가지고 목수로서 집안을 일으켜 벼슬이 대사공(大司空)에까지 이른 일을 기술했으며, 괴의(蒯義)·채신(蔡信)·곽문영(郭文英) 등이 모두 목공으로서 관직이 공부시랑(工部侍郎)에까지 오른 일도 기술했다.(「인부」1) 명나라 황제가 자기 마음대로 토목공사를 일으켰음을 이로써 알 수 있다.

작자는 여러 사회현상에 대해서도 주의를 기울여 그것을 기술할 뿐 아니라 분석까지 할 수 있었다. 예를 들면 다음과 같은 기록이 있다. 강남과 복건(福建)은 경제 상황이 달라, 강남의 대상인은 대부분 밭이 없었지만 민중(閩中)에서 벼슬하는 부유한 집안은 밭을 차지함이 이웃 지역에까지 미쳐 "부자는 나날이 부유해지고 가난한 자는 나날이 가난해지는(富者日富, 貧者日貧)" 지경이 되었다.(「지부」2) 또한 도성의 거지에 대한 기록도 있다.

도성에서는 거지를 화자(花子)라고 하는데 무슨 의미인지 모르겠다. 엄동설한에 밤이 되면 오방[159]에 설치된 점포에서 걸인들이 머물렀는데, 그 안에는 풀과 짐승의 가늘고 부드러운 털이 쌓여 있었다. 그러나 매일 밤 지키는 사람에게 동전 한 냥을 주어야 했는데, 그렇지 않으면 얼어 죽었다. 굶주림과 추위를 견디지 못한 걸인들은 마른 퇴비 더미에 굴을 파고 그 안에서 기거하거나 혹은 소량의 비상을 삼키기도 했다. 그러나 이런 경우 봄이 되면 퇴비와 비상의 독이 작용해 반드시 죽

---

159 천자의 수렵을 위해 사냥매나 사냥개를 사육하는 관청. 조(雕)·골(鶻)·요(鷂)·응(鷹)·구(狗)의 오방(五坊)이 있었다―역주.

는다. 1년에 동사하고 독사하는 사람을 헤아려 보면 수천 명은 되는데
도 구걸하는 사람은 여전히 많다."[160] (「인부」1)

京師謂乞兒爲花子, 不知何取義. 嚴寒之夜, 五坊有鋪居之, 內積草及
禽獸茸毛. 然每夜須納一錢於守者, 不則凍死矣. 其饑寒之極者, 至窖乾
糞土而處其中, 或呑砒一銖. 然至春月, 糞砒毒發必死. 計一年凍死毒死
不下數千, 而丐之多如故也. (「人部」一)

이것은 명나라 토지 겸병의 심각함과 더불어 도시 빈민이 많았음을 보
여준다.

그밖에 북경의 동성(東城) 관상대(觀象臺)에 측량기구를 설치한 일(「천부」
2)[161], 항자경(項子京)이 서화(書畫)를 수장한 일(「인부」3), 방우로(方于魯)가
먹을 제조한 일(「물부」4) 등등을 기술했는데, 이 역시 명나라의 문화와 예
술을 연구하는 데 유용한 자료다.

위에서 언급한 각 예를 통해 『오잡조』의 기술 범위가 넓고, 보존하고 있
는 역사 사실이 많음을 알 수 있다. 그러나 그 가운데 거의 매 편마다 모
두 적지 않은 신괴적인 내용이 들어 있는데, 조수충어(鳥獸蟲魚)에 대해 기
술한 부분에 신괴와 관련된 내용이 많다. 천둥소리에 대한 해석을 뇌공(雷

---

160 예전에 북경(北京) 천교(天橋) 일대에 계모점(鷄毛店)이란 곳이 있었는데, 허물어
   진 집 지하에 닭털이 가득 깔려 있었다. 그곳에 투숙하려는 거지는 매일 밤 동전 한
   냥을 주고 닭털 속에서 잤다. 상황이 『오잡조(五雜俎)』에서 서술한 것과 대략 비슷
   하다.

161 『오잡조(五雜俎)』에서 말한 북경(北京) 동성(東城)의 관상대(觀象臺)는 지금도 존
   재하는데 베이징역 동쪽에 있다. 명청 시대에는 포자하(泡子河: 오래 전에 이미 물
   이 마르고 막혔다)의 북쪽에 있었다. 관상대에는 구리로 만든 천문 측량기구들이 진
   열되어 있는데, 어떤 것은 명나라의 오래된 것이고 어떤 것은 청나라 강희(康熙) 연
   간 때 추가 설치한 것이다. 근대 사람 천쭝판(陳宗蕃)의 『연도총고(燕都叢考)』제
   2편 41쪽 주(注)3 및 보수런(薄樹人)의 「북경고관상대개소(北京古觀象臺介紹)」를
   참조할 수 있다.

公: 뇌신)이 양 날개를 치켜들고 푸드덕거리며 내는 소리라고 한 것은 정말 우습다.(『천부』1) 역대의 역사적 사실을 얘기한 부분은 전대 사람의 필기를 많이 베꼈지만 출처를 기재하지 않았으며(『사부』3), 우스갯소리를 집록한 것도 모두 옛 문장에서 따온 것으로 아주 재미없다(『인부』4). 이것은 또한 명나라 사람이 필기를 찬할 때 분량이 많은 것을 훌륭하게 여기면서 전문적이고 정밀한 것을 소홀히 한 일반적인 병폐를 반영한다.

『소실산방필총(少室山房筆叢)』은 호응린(胡應麟)이 찬했으며 48권이다. 명나라 만력 연간에 간행되었다. 통행본은 청나라 말 광아서국(廣雅書局) 각본이고, 현재는 조판 인쇄본이 있다.

이 책은 호응린이 그의 고거변증과 잡설을 모아 만든 것으로, 정(正)과 속(續) 2집(集)으로 나누고 12개의 제목으로 분류했다. 「경적회통(經籍會通)」 4권은 고적(古籍)의 저작과 존망집산(存亡集散)을 서술했다. 「사서점필(史書占畢)」 6권은 역사서를 논하고 역사 사실을 평가했다. 「구류서론(九流緖論)」 3권은 제자백가의 원류와 득실을 논했다. 「사부정와(四部正訛)」 4권은 고대의 위서(僞書)를 판별해 교정했다. 「삼분보일(三墳補逸)」 2권은 『죽서기년(竹書紀年)』·『일주서(逸周書)』·『목천자전(穆天子傳)』을 전문적으로 논함으로써 고대 '삼분(三墳)'의 빠진 부분을 보충했다. 「이유철유(二酉綴遺)」 3권은 고서 중에서 기이한 이야기와 일을 채록했다. 「화양박의(華陽博議)」 2권은 옛사람들의 해박한 견문과 강한 기억력에 관한 고사를 잡다하게 기술했다. 「장악위담(莊岳委譚)」 2권은 잡다한 일을 논술함으로써 속설의 견강부회함을 바로잡았다. 「옥호하람(玉壺遐覽)」 4권은 모두 도경(道經)과 도사의 말을 논했고, 「쌍수환초(雙樹幻鈔)」 3권은 모두 불경과 불가의 말을 논했다. 「단연신록(丹鉛新錄)」과 「예림학산(藝林學山)」 각 8권은 전적으로 양신(楊愼)[162]의 주장을 반박하기 위해 지었다. 각 제목의 권두에 모두 간

---

162 명나라의 경학자이자 문학가. 자는 용수(用修), 호는 승암(升庵). 정덕(正德) 연간에 진사(進士)가 되어 벼슬길에 올랐다. 경학(經學)과 시문(詩文)에 탁월하고 박학

단한 서문을 두어 본제(本題)의 내용과 요지를 개술했다.

호응린은 명나라 중엽에 박학함으로 유명해 양신·진요문(陳耀文)·초횡(焦竑)과 함께 대단한 명성을 누렸다. 『소실산방필총』은 인용이 풍부하고 논의 역시 상당히 고명해, 고적 연구를 위해 귀중한 자료와 견해를 많이 제공한다. 「사부정와」는 고적 중의 위서를 약간의 종류로 나누어 분석했는데, 변증과 교정이 상당히 상세하고 빠짐이 없어 후대 사람이 위서를 논할 때 늘 그의 주장을 이용한다.

또한 고전소설·전기(傳奇)·잡극을 논한 부분은 특히 참고가치가 있다. 예를 들어 소설가를 지괴(志怪)·전기·잡록(雜錄)·총담(叢談)·변정(辨訂)·잠규(箴規)의 여섯 종류로 총괄했는데, 복잡다단한 고대 필기작품을 대강 종류별로 귀납해 사람들에게 칭찬받았다.(「구류서론」,하) 그는 육조(六朝) 지괴와 당나라 전기의 차이점을 다음과 같이 논했다.

> 무릇 괴이한 이야기는 육조에서 성행했는데, 대부분이 전해져 기록될 때 착오가 있었으며 반드시 모두 허황하게 꾸민 것만은 아니었다. 그러나 당나라 사람들은 일부러 신기한 것을 좋아해 소설을 빌려 붓끝에 기탁했다. (「이유철유」중)
>
> 凡變異之談, 盛於六朝, 然多是傳錄訛舛, 未必盡幻設語. 至唐人乃作意好奇, 假小說以寄筆端. (「二酉綴遺」中)

지괴는 전해오는 이야기를 기록한 것이고 전기는 일부러 창작한 것이라는 주장은 양자의 분명한 차이를 한 마디로 정곡을 찔러 설명한 것이다. 따라서 후대 사람들이 소설을 논할 때 이 말을 자주 인용했다.

「장악위담」에서는 사곡(詞曲)이나 희극(戲劇)을 논한 조목이 상당히 많

___
하기로 이름이 높았다. 특히 운남(雲南)에 관한 견문과 연구는 귀중한 자료로 전한다. 저서에 『단연총록(丹鉛總錄)』과 『승암집(升庵集)』 등이 있다—역주.

아서 문학사를 연구하는 데 아주 유용하다. 가끔 어휘에 대한 해석이 있는데, 역시 다른 책에서는 볼 수 없는 것이다. 예를 들어 원나라 사람은 수재(秀才)를 '세산(細酸)'이라 칭했다고 하면서『천녀이혼(倩女離魂)』첫 막에 나오는 "말(末)이 세산으로 분장해 왕문거 역을 한다(末扮細酸爲王文擧)"라는 구절을 증거로 삼았는데, 근래 사람이 희곡 어휘를 집록한 여러 책에는 아직 들어 있지 않다.

『소실산방필총』은 비록 인용에 착오가 있고 고거변증에 사실과 다른 것이 있긴 하지만,[163] 전체적으로 보면 결점보다는 장점이 많으므로 여전히 중시할 만한 가치가 있다. 인용해 증명한 부분은 대부분 주를 달아 출처를 상세히 밝힘으로써 체제가 비교적 엄밀해『오잡조』처럼 편집이 번잡하지 않은 것도 하나의 장점이라 하겠다.

위에서 기술한 세 책 외에 왕오(王鏊)의『진택장어(震澤長語)』2권은 「경전(經傳)」·「국유(國猷)」·「관제(官制)」·「식화(食貨)」에서 「선석(仙釋)」·「몽조(夢兆)」 등에 이르기까지 13편으로 나눈 것으로 잡설총고의 부류에 속하는데, 여기서는 자세히 서술하지 않겠다.

경사(經史)·시문(詩文)·훈고(訓詁)·명물(名物)을 고찰하고 논한 필기로는 양신(楊愼)의 저술이 가장 많은데, 유명한 것으로는『담원제호(譚苑醍醐)』8권,『예림벌산(藝林伐山)』20권, '단연(丹鉛)'을 제목으로 한 여러 종이 있다. 비교적 흔히 볼 수 있는 판본은『함해(函海)』본의『단연잡록(丹鉛雜錄)』10권과『보안당비급(寶顔堂秘笈)』본의『단연속록(丹鉛續錄)』8권이다. 양신도 명나라 중엽에 학문을 쌓은 선비인데, 그가 쓴 각 필기를 종합해 보면 그의 해박한 지식을 알 수 있다. 예를 들어『담원제호』권1 「공명유사(孔明

---

163 명나라 심덕부(沈德符)와 청나라 왕사정(王士禎) 및『사고전서(四庫全書)』를 수찬한 관신(館臣)들이 모두 일찍이『소실산방필총(少室山房筆叢)』에 보이는 많은 착오를 열거했다.『사고전서총목제요(四庫全書總目提要)』「자부(子部)·잡가류(雜家類)7」 참조.

296 중국역대필기개론 中國歷代筆記概論

遺事)」는 『수경주(水經注)』에 인용된 삼국시대 촉(蜀)나라 제갈량(諸葛亮)의 「출사표(出師表)」에 근거해 다음과 같이 말했다.

　　'신은 호보감 맹염을 남겨서 무공현의 강 동쪽을 점거하게 하겠습니다. 사마의는 위수가 불어나면 맹염의 진영을 공격할 것입니다. 그러면 신은 죽교를 만들어 강을 건너 그를 공격할 것입니다.' 다리가 완성되자 마침내 공격해 들어갔다.
　　'臣遣虎步監孟琰據武功水東. 司馬懿因渭水漲, 攻琰營. 臣作竹橋越水射之.' 橋成, 遂馳去."[164]

이는 『삼국지(三國志)』 「제갈량전」에는 보이지 않는 기록이어서 사서의 빠진 부분을 보충할 수 있다.
　　또한 권6 「세설오자(世說誤字)」에서는 고서를 전해 판각할 때 생긴 착오에 대해 다음과 같이 언급했다.

　　고서를 전해 판각할 때 생긴 오류는 대개 학식이 천박한 자가 함부로 고친 탓일 뿐이다. 예를 들어 근래 오중에서 『세설』을 판각하면서 '왕우군은 청진하다'라는 구절에 대해 청아하고 진솔한 것을 말한다고 했다. 이태백이 그 말을 인용해 시를 지으면서 '왕우군은 본래 청진하다'라고 한 것이 그 증거다. 그런데 근자에 와서 함부로 '청귀하다'로 고쳤다. ……
　　古書傳刻轉謬, 蓋病於淺者妄改耳. 如近日吳中刻『世說』, '右軍淸眞', 謂淸致而眞率. 李太白用其語爲詩, '右軍本淸眞', 是其證也. 近乃妄改作'淸貴'. ……[165]

164 인용문은 『수경주(水經注)』 권18 「위수(渭水)」에 보인다.
165 『세설신어(世說新語)』 「상예(賞譽)」편에 "은중군[은호(殷浩)]이 왕우군[왕희지(王

'청진(淸眞)'은 '청귀(淸貴)'에 비해 당시의 말뜻에 부합하며 게다가 이백(李白)의 시를 증거로 삼았으니, 그의 변증이 믿을 만함을 충분히 알 수 있다.

그밖에 『예림벌산』 권7 「강랑어(鱇食魚)」에서는 『방언(方言)』 곽박(郭璞) 주(注)의 "강랑은 비어 있는 모양이다(鱇食, 空貌)"라는 말을 인용해, 맑은 강의 어떤 물고기는 말리면 내장이 비어 있는데 전(滇: 운남) 사람들은 이 것을 강랑어라 부른다고 했다. 이는 고금의 어휘를 관통해 명물을 해석한 것이다. 『단연잡록』 권7 「공유(空遊)」 조에서는 당나라 유종원(柳宗元)의 「소석담기(小石潭記)」 가운데 "깊은 연못에 물고기 백여 마리가 있는데, 모두 마치 허공에서 노니는 듯 의지하는 곳이 없다(潭中魚可百許頭, 皆若空遊無所依)"라는 구절이 『수경주』의 "맑은 물이 고요한 연못은 깨끗하고도 깊다. 노니는 물고기를 내려다보니 마치 공중을 날아다니는 것 같다(淥水平潭, 淸潔澄深. 俯視遊魚, 類若乘空]"[166]라는 구절에 근거하고 있음을 지적 했다. 만약 고서를 숙독하지 않으면 그 출처를 찾아낼 방법이 없다.

양신은 비록 해박했지만 그의 필기 중에서 고증이 잘못되거나 기억이 틀린 곳도 적지 않다. 진요문(陳耀文)은 일찍이 『정양(正楊)』 4권을 찬해 양신의 착오를 바로잡았다. 호응린의 『소실산방필총』 가운데 「단연신록」과 「예림학산」 두 부분 역시 양신의 인증(引證)과 논변(論辨)을 전문적으로 반박했다.

義之)]을 평하길, '왕일소[왕희지]는 청아하고 존귀한 인물이다. 나는 그를 매우 친애하고 있는데 이 점에 있어서는 당대에 그 누구에게도 뒤지지 않는다'라고 했다(殷中軍道王右軍云: '逸少淸貴人. 吾於之甚至, 一時無所後.')"라는 기록이 있다. 양신 (楊愼)이 '청진(淸眞)'을 '청귀(淸貴)'로 고쳤다고 말한 것은 바로 이것을 가리킨다.

166 『수경주(水經注)』 권37 「이수(夷水)」에 "그 물이 허공에 비치는데 노니는 물고기를 내려다보니 마치 공중을 날아다니는 것 같다(其水虛映, 俯視游魚, 如乘空也)"라는 기록이 있다. 양신(楊愼)이 말한 유종원(柳宗元) 문장의 출처는 마땅히 이것을 가리 킨다.

기타 장훤(張萱)의 『의요(疑耀)』 7권과 정효(鄭曉)의 『고언유편(古言類編)』[『학고쇄언(學古瑣言)』이라고도 한다] 2권도 비교적 유명하다. 전자는 어휘·명물·시문·전고에 대해 고증했는데, 간혹 취할 만한 것이 있으나 기억의 착오 또한 많다. 후자는 경사(經史)의 대의(大意)를 설명하기 위해 지은 것으로 내용이 결코 참신하지 못하다.

사소한 고증과 잡다한 논의를 집록한 또 다른 부류의 필기로는 초횡(焦竑)의 『초씨필승(焦氏筆乘)』 6권과 『속필승(續筆乘)』 8권이 있다. 언급한 범위는 비교적 넓지만 번잡함을 면하지 못하며, 또한 당송 시대 사람의 필기를 많이 베끼면서 출처를 기재하지 않아 표절에 가깝다. 그밖에 육심(陸深)의 『전의록(傳疑錄)』, 도앙(都卬)의 『삼여췌필(三餘贅筆)』, 진우폐(陳于陛)의 『의견(意見)』, 전희언(錢希言)의 『희하(戲瑕)』, 진계유(陳繼儒)의 『군쇄록(群碎錄)』 등은 분량이 아주 적고 자료가 제한되어 있어서 여기서는 구체적으로 소개하지 않겠다.

본장의 내용을 개괄해 보면, 명나라의 소설고사류 필기 중에서 지괴는 주로 화복을 이야기하고 권선징악을 우의적으로 설명했는데, 대부분 줄거리가 황당하고 서술이 간략해 고사와 문장 모두 취할 만한 것이 적다. 『전등신화(剪燈新話)』 등과 같은 전기집은 제재 면에서 답습을 벗어나지 못하고 문장도 비교적 장황하고 힘이 약하다. 그러나 대부분 연분(烟粉)과 영괴(靈怪)의 고사를 다루면서 지괴와 전기 두 문체를 겸함으로써 『요재지이(聊齋誌異)』 등과 같은 청나라 단편집에 어느 정도 영향을 미쳤다. 일사소설은 여전히 『세설신어(世說新語)』를 모방했으나 채록 범위를 넓혔다. 예를 들어 『하씨어림(何氏語林)』과 『초씨유림(焦氏類林)』은 이미 유서(類書)에 근접했다. 역사쇄문류 필기는 수량이 가장 많고 사료가 가장 풍부하다. 『만력야획편(萬曆野獲編)』·『숙원잡기(菽園雜記)』 및 기타 각 필기는 명나라의 정치·경제·사회·문화 등을 연구하는 데 모두 상당히 참고할 만한 가치가 있다. 그러나 책 속에 신괴·외설·해학과 무료한 기록이 뒤섞여 있는 점이 또한 일반적인 병폐다. 고거변증의 학문은 명나라에 그리 성행하지 못했기 때문에 이런 부류의 필기는 그 수를 헤아려 보면 아주 적다. 다른 책을 인용할 때 기억에 의존해 착오가 있고, 혹은 임의로 원문을 삭제하거나 고친 것도 매우 보편적인 결점이다. 『소실산방필총』과 『담원제호』 등 제한된 몇몇 작품이 고거변증을 위주로 한 것을 제외하면, 대부분은 서술과 잡설을 겸한 종합적 성격을 띤 필기로서 기사(記事)가 매우 많다. 그러나 고거변증과 인용이 또한 종종 잘못되기도 하고, 심지어는 한 책 속에 잘된 곳과 그렇지 못한 곳이 반반씩 섞여 있기도 하다. 『삼여췌필』과 『군쇄록』 같은 류는 엄격히 말하면, 본래 고거변증류 필기작품으로 칠 수 없고 단지 일종의 수필잡록일 뿐이다.

제7장

청나라의 필기

제1절

소설고사류 필기

───────────

－『요재지이』·『열미초당필기』·『금세설』 및 기타

청나라는 필기를 집대성한 시대로 각종 필기가 모두 전대(前代) 사람들이 써놓은 기초 위에서 한 걸음 더 발전했다. 그중 역사쇄문류(歷史瑣聞類) 필기의 내용은 특히 충실하고 다양화되어, 명나라 사람들이 기술한 것과 비교해 볼 때 범위가 훨씬 넓다. 그러나 청나라 초기의 이러한 필기들은 그 수가 매우 적다. 강희(康熙: 1662~1722), 옹정(雍正: 1723~1735), 건륭(乾隆: 1736~1795) 세 조대에서는 민족사상을 가진 문인들에 대해 대대적으로 문자옥(文字獄)을 일으켜 마구 학살했다. 청나라 조정이 꺼리는 것을 건드린 야사나 시문들은 있는 대로 수집해 금지하고 불태워버렸다. 심지어 비교적 유행하고 있던, 현실성을 지닌 필기소설까지도 금지하고 훼손했다. 동시에 정주이학(程朱理學)과 윤리도덕을 적극적으로 선양하고, 충군애국(忠君愛國)과 미신을 퍼뜨리는 소설과 희극의 전파를 고무했다. 그래서 일반적인 필기 작자들은 모두 문자로 화를 입을까 두려워해 명나라 말 청나라 초의 역사적 사실에 대해서는 말하기를 꺼렸고, 감히 조정의 정치를 비판하거나 풍자나 불만의 뜻을 드러내지 못했다. 그저 관습과 풍속을 기록하고, 문예와 사대부의 언행 등을 이야기할 뿐이었다. 중엽 이후 정치는 부패하고 정치적 규제는 조금 느슨해졌다. 이에 필기는 날로 늘어나 궁궐의 비밀과 관리사회의 어두운 면 등에 대해 폭로하는 것에 비교적 거리낌이 적어졌다. 게다가 외세의 침략과 압박이 다가오자, 문호가 대대적으로 열려서 양무(洋務)를 논하고 서구풍을 기술하는 것은 후기 각종 필기의 일반적인 내용이 되었다. 만청(晩淸) 사회의 면모는 이런 필기 가운데 매우 구체적으로 반영되어 있다. 또 한편 청나라 초의 고염무(顧炎武)·왕부지(王夫之) 등이 경사(經史)의 연구를 제창하고 일반학자들도 현실도피를 위해 고적을 정리 고증하게 되면서, 건륭·가경(嘉慶: 1796~1820) 연간 이래 고거(考據)의 학풍이 한 시대 동안 극히 성행했다. 그러므로 고거변증류(考據辨證類)의 필기는 그 수에 있어서나 질에 있어서 모두 명나라를 뛰어넘었다. 총괄하자면 청나라는 여러 시기에 걸친 각종 필기들이 사회의 변화와 학풍의 변천을 보여준다고 할 수 있다.

청나라의 소설고사류 필기는 위진 지괴와 당송 전기의 전통을 계승하고 또한 명나라 전기와 시민문학의 영향을 어느 정도 받아서 총결적인 성과를 드러냈다. 그중에서도 지괴와 전기 두 가지의 장점을 겸비한 『요재지이(聊齋誌異)』는 가장 대표적인 우수한 작품이다. 위진 지괴를 모방하고 의론에 편중한 『열미초당필기(閱微草堂筆記)』는 이런 종류 소설의 또 다른 유형이다. 그리고 『세설신어(世說新語)』를 모방한 일사소설(軼事小說)은 작자 자신의 일까지 포함해 기술하는 데까지 발전했는데, 『금세설(今世說)』 같은 것이 있다. 청나라의 필기소설은 종류가 번잡하게 많지만 대체로 모두 위에서 언급한 세 가지의 유파다. 그밖에 시사(時事)를 겸비한 소설집이 있는데 역시 지괴·전기와 일사소설에서 변천해 나온 유형이다.

『요재지이』는 포송령(蒲松齡)이 찬했다. 강희 연간에 책이 이루어지고, 건륭 연간에 간행되었다. 판본이 매우 많은데 통행본은 16권본이다. 근래에 출판된 회교회주회평본(會校會注會評本)은 개정해 12권이 되었는데 도합 491편의 고사를 수록하고 있으며 현재 비교적 완비된 판본이다.

　포송령은 문필에 뛰어나고 재능이 풍부했지만 일생토록 쓸쓸히 뜻을 이루지 못해, 정치제도의 어두운 면과 세태 및 인간사의 음험하고 간사함 등등에 대해 비교적 깊이 인식하고 있었다. 그가 저술한『요재지이』는 바로 자기의 불만과 분개를 드러낸 하나의 '분서(憤書)'라 할 수 있다.

　『요재지이』의 제재는 어떤 것은 민간 전설에서 취했고 어떤 것은 위진 지괴와 당나라 전기를 참고로 했으며 어떤 것은 작자 스스로 창작한 것도 있다. 예를 들어 책 가운데「종리(種梨)」와「호입병(狐入瓶)」은 진나라 간보(干寶)의『수신기(搜神記)』권1의 서광(徐光)이 오이를 심는 이야기와 권3의 한우(韓友)가 가죽 주머니로 여우를 잡는 이야기에서 발전한 것이다.「서호주(西湖主)」·「봉양사인(鳳陽士人)」·「속황량(續黃粱)」의 세 고사는 모두 당나라 전기에서 변천해 나온 것이다.「서호주」는『유의전(柳毅傳)』을 모방했고,「봉양사인」은『삼몽기(三夢記)』를 모방했으며,「속황량」은 분명히『침중기(枕中記)』나『남가태수전(南柯太守傳)』과 같은 종류다. 그러나 이런 고사들은 비록 모방한 흔적이 있지만 그래도 옛것을 비판적으로 계승하면서 새로운 것을 창조해냈다. 작자는 풍부한 상상과 생활 경험으로 그것의 내용을 채워 넣었다.

　『요재지이』는 주로 묘사한 것이 비록 신선, 여우 귀신, 나무 도깨비, 꽃 요정 등등에서 벗어나지 않지만 그 가운데 많은 고사는 모두 기탁하는 바가 있어, 그것을 빌려 현실을 반영하고 애증을 표현했다. 예를 들어「석방평(席方平)」은 성황신(城隍神)과 명왕신(冥王神)이 부자의 뇌물을 받고 선량한 이들을 못살게 구는 내용을 통해, 당시 관리들이 뇌물을 받아먹고 법을 어기는 것을 비난했다.「몽랑(夢狼)」은 백옹(白翁)의 꿈을 통해, 관리가 호랑이가 되고 이리가 되어 백성들의 혈육을 먹는 것을 지적했다.「박흥녀(博興女)」는 토호 아무개가 민간의 여자를 목 졸라 죽여 시체를 깊은 연못에 던져 넣었는데 시체의 머리가 신룡(神龍)으로 변해 토호의 머리를 잡아떼 죽여 버린 일을 묘사했다. 「상고(向杲)」는 장공자(莊公子)가 상성(向晟)을 때려죽였는데 그 아우 상고가 하소연할 데가 없자 결국 맹호로 변해 원수를 물어 죽인 일을 묘사했다. 이런 고사들은 관리들의 흉악함과 잔인함, 토호의 횡포, 해를 입은 백성들의 반항심이 강렬했음을 보여준다. 어두운 정치 상황에서 백성들은 원통함이 있어도 보복할 수 없었으므로, 작자는 용으로 변하고 호랑이로 변해 복수하는 신기한 결말을 설정해 쌓인 분을 풀어냈다.

「촉직(促織)」의 내용은 다음과 같다. 궁중에서 귀뚜라미 싸움 놀이를 좋아해 관리들이 백성에게 귀뚜라미를 잡아 바치라고 핍박하자, 아전들이 이 기회를 타서 토색질하니 많은 백성이 가산을 탕진하는 해를 입게 되었다. 고지식한 성명(成名)이란 사람은 기한 내에 귀뚜라미를 바치지 못해 곤장을 맞아 두 다리에서 고름과 피가 줄줄 흘렀고, 9살 된 아들 역시 이 때문에 우물로 뛰어들었다. 마지막에 그 아들의 혼이 귀뚜라미로 변해 성명은 그제야 헌납해 화를 면할 수 있게 되었다. 이 고사에서는 명나라 선덕(宣德) 연간(1426~1435)의 일이라고 했지만, 실제로는 바로 청나라 시대를 가리킨다.

그밖에 「공손구낭(公孫九娘)」 조에서는 고사의 배경을 설명하는 첫머리부터 청나라 조정에서 우칠(于七) 사건[167]으로 인해 백성들을 연루시켜 죽이는 참상이 하루에만 수백 명을 살육해 "무고한 피가 땅에 가득하고 백골이 하늘까지 닿을(碧血滿地, 白骨撐天)" 지경이었다고 조금도 거리낌 없이 질책했다. 『요재지이』가 현실성을 지니고 있어 일반적으로 미신을 선양하는 지괴서와 다르다는 것을 여기에서 알 수 있다.

『요재지이』는 남녀 연애고사의 서술이 비교적 큰 비중을 차지한다. 예

---

167 청나라 순치(順治) 5년(1648)에 산동(山東) 서하(棲霞) 사람 우칠(于七)이 군대를 일으켜 15년 동안 크게 세력을 떨쳤다. 청나라 조정은 이를 잔혹하게 진압해 매우 많은 사람을 죽였다.

를 들어 「아보(阿寶)」·「연성(連城)」·「서운(瑞雲)」 등은 진실한 사랑을 찬양하며 결혼의 자유를 주장하고 있는데 모두 취할 만하다. 즉 허구적인 요정·도깨비·정령이 둔갑한 여자를 서술할 때도 역시 인정미가 가득하고 귀여우며 무섭지도 않다. 기타 은사(隱士)·이인(異人)·영웅·협객을 묘사한 것과 일상생활을 적은 고사들도 종종 말에 근거가 있고 내용이 충실하다. 예를 들어 「노도(老饕)」에서 교만함을 경계한 것과 「노산도사(勞山道士)」에서 망상을 풍자한 것은 모두 교육적 의의가 풍부해 사람들을 깊이 성찰하게 한다.

이 책은 전기의 필법으로 신괴(神怪) 고사를 서술했고, 표현 기교도 당송 시대의 전기보다 진일보 향상되었다. 상상력이 풍부하고 줄거리에 굴곡이 있으며 묘사가 생동적이다. 빚어놓은 각양각색의 인물들 모두 형상이 선명해 부르면 금시라도 튀어나올 것처럼 묘사가 생동적이다. 세부 묘사는 특히 깊은 경지에 이르렀다. 『요재지이』는 이미 필기의 범주를 뛰어넘어 완정한 단편소설집을 이루었다. 그러나 전통으로 말하자면, 그래도 지괴와 전기에서 발전해 나온 것이다. 그 제재 면에서 참고하고 모방한 것은 앞에서 이미 예를 들어 설명했다. 이 책 가운데 약간의 공허한 두세 줄의 간단한 기술은 여전히 위진 시대의 '잔총소어(殘叢小語)'의 형식을 지니고 있어 역시 이런 점을 드러내기에 충분하다. 동시에 『요재지이』는 청나라 이후에 나온 소설고사류 필기에 비교적 큰 영향을 끼쳤다. 그래서 여기서 논술하지 않을 수 없다.

나중에 등장한 이러한 소설고사류의 필기 중에서 건륭 연간에 책이 이루어진 것으로는 원매(袁枚)의 『신제해(新齊諧)』[처음 제목은 『자불어(子不語)』였다] 24권과 속집 10권, 심기봉(沈起鳳)의 『해탁(諧鐸)』, 화방액(和邦額)의 『야담수록(夜譚隨錄)』, 장백호가자(長白浩歌子)의 『형창이초(螢窗異草)』 각 12권이 있다. 『신제해』의 내용은 매우 어수선하고 조잡하며 귀신과 요괴의 공포를 많이 기술하고 있는데, 『요재지이』가 "귀신에 의탁해 뜻을 이야기하는 것(托鬼言志)"과는 다르다. 『야담수록』·『해탁』·『형창이초』의 세 책은 비록 『요재지이』를 모방했지만 매우 수준이 떨어지며 의의 있는 고사가 매우 적다.

광서(光緒) 연간(1875~1908)에 선정(宣鼎)이 지은 『야우추등록(夜雨秋燈錄)』16권 역시 『요재지이』의 한 지류이지만, 귀신과 여우를 적게 기재하고 인간사를 많이 이야기하고 있다. 예를 들어 권1 「청천백일(靑天白日)」조에서는 서생 남궁인암(南宮認庵)이 돈을 주웠지만 현혹되지 않아서 소녀 연낭(娟娘)과 맺어지게 된 일을 서술했는데, 괴이한 것이 섞여 있긴 하지만 인정(人情)을 벗어나지 않으며 매우 흥미롭다. 「아잠(雅賺)」조의 내용은 다음과 같다. 어떤 상인이 정판교(鄭板橋)[168]의 서화를 구하고자 했는데, 정판교는 그가 속되고 비루하다고 싫어해 주지 않았다. 그러자 상인은 교외에 아름다운 초가집을 짓고 붓과 벼루, 서화 등을 차려 놓은 뒤 한 노인을 가짜로 은사(隱士) 노릇을 하게 했다. 그러고는 정판교가 외출해 노닐다 그곳에 이르기를 기다렸다가, 그를 위해 거문고를 연주하고 검무(劍舞)를 추며 개고기까지 대접했다. 곳곳마다 기호에 딱딱 맞게 차려져 있었으므로 정판교는 자기도 모르게 그 꾀에 말려들어 몸소 노인을 위해 서화 십여 폭을 그려주었는데, 사실 그것은 모두 그 상인이 가졌다. 나중에 정판교는 속임수에 걸렸다는 사실을 알게 되었지만, 또한 그 책략의 교묘함에 감탄하지 않을 수 없었다. 이 책 전체의 많은 고사는 모두 서술이 완곡

---

168 청나라의 문인이자 서화가. 자는 극유(克柔), 호는 판교(板橋). 시·서·화 모두 특색 있는 작풍을 보였으며, 그림에서는 '양주팔괴(揚州八怪)'의 한 사람으로 꼽힌다. 그의 시는 체제에 구애받음이 없었고, 서는 고주(古籒)와 광초(狂草)에 뛰어났다. 행서(行書)와 해서(楷書)에 전서(篆書)와 예서(隸書)를 섞었는데, 그 사이에 화법도 넣어서 독자적인 서풍(書風)을 창시했다. 그림은 화훼목석(花卉木石)을 잘 그렸는데, 특히 난(蘭)과 죽(竹)에서 독보적인 경지를 이루었다. 「묵죽도병풍(墨竹圖屛風)」·「회소자서어축(懷素自敍語軸)」 등의 작품과 『판교시초(板橋詩鈔)』·『도정(道情)』 등의 시문집이 있다—역주.

하고 문장이 볼만해 비교적 널리 유행했다.

그밖에 가경 연간에 도신(屠紳)이 찬한『육합내외쇄언(六合內外瑣言)』20권은 색다른 줄거리에 풍자를 기탁해 독창적인 풍격을 창조하려 했지만, 내용이 너무 황당무계한 나머지 우의(寓意)를 천박한 데로 흐르게 해 역시 볼 만하지 않다. 이런 필기들은 모두『요재지이』와는 비교가 안 된다. 비교적 영향력이 있는 것은『요재지이』와 쌍벽을 이루는『열미초당필기(閱微草堂筆記)』다.

『열미초당필기』는 기윤(紀昀)이 찬했다.「난양소하록(灤陽消夏錄)」6권,「여시아문(如是我聞)」·「괴서잡지(槐西雜志)」·「고망청지(姑妄聽之)」각 4권과「난양속록(灤陽續錄)」6권으로 모두 24권이다. 건륭 54년(1789)부터 가경 3년(1798)까지 잇따라 지어서 가경 5년(1800)에 그 문하생 성시언(盛時彦)이 다섯 책을 하나로 합쳐서 간행했다. 현재 주로 보이는 판본은『청대필기총간(淸代筆記叢刊)』·『필기소설대관(筆記小說大觀)』본 등과 중화도서관(中華圖書館)의 석판 인쇄본이다.

기윤은 건륭 연간에 박식함으로 이름을 날렸는데, 일찍이『사고전서(四庫全書)』의 편찬을 총괄했다.『열미초당필기』5종은 그가 만년에 글을 쓰며 마음을 달래려고 지은 것이다. 그는『요재지이』가 한 책에 지괴와 전기의 두 가지 문체를 겸하고 있는 것에 불만을 품고, 그것은 스스로 서술한 문장이 아니며 묘사가 분명하지 않고 정리(情理)에 맞지 않는다고 여겼다.[169] 그래서 그는『열미초당필기』를 지어 위진 지괴의 풍격을 계승하고, 간략하고 질박한 서술을 하려 했다. 그러나 전체적으로 여우 귀신을 빌려 의론을 펼치는 경우가 많아서 위진 시대 여러 책의 취지와는 결코 같지 않다. 여기에「고망청지」권4의 한 조를 기록하면 다음과 같다.

169「고망청지(姑妄聽之)」의 성시언(盛時彦)의 발문(跋文)에 상세하게 나와 있다.

유의산의 집에서 금팔찌가 없어져서 어린 여종을 때리며 심문하니 고물 장수에게 팔았다고 시인했다. 그래서 다시 여종에게 고물 장수의 복장과 모습 등을 물어서 찾아보았으나 찾아내지 못하자, 다시 여종을 때리면서 심문했다. 그때 홀연 천장판 위에서 가벼운 기침 소리가 들리더니 말하길, "저는 주인님의 집에서 40년을 살았지만 한 번도 모습이나 목소리를 드러내지 않아서 제가 있다는 것을 모르셨습니다. 오늘은 정말 더 이상 가만히 있을 수가 없군요. 그 금팔찌는 부인께서 잡다한 물건들을 정리하시다가 잘못해서 옻칠한 상자 속에 두시지 않았습니까?"라고 했다. 일러준 대로 찾아보니 과연 거기에 있었다. 그러나 여종은 이미 성한 곳이 없었다. 유의산은 평생 이 일을 부끄럽게 여기고 후회하면서 항상 스스로에게 말하길, "때때로 이런 일이 생기는 것은 면하지 못하겠지만, 어찌 곳곳마다 이 여우가 있을 수 있겠는가!"라고 했다. 그리하여 그는 20여 년 동안 벼슬살이하면서 심문할 때 절대로 형벌을 가하지 않았다.

劉擬山家失金釧, 掠問小女奴, 具承賣與打鼓者. 又掠問打鼓者衣服·形狀, 求之不獲, 仍復掠問. 忽承塵上微嗽曰: "我居君家四十年, 不肯一露形聲, 故不知有我. 今則實不能忍矣. 此釧非夫人檢點雜物, 誤置漆奩中耶?" 如言求之, 果不謬. 然小女奴已無完膚矣. 擬山終身愧悔, 恒自道之曰: "時時不免有此事, 安能處處有此狐!" 故仕宦二十餘載, 鞫獄未嘗以刑求.

이 조에서는 허구적인 여우의 말을 통해 무고한 사람을 심하게 고문해 억지로 죄를 인정하게 하는 일이 많이 벌어지고 있음을 설명해, 사건 심의에서 고문해 자백을 강요해서는 안 된다는 것을 지적하고 있다. 이로써 이 책이 의론에 편중되어 있으며 고사를 설리(說理)의 도구로 쓰고 있음을 알 수 있다.

같은 권의 「막설애언(莫雪崖言)」 조에서는 어떤 사람이 꿈에서 지옥에 들어가 몇몇 귀신을 보았는데, 그들은 살아 있을 때 아첨을 잘하고 망령되이 자신을 높이고 속셈이 너무 은밀하며 시기심이 많아 의심을 많이 했기 때문에, 각종 기괴한 형상으로 변해 심한 고통을 받고 있는 것을 서술했다. 이 이야기는 명백히 인간사의 세태를 풍자한 우언이다. 또한 권3의 「인정저사(人情狙詐)」 조에서는 건륭 연간에 북경의 시장에서 사람을 속이는 갖가지 수법을 기록했는데, 『요재지이』의 「염앙(念秧)」류의 고사와 비슷한 것으로 당시 사회를 묘사하고 있다.

이 책에서는 송나라 유학자들의 의론이 너무 각박하고 당시 사람들의 견해가 진부한 것과 도학자들의 언행이 허위적인 것에 대해, 종종 어떤 제재를 빌려 자신의 의견을 피력하고 논박과 폭로를 가했는데, 시문(詩文)을 평하고 고증을 논한 것 역시 정확하며 확실한 견해가 보인다. 예를 들어 「괴서잡지」 권1에서는 『계원총담(桂苑叢談)』과 『두양잡편(杜陽雜編)』에서 방죽장(方竹杖)이 대완국(大宛國)에서 나고 운향초(芸香草)가 우전국(于闐國)에서 난다고 기록한 것이 소설에서 견강부회한 말이라는 것을 밝혔다. 권2에서는 송나라 장군 양업(楊業)의 '양영공사(楊令公祠)'가 옛 북구[北口: 지금의 장쟈커우(張家口)]에 있었고 요(遼)나라 사람들이 지은 것이라고 고증했는데, 모두 근거가 있는 언급이다. 그밖에 청나라의 관습이나 북경 문인의 저택과 서화를 기록한 것 등등도 역시 참고할 만한 자료를 충분히 제공하고 있다. 『열미초당필기』가 다방면에서 작자의 견해와 학식을 드러내고 있음을 알 수 있는데, 그래서 청나라 이자명(李慈銘)은 기윤의 이 작품을 "비록 내용은 괴이한 이야기와 관련되지만 실제로는 옛것을 살피고 이치를 설파하는 책"[170]이라고 여겼다. 이 말은 이 필기작품의 특징을 정확하게 지적하고 있다.

---

170 상무인서관(商務印書館)에서 출판한 『월만당독서기(越縵堂讀書記)』 하책(下冊) 1014쪽에 보인다.

『열미초당필기』는 문장이 매우 훌륭하고, 서사(敍事)가 자세하고 주도면밀하며, 설리(說理)가 명백하고 철저하다. 바로 저우수런(周樹人: 루쉰)이 말했듯이 "온화하고 점잖으면서도 자연스러운 정취가 넘쳐난다"[171]라고 하겠다. 그러나 이 책 전체에서 이야기하는 고사들은 권계에 치중해 영묘한 도리를 설교하고 윤리도덕과 인과응보와 미신 등을 적극적으로 선양했는데, 이는 마치『요재지이』와 맞서 눌러보려 한 것 같다.

『요재지이』와『열미초당필기』는 진나라와 당나라의 소설을 모방한 청나라의 두 가지 다른 경향과 유형을 대표하는데, 모두 일정한 영향력을 가지고 있었다. 건륭 연간에 지어진 악균(樂鈞)의『이식록(耳食錄)』은『열미초당필기』보다 약간 먼저 나왔는데 유형은 매우 비슷하다. 이후 가경 연간부터 광서 연간까지는『요재지이』나『열미초당필기』를 모방한 작품들이 동시에 많이 출현했다. 예를 들어 가경 연간 관세호(管世灝)의『영담(影談)』, 풍기봉(馮起鳳)의『석류척담(昔柳摭談)』, 유몽초(兪夢蕉)의『초헌척록(蕉軒摭錄)』, 형원거사(荊園居士)의『도등신록(挑燈新錄)』, 동치(同治: 1862~1874)·광서 연간 주상청(朱翔淸)의『매우집(埋憂集)』, 왕도(王韜)의『둔굴란언(遁窟讕言)』·『송은만록(淞隱漫錄)』과『송빈쇄화(淞濱瑣話)』등의 책은 모두『요재지이』의 유파에 속한다. 그밖에 가경 연간 김봉창(金捧閶)의『객창우필(客窓偶筆)』, 도광(道光: 1821~1850) 연간 허추타(許秋垞)의『문견이사(聞見異辭)』, 탕용중(湯用中)의『익경패편(翼駉稗編)』, 허원중(許元仲)의『삼이필담(三異筆談)』, 유홍점(兪鴻漸)의『인설헌수필(印雪軒隨筆)』, 용눌거사(慵訥居士)의『지문록(咫聞錄)』, 양공진(梁恭辰)의『지상초당필기(池上草堂筆記)』, 허봉은(許奉恩)의『이승(里乘)』, 광서 연간 곡원노인[曲園老人: 유월(兪樾)]의『우대선관필기(右臺仙館筆記)』·『이우(耳郵)』, 옥책도인(玉冊道人)의『산해여회(珊海餘詼)』등은 비록 내용과 취지가 각각 약간씩 다르지만 대체로 권계

171 『중국소설사략(中國小說史略)』제22편에 보인다.

를 위주로 해『열미초당필기』와 가깝다. 그 가운데 곡원노인은 학식과 문장이 모두 기윤과 비견할 만해 그가 지은 것은『열미초당필기』를 계승했다고 할 수 있다.『지상초당필기』와『이승』같은 류는 인과응보를 대대적으로 이야기하고 설교의 의도가 많아 문장 풍격이 결국 떨어져서, 이미『태상감응편(太上感應編)』등의 선행을 권하는 권계류의 책들과 서로 비슷해 그다지 소설 같지 않다.

동치·광서 연간 이래로『요재지이』를 모방한 필기들에서는 귀신과 여우 이야기가 감소하고 인간사가 증가했으며, 기녀, 광대, 생황 반주 노래, 놀잇배 등에 관련된 기록을 대량으로 첨가했다.『송빈쇄화』같은 경우는 적지 않은 편폭을 할애해 이런 내용을 서술했다. 각종 유형의 지괴와 전기 고사가 이미 거의 전대 사람들의 저작에서 다 쓰여서 제재가 점차 고갈되었기 때문에, 동치·광서 연간의 여러 필기 작자는 단지 형식만 바꾸고 내용은 그대로 답습해 상투적인 것에서 벗어나기 힘들었다.[172] 시사(時事)와 지방 전설을 채록한 것도 이런 종류의 필기의 면목을 일신하지는 못했다. 그것들의 변화 발전은 갈 데까지 가서 별다른 큰 변화가 없었다.

청나라의 일사소설은『세설신어』를 모방했는데, 편목 분류와 체례를 답습했을 뿐만 아니라 어떤 작자는 내용과 문자까지도 고심해 모방했다. 청나라 초의 문인들은 명나라 사대부의 일사에 대해 견문이 비교적 상세했다. 그래서 초기의 이런 필기들, 예를 들어 양유추(梁維樞)의『옥검존문(玉劍尊聞)』과 오숙공(吳肅公)의『명어림(明語林)』같은 것은 모두 명나라의 일만을 집록했다. 기타 장무공(章撫功)의『한세설(漢世說)』, 이청(李淸)의『여세설(女世說)』, 안종교(顏從喬)의『승세설(僧世說)』등은 각기 한 부류에

---

172 『송빈쇄화(淞濱瑣話)』권1의「서인사(徐麟士)」는 당나라 전기(傳奇)『영응전(靈應傳)』을 모방했고,「약낭(藥孃)」은『요재지이(聊齋誌異)』의「향옥(香玉)」을 모방했다. 비록 약간의 변화를 주긴 했지만 모방한 흔적이 매우 확연하다. 이런 종류는 매우 많은데 여기서 다 거론하지는 않았다.

대해 제재를 취함으로써 특이함을 내세우려 했지만 새로운 내용은 전혀 없었다. 청나라 사대부의 사상과 생활 면모를 잘 반영한 것으로는『금세설』이 비교적 대표적이다.

『금세설』은 왕탁(王晫)이 찬했으며 8권인데 강희 22년(1683)의 자서(自序)가 있다. 통행본으로는『월아당총서(粵雅堂叢書)』본과『청대필기총간(淸代筆記叢刊)』본 등이 있다. 1957년 홍콩 중화서국(中華書局)의 조판 인쇄본은『월아당총서』본에 근거해 표점(標點)했다.

이 책에 기록된 것은 모두 순치(順治: 1644~1661)·강희 두 조대 및 작자와 동시대 문인들의 언행이므로『금세설』이라 불렀다. 체재는 전적으로『세설신어』를 따랐고 편목 분류 역시『세설신어』를 따랐는데, 단지「자신(自新)」·「출면(黜免)」·「검색(儉嗇)」·「참험(讒險)」·「비루(紕漏)」·「구극(仇隙)」6편만 뺐다. 그 의도는 "장점을 끌어주고 단점을 덮어 준다(引長蓋短)"[「예언(例言)」에 보인다]는 것으로, 아마도 폄하하는 말로 인해 다른 사람에게 죄를 짓게 될까 봐 그랬을 것이다.

왕탁은 교유관계가 넓었고 문장에도 재주가 있었다. 이 책의 내용은 모두 견문을 있는 대로 취해 집록한 것인데, 왕완(汪琬)의『설령(說鈴)』과 육기(陸圻)의『서릉신어(西陵新語)』에서 취한 자료가 특히 많다. 이를 통해 청나라 초의 전고와 문장 풍격과 일반 명사들의 언행 등을 이해할 수 있다. 작자는 당시 사람들을 열거해 서술할 때 모두 직접 소주(小注)를 달아 그 약력을 기록함으로써, 독자들이 이런 사람들의 생평까지 아울러 알 수 있게 했다. 여기서「방정(方正)」편의 한 조를 예로 들어보자.

손표인은 조정의 부름에 응해 도성으로 들어갔는데, 처음에는 노환을 이유로 사양했으나 윤허 받지 못했다. 장차 고향으로 돌아가려 했는데, 다시 연로한 사람에게 직함을 수여한다는 명이 내려졌다. 이부에서 대상자를 조정으로 소집해 확인했는데, 손표인만 혼자 누워서 가지 않다가 곧이어 독촉을 받고서야 천천히 들어갔다. 잠시 후에 벼슬을 주관하는 사람이 그의 수염과 눈썹이 모두 허연 것을 멀리서 보고 이끌어 앞으로 오게 해서 말하길, "당신은 늙었소이다!"라고 하자, 손표인이 곧바로 대답하길, "아니오. 내 나이 마흔에도 이와 같았소. 또한 내가 이전에 늙음을 이유로 임관을 면해달라고 청했을 때 공은 분명 나를 건장하다고 여겼소. 지금 나는 늙어서 관직을 얻고 싶지 않은데, 공은 또 나를 늙었다고 여기니 어찌 된 일이오?"라고 했다. 사람들은 모두 그의 어리석음을 비웃었지만 손표인은 여전히 태연자약했다. (손표인은 이름이 지위이며 섬서 삼원 사람이다. 키가 8척이고 목소리는 커다란 종과 같았으며 큰 눈썹에 이마가 넓었는데, 시로 천하에 이름이 났다.)

孫豹人應召入都, 初以老病辭, 不許. 旣將還籍, 復有年老授銜之命. 吏部集驗於庭, 孫獨臥不往, 旋受敦促, 乃徐入. 逡巡主爵者望見其須眉皆白, 引之使前曰: "君老矣!" 孫直對曰: "未也. 我年四十時卽若此. 且我前以老求免試, 公必以爲壯. 今我不欲以老得官, 公又以爲老, 何也?" 衆皆目笑其愚, 孫固自若. (孫名枝蔚, 陝西三原人, 身長八尺, 聲如洪鍾, 龐眉廣顙, 以詩名天下.) ['孫名枝蔚' 이하는 小注]

이 고사는 청나라 초의 지식인들에 대한 농락을 측면에서 반영하고 있는데, 서술이 간결하고 생동적이며 한 솔직한 사람의 말을 묘사한 것이 매우 그럴듯하다. 『금세설』은 내용에서 취할 만한 것이 많고, 문장 기교 역시 어느 정도의 수준에 이르렀다는 것을 알 수 있다. 다만 책 속에 서술한 여러 사람에 대해 종종 지나치게 찬양하고 있다. 예를 들어 손치(孫治)[173]의 말을 인용해 고조우(顧祖禹)[174]의 『독사방여기요(讀史方輿紀要)』라는 책을 설명

---

173 자(字)는 우태(宇台). 청나라 초의 수재(秀才)로 서령십자(西泠十子) 가운데 하나다. ─역주.
174 고경범(顧景範). 조우(祖禹)는 그의 자(字)다. 영민해 큰 지략을 지녔지만 당시에

하면서 "마치 장강이 하늘에 닿고 구슬 주머니가 땅을 비추는 듯하며(若長河
亘天, 珠囊照地)" "진실로 인간 세상에 일찍이 없었던 바(眞人間所未有)"[「문학
(文學)」편)]라고 한 것과, 신부맹(申鳧盟)[175]의 말을 인용해 주양공(周亮工)[176]
에 대한 흠모를 드러내면서 "역원[주양공]을 만나 얘기하지 못하고 창해를
보지 못했으니 본시 평생에 두 가지가 빠진 것이다(未晤櫟園, 未睹滄海, 自是
生平兩闕)"[「기선(企羨)」편)]라고 했는데, 이는 지나치게 찬미한 말로 명나라
말 청나라 초 사대부들이 서로 칭찬해 명성을 널리 구한 구습(舊習)을 보여
준다.

  작자는 또한 자신의 일까지도 책 속에 적어 넣고 아울러 자화자찬해
"왕단록[왕탁]은 박학다식하고 재주가 뛰어나서 일시에 명성이 강남에
가득했다(王丹麓博學擅才藻, 一時名聲滿江左)"[「문학」편)]라고 했으니, 그야말
로 낯간지럽게 만든다. 「상서(傷逝)」편에서 왕단록(王丹麓: 왕탁)이 일찍 죽
은 어린 아들을 위해 애통해한 일을 기록한 것은 『세설신어』「상서」편의
「왕융상아만자(王戎喪兒萬子)」조를 본뜬 것인데 꾸밈이 너무 심해 어색하
다.[177]

명성을 추구하지 않았다. 사람들이 완계선생(宛溪先生)이라 불렀다—역주.

175 신함광(申涵光). 부맹(鳧盟)은 그의 호(號)다. 순치(順治) 연간에 공생(貢生)이 되
  었지만, 벼슬길에 대한 뜻을 끊고 여러 차례의 천거에 모두 응하지 않았다—역주.

176 호(號)는 역원(櫟園). 명나라 숭정(崇禎) 연간에 진사가 되어 어사(御史)를 지냈으
  며, 청나라에 들어와서는 복건좌포정사(福建左布政使)·호부시랑(戶部侍郎)을 지
  냈다—역주.

177 『세설신어(世說新語)』「상서(傷逝)」: "왕융이 아들 만자[왕수(王綏)]를 잃었을 때,
  산간이 그를 조문하러 갔는데 왕융은 슬픔을 이기지 못했다. 산간이 말하길, '품속의
  갓난아이인데 어찌해 이렇게까지 슬퍼하시오?'라고 하자, 왕융이 말하길, '성인은 정
  을 잊고 가장 하류의 인간은 정에 미흡하지만, 정이 모여 있는 곳은 바로 우리이지
  요!'라고 했다. 산간은 그 말에 감복해 더욱 그를 위해 통곡했다(王戎喪兒萬子, 山
  簡往省之, 王悲不自勝. 簡曰: '孩抱中物, 何至於此?' 王曰: '聖人忘情, 最下不及情,
  情之所鍾, 正在我輩!' 簡服其言, 更爲之慟)." 『금세설』「상서」: "왕단록[왕탁]에게
  세 아들이 있었는데, 막내아들이 어려서부터 재능이 있어서 가장 애정을 쏟았다. 그

청나라 초『세설신어』식의 일사소설은 대체로 이와 같다. 청나라 말에 나온 작품으로 동치·광서 연간 고승훈(高承勳)의 『호보(豪譜)』는 이른바 '호기(豪氣)'에 관한 갖가지 고사만을 집록했다. 서사란(徐士鑾)의 『송염(宋艶)』은 북송과 남송의 비첩(婢妾)·창기(娼妓)의 고사만을 집록했다. 이 작품들은 비록 역시 『세설신어』를 모방했지만 말류에서도 한참 떨어져서 저속하고 무료해 일종의 저급한 취미라고 할 수 있다.

도광·함풍(咸豊: 1851~1861) 연간 이후로 또 약간의 필기들이 있는데, 무명씨의 『이원만록(伊園漫錄)』, 모상린(毛祥麟)의 『묵여록(墨餘錄)』, 회음백일거사(淮陰百一居士)의 『호천록(壺天錄)』, 정지상(程趾祥)의 『차중인어(此中人語)』, 오옥요(吳沃堯)의 『견전수필(趼廛隨筆)』 등은 비록 소설류에 속하지만, 시사(時事)와 쇄문(瑣聞)을 기록한 것이 거의 절반을 차지해 적지 않은 사료를 포함하고 있다.

『이원만록』의 「이화설(梨花雪)」 조에서는 청군(淸軍)이 태평천국(太平天國)의 수도인 남경을 함락한 후의 잔인한 살상을 반영했고, 「동인당(同仁堂)」 조에서는 북경의 오래된 약방의 경영을 기록했다. 『묵여록(墨餘錄)』 권1의 「괴아알목(拐兒挖目)」 조에서는 사진과 관련된 헛소문을 기록했고, 권3에서는 서양 의사가 병을 치료하기 위해 수술한 일을 기록했다. 『견전수필』의 「연귀(烟鬼)」 조에서는 아편 연기의 해독성을 기록했다. 이런 필기에는 다방면의 자료가 들어 있어서, 만청의 정치 경제와 사회 상황을 연구하는 데 참고할 수 있음을 알 수 있다. 『호천록』 권상에서 하란수(荷蘭

아들이 6살에 일찍 죽자 왕단록은 크게 애통해했다. 혹자가 너무 지나치다고 하자, 왕단록이 말하길, '훌륭한 놈은 살아남지 못하고 살아남은 놈은 또 훌륭하지 못하니, 내 눈이 아직 멀지 않아서 정에 미흡함을 스스로 부끄러워하고 있는데, 당신은 그것도 너무 지나치다고 합니까?'라고 했다. 말을 마치고는 다시 더욱 흐느껴 울었다(王丹麓有三子, 幼子小能, 最鍾愛, 六歲蚤殤, 王大哀慟. 或謂太過, 王曰: '佳者不存, 存者又不能佳, 吾目未喪, 方自愧不及情, 君乃謂太過耶?' 言罷, 復益欷歔)." 이 두 조를 대조해보면 『금세설』이 『세설신어』를 본뜬 것임을 바로 알 수 있다.

水: 사이다)를 마신 일을 기록한 조와, 권중에서 덕률풍(德律風: telephone, 전화)
과 마할풍(馬割風: megaphone, 확성기) 등의 물건을 기록한 조는 만청에 외국
과 통상한 이래로 서구의 물질문명에 대한 일반 문인들의 경이감을 나타
내고 있다. 여기에 인용하면 다음과 같다.

　　겨울에는 탕을 마시고 여름에는 물을 마시는 것을 사람들은 모두
그대로 따라서 행하지만, 또한 그 따뜻함과 시원함만을 취할 뿐이며
그 이치와 현상에 대해서는 무지하다. 서양 사람들은 봄에 하란수와
그것과 비슷한 단물을 마시는데, 어떤 사람이 일찍이 그것을 마셔봤더
니 뱃속에서 갑자기 맑은 공기가 뽀글뽀글하면서 목구멍으로 나왔다
고 한다. 물어봤더니 바로 물속에 실제로 이른바 카붕(卡朋: carbon, 탄산)
이라 하는 생생한 기포를 넣었기 때문에 그 나타난 효과가 매우 신비
롭다고 했다. (권상)

　　多日飲湯, 夏日飲水, 人皆遵而行之, 然亦只取其暖與涼耳, 於理氣一
事茫如也. 西人春飲荷蘭水及同類甜水, 有某者曾一飲之, 胸膈中頓有淸
氣勃勃, 探喉而出. 詰之, 則水中實納有生氣所謂卡朋氣者, 故奏效甚神
也. (卷上)

　　서양 사람들이 만든 물건들은 모두 매우 기묘하다. 자명종을 발명
한 이후로 다투어 신기한 것을 만들어 내서 하나로는 만족하지 못한
다. 상점에 구경하러 간 사람은 눈이 부시고 마음이 현혹되니, 휘황찬
란한 그 오묘함을 이루 다 말할 수 없다고 한다. 예를 들어 현미경이란
것은 작은 것을 볼 때 크게 만들어주고, 천리경이란 것은 먼 것을 볼
때 가깝게 만들어주는 것인데, 이것은 사람들이 다 알고 있다. 또 말
을 전달해주는 기계로 덕률풍이란 것은 선의 끝을 귓가에 대고 전하
는 말을 듣는데 하나도 어긋나지 않는다. 현재 미국 뉴욕시에 회사를

세워놓고 상인들의 집과 사무실에 각각 하나씩 갖춰 놓았는데, 그것을 총괄하는 선은 회사에 있다. 예를 들어 각 상인이 은행이나 중개업자에게 소식을 전하려 할 때 먼저 선 끝에 대고 회사에 알리면, 그곳의 선을 다른 집의 선과 확실히 연결해 서로 간에 각자 선 끝에 대고 문답하는데, 함께 마주 보며 이야기하는 것 같다. 비록 10여 리 밖이라도 모두 명확하게 들을 수 있으니 전선과 비교하면 더욱 빠르다는 것을 느낀다. 또 한 가지가 있는데 마할풍이란 것으로 작은 소리를 들을 때 크게 만들어준다. 미풍이 불어 잎사귀를 흔들 때 이것을 가지고 들어보면 마치 수많은 나무가 가을을 다투는 듯하다. 꿀벌이 가는 꽃술에서 꿀을 빨아 먹는 것도 이것을 가지고 들어보면 마치 수많은 말들이 풀을 먹는 듯하다. 피부 속의 피가 그치지 않고 흐르는 것도 이것을 가지고 들어보면 마치 수많은 파도가 일렁이는 듯하다. 무릇 전대의 사람들이 들어보지 못한 것을 거론했는데, 모두 귀로 듣고 마음으로 이해할 수 있으니, 아주 작은 빛이 지나가는 것도 역시 들어보면 소리가 있다. ……

西人所製之物, 皆極奇巧. 自創自鳴鐘而後, 爭奇鬪勝, 靡一而足. 遊其肆者, 目眩心迷, 十色五光, 莫窮其妙. 如所謂顯微鏡者, 則視小可以使大. 千里鏡者, 則視遠可以使近焉. 此人所共知者也. 乃有傳語之器, 名曰德律風, 以線端向耳邊聽所傳之語, 一一不爽. 現在美國紐約城設一公司, 商人家帳房各設一具, 其總線則在公司處. 如各商欲與銀行行棧傳信, 先向線端報知公司, 將此處之線與別家線頭牢牢接定, 彼此各在線端問答, 如同面語. 雖十餘里之外, 皆可聽得明白, 較之電線, 尤覺便捷也. 又有一物, 名爲馬割風, 則聽小可以使大. 如微風吹動一葉時, 以此聽之, 儼如萬木戰秋也. 蜜蜂掇採細蕊, 以此聽之, 儼如萬馬食蒭也. 膚革中之血, 流行不息, 以此聽之, 儼如萬派潮回也. 擧凡前人所未曾聞者, 皆能入於耳而會於心, 卽小而極之流光所過, 亦聽之有聲. ……

이러한 묘사와 서술은 오늘날에서 보면 매우 우습다. 그 "피부 속의 피 [膚革中之血]" 운운한 것은 아마 청진기와 확성기를 같은 것으로 혼동해 말한 것 같다. 당시 일반인들이 이런 물건들에 대해 얼마나 새로움을 느꼈는지를 알 수 있고, 또한 이런 물건들에 대해 이해할 수 없었음을 알 수 있다.

총괄적으로 말하자면 청나라의 지괴·전기집은 『요재지이』의 성취가 가장 뛰어나지만, 그 지파 중 어떤 것은 색정적이고 음란한 하류 작품들로 타락했다. 『열미초당필기』 역시 독자적으로 한 파를 형성했지만, 그 말류는 내용이 빈약하고 천편일률적이라서 완전히 '선서(善書: 선을 권하는 책)'처럼 권계의 도구가 되었다. 『세설신어』를 모방한 일사소설은 어색하게 꾸며내고 찬양하는 목소리를 드높이는 것이 명나라 사람들보다 훨씬 지나쳤다. 시사(時事)를 함께 기재한 소설집 가운데 가치 있는 부분은 과거 시험장이나 인과응보, 하신(河神)의 영령이 나타나는 것이나 금강(金剛)의 주문을 외우는 것이 영험하다는 등의 낡아빠진 그런 이야기들에 있는 것이 아니라, 사회 면모를 드러낼 수 있는 그런 새로운 이야기들에 있다. 이런 소설집은 이미 일반적으로 역사쇄문을 기술한 필기와 크게 구별이 되지 않는다.

제2절

역사쇄문류 필기

── 『지북우담』·『소정잡록』·『제경세시기승』 및 기타

청나라의 역사쇄문류(歷史瑣聞類) 필기 중에서 어떤 것은 문예나 역사적 사실에 중점을 두고 간혹 고증하기도 했는데, 『지북우담(池北偶談)』과 『고잉(觚賸)』 같은 책들은 사이사이에 대량의 신괴고사를 섞어 넣어 비교적 농후한 소설적 색채를 띠고 있다. 어떤 것은 한 종류의 내용을 집록하고 있다. 예를 들어 『동성잡기(東城雜記)』는 항주(杭州) 동성의 옛이야기에 대해 서술했으며, 『제경세시기승(帝京歲時紀勝)』은 북경의 세시 풍물에 대해 기록했는데, 모두 비교적 전문적이다. 수량이 가장 많은 것은 바로 『균랑우필(筠廊偶筆)』과 『무사위복재수필(無事爲福齋隨筆)』 등의 수필잡기류인데, 내용이 자질구레해 조리가 없고 어수선함을 면하지 못한다. 일반적으로 말하자면 명나라 이전의 역사적 사실을 이야기한 청나라 사람의 필기는 대부분 묵은 것을 답습해 새로운 것이 극히 결핍되어 있으며, 지루한 이야기와 시사(詩詞)를 지나치게 수록한 것 역시 일반적인 폐단이다. 취할 만한 것은 그나마 당시에 보고 들은 경험을 서술한 부분이다. 여기에서는 먼저 『지북우담』·『견호집(堅瓠集)』·『고잉』·『몽암잡저(夢庵雜著)』 등 총서의

성격을 지닌 몇몇 저명한 필기에 대해 소개하겠다.

『지북우담(池北偶談)』은 왕사정(王士禎)이 찬했다. 「담고(談故)」4권, 「담헌(談獻)」6권, 「담예(談藝)」9권, 「담이(談異)」7권으로 모두 26권이며, 강희(康熙) 신미년(辛未年: 1691)에 쓴 자서(自序)가 있다. 통행본으로는 『청대필기총간(淸代筆記叢刊)』본과 『필기소설대관(筆記小說大觀)』본 등이 있다.

『지북우담』의 「담고」와 「담헌」두 편은 청나라의 전장제도, 과거, 명청시대 명신(名臣)의 언행에 중점을 두고 서술했는데, 가끔 고대 제도를 언급하면서 옛사람을 논했다. 「담고」편의 「순방(巡方)」조에서는 순치(順治: 1644~1661) 연간에 부주사(部主事)와 중서사인(中書舍人) 및 행인(行人)·평사(評事)·박사(博士) 등의 관리들에게 감찰어사(監察御史) 직함을 주어 각 직할성(直轄省)을 순찰하게 한 뒤, 임무를 마친 후에 도찰원(都察院)에서 성적을 심사해 성적이 가장 좋은 자는 오품(五品) 경당(京堂)[178]으로 내승(內升)[179]시키고 나머지 사람들은 본래 관직으로 돌아가게 했으며, 정말로 어사 직을 수여한 것은 아니라는 사실을 기록했다. 이 고사를 통해 청나라 초의 순찰관 임명 제도를 이해할 수 있다. 「담헌」편에서는 부산(傅山)[180] 부자(父子)에 관한 고사와 명나라 숭정(崇禎: 1628~1644) 연간의 재상 50명의 성명을 기록했는데, 역시 참고할 만한 문헌이다.

「담예」편에서는 시문을 평론하고 훌륭한 문구를 채록해, 명나라 말 청나라 초의 문예와 관련된 자료를 많이 보존하고 있다. 예를 들어 「월풍속구(粵風續九)」조에서는 강희 연간에 오기(吳淇)가 집록한 월중(粵中: 광동 지

---

178 경관(京官) 가운데 지위가 비교적 높은 자에 대한 호칭. 경경(京卿)이라고도 했다—역주.

179 한 관청의 직위에 공석이 생겼을 때, 재직하고 있는 하급 관원을 승진시켜 그 자리를 채우는 일—역주.

180 청나라 초기의 문인화가. 자는 청죽(靑竹)·청주(靑主), 호는 색려(嗇廬)·주의도인(朱衣道人). 개성적인 묵죽(墨竹)이나 산수화를 즐겨 그렸고 서예에 특출했으며 시문에도 뛰어났다. 저서에 『상홍감집(霜紅龕集)』이 있다—역주.

역)의 민가(民歌)를 기록했는데, 남조(南朝) 악부(樂府) 「자야가(子夜歌)」[181] 류의 작품으로 연구할 만한 가치가 있다. 또 「석고시(石鼓詩)」 조에서는 당나라 한유(韓愈)의 「석고가(石鼓歌)」[182]가 두보(杜甫)의 「이조팔분소전가(李潮八分小篆歌)」보다 좋다고 했으며, 「파시(坡詩)」 조에서는 송나라 소식(蘇軾)이 소백고(蘇伯固)에게 보낸 오언시[183]가 「생사자사(生查子詞)」와 같다고 했으니, 작자가 확실히 시를 이해할 줄 알고 평론이 적절하다는 사실을 알 수 있다. 그러나 「담예」편에서 서술한 것에는 잘못된 것도 있다. 예를 들어 「표어본낙천시(表語本樂天詩)」 조에서는 "침몰한 배 옆으로는 뭇 돛단배 지나가고, 병든 나무 앞에는 온갖 나무들 봄빛이로다(沈舟側畔千帆過, 病樹前頭萬木春)"라는 시구가 백거이(白居易)의 시라고 했으나, 실제로는 유우석(劉禹錫)의 시다.[184] 「전배묵적(前輩墨蹟)」 조에서는 "내가 누구와 더불어 일찍이 함께 배부른 적이 있었던가, 닭고기와 돼지고기 먹기가 얼마나 괴로운지 알 수 없노라(我與何曾同一飽, 不知何苦食雞豚)"라는 시구가 이서애[李西涯: 이동양(李東陽)]의 시라고 했으나, 실제로는 송나라 소식이 지은 것이다.[185] 앞의 것은 기억을 잘못한 것이고, 뒤의 것은 왕사정이 시를 논할

---

181 『악부시집(樂府詩集)』 「오성가곡(吳聲歌曲)」에 42곡이 실려 있다. 『송서(宋書)』 「악지(樂志)」에 의하면, 진(晉)나라 때 자야(子夜)라는 여자가 지은 것이라고 한다—역주.

182 석고(石鼓)는 당나라 초에 천흥(天興)의 삼주원(三疇原)에서 출토된 북 모양으로 된 열 개의 돌을 말한다. 거기에는 전서체(篆書體)로 사언시(四言詩)가 새겨져 있는데, 지금까지 중국에서 알려진 가장 오래된 석각문자(石刻文字)로 추정된다. 「석고가」는 총 66구로 된 장편시로, 이 시를 짓게 된 동기, 석고와 석고문이 세상에 생겨나게 된 유래, 석고문이 가지고 있는 귀중한 가치, 석고가 황야에 매몰되어 가는 실정을 한탄하는 심정 등을 묘사했다—역주.

183 소식(蘇軾)의 「고별리송소백고(古別離送蘇伯固)」 시를 말한다—역주.

184 유우석(劉禹錫)의 「수낙천양주초봉석상견증(酬樂天揚州初逢席上見贈)」 시를 말한다—역주.

185 소식(蘇軾)의 「힐채(擷菜)」 시를 말한다—역주.

때 당시(唐詩)를 전범으로 삼아 송시(宋詩)를 적게 읽어서 빚어진 지식상의
결함이다.

「담이」편은 전문적으로 괴이한 일을 기록했는데, 어떤 고사의 줄거리
는 다른 필기와 서로 넘나든다. 예를 들어 「임사낭(林四娘)」 조는 『요재지
이(聊齋誌異)』에 묘사된 것과 대체로 비슷하며, 「검협(劍俠)」 조 역시 『요재
지이』의 「왕자(王者)」와 같은 전설이다. 이런 내용은 아무런 가치도 없다.
다만 그 사이에 섞여 있는 잡다한 고증들은 가끔 취할 만하다.

『견호집(堅瓠集)』은 저인확(褚人穫)이 찬했다. 1집부터 10집까지 각 집은
4권씩이며, 또 「속집(續集)」 4권과 「광집(廣集)」·「보권(補卷)」·「비집(秘集)」·
「여집(餘集)」 각 6권이 있어서 모두 68권이다. 제1집의 권 머리에는 강희
을해년(乙亥年: 1695)에 손치미(孫致彌)가 쓴 총서(總序)가 있다. 그밖에 다른
집 역시 각각의 서(序)가 있다. 통행본으로는 『청대필기총간』본과 『필기소
설대관』본 등이 있다.

이 책은 고금의 전장제도, 인물의 사적, 시사(詩詞), 예술에서부터 사회
의 자질구레한 소문 및 해학과 농담에 이르기까지 기록하지 않은 것이 없
는데, 특히 명청 시대의 일화가 많다. 당백호(唐伯虎: 당인)가 다른 사람을
위해 대신 글을 써주며 살다가 추향(秋香)과 짝을 맺게 된 일은 명나라에
이미 널리 전해졌으며, 소설과 희곡에서 많은 것이 가미되었다. 『견호집』
제4집 권4 「당육여(唐六如)」 조에서는 당백호가 오문[吳門: 소주(蘇州)의 별
칭)]의 배에서 술 마신 이야기를 기록했는데, 학사(學士) 화찰(華察)이 그와
교유하며 함께 술을 마실 때 화찰 집안의 어린 첩이 발 너머에서 당백호
를 엿보고 웃었다고 한다.[186] 이 이야기 역시 청나라 초에 유전된 것으로

---

186 당인(唐寅)은 화찰(華察)보다 20여 세가 많았으며, 화찰은 가정(嘉靖) 5년(1526)에
    진사가 되었고 당인은 가정 2년(1523)에 죽었다. 『견호집』의 이 조에서 화찰이 학사
    가 되어 당인과 교제를 맺었다고 한 것은 부회(附會)해 전해진 말로 사실(史實)과는
    확실히 어긋난다.

'삼소(三笑)' 고사[187]와 관련이 있다.

제1집 권1 「오문풍속(吳門風俗)」조에서는 오문에서 동지절(冬至節)을 중시해서 서로 선물을 주고받는데 그것을 일러 '비동수년(肥冬瘦年: 동지를 성대히 지내고 신년을 간략히 지낸다)'이라 한다는 이야기를 기록했다. 섣달 그믐 밤이면 등을 켜고 밤을 새우면서 새해를 맞이하며, 모든 상인들은 파시(罷市)하고 손님을 초청해 술을 마신다고 했다. 제4집 권3 「시명(市名)」조에서는 시장의 교역지구에 대한 이칭(異稱)을 기록했는데, 남방에서는 아항(牙行), 북방에서는 집(集), 영남(嶺南)에서는 허(虛), 남창(南昌)에서는 해(亥)라고 부른다고 했다. 제4집 권3 「석감당(石敢當)」조에서는 집 대문에 돌을 세우고 '석감당'[188]이라는 글자를 새기게 된 유래를 기록했다. 이상은 모두 민속이나 어휘를 연구하는 데 참고할 만하다. 또 제3집 권1 「토산(土産)」조에서는 운남(雲南) 대리부(大理府)에서 나는 돌 병풍과 하남(河南)에서 나는 마고(麻菰: 향초 이름)·선향(線香: 가늘고 긴 선 모양의 향)을 관리들이 취해 예물로 삼기 때문에 백성들이 재앙을 당한다고 했는데, 역시 의의가 있는 기록이다.

『견호집』에 있는 자료 가운데 이런 종류의 것들이 가장 취할 만하고, 시사(詩詞)와 문예를 논한 것 중에는 괜찮은 견해가 전혀 없다. 역사적 사실과 고증에 대해 언급한 부분 역시 전대 사람의 필기 내용을 대량으로 답습했으며, 게다가 책 사이사이에 자질구레하고 시시한 일들이 많이 섞여 있다. 채록은 비교적 광범위하지만 폭넓기만 할 뿐 정밀하지는 않다. 이 역시 이 필기만의 결함은 아니다.

---

187 여기서는 당인(唐寅)이 추향(秋香)에게 반했던 고사를 말한다─역주.
188 태산석감당(泰山石敢當)이라고도 한다. 석감당은 본래 태산 아래에서 살던 석공이었다. '석감당'이라는 글자를 새겨놓은 돌을 집 앞에 세워놓으면 사악한 기운을 피할 수 있다고 전해지며, 이러한 풍습은 아직도 행해지는 곳이 있다. 처음에는 태산의 돌을 가져다가 사용했으나 나중에는 번거로움을 피해 글로써 대신했다─역주.

『고잉(觚賸)』은 유수(鈕琇)가 찬했으며, 「오고(吳觚)」 3권, 「연고(燕觚)」·「예고(豫觚)」·「진고(秦觚)」 각 1권, 「월고(粵觚)」 2권으로 모두 8권이다. 강희 경진년(庚辰年: 1700)에 쓴 자서가 있다. 또 속편은 「언고(言觚)」·「인고(人觚)」·「사고(事觚)」·「물고(物觚)」 각 1권이며, 강희 임오년(壬午年: 1702)에 쓴 자서가 있다. 통행본으로는 『고금설부총서(古今說部叢書)』·『청대필기총간』본과 대달도서공응사(大達圖書供應社)의 조판 인쇄본이 있다.

이 책에 기록된 내용은 주로 시문(詩文)과 잡사(雜事)이며 명나라 말 청나라 초의 역사 자료가 들어 있다. 「포낭분여(布囊焚餘)」 조에서는 명나라 말 장원저(張元著)가 청나라에 대항하다 실패해 피살된 일을 기록했는데, 민간에 유전된 그의 애국사상을 나타내는 여러 시편을 보존하고 있다. 「호림군영창화(虎林軍營唱和)」 조에서는 오염(吳炎)과 반경장(潘檉章) 두 사람이 강희 계묘년(癸卯年: 1693) 2월 문자옥(文字獄)에 연루되어 잡혀서 호림군영에 수감되었다가 같은 해 5월에 사지가 찢겨 죽었는데 같이 죽은 사람이 200여 명이나 되었다고 기록했으니, 청나라 초 문자옥의 공포를 가히 알 만하다. 「술자언(術者言)」 조에서는 순치 원년(1644)에 청나라 군사가 오중(吳中)에서 불을 질러 살육한 참상을 기술했는데 역시 사실이다. 위의 각 예는 모두 「오고」에 보인다. 『지북우담』이나 『견호집』 등의 책과 비교해 볼 때 『고잉』의 기록은 상당히 대담하다고 할 수 있다.

『고잉』에 기록된 청나라 초의 고사와 전설에는 참고할 만한 자료가 많다. 예를 들어 「연고」의 「원원(圓圓)」 조에서는 오삼계(吳三桂)와 진원원(陳圓圓)[189]이 우연히 만나게 된 전말을 기록했고, 부록으로 오위업(吳偉業)이 지은 '원원곡(圓圓曲)'이 들어 있다. 「오고」의 「하동군(河東君)」 조에서는 전겸익(錢謙益)과 유여시(柳如是)[190]가 우연히 만나게 된 전말과 두 사람의

---

189 명나라 말 고소(姑蘇) 지방의 명기(名妓)—역주.
190 명나라 말의 명기(名妓). 본명은 양애아(陽愛兒), 자는 여시(如是). 나중에 유은(柳隱)으로 개명했다. 재색(才色)이 뛰어났고 서화에 능했으며 인품이 훌륭했다—역주.

시구를 기록했다. 두 조는 모두 역사적 사실과 관련이 있다. 「월고」의 「설구(雪遘)」 조에서는 사이황(査伊璜)¹⁹¹이 눈 오는 날에 오육기(吳六奇)와 사귀게 된 경과를 기록했는데, 『요재지이』의 「대력장군(大力將軍)」 고사와 서로 참조할 만하다. 「인고」의 「영웅거동(英雄擧動)」 조에서는 명나라 웅정필(熊廷弼)¹⁹²에 관한 일화를 적었는데, 풍몽룡(馮夢龍)이 「괘지아(掛枝兒)」라는 곡(曲)을 만들어서 요직에 있는 사람의 분노를 일으켰으나 웅정필이 보호해 준 덕분에 화를 면했다고 한다. 이 이야기는 후에 풍몽룡의 경력을 소개하는 사람들이 인용하는 바가 되었다. 이밖에 「진고」의 「석경(石經)」 조에서는 석경을 고증했고, 「진고」의 「수아아(水鴉兒)」 조에서는 새의 이름을 설명했다. 「월고」의 「어자지이(語字之異)」 조와 「인고」의 「아내성신(亞鼐成神)」 조에서는 광동어(廣東語)의 발음과 문자에 대해 언급했으며, 「월고」의 「저서삼가(著書三家)」 조에서는 『정자통(正字通)』¹⁹³의 작자에 대해 기록했는데, 모두 각각 어느 정도 쓸 만한 점이 있다.

『몽암잡저(夢庵雜著)』는 유교(兪蛟)가 찬했고 10권이다. 내용이 풍부하고 문장이 청신해 매우 훌륭한 필기다. 이 책은 「춘명총설(春明叢說)」・「향곡지사(鄕曲枝辭)」・「유종선승(遊踪選勝)」・「임청구략(臨淸寇略)」・「독화한평(讀畫閑評)」・「제동망언(齊東妄言)」・「조가풍월(潮嘉風月)」의 일곱 부분으로 나뉘어 있다. 가경(嘉慶) 6년(1801)에 쓴 자서가 있다. 원래는 가경(1796~1820)・도광(道光: 1821~1850) 연간에 판각한 건상본(巾箱本)이 있었는데, 지금은 보기가 쉽지 않다. 통행본으로는 대달도서공응사(大達圖書供應社)의 조판 인쇄본이 있다.

---

191 절강(浙江) 지방의 천하장사—역주.

192 명나라의 장군. 자는 비백(飛百). 만력(萬曆) 47년(1619)에 요동경략사(遼東經略使)로 부임해 변방을 수비했다. 저서에 『요중서독(遼中書牘)』과 『웅양민공집(熊襄愍公集)』이 있다—역주.

193 명나라 장자열(張自烈)이 편찬한 자서(字書). 전 12권이다—역주.

유교는 산음(山陰) 사람으로 건륭(乾隆: 1736~1795)·가경 연간에 남북 각지에서 막객(幕客)으로 지냈으므로 견문이 매우 넓었다. 또 문장에 뛰어났고 그림에도 능숙했다. 이 책에 기록된 내용은 대부분 유교 자신이 보고 들은 이야기다. 「유종선승」에서는 계림(桂林)의 칠성암(七星岩), 양주(揚州)의 평산당(平山堂), 항주(杭州)의 영은사(靈隱寺), 남창(南昌)의 등왕각(滕王閣), 북경의 만류당(萬柳堂) 등지의 여행 행로를 기록했는데 경물의 묘사가 매우 생동적이다. 이를 통해 건륭·가경 연간의 이들 명승지에 관한 상황을 이해할 수 있다. 그중 「암리기(岩里記)」 조는 문장이 매우 절묘한데, 아래에 옮겨보겠다.

우리 고향은 오운문을 나와서 높은 언덕에서 육로로 20리를 걸어가면 있는데 '암리'라고 한다. 산음에서 나고 자란 사람 중에서도 혹 그곳을 모르는 이가 있다. 산이 깊숙하고 숲이 빽빽하니 그 이름을 보고 뜻을 생각해 보면 짐작해 알 만하다. 무자년 가을에 허난곡·언효사와 나는 모두 대나무 지팡이를 짚고 짚신을 신고서 갔다. 산이 비록 겹겹이 둘러 있기는 하지만 높이는 서너 길에 불과하며, 단지 돌이 많은 좁은 길이 구불구불하고 잡목이 얼기설기 뒤엉켜 있고 잔 나무들이 무성할 뿐이었다. 날아다니는 솜 같은 흰 구름이 둘러싸고 있는 사이사이로 푸르스름하고 흐릿한 기운이 피어올라 가벼이 어루만지고 있었다. 들새들이 지저귀는 소리는 마치 손님들이 어디에서 오는지 의아해하는 것 같았다. 허난곡이 말하길, "이곳의 풍경은 무릉도원과 다를 바 없다"라고 했다. 수십 집이 살고 있는데 [하북] 고양 출신의 사람들이 절반쯤 되었다. 명나라 말에 난을 피해 이곳으로 옮겨와서 살고 있었다. 다시 몇 리를 가니 산봉우리가 앞에 펼쳐지고 물이 졸졸졸 흘렀다. 겨우겨우 기어올라 정상에 이르니 모든 골짜기의 물소리가 발아래에서 일어나 귓전을 시끄럽게 했다. 세 사람이 묻고 답하는데 말소리를 들을 수 없을 정도였다. 바라보니 높은 산이 사방을 둘러싸고 있고 더 이상 인간 세상이 아니니, 이 봉우리야말로 아마도 암리의 요해지가 아니겠는가? 장강과 대하를 비유로 들면, 반드시 그 근원을 묶는 좁은 곳이 있은 연후에야 한꺼번에 쏟아 거침없이 흘러가는데, 서로 부딪치며 흐르는 그 거센 기세는 글을 짓는 이가 반드시 천천히 왔다 갔다 하면서 점차 생각이 쌓인 후에야 붓 가는 대로 진기하고 화려하며 굉장하고 웅대한 글로 써낼 수 있는 것이다. 나는 이 봉우리에서 조물주가 산천과 언덕과 골짜기를 이처럼 절묘하게 배치한 것에 찬탄했다. 허난곡과 나는 다리에 힘이 부쳐 봉우리에서 잠시 쉬었다. 언효사는 60세인데도 혼자서 대나무 지팡이를 짚고 앞서 나아가자 내가 말하길, "정말 건장하구나, 저 노인네여!"라고 했다. 조금 지나서 급히 부르는 커다란 소리가 바위 계곡을 모두 진동시켰는데, 바로 언효사가 지팡이를 짚고 멈춰 서서 부르는 것이었다. 도착해서 보니 남녀노소가 모두 나와 모여서 구경하고 있었는데, 의관이 소박하고 촌스러웠다. 그들은 허난곡의 친척들이었는데 손을 맞잡고 오느라 애썼다고 위로하며 닭을 잡고 기장밥을 지어 대접해주었다. 다음날 밭두둑 길을 지나 고개를 숙이고 배회하면서 여기저기 쳐다보았다. 집들은 모두 띠로 인 지붕에 조약돌을 쌓아 담장을 삼았고, 성긴 창문은 산봉우리를 향해 나 있었으며, 허름한 누각엔 사다리가 높다랗게 걸려 있었다. 산골짜기에서 흐르는 물이 획획 소리를 내면서 도랑을 둘러 밭두둑을 지나갔는데, 물이 맑아 머리카락을 비출 정도였다. 기름진 들이 경작할 만한 것은 바로 여러 골짜기로부터 물을 댈 수 있기 때문이었다. 한 노인이 나에게 말하길, "나는 이곳에서 4대 동안 살았는데, 길에 물건이 떨어져 있어도 줍지 않고 밤에는 문을 닫지 않아도 된답니다. 들에 있는 밭 천 이랑은 지금껏 가뭄이나 홍수의 해를 입은 적이 없었지요. 제 고향에 대해 자랑할 만한 것은 단지 이것뿐이랍니다"라고 했다. ……

吾鄉出五雲門, 由皐埠陸行二十里, 地名岩里, 凡生長山陰者, 未之或知焉. 其山之深, 林之密, 顧名思義, 可想見矣. 戊子秋, 許子蘭谷, 言子孝思及余, 皆竹杖芒鞋而往. 山雖層疊, 高不過三四仞. 惟石徑千紆萬折, 雜樹藤蔓, 扶蘇溪鬱. 白雲若飛絮縈繞, 間以烟嵐, 輕籠淡抹. 野鳥喧, 似訝客之何來者. 許子曰: "此中風景, 不異桃源." 居人數十家, 高陽半之, 避明季亂, 徙居於此. 復行數里, 有嶺橫於前, 水聲潺潺. 攀附而上, 至其顚, 則萬壑濤聲起足下, 聒耳嘈雜. 三人問答, 語不可聞. 望之, 崇山環抱, 非復人間, 是嶺殆岩里之鎖鑰歟? 譬諸長江大河, 必有隘處束其源, 然後一瀉而暢, 其溯湃汪洋之勢, 行文者必紆徐往復, 逐層頓跌, 而後縱筆出其詭麗宏傑之辭. 余於是嶺而嘆造物之於山川邱壑位置得宜如此也. 許子與余, 俱足力不勝, 小憩嶺頭. 言子時年六十, 獨扶筇先進, 余曰: "矍鑠哉, 是翁也!" 少頃, 有大聲疾呼, 岩谷皆震, 則言子拄杖相招也. 至則男女老幼, 出而聚觀, 衣冠朴野. 許子族人, 握手勞問, 殺雞作黍. 次日, 越陌度阡, 低徊瞻眺. 屋皆茅茨, 以卵石疊牆, 疎窗面嶺, 草閣梯雲. 溪流瀧瀧, 繞渠穿隴, 清鑑毛髮. 沃野可耕, 即以諸壑爲灌. 一老人謂予曰: "余居此凡四世, 路不拾遺, 夜不閉戶. 野田千頃, 從無旱潦之患. 敝鄉可以誇美者, 惟此而已." ……

이 글은 풍격이 육조(六朝)의 것처럼 전아하며 깊은 경계까지 묘사해내어 사람을 황홀하게 한다. 그중에서 문(文)에 관해 논한 몇 마디 말 역시 식견 있는 것으로, 작자의 문학적 수양을 충분히 드러내고 있다.

「독화한평」에서는 청나라의 저명한 화가인 민정(閔貞)·동옥(童鈺)·여집(余集)·반공수(潘恭壽)·왕삼석(王三錫)·방훈(方薰)·해강(奚岡)·나빙(羅聘) 등의 인물의 언행을 기록했는데, 각기 특징을 지니고 있어서 독자에게 그들의 생애를 짐작해 알 수 있게 하며, 그림에 대한 논평 역시 매우 적절하다. 이 부분은 화사(畫史)로 삼아서 읽을 만하다. 북경 광거문(廣渠門) 안의 석조사(夕照寺)에는 옛날에 청나라 사람이 그린 작품으로 다섯 그루의 커다란 소나무가 그려진 벽화가 있었는데 오랫동안 대단한 명성을 누렸다. 1935년 여름에 북경의 저명한 화가 치징시[祁井西: 치쿤(祁崑)] 선생이 그 다섯 그루의 소나무가 그려진 벽화의 사진을 보여주었는데, 필묵이 닳아서 희미하기는 했지만 구불구불한 선이 날아 움직이는 듯해 정말 뛰어나고 빛나니 그야말로 걸작이었다. 다만 그때는 누구의 작품인지 알 수 없었다. 오래지 않아 「독화한평」에 있는 「진수산전(陳壽山傳)」 조를 읽고서 비로소 건륭·가경 연간 진수산의 그림이라는 것을 알았다. 유교의 설명에 따르면, 진수산은 필치가 직업적 타성에 젖어 있어서 화단의 중시를 받지 못했지만, 석양이 비추는 다섯 그루의 소나무 그림만은 기이하면서도 아름답고 짙은 청록색 빛깔이 마치 처마 끝에서 '쏴쏴' 하는 솔바람 소리가 물결치듯 들려오는 것 같아 수많은 바위 골짜기에 있는 듯하다고 했다. 또 절의 스님이 한 말을 기록했는데 다음과 같다.

진수산이 그림을 그릴 때는 마침 해가 긴 여름이었다. 옷을 풀어 헤쳐 몸을 드러내고서는 뿔로 만든 커다란 술잔을 연거푸 들이키며 먹을 갈아서 단지에 담아두고 오랫동안 노려보았다. 그러고 나서 안석을 포개놓고 위로 올라가 도끼로 찍어 내리는 듯한 준법(皴法)[194]으로 그림을 그렸는데, '쏴악' 하는 바람 소리가 들려왔다. 정오에 하늘에서 큰비가 억수같이 쏟아졌는데, 황하가 갑자기 쏟아지는 것 같았다. 수많은 빗방울 구슬이 튀어 올라 층계 아래로 떨어지니 뜰에는 물이 한 척 남짓 고였다. 비가 그치고 나서 그림을 마쳤는데, 석양이 깔리는 것이 마치 오후 네 시쯤 된 것 같았다.

---

194 부벽준(斧劈皴)을 말한다. '준'은 동양화에서 산·암석·폭포·나무 등의 굴곡을 가벼운 필치로 입체감 있게 주름으로 표현하는 화법이다. 부벽준은 도끼로 쪼갠 면과 같은 주름으로 면적(面的)인 성격이 강하며 북종화(北宗畵)에서 많이 사용되었다―역주.

壽山作畫時, 值長夏. 解衣裸體, 酌巨觥連飮, 磨墨貯瓦甌, 睥睨久之.
然後累几而上, 皴擦勾斫, 颯颯有聲. 晌午, 天大雨傾注, 若黃河午瀉, 千
珠萬珠, 跳擲階下, 庭水積尺許. 雨霽而畫畢, 夕陽若在高春也.

소리와 빛깔이 살아있는 묘사가 아닌가! 지금은 그림이 그려진 벽이 존
재하지 않고 사진 역시 다시 보기 어려우며, 진수산이라는 이름도 겨우
몽암(夢庵: 유교)의 이 책과 이자명(李慈銘)의 일기 등에서 서술한 것에 의지
해 전해진다.

건륭 연간에 유교는 산동(山東) 임청(臨淸)에 손님으로 있었는데, 마침
청수교(淸水敎)[195] 왕윤(王倫)의 거사(擧事)를 만나게 되었다. 「임청구략」에
기록된 내용은 바로 이 일이다. 이야기 속에서 임청(林淸)[196]과 기의(起義)
군중에 대해 함부로 비방하고 헐뜯기는 했지만, 기의가 일어나기부터 청
나라 군사에게 진압되어 실패하기까지의 경과를 상세하게 서술하고 있으
므로 사료(史料)로서의 가치를 지니고 있다.

「춘명총설」·「향곡지사」·「제동망언」 3편은 모두 신괴·미신과 협객·이인
(異人) 등에 관한 고사를 적고 있다. 「춘명총설」에는 북경에 관한 서술이
많다. 예를 들어 「백운관우선기(白雲觀遇仙記)」 조에서는 북경 사람이 정
월 15일에 서편문(西便門) 밖의 백운관에 가서 참배하고 신선이 되기를 구

---

195 청나라 민간종교 가운데 하나로 백련교(白蓮敎)의 분파다. 미륵불(彌勒佛)과 무생성
모(無生聖母)를 신봉하고 교단 내에 문장(文場)과 무장(武場)을 두어 운기치병(運氣
治病)과 무예연마를 목적으로 했다. 건륭(乾隆) 39년(1774)에 청수교(淸水敎)의 교
주 왕윤(王倫)이 산동(山東) 수장현(壽張縣) 당가점(黨家店)에서 신도들을 이끌고
농민봉기를 일으켰는데 이를 '청수교의 난' 또는 '왕윤의 난'이라고 한다―역주.
196 청나라 건륭(乾隆) 연간에 일어난 민간종교 가운데 하나인 천리교(天理敎)의 도당.
천리교는 호생문(皓生文)을 교조로 하는 백련교(白蓮敎)의 분파로, 천문(天文)을
보고 인사(人事)를 예언했다. 가경(嘉慶) 18년(1813)에 그 도당 이문성(李文成)·임
청(林淸) 등이 난을 일으켰다가 진압되어 주살되었다―역주.

하는 일을 기록했으며, 「오가묘기(五哥廟記)」 조에서는 북경 사람이 창의
문(彰儀門) 밖의 오가묘에 가서 사당에 있는 종이 은전을 빌려 부자가 되
기를 구하는 일을 기록했는데, 북경의 당시 민속 활동을 반영하는 것이
다.[197] 「조가풍월」에서는 광동 조주(潮州) 일대의 선상(船上) 기녀 등에 관
한 일을 기록했는데, 역시 부분적으로 당시의 사회 모습을 연구하는 데
참고자료로 삼을 만한 내용이 있다.

위에서 서술한 4종의 필기에 대해 간단히 말하자면, 『지북우담』은 청나
라 사대부의 일화와 문예에 대해 잘 이야기했고, 『견호집』은 잡사를 잘 기
록했으며, 『고잉』은 집록한 시문과 고사(故事)가 사료로서의 가치를 많이
지니고 있고, 『몽암잡저』는 명승(名勝)·민속·화가·전설 등에 대해 서술해
내용이 일반적인 필기와는 다르다. 이들 작품은 각기 어느 정도의 대표성
을 지니고 있다. 그밖에 왕사정의 『거이록(居易錄)』·『향조필기(香祖筆記)』
·『고부우정잡록(古夫于亭雜錄)』은 『지북우담』과 대체로 비슷한데, 비교적
의론과 고증에 치우쳐 있다.

건륭 연간 완규생(阮葵生)의 『다여객화(茶餘客話)』, 도광·함풍(咸豊:
1851~1861) 연간 전영(錢泳)의 『이원총화(履園叢話)』, 양장거(梁章鉅)의 『귀

---

197 북경의 옛 전설에 의하면, 매년 정월 19일에 진선(眞仙)이 백운관으로 하강해 사람
들 틈에 섞여서 인연이 있는 사람을 도와준다고 한다. 그래서 신선을 믿는 사람들
은 대부분 이날 백운관에 가서 향을 피우며 신선을 만나길 기원한다. 또 광안문(廣
安門) 밖으로 6리 떨어진 곳에 있는 다리 부근에는 오현재신묘(五顯財神廟)가 있는
데, 북경에서 미신을 믿는 이들은 매년 정월 2일에 이 사당에 가서 향을 피우며 부자
가 되길 빈다. 자기가 소원하는 금액만큼 신안(神案) 위에 있는 종이 금전과 은전을
가지고 돌아가는데, 이것을 '빌린다[借]'라고 한다. 다음 해에 곱절의 종이돈을 사당
안에 가져다 놓는데, 이것을 '갚는다[還]'라고 한다. 한 번 빌리고 한 번 갚는데 모두
향전(香錢)을 내야 한다. 그래서 사당에서는 많은 돈을 벌게 되는 것이다. 이른바 백
운관에 신선이 하강한다든가 재신묘에서 보화를 빌린다든가 하는 것은 실제로 도사
와 향촉을 주관하는 묘축(廟祝)과 같은 이들이 사람들을 속여 재물을 모으는 짓거리
다. 유교(俞蛟)가 말한 오가묘(五哥廟)는 바로 이 오현재신묘를 가리킨다.

전쇄기(歸田瑣記)』, 육이첨(陸以湉)의 『냉려잡지(冷廬雜識)』, 동치(同治: 1862~1874)·광서(光緒: 1875~1908) 연간 양소임(梁紹壬)의 『양반추우암수필(兩般秋雨盦隨筆)』, 추도(鄒弢)의 『삼차려필담(三借廬筆談)』 등의 책 역시 비교적 저명한 총저잡찬류(叢著雜纂類) 필기다.

『이원총화』는 서화(書畫)와 비첩(碑帖)에 대해 언급한 부분이 비교적 정밀하다. 『냉려잡지』는 어문(語文)·사학(史學)·자서(字書)에 대해 언급한 조목이 취할 만하다. 『다여객화』·『귀전쇄기』·『양반추우암수필』은 대체로 『견호집』과 비슷하다. 『삼차려필담』에는 증기선에 관한 기록이 있는데, 추도는 이 책 권1의 「윤선고(輪船考)」 조에서 건륭 연간 이래로 영국·미국·독일·프랑스·이탈리아 등의 나라들이 증기선을 만든 갖가지 변혁에 대해 서술했다. 철갑선은 함풍 5년(1855)에 영국과 프랑스가 함께 러시아를 공격할 때 만들어진 것으로 철갑의 두께가 4촌 반이었으며, 곧이어 영국과 독일이 잇따라 만들기 시작해 마침내 수뢰선(水雷船)·충선(衝船)·포대륜(炮臺輪) 등의 명칭이 생기게 되었다고 했다. 철갑선 중에서 가장 강한 것은 이탈리아의 것으로 연이어서 3척을 만들었는데, 대포의 크기와 배의 견고함은 다른 나라가 따라가지 못했다. 그러나 전함의 수는 프랑스가 가장 많았으므로 모든 곳에서 군림할 수 있었다. 각국의 정예부대에 대해 작자는 감탄한 나머지 자기도 모르게 감개해 말하길, "무력을 남용하는 것은 본래 왕도(王道)에 마땅한 바는 아니지만, 시세가 변해 이미 전쟁 국면이 되었으니, 삼황오제(三皇五帝)만을 떠들다가는 외국과 경쟁할 수 없다"라고 했다. 이것은 동치·광서 연간 이후의 문인들이 국제 현실의 자극을 받아 쇄국주의의 좁은 세계에서 각성해 이미 강해지고자 발분하는 의지가 생겨났음을 보여준다. 늦게 나타난 이러한 종류의 필기가 시사(時事)에 대해 많이 서술하고 있는 것 역시 내용 방면에서의 변화다.

청나라의 역사적 사실과 의식 제도에 대해서는 각각의 필기가 모두 서술하고 있다. 예를 들어 왕사정의 『거이록』, 요원지(姚元之)의 『죽엽정잡기

(竹葉亭雜記)』, 심초(沈初)의 『서청필기(西清筆記)』, 서석린(徐錫麟)의 『희조신어(熙朝新語)』, 양장거의 『남성공여록(南省公餘錄)』 등은 모두 이 방면에 대해 비교적 상세히 서술하고 있다. 그러나 이 책들이 언급하고 있는 범위가 충분히 넓지는 않다. 이런 종류의 내용을 더욱 완전하게 기재하고 있는 책은 『소정잡록(嘯亭雜錄)』이다.

『소정잡록』은 청나라 가경 연간에 예친왕(禮親王) 소련(昭槤)이 찬했다. 금본(今本)은 10권이며 속록(續錄) 3권이 있는데, 후인의 삭제와 수정을 거친 것이다. 정집(正集)에는 광서 6년(1880)에 요년(耀年)이 쓴 서문이 있으며, 통행본으로는 『신보관총서속집(申報館叢書續集)』·『설고(說庫)』·『필기소설대관외집(筆記小說大觀外集)』본 등이 있다.

소련은 청나라 초의 역사적 사실과 의식 제도에 대해 상당히 자세하게 알고 있었다. 그가 쓴 내용의 많은 부분은 직접 보고 들은 것으로 간간이 자질구레한 이야기와 일화를 기재하고 있는데, 대부분이 확실히 믿을 만하다. 예를 들어 권2에서는 청나라 초의 관명(官名)과 한군팔기(漢軍八旗)[198]의 설치에 대해 기록했고, 권6에서는 난의위(鑾儀衛)[199]의 직무에 대해 서술했으며, 권8에서는 내무부(內務府)의 정해진 제도에 대해 서술했고, 권9에서는 만주(滿洲)의 결혼 예법에 관해 언급했는데, 모두 매우 상세해 역사를 고찰하는 데 방증자료로 삼을 만하다. 난의위에 대해 서술한 조에서는 난의위라는 관서가 비록 명나라의 제도를 따른 것이기는 하지만 더 이상 체포와 정탐을 겸해 관할하지 않았으므로 명나라와는 같지 않

---

198 팔기(八旗)는 청나라 만주족의 군대 조직과 호구 편제다. 전체 군대를 각각 기(旗)의 색깔에 따라 정황(正黃)·정백(正白)·정홍(正紅)·정람(正藍)·양황(鑲黃)·양백(鑲白)·양홍(鑲紅)·양람(鑲藍)의 팔기로 나눴으며, 나중에 몽고팔기(蒙古八旗)와 한군팔기(漢軍八旗)를 추가로 설치했다. 팔기의 기인(旗人)은 평시에는 민정을 맡고 전시에는 군대를 통솔했으며 그 자손도 대대로 군인이 되었다. 한군팔기는 한인의 항복자를 처리하기 위해 한인으로 편성된 군대를 말한다―역주.
199 청나라 때 천자의 행차나 행렬의 의장(儀仗)을 맡아보던 관서명―역주.

다고 했는데, 이를 통해서도 청나라 관제의 일부 변혁을 이해할 수 있다. 권7에서는 목란[木蘭: 지금의 헤이룽장성(黑龍江省)에 있는 현)]에서의 사냥에 대해 기록했는데, 독자에게 청나라 황제가 승덕[承德: 직례성(直隸省)에 속하는 부(府)]에서 사냥하던 제도와 상황을 구체적으로 알 수 있게 해준다.

『소정잡록』은 청나라 초의 의식 제도에 대해 상세히 서술했을 뿐만 아니라, 다른 것에 관한 기록에도 역사적 자료가 많이 있다. 예를 들어 권6에서는 가경 연간에 백련교(白蓮敎)[200]의 임청(林淸)과 이문성(李文成) 등이 청나라의 궁궐을 공격해 활현(滑縣)을 점거했던 전말에 대해 기록했는데, 청나라 조정의 놀람과 낭패함을 그려냈으며 심지어는 가경제(嘉慶帝) 본인조차도 이전의 '강성함'을 못내 그리워하면서 당시의 쇠약함을 개탄했다고 한다.

그밖에 권1에서는 옹정(雍正) 연간(1723~1735)에 첩자를 광범위하게 이용해 황족과 대신의 활동을 정탐했으며, 심지어는 대신이 밤에 카드놀이를 한 것에 대해서도 황제가 전부 알았다고 기록했다. 권8에서는 가경 연간에 공부(工部)의 서리(書吏)가 몰래 가짜 도장을 만들어서 나랏돈 수십만 냥을 사취했는데도 오랫동안 발각되지 않은 사실을 기록했는데, 이것 역시 청나라의 정치 모습을 반영하고 있다.

---

200 송원명 시대에 성행했던 민간종교. 불교에서는 사교(邪敎)라고 해 배척했다. 남송 초에 모자원(茅子元)을 교조로 하는 백련종(白蓮宗)이 일어났는데 그 말류에 이르러 주술적 경향이 짙어졌다. 모자원이 제창한 이 미륵불신앙은 당시 생활고에 허덕이던 서민층에 쉽게 수용되었는데, 그들은 종교적 비밀결사까지 만들어 탄압하는 정부에 반항했다. 이들 백련교도의 반란은 원명 시대에도 자주 일어났으나 가장 대규모의 반란은 청나라 가경(嘉慶) 연간에 일어났다. 1796년에 호북(湖北)에서 발생한 이 반란은 순식간에 확대되어 호북·하남(河南)·섬서(陝西)·사천(四川)·감숙(甘肅) 등 각지로 번져나가 9년간이나 계속되었다. 청군은 부패해 거의 쓸모가 없었고, 이 반란을 진압하는 데는 지방 지주층이 조직했던 향용(鄕勇)의 공이 컸다. 이때는 이미 청나라의 쇠퇴를 암시하고 있었다—역주.

전체적으로 말해서『소정잡록』은 중시할 만한 가치가 있는 사료필기(史料筆記)다. 문장이 소박하고 신괴를 언급하지 않은 것 역시 이 책의 우수한 점이다.

도시의 지리·경물·연혁·풍습을 기재한 필기로는 송나라의『동경몽화록(東京夢華錄)』·『도성기승(都城紀勝)』등과 명나라 유동(劉侗)의『제경경물략(帝京景物略)』이 모두 매우 저명하나 수량이 많지 않다. 청나라 사람은 이 방면의 저술에 있어서 가장 풍부하다. 북경에 도읍을 세운 지 천여 년이나 되어서 역사가 유구하므로 북경 한 곳만을 기록한 필기도 각양각색이라서 참으로 볼 만하다. 청나라 초 손승택(孫承澤)의『천부광기(天府廣記)』와『춘명몽여록(春明夢餘錄)』두 책은 자료를 매우 광범위하게 수집해서 기록하고 있다. 전자는 전문적인 지방지이고, 후자는 지방지·직관지(職官志)·고사집 사이에 속하나 역시 전문적인 저서에 가깝다. 주이준(朱彝尊)의『일하구문(日下舊聞)』역시『삼보황도(三輔黃圖)』류의 작품으로 결코 우리가 소개하려는 필기가 아니다.

대체적으로 말하자면 건륭·가경 연간의 이러한 필기는 대략 두 가지 종류로 나눌 수 있다. 하나는『등음잡기(藤陰雜記)』처럼 고적(古蹟)·연혁·일화·시문 등을 함께 기재한 것이고, 다른 하나는『제경세시기승(帝京歲時紀勝)』처럼 오로지 세시 풍물만을 서술한 것이다. 나중에 나온 작품들은 내용에 변화가 있다.

『등음잡기』는 대노(戴璐)가 찬했고 12권이며, 가경 병진년(丙辰年: 1796)에 쓴 자서가 있다. 통행본으로는『설고(說庫)』본과『북경역사풍토총서(北京歷史風土叢書)』본이 있다.

이 책의 앞부분 4권은 청나라의 역사적 사실과 자질구레한 이야기를 잡다하게 기록했으며, 뒷부분 8권은 오성(五城: 중성·남성·동성·서성·북성)과 교외로 나누어 북경의 시가·공원·주택·사원·도관 및 극장에 대해 기록하면서 가끔 풍속 습관에 대해서도 이야기했다. 작자는 자서에서『구문고(舊聞

考)』와『신원식략(宸垣識略)』에 이미 기재된 내용은 모두 넣지 않았다고 밝혔다.[201] 이 책의 대부분은 문인들의 교유·집산(集散)·음영(吟詠) 등을 결합해 서술함으로써 시화(詩話)의 의미를 띠고 있으며, 강희·건륭 연간에 사람들이 주고받은 시를 상당히 많이 보존하고 있다. 여기에 권7의「서성(西城)」상(上)에 있는 두 조를 인용해 보겠다.

공동당[孔尙任]이『연대잡흥』에서 이르길, "영달을 구하려다 돌아와 생각에 잠겨 읊나니, 제후의 문이 이제는 바다의 문처럼 깊다네. 수레 몰아 길을 쓸며 모두 바쁘게, 한사코 자인사로 찾으러 간다네"라고 하고, 스스로 주를 달길, "어양[왕사정(王士禎)]의 용문은 높고 험준하니 사람들이 만나기 어렵다. 매번 자인사의 묘시(廟市)[202]에 책을 사러 올 때라야 겨우 한 번 얼굴을 볼 수 있다"라고 했다. 그래서 [왕사정이]『고부우정잡록』에서 이르길, "옛날 어떤 선비가 나를 만나려 했으나 만나지 못해 곤산의 서사구에게 말했더니, 서사구가 매월 3일과 5일에 자인사의 책 노점에서 나를 기다리라고 가르쳐주었는데, 얼마 후에 과연 그러했다"라고 했다.

孔東塘(尙任)『燕臺雜興』云: "彈鋏歸來抱膝吟, 侯門今似海門深. 御車埽徑皆多事, 只向慈仁寺裏尋." 自注: "漁洋龍門高峻, 人不易見, 每於慈仁寺廟市購書, 乃得一瞻顏色." 故『古夫於亭雜錄』云: "昔有士欲謁余, 不見, 以告昆山徐司寇, 司寇敎以每月三五於慈仁書攤候之, 已而果然."

---

201 『구문고(舊聞考)』는『일하구문고(日下舊聞考)』를 가리키는데, 청나라 건륭(乾隆) 연간에 편찬된 관서(官書)로 주이존(朱彝尊)의『일하구문(日下舊聞)』에 의거해서 증보해 만들었다. 『신원식략(宸垣識略)』은 청나라 오장원(吳長元)이 찬했으며, 내용은 주로『일하구문』과『일하구문고』두 책의 요점을 채록하고 작자가 보충한 것도 있다.

202 재(齋)를 올리는 날이나 일정한 날에 절 안이나 절 부근에 임시로 설치하던 시장. 묘회(廟會)라고도 한다—역주.

자인사의 묘시는 오래전에 없어졌는데 지난해에 다시 생겼다가 얼마 되지 않아 또 없어졌다. 대개는 여러 물건을 성 안의 대부호에게 공급해주었다. 절이 성과 멀어서 찾아오는 이가 드물었다. 청나라 초에는 대저택이 모두 성의 서쪽에 있어서 가서 놀기에 매우 편했다. 지진이 일어난 후에 60년 동안 매우 황량해졌다. 최근에는 숭효사와 법원사 두 곳에만 봄이 되면 꽃을 보러 올 뿐 다른 절에는 찾아오는 이가 없다. 귀의사나 자금사 같은 곳은 거명조차 할 수 없다.

慈仁廟市久廢, 前歲復興, 未幾仍止. 蓋百貨全資城中大戶. 寺距城遠, 鮮有至者. 國初諸大第宅, 皆在城西, 往遊甚便. 自地震後, 六十年來, 荒涼已極. 近惟崇效·法源二寺, 春日看花, 餘寺無問津者矣. 若歸義·紫金, 不能擧其名也.

이 두 조의 서술을 통해 우리는 북경의 묘시(廟市)가 열리는 곳으로 융복사(隆福寺)·호국사(護國寺)·토지묘(土地廟) 외에도 서성의 자인사(慈仁寺)가 있어서 매달 3일과 5일에 시장이 열렸으며 창전[廠甸: 유리창(琉璃廠)의 별칭]과 마찬가지로 책 노점이 있었음을 알 수 있다. 작자는 시화(詩話)의 형식으로 관련이 있는 역사적 사실을 이야기하고 동시에 묘회(廟會)가 폐지된 원인을 분석해, 북경 묘회의 흥망성쇠를 연구하는 데 사료를 제공하고 있다.

이 책의 권5에서는 북경의 희관(戲館)에 대해 기록하면서, 태평원(太平園)과 사의원(四宜園)이 가장 오래되었는데 강희 연간의 주원(酒園)이고, 다음으로 오래된 것으로는 사가루(査家樓)와 월명루(月明樓) 등이 있는데 모두 전문(前門)의 좌우에 있었으며, 나중에 사가루는 '광화(廣和)'로 이름을 바꾸었고 그 나머지도 역시 이름을 바꾸었는데 경락(慶樂)과 중화(中和)가 그 옛터인 것 같다고 했다. 또 권9에서는 방호재(方壺齋)·봉래헌(蓬萊軒)·승평헌(昇平軒) 역시 매우 유명했는데 가경 연간에 모두 없어졌고, 방호재만 여러 차례 새 이름으로 바꾸었으나 사람들은 여전히 옛 이름을 사용한다고 했다. 권5에서는 건륭 경자년(庚子年: 1780) 이후로 진강(秦腔)[203]이 성행해 원래 흥성했던 경강(京腔) 6대반(六大班)의 배우들은 일자리를 잃고 경쟁적으로 진반(秦班)에 들어갔다고 했다. 이러한 기록은 희극사(戲劇史)를 쓰려는 이들이 참고할 만하다.

그밖에 권5의 금어지(金魚池)의 정충묘(精忠廟)에 대해 기록한 조에서는 사당에서 흙으로 진회(秦檜)[204]의 모습을 빚을 때 화판(火判)[205]의 형상을 본떠 만들어서 숯으로 불사르는 것을 '소진회(燒秦檜: 진회 불태우기)'라고 부르고 정월 대보름날 불놀이의 일종으로 삼았다고 했으며, 아울러 화판에 대해 읊은 시를 부록으로 첨부했다. 묘사가 매우 생동적이어서 읽는 이가 화판을 불사르는 정경을 구체적으로 이해할 수 있다. 이는 일반적으로 북경의 풍토에 대해 이야기하고 있는 다른 책들에는 모두 상세히 서술되어 있지 않은 것이다.

『등음잡기』에는 다른 책에 실려 있지 않은 자료가 확실히 있다. 강희·건륭·가경 세 조대의 역사적 사실, 고적(古蹟), 명사의 거처, 회관(會館)[206]의 설치 및 일반적인 사회풍습 등을 살펴보려면 모두 이 책을 참고하면 된다.

---

203 중국 서북 지방에 유행하는 지방극. 섬서(陝西)·감숙(甘肅) 일대의 민가에서 발전한 것으로 방자강(梆子腔)의 일종이다—역주.

204 남송 초기의 정치가. 남침을 거듭하는 금나라에 화친(和親)을 주장해 금나라와 중국을 남북으로 나누어 영유하기로 합의했으며, 금나라에 대해 신하의 예를 취하고 조공을 바쳤다. 24년간 재상직을 지낸 유능한 관리였으나 정권 유지를 위해 '문자옥'을 일으켜 반대파를 억압해 비난받았다. 그의 손에 옥사한 악비(岳飛)가 민족의 영웅으로 존경받는 데 반해 그에게는 간신이라는 낙인이 찍혔다—역주.

205 염라대왕의 수하에 있다는 판관(判官)의 형상을 진흙으로 만들어 칠규(七竅)를 뚫고 그 안에 불을 붙이는 북경 지방의 옛 풍속. 원소절(元宵節), 즉 정월 대보름 명절에 행해졌다—역주.

206 명나라 이후 동향(同鄕) 출신 또는 동업자의 상호 부조·친목·협의·제사 등을 위해 대도시나 상업 중심 지역에 설립한 기관—역주.

『제경세시기승(帝京歲時紀勝)』은 반영폐(潘榮陛)가 찬했고 1권이며, 건륭 23년(1758)에 쓴 자서가 있다. 옛날 통행본으로는『북경사적총서(北京史蹟叢書)』본이 있다. 현재 북경출판사(北京出版社) 영인본은 이 판본에 근거해서 교정하고 조판 인쇄한 것으로,『경성고적고(京城古蹟考)』와『일하존문록(日下尊聞錄)』 및 광서 연간에 부찰돈숭(富察敦崇)이 찬한『연경세시기(燕京歲時記)』를 함께 수록한 합인본(合印本)이다.

『제경세시기승』은 사계절에 따른 북경의 풍토 경물에 대해 전문적으로 기록했는데, 정월부터 섣달까지 달별로 나누어 북경의 습속·유람·물산·기예·애호음식 등과 같은 방면의 일을 서술했다. 예를 들어 상원(上元: 정월 대보름날)에는 등을 켜놓고, 연구(燕九: 정월 19일)에는 백운관(白雲觀)에 놀러 가고, 3월에는 반도궁(蟠桃宮: 서왕모를 모신 사당)과 동악묘(東嶽廟: 태산신을 모신 사당)를 유람하고, 4월에는 약왕묘(藥王廟: 신농을 모신 사당)에 놀러 가고, 8월 중추절(中秋節)에는 월병(月餠)을 먹고, 9월 중양절(重陽節)에는 화고(花糕)²⁰⁷를 먹고, 섣달 8일에는 과일 죽을 먹고 귀뚜라미 싸움을 하며 스케이트를 타는 등등 모두 계절성을 띠고 있다. 이를 보아 이 책이 세시 민속을 이야기하는 데 중점을 두고 있다는 것을 알 수 있다. 여기에「단양(端陽: 단오)」조를 옮겨보겠다.

오월 초하루면 집마다 주사(朱砂)로 쓴 부적을 달아놓고, 부들로 만든 용과 쑥으로 만든 호랑이를 머리에 꽂으며, 창문에는 붉은 종이로 만든 행운의 조롱박을 붙인다. 어린 여자애들은 채색 종이를 잘라 '복(福)' 자를 겹겹이 만들고, 부드러운 비단에다 건강한 노인, 각서(角黍)²⁰⁸, 통마늘, 오독(五毒)²⁰⁹, 호랑이 등의 모양을 바느질해 붉고 커다

---

207 대추나 밤 따위를 겉에 박은 떡의 일종—역주.

208 찹쌀을 풀잎 등에 삼각형으로 싸서 찐 것—역주.

209 독이 있는 전갈·뱀·지네·두꺼비·도마뱀—역주.

란 조롱박을 만드는데, 어린아이들이 그것을 차고 있으면 여름이 되어
도 악한 기운을 피할 수 있다. 집안의 사당에서는 제사를 받드는데, 제
수(祭需)로는 종자(粽子) 외에 붉은 앵두, 검은 오디, 기름 모과나무 열
매, 팔달행[八達杏: 파단행(巴旦杏), 편도(扁桃)] 등의 과일을 올린다. 단
옷날 전에 부들 뿌리를 잘게 잘라 웅황과 섞어서 햇볕에 말린 다음 술
에 담근다. 마시고 남은 술은 아이들의 뺨과 귀, 코에 발라 주고 침대
의 휘장에도 뿌려서 벌레의 독을 피한다. 어린 여자애들은 아주 예쁘
게 꾸미고 이미 시집간 여자들은 친정 부모를 뵈러 가기 때문에 이날
을 '여아절'이라고 부른다.

　五月朔, 家家懸硃符, 揷蒲龍·艾虎, 窗牖貼紅紙吉祥葫蘆. 幼女剪彩疊
福, 用軟帛緝逢老健人·角黍·蒜頭·五毒·老虎等式, 抽作大紅硃雄葫蘆,
小兒佩之, 宜夏避惡. 家堂奉祀, 蔬供米粽之外, 果品則紅櫻桃·黑桑椹·
文官果·八達杏. 午前細切蒲根, 伴以雄黃, 曝而浸酒. 飲餘則塗抹兒童面
頰耳鼻, 並揮酒床帳間, 以避蟲毒. 餙小女盡態極姸, 已嫁之女亦各歸寧,
呼是日爲女兒節.

남조(南朝) 양(梁)나라 종늠(宗懍)의 『형초세시기(荊楚歲時記)』를 살펴보
면, 5월 5일이면 문 위에 쑥으로 만든 인형을 걸어서 독을 물리치고 오색
실을 팔뚝에 묶는다는 기록이 이미 있다. 『제경세시기승』에서 서술하고
있는 단오절의 풍물은 바로 이러한 옛 풍속이 발전한 것이다. 이런 종류
의 책이 청나라 북경의 사회생활의 일부분을 반영하기는 하지만, 음식과
제사에 대한 여러 가지 이야기는 사치스럽게 겉치레를 한 것이라서 단지
사대부들의 습속에 속할 뿐 결코 일반 사회의 습속은 아니다.
　『연경세시기』는 『제경세시기승』과 같은 성격의 책인데 내용이 어떤 것
은 상세하고 어떤 것은 간략해서 서로 보충할 수 있다. 『연경세시기』는 청
나라 말에 나왔기 때문에 북경의 사회 상황이나 시가의 면모 등이 강희

·건륭 연간과는 다르므로 기록된 내용이 『제경세시기승』과 종종 차이가 있다. 예를 들어 『제경세시기승』의 「유리창점(琉璃廠店)」 조에서는 요창(窯廠)을 유람의 중심으로 삼았으나, 『연경세시기』에서는 「창전아(廠甸兒)」 조를 쓰면서 단지 거리에 있는 상점의 골동품, 서화, 화신묘(火神廟)의 주보(珠寶) 등을 언급하고 있을 뿐이다. 지금 두 책에 서술된 내용을 대조해서 인용하면 다음과 같다.

유리창은 정양문 밖 서쪽에 있다. 유리창의 동쪽에 문이 세 개 있고 서쪽에 문이 하나 있는데, 거리의 길이는 1리쯤 되고 가운데에 돌다리가 있다. 돌다리의 서북쪽은 관서이고 동북쪽 누궐(樓闕)은 첨운각으로 요창의 정문이다. 유리창 안에는 관서와 수공업 공장과 사당이 있고, 그 바깥의 택지는 크고 넓으며 수목이 무성해 우거진 녹음이 온갖 형태를 빚어내고 물안개가 피어오른다. 돌다리를 지나서 서쪽으로 가면 높이가 수십 길인 흙 언덕이 있는데, 올라가서 멀리 바라볼 만하다. 문 바깥의 빈터에는 도박과 잡희(雜戲)를 하는 이들이 모인다. 매해 정월 초하루부터 16일까지는 온갖 물건이 모여들고 등이 유리창을 둘러싸며, 온갖 잔들이 천막에 매달려 있고 수많은 책이 빽빽하게 진열되어 도서가 넘쳐나며, 진귀한 완상품이 거리를 메운다. …… (『제경세시기승』)

琉璃廠在正陽門外之西. 廠制東三門, 西一門, 街長里許, 中有石橋. 橋西北爲公廨, 東北樓門上爲瞻雲閣, 卽窯廠之正門也. 廠內官署·作房·神祠之外, 地基宏敞, 樹林茂密, 濃陰萬態, 烟水一泓. 度石梁而西, 有土阜高數十仞, 可以登臨眺遠. 門外隙地, 博戲聚焉. 每於新正元旦至十六日, 百貨雲集, 燈屛琉璃, 萬盞棚懸, 玉軸牙籤, 千門聯絡, 圖書充棟, 寶玩塡街. …… (『帝京歲時紀勝』)

창전은 정양문 밖으로 2리쯤 되는 곳에 있으며 옛날에는 해왕촌이라고 불렸는데, 바로 오늘날 공부의 유리창이다. 거리의 길이는 2리쯤 되고, 길을 따라 상점이 즐비하게 늘어서 있는데 남북이 모두 이러하다. 파는 물건은 골동품·서화·종이·서첩이 주종을 이루는데 문인들의 감상용이다. 정월이 되면 초하루부터 보름 동안 시장이 늘어서는데, 아이들은 창전에서 실컷 논다. 화신묘에 있는 귀중한 물품인 귀한 보석들이 반짝거리고 옛날 제기(祭器)들이 나열된다. 부유한 무리는 날마다 일삼아 찾아 모으면서 특이한 보배를 구하기를 바란다. …… (『연경세시기』)

廠甸在正陽門外二里許, 古曰海王村, 卽今工部之琉璃廠也. 街長二里許, 廛肆林立, 南北皆同. 所售之物以古玩·字畫·紙張·書帖爲正宗, 乃文人鑑賞之所也. 惟至正月, 自初一日起, 列市半月, 兒童玩好在廠甸. 紅貨在火神廟, 珠寶晶瑩, 鼎彝羅列. 豪富之輩, 日事搜求, 冀得異寶. …… (『燕京歲時記』)

『연경세시기』에서 서술하고 있는 창전아의 모든 것은 근대에 음력설을 지낼 때 유리창의 정경과 아주 비슷하다. 강희·건륭 연간의 관서, 돌다리, 무성한 나무, 흙 언덕 및 물안개 등은 모두 사라졌으니 더 이상 무슨 유람 명소는 아니며 단지 상업을 중심으로 하는 묘회일 뿐이다. 이 두 책의 대조를 통해 북경 거리의 변천을 고찰할 수 있다.

이밖에 건륭 연간 왕계숙(汪啓淑)의 『수조청가록(水曹淸暇錄)』, 도광 연간 양정정(楊靜亭)의 『도문잡기(都門雜記)』, 광서 연간 진균(震鈞)의 『천지우문(天咫偶聞)』 등의 책은 북경의 역사적 사실과 풍물에 대해 이야기하고 있는데, 모두 비교적 취할 만하다. 단지 『수조청가록』은 앞뒤의 서술이 중복되고 어긋난 부분이 다소 많은데, 『등음잡기』 권10의 유리요(琉璃窯) 살인 사건에 대해 기록한 조에서는 바로 『수조청가록』의 착오를 지적했다. 『천지우문』은 성(城)을 나누어 내용을 기록했는데, 그 성격과 체례는『등음잡기』와 거의 비슷하다. 책은 비록 늦게 나왔지만 답습한 것은 매우 적으며, 일부 고증은 전대 사람의 필기 내용을 수정하고 보충할 수 있다.[210]『도문잡기』는 북경의 역사적 사실과 시정(市井)의 인정 및 관서와 회관 등등에 대해 기록했을 뿐만 아니라 유람지와 상점의 물품 등도 소개하고 있어서 관광 안내와 광고의 작용을 겸하고 있는데, 후대의 '관광 지침서'류의 작품과 매우 흡사하다.

각지의 문헌을 집록하고 사회풍속을 기술한 청나라의 필기는 이밖에도 많다. 옹정 연간 여악(厲鶚)의『동성잡기(東城雜記)』와 건륭 연간 이두(李斗)의『양주화방록(揚州畫舫錄)』은 사료로서의 가치가 비교적 높은 저작이다.『동성잡기』는 항주(杭州) 옛 동성(東城)의 명승(名勝)과 고적(古蹟), 자질구레한 이야기와 전해 내려오는 사적(事蹟), 시사(詩詞)와 문헌 등을 서술했는데,『절강통지(浙江通志)』등 지방지의 부족한 부분을 보충할 수 있다.『양주화방록』은 양주의 도시·공원·상업·공예·건축·사회풍속의 상황에 대해 상당히 구체적으로 기록했다. 건륭 연간의 문헌에 대한 서술은 더욱 상세하다. 이 책에 보존되어 있는 화가·문인·희극·곡예와 관련된 자료 역시 중시할 가치가 있다.

그밖에 강희 연간 왕삼(汪森)의『월서총재(粤西叢載)』와 진상예(陳祥裔)의

---

210 예를 들어『등음잡기』권8에서는 고협군[顧俠君: 고사립(顧嗣立)]의 소수야초당(小秀野草堂)의 위치가 어디인지 알 수 없다고 했는데,『천지우문』권7에서는 고협군의 문집에 근거해서 그곳이 선무문(宣武門) 서쪽 비탈길의 삼충사(三忠詞) 안에 있음을 고찰해냈다. 또『등음잡기』권4에서는『서하시화(西河詩話)』의 견해를 채용해 안정문(安定門) 서쪽에 축가원(祝家園)이 있다고 했는데,『천지우문』권6에서는 숭문문(崇文門) 밖의 판정(板井) 골목에 축씨(祝氏)들이 살고 있고 사람들이 미축(米祝)을 일컬어 명나라의 거상(巨商)이었고 그 집의 정원이 가장 유명했다고 한 점을 거론하면서 축가원은 안정문 서쪽에 있지 않았음을 지적했다. 이 두 고증은 모두 확실히 믿을 만하다.

『촉도쇄사(蜀都碎事)』는 광서(廣西)와 사천(四川) 두 지방의 역사적 사실, 풍속, 문물 방면의 자료를 매우 광범위하게 집록했다. 하지만 많은 자료를 옛 전적에서 취했기 때문에 당시의 사회 상황에 대한 서술이 부족하다. 『촉도쇄사』의 내용은 비교적 어수선하고 자질구레하며 체례 역시 완전하지 못하다. 주양공(周亮工)의 『민소기(閩小記)』는 복건(福建)의 고사와 물산에 대해 전문적으로 기록했으며, 고철경(顧鐵卿)의 『청가록(淸嘉錄)』은 강소(江蘇)의 세시풍속을 전문적으로 기록했는데, 모두 참고할 만한 가치가 있다.

아편전쟁(鴉片戰爭) 이후 이런 종류의 필기는 당시의 사회 상황을 묘사한 것이 많다. 예를 들면 왕도(王韜)의 『영연잡지(瀛壖雜志)』, 갈원후(葛元煦)의 『호유잡기(滬遊雜記)』, 원향류몽실주(畹香留夢室主)의 『송남몽영록(淞南夢影錄)』 등의 책에서 기술한 상해(上海)의 잡다한 일들과 사회풍습 및 장도(張燾)의 『진문잡기(津門雜記)』에서 기술한 천진(天津)의 잡다한 일들과 사회풍습에는 모두 확실한 사료(史料)가 많으며 당시의 사회 면모를 충분히 반영해내고 있다.

왕도는 함풍·동치 연간에 상해에 거주했으므로 상해에서 보고 들은 것의 기록이 특히 상세하다. 『영연잡지』에서 서술한 상해의 지리·풍속·고적·시사(時事) 등은 범위가 매우 넓은데, 시사를 서술한 부분이 가장 귀중하다. 이 책의 권1에 의하면, '통상조약'이 체결된 이후 서양인들이 상해 북관(北關) 밖의 토지를 마음대로 팔거나 집과 정원을 건축할 수 있었다고 한다. 권6에 의하면, 영국·프랑스·미국은 각각 '조계(租界)'를 차지해 마음대로 장사와 선교를 하거나 인쇄국과 경마장을 설립할 수 있었다고 한다. 권1에 의하면, 심지어는 북곽(北郭) 밖의 채마밭 역시 서양인이 경영했다고 한다. 이러한 기록들은 당시 중국이 주권을 상실하고 차식민지(次植民地)로 전락했던 상황을 설명하고 있다. 권1에서는 또 중국과 외국의 무역에 대해 다음과 같이 이야기하고 있다.

상해에는 모든 물건이 모인다. 중국과 외국이 무역할 때 통역관의 한마디에 의존하는데, 광동성 사람들이 대부분 그 일을 한다. 순식간에 빈손으로 큰돈을 벌 수 있다. 서양인들이 사는 것은 비단과 차가 대종을 이루며 이익이 매우 크다. 그들이 중국인들에게 파는 것은 나사(羅紗) 등의 모직품인데 수요 역시 적지 않다. 근년에는 오로지 물건으로 물건을 맞바꾸려 하는데, 중국인들에게는 아무런 이익이 없다. 아편이라는 것이 상자로 줄줄이 들어오는데, 모두 중국을 해치는 것이며 고혈을 짜내고 골수를 빼먹는 것이다. 민생이 피폐해지고 나라의 부가 소진되는 것은 바로 이것이 한 원인이다.

滬地百貨闐集. 中外貿易, 惟憑通事一言, 半皆粵人爲之. 頃刻間, 赤手千金可致. 西人所購者, 以絲茶爲大宗, 其利最溥. 其售於華者, 呢布羽毛等物, 消亦不細. 近年惟以貨抵貨, 而華民無利益. 其片芥一物, 累箱捆載而來者, 皆毒痛中原, 吸膏敲髓也. 民生凋敝, 財力耗蠹, 此其一端.

제국주의 국가는 중국에 대해 경제적 침략을 진행하면서 동시에 대량의 아편으로 중국의 백성을 해쳤다. 이 책의 작자는 이 점을 간파했기에 "고혈을 짜내고 골수를 빼먹는 것"이라고 개탄했다. 이밖에 권3에서는 청나라 정부가 상해 성남(城南)에 제조국(製造局)을 세워서 윤선(輪船) 기기를 만들고, 진가항(陳家港)에 총포 분공장(分工場)을 세우고 용화(龍華)에 화약국(火藥局)을 세워서 화약 무기를 만든 사실을 기록했다. 이러한 기록 및 상해의 도시·공원·해운·풍속·문예 등 여러 방면에 관한 기록 역시 참고할 만하다.

『진문잡기』는 천진의 각종 사료(史料)의 상황을 포괄하고 있는데, 역시 『영연잡지』와 비슷하다. 예를 들어 권상의 「고적(古蹟)」조에서는 천진의 역사적 사실과 지리에 대해 서술했는데 취할 만한 것이 많다. 「칠십이고설(七十二沽說)」조는 천진에 있는 72개의 고(沽)를 고찰한다는 것이지만

실제로는 단지 21고(沽)뿐으로, 정자고(丁字沽)·서고(西沽)·동고[東沽: 지금
의 명칭은 요와(窯窪)]·삼차고(三汊沽)·소직고(小直沽)·대직고(大直沽)·가가
고(賈家沽)·형가고(邢家沽)·함수고(鹹水沽)·갈고(葛沽)·당고(唐沽)·초두고(草
頭沽)·도원고(桃源沽)·반고(盤沽)·사리고(四里沽)·등선고(鄧善沽)·사가고(敍家
沽)·동니고(東泥沽)·중니고(中泥沽)·서니고(西泥沽)·대고(大沽)가 그것이다.
그 나머지 고(沽)들은 보지현(寶坻縣)과 영하현(寧河縣)의 경내에 있다. 권
상에서는 또 「염타(鹽坨)」조에서 다음과 같이 기록했다.

> 천진에서는 소금이 풍부하게 생산되어 위로는 수요에 넉넉하게 바
> 치고 아래로는 백성들이 먹도록 공급할 수 있다. 직례성(直隸省)과 하
> 남성(河南省)의 180여 주·현이 모두 천진에서 나는 소금에 의존하고
> 있다. 소금은 모래사장에서 포구로 운반되어 하동에 쌓아 놓는데, 그
> 것을 '염타(鹽坨: 소금 더미)'라고 부른다. 소금 꾸러미가 산처럼 쌓여 있
> 으므로 '염오(鹽塢: 소금 둑)'라고 부르는데, 차지한 땅이 몇 리에 걸쳐 있
> 어서 바라보면 끝이 없다.
>
> 天津産鹽甚富, 上裕餉需, 下應民食. 直豫兩省一百八十餘州縣皆賴
> 之. 鹽由海灘運津, 堆積之地在河東, 名曰鹽坨. 鹽包累累如山, 呼曰鹽
> 塢, 地佔數里, 一望無際.

천진이 제염업으로 유명했다는 사실을 이를 통해 알 수 있다.

위에서 서술한 각종 사료(史料) 필기 외에 한 종류의 내용을 집록한 저
작으로는 유체인(劉體仁)의 『칠송당식소록(七頌堂識小錄)』과 완원(阮元)의
『석거수필(石渠隨筆)』 등이 있는데, 서화와 비첩(碑帖)에 대해 전문적으로
언급한 것으로 꽤 괜찮은 편이다. 낭정극(郎廷極)의 『승음편(勝飮編)』은 음
주에 관한 고사를 모아 놓았는데, 문자 유희에 가까우며 취할 만한 것이
없다. 그밖에 장조(張潮)의 『우초신지(虞初新志)』, 정주(鄭澍)의 『우초속지(虞

初續志)』, 유월(兪樾)의 『회최편(薈蕞編)』 등은 명청 시대 사람들의 문집과 필기 중에서 원문을 초록해 순서에 따라 배열한 것으로, 단지 고사선집(故事選集)일 뿐 개인 창작의 필기가 아니므로 여기서는 더 소개하지 않겠다.

수필잡기류의 필기로는 유헌정(劉獻廷)의 『광양잡기(廣陽雜記)』, 송낙(宋犖)의 『균랑우필(筠廊偶筆)』, 왕응규(王應奎)의 『유남수필(柳南隨筆)』, 한태화(韓泰華)의 『무사위복재수필(無事爲福齋隨筆)』, 황균재(黃鈞宰)의 『금호칠묵(金壺七墨)』 등이 있는데, 수량이 매우 많고 내용도 매우 복잡하다. 그중에서 자료를 취하려면 비교적 많은 노력을 들여 잘 살펴서 선택해야 한다.

그밖에 또 주의를 기울일 만한 가치가 있는 것으로는 서술을 위주로 하는 필기류로서 진기원(陳其元)의 『용한재필기(庸閑齋筆記)』와 설복성(薛福成)의 『용암필기(庸盦筆記)』가 있는데, 도광·함풍 연간 이래의 역사 사건을 기록하고 있으며 매우 취할 만하다. 그런데 『용한재필기』는 풍수를 지나치게 이야기하고 문벌을 크게 거론하면서 당시 높은 지위에 있는 이들의 비위를 맞추고 숙명론과 인과론을 선양했으며 글이 장황해 읽는 이로 하여금 싫증나게 한다. 『용암필기』는 사이사이에 미신과 관련된 황당한 전설이 대량으로 섞여 있으며, 역사 사실에 대해 기술하면서도 또한 정치 인물을 미화하기 위해 종종 한 가지 일에 진실과 거짓을 반반씩 섞어 놓았으므로 세밀하게 판별해내야 한다. 청나라 때 이런 종류의 필기가 가지고 있는 일반적인 폐단을 『용한재필기』와 『용암필기』 이 두 책에서 엿볼 수 있다.

제3절

고거변증류 필기

― 『일지록』·『십가재양신록』·『천록식여』 및 기타

청나라의 고거변증류 필기는 매우 많아 청나라 초에서 청나라 말까지 작자가 끊이지 않았다. 청나라 초 고염무(顧炎武)가 찬한 『일지록(日知錄)』은 경(經)과 사(史)의 탐구를 결합해 '경세치국(經世治國)'의 학문을 강론했는데, 그렇다고 전문적으로 고증을 한 것은 아니다. 일반적인 문인들이 어쩌다 전고와 훈고를 언급한 것도 이를 통해 무슨 학문을 하려는 의도가 있었던 것은 아니었다. 건륭(乾隆: 1736~1795)·가경(嘉慶: 1796~1820) 연간 이래로 비로소 이른바 고증학(考證學)이 형성되었는데, 문자와 음운을 통해 경의(經義)를 통하게 하는 데 중점을 두었다. 도광(道光) 연간(1821~1850) 이후의 학자들은 고증의 범위를 더욱 확대해서 다방면의 연구에 힘썼는데, 뒤에 나온 필기들은 종종 전대 사람의 저작 중에서 잘못된 점과 소홀한 점을 지적했다. 이런 고거변증류의 필기는 옛 전적의 내용과 문자 등에 대해 분명히 새로이 밝혀낸 것이 있다. 하지만 동시에 고증을 위한 고증을 하는 경향도 존재해 번잡하고 자질구레한 데로 흐르기도 했다. 대체적으로 말하자면 그것들은 세 종류로 나눌 수 있다. 첫째는 종합적인 총고잡변류(叢考雜辨類)로서『일지록』과『해여총고(陔餘叢考)』등이다. 둘째는 경사훈고(經史訓詁) 등의 방면의 고증에 편중한 찰기류(札記類)로서『십가재양신록(十駕齋養新錄)』과『찰박(札樸)』등이다. 셋째는 일반적인 쇄담잡론류(瑣談雜論類)로서『천록식여(天祿識餘)』와『녹수정잡지(淥水亭雜識)』등이다. 청나라 학술연구의 부분적인 상황은 이 세 종류의 필기에 모두 반영되어 있다. 여기서는 각 종류 가운데 대표적인 필기를 예로 들어 소개하도록 하겠다. 우선 총고잡변류의『일지록』과『해여총고』등의 책을 살펴보도록 한다.

『일지록』은 고염무가 찬했으며 32권이다. 강희(康熙) 34년(1695)에 간행되었고, 작자의 간단한 자기(自記)와 그의 문하생인 반뇌(潘耒)의 서(序)가 있다. 도광 연간 황여성(黃汝成)이 일찍이 청나라 각 학자의 견해를 채록해 이 책에 주를 달았는데, 그것을『일지록집석(日知錄集釋)』이라고 부른다. 현재 통행되는 상무인서관(商務印書館)의『국학기본총서(國學基本叢書)』본 『일지록』은 바로 황여성의 집석본으로『간오(刊誤)』와『속간오(續刊誤)』각 2권이 들어 있는데 역시 황여성이 지은 것이다. 나중에『일지록지여(日知錄之餘)』4권이 첨부되었는데, 이는 후대 사람이 고염무의 저작에서 유실된 부분을 집록해서 만든 것이다.

고염무는 명나라 말 청나라 초의 대유학자로서 학문이 심원하고 견식이 매우 넓었다.『일지록』은 그가 30여 년간 쌓아 올린 필기로 경사(經史)·시문(詩文)·훈고(訓詁)·명물(名物)·전장제도(典章制度)·천문(天文)·지리(地理) 및 이치(吏治)·잡사(雜事)에 이르기까지 거론하지 않은 것이 없으며, 수많은 조목 전부가 처음부터 끝까지 고증이 상세하고 명확하다. 예를 들어 권23의「좌주문생(座主門生)」조에서는 당나라의 진사(進士)가 주고관(主考官)을 좌주(座主)라 칭하고 스스로를 문생(門生)이라 칭했는데, 중당(中唐) 이후로 결국 붕당지화(朋黨之禍)가 생기게 되었다는 점을 언급하고, 당송 시대의 역사 사실을 열거하면서 이 주장을 증명했다. 또한 명나라에도 주고관과 진사는 공공연히 좌사(座師)와 문생이라 칭했으며, 붕당지화 역시 당나라 때보다 적지 않았다는 점을 지적했다. 이는 일종의 고증일 뿐만 아니라 시대의 폐단에 일침을 가하고 비판하는 뜻도 담고 있다. 권19의 「문장번간(文章繁簡)」조에서는 다음과 같이 말했다.

문장이란 뜻을 전달하는 데 중점을 두는 것이지 그것의 번잡함과 간결함을 따지지는 않는다. 번잡함과 간결함의 논의가 일어나면 문장의 도는 없어지게 된다. 『사기』의 번잡한 부분은 분명 『한서』의 간결한 부분보다 낫다. 『신당서』의 간결함은 사건을 간결하게 기술한 것이 아니라 문장을 줄였기 때문이니, 그것이 바로 병폐가 되는 이유다.

辭主乎達, 不論其繁與簡也. 繁簡之論興, 而文亡矣. 『史記』之繁處, 必勝於 『漢書』之簡處. 『新唐書』之簡也, 不簡於事而減於文, 其所以病也.

작자는 문장을 쓸 때 반드시 뜻을 다 전달하는 것을 중요시해야 하며, 일부러 문장을 간략하게 해 문장의 뜻을 난삽하고 불명료하게 해서는 안 된다고 생각했다. 『신당서(新唐書)』처럼 "그 사건은 전대보다 증가되었지만 그 문장은 예전보다 줄어든(其事則增於前, 其文則省於舊)" 점이 바로 병폐라는 것이다. 이런 견해는 매우 타당하다.

이밖에 권22에서 군현(郡縣)·도(都)·정(亭)의 연혁을 서술하고, 권24에서 '족하(足下)'와 '각하(閣下)'의 호칭을 분별한 것 또한 모두 본말이 상세하고 명료해 참고할 만하다. 권21에서는 『사기(史記)』「무제본기(武帝本紀)」에 근거해, 북주(北周) 유신(庾信)의 「고수부(枯樹賦)」에서 "건장궁이 석 달 동안 불탔다(建章三月火)"는 구절이 사실과 들어맞지 않는다는 점을 설명했다. 불에 탄 것은 백량대(柏梁臺)이지 건장궁(建章宮)이 아니며, 석 달 동안 불이 꺼지지 않은 것은 진(秦)나라의 아방궁(阿房宮)이지 한(漢)나라의 이야기가 아니기 때문이라는 것이다. 또한 한나라 왕일(王逸)의 『초사장

구(楚辭章句)』에 근거해, 수(隋)나라 우중문(于仲文)의 시에서 "경차가 바야
흐로 초나라에 들어갔다(景差方入楚)"라는 구절의 "입초(入楚)"라는 두 글자
는 양(梁)나라와 진(陳)나라 이후의 문인들이 사장(辭章)을 중시하고 전고
에 소상하지 못했다는 점을 드러낸다고 지적했다. 왜냐하면 경차는 초왕
과 동성(同姓)이므로 "입초"라고 말할 수 없다는 것이다.[211] 이 두 가지 예
를 통해 작자가 다방면의 지식을 가지고 있었고 매우 세심한 독서를 했다
는 것을 알 수 있다.

　『일지록』은 비교적 가치가 높은 고증필기로서 청나라 사람들에게 매
우 중시 받았다. 황여성 외에도『일지록』에 교보(校補)와 전주(箋注)를 한
사람들이 있었는데, 예를 들어 이우손(李遇孫)의『일지록속보정(日知錄續
補正)』, 정안(丁晏)의『일지록교정(日知錄校正)』, 유월(俞樾)의『일지록소전
(日知錄小箋)』등은 모두『일지록』에 교주(校注)를 한 책들이다. 근래의 황
칸(黃侃) 역시『일지록교기(日知錄校記)』1권을 저술했다. 이자명(李慈銘)은
『일지록』이라는 이 필기가 "그야말로『문헌통고』전체를 포괄하면서도 스
스로『문헌통고』보다 뛰어나다(直括得一部『文獻通考』, 而俱能自出於『通考』之
外)[212]"라고 했으니, 청나라 사람들이『일지록』을 얼마나 추숭했는지 알
수 있다. 책 속에 존재하는 약간의 고증상의 소홀함이나 오류들은 매우
적은 양이므로 크게 흠이 된다고는 할 수 없다.[213]

---

211 '경(景)'은 초(楚)나라의 삼대성(三大姓)인 굴(屈)·경(景)·소(召)의 하나이므로, "입
　　초(入楚)"라고 쓰려면 다른 나라 사람이 초나라로 들어가는 경우라야 한다는 뜻이
　　다―역주.
212 이자명(李慈銘)의 말은『월만당독서기(越縵堂讀書記)』하책(下冊) 1153쪽에 보인다.
213 청나라 염약거(閻若璩)는『잠구찰기(潛邱札記)』에서『좌전(左傳)』과『국어(國語)』
　　를 근거로『일지록(日知錄)』권4의「유시즉불칭자(有諡則不稱字)」조의 견해가 잘
　　못되었다고 반박했는데, 인용한 증거가 확실해 고염무가 소홀했음을 알 수 있다. 그
　　러나『잠구찰기』에서『일지록』을 반박한 것은 몇 십 조에 불과하고 또한 고염무의
　　논술과 많은 부분 서로 간에 장단점이 있기 때문에 결코 고염무의 견해가 모두 틀렸
　　다고 할 수는 없다.

『해여총고(陔餘叢考)』는 조익(趙翼)이 찬했으며 43권이다. 건륭 55년(1790)에 쓴 작자의 소인(小引)과 56년(1791)에 쓴 오석기(吳錫麒)의 서(序)가 있다. 현재 통행본으로는 상무인서관에서 건륭각본(乾隆刻本)에 근거해 표점(標點)한 조판 인쇄본이 있다.

조익은 시문(詩文)에 능해 건륭 연간에 원매(袁枚)·장사전(蔣士銓) 등과 이름을 나란히 해 삼가(三家)로 불렸다. 문장을 잘 지었을 뿐만 아니라 사학(史學)에도 조예가 깊었다. 『해여총고』는 그가 검서(黔西: 귀주)에서 관직을 그만둔 이후에 지은 독서필기로, 경의(經義)·사학(史學)·장고(掌故)·예문(藝文)·기년(紀年)·관제(官制)·과학(科學)·풍속(風俗)·명의(名義)·상례(喪禮)·기물(器物)·술수(術數)·신불(神佛)·칭위(稱謂) 및 잡고(雜考)까지 거론하고 있어서, 그 포괄하는 범위가 넓은 것이 『일지록』에 뒤지지 않는다. 그중에서 경의를 논한 부분은 비교적 평범하고, 사학·전고·전장제도·예문 등을 논한 부분은 이 책의 정수다. 예를 들어 『좌전(左傳)』에서 사건을 서술할 때, 한 인물에 대해 이름을 쓰기도 하고 자를 쓰기도 하고 시호를 쓰기도 하는 경우가 한 편 가운데 섞여서 중복되어 나타난다는 점을 언급했다. 즉 「필지전(泌之戰)」에서 순임보(荀林父)라는 한 인물을 순임보라고 했다가 환자(桓子)라고도 하고, 사회(士會)라는 한 인물을 사회라고 했다가 수무자(隨武子)라고 하거나 사계(士季)라고도 하며 다른 편에서는 범무자(范武子)라고도 불러서, 거의 식별할 수 없게 만든다는 것이다. 작자는 이런 것이 일종의 필법일 뿐 그것이 포폄의 뜻을 담고 있다는 말은 잘못된 것이라고 보았다.(권2) 이 점에 대해 조익은 다른 사람들처럼 『좌전』의 필법을 가지고 곳곳마다 견강부회해 신비롭게 이야기하지 않았는데, 이것이 바로 그의 뛰어난 점이라고 하겠다.

조익은 또한 『삼국지(三國志)』 기사의 소홀한 점과 잘못된 점을 거론했다. 예를 들어 「촉지(蜀志)·관우전(關羽傳)」에 장군 부사인(傅士仁)이 나오는데, 「오지(吳志)·손권전(孫權傳)」과 「여몽전(呂蒙傳)」에서는 모두 "사인(士

仁)"이라고 한 것을 거론하면서, 이것은 한 사람의 성명이 서로 다르게 쓰인 것이라고 했다. 「위지(魏志)·무제기(武帝紀)」에서는 건안(建安) 13년(208) 겨울에 손권이 유비(劉備)를 위해 합비(合肥)를 공격하자 조조(曹操)가 장희(張熹)를 파견해 구하러 가고 나중에 조조가 적벽(赤壁)에 이르러 유비와 만나 전투하다 불리해지자 군사를 퇴각시켰다고 기록해, 분명히 합비를 구한 일이 앞에 있고 적벽지전(赤壁之戰)이 뒤에 있다. 그러나 「손권전」에서는 적벽지전을 앞에 서술하고 합비가 포위된 것을 뒤에 놓았으니, 이것은 한 가지 일의 시말이 서로 다른 것이다.(권6) 작자는 여러 장수들의 전(傳)을 두루 고찰해 「오지」의 기록이 맞는다고 단정했다. 이 두 가지 예를 통해 조익은 독서하면서 그때그때 깊이 고찰해 사료를 잘 분석했다는 것을 알 수 있다.

그밖에 송(宋)·제(齊)·양(梁)·진(陳)·위(魏)·주(周)·제(齊)·수(隋)의 사서들과 『남사(南史)』·『북사(北史)』의 필법이 다름을 설명했고(권6), 『통감강목(通鑑綱目)』·『정관정요(貞觀政要)』·『북몽쇄언(北夢瑣言)』 등에 근거해 『신당서(新唐書)』와 『구당서(舊唐書)』 서사의 차이를 수정했으니(권12), 역시 『해여총고』가 사료의 실마리와 연구방법 등을 제공해주고 참고가치가 있으며 사람들을 어느 정도 계발시켜준다는 것을 알 수 있다.

『해여총고』에서 풍속과 명물에 관련된 고거변증의 많은 조목 역시 각종 인증자료를 모아서 원류와 변천을 상세하게 서술하고 있다. 예를 들어 권30의 「명첩(名帖)」 조에서는 옛사람들이 통성명할 때 본래 나무를 깎아 글자를 적었는데, 한나라 때는 명첩을 '알(謁)'이라 불렀고 후한에서는 '자(刺)'라고 불렀다는 사실을 언급했다. 한나라 이후로 종이를 사용하기는 했지만, 여전히 계속 답습해 '자(刺)'라고 불렀다. 육조(六朝) 시대에는 이름을 적은 명지(名紙)를 그냥 '명(名)'이라 불렀고, 당나라의 투자(投刺)[214]

---

214 명함을 내밀고 면회를 요청하는 것을 가리킨다. 혹은 반대로 명함을 내던진다는 뜻으로 세상과의 관계를 끊는다는 뜻으로 쓰이기도 한다. 여기서는 전자의 뜻으로 쓰

에는 여전히 나무를 깎는 방식이 남아 있었다. 이덕유(李德裕)가 재상으로 있을 때는 명함을 내밀고 찾아갈 때 반드시 관직명을 써야 했는데, 그것을 '문장(門狀)'이라 불렀다. 명나라 유근(劉瑾)이 집권했을 때는 백관의 '문장'에 모두 붉은 종이를 사용했으며, 장거정(張居正)에게 아첨한 자는 심지어 비단으로 명첩을 만들고 붉은 비단실로 글자를 크게 수놓았다고 한다. 청나라 순치(順治) 연간(1644~1661)에 이르러서는 오가며 명함을 내놓는 풍습이 더욱 성행했다. 이 조의 서술은 고증이 상세하고 명확하며 장장 천여 자로 명첩의 연변을 설명할 뿐만 아니라 몇몇 조대의 사회 분위기를 반영해 유용한 역사자료가 되고 있다.

그밖에 잡고류(雜考類)로 목면(木棉)이 송나라 말 원나라 초에 널리 퍼진 것(권30), 접는 부채가 송금 시대에 생겨난 것(권33), 그리고 팔선(八仙)[215]의 전설(권34) 등을 언급한 것 역시 고대의 생산·문화·소설을 연구하는 데 방증자료가 된다.

전체적인 방면에서 말하자면 『해여총고』는 취할 만한 내용이 비교적 많다. 그러나 그 가운데 의론들이 모두 아주 합당한 것은 아니다. 예를 들어 진수(陳壽)가 찬한 『삼국지』를 언급하면서 고귀향공(高貴鄕公) 조모(曹髦)가 사마소(司馬昭)를 토벌하다가 피살당한 사건에 대해 "단서를 보여주는 글자는 거의 하나도 없다(略無一字, 以見端倪)"(권6)라고 한 것은 그다지 실제에 부합하지 않는다. 진수가 비록 진(晉)나라 왕조에서 벼슬했기에 꺼림이 있어 감히 이 일을 기술하지는 못했지만, 그는 「고귀향공기(高貴鄕公紀)」의 "고귀향공은 스무 살에 죽었다(高貴鄕公卒, 年二十)"라는 한 마디 뒤에 황태후(皇太后)의 조령(詔令)과 대장군의 상주(上奏)를 덧붙여 기록해 이

였다―역주.

215 팔선(八仙)은 보통 곤륜팔선(崑崙八仙)을 가리키는데, 즉 종리권(鍾離權)·장과로(張果老)·한상자(韓湘子)·철괴리(鐵拐李)·조국구(曹國舅)·여동빈(呂洞賓)·남채화(藍采和)·하선고(何仙姑)다―역주.

미 사건의 진상을 폭로했으므로, 후대의 독자들에게 한 번 보고 조모가 어떻게 피살당했는지 알 수 있게 했다. 이런 안배는 심혈을 기울인 것이라고 할 수 있다. 조익이 이 점을 소홀히 하고 함부로 질책한 것은 잘못이다.

『일지록』과 『해여총고』 외에도 왕명성(王鳴盛)의 『아술편(蛾術編)』, 유정섭(俞正燮)의 『계사유고(癸巳類稿)』·『계사존고(癸巳存稿)』 등도 역시 종합적인 총고잡변류의 유명한 작품이다.

『아술편』 82권은 「설록(說錄)」·「설자(說字)」·「설지(說地)」·「설인(說人)」·「설물(說物)」·「설제(說制)」·「설집(說集)」·「설통(說通)」의 8류로 나누어, 경의(經義)와 역사 지리에 대한 논증을 위주로 하고 인물·제도·명물·시문 등에까지 미치고 있다. 작자가 역사지리학에 일가견이 있었기에 우선 책 속에서 역사를 논하고 지리를 설명하는 부분이 중시할 만하다. 그다음으로는 소학(小學)을 논한 조목 역시 때때로 새로운 해석이 있다. 그러나 전체적으로 논하자면 소홀한 부분이 적지 않다.

유정섭은 가경·도광 연간의 학자로서 경·사·자와 의학·천문·불경·도장(道藏) 등에 대해 모두 힘써 연구했다. 그래서 그의 『계사유고』와 『계사존고』 각 15권의 논술 범위는 전대 사람의 필기보다 훨씬 광범위하다. 게다가 인증이 풍부하고 고증도 세밀하다. 또한 가경·도광 연간 이래 학풍의 모종의 전환을 반영해, 일반 학자들이 이미 '경세치용(經世致用)'의 학문에 주의를 기울였다는 사실을 알 수 있다.

원매(袁枚)의 『수원수필(隨園隨筆)』과 상장거(桑章鉅)의 『퇴암수필(退庵隨筆)』 같은 것들도 비교적 유명하긴 하지만 가치는 그다지 크지 않다. 원매는 고증에 뛰어나지 못해서 『수원수필』에서 논술한 내용은 대부분 다른 책에 보인다. 『퇴암수필』의 내용 역시 새로운 것이 부족한데, 수신(修身)·양생(養生)·관상(官常: 관리의 직분)·정사(政事)·가례(家禮) 등을 언급한 것은 어록이나 훈계에 가깝고 윤리도덕에 관한 부분이 또한 태반이라 취할 만한 것이 한층 적다.

경사훈고(經史訓詁) 방면에 편중해 고증한 필기로 일찍 출현한 것은 고염무와 동시대 인물인 장이기(張爾岐)의 『호암한화(蒿庵閑話)』 2권과 염약거(閻若璩)의 『잠구찰기(潛邱札記)』 6권이 있다. 『호암한화』는 '삼례(三禮: 『주례』·『의례』·『예기』)'를 고증하고 명물(名物)을 해석했는데, 취할 만한 것이 많아 고염무가 곧바로 그의 견해를 인용해 서술했다.[216] 『잠구찰기』에서 고대 지리를 논한 부분은 대부분 확실히 믿을 만하다. 약간 뒤에 나온 비교적 뛰어난 이런 저작으로는 마땅히 『십가재양신록(十駕齋養新錄)』·『찰박(札樸)』·『독서잡지(讀書雜志)』 등을 꼽을 수 있다.

『십가재양신록』은 전대흔(錢大昕)이 찬했고 20권이며, 가경 4년(1799)에 쓴 자서(自序)가 있다. 또한 「여록(餘錄)」 3권이 있는데 이후에 계속 이어서 쓴 것이다. 통행본으로는 『잠연당전서(潛研堂全書)』·『사부비요(四部備要)』·『국학기본총서(國學基本叢書)』본 등이 있다.

전대흔은 경학에 조예가 깊었고 사학에도 뛰어났으며 문자훈고에 통달했고 특히 음운 방면에 정통했다. 그래서 『십가재양신록』에서 언급한 것 중에서 경의(經義)와 문자훈고·음운 등의 방면에 관련된 내용이 가장 취할 만하다. 예를 들어 옛날에는 경순음(輕脣音: 순치음)이 없어서 경순음을 모두 중순음(重脣音: 쌍순음)으로 읽었다는 것을 논하면서, 경서·사서·제자서와 전주(箋注)부터 자서(字書)·운서(韻書)까지 열거해 자신의 견해를 해석했는데, 인증이 매우 풍부하다.(권5) 전대흔이 당나라 육덕명(陸德明)의 『경전석문(經典釋文)』에서 '신(訊)'과 '수(誶)'를 같은 글자로 오인한 점이나(권1), 송나라 서현(徐鉉)·서개(徐鍇) 형제가 『설문해자(說文解字)』의 해성자(諧聲字)를 잘못 고친 점을 지적한 것(권4)은 모두 근거가 있는 언급으로 옛사람의 잘못을 교정하기에 충분하다. 그는 고대 문자의 통가(通假) 관계, 예

---

216 예를 들어 『일지록(日知錄)』 권14의 「상례주인부득승당(喪禮主人不得升堂)」 조는 바로 장이기(張爾岐)의 견해를 인용해 서술한 것이다.

를 들어 '왈(曰)'과 '율(聿)'이 통하고,(권1) '면(勉)'과 '면(俛)'이 통한다(권2)는 것 등에 대해 음의(音義)를 고찰하고 상세하게 방증자료를 들어서 잘 설명했다. 또한 『옥편(玉篇)』에서 『설문해자』의 「신부자(新坿字)」를 인용한 것은 금본 『옥편』이 이미 고야왕(顧野王)의 원본(原本)도 손강(孫强)의 증광본(增廣本)도 아니라는 것을 보여준다고 언급했다.(권13) [217] 이런 논술은 고대 언어와 자서를 연구하는 데 참고 가치가 있다.

그밖에 송나라 때 성명이 같은 사람이 70여 명이나 있었다는 사실을 고증해낸 것,(권12) 많은 종류의 각 지방지를 소개하고 평가한 것과 『용당소품(湧幢小品)』·『일지록』·『천록식여』 등의 내용이 잘못된 점 등을 반박한 것(권14) 역시 작자가 역사지리 방면에 박식했고 여러 책을 두루 읽었다는 것을 보여준다.

일반적으로 말해서 『십가재양신록』은 그래도 『곤학기문(困學紀聞)』이나 『일지록』 같은 책보다 깊이가 있거나 내용이 풍부하지는 못하다. 그러나 고증은 비교적 정밀해 독창적인 견해가 있다. 그래서 가경·도광 연간 이래의 학자들은 이 책을 매우 높이 평가했다.

『찰박』은 계복(桂馥)이 찬했으며, 「온경(溫經)」 2권, 「남고(覽古)」 4권, 「광류(匡謬)」·「금석문자(金石文字)」·「향리구문(鄉里舊聞)」·「전유속필(滇游續筆)」 각 1권으로 모두 10권이다. 가경 18년(1813)에 쓴 단옥재(段玉裁)의 서(序)와 자서(自序)가 있다. 작자는 자신의 저작 내용이 자질구레하고 번잡스러워서 목간(木簡)을 깎아내고 버린 나무껍질과 같다고 스스로 낮추어 '찰박'이라고 불렀다. 가경 연간 간행본과 광서(光緒) 연간(1875~1908)의 『심구재총서(心矩齋叢書)』본이 있는데, 현재 통행본은 상무인서관에서 『심구재총서』본에 근거해 만든 조판 인쇄본이다.

계복은 산동(山東) 곡부(曲阜) 사람으로 금석문자학에 뛰어났으며 예서

---

217 『옥편(玉篇)』의 문제에 대해서는 류예츄(劉葉秋)가 지은 『중국 고대의 자전[中國古代的字典]』 제2장 제2절에서 『옥편』에 대해 논한 부분을 참고할 수 있다.

(隷書)를 잘 썼고 전각(篆刻)에도 재주가 있었다. 저작으로는『설문의증(說文義證)』이 있는데, 옛 전적을 널리 채록해『설문해자』를 고증하고 해석한 것으로, 그가 필생의 정력을 쏟은 저작이다.

『찰박』의 「금석문자」·「향리구문」·「전유속필」 가운데 비문(碑文)에 대한 고증은 매우 훌륭하다. 다른 부분 역시 주로 문자훈고를 통해 경서와 사서를 해설하고 명물을 고찰했다. 예를 들어 권2「온경」의 「관삼인이(貫三人耳)」 조에서는『사마법(司馬法)』의 "작은 죄에는 화살로 귀를 꽂았다(小罪, 聅)"와『설문해자』의 "철(聅)은 군법에 화살로 귀를 뚫는 벌이다(聅, 軍法以矢貫耳也)"라는 해석에 근거해 '관이(貫耳)'가 일종의 군법이라는 사실을 지적하고,『좌전(左傳)』「희공(僖公) 27년」의 "일곱 사람을 채찍질하고 세 사람의 귀를 뚫었다(鞭七人, 貫三人耳)"라는 두 구절을『오경정의(五經正義)』에서 "이(耳)"를 조사로 오인한 것을 바로잡았다. 또「호용투한(好勇鬥狠)」 조에서는『예기(禮記)』「곡례(曲禮)」의 정현(鄭玄) 주(注)와『당서(唐書)』「고려전(高麗傳)」,『자치통감(資治通鑑)』의 호삼성(胡三省) 주 등에 근거해 '투한(鬥狠)'이 '쟁송(爭訟)'의 뜻이라는 사실을 지적하고,『맹자(孟子)』「이루(離婁)」하(下)의 "소송 걸기를 좋아해서 부모를 위태롭게 한다(好勇鬥狠, 以危父母)"라는 두 구절을『오경정의』에서 '투한(鬥狠)'을 "싸우기를 좋아하고, 완고하고 사나운 것을 좋아한다(好爭鬥, 好頑狠)"는 뜻으로 오인한 것을 바로잡았다. 이는 고서의 내용을 이해하는 데 도움이 된다.

권3「남고」의 「전첩(專輒)」 조에서는『안씨가훈(顏氏家訓)』·『북사(北史)』·『남제서(南齊書)』 등을 인용해, '전첩'[218]이라는 단어가 고대에 있었던 특수한 용법임을 설명했다. 권7「광류」의 「포초(庯峭)」 조에서는『광운(廣韻)』에 인용된『자림(字林)』을 채록해 "포초(庯峭)"는 마땅히 "포초(峬峭)"로 써야 하며 "보기 좋은 모습(好形貌)"이라고 설명했다. 이는 고대 어휘와 뜻

---

218 규율이나 상관의 명령 등에 따르지 않고 독단적으로 행동한다는 뜻이다―역주.

을 연구하는 데 역시 참고 가치가 있다.

권9 「향리구문」의 「향언정자(鄕言正字)」 조에서는 곡부(曲阜) 일대의 많은 방언과 속자(俗字)를 집록해, 산동 방언을 연구하는 사람에게 또한 매우 좋은 자료를 제공해준다.

권10 「전유속필」의 「타불사(打不死)」 조에서는 운남(雲南)에 있는 쇠비름과 비슷하게 생긴 풀은 뽑아도 죽지 않고 흙만 있으면 다시 살아나니 바로 『이아(爾雅)』에서 말한 '권시초(卷施草)'가 이것이라고 설명했는데, 그 의도는 옛것을 가지고 지금의 것을 증명해 명물을 고증해내는 데 있다.

계복은 옛 책을 인용할 때는 반드시 원문에 충실해야 하며 고치거나 삭제해서는 안 된다고 여겼다. 권7 「광류」의 「이선인서(李善引書)」 조에서는 당나라 이선이 『문선(文選)』에 주를 달 때 인용한 『창힐편(蒼頡篇)』·『성류(聲類)』·『자림(字林)』 등의 책은 대부분 『문선』의 속자(俗字)에 의거한 것이기 때문에 『문선』의 원문이 아니라고 지적했다. 『찰박』에서 옛 책을 인용할 때는 대부분 원문에 따라 기록했으니 이것은 이 책의 특징이다. 계복의 치학(治學) 태도가 비교적 성실하고 엄격했음을 여기서 볼 수 있다.

『찰박』에도 인증과 논술에 타당하지 못한 부분이 많이 있는데, 이자명(李慈銘)은 일찍이 그 10여 조를 지적했다.[219] 권3 「남고」의 「촉선주명자(蜀先主名字)」 조에서는 『주례(周禮)』 「고공기(考工記)」와 『시경(詩經)』 「종남(終南)」의 주석을 인용해, 오색(五色)이 흑색에 이르러야 완비되므로 유비(劉備)의 자를 현덕(玄德)이라 했다고 설명했는데, 이 역시 일종의 따분한 고증이다. 권9 「향리구문」의 「경어(鯨魚)」 조에서는 옛 전적의 전설에 근거해, 고래가 죽으면 혜성이 나타나고 그 눈은 명월주(明月珠)가 된다고 설명했는데, 이는 작자에게 과학 상식이 결핍되어 있음을 반영하는 것이다. 청나라 학자의 고증은 여전히 옛 서적의 종이 더미에서 맴돌고 있어서 매

---

219 『월만당독서기(越縵堂讀書記)』 하책(下冊) 1175~1181쪽에 보인다.

우 큰 한계를 가지고 있는데,『찰박』에서 이런 점을 살펴볼 수 있다.

이밖에 왕염손(王念孫)의『독서잡지(讀書雜志)』는『일주서(逸周書)』·『전국책(戰國策)』·『사기(史記)』·『한서(漢書)』·『관자(管子)』·『안자(晏子)』·『묵자(墨子)』·『순자(荀子)』·『회남자(淮南子)』의 9가지 책을 논했고, 한나라 비문을 논한「한예습유(漢隸拾遺)」도 포함해 모두 10제(題)인데, 가경 17년(1812) 이후로 잇달아 간행되었다. 도광 13년(1833)에 왕염손의 아들 왕인지(王引之)가 또 그 유고(遺稿)를 판각해「여편(餘編)」2권을 만들었는데, 그중 거론한 것은『후한서(後漢書)』·『노자(老子)』·『장자(莊子)』·『여씨춘추(呂氏春秋)』·『한비자(韓非子)』·『법언(法言)』·『초사(楚辭)』·『문선』이다. 현재 상무인서관의『국학기본총서』본은 정편(正編)과 여편(餘編)을 한데 배열해 16책(冊)으로 나누고 3권으로 합쳐놓은 것이다.

왕염손은 건륭·가경 연간의 저명한 학자로서 문자학·성운학·훈고학에 뛰어났으며, 그가 저술한『광아소증(廣雅疏證)』은 비교적 높은 학술적 가치를 지닌다.『독서잡지』는 여러 책의 문자의 착오와 음과 훈의 같고 다름에 대해서 판별해 바로잡은 것이 많아 역시 참고할 만하다.

또한 가경·도광 연간 성관(成瓘)의『약원일찰(篛園日札)』8권이 있는데, 경학·사학과 사장(辭章)·성운(聲韻)·방술(方術)·잡가(雜家) 등의 방면에 이르는 문제들을 논해 역시 채택할 만한 부분이 많다. 이 책은 작자의 생전에 강행되지 못했고, 1931년에야 비로소 그 집안사람이 석판 인쇄했다. 광서 연간 곡원노인(曲園老人: 유월)의『유루잡찬(兪樓雜纂)』과『곡원잡찬(曲園雜纂)』두 필기는 기사·의론·고증·교정 그 어느 것도 포괄하지 않은 것이 없는데, 비록 한가한 틈을 내서 지은 것이긴 하지만 실로 뛰어난 해석을 많이 하고 있다. 이자명은 이 책이 경학과 사학의 상하고금을 꿰뚫고 있는 것에 깊이 탄복해『월만당일기(越縵堂日記)』에서 누차 언급했다.

그밖에 송상봉(宋翔鳳)의『과정록(過庭錄)』, 섭정관(葉廷琯)의『취망록(吹網錄)』, 장문호(張文虎)의『서예당수필(舒藝堂隨筆)』, 손이양(孫詒讓)의『찰이

(札迻)』등은 모두 경사자집(經史子集)을 고증하고 문예를 논술한 필기로서 각기 장점을 지니고 있는데 여기서는 일일이 소개하지 않겠다.

청나라 사람이 저술한 쇄담잡론(瑣談雜論)류의 필기로는 강희 연간 고사기(高士奇)의 『천록식여(天祿識餘)』, 납란용약(納蘭容若)의 『녹수정잡지(淥水亭雜識)』, 정철(程哲)의 『용사려설(蓉槎蠡說)』 등의 책이 있는데, 각종 자질구레한 고증을 집록하고 전고와 잡사도 기재한 수필류 정도의 책이다. 고사기와 납란용약은 비록 문장은 잘 지었지만 고증에는 뛰어나지 못했다.

『천록식여』는 전대 사람의 필기의 한 장(章)이나 반 절(節)을 잡다하게 베꼈는데, 출처를 주로 달아놓지 않은 것이 매우 많다. 경·사·문자를 논한 것들도 오류를 면치 못했다. 예를 들어 권상의 「삼적(三商)」 조에서 다음과 같이 말했다.

> 『주례』에서 물시계로 삼적이 되면 혼례를 치른다고 했다. 적(商)은 음이 적(滴)이다. 소이간[220]의 문장에서는 "삼적에 잠이 들고 고용에 일어난다"라고 했으며, 『남사』에서는 "동틀 녘에 옷을 입고 해질 녘에 저녁밥을 먹는다"라고 했다
>
> 『周禮』漏下三商爲昏. 商音滴. 蘇易簡文: "三商而眠, 高舂而起." 『南史』: "求衣昧旦, 昃食高舂."

사실 『의례(儀禮)』 「사혼례(士昏禮)」 주(注)에서 "해가 삼상으로 들어가면 혼례를 치른다(日入三商爲昏)"라는 말이 있으니, '상(商)'은 마땅히 별 이름인 '삼상(參商)'[221]의 '상(商)'으로 읽어야지 '적(商)'이 아니다. 고사기는 '상

---

220 북송의 문인으로 『문방사보(文房四譜)』를 지었다―역주.

221 서쪽 하늘의 삼성(參星)과 동쪽 하늘의 상성(商星). 두 별이 서로 동시에 나타나지 않는다고 해서 혈육이나 친구를 오래도록 만나지 못한다는 뜻으로 쓰이기도 한다―역주.

(商)'을 '적(啇)'이라 하고『의례』주도『주례』로 잘못 보고는 "누하삼적(漏下三啇)"으로 바꿔 쓴 것이다. 그래서 전대흔(錢大昕)은 고사기가『주례』조차 읽은 적이 없다고 비웃었다.[222] 이로써 이 필기의 고증이 허술함을 알 수 있다. 그러나 그중 잡사를 기록한 것은 그래도 취할 만한 것들이 있다. 예를 들어 권하의「전류(剪柳)」조는 다음과 같다.

영락 연간에 궁중에서 전류희를 했다. 전류란 버드나무를 쏘는 것이다. 비둘기를 호로박 속에 넣어 버드나무 위에 걸어놓고 활을 당겨 그것을 쏜다. 화살이 호로박을 명중시키면 비둘기가 그때마다 날아 나오는데 날아오른 높이로 승부를 가린다. 종종 청명절이나 단오절 때 모여서 했으며, '사류'라고도 부른다.

永樂時, 禁中有剪柳之戲. 剪柳, 卽射柳也. 以鵓鴿貯葫蘆中, 懸之柳上, 彎弓射之. 矢中葫蘆, 鴿輒飛出, 以飛之高下爲勝負. 往往會於淸明·端午日, 名爲射柳.

위의 기록은 고대 풍속에 관련된 자료로서, 송나라 정대창(程大昌)의 『연번로(演繁露)』가운데「적류(蹢柳)」조와 참고해 볼 수 있다.[223]『녹수정잡지』에서 시문과 전고를 논한 부분 역시 취할 만한 것이 많다.

『용사려설(蓉槎蠡說)』의 작자 정철(程哲)은 자가 성기(聖玟)이고 별호가 용사(蓉槎)인데 왕어양(王漁洋: 왕사정)의 제자다. 이 책은 모두 12권이며, '표주박으로 바닷물을 잰다[以蠡測海]'는 뜻을 취해 스스로 소견이 보잘것없다고 낮추었다. 책 앞에는 강희 신묘년(辛卯年: 1681)에 쓴 왕사정(王士禎)의 서가 있는데, 그는『용사려설』에 대해 "비록 조정의 전장제도와 국가 대사에 대해서 훤히 알 수 있는 겨를은 없었지만, 그것은 아마도 그가 처

---

222 『십가재양신록(十駕齋養新錄)』권14의「천록식여(天祿識餘)」에 상세히 나와 있다.
223 『학진토원(學津討原)』본『연번로(演繁露)』권13에 보인다.

했던 지위가 그렇게 만들었을 것이다. 하지만 과거의 언행들에 대해서는 크게는 덕을 쌓는 데 도움이 되고, 작게는 또한 유식해지는 데 도움이 된다(雖於朝章國故, 弗遑殫悉, 殆所居之地使然. 至於前言往行, 大可供畜德之助, 細亦可佐多識之功)"라고 말했다. 책에서 언급한 것은 확실히 상식과 전고가 많고, 역사 사실을 빌려서 의론을 펼친 것 역시 많다. 예를 들어 권5에서『한서』「동방삭전(東方朔傳)」의 안사고(顔師古) 주를 통해 의론을 펼친 조를 보면 다음과 같다.

안사고 주에서 동방삭의 부인의 이름을 '세군'이라고 했다. 지금 남의 부인을 두루 칭해 그렇게 부르는 것은 잘못이다. 오손²²⁴ 공주 역시 이름이 '세군'이다. 한나라의 번숭은 자가 '세군'이고 당나라의 박사 '세군'은 성과 이름일 뿐이다. 지금 사람들은 책을 읽어보지 않고 남의 말만 따라 한다. 잘못은 여기에 그치지 않는다. 기녀가 의춘원에 들어가면 '내인'이라고 하고, 복상(服喪) 기간이 끝나기 전에 벼슬에 나아가는 것을 '기복'이라고 한다.²²⁵ 지금 탈상(脫喪)을 '기복'이라 하고 부인을 '내인'이라 하는데, 그래도 되는 것인가?

顔師古注, 朔妻名細君. 今泛稱人妻, 誤矣. 烏孫公主亦名細君. 漢樊崇字細君, 唐博士細君, 則姓與名耳. 今人不曾讀書, 隨聲附和. 誤不止此. 妓女入宜春院曰內人, 喪制未終奪情曰起復. 今服闋云起復, 呼妻爲內人, 可乎不可?

---

²²⁴ 오손(烏孫)은 한나라 때 서역(西域)의 나라 이름으로, 지금의 신쟝위구르 자치구 이리하(伊犁河) 유역에 있었다—역주.

²²⁵ '탈정(奪情)'은 복상(服喪) 중에 상복을 벗고 벼슬에 나가도록 명하는 것이며, 이렇게 해서 부모의 상중(喪中)에 벼슬에 나아가는 것을 '기복(起復)'이라 한다. '기복출사(起復出仕)'라는 말도 여기에서 나왔다. '복결(服闋)'이란 상기(喪期)가 다 끝나 탈상(脫喪)하는 것을 말한다—역주.

이런 종류의 작은 고증은 속설의 오류를 바로잡을 수 있다. 또한 권12에서는 명나라 선덕(宣德) 연간(1426~1435)의 동로(銅爐: 구리 향로)의 형체·등급·관지(款識) 등을 기록했는데, 매우 구체적이며 스스로 덧붙인 소주(小注)가 특히 매우 상세하고 명확해, 선덕동로(宣德銅爐)를 감정하는 데 일조할 수 있다. 애석하게도 이 책은 비교적 보기 드문데, 필자가 본 것은 원래의 각본으로 속표지에 "칠략서당장판(七略書堂藏版)"이라고 적혀 있다.

그밖의 필기로 양동서(梁同書)의 『일관재도설(日貫齋塗說)』, 운경(惲敬)의 『대운산방잡기(大雲山房雜記)』, 섭정관(葉廷琯)의 『구피어화(鷗陂漁話)』, 우조륭(虞兆隆)의 『천향루우득(天香樓偶得)』 등이 있는데, 모두 대체로 『천록식여』와 『녹수정잡지』 두 필기와 성격이 비슷하다.

청나라의 각종 유형 필기의 개황은 대략 위에서 서술한 바와 같다. 소설고사류 필기 중에서 『요재지이』는 지괴와 전기 두 가지 문체를 융합해 탁월한 성과를 보였다. 『세설신어』식의 『금세설』은 청나라 사대부의 생활 면모를 반영했으나, 옛사람들을 모방하고 서로를 칭찬하는 데 목소리를 높이는 구습에서 벗어나지 못했다. 일반적으로 자질구레한 이야기를 잡다하게 기록한 『호천록』과 같은 소설은 시사(時事)를 함께 기재해 지괴와 전기의 틀 밖에서 따로 일파를 형성했다.

역사쇄문류 필기로는 『지북우담』 등 종합적인 성격을 띤 저작이 있는데, 역사 사실을 기록하긴 했으나 소설도 취했다. 『소정잡록』 등 청나라의 전장제도만을 서술한 저작은 내용이 보고 들은 것에서 나왔기에 비교적 상세하고 확실하다. 『등음잡기』 등 지방의 연혁과 풍토를 기술한 저작은 수량이 많고 자료도 풍부해 모두 명나라를 뛰어넘었다.

고거변증류 필기는 『일지록』에서 『계사유고』 등에 이르기까지 옛 전적을 열독하고 고대 전장제도와 문자훈고 등을 이해하는 데 어느 정도 도움을 준다. 그러나 그 말류는 한 글자 한 구절을 따지며 쟁론을 벌이거나 막연해 알기 어려운 의식절차와 명물을 고증하면서 주관적으로 억측을 했으니, 번잡하고 자질구레해 사람들을 단순히 옛 서적의 종이 더미 속에서 연구할 가치도 없는 쓸데없는 문제에 끝까지 매달리게 하므로 무익할 뿐만 아니라 해롭기까지 하다.

제8장

결어

필기의 효용과 결점

_____

    역대 필기는 안개 낀 바다처럼 드넓은데, 이 책에서는 그 대략을 거칠게 거론하다 보니 하나를 건지려다 만 개를 놓쳐버린 꼴을 면하기 어렵다. 그러나 이러한 부분적인 필기의 소개를 통해 그것들의 효용과 결점을 초보적으로나마 이해할 수 있을 것이다.

    필기소설은 고대 단편소설의 일종으로, 예를 들어 『세설신어(世說新語)』와 『요재지이(聊齋誌異)』 등은 모두 어느 정도의 현실성과 비교적 높은 문학적 가치를 지니고 있다. 일반적으로 잡사(雜事)나 쇄문(瑣聞)을 기록한 필기는 서사·설리·서경·서정을 막론하고 완전히 마음 내키는 대로 글을 쓸 수 있어서 내용과 형식의 제한을 받지 않는다. 따라서 그 가운데 『도암몽억(陶庵夢憶)』과 같은 우수한 작품은 독자적인 풍격을 지닌 소품문(小品文)을 이루었다. 사료(史料) 방면에서 보면, 역대 필기에 담겨 있는 구체적이고 상세한 수많은 기록은 종종 관찬(官撰) 사서(史書)에는 보이지 않으므로, 우리가 사실의 진상을 정확히 이해하는 데 충분한 도움을 준다. 송나라 원풍(元豐) 연간의 관제 개혁 상황에 관한 기록을 예로 들어보면, 송나라 방원영(龐元英)의 『문창잡록(文昌雜錄)』에 수록된 자료는 『송사(宋史)』의 기록보다 상세하고 정확하다. 명나라 유약우(劉若愚)의 『작중지(酌中志)』는 명나라 천계(天啓) 연간의 궁정 내막을 폭로했는데, 역시 『명사(明史)』에 기록되어 있지 않은 것이다. 고거변증류 필기는 옛 전적을 열독하는 데 필요한 참고서가 되며, 또한 독자들에게 다방면의 지식을 주고 학술연구에 보조 작용을 한다.

그러나 이러한 필기의 결점 또한 상당히 심각하다. 신괴스럽거나 미신적인 내용은 소설고사류 필기와 역사쇄문류 필기 안에 대량으로 존재한다. 사실을 기술한 것 또한 종종 진위가 뒤섞여 있어서 분별하기가 어렵다. 게다가 체재가 매우 번잡하고 많은 잡동사니를 한데 모아 놓았기에 선별해내는 것 역시 그다지 쉬운 일이 아니다. 비록 일부 필기는 대강 비슷한 부류끼리 분류해놓긴 했지만, 내용상으로는 어떠한 연계성도 전혀 없다. 고거변증류 필기에 기술된 것 역시 소소하고 자질구레해 체계성이 부족한 결점을 면하지 못한다. 서로 베끼고 진부한 것을 그대로 답습하는 것 또한 각 부류 필기의 공통된 병폐다. 예증을 인용할 때도 종종 단지 기억에만 의존하거나 혹은 임의로 원문을 삭제하고 고치곤 해 늘 착오가 있다. 심지어 어떤 경우에는 어떤 말과 어떤 사건이 어떤 책에 보인다고 하지만, 한 번만 대조해보면 그러한 사실이 애당초 없다는 것을 금방 알게 된다. 이러한 병폐는 명나라 사대부들에게서 특히 두드러지게 나타난다. 따라서 우리는 이러한 필기를 읽을 때 마땅히 분석해야 하고, 자세하게 감정해 거짓을 없애고 진실을 남겨야 하며, 어떤 것이 유용한 자료이고 어떤 것이 터무니없는 말인지를 분명히 살펴서 함부로 믿어서는 안 된다. 또한 그 안에 인용된 예증 자료에 대해서도 반드시 원서와 대조한 후에 이용해야 한다.

"피사간금(披沙揀金)"
"모래를 헤쳐 금을 찾아낸다"

'필기(筆記)' 저작 연구의 매력을 한 마디로 언급하자면, 이 말보다 더 적절한 표현은 아마 없을 것 같다. 사실 '잡록식(雜錄式)'의 필기 저작은 전체적으로 그 수량과 내용 면에서 볼 때 드넓은 모래밭 같지만, 그 속에는 귀중한 금이 감춰져 있다. 『중국역대필기개론』[원서명은 『역대필기개술(歷代筆記槪述)』]은 바로 그 금을 찾아가는 길을 안내해주는 길잡이라 하겠다.

옮긴이가 류예츄(劉葉秋: 1917~1988) 선생의 『역대필기개술』을 처음 접한 것은 1985년 대학원 석사과정에 입학했을 때쯤으로 기억한다. 논문 참고자료를 수집하던 차에 대학 선배이신 이강범 선생 댁에서 그 책을 처음 보았다. 타이완 목탁출판사(木鐸出版社)에서 간행한 것이었는데, 그때는 본래 중국에서 출판된 것을 타이완에서 다시 펴냈다는 사실을 알지 못했다. 며칠 뒤 복사 제본한 책을 갖게 되었다. 그 후로 그 책은 늘 옮긴이의 책상 가까운 곳에 위치하는 소중한 존재가 되었다. 옮긴이는 그 책을 통해서 '필기'의 개념과 정의를 비롯해 그 연원과 역대 변화 발전의 과정을 분명하게 이해할 수 있었다. 아울러 옮긴이가 향후 필기문헌을 전공하게 되는 데 큰 영향을 미쳤다. 생전에 류예츄 선생을 뵙거나 연락한 적은 없지만, 이 자리를 빌려 선생께 감사의 말씀을 드리고 싶다.

한참 후에 베이징 중화서국(中華書局)에서 출판한 원서도 갖게 되었지만, 그동안 손때 묻은 복사본에 대한 애착을 버릴 수 없었다. 사실 목탁출판사 책은 그리 좋지는 않다. 우선 원서의 간체자를 번체자로 바꾸면서 오탈자가 많이 생겼고, 타이완에서 꺼리는 특정한 용어와 표현을 바꾸거나 삭제해버렸다. 그래서 번역작업을 할 때 의심스러운 곳은 원서를 확인하거나 다른 관련 참고자료를 들춰보아야 했다. 더러는 원서 자체에 잘못된 곳이 있기도 했다. 이런 문제점들은 1998년 옮긴이가 재직하고 있는 대학의 대학원에서 '필기소설연구'라는 과목을 개설하고 『역대필기개술』을 주교재로 택해 한 학기 동안 학생들과 공부하면서 많은 부분을 해결할 수 있었다.

본서는 번거로움을 기꺼이 감수하면서 목탁출판사의 복사본을 저본으로 택했다. 그 이유는 옮긴이가 20년 넘게 늘 옆에 두고 참고하면서 필기문헌을 전공하기로 결정하는 데 큰 역할을 한 책이 바로 이 복사본이기 때문이다. 처음 그 책을 빌려주신 이강범 선생께 이 자리를 빌려 깊은 감사를 드린다.

본서는 원서의 제목을 약간 바꾸어 『중국역대필기개론』으로 고치고, 서문 격인 "원류를 분석하고 내용을 이해한다" 부분은 원서에는 없지만 다른 책에 수록되어 있는 저자의 글을 옮겨 실었다. 아울러 내용 이해를 위해 꼭 필요한 사항은 역주를 달아 보충했다. 앞으로 중국 필기를 연구하거나 연구하고자 하는 이들이 이 책을 좋은 길 안내자로 삼아 함께 걸어가기를 바란다.

2007년 7월 마지막 날 장마 끝날 무렵에
김장환 삼가 씀.

2023년 8월 무더위가 한풀 꺾인 무렵에
파주 책향기숲길 세설헌(世說軒)에서
김장환 고쳐 씀.

찾아보기

인명 찾아보기

책명 찾아보기

ㅂ

ㅎ

| 지은이 소개 |

류예츄(劉葉秋, 1917~1988)

본명은 통량(桐良), 베이징시(北京市) 사람. 베이징 중궈대학(中國大學) 문학계(文學系)를 졸업한 뒤, 톈진일보(天津日報) 부간(副刊) 주편(主編), 톈진 공상학원(工商學院) 여자문학원(女子文學院) 강사, 톈진 진구대학(津沽大學)과 베이징 정파학원(政法學院) 교수, 상무인서관(商務印書館) 편집인 등을 지냈다. 『사원(辭源)』·『성어숙어사전(成語熟語辭典)』을 주편했고, 『유서개설(類書簡說)』·『고전소설논총(古典小說論叢)』·『고전소설필기논총(古典小說筆記論叢)』·『위진남북조소설(魏晉南北朝小說)』·『역대필기개술(歷代筆記槪述)』·『필기소설안례선편(筆記小說案例選編)』·『중국자전사략(中國字典史略)』 등을 저술했으며, 중국 고대 필기소설 등에 관한 100여 편의 논문을 발표했다.

| 옮긴이 소개 |

김장환(金長煥, jhk2294@yonsei.ac.kr)

연세대학교 중어중문학과 교수로 재직 중이다. 연세대학교 중문과를 졸업한 뒤 서울대학교에서 『세설신어연구(世說新語硏究)』로 석사학위를 받았고, 연세대학교에서 『위진남북조지인소설연구(魏晉南北朝志人小說硏究)』로 박사학위를 받았다. 강원대학교 중문과 교수, 미국 하버드 대학교 옌칭 연구소(Harvard-Yenching Institute) 객원교수(2004 2005), 같은 대학교 페어뱅크 센터(Fairbank Center for Chinese Studies) 객원교수(2011 2012)를 지냈다. 전공 분야는 중국 문언 소설과 필기 문헌이다. 그동안 쓴 책으로는 『중국문학의 흐름』, 『중국문학의 향기』, 『중국문학의 향연』, 『중국문언단편소설선』, 『유의경(劉義慶)과 세설신어(世說新語)』, 『위진세어집석연구(魏晉世語輯釋硏究)』, 『동아시아 이야기 보고의 탄생-태평광기(太平廣記)』 등이 있고, 옮긴 책으로는 『중국연극사』, 『중국유서개설(中國類書槪說)』, 『세상의 참신한 이야기-세설신어』(전3권), 『세설신어보(世說新語補)』(전4권), 『세설신어성휘운분(世說新語姓彙韻分)』(전3권), 『태평광기(太平廣記)』(전21권), 『태평광기상절(太平廣記詳節)』(전8권), 『봉신연의(封神演義)』(전9권), 『당척언(唐摭言)』(전2권), 『열선전(列仙傳)』, 『서경잡기(西京雜記)』, 『고사전(高士傳)』, 『어림(語林)』, 『곽자(郭子)』, 『속설(俗說)』, 『담수(談藪)』, 『소설(小說)』, 『계안록(啓顔錄)』, 『신선전(神仙傳)』, 『옥호빙(玉壺氷)』, 『열이전(列異傳)』, 『제해기(齊諧記)』·『속제해기(續齊諧記)』, 『선험기(宣驗記)』, 『술이기(述異記)』, 『소림(笑林)·투기(妬記)』, 『고금주(古今注)』, 『중화고금주(中華古今注)』, 『원혼지(冤魂志)』, 『이원(異苑)』, 『원화기(原化記)』, 『위진세어(魏晉世語)』, 『조야첨재(朝野僉載)』(전2권), 『개원천보유사(開元天寶遺事)』, 『소씨문견록(邵氏聞見錄)』(전2권), 『옥당한화(玉堂閑話)』 등이 있으며, 중국 문언소설과 필기문헌에 관한 여러 편의 연구논문이 있다.

중국역대필기개론

초판 인쇄 2024년 5월 27일
초판 발행 2024년 6월 3일

지 은 이 | 류예츄
옮 긴 이 | 김장환
펴 낸 이 | 하운근
펴 낸 곳 | 學古房

주　　　소 | 경기도 고양시 덕양구 통일로 140 삼송테크노밸리 A동 B224
전　　　화 | (02)353-9908 편집부(02)356-9903
팩　　　스 | (02)6959-8234
홈페이지 | www.hakgobang.co.kr
전자우편 | www.hakgobang@naver.com, hakgobang@chol.com
등록번호 | 제311-1994-000001호

ISBN 979-11-6995-495-2 93820

값 32,000원